❤ · · · ❤

将洒下的光藏进故事的土壤里

光粒

zhigong

纸鸢

任平生 ——

著

台海出版社

图书在版编目（ＣＩＰ）数据

纸港 / 任平生著． -- 北京：台海出版社，2025.
2. -- ISBN 978-7-5168-4052-8
Ⅰ．Ⅰ247.5
中国国家版本馆 CIP 数据核字第 20249PC239 号

纸港

著　　者：任平生

责任编辑：赵旭雯　李　媚　　　封面设计：成　舟
策划编辑：高洁琳　　　　　　　　版式设计：顾　泊

出版发行：台海出版社
地　　址：北京市东城区景山东街 20 号　邮政编码：100009
电　　话：010-64041652（发行，邮购）
传　　真：010-84045799（总编室）
E - m a i l：thcbs@126.com

经　　销：全国各地新华书店
印　　刷：长沙鸿发印务实业有限公司
本书如有破损、缺页、装订错误，请与本社联系调换

开　　本：880 毫米×1230 毫米　　　1/32
字　　数：440 千字　　　　　　　　印　　张：11.5
版　　次：2025 年 2 月第 1 版　　　印　　次：2025 年 2 月第 1 次印刷
书　　号：ISBN 978-7-5168-4052-8

定　　价：46.80 元

目录 Contents

目录 Contents

第一章
初见

　　周漠把车停在路边，车窗摇下，她点燃一根香烟，手肘支着窗，头抬起，望着半空中巨大的灯牌——奥美广告。

　　夜已深，写字楼的灯还未灭，她眯着眼，试图从那二十几层高楼的小窗口找到李柏添的身影，这是这半年来无数次等待养出来的习惯。以往的她总琢磨着他在做什么，他是否往下望过，如果他曾这样做，就能发现她每回都把车停在这棵巨大的木棉树后。

　　可这夜的她满脑子都是别的事，那些想了很久的话在肚子里滚了无数次，就等着一会儿来，一并说给他听。

　　这夜的风湿气很重，她猜也许又要刮台风了。周漠不无文艺地想，她跟他的关系就像这晚的天气，闷热而潮湿，容易让人喘不过气来。

　　周漠刚抽完一根烟，他终于出现在视野里，她将烟头掐灭，没像往常一样把车子往前开，而是静等他过来。

　　副驾驶座的门合上，身侧男人独有的气息扑面而来，换作以往，她会立即启动车子，回到他那套公寓，缠绵一晚。然而这夜的她像是下定了天大的决心——

　　"我们……到此为止吧。"

　　李柏添没多惊讶，他一如既往的淡然，说道："你别后悔就行。"

　　周漠垂眸笑了笑，略去满嘴苦涩，从包里拿出他家的钥匙，放在二人中间的储物格。

　　她捏着包，拉开车门下车。她以为他还会说点儿什么，结果什么也没有。

　　这段见不得光的关系维持了一年，结束跟开始一样仓促。

　　一年前。

　　周漠大学毕业那年，高中好友蒋少瑜叫她到深圳去，那年的深圳互联网正是鼎盛时期，遍地是机会，相比广州，这座科技新城显然更受毕业生青睐。同样的行业、同样的岗位，深圳的薪酬比广州高出 30% 是业内公开的"潜规则"。

"我一个普通本科生，学的还是工商管理，去那些互联网公司能做什么工作？再说了，深圳的生活成本比广州可高太多了。"她记得当时是这样拒绝好友的。

周漠的大学在广州，她虽不是广东人，却很喜欢这座城市。如果说众多一线城市里，让她挑一个永久定居，她会毫不犹豫地选择广州。

因为这里"很有烟火气"。

后来，她误打误撞地成为互联网公司的一名销售，拿着不算高的薪酬，蒋少瑜再次游说她去深圳："就你这工资，我这边一个测试都能拿到，你还是赶紧来吧，正好咱们可以合租。"

周漠当然没有去，当时那份工作在黄埔区一个软件园里，附近有个大型人工湖，环境特别好，朝九晚六还包吃包住，除了离市区有点儿远，没其他缺点，她每个月能攒下不少钱。

工作两年后，她被 HR（人事专员）看中，挖到现在这家公司——安兴科技，工资涨了一大截，工作地点也从郊区软件园搬到 CBD（中央商务区）。

在这里一待，就是四年。

好友陈乔粤曾笑言："只要公司没倒，你现在手里这个项目可以做到退休，还能保证你养老无忧。"

安兴科技规模不算大，但是老总安建做的大多数是政府的项目，周漠手里最大的项目就是区域医疗管理平台，这个平台连接了全市所有的正规医院，包含了线上挂号、问诊、取药售后等功能。

每年，平台上所有医院都需上缴一笔巨额的管理费，而她也能从中拿到一笔很可观的提成。这就是陈乔粤所说的"笋 team"（好项目）。

然而就在这天，周漠突然被告知，她即将被调岗，之后这个项目会交由其他人，她接下来要负责一个全新的项目。

周漠看着眼前的男人嘴巴一张一合，她的脑子嗡嗡响，根本没听进去他都说了些什么。

"我很看好这个项目。"安建用手敲了敲桌面，对她的出神表示不满，"我也很看好你，智能导向机器人肯定是未来的趋势，现在放眼全国，还没发现有哪家公司把这一块做起来，这就是一片蓝海。我们虽然是第一个尝螃蟹的人，但是我有信心。我已经跟飞狮的齐总谈过了，我对这个项目势在必得。"

"安总，医疗系统这个项目我负责了这么久，从来没出过差错……"周漠皱起眉头。

"这个项目已经够成熟，关系也都打点好了，谁去做不是做？"

周漠闻言，整张脸黑了下来，这话字字诛心，想当年她没日没夜地往医院跑，上百所三甲二甲医院一家一家地谈下来，跟那些领导喝到胃出血，虽然安建从中推波助澜，但这个项目能最终拿下是她连续加班半年换来的。

如今轻飘飘的一句"谁去做不是做"就想夺去她的成果？

周漠胸口起伏，努力控制住自己的怒火，就怕一口老血喷在安建的那张笑脸上。

"我一直觉得你是个野心不小的人，所以才放心把这个项目交给你。"安建看着她，不紧不慢地说道，"你听我说完，我会给你成立一个新的项目组，你是项目负责人，我会让周文琪招几个销售……万事开头难，但只要我们把这个市场拿下……"

"安总。"周漠打断他的洗脑式画饼，"医疗系统那个项目之后会被谁接手？"

"人选……还没定。"

"是不是徐朗？"

"这个我可以跟你托个底，不是他。"

安建见她脸还黑着，继续说道："周漠，在一个舒适圈待久了，会毁了你的进取心，我希望你能拿出当年那个拼劲儿，机器人项目的利润也很可观。"他顿了顿，又道，"当然，如果你真的做不来，也可以考虑 N+1……"

周漠这才明白，安建这是在通知她，并非商量。卸磨杀驴大抵如此，周漠觉得可悲，她对这家公司有很深的感情，因为这里承载着她那个不敢对人言的梦想，她以为只要按部就班，就能维持现状安稳地一直待下去。

可从安建的角度，一个"求稳"的销售是没有前途的。

周漠从办公室的百叶窗看出去，近期公司招了不少人，都是些毕业一两年的年轻人，一个一个拼劲十足，像极了当年的她。这一刻，周漠心想，或许她应该感激安建，至少他是在她二十八岁这年逼迫她做选择，而不是到了三十五岁，直接给她一纸辞退通知书。

从总经理办公室离开，徐朗迎面朝她走来。

二人不对付已久，果然，他一开口便是嘲讽："听说你的养老项目丢了？"

周漠异常烦闷，不想在这个时候跟他说话，担心气到语无伦次丢了风度。她一声不响地回座位拿包。当销售有一点好，日常上下班不用打卡，她想什么时候走便什么时候走。

徐朗显然不想错过这个落井下石的机会，跟着她到电梯口："你今天这粉底是不是拿错色号了？怎么整张脸都是黑的？"

周漠咬牙，盯着电梯合着的门，不语。

徐朗笑得龇牙咧嘴："我今天心情好，告诉你一个内幕消息。"他凑近她，说，"你那个项目……我听说会被一个刚毕业的研究生接手。"

徐朗见她脸更黑了，笑哼："你想在这种公司养老？做梦吧。不如回家生三胎，让老公养还更靠谱儿。"

正好电梯门开了，周漠冷冷地说了句"让开"便走了进去。

广州大道南常年堵车，但这一刻是下午三点，这个点堵车，还是少见。原本贪快打辆车，没想到会出车祸。周漠歪着头，冷眼看着前方不远处正指着对方互骂的中年男人。这起车祸就发生在刚刚，丰田车主想抢道，凌志车主突然加速，于是两车相撞。

很普通的车祸，等交警来处理就可以了，但这两个车主都是暴脾气。

"丢你老枚，做乜七啊你，赶住去投胎啊你？（粗口：干什么啊你？赶着去投胎啊你？）"凌志车主先下了车，指着丰田车主就是一通"问候"。

"这里是虚线，我怎么就不能插了？"

"扑街，插插插，插你老屎，你个7头贴得咁紧，真系唔怕死啊你……（粗口：你个混蛋贴得这么近，真是不怕死啊你……）"

一个说粤语，一个说普通话，愣是对骂了十分钟。

七月底的广州很热，地表温度直逼五十摄氏度，穿一双薄底人字拖都能感觉到脚心传来的灼痛感。

这种天气，别说在大马路上骂人，让她下去走两步，周漠都怕自己喘不过气来。

"你们热不热啊？要不回车里骂？"隔壁的车主看不下去了，打开车窗对那二人道。

大概十分钟后，交警终于来了，呵斥着拉开扭打在一起的二人。

网约车司机看着眼前的闹剧，笑道："那么小一件事非要搞这么大，现在要进去喝咖啡喽。"

周漠也觉得无语，当她打开打车软件，看到上面的计费时，心顿时凉了一大截。交警一来，又要调停又要拍照取证，交通一时半会儿肯定没那么快恢复。

"师傅，我在这里下车。"

很多人都说广州除了珠江新城，其余地方就是一个巨型城中村。

每当周漠从地铁口出来，穿过脚下这条狭窄的小道时，她便无比认可这句话。这里的路很窄，窄到只能经过一辆三轮车，此时她面前就有一辆，跟司机短暂的眼神交流后，她往后退了两步，走进身后一家包子点心铺里。

"谢谢你啊靓女。"司机对她笑道。

待那车过了，周漠才继续往前走。这条道虽然又窄又暗，但丝毫没影响它出租。一楼都是商铺，大部分是炸鸡店、快餐店，看简陋的门面大抵也能猜到，这就是传说中的"外卖店"，专做外卖，不做堂食。

二楼就是所谓的公寓，周漠没住过，但听说这些村屋将每一层隔成好几间房，每间房的面积大概也就二三十平方米，带有独立卫生间跟厨房。条件一般，租金不高，是很多毕业生和工厂职工的首选。

这里的环境卫生很差，地上到处都是生活污水，气味刺鼻难闻，仔细看，还能看到几只两指宽的蟑螂正在分食地上的垃圾。但是，只要走出这条道，外边又是另外一番世界。路的尽头是一个小区，也正是周漠住的地方。每回站在这里，抬起头，就能从两排破败的楼房中间看到那一座座光鲜亮丽的高楼。

一边是肮脏灰暗的城中村，一边是富丽堂皇的欧式小区。第一次看到这个场景时，周漠觉得这画面像极了现实魔幻主义电影。

周漠不止一次调侃过，如果有导演打算拍《城中村的日与夜》，在这里取景最好不过。

这里是客村，地处广州市中心，只是因为是老城区，城市建设早已落后。这些年广州拆了不少城中村，但城市化进程推进得依旧很慢。这边的小区多数较旧，即便如此，这里的房价她依旧高攀不起。好在生活便利，附近有个大型购物商场，小区大门四百米处就是知名的广州地铁三号线，去哪里都方便。

周漠拿出钥匙开门，她这套房子是两室一厅的格局，一个月房租四千五百元。这套房原本有三间卧室，其中主卧被独立出去，目前由房东的女儿住着。把一套房变成两套，这在广州并不新鲜，寸土寸金的地段，不把空间利用到极致那是对钱的不尊重。

月底了，又到了交租日，周漠把钱转了过去，那头很快就收了，回了个表情包，是房东养的那只大型犬。

房东的女儿昼伏夜出，虽然那女孩就住隔壁，但周漠很少见到她，某次攀谈中得知她是个美甲师，偶尔接单，并不多，一天也许就一两单。其实单凭房租已经能够养活她了，美甲只是兴趣。在那些被客户无理要求气到破口大骂的夜里，周漠时常羡慕这个女孩，她有"躺平"的资本，哪怕不工作，也饿不死。

但这种羡慕很短暂，成年人的标志之一便是坦然接受不公。周漠躺在沙发上正想歇一会儿，电话又响了，她闭着眼睛接起。

"小漠。"只有母亲才会这样叫她。

"妈。"

"下班了吧？"

"嗯。"

"你下周生日，今年是不是也打算提前过啊？"

周漠闻言，把手机移开，打开日历，她的生日在下周二。

周漠喜欢把生日提前一天过，因为这么多年来，她生日那天通常都是在周一，上初一那会儿为了能蹭个蛋糕吃，她央求着母亲在周日那天给她过生日，起初母亲不肯，但考虑到她住宿，大老远送个蛋糕去学校也不方便，于是就答应了下来。

从那时候开始，这个习惯便保留了下来。

"今年不过了吧。"她恹恹地道。

"二十八了啊……"母亲笑着说道，"我给你寄了点儿腊肉，都是我自己做的，你不会炒就让许宁做给你吃。还有两箱冰糖橙，我记得你爱吃这个，你大伯刚摘的，很新鲜。"

周漠是湖南人，她的家在凤凰古城旁一座湘西小城，她嗜辣，然而广州的湘菜馆大多不够地道，这么多年就没吃过一家满意的店，前段时间她疯狂想吃腊肉，广式腊肉又都是甜口的，于是跟母亲提了一嘴。

"许宁还在深圳。"

"他还没回来？"母亲忧心忡忡地问，"你们一直这样异地，我担心感情会出问题。"

"能出什么问题？"周漠笑着说，"不用担心，要是真跟他分了，我保证给你找个更好的女婿。"

"我看许宁就很好。"母亲话题一转，"月底了，又该交房租了吧？"

"嗯，刚交。"

"咱们这儿很多人一个月工资都没四千五百元。"母亲叹了口气，又问，"我一直没敢问你，你们这房租，是你交啊？还是许宁交？"

"不一定，谁先想到谁交。"

"你跟他同居，理应是他交房租的。"

"他现在一个月就回来一两天。"话说出口，周漠就后悔了，她一个激灵坐起身。果然，母亲开始狂轰滥炸。周漠将手机拿远些，等母亲情绪平复了些，才缓缓地说道："行，我知道了。"

"你知道什么？"母亲更加不满，"要么你去深圳，要么许宁回广州，这样长期分居，就是不行！"

"还有……"母亲又说道，"你都二十八岁了，是时候跟许宁把婚事办了，我现在每天就琢磨着这事儿呢。"

周漠挂了电话，将手机扔在一旁，重新躺回沙发上。

去深圳？

这么多年，她第一次认真考虑起这个问题。

半夜，周漠从床上爬起来，摸黑找到手机，打开招聘软件。将定位设置为深圳，在求职搜索栏输入"软件售前"四个字。一页一页地慢慢往下拉，多到看不到头，薪酬远比她想象的还要高。

所有人都不知道，周漠有个梦想，她打算在四十五岁之前攒够一套房子和三百万元现金就退休。原本她想着年底去看房，可突如其来的调岗打乱了她的计划。如果去深圳，钱自然是会好赚许多。可下一刻，当她打开另一个购房软件，看到上面的数据时，立即扔了手机，闭眼睡觉。

周日傍晚，周漠站在阳台上给绿植浇水，这几盆她叫不出名的盆栽是许宁买回来的。当初租下这里，就是因为他喜欢这个阳台。他去深圳后，周漠想过把它们全送人或扔了，但一直提不起劲干这件事，于是维持原状。她偶尔想起了才给它们浇浇水，幸亏都是好养活的，即便日头这样暴晒，都还没死。

傍晚的风很闷热，但最近的夕阳美得不像话，她拿起手机拍了两张，点了根烟。刚抽一口，电话响起。

丁瑶在电话那头问："你出门没有？"

"刚化好妆。"

"这鬼天气化什么妆都白搭，不过我最近新试了一款防晒霜还不错，一会儿给你们一人一个。"丁瑶说完，又催道，"你赶紧出门，每次就你最慢。"

"我今天生日，我最大。"周漠懒懒地笑道。

周漠刚挂了电话，手机又开始振动。她看到署名，接起，声音冷淡地说："喂。"

"抱歉啊，周漠，回不去陪你过生日。"那头，许宁声音疲惫，背景嘈杂，估计还在公司。

周漠原本想冷嘲热讽两句，这会儿又于心不忍。

"没事，你工作忙。"她不咸不淡地说着，夹着香烟的手放在其中一盆绿植上，手抖了两下，烟灰进了泥土里。

"你是不是生气了？"他小心翼翼地问道。

"没有。"

"礼物我已经买好了，大概今晚就能到。"

"行。"

"我尽量……下个周末回去。"他开口承诺道。

"我先听着。"她笑笑，随即低叹道，"许宁，认真算一下日子，我们好像……两个月没见面了？"

他那头沉默许久。

"工作要紧，我要出门了，先这样吧。"她说完便挂了电话。

她跟许宁的双城生活已经持续了一年，广深离得并不远，深圳北站到广州南站只需三十分钟，票价七十四元五角，如果真的想见面，每个周末见一次没有问题。

但这样的热情许宁只维持了最初的半年，之后他越来越忙，忙到周末也要加班，或者没加班的时候，他也只想在床上躺一天度过。

不知不觉，见她这件事已经不在首位。起初周漠表达过不满，要求他一个月至少回来两趟。二人因此大吵过一次。

"那你为什么不能来深圳找我？"当时，他在那头冷冷地问道。

"你当时说去半年，现在都快一年了。你要真那么想在深圳待着，你跟我直说啊，我又不会绑着你不让你去。"周漠被他气得口不择言，

"你找个时间回来收拾东西，我们分手吧。"

"周漠。"许宁讳听到"分手"二字，闻言整个人炸了，"我做这些是为了什么？当初是你说让我把握机会的，我辛辛苦苦没日没夜地加班，不都是为了在广州给你买套房子住？！"

"打住。"她说道，"你千万别给我扣帽子，你工作赚钱也好，买房也好，是为了你自己，房子我会自己买。"

那次吵架过后，许宁连夜从深圳赶了回来。二人都不是不讲理的人，心平气和敞开心扉地谈到半夜。谈判结果是，周漠让步，让他专心工作到项目结束，这样两边跑，他确实也累。

让步的结果是，他这次两个月没回来了。

二十八岁的周漠觉得眼下的自己就像一只秃头鸭子，每个人都在把她往前赶，她扑腾扑腾地跑，羽毛掉了一地，从正面看，她没什么变化，可只要换个角度，就能看到她头顶其实光溜溜一大块儿。

前不久，她还觉得自己是人生赢家，年纪轻轻，干着一份高薪且不算累的工作，存款不少，年底把房子一买，也算是在这座她热爱的城市落地生根。

可才短短几天，她发现自己的人生有了天翻地覆的变化。引以为傲的稳定工作开始岌岌可危，谈了多年的男友忽然像个隐形人，消失在她的生活里。身边的朋友都在朝前奔，就她突然停滞下来，还极大可能会倒退。

是安于现状，还是破釜沉舟？周漠盯着半空中的那一抹暗黄，陷入沉思。生活看似是一道选择题，选项很多，可在周漠眼里，那些选项都是伪命题。她更觉得生活是一道道判断题，任何一条路只能硬着头皮走下去，对了，步步高升；错了，从头再来。

就在这半分钟里，周漠心中已拿定主意，她掐了烟，在暮色中走进屋内。

周漠到约定的餐厅时，陈乔粤跟丁瑶都已经到了。

周漠跟陈乔粤、丁瑶是大学舍友，当时宿舍是四人寝，另外一个女生只上了一学期就退学了，于是往后那几年，整个宿舍就她们三个人住。

都说三个女生在一起，肯定会冷落一个，但这么多年，这三人就像铁三角，稳定得很。这年的生日周漠本不想过，但她们还是安排了节目。

"你这穿的什么呀？"丁瑶上下打量着她，灰绿色的小吊带加一条浅色短牛仔裤，头发随意扎起，普通到不能再普通，如果不是身材好，这装扮扔人群里都找不到。

"我觉得挺舒服的。"周漠笑道，看向丁瑶，她今天化着欧美妆，身上穿了一件极显身材的 V 领吊带裙，胸脯饱满，腰肢纤细，屁股大得吓人。

"你这屁股是不是假的？"周漠拍了一下她的屁股，问道。

"很明显吗？"丁瑶皱眉，"我刚刚照了好久的镜子，看不出来啊。"

"她穿了无痕丰臀裤。"陈乔粤插嘴。

"你这身材比例也太夸张了。"周漠不明白当下这种审美，臀部跟胯部大得吓人，显得腰肢纤细无比，整个人看上去就像一个窄口花瓶。

"你知不知道现在颜值博主竞争有多大？正常人满大街都是，谁要看正常人啊？"丁瑶笑道，"现在这种身材特别流行，我得蹭蹭热度，不瞒你们说，我最近有时候一天就吃半个苹果。"

"那你刚刚还点了个大套餐？"陈乔粤问。

"我得拍照啊。"

三人在江边的卡座坐下，夜景很美，沙发坐着也舒服，只是夜晚的风不带一丝凉意，反而异常闷热。

"我们能不能进去？里面有空调。"周漠提议道。

"这里风景好。"丁瑶已经拿起手机自拍。

"你等等，我让他们多拿台风扇过来。"陈乔粤起身去叫人。

"你怎么不拿相机拍？手机不够专业啊。"周漠看着眼前不断换姿势的好友说道。

"就是要这种朦朦胧胧的感觉才美，太高清反而不好看。"

"我看你最近粉丝都快十万了。"

"昨天已经十万了。"

去年，丁瑶辞职考研，勤勤恳恳地备考了半年，笔试成绩出乎意料的好，然而复试被刷，一共录取十一个人，她刚好排在第十二位。之后拍了个哭诉视频发到小粉书，没想到一下爆火。

"她们根本不在乎我考没考上，她们只在乎我都哭成那样了，为什么眼线还没晕……"当丁瑶发现自己的笔记突然被两万人点赞时，激动地对好友们道，"我好像找到一条新路子了，我要当美妆博主！"

短短半年时间，她从一个素人摇身一变，如今已是十万粉的博主，广告接到手软，每个月的收入差不多是之前的十倍。

丁瑶抓住刚刚回来的陈乔粤："今晚这顿我请，富婆你不许跟我抢。"

"我不抢。"陈乔粤坐下，"这里你最有钱。"

"你们别互相推了，反正我今晚就放开吃，吃穷你们。"周漠笑道。

前不久，陈乔粤村里的旧屋终于回迁完毕，一下拿到六套回迁房，总面积达五百多平方米，一夜暴富大抵如此。

"小乔，你最近是不是特空虚？年纪轻轻就拥有这么多套房子。"丁瑶问，"我听说很多拆迁户又拿房又拿钱，钱到手立马提豪车，真是人生赢家啊，羡慕不来。"

"不空虚，其实我好忙。"陈乔粤叉了一块火龙果，说道。

"忙什么？"

"我还没想好那些房子怎么处理。"她说，"你们知道现在很多短租公寓吗？"

"知道，不过据我所知，很多开没多久就倒闭了，一手房租太高，二手房东现在不好做。"周漠说。

"如果要我自己租出去，就得一套一套地去装修。"

"这是个大工程。"丁瑶道。

"是啊，烦着呢。"

"这就是有钱人的烦恼吗？"

"有钱个鬼，我现在一分钱没见到。"陈乔粤摇了摇头，"光装修都是一笔不小的费用，所以我建议把其中一套卖了，不过……"

"不过什么？"

"我妈不同意。"

"为什么不同意？"

"老一辈的思想，不到饿死，不卖房。"陈乔粤盯着眼前盘子里精致的甜点，幽幽地说道，"所以……你们别看那些拆迁户表面风光，实际上就是死守着房子，变不了现。"

周漠跟丁瑶同时摇头，异口同声地道："我理解不了。"

丁瑶抿了口冰水，看着眼前大快朵颐的两个女人："我真羡慕你们。"

"羡慕什么？"

"你们想吃就能吃。"

"吃饭犯法吗？"周漠认真地说道，"你赶紧吃点儿东西。"

陈乔粤把一小戳意粉放进她的碟子里："你再不摄入碳水小心绝经。"

丁瑶皱了皱眉，手托着下巴，说："说实话，我觉得我最近快抑郁了，这情绪总是忽喜忽悲，患得患失，你们懂吗……"

二人同时摇头。

"我总感觉现在这一切都是过眼云烟，很快就消失。这名利场来得快，去得也快。"她叹了口气，缓缓地说道，"忘了告诉你们，我报名考研了。但我到现在都没复习，只剩下不到五个月的时间……"

"那你怎么想的？"陈乔粤问，"你先安心复习不行吗？考上了一样能当美妆博主啊。"

丁瑶苦笑地说："这行更新换代特别快，如果不能保证更新频率，粉丝很快就跑光了。"

"所以你在犹豫……是放弃考研继续当博主？还是放弃博主去考研？"周漠问。

"嗯。"眼前是两条路，一条是赚快钱，一条是提升自我对将来发展有帮助。可是考完研，她赚的钱会比现在更多吗？

"我觉得还是……考研。"陈乔粤道。

"周漠你觉得呢？"丁瑶问。

"我给不了建议。"周漠抽了张纸巾，按了按嘴角，苦笑道，"我刚刚也被迫做了选择，还不知道是对是错。"

她把调岗的事说了一下。

"这个项目你跟了这么多年，跟那边的关系一直挺好的，有人想搞你？"陈乔粤问。

周漠摇头："是安建的意思。"又笑笑，"之前的路子一直很顺，现在才接触到职场残酷的一面，不过还好，不算太晚。"

"那你接下来有什么打算？"

周漠盯着眼前被锯成两半的牛扒，淡淡地道："接手新项目吧。"

陈乔粤眼中的周漠一直是个冷静且理智的人，她永远能毫不费力就做出决定，且在最短的时间内说服自己。这点是她跟丁瑶最佩服的地方。

这家餐厅九点半过后就成了清吧，只供应酒跟小吃，台上的歌手也变了，从小清新伤感情歌变成缠绵悱恻的英文歌。

三个人心里都装着事，喝了不少。

"你饭都不吃，居然敢喝酒？不怕明天脸肿不好看？"周漠见丁瑶一杯接一杯，惊讶地问道。

"现在都是靠P图的，再说了我到时候还能化个醉酒妆，说不定又能火一把。"她眨了眨眼，那两扇假睫毛跟着扑扇。

周漠跟她碰杯，由衷地夸她："你不成功谁成功。"

"你跟许宁几时结婚啊？"陈乔粤问她。

"没那么快。"周漠摇头，眼底闪过一丝迷茫，半晌又道，"异地恋没有好下场。"

丁瑶认同地点头，又问："一开始许宁不是说就过去半年吗？这一年都快过去了，还不回来？"

"这种事情哪里说得准，不断加需求改需求，他今天给我打电话了，听声音好像还在加班。"

"不愧是深圳啊，'卷王'。"

酒醉后的周漠像变了个人。每回她一喝醉，那嘴就没停过，说个不停，还喜欢撒酒疯，比此时她跑到台上，要人家专业歌手给她让位。

丁瑶趴在桌上，笑得停不下来："小乔，你赶紧给她录下来。"

"今天是我的生日，我给大家献唱一曲。"周漠拿起麦克风，说完对身后的钢琴师点了点头。

台下观众见到一个衣着清凉的靓女发酒疯，喜闻乐见，开始起哄。

周漠等了一会儿，见音乐声还没响起，不满地看向那钢琴师："开始。"

钢琴师一脸无语，又忍不住笑道："您要唱什么？"

"哦对，我忘记报歌名了。"周漠不好意思地笑笑，"我要唱……张国荣的《侬本多情》。"

"情爱就好像一串梦，梦醒了一切亦空……"

周漠来广州满打满算已差不多十年，至今已经能说一口流利的粤语。

大学那会儿为了学粤语，让陈乔粤没日没夜地教她，从一开始发音笨拙搞笑，到后面能看一整集无字幕版《寻秦记》，她只用了一学期的时间。

一本正经地唱着粤语歌的周漠很迷人。李柏添倚着吧台，从他的角度望过去，只能看到台上那女人的侧脸。他以为她会出洋相，没想到唱得还可以。身旁的好友见他看得专注，眼底带着笑意，于是问道："有兴趣？"

李柏添咬着烟，不置可否。

"我渴望自由让我冲天飞，当初的我太冲动……"

周漠的嗓音带着酒醉的沙哑与慵懒，即便唱功一般，但韵味十足。

台下，丁瑶看得眼睛眯起："周漠在发光。"

陈乔粤举着手机正在录像，闻言点头："她今天真不应该穿这套衣服。"

周漠唱到一半，戛然而止。她把麦克风交到驻唱歌手手里，在众人的掌声中，小跑着往外走。

胃里阵阵翻滚，周漠踉踉跄跄地跑到门外，弯腰一阵干呕。她吐了好一会儿吐不出什么东西，强忍着不适打算走回去。可走没两步，一股酸味涌上喉咙，她脑子来不及反应，手已经撑着一旁的黑色轿车，吐了个底朝天。

这晚吃的东西太杂，基本上全吐出来了，周漠盯着眼前崭新的黑色轮胎上的污秽物陷入沉思。

"我这车今天刚提。"身后有低沉的声音传来。

周漠闻言，抬手抹了一下嘴角，缓缓地转过身去。眼前的男人很高，她微微仰起头，见他脸上喜怒不明，她迟疑地问道："这车……是你的？"

他点头。

风将她腮边的头发吹起，发尾划过肌肤，痒得不行，周漠将头发夹至耳后，才道："洗车的钱我赔给你。"

她摸了摸牛仔裤的口袋，发现口袋很浅，放不进一部手机，于是说道："我手机……在里面，你等我一下。"

"不用。"李柏添道。

周漠再次看向他的脸，摸不准他是什么意思，正想开口，便看到许宁朝她走来。多日未见的男友突然出现，周漠发现自己并没有想象中开心。

许宁见她脸上两坨红晕，他虚搂住她，轻声问道："喝酒了？"

"你先帮我……"她指了一下那摊污秽物，又去看身后的男人，一脸歉意地说："抱歉啊，我让我男朋友把钱转给你。"

李柏添意味深长地看了她一眼，再次摇头："不用了。"

说完便拉开车门上了车。

待那辆还未上牌的黑色奥迪开远，消失在拐角处，周漠才收回目光。

"你怎么知道我在这里？"周漠问他。

"丁瑶发了朋友圈，有定位。"许宁笑道。

"不是说这周不回来？"

"App今晚上线，我申请在家办公了。"他将她搂紧，哑声说道，"请了两天假，好好陪陪你。"

二人在一起这么久，许宁怎么会听不出下午那通电话里她闹情绪了，他挂了电话后，当即买了高铁票。

碰巧陈乔粤扶着丁瑶出来，见到许宁，二人快速交换了眼神，又同时笑了起来。

"你们赶紧回家吧。"陈乔粤揶揄道。

"先送你们回去。"许宁说。

"不用，小乔没醉，她送我就行。"丁瑶抢先说道。

丁瑶又从陈乔粤怀里挣扎着站直，从包里掏出个盒子："你的礼物。"她笑得一脸春心荡漾，"春宵一刻值千金哦。"

周漠看了那盒子一眼，太阳穴突突地疼，她今天出来没带包，这会儿要她拿着个充满情趣的内衣包装盒满街跑？

回到家，许宁去洗澡，周漠进屋开空调，这天气实在热，至少空调提前开十分钟屋内才有凉意。她跟许宁谈了两年多恋爱，这是她所有恋情中最持久的一段，因此周漠不知道别的情侣在谈了两年后是否还能保持激情？

刚异地那会儿，许宁基本上每周都会回来，一回来便是干柴遇烈火，不把彼此燃烧尽不罢休。后来他工作越来越忙，开始变为两周一见，那会儿也还行，但他明显疲惫，状态大不如前。再后来，他们从周末情侣变成月末情侣，一个月只有两天时间是在一起的，可即便这样，他能足足睡满一天。

这回已经两个月没见面了，周漠以为这晚会发生点儿什么，可什么都没有。

她看着身侧呼吸均匀正沉睡的男人，家居服底下，丁瑶送的那套情趣内衣正贴着她的肌肤，触感冰凉，却令她浑身燥热。辗转反侧，她决定还是不强迫自己睡觉，掀开薄被起身。

隔天，周漠起床时，许宁还在睡。

周一上班高峰期，无论哪种交通工具都是堵车，即便是地铁。

这座城市最容易把人劝退的，除了满天飞的大蟑螂，还有就是这条闻名全国的"死亡三号线"。其中又数"体育西路站"最丧心病狂，这个站又被广大"社畜"戏称为"地狱西路站"，这里有着全国地铁最高客流量，日均客流高达七十多万。

周漠的终点站就是体育西路，三个站走走停停足足花了十分钟，而正常情况下五分钟就能到。几年前第一次在高峰期坐三号线，地铁停下的时候她还以为出故障了，后来才知道，原来地铁也会堵车。

周漠十点才到公司，刚坐到工位上就收到安建的信息："进来一下。"

周漠知道他是想谈调岗的事，慢悠悠地装了杯冰水才朝他的办公室走去。

"吃早餐没？"安建问。

"吃了。"

"那件事，你考虑得怎么样了？"

"安总，我也不跟你兜圈子。你让我把手里收益最高的项目让出去，又给我塞一个这么难啃的，我总不能饿死……"

"说说你的想法。"

"我大概看过飞狮的资料，这个导向机器人想要大规模应用到市场上，目前来说难度很大。"她说，"价格高，又是新鲜事物，我觉得很少有公司会愿意拿这么高昂的费用去试错。"

"智能家居刚应用到生活中的时候也有很多人不看好，现在你看家家户户智能灯、智能马桶……扫地机器人也越来越普及，再看看飞狮，你现在觉得这种导向机器人不被接受，但要是放到地铁里、商场里、医院……思维得转变一下。"

周漠笑了，他想到的她怎么会想不到。昨夜翻阅资料的时候她就发现了，导向机器人没办法走进每家每户，但应用场景还是相当广泛的。这确实如安建所言，是一片蓝海。

周漠昨夜看完资料，迟迟无法入睡，脑子里大概已经有个整体计划，她跃跃欲试。只是谈判这种事，就要先抑后扬。

"但是短时间内，要做到大规模出货，还是很难。"她道，"所以我想，给我一年的时间，这一年，我的底薪不能低于……"她报了个数。

安建闻言，挑了挑眉："这个价是不是太高了？"

"如果一年后，这个项目做不成，我会自己走人。"她淡淡地道。

安建一直盯着她看，久久未言。周漠手心里有汗渗出，她有破釜沉舟的勇气，却不知安建是否愿意为之买单。

"可以。"最终，他道。

谈妥了条件，周漠几不可闻地松了口气。

"期待你的新战绩。"安建笑道，又从右手边拿了几瓶儿童巧克力奶，"今天早上出门的时候，我女儿塞给我的，这种东西我也不爱喝，你拿去喝吧。"

周漠笑着接过。

中午，许宁约了周漠吃饭，在 K11 一家川菜馆。

周漠到的时候，许宁戴着耳机正跟人讲电话。这天是工作日，他虽然休假了，但还是有很多事情忙。许宁是技术出身，干了几年开发后转项目经理，如今管理着一个十五人的团队，他比周漠大两岁，目前工资是她的两倍。

按道理说，以二人现在的工资，要在广州买房并不难。许宁不止一次建议过两人合资买一套，作为婚房。首付周漠看着出，他出剩余的，写两个人的名字，但被周漠否决了。

周漠一直打算着买一套只属于自己的婚前房，这套房子不用太大，不用非得在市中心，只要地段不算太差，房价上涨的速度能跑得过通货膨胀就行。这样的选择有很多，只是她的存款还没达到预期。

因为买房这事，二人也多有争吵。

"我是奔着跟你结婚去的，你为什么非得跟我分得那么清呢？"许宁最不理解这一点。

"第一，我们现在都有名额，婚前买，首付都是百分之三十，一人买一套是利益最大化。第二，我想要有独属于我自己的房子，要是以后离婚了，不至于为了点儿房产闹得太难看。"

"一人一套意味着以后要还两套房的贷款，这样不累吗？"许宁不明白，"还有，这都还没结婚，你就想到离婚了？"

"许宁，《婚姻法》只会保护有产者，不会保护弱者。"周漠觉得他天真，"爱情会消失，钱跟房子不会。"

每次都不欢而散，久而久之，没人再提这个话题。

许宁挂了电话，摘下耳机："点菜了吗？"

周漠摇头："我以为你点了。"

他笑了笑，拿起手机扫码，再把手机递给她："你来点吧。"

工作日的午餐，周漠吃得不多，点了两个荤菜一个素菜："你吃米饭吗？"

"要一碗吧。"他把笔记本收起，放进包里。

许宁虽然转管理多年，但身上的技术味还是很浓，出门必带双肩包，包里标配是一台笔记本电脑，还有一把雨伞。

周漠出门从不带伞，所以他常年把一把折叠遮阳伞带身上。

"你们公司伙食不是出了名的好吗？怎么还是这么瘦？"周漠淡淡地问道。

他给她倒了杯温水："饭堂是外包的，实际上都挺难吃。"

米饭上桌，他接过，摘了眼镜："我分点给你？"

"不用。"周漠喝了口温水，"我不吃米饭。"

"又在减肥？"他问。

"夏天衣服薄，吃太多肚子鼓起来太难看。"

"你还说我瘦，我看你也瘦了不少，我不在的这些日子你是不是天天吃外卖？"

"我瘦了吗？"周漠眼睛亮了一下。

他无奈一笑，低头扒饭。

"我换了个私教，送了几节普拉提，感觉有点儿效果。"

"确实，我看你的腰也细了不少。"

二人唠了会儿家常，周漠突然问道："你听过飞狮移动吗？"

"好像没听过，做什么的？"

"专门做导向机器人。"

"机器人？"许宁想了一下，"你说机器人我倒想起来了。"

"什么？"

"我们公司最近进了一批机器人，每个分公司分了几台，好像就是飞狮移动。"

"你们进机器人做什么？"

"新兴玩意儿，又能带路，又能送餐，还能陪聊天，挺有意思的。"

周漠心中一动。

"你问这个做什么？"许宁问，"打算跳槽？"

"不是。"她这才想起许宁还不知道她调岗的事，于是跟他说了一下。

他听完，静默半晌，才问："如果一年后市场还没打开呢？"

"那就走人咯。"她耸了耸肩。

"周漠。"许宁正色道，"要不……结婚吧？"

对于他突如其来的求婚，周漠有些惊讶。

"我不想你那么辛苦。"他直言道，"以我现在的工资，养家养你，都不成问题。"

周漠笑了笑："确实，可还要养车养房养孩子呢，光靠你一个人，够吗？"

"我的加薪申请下来了，今年工资能涨百分之十。"他长长地松了口气，"这一年，总算没白加班。"

听到男友加薪，周漠发现自己脑子里第一反应竟然是二人的差距越来越大了。她收起那莫名的失落情绪，勾起嘴角，拿起茶杯碰了一下他的："恭喜。"

"我打算……这两个月去看房。"许宁又道，"不过，我手头上的钱，要么买套郊区大三房，要么就市区'老破小'。"

她大概猜到他接下来要说什么了。

"我还是那句话，周漠，如果你愿意，我们一起买，咱们的钱一起，大概能买套市区次新房。"

"你让我……想想吧。"

下午，周漠跑了趟飞狮移动，看资料始终是纸上谈兵，远不如到现场见一见这些令安建野心勃勃的产品来得实在。

接待她的男人叫赵品高，是飞狮的产品经理，他的处境并没有比周漠好多少，这个产品耗费了整个团队无数心血，然而自面世后，销量一直很差，今天流的泪就是当初吹的牛，机器人这种高新科技又不能像街边的二元店，或者田里的番薯，他总不能拿个大喇叭出去巡街："机器人滞销，请帮帮我们！"

周漠拧开矿泉水的瓶盖，喝了口水，看赵品高跟机器人互动。

眼前这个名叫小狮的"瘦高个"外形很像 ET（外星人），巴掌大的脸上两只眼睛一个嘴巴，胸前嵌入一块智能的可视面板，它的高度只到周漠的腰部，赵品高问什么它就答什么。

"它就只会说这几句话吗？"周漠问。

"现在你看到的是最基础的版本，之后会根据不同场景再定制。"

周漠点了点头。想要把眼前这台导向机器人推向市场，并不是"进货卖货"这么简单。从飞狮移动拿到产品后，还得根据甲方的需求进行个性化定制，周漠所在的安兴科技说白了就是个"软件中介"，负责的就是"软件定制"这一步，软件配备成功后这个机器人才能应用到不同的场景中。比如应用到医院、图书馆、展览会、政务大厅等，不同场景需求并不一样。

安建的想法很好，靠着跟飞狮老总这层关系能拿到较低的进货价，他想着在"硬件"机器人上赚一笔，"软件定制"上再赚一笔，之后的"系统维护"又能赚一笔。他始终看好智能化机器人就是当下的风口，他信心满满能当那只风口中飞翔的猪。

"要造出一台这样的机器人，大概要多久？"周漠问。

"最快也要一个月。"

周漠有点儿惊讶："这么快？"

"技术其实已经很成熟了。"赵品高笑着说，"如果你有兴趣，可以另约时间，我让人带你参观工厂。"

赵品高话音刚落，他的手机响起，看了眼屏幕后，他对周漠笑笑："抱歉，周小姐，我接个电话。"

周漠点头。

赵品高没走远，周漠听到他说："李总……对，我在公司，就在一楼接待厅，我让助理过去接您。"

挂了电话，他对周漠道："今天还有另一个客户过来看机器人。"

周漠闻言笑道："行情不错啊。"

赵品高苦笑："不瞒你说，很多人也就过来参观参观，真正下单的非常少，毕竟这样一台机器人也不便宜。"

周漠的近视有点儿严重，这天没戴隐形眼镜，所以当那男人走近，她才发现，他就是周日晚上那个扬长而去的无牌车车主。

二人打了个照面，周漠笑着朝他点了点头，那男人却只瞥了她一眼，没做回应。肉眼可见的，赵品高对那男人的态度比对她可热情太多。周漠站在一旁，又看了一次机器人演示。

男人全程未发一言，待演示完毕，他才缓缓地开口："我十月底要用，还有不到三个月的时间，赶得及吗？"

赵品高闻言，眼睛亮了一下："您要多少台？要放到哪些地方？"

"十月底有个车展。"他沉吟道，"大概要十台。"

他话音刚落，突然一阵刺耳的声音响起，他看过来，周漠举着那个半瘪的矿泉水瓶，抱歉地笑笑。

赵品高平日里遇到的客户十有八九事儿多且爱"白嫖"，突然遇到一个真诚求合作的，激动得连忙扯过一旁两本宣传册："李总，您可以再看看我们这个册子，上面有详细的介绍。"

男人笑了笑，说："我之前看过了，今天就是想过来看一下实物。"他又问，"能不能拿一台样品送到我们公司？"

"可以的，可以的。"

"行，之后我让助理跟你们的人对接。"

他说完，电话铃声响起："抱歉，我接个电话。"

他走到门口接电话，周漠才问赵品高："赵经理，这位李总什么来头啊？"

"他是奥美广告的……"

"奥美广告？"周漠有些惊讶。

奥美广告，华南地区最大的广告公司，总部在琶洲，毗邻广交会会场馆，每年光靠广交会的订单，都有一笔巨额创收。去年，奥美做企业形象改革，App（软件）和PC（电脑）端都打算大刀阔斧地搞升级，周漠当时还上门去做介绍，想看看有没有合作机会。结果当然是，奥美看不上他们这个小公司，后面的项目好似给了本市一个巨型外包公司。

她摸不准那男人是什么职位，又不敢对着赵品高问得太细。但周漠可以肯定，只要搭上奥美这艘船，她就算是握住了这个新项目的钥匙。本着销售的第六感，周漠觉得此刻门口正背对着她讲电话的男人就是她打响机器人项目的第一炮。

李柏添挂了电话，见到那女人朝他走来。

说实话，见她的第一眼，李柏添没把她和周日那晚餐厅门口吐在他新车上的女人联系到一块儿。她今天没化妆，简单的白 T 恤搭一条九分牛仔裤，手上提着一个帆布包，跟那晚的形象相差甚远。

周漠在他跟前站定，对着他笑道："广州说小不小，居然还能碰到你，你那车子洗了吗？"

"洗了。"

"洗车钱还没转给你。"她笑着说，"要不加个联系方式？"

他低头按手机，过了一会儿，把手机举起面对着她。

周漠定睛一看，是个付款码。

"扫吧。"他说。

周漠笑容僵在嘴角，但还是问："多少？"

"八百元。"

这下她笑不出来了："这么贵？"

他"嗯"了一声。

她拿出手机，刚要扫码，那男人又把手机收了回去，笑了笑，说："还真扫？"

周漠怔怔地看着他的笑脸，那天在餐厅门口路灯昏暗，她没看仔细，方才离得远，她近视度数深，只看到个大概的轮廓，这会儿近距离面对面，周漠才发现眼前的男人长了一张很有味道的脸，不是中国传统审美里的周正，他眼窝较深，高鼻梁，唇峰分明，看着有点儿像混血。

周漠收回目光，从包里拿出一张名片："李总，我也不绕圈子了，方才我听您说要十台机器人，我是安兴科技的销售，我们公司专做软件服务的……"

李柏添扫了一眼她的名片，却没接："我以为你是这里的员工。"

"我今天也是过来看机器人的。"周漠说道，"李总，我知道奥美每年有很多展览会的单子，引进引导机器人绝对是一个很好的宣传噱头，您拿到机器人后肯定也要找外包公司做软件定制，您看……我们正好是做这一行的。"

这个时间点，日头最晒，门口没装空调，在这里谈话绝对不是一个好的选择。周漠又道："能不能留一个您的联系方式？我们另约一个时间详聊？"

李柏添看了她一眼，抽走她手里的名片，盯着那上边的名字："周漠。"

他嗓音低沉，缓缓地念出她的名字，周漠心里涌起一阵异样，她清了清嗓子，说："或者留一个您助理的联系方式也行。"

她那张名片被他握在手心："如果有需要，我们会联系你。"

周漠有点儿失望，不过转念一想，这也正常，大公司流程多，且利益关系复杂，不可能凭借她几句话就对她抛出橄榄枝。

她扬起笑脸："行，我等您电话。"

周漠没买车，平日里开公司里那辆白色沃尔沃，这天碰巧沃尔沃送去保养，她不得不从公司打车到这儿，再打车回去。

飞狮移动在郊区，占地面积很大，从机器人展示厅走到大门口是一段相当长的路程，周漠顶着烈日，心想下回出门一定要带伞。

她边走边掏出手机看，打车软件显示她的订单被取消了。这周围荒无人烟，很难打到车，正纠结着要不要打辆摩托车到最近的地铁站，身旁有车子停下，是那辆黑色无牌奥迪。很快，它经过感应杆，快速离开。

周漠找了处阴凉地，加价十元才匹配到新的网约车。

回城这一路，她四处打听这位"李总"。奥美在业内名声很大，只要他算得上是号人物，信息肯定不会少。很快，她从一个广告行业的朋友处得知："听你描述应该是李柏添，奥美高层就两位姓李的，另一个是女的。"

"你有他照片吗？"周漠问。

朋友很快发来一张图："是他吗？"

周漠将手机亮度调到最大，照片里的李柏添西装革履，头发也梳得一丝不苟，正对着镜头微笑。

"你有没有他的联系方式？"

"我怎么可能会有。"朋友很快回复，"不过我倒能帮你问问。"

"好，帮帮手，得闲请你饮茶。"

周漠将手机扔回包内，她看向车窗外，一片荒草地中间几栋高楼拔地而起，工人正在作业，尘土飞扬。这边虽然人烟稀少，但不妨碍房地产公司把手伸过来，市区的地能用的基本上用完了，郊区成为香饽饽。

周漠看着那高楼顶上挂着的红色横幅：碧水香居，首付三十万起。

这里回市区开车少说也要一个半小时，还是在不堵车的前提下，要她每天花这么长时间通勤，她宁愿在公司门口租房住。

周漠忽地就想起许宁那个建议，两个人合伙买房，怎么着也能在市区买套次新房。

周漠打开门，见厨房的灯开着，许宁正在炒菜。

"我看冰箱里有包腊肉，是你妈妈寄过来的吧？"他问。

周漠原本郁结的心情在看到那一锅腊肉时，顿时好转："好久没吃家常菜了。"

"汤跟饭都已经好了，你洗个手就能吃了。"

她洗完手出来，菜已经出锅，一碟蒜心炒腊肉，一碟酸辣土豆丝，还有一碗苦瓜排骨汤。许宁是武汉人，也嗜辣，因此多放了几个小米椒，周漠闻着那味道已经食欲大动。

"你喝可乐还是啤酒？"他问。

"啤酒吧。"

他拿了两罐冰镇啤酒，帮她打开，放到她手边。

"昨天我说的事，你考虑好了吗？"

"这么大的事，你就给我一天时间啊？"周漠抿了口啤酒，说，"说真的，我这工作现在这样……加上现在这大环境不太好，要换工也难，在这个时候买房，我担心我连房贷都还不起。"

"这不还有我呢吗？"他握了一下她的手。

"许宁。"周漠认真地看着他，半晌，轻声说道，"你让我再想想吧。"

他的笑容微微僵硬，但还是点头："行，那这事先不急，你慢慢考虑。"

吃完饭，许宁从房间拿出一个购物袋："生日礼物。"

周漠接过，里面是一个小挎包。

"下午在商场闲逛，觉得这个包你应该会喜欢。"

她看了一眼价格："代购能便宜两千元。"

许宁笑笑："代购还得等。"

他有时候花起钱来特没谱，不过周漠不想在这件事上扫他的兴，还是扬起嘴角道了谢。

她手机响起，拿出一看，是他的转账信息。

许宁给她转了一万块钱。

"四千八百元是这个月的房租、水电费，另外的是给你的红包。"他道。

周漠看着他洗碗的背影，笑了笑。

晚上，周漠坐在沙发上看电视，许宁在餐桌前办公。她盯着他的侧脸，许宁比她大两岁，已经迈过三十的关卡，可能是昨晚睡眠充足，这天的他不再一副昏昏欲睡的模样，他戴了一副黑框眼镜，专注地盯着眼前的屏幕，手指飞快地在键盘上打字。他如今的样子跟周漠当初第一次见到他时，没什么两样。周漠不明白，他永远不护肤且经常熬夜，为什么皮肤能依旧光滑，身材也不会因为吃夜宵而发胖。

工作原因，周漠接触过很多行业的男人，总体来说，互联网这行出优质男的概率最大，当然也有可能是基数大，毕竟现在到大学城抓十个男的，九个以后都会选择进这行。

她跟许宁第一次见面是在地铁站，同一个车厢，他站在她身旁，个子很高，穿着不俗，戴着口罩也能看出他眉眼好看，周漠那时候想，只要他的嘴不要太减分，这张脸差不到哪里去。

她的终点站在体育西路，而他每次都比她早一个站，在珠江新城站下车。周漠是颜控，许宁靠着半张脸让她印象深刻。之后，他们每天都坐地铁，巧的是，每一回都在同一个车厢。

三号线的拥挤是毫无人性的，在这儿，豆沙包能被挤出馅，香蕉能被挤成泥，人与人之间不再存在安全距离，站在车厢里基本上肉贴着肉，所以很多次，他就站在她的身侧，她几乎能从那薄薄一层布料感觉到他的体温。

空窗许久的周漠感受到前所未有的澎湃，陈乔粤跟丁瑶都怂恿她主动点儿。结果她还没想好怎么主动，机会就来了。

那天，周漠到珠江新城办事，她下车的时候，身后的人流把她往前推，这种事情很常见，每回下车，这些得体的白领就像遇到赈灾的灾民一样，使出浑身蛮力挤到车门前，都想做第一个下车的人。

身经百战的周漠那天正在回客户的信息，当车门一打开，她背上一阵剧痛，还没来得及回头看是谁打她，汹涌的人潮已经将她推了出去，周漠没注意脚下的路，一个趔趄就要摔倒，手臂适时被一只大掌抓住。

"你没事吧？"男人低沉的声音在耳边响起，咬字清晰标准，不是广普。

她侧过头，就看到皱着眉的许宁。

"你们让让，挡着路了。"后面有个暴躁的大哥叫道，周漠连忙直起身子靠边走。

"刚刚是我的包砸到你了。"他抱歉道，"身后有个人推了我一把，我不小心就……"

"理解。"周漠回他。

"你看看有没有受伤……"

她闻言笑了笑："这伤在背上，我现在也看不了啊。"

他一愣："也是，要不留个联系方式吧？"说完他又觉得不妥，于是补充道，"你要是受伤了，我给你赔医药费。"

周漠挑了挑眉，内心窃喜，但还是假装淡定："哦。"

他扫了她的二维码，看着她通过了才收回手机。

"你怎么今天在珠江新城下？"二人上电梯出站，他问道。

"办点儿事。"她说完，又问，"你怎么知道我不是在这站下？"

他笑笑："之前我下车的时候，没见你下过。"他又说道，"我叫许宁。"

"周漠。"

有时候缘分就是这么奇妙，这条周漠深恶痛绝的三号线竟然也能产生爱情。周漠从回忆中抽身，她从沙发站起，走到他身后："你要忙到什么时候？"

许宁闻言，停下打字的手，看了一眼墙上的钟，已经十一点半了："困了？"

她伸出手，将他笔记本盖上，又拿下他的眼镜："去洗澡。"说完，她的手划过他的下巴，"我去床上等你。"

周漠躺在床上，心里想，如果许宁这货还不明白她的意思，她明天就会让他滚蛋。

大概五分钟过后，许宁带着一身热气走了进来。二十分钟后，周漠怔怔地望着天花板。

"抱歉周漠，我最近有点儿累。"

她拉过被子盖过头顶，声音闷闷的："睡吧。"

隔天中午，周漠收到许宁的信息："我回去了。"

她回："嗯。"

关于昨晚的事，二人选择闭口不提。

这一整天，周漠心神不宁。她不知道许宁是真的"累了"，还是有别的原因。下班时间，周漠没急着往地铁站赶，她打算在附近解决晚饭问题。

"美女，又是鸡丝粥吗？"粥店老板对周漠已经很熟悉，见她进来，笑问。

"嗯，加个斋肠。"

"好，二十元，在这里吃还是打包？"

"在这里吃。"

这家粥店离公司不远，店内只有四张桌子，主要做外卖生意。

周漠找了个最里面的位置，店虽小，但很干净，这是周漠一直光顾这家店的理由之一。

很快，一碗鸡丝粥、一份肠粉上桌。广东的粥分为广式粥跟潮汕粥，这两种无论价格还是吃法都截然不同。前者绵软，大火煮到像糊一样，像这种小店，一般会在清早煮一大锅白粥，客人下单后，只需舀上一小碗再加上不同的肉菜涮熟即可，所以很快就能吃。

后者口感更像米饭，颗粒感强，潮汕粥里，粥是配角，主角是海鲜、排骨等荤菜。周漠犹记得第一次吃潮汕砂锅粥时简直惊为天人，但潮汕粥料多，且是现点现做，非常耗时。

夏季炎热，都市人一天忙碌下来胃口不佳，这时候生意最好的除了糖水铺，就是各式各样的粥店。

周漠这天一直觉得胃不舒服，喝了两口粥，鸡肉腌制不够入味，有点儿腥，她吃了两口便放下勺子。斋肠，即仅淋上特制酱油，什么料都没下的肠粉，粉皮又薄又糯，米香味十足，周漠将一整份斋肠吃完，又拨开鸡丝吃了两口粥。

热心的老板娘见她碗里的粥剩下不少，问道："不合胃口啊？"

周漠如实说了。老板娘面露难色，从冰箱拿出一瓶维他奶："可能是新来的厨师没腌制好，这个送给你饮。"

周漠忙摆手："不用了。"

"这间店好快就要搬了。"老板娘又对她道。

"搬到哪里去？"

"这里铺租贵，我们要搬到对面的巷子里。"

周漠怅然若失地点头。

老板娘把维他奶塞进她手里："多谢你一直帮衬我们。"

那瓶冰镇维他奶握在手里，缓解了一些燥热，很舒服。

周漠经过药房时，想了想，还是打算进去买点儿药。

据有关数据显示，中国患有肠胃疾病的人群已经达到 1.2 亿，高油高盐饮食跟不按时吃饭是两大元凶，销售就是这个病的高发人群。

她走进店内，拿了盒药，付款的时候，见收银台前挂了块小黑板，上面写着"万艾可缺货"。

店员见她目光在那上面停留的时间过长，笑道："如果你有需要的话可以关注我们的公众号，来货了会提醒。"

周漠"啊"了声，又问："这是……治什么的？"

店员面色古怪地回答："男性性功能障碍。"

周漠低声说了句："不需要。"

走在夜色里，闹哄哄的街头，娇兰佳人的音乐声最大，李克勤的声音传来——

大家忙

多么漂亮理由

爱不够

只不过是借口

凭我爱你这么久

亦没信心走出教堂

没理由

…………

合久必婚，合久必分。

进了地铁，周漠脑子里突然出现一句话——

北上广可以不相信眼泪，北上广一定要信万艾可。

工作已经将人抽干，还哪有精力谈情说爱？

"气象台预计，受台风'烟花'影响，我市明天将会出现特大暴雨，请各位市民做好防汛工作……"

台风是沿海地区每年夏天的"保留节目"。周漠走到阳台，已经妖风四起，许宁那儿盆花草摇摇欲坠，她把头伸出栏杆外，这个点楼下原本应该有许多老人纳凉聊天，这会儿空无一人，都躲进了屋内。

雨还没下，风刮得脸生疼，她弯下腰，将盆栽抱起，全部放进屋内。很快，原本堆满杂物的阳台仅剩下一台洗衣机，发出"哐当哐当"的声响。

周漠在广州多年，还是没法适应这种异常天气。台风天出行十分艰难，别说根本打不到车，严重的时候地铁里面全是水，更甚者还有可能直接停运。

台风天的三号线是这个世界上最可怕的地方。

周漠这天穿了双人字拖，脚指头已经被隔壁的靓女的长柄雨伞戳了好几下，她每回看过去，靓女便抱歉地笑笑，抬起她的伞，过了一会儿那伞头又落下，往复几次，如果不是人多到她连手也抬不起来，周漠真想把她那把伞直接扔了。

"你看着点儿行不行？"她没好气地说道。

"不好意思，不好意思……"靓女道歉。

突然一阵急刹，身前大汉朝她扑来，结结实实扑了个准儿，周漠忍着痛将他推开，头皮一阵刺痛，不知道哪个眼瞎的没看到扶手上她的头发，手大力一握，扯得她发根生疼。

短短三站，仿佛过了一个世纪长，在体育西路下车后，这场劫还没算真正渡完。前面一男一女正在吵架，无非是你推我撞你，这时候个个睡眠不足，火气最足，一丁点肢体接触都能爆发巨大的怒火，恨不得把对方当场烧死。所以说，三号线能产生爱情那是奇迹中的奇迹。

"要吵到一边吵，别挡路啊你们。"不少人对着他们嚷嚷。不能怪这些人冷漠，因为这样的情景每天都在发生，已经见怪不怪。

出了地铁站，走在路上，仿佛随时能被风卷跑，这时候打伞根本没用。根据多年经验，周漠今早翻出了差不多一年没用的雨衣，然而到公司的时候，身上的衣服还是湿了。

"这破天气还要上班，在家办公不行吗？"她坐下，听到身旁的测试李晓霏正吐槽。

"你不行，安总行。"另一个测试指了指安建的办公室，"赌不赌，他今天肯定不来公司。"

周漠换了双鞋，又抽了两张纸巾擦拭手臂上的水珠。

"你今天怎么来了？你又不用打卡。"李晓霏吃了口水煮鸡蛋，对周漠道。

"一大堆表等着今天交。"周漠打开电脑，拿起水杯走到茶水间，她实在闻不惯水煮蛋那股腥味，偏偏李晓霏最喜欢每天一颗蛋，从不落下。

导向机器人年度销售计划表，周漠盯着这几个字，喝了口热水。右手在键盘上敲敲打打，鼠标停在目标销售额上，她刷一下按了好几十个0，再一个个删去。

肩膀被拍了一下，她抬头，是人事部周文琪："天气不好，今天早上的面试取消。"

周漠点头："改到什么时候？"

"一个到明天下午，还有两个到后天。"

"全部改到后天吧，我明天要出去。"

周文琪沉吟片刻："行，我去沟通。"

周漠不爱做表，她觉得做表是浪费时间，有这时间不如让她多跑两趟医院。她想过了，要对外销机器人，还是得从自己最熟悉的领域下手，工作这么多年，跟医院领导打交道绝对是她能写进简历的技能。原本约了两家三甲医院的领导，可外面狂风暴雨，她头疼一会儿该怎么出去。

手机振动，广告行业的好友给她推了一张名片。

"李柏添的微信号拿不到，只要到了他助理的。"

周漠有些失望，但还是再次感谢。

中午休息时，周漠百无聊赖，上网搜了一下他的名字，上边有关他的信息不多，各大社交网站也找不到这个人名，最后还是在一个古老的社交网站上搜到了他的账号。

这个账号他从2008年就弃用了，估计连他自己都忘了这个号的存在。周漠翻看他的相册，发现有关他的照片并不多，只有三张，都穿着校服，意气风发的少年，跟朋友勾着肩，笑容灿烂。周漠发现，这男人年纪越大，脸上的线条越流畅，少年时期的他反而没现在好看。

她盯着他身上的校服，越看越觉得眼熟。周漠拿出手机，将那几张照片拍了下来。电光火石间，她突然想到什么，点开微信，把照片发了出去。

很快，陈乔粤回复："是五中的校服。"

她又问："这是谁？"

"你师兄。"周漠起身走了出去，给陈乔粤打了个电话。

"你哪儿来的照片？"

"上网扒的。"

"这人对你很重要？"陈乔粤笑问。

"一个潜在的金主。"周漠道，"既然你们是同一所学校的，肯定有校友会什么的，你快帮帮我……"

"我帮你打听打听吧。"陈乔粤爽快应下，"长这么好看，可惜不是我们这一届的。"

"等你好消息。"

下午，雨越下越大，写字楼门口积水已经有三十厘米高，街上垃圾满天飞，偶尔还夹杂着不知道哪间倒霉的店被掀飞的广告牌。周漠不得已给那两位领导发短信道歉，告知下午的会面因天气异常取消，再另约时间。

公司内部氛围懒散，这天大老板没上班，一个个都在"摸鱼"。周漠把那份年度计划表发送出去后，拿起手机，心不在焉地玩了会儿，等陈乔粤的信息。

终于在临下班前，收到她的回复："问一个师姐拿到的。"

周漠看着那头像，强忍着激动："找个时间，瑰丽酒店95楼，你敞开了吃。"

"你个财迷舍得破费？"陈乔粤很快回。

周漠把好友申请发出去，再切换对话框回她："只要能拿下他，把广州塔顶包下来给你跳广场舞都可以。"

"这人还是个学霸哦，中大的。"

"这么帅的学霸，你居然一点儿印象都没有？"

"他比我大五届。"

周漠心想，看不太出来啊，还以为是同龄人。

下班回家这一路，周漠把手机紧紧地攥在手里，就想着他通过好友申请后能第一时间套近乎，可一直到深夜她入睡前，他都没通过。上一个让她这么挠心挠肺的男人还是社保局那个即将退休的办公室主任。

隔天醒来，台风过境，风已经停了，雨还在下。

周漠昨夜睡得不好，今早六点半就醒了，在门口随手拿了把从便利店买来的十元透明雨伞下了楼。她很少在这个时间点看这座城市，朦朦胧胧的雾气中，路上行人并不多，那一片片橙红色身影倒是很惹眼。环卫工人们动作利索，正在处理满地狼藉，被风刮下的树干叠起来有两个成年男人那么高。周漠透过那把透明雨伞抬头看，眼前这棵树像是落了枕，歪着脖子，随时准备倒下。

"别站在树下，很危险。"一个大叔朝她挥了挥手，叮嘱道。

周漠握紧了手里的伞，快步离开。

楼下的早餐摊不少，她走进一家最常去的点心铺。

"要一份烧卖，一条紫菜卷，再要两个素菜包。"

面容慈祥的阿姨迅速将这三样点心打包好："刚刚出炉的油条，来一根吗？"

周漠点头："行，来一根，再要杯豆浆。"

"十二块，微信扫这边。"

周漠拿出手机点开微信，当她看到最顶上的对话框时，整个人一愣。他是什么时候通过的？方才洗漱时，她特意看了眼，那时候他还没通过。

周漠忘了扫码付款，先发了个"李总早上好"过去。

等她付完款，手机一振，她看到他那头回"早"。她按捺着激动的心情，走回家这一路琢磨着该怎么把天聊下去。既然他不喜欢一上来就聊工作，那她迂回点儿？

"李总吃早餐了吗？"她回道。

"正在吃。"

"还想请李总饮早茶。"

"择日不如撞日，今天吧。"

周漠看到这一行字，心扑通扑通直跳。

"李总想吃哪一家？"

"我在陶陶居。"

周漠用最破纪录的八分钟化好妆，换上衣服，飞奔下楼。

他所在的陶陶居距离她的家步行仅需十分钟。

老广这么多传统文化里，周漠最喜爱早茶文化。干销售这一行，谈单子大多数是在酒桌上，而早茶提供了另外一种可能。

广州的大部分茶楼一般早上七点半开门，营业到夜晚九点半，全天营业，无论何时来，都有新鲜出炉的点心吃。

很多人第一次饮早茶，看到菜单上的价格可能会感到诧异，吃顿早餐也要人均几十、上百？实际上，那些茶点很顶饱，且一吃就是一整个上午，基本上中午那餐就可以省略了，周漠觉得这就像是中式brunch（早午餐）。

工作日的茶楼是退休阿姨阿伯的战场，"一盅两件（一壶茶和两碟点心），饮啖茶食个包（喝一口茶，吃一个包子），吹吹水（聊聊天）"，一个上午就过去了，周漠无数次幻想过自己的退休生活，大概就是这样。

陶陶居算中端茶楼，装修复古，多数开在人气旺的商业广场，茶位费不低，茶点的价格也偏高，与阿姨阿伯们"大件夹抵食（食物的分量大且价格划算）"的消费理念相悖，因此这个时间点客人并不多，她一眼就看到坐在窗边卡座，闲适地喝着茶的李柏添。

"李总。"周漠站在他身侧，笑着朝他打了声招呼。

李柏添放下茶杯，看了她一眼："坐。"

这是她第三次见眼前这个男人，可能是看过他穿校服的样子，加上陈乔粤那层关系，周漠觉得这天的他颇有亲切感。

她放下包，服务员适时送上一副新的碗筷。

李柏添拿起茶壶，往她的碗里倒茶水，周漠有些受宠若惊，连忙道："我来就行。"

"你住附近？"他继续手中的动作，淡淡地问道。

她点头："对，就在丽影广场后面。"

他低低地"嗯"了声。

周漠用茶水把碗筷洗过一遍："李总……"

"今天不谈公事。"他突然说道。

周漠抬眼看他，这天的他明显面容憔悴，眼皮底下两团乌青，身上的衬衣有点儿皱，再加上一大早出现在茶楼，她迟疑地问道："您该不会是……刚加完班？"

李柏添夹了个虾饺，送进口中，闻言点头。

周漠觉得古怪，既然不谈公事，那把她叫过来做什么？

但她还是笑笑："广告公司果然比互联网还'卷'啊……"

"你认识宋嘉琦？"他放下筷子，盯着她的脸问道。

"谁？"周漠下意识地回道。

李柏添食指点了点手机屏幕："你加了我的微信。"

周漠这才反应过来，只恨自己嘴比脑子快，她缓缓地解释道："想拿到您的联系方式可真不容易，碰巧我一个朋友也是五中的……"见他脸上表情没半分不悦，她继续说，"她说是问一个师姐拿的。"

"你怎么知道我是五中的？"

周漠张了张嘴，犹豫着要不要把扒出他网上社交账号这件事说出来。倒是李柏添笑了："你不用紧张。"

见他笑，她才暗暗松了口气："您不怪我就行。"

"要是怪你，就不会通过。"

周漠盯着他的笑脸，一下不知道话该怎么接。

李柏添喝了口茶："你说你是安……"

"安兴科技。"周漠连忙接上。

"你把公司介绍，做过什么项目，打包一份发到这个邮箱。"他说，"邮箱一会儿我发你。"

峰回路转，周漠有些激动，连连点头："好的。"

她知道，李柏添这是给那个"宋嘉琦"面子，人情社会，人脉就是捷径。虽然没到尘埃落定那一步，但好在他愿意给张入场券。

"不合胃口？"李柏添见她没动筷子，把菜单放到她手边："看看再加点什么。"

"今天这顿我请，李总您慢慢吃……再给您点份虾饺？"她见他别的没怎么吃，虾饺已经吃了两个。

他正想说话，手机响了。

"仲有小小手尾，Benne（本森）系现场，你过去稳佢，我饮紧早茶，下昼先翻公司。（还有一些收尾工作，Benne 在现场，你过去找她，我正在喝早茶，下午才回公司。）"

周漠喝了口茶，静静地听他说话，她发现一个很有意思的地方，他说粤语跟说普通话声线并不一样。说粤语时是闲散自在的，而跟她说话时，明显更加紧绷低沉。

那头的人不知道说了什么，见他变了脸色，周漠识相地站起身，跑到前台结账。

她结完账回来，他电话已经打完。

李柏添看到她手上的单子，眉头一皱："你干什么？"

周漠担心他的怒火波及自己，笑道："本来就说好我请您的。"

"周漠。"

周漠有些诧异他居然还记得她的名字。

"单子给我。"

周漠老实地递过去，他看了一眼，拿起手机，很快，她收到他的转账，一百八十八元，一分不少。

"收。"他又道。

"李总，不过一顿早茶……"

"无功不受禄。"他起身，走了两步又回过头来，"你几点上班？"

她琢磨着这话是什么意思："九点半。"

李柏添看了眼手表："麻烦你件事……"

周漠坐在驾驶座上，心想一分钱一分货，奥迪就是比沃尔沃舒适。她余光瞄到隔壁男人正将椅背往后调："李总，您家地址说一下。"

李柏添报了个小区名，哑声说道："我现在一闭上眼睛就能睡着，要不然也不用麻烦你。"

"疲劳驾驶太危险，不麻烦的。"周漠将地址输进高德地图，启动车子上路。熬了一夜的李柏添没再说话，原想闭目养神，没想到很快就睡了过去。

他住琶洲，从客村到琶洲并不算远，但恰逢早高峰，这一路红绿灯又多，周漠尽量把车子开得平稳。

又一个红灯，车子停下，她侧过头看他，男人将头歪向车窗那边，只留给她一个后脑勺。见状，周漠越发大胆地打量起车厢内部。

车内几乎没有别的装饰，除了内后视镜上挂着的车载香薰。那香薰虽是硬朗的黑色，但瓶身打了两个蝴蝶结，蝴蝶结中间还镶了两颗珍珠。她猜，这应该是个女人送的。

优秀的男人从来不缺伴侣，更何况李柏添这样"财貌双全"的。她余光一撇，看到中间储物格里面有一张卡片，犹豫片刻，还是拿了起来。

"ATR 健身会所"，周漠心里默念，将这个名字记下。

李柏添的小区离琶醍不远，周漠对这一带很熟悉，因为刚从黄埔区搬到市区那会儿，她就住在这边。

周漠还记得，四年前的琶洲对于她来说仅仅只是个"看展的地方"，除了广交会期间，平日里稀无人烟。然而短短两三年时间，琶洲西区这块仅 2.1 平方千米的土地上，已经崛起了一片片高楼大厦。

曾经的琶洲没什么人看好，如今的琶洲已经成为"第二个珠江新城"。

某天她上某个找房网查，她原来租住的那个小区在这两年多房价差不多涨了百分之六十，这个涨幅已经算少了，有些小区直接翻了一倍，比如眼前这个。

他家到了，她犹豫着应该叫醒他，还是让他继续睡？扰人清梦可耻，再说了她也不急着回公司，周漠把车子靠边停下，望着眼前被雨水打湿的高楼群。

这里一平方米大概八万元，以她的工资，要买一套八十平方米的三居室，大概得不吃不喝存二十七年，二十二岁毕业开始算，到她五十岁能住上。她惊讶地发现，这个梦想并非遥不可及，只是，糟糕的是，按照当下的就业环境，她可能三十五岁就失业了。

她看向身侧熟睡的男人，广告行业薪酬架构她不了解，李柏添是奥美的策划总监，他现在年薪能到多少？周漠想起从陈乔粤那儿得知的关于他的信息，本科就读于中山大学，岭南地区毫无疑问的 top.1，广东学子心目中的"小清华"。研究生在国外读的，具体哪国，陈乔粤也不大清楚，只知道是个很厉害的学校。

有些人的人生就像开了挂。

李柏添缓缓醒来，他动了动酸麻的手臂，一脸茫然地望向窗外，好一会儿，才转过头，就看到正对着他笑的周漠。

"多谢。"他抓了抓头发，下意识地说道。

"不用客气。"周漠笑笑，觉得眼前这个颓丧的李柏添比严肃时候的他有温度多了，她又补充一句，"回家睡吧。"

"你怎么回去？"他直起身子，问道。

"我坐地铁。"

"打车吧。"顿了顿，他又道："车费我给你报销。"

周漠摇头，又笑道："李总下次还缺免费代驾，记得找我啊。"

李柏添无奈地笑出了声："今天实在太累……"

"需不需要我帮您把车开到停车场？"

"不用。"他揉了把脸，"刚刚睡了一会儿，精神好多了。"

"那行，我先走了。"她手放在门把手上，还没下车，被他叫住。

"等等。"李柏添问，"你带伞了吗？"

周漠这才想起，她那把刚买没多久的雨伞又落在陶陶居了。

每年夏天，她丢的伞不计其数，久而久之，便利店的十元透明雨伞成为她的最爱，即便丢了……也不心疼。

周漠撑着他的伞在路边等车，她没回公司，而是约了市一医院的院长助理谈机器人的事。

这天出门匆忙，准备好的资料没带上，幸好都有电子版，周漠拿出iPad讲了两页，被对方打断。

"这样一台机器人大概要多少钱？"

周漠打开另外一个报价表："单单一台机器人是十万，软件定制要看复杂程度，我们是按天收费算的，这上边有详细的报价，之后我会把表格发给您……"

"你知道我们现在这预算也卡得紧，我看你刚刚介绍的，是挺有意思，不过……"他顿了顿，"你说的导诊答疑，我们也有导诊台……"

周漠点了点头："我明白您的意思，但是医院您也知道，每天人山人海，导诊台一般就两个护士，她们不管是接待人数，还是精力都十分有限，导向机器人不一样，只要有电它就能运作，而且操作非常简单，老人都会用……"

"这能不能租啊？"他问，"或者先让我们免费试用一段时间？"

周漠笑脸微僵："您提到这个租……后期我们会考虑的。"

从市一医院出来，雨有越下越大的趋势，他的伞很大，撑两个人也绰绰有余，就是太重了。周漠记得这附近有一家石磨陈村粉很好吃，她打算先去解决午饭。

这家名叫"石磨老爹"的店其貌不扬，看装修也知道是"老字号"，广州有许多这样的老字号，靠"家传手艺"撑起几代人。这家店主打啫肠粉跟石磨芝麻糊，自从几个月前陈乔粤带她来过一次，周漠至今念念不忘。

"要一份凤爪啫肠粉，再要个木桶豆腐花。"

"凤爪啫肠粉没了，牛腩可以吗？"

周漠就好那口脱骨的炸凤爪："是卖光了还是？"

"以后都没了。"

她毫不掩饰脸上的失落："那就牛腩吧。"

她付了款，拿着号码牌找位置坐，正是饭点，店内人不少，大多数是年迈的老人，很少见到白领。周漠在角落里找到一个位子，跟一个头发花白的老太太拼桌。

老太吃着芝麻糊，见她坐下，自来熟地介绍起美食："靓女很会吃哦，这个芝麻糊我吃了十年了。"

周漠笑笑。

老太把自己的椅子往里面搬了点儿，又道："你坐进来点，小心他们上菜弄到你。"

周漠学她抬起椅子往里挪。很快，她的菜上桌。啫肠粉用砂锅装着，冒着热气，还能听到油"滋啦滋啦"地响，特制香料卤过的牛腩带着异香，光是闻着已经食欲大动。木桶豆腐花上是一团用糖炒过的红豆，四周围着杞果块，淋上杞果酱，一口下去，豆香味混杂着杞果的香甜和红豆的软糯。

老广以食为天，总能用最朴素的食材做出花样百出的美食。这就是周漠想要的——广州的烟火气。一间不起眼的小店，几个慢吞吞地吃着午饭的老人，一份冒着热气的肠粉，还有店内播着的粤语歌——

"纵是告别也交出真心意，默默承受际遇，某月某日也许再可，跟你共聚重拾往事……"

在外面跑了一天，晚上周漠回到家的第一件事便是换上一套舒适的家居服，这才躺进沙发，目光呆滞地望着天花板。这一天可以说是毫无收获，饶她费尽口舌，对方对于这种不便宜的高新科技都表现得兴致缺缺。她知道这条路不好走，但接连碰壁，一腔热情惨遭急速降温。

她拍了两下额头，让自己清醒些，手一伸，拿过地上的包，从里边掏出手机，点开微信一看，李柏添还没把邮箱发给她。

周漠叹了口气，胸口堵得难受，她突然想尖叫，又担心扰民，从茶几边沿摸了包烟跟打火机，默默地点燃一根。

周漠的烟瘾并不算大，只有烦闷到极点，才想抽两根。烟抽完了，心情没有好转，反而肚子开始叫。

早上买的点心被她随手扔在餐桌上，出门匆忙，忘记放进冰箱。她拿起那两个透明塑料胶袋，放到鼻尖闻了闻，味道虽然没变，但这种高温天气，没放冰箱肯定已经变质了，她把它们扔进垃圾桶，叹了口气。

冰箱里存货不少，但都是速冻食品，她拿出一盒云吞，这鲜肉云吞是在楼下一家老字号云吞店买的，三十五块钱一斤，比别家贵不少，但也好吃很多。

周漠拿出个牛奶锅，装了两碗水，扔了十来个云吞进去，一气呵成做完才突然想到什么，连忙把云吞捞起来，等了好一会儿，水滚了，再逐个放进去。出锅前放点儿盐、鸡精，再扔把香菜，就能吃了。

出品肯定没楼下那家店好，但好在简单方便，她着实饿了，也顾不着烫嘴，三四个小云吞迅速下肚，没嚼烂就吞了下去。

广州的夏天最不能缺的就是冷饮，周漠看着一冰箱的瓶瓶罐罐，都是许宁离开前买的。她的手略过王老吉跟可乐，放了一瓶"沙士"上。

沙士是这里的本土饮料，就像北京的北冰洋、西安的冰峰、哈尔滨的大白梨，本地特有，算是一张小小的"美食名片"。沙士又被叫作"风油精水"，那味道跟风油精一模一样，很多人喝不惯，周漠却对这个味道很着迷。

小云吞吃完，她洗好锅，拿着那瓶喝了一半的沙士走到阳台。雨已经停了，风带着些许凉意，这种凉意在八月的广州很难得。

她的目光突然停留在围栏上挂着的，那把滴水的黑伞上。她迅速走回屋内，拿起手机，给李柏添发了条信息："李总，您什么时候有空？我把伞还给您。"

信息发出去后，意料之中的，手机再无动静。

周漠捏瘪了手中的易拉罐，扔到地上，还不解气，上前踩了两脚。

此时的奥美广告，策划部总监办公室里，正在酿造一场暴风雨。

李柏添将视线从电脑屏幕移开，扫了一眼跟前大气不敢出的下属。

"现在不是请罪的时候，先把这个烂摊子收拾好。"他皱着眉，沉声说道。

下属一张脸成猪肝色："现在就剩天河几家商场还没撤下来，我已经跟商场经理沟通好了，等九点半商场关门后，带师傅过去。"

"行，你先出去吧。"

"李总，那个实习生……"

"你想让他负这个责任？"李柏添看向他，目光凌厉，他的手轻敲了两下桌面，声音不大，却让人不寒而栗，"他每一项落地都要得到你的允许，我倒想问问，你当时脑子里在想什么？你要是认真检查过就不会出这种错误。"

"我知道了，我现在马上就去商场……"

下属离开，李柏添解开衬衣第二颗扣子，松了口浊气，才用座机呼叫助理："Benne，订餐。"

又是个加班的夜晚，整个策划部比坟场还安静，一双双眼睛不敢随处瞄，呼吸都得小心翼翼，全低着头干自己的事。

办公室很安静，消息群里却很热闹。

"Kelvin（凯尔文）这回估计得抱纸箱走了，我没见老大生过这么大的气。"

"这是老大接管策划部以来出过的最大的事了，他估计也得被上面'叼'。"

"也不知道今晚要加到几点。"

"Kelvin 想死还拉我们陪葬。"

....

此时的 Kelvin 还真是想死的心都有了，事情发生到现在还不到四十八小时，他整个人还是蒙的。

昨晚，临下班前，公关部经理突然找上李柏添，关于他们最新那个白酒项目的营销出事了。很快，李柏添把他叫了进去，他是这个项目的主要负责人。

"这张图是怎么回事？"李柏添点开一张宣传图，把电脑屏幕对准他。

图片上是一张张白酒公司男员工的照片，照片周围写满了他们的"征婚要求"以及"个性标签"。

"征婚"这条营销策略是 Kelvin 想出来的，他想以此来体现企业的社会责任感，毕竟目前男性的婚姻问题是很大的社会问题。

这个方案很快被通过，虽然白酒公司提供的那些男员工相貌平平，但他相信，只要把这几十个男人做成海报挂到地铁、商场、公交站等公共场所，绝对能取得爆炸性效果，也许还有可能上热搜。

如今，热搜确实上了，却是负面新闻，只因其中一个男员工的个性标签写着"不是直男"。

"不是直男"，要看怎么理解，现在的女生都会把自己不解风情的男朋友称为"铁直男"，因此他认为直男如今有了另一层含义——不懂得讨女生欢心的男人。

Kelvin 一开始觉得这没什么，可后来李柏添指出这一处不妥，要他把这一条删去，他也确实删掉了，谁知道实习生联系印刷公司的时候发了旧版图片，而他在审批的时候也没认真检查，于是就出了这么个大纰漏。

很快，热心网友扒出了营销公司就是奥美广告，骂奥美的声音越来越大，越来越多。Kelvin 知道是自己的粗心造成这样的后果，心如死灰，尤其在看到李柏添那冷如寒星的双眸时，就差给他跪下了。

"通知策划部所有人，今晚加班，尽快把这些海报撤下来。"李柏添冷声道。

昨晚，策划部所有人彻夜未眠，都在尽可能地联系相关负责人，但这次的海报铺的场所非常多非常广，一时半会儿没办法全部撤下来。今天白天，Kelvin 跑断腿，终于把地铁跟公交站的撤走，现在就剩那几个商场。

去商场这一路上，他开车的手不停地抖，奥美这些年招聘门槛越来越高，他一个普通本科生，如果不是因为进公司早，HR 根本都不会拿正眼瞧他。他有预感，他的职业生涯可能要提前到头了，毕竟这次的损失是不可估量的，把他卖了都赔不起。

李柏添打开手机热搜网页，这事发酵越来越严重，白酒公司那边的负责人已经打来几个电话，言辞激烈，声称一定要奥美赔偿损失，李柏添好话说尽，一再承诺会把事情完美处理好。

他合上笔记本，拿起手机，拨出一个号码。

"嘉琦。"他望着落地窗外的夜景，带着笑意问道，"有无时间一起吃餐饭？"

"现在都几点了，你还没吃饭？"

"有件事想请你帮帮手。"他坦言。

"就说你没事的话肯定不会想起我，去哪里吃啊？"

"去五中后面那家糖水店？"

"要不要这么小气啊？这么难得才请我吃顿饭……"

李柏添笑道："那你想去哪儿？"

"我现在在兴盛路，你过来找我？"

"OK，没问题。"

宋嘉琦走进兴盛路一家名为 M8 和牛的烤肉店，这个时间正是饭点，但店内只有稀稀拉拉几桌食客。她这天不是来吃饭的，而是收到市民举报，这家店虚假宣传，所谓的和牛根本就是普通黄牛肉。

环顾四周，没找到想找的人，她拉住一个店员。

店员看着她的记者证，支支吾吾地说道："老板今天不在店里。"

"我们已经提前联系过他了，麻烦您请他出来吧。"

"你自己找他吧。"店员讪讪地说道。

宋嘉琦只好再次拨通对方的手机号，可电话虽然通了，但没人接。

"这孙子，耍人玩呢？"摄影师是个东北大汉，见状吐槽道。

"不肯接我电话。"宋嘉琦无奈地摇头，"白跑一趟。"

"撤呗。"

"你先走吧，老费，我约了人吃饭。"

她走到路边等李柏添。很快，身前停下一辆黑车轿车，车窗下移，他的脸出现："吃哪家？"

宋嘉琦从车前绕过，拉开副驾驶座的车门，她边系安全带边道："去五中。"

李柏添笑笑："又说我小气……"

"想来想去还是想吃那家糖水铺。"

这家让二人念念不忘的糖水铺叫"芬芳甜品"，地铁二号线市二宫站 D 出口上来走两百多米即到。这家店不仅受本市市民喜爱，同时还入选了"广州旅行必吃榜"，如今已成为一家不折不扣的网红店。

同一条街上，老板租了三个铺面，这三个铺面还不是连着的，走几步路就能看到一个一模一样的招牌。

"又吃百合红豆沙加杨枝甘露？"李柏添问。

宋嘉琦正低头按手机，闻言点头："再加个糖不甩。"

"好。"

他去下单，她上二楼找位置坐。

二楼仅有一台立式空调，热得厉害，宋嘉琦找了个头顶有挂扇的位子，很快，李柏添拿着号码牌上来。

"找我有什么事啊，大忙人？"待李柏添坐定，她笑问。

李柏添把热搜那事说了一下，又道："我就是想撤了那个热搜。"

宋嘉琦是省台的记者，认识这方面的人，闻言爽快道："这么严重啊？行，我可以帮你。"

"多谢。"李柏添真诚道谢。

"这么多年老同学，还说这些。"

刚好甜品上桌，宋嘉琦拿了双一次性筷子递给他，说道："好久没吃了，试一下还是不是那个味道。"

她习惯性地把一碗甜品分成两半，另一半给他："一个人吃不完。"

李柏添愣了一下："那你还叫那么多。"

"什么都想试一下。"她笑笑，"还记得以前放学，不吃个杨枝甘露总觉得缺了点儿什么。"

"味道没怎么变。"李柏添尝了一口，笑道。

"糖不甩好像没有以前那么好吃。"糖不甩外表看上去很像汤圆，其实就是糯米粉跟白糖做成的糯米粿，表面佐以花生碎、红糖、白芝麻，是一道热量爆表的甜点。

"你知道我从来不吃这个。"李柏添见她吃了半颗便扔了，连忙抢先道。

"这么多年你的口味还是没怎么变。"宋嘉琦看着他手边的炖汤，居然有人来甜品店喝炖汤，这男人根本就不爱吃甜食。

她又问："前几天有个高中师妹问我要你的微信号，我跟她很熟所以没拒绝，你不会怪我吧？"

经她提醒，李柏添才想起，他下午实在太忙，把答应周漠的事完全抛之脑后了。他放下汤勺，拿起手机，划了好一阵儿才划到她的对话框。

两个小时前的信息——"李总，您什么时候有空？我把伞还给您。"

李柏添把 Benne 的微信号分享过去："你把资料发给她。"

他想了想，又加了一句："伞送你了。"

很快，那头回复："谢谢李总。"

李柏添看着这四个字笑了笑，对宋嘉琦道："不会。"

周漠一晚上都在等他的回复，这种心情比上高中那会儿等暧昧对象短信时更紧张，更患得患失，更忽喜忽悲。结果等了这么久，就等来"伞送你了"这四个字，她叹了口气，这男人根本不给她一丁点儿靠近的机会。

下午四点，周漠送走最后一个面试者，回到座位上，猛地灌下半瓶冰水。

　　周文琪跑过来问："怎么样？今天这三个有没有满意的？"

　　"最后一个还可以，不过他对底薪要求比较高，我估计我们给不了。"

　　周文琪看了一眼那人的简历，正经的本科生，这年头很少有本科生愿意干销售。

　　"他跟我说的是六千元。"周文琪道。

　　"嗯。"周漠看她，笑问，"你觉得给得了吗？"

　　"你给他画画饼，底薪这个数确实有点儿太高了。"

　　"画了……不过我猜他不会来。"

　　"为什么？"

　　"他很缺钱。"缺钱所以干销售，可是机器人这个项目，说实话眼下周漠也不是特别有信心，方才说话都有些虚，画的饼自然也是空心的，很难说服得了人。

　　"那我继续约人面试。"周文琪皱起一张小脸。

　　"不急。"周漠却道。

　　"你不急，安总那边可是很关心你这组的情况。"她压低声音说，"听说广州地铁那个单子徐朗谈得七七八八了……"

　　周漠闻言，握着水杯的手不自觉地紧了紧。

　　下班路上，周漠打开三人小群，发问："你们知道ATR健身会所吗？"

　　"知道。"丁瑶很快回复，"最近他家找了我做推广。"

　　"我在网上查过，消息很少，大众点评上居然也搜不到。"周漠回。

　　"因为是高端会所，会员之间基本上都是靠熟客介绍的。"

　　"那为什么还找你做推广？"

　　"看中我的粉丝消费能力强呗。"丁瑶说，"你想去？"

　　"了解一下。"周漠又问，"贵不贵啊？"

　　"我有它家BF（合作），发你看看。"

　　很快，她发来一个PDF（可移植文档格式）文件。

　　"其实我觉得性价比很低，不过这种地方也不看性价比。"丁瑶问道，"我记得你在你家附近办了健身卡，怎么突然想换健身房？"

　　"有个客户刚好就在这里。"周漠点到为止。

　　"你如果想去，我可以把我的卡给你，反正我也不爱健身。"丁瑶道。

　　周漠发了个"发射爱心"的表情包："我该怎么报答你？"

　　陈乔粤适时地插了一句："你说的客户就是我那个师兄？"

　　"对，就是他，这人特别难搞。"

　　丁瑶来了兴趣："什么师兄？"

　　"高中的，特别帅。"陈乔粤回。

　　"照片发我看看。"丁瑶不会放过任何一个欣赏靓仔的机会。

陈乔粤接连发了三张，照片上的李柏添很稚嫩，一张穿着校服，两张穿便服，这三张都是合照，照片里只有他跟另外一个身材高挑的女生，那女生留着及肩的长发，八字斜刘海，笑得很矜持，校服穿在她身上很服帖，周漠心想，很少有人能把校服穿得这么好看。二人都穿着知名运动品牌的经典款，这在当年可是出了名的情侣鞋。

这样的女生几乎每所学校都有，性格好，学习好，长相好，家境也好，绝对属于让广大男生可望而不可即的"白月光"。

"高糊都看得出是个大帅哥！"丁瑶道。

"我就是问这师姐拿的微信号。"陈乔粤问周漠。

"他们是一对？"周漠猜，这位女生估计就是他口中的"宋嘉琦"。

"不清楚。"陈乔粤说，"看这合影，八九不离十吧。不过我看了一下我师姐的朋友圈，好像没出现过这位靓仔。"

"前任呗。"丁瑶道。

周漠躺在床上，身旁的投影仪发着光，白墙上正在播放电影《海边的曼彻斯特》。每回她很沮丧的时候，就想看一些更"丧"的电影，看到别人的生活过得比自己更不如意，多多少少会好受一些。

她选择这部电影一是因为它够"丧"，二是它获过奖。然而电影枯燥冗长，她似乎没什么耐心看下去。

周漠总是信奉各种光环，比如两部电影，一部拿了奖，一部没拿奖，她会优先美化前者，哪怕它比后者差。再比如，两个人工作能力同等，甲毕业于985高校，乙仅仅只是个二本，她也会下意识地认为甲更优秀。

她后来逐渐意识到，自己这就是所谓的慕强心理。

这也是她当初会跟许宁在一起的一大原因，许宁各方面都算优秀，他毕业于一所全国知名的大学，个人能力也很强，而且他情绪稳定，虽然提供不了多大的情绪价值，但至少不会把负面情绪带给她。他整个人是积极向上的，这跟周漠的步调十分一致。

就因为他各方面都符合自己"慕强"的标准，他们才能谈这么多年。可自从发生上次那样的事之后，周漠发现，许宁的形象在自己心里有了翻天覆地的变化。

她点开他的对话框，上一条信息是台风前夜，他叮嘱她，记得关好门窗，之后她跑到阳台去搬他那些花花草草，忘了回复。

她打了几个字，手放在发送键上，迟迟没按下去。成年人都心照不宣，那是个雷区，一旦触及，绝对立即引爆。周漠心想，眼下一大堆破事还没处理，这件暂且搁置吧，于是又将那几个字一一删去。

墙上的电影已到尾声，她不再强迫自己看下去，起身洗澡。

浴室内，周漠看着镜内的自己，普拉提确实有点儿效果，虽然只上了几节课，身上的肉明显更加紧实，努力吸气还能看到肚子上几条隐约的马甲线。她微微仰起头，手抚摸着脖颈上的细纹，挤了两大团新开封的身体乳，从脖子开始涂抹，一直到脚趾头。

大学之前，周漠不知道保养为何物，那时候年轻，且她的皮肤天生就好，只需要用上一些物理防晒，就能一直保持白皙且细腻。来到广州后，这边紫外线更强，加上水质原因，她生平第一次冒了一颗青春痘，那会儿才知道护肤不仅仅是洗面奶这么简单。

爱美的丁瑶手把手教她化妆，从上水乳开始，一步一步耐心地教，她认真的模样像极了她们那个市场营销学老师——都特别擅长运用PPT（演示文稿）。

当丁瑶把一个"换头"的PPT发给她时，周漠立马就想放弃了："这什么东西啊，粉底液、粉饼、BB霜，还妆前妆后，我看不懂……"她直接"摆烂"。

丁瑶没搭理她的吐槽，而是仔细端详她的脸："你的脸好小哦，这眉毛有点儿粗，我觉得你还是适合柳叶眉……你别动，我给你修一下眉。"

周漠嘴上说着不要，身体却很诚实，乖乖地闭上眼让她捣饬。她活了十几年没修过眉，不知道原来眉形对样貌的影响会这么大，当她看到镜子中的自己，不亚于电影中的女主摘下黑框眼镜后群众惊呆的傻样。

在丁瑶的教导下，她很快捋清了整套化妆流程，保湿水乳过后是妆前乳防晒霜，然后再到粉底液散粉，底妆虽然流程复杂，但好在上手简单，画眉跟修容真就把她难倒了。

"不行，我是真的手残……"无数次画眉失败后，她气馁。

丁老师再次苦口婆心："你的条件比很多人都好，眉形都给你修出来了，这眉头轻轻描一下，眉尾再拉长一点儿，不就好了吗……"

周漠记得那时候是大一下学期，陈乔粤坐在她的位置上用电脑看《甄嬛传》，这是她第一次看，看得十分入神，很长时间整个人甄嬛上身，时不时地点评她的新妆容几句："这胭脂的颜色也是极好的，本宫看着很是喜欢。"

周漠那时候的生活费是一千二百元一个月，起初是够用的，购入各种化妆品后开始捉襟见肘，她父母都是小县城的公务员，工资不高，但好在就她一个女儿，母亲知道她到了爱美的年纪，之后每个月涨到了一千五百元。

周漠时常觉得自己幸运，陈乔粤教她粤语，丁瑶教她化妆，大二时的她已经完成第一阶段的蜕变，从一个朴素的县城姑娘开始有了点儿都市女孩的雏形。也是那时候开始，她爱上了这座城市，并暗下决心要在此定居。

新买的身体乳散发着甜腻的香味，她的鼻尖蹭了蹭光裸的手臂，对着镜子摆出了个难度极高的S型动作，她被自己的前凸后翘逗笑，忍不住拿出手机拍了几张。

深夜，周漠躺在床上，拿出手机欣赏了一会儿方才拍的照片，再一张张地按下删除键。她扔下手机，手脚呈"大"字形摊开，怔怔地望着天花板，慢慢地居然睡着了。

这一夜，周漠睡得并不舒坦。梦里她被人从背后抱住，从腰上横着的大掌她猜测是个男人，她想转过身去看他，脖子却被他掐住，他的唇贴着她的耳垂。她想尖叫，想挣开他，可下一秒，他的唇却封住了她的口。

醒来时这个旖旎的梦带来的羞耻感如洪水般袭来，她没想到梦里的那个男人居然是李柏添，那个仅见了几次面的男人。

为什么会梦到他？整个早上，周漠满脑子都是这个问题，就连在面试时，她也微微出神了好几次。

中午吃饭时，李晓霏拍了拍她的肩："你不是不吃水煮蛋吗？"

周漠回过神来，见到沙拉盒子里被她用叉子弄碎的半颗蛋，瞬间胃口全无。

"你不吃啦？我看你一口都没吃呢。"李晓霏见她把盖子合上，连忙道，"你不吃给我吃吧。"

周漠把饭盒递过去，打算出去透透气。

经过安建办公室时，徐朗刚好从里面出来。

"走吧，请你吃饭。"

周漠摇头："吃过了。"

"那就再吃一顿。"徐朗笑得得意，周漠看到他那张脸真心觉得烦。

"对着你我真吃不下。"她直言道。

徐朗也不恼："听说你那个机器人项目一点儿进展都没有？"

周漠脚步微顿。

"广州地铁的项目今天早上刚签好合同。"徐朗绕到她身前，"我记得你现在手里除了美约家电那个，没别的了吧？"

周漠被他踩住痛脚，然而还在公司，不好发作："你别整天在我面前阴阳怪气，广州地铁利润那么低，你也就只会打价格战。"

现在外面的外包市场人工成本都去到一千六百元一天了，徐朗给的价格还是一千三百元，安建算是亏本赚吆喝了，有什么好得意的？

"我就喜欢你这股不服输的样子，带劲儿……"徐朗笑笑，"你不吃我自己去吃了。"

周漠在吸烟区站定，点燃一根烟，狠狠抽了一口，手机振动，她打开一看，是丁瑶。

"我在你公司楼下。"

丁瑶是给她送健身卡来了。

周漠在写字楼大堂门口见到包得跟个木乃伊似的好友："你找个跑腿的不就行了，还亲自跑一趟啊？"

"今天没事做，来找你吃饭。"

"吃什么？我请你。"周漠接过那张跟李柏添车上见到的一模一样的黑卡，笑道。

"想吃……砂锅粥。"

"走。"

丁瑶是汕头人，对家乡美食的热爱跟周漠一样，幸运的是，广州正宗的潮汕餐馆比湘菜馆多不少。

二人去了那家常去的海门鱼仔店。

"要一个两人份的虾蟹粥，一份黄豆酱炒空心菜。"丁瑶说完问周漠，"你加点儿什么？"

"凉拌牛肉吧。"

店里的空调开得足，方才还笑丁瑶大热天把自己包得严严实实，周漠这天穿了件无袖连衣裙，这会儿觉得好冷。

"我跟你换个位子，你刚好坐在空调底下。"丁瑶道。

换好位子，周漠盯着手上的卡："你这个是多久的？"

"一年。"

"品牌方这么大手笔啊？除了给卡，还给你钱吗？"

"那肯定要给啊。"丁瑶笑道，"你知道现在小粉书最火的赛道是什么吗？"

"什么？"

"一是颜值博主，二是母婴博主。"丁瑶侃侃而谈，"前者靠自己吃饭，后者靠孩子吃饭。"

周漠表示："小粉书就是消费主义者的狂欢，我卸载很久了。"

丁瑶点头赞同："基本上你看到的一百条笔记里，有九十五条是广告。"

"这卡……你确定我能用？"

"能啊，还没激活的，你到时候找一家分店激活就行了，三店通用的。"

"一共有三家店？"

"对。"丁瑶道："珠江新城、琶洲，还有二沙岛……你知道那位金主在哪家吗？"

"他住琶洲。"

"那估计就是琶洲店了。"

说着话，菜陆续上桌，丁瑶夹了块牛肉，在水里涮过才往嘴里送。这样吃并非她不能吃辣，而是她要把热量降到最低。

虾蟹粥是上得最慢的，服务员举着一整碗香菜："香菜要放吗？"

"放！"周漠说道。

"能不能再来一碗？"丁瑶补充。

二人都好这一口，偏偏陈乔粤不吃香菜，跟她出去吃饭，菜里不能有香菜，可苦了这两位香菜重度上瘾者。

吃完饭，丁瑶回家，周漠陪她进地铁站。

"你不回公司？"她问周漠。

周漠扬了扬那张健身卡："以免夜长梦多，我先去激活了。"

"这天气我只想在空调房里躺着。"丁瑶挽着她，打了个哈欠道，"我真的特别佩服你，周漠，你身上是不是有按钮啊，一按就能立即满电。"

周漠摸了一下自己的屁股："我没按钮，满电是因为银行卡里没钱。"她顿了顿又道，"我看你老是犯困，找个中医调理一下吧？还有啊，你别老是不按时吃饭……"

"行啦。"丁瑶打断她，"中医就只会说湿气重，我其实就是昨晚熬夜了，后半夜又一个接一个地做梦……"

周漠闻言，表情有些不自在："我跟你不同的方向，走啦。"

周漠最近跑健身房比上班还积极，然而连续一个星期，她都没看到李柏添，她甚至怀疑，那张卡也许就不是他的。

上回他说那些机器人将用于十月底的车展，眼看日子一天天过去，她连他的身影都见不到，再这样下去，她真打算到奥美门口去堵他了。

教练小哥见她东张西望，好奇地问道："你是不是在找人啊？"

周漠收回目光，讪讪一笑，从椭圆机下来："今天就练到这里吧。"

"可你才刚来……"

周漠拿起地上的水杯："今天状态不对……"

周五晚，更衣室内人比往日多了不少，周漠快速换好衣服，越想越觉得烦躁，周五晚原本应该是最快活的，约三两好友吃个饭，喝点儿小酒，江边吹吹风，不比在这儿守着一个压根儿就不会出现的男人强？

然而当她走出更衣室，看到迎面走来的李柏添时，她下意识地侧过身子。

李柏添一眼认出她："周漠？"

周漠假装惊讶，扭过头看他："李总，这么巧？"

"你也来健身？"他问。

周漠点了点头："对，刚办的卡，没想到这么巧，您也在这儿。"她眼睛没处望，盯着他胸前运动服的 logo（设计图案）。

"我先进去换衣服……"他对她笑着说道。

"行，我也刚到。"她迅速溜进更衣室。

方才那健身小哥见她折返，好奇地问道："周小姐，你不是走了吗？"

"你不是说我斜方肌有点儿严重，我刚刚照镜子，确实得再练练。"

"那我们开始举铁？"

周漠盯着跑步机上男人的背影，没听清那小哥说了什么，随意地点了点头。

"你太瘦了，就从二十公斤的开始吧……周小姐？"

周漠将头发扎起个高马尾，对那小哥笑了笑："我看到个熟人，一会儿再找你。"

落地窗前有七八台跑步机，其中三台被使用，李柏添就在正中间那台，左右都没人，周漠想了想，站到他右边那台上。

周漠没主动攀谈，一边按着操作台，一边望着窗外夜景。

李柏添专心跑步，显然也没有要说话的意思。

于是，周漠跟着他跑了快一个小时没停过，她耐力还算可以，但也实在熬不住这种强度。然而见到身旁男人面不改色，她咬咬牙，只能继续跑。

直到对面商业广场五楼的超市熄灯，那男人才缓缓地减速。

"你挺能跑啊。"李柏添站定，手撑着跑步机扶手，看着她笑着说道。

周漠抹了一下下颚的汗，喘道："您太厉害了。"

李柏添笑笑："还跑吗？"

"真不行了……"

"特意为了我在这儿办卡？"他嗓音低沉，突如其来的问题让周漠的心一坠。

"是。"她大方承认，"上次我给您的助理发了公司介绍，就没然后了……"她耸了耸肩。

李柏添沉吟半晌，缓缓地道："这次的工期很赶，项目给了之前一直合作的外包公司。"

周漠闻言，嘴角动了动，毫不掩饰一脸的失望。她在心里叹了口气，原本还以为有一丝希望，没想到他直截了当，不给她留一丁点儿幻想。周漠入行这么多年，失败的经历肯定比成功多，但从来没有一刻，像现在这样无助过。

她猜也许是年纪到了，试错成本高，她实在输不起。如果机器人的项目再一直毫无进展，不用安建赶，她会自己滚蛋。

"理解的。"她低声说道。

李柏添端详她的脸："有机会再合作。"

"好。"她勉强地笑了笑。

周漠再次回到更衣室，洗澡的时候她脑子一团糟，一会儿想，丁瑶这张健身卡真是可惜了，才用没几天；一会儿又想，李柏添这条路算是断了，医院那边又迟迟不给回复，这往后的路要怎么走？

周漠越想越多，这个澡也越洗越久。健身房在写字楼内，周五晚上，许多楼层都已经熄了灯，整个电梯里就她一个人，周漠看着电梯镜中的自己，那脸垮得不能看，她强迫自己勾起嘴角，模样滑稽骇人，抬头看了眼监控，又恢复了一贯的面无表情。

周漠走出写字楼，闷热的风像一张巨大的网，将她从外至内团团罩住。下雨的时候觉得艳阳天好，连续几日大太阳，她又开始怀念前不久那几个带着凉意的夜晚。她沿着台阶往下走，一抬眼，就看到那辆黑色奥迪。

李柏添站在车前，笑着问："有没有时间？一起喝一杯？"

周漠上了车，心想这男人似乎很懂得给个巴掌再甩颗糖，而她的心情也真的随着他反复的态度忽喜忽悲。

车子驶向琶醍酒吧街，在她上回生日那家餐厅停好车后，李柏添率先下了车，周漠迟疑片刻，才解开安全带，跟在他身后。

他没有选择江边的位置，而是将她带上二楼。

上回来不知道二楼也有座位，周漠看着眼前一间间精致的玻璃房，既能直面江景，又能吹着空调，这条件这视野比她们上回在下边喂蚊子好多了。

"喝什么？"他问。

"啤酒就行。"

"等我一会儿。"他说完走向吧台。

很快，他提着半打啤酒回来："这家店是我朋友开的，今晚人太多，所以我自己拿了。"他打开一瓶啤酒，递给她。

周漠刚想接，又见他手一顿，笑道："喝一点点就好啦。"

她想起上回酒醉出的丑，恍然大悟道："你当时也在？"

李柏添喝了口酒，笑道："嗯，唱得不错。"

周漠发现自己脸颊有点儿烫。这晚她用的沐浴露跟身体乳是一个系列，密闭空间内，她开始觉得浑身不自在，一听到他的声音，不自觉地就想起那个梦。

"太丢脸了。"她笑得勉强。

李柏添却摇头，意味深长地道："让人印象深刻。"

周漠对上他的眼睛，见他直直地盯着自己看，她的心跳骤然漏了半拍："你为什么……请我喝酒？"

"刚刚你听到我说机器人项目给了别的外包公司，像是要哭了。"他学着她的表情。

周漠失笑道："这么明显吗？"她方才确实连表情管理也不想做了。

"你觉得安兴科技有什么优势？"李柏添背微微向后靠，姿势闲适。

"如果我猜得没错，奥美合作的外包公司是科讯吧？"见他点头，周漠继续道，"科讯对外的人工报价一天是一千八百元，这个价格远远高于行内的均价，而我们只需要一千三百元一天，单单这一块，已经可以节省不少成本。而且最近我们公司刚拿下广州地铁的单子，之前也做过不少政府的项目，还跟很多知名公司合作过……

"李总，我们公司接下来会主攻机器人这一块，您负责的展会那么多，我相信对这方面的需求肯定很大。与其您每回找飞狮拿货，再找科讯做软件定制，不如考虑一下我们，直接一条龙服务……"她顿了顿，说，"机器人方面，我们也可以给到您……最低的价格。"

周漠见对面的男人专注地听她说话，于是大胆地抛出最后一个饵："当然，肯定也少不了您的好处。"

李柏添却不为所动，只淡淡地说道："你想我被调查？"

周漠心知肚明这些话不能明着说："您当我没说过。"

他喝了口酒，缓缓地说道："你刚刚说的话，我会考虑。"

周漠闻言，心想果然还是酒桌上好谈事。

她露出这晚第一个真诚的笑脸，举起手中的啤酒："我敬您。"

"不过……"

她举在半空中的手上不去下不来，静静地等着他往下说。

"这里面的利益关系你肯定比我还清楚，最终能不能合作……"他点到即止。

周漠立即明了，笑容僵了在嘴角，声音发紧："所以我这不是在讨好您……"

李柏添脸色微变，拿过她的啤酒，将之放下，才道："不是你想的那个意思。"

气氛发生了一些微妙的变化。台上歌手声线痴缠，正唱着："来拥抱着我形成旋涡，卷起那热吻背后万尺风波，将你连同人间浸没……"

周漠觉得眼下也有一个旋涡将自己席卷，她抓起手边的冰啤酒，猛地灌了一大口，因喝得急，呛得满脸通红。

李柏添抽了两张纸递给她。

周漠接过："谢谢。"

"不能喝就别喝了。"

"只有不会犁地的牛，没有不会喝酒的销售。"她淡笑着说道。

"你看着不像销售。"他坦言。

李柏添遇到过各行各业的销售，大部分都是喜怒不形于色，且能言善辩，眼前的女人斯文得像银行柜员："至少你还不是一个优秀的销售。"

"优秀的销售是怎样的？"她真诚地求教。

"当我说伞送你的时候，你不应该回'谢谢李总'。"他笑着说，"说辞有很多，方式也有很多，你却选择了最没用的一种。"

李柏添抽出一根烟，示意她是否可以，周漠点头，他点燃香烟，才继续说道："你明明很紧张这个项目，我却看不到你的决心。"

"我怕你觉得我烦。"她低声说道。

"我是你的客户，不是你的前男友。"他闻言，轻轻地皱了一下眉，"你为什么要怕我烦呢？只要能达到目的……如果我是你，我就天天在奥美门口堵人，而不是花高价去办一张健身卡……"

李柏添说她不是一个优秀的销售，确实，她没系统学过这方面的课程，但好歹入行这么多年，虽然业绩不算十分出色，但也算熬出来了。

她为什么对他采用迂回策略，周漠心想，无非是她确实没把他当成单纯的客户对待，她不想把事情做得太出格，因为她好像对他真的存有工作以外的幻想。

至于幻想什么，那个梦给了她答案。

"我进这行第一份工作是 AE（客户主管），每天负责的事就是跟客户沟通需求，当时带我的上司告诉我，在广告公司当 AE，就应该有一个保险箱把自尊心存起来……"李柏添喝了口啤酒，问道，"在健身房逮我，能逮几次？"

周漠盯着眼前的男人，昏黄的氛围灯笼罩着他，除了脸周边一片昏暗，这让他的五官更显清晰。如果说一开始只是见色起意，那个梦之后，情愫已经开始暗暗发酵。

不是喜欢，不是爱，仅仅是好感，他的出现，无异于在她枯燥平静的生活中投进一颗石子。周漠咽下口中苦涩的液体，心情复杂，但脸上还是佯装开玩笑道："原来李总喜欢被死缠烂打。"

他也笑，接着抽了口烟，隔着烟雾，四目相对，二人都没说话。

周漠琢磨不透他为什么会约她喝酒，明明在今天之前，他都是一副公事公办的样子，当然，她也不认为晚上这顿酒是为了谈机器人的单子。

打破这诡异氛围的是她的手机铃声，看着屏幕上的备注，周漠暗叹，这通电话来得实在及时。

"周漠，你在家吗？"许宁在那头问。

周漠抬头看了那男人一眼，低声道："我在外面。"顿了顿，又加上一句，"跟朋友在喝东西。"

"我回来了，不过忘了带钥匙。"许宁的声音带着惯有的疲惫，"现在到广州南站了，我去找你？还是你回来？"

"我回去吧。"

她挂断电话，李柏添掐了烟："男朋友？"

周漠点头，"嗯"了一声。

"走吧，我送你回去。"

"您喝了酒，我打车回去就行。"

"你也喝了酒。"他起身，"走吧。"

酒吧门口聚集了不少代驾，他应该是有用惯了的人，他刚一踏出大门，立即有个穿着制服的年轻人走过来。

上了车，见车子往反方向开，周漠出声提醒："这不是去我家的方向。"

"啊，抱歉。"那代驾连忙道："我以为是直接去李总家，请问您的地址是？"

周漠报了个小区的名字，心想，他经常从酒吧带女人回家？所以那代驾已经见怪不怪，一上车就下意识地往他家的方向开。

"这边要开过隧道才能掉头，你赶得及吗？"李柏添看着她，淡淡地问道。

周漠抬手看表，许宁从广州南站回家大概三十分钟，理论上是赶得及的，于是点头。

二人各坐两端，换作以往，周漠肯定会挑起话题。可这夜的她可能受酒精影响，或者是受他那些暧昧不清的话启发，她此时此刻突然不想扮演好一个称职的乙方。

倒是他先开口："男朋友不让你太晚回家？"

"不是。"她僵硬地解释，"他在深圳，只有……周末才会回广州，今天忘记带钥匙了。"

"上次在琶醍见到他，赶回来给你过生日？"

"您怎么知道我生日？"她惊讶问道。

"你上台唱歌的时候说了。"

周漠想了想，哑然失笑："其实那天不算我生日，提前过而已。"

"你们一直这样两地分居？"

她看向他，眼底闪过一丝茫然，又很快回道："快一年了。"

"深圳的互联网比广州机会多很多，没考虑过去深圳？"他问。

"考虑过……"她顿了顿，又道，"但是深圳的房价太高，可能干一辈子也买不起，广州还有点儿希望。"

"打算买房结婚？"

"我是想买一套自己的房子，至于结婚……暂时还没想过。"她笑了笑，"不过，现在刚接下机器人这个项目，买房的计划只能往后推，因为说实话，我也不知道这项目能不能成功……"

这些话原本不应该对他说，但她说了。

周漠见他盯着自己看，连忙道："我不是在暗示什么，也不是想道德绑架。"她低低地叹了口气，把心里想法一股脑儿全说了出来，"一开始我以为不难，但是事情好像没我想得那么简单，推进……也不顺利。那天在飞狮看到您，我以为机会来了，没想到……"

"十月底除了车展，还有个智能家居展。"他沉吟片刻，缓缓地道。

周漠眼睛一亮："您的意思是说……"

"周一有时间的话到奥美来一趟。"他言简意赅。

"有时间，当然有时间。"她激动不已。

"那健身房的卡不就浪费了？"他调侃。

"不浪费。"周漠笑道，"今晚跟着您跑步，比我一个月的运动量还大，下次您健身再叫上我啊，我给您当陪练。"

李柏添笑笑，不置可否。

此时周漠的心里已然没了那点儿旖旎的遐想，她简直想把他当救世主般供着。车子在小区门口停下，周漠一眼看到站在保安室旁边的许宁，她扭过头对他道："谢谢李总。"

李柏添整个人逆着光，周漠匆匆一瞥，看不清他脸上的表情，只听他说了句"去吧"。

许宁也是刚到没多久，正想给她打个电话问问到哪儿了，就见她从一辆黑色奥迪下来。他没错过她合上车门前朝里面打了声招呼，这说明车后座一定有人。

周漠的人际关系并不复杂，朋友也不算多，许宁带着猜疑走向她："陈乔粤的新车？"

"什么？"

"刚刚那车……"

"不是。"她笑笑，转移话题，"你怎么突然回来了？"

"约了中介明天看房。"

周漠惊讶地问："你怎么没跟我说？"

"现在说不也一样吗？"

"去哪儿看啊？市区还是郊区？"

许宁牵过她的手："你想住哪里？"

"侨鑫汇悦台。"她道。

"把咱们都卖了也买不起。"

许宁的预算能在黄埔区买套小三房，周漠看着电脑上房产中介网站的数据，惊得合不拢嘴："黄埔区也要五万了？"

"是啊。"许宁摇了摇头，"离谱吧？"

"八十八平方米做三房，这房间得多小啊……"

"新房都这样。"

"这个世界疯了。"周漠焦虑地来回踱步，"你知道吗，我刚毕业那会儿就住黄埔，那时候的房价我印象中好像也就两万出头，现在这价格都赶上我们住的这儿了……"

"你看咱们现在这个小区多旧，除了离地铁站近点儿还有什么优点？每层楼连个垃圾桶都没有，电梯还经常坏，就这样的'老破小'也要将近六万一平方米。"许宁又道，"前两年本科生只需要半年社保就能在黄埔区落户，导致房价飞涨，一年就翻了一倍。"

"那现在就是高位接盘，你还要买？"

"买房就是赌博，不买怕它继续涨，买了又怕它跌，要是有这种心态，一辈子都买不了房。"

"你考虑清楚了？"她问。

"你的想法才是最重要的。"他拉了一下她的手，周漠不自然地坐在他的大腿上。

"那是你的房子。"她扭捏道。

"是我们的婚房。"他直直地盯着她看，没错过周漠微微下撇的嘴角，"明天跟我一起去看房？"

她犹豫片刻，还是说道："行吧。"

周漠侧过身子，脸对着墙，她想假装已经睡着，但很明显，身后的男人存了那个心思，他的手抚上她的腰。

"我有点儿困。"她小声嘟囔。

"你睡，我来就行……"他哑声说道。

周漠很快被他点燃，身体被唤醒，于是半推半就。许宁像是为了一洗前耻，用尽了心思。周漠望着他的脸微微出神，她不知道自己是不是困过头了，此时满脑子都是这晚酒吧里那个男人。

他对她说："我是你的客户，不是你的前男友……"

这句话他自己没意识到有多暧昧吗？他为什么要用那样的语气对她说话？

"你在看什么？"许宁的声音一把将她拉回现实。

许宁见她兴致寥寥，也便没了兴致，遂作罢。两人再一次草草收场，但问题不在许宁那儿，自从被打断，周漠再也找不到感觉，进不了状态。

这一夜，周漠又梦到了李柏添。她站在教室外的窗口看他，男孩转着笔，跟身旁的同桌说话。

突然有人对他喊："李柏添，你的女朋友过来找你了。"

他看了过来，周漠见他脸上笑容瞬间消失，他朝她走来，在她跟前站定，他很高，她不得不抬头仰望他。

"我们都分手了，你还来干什么？"他问。

"你是不是跟宋嘉琦在一起了？"周漠怒气冲冲地问。

"我还想问，你为什么要跟许宁纠缠不清？"他皱眉，冷冷地问道。

周漠喜欢坐八号线，这条线通常乘客较少，且每个站距离短，从客村到琶洲仅四站，一篇公众号推文还没翻完，就已经到了。

从地铁 C 出口上来便能看到保利中心，周漠走进大堂，李柏添的助理 Benne 已经在那儿等着。

奥美广告租下从十三到十五整整三层，Benne 把她带到十五楼会客室："周小姐，麻烦你在这儿等一下，晨会还没结束，一会儿项目负责人会过来找你。"

"好，谢谢。"

这座号称琶洲最贵的写字楼就在江边，坐拥一线江景。起初周漠不明白，珠江明明平平无奇，为什么只要跟"望江"有关的房子就要卖这么贵，后来她才懂，物以稀为贵，就因为靠江的地少，所以显得特别，有钱人总喜欢以"特权"来彰显自己。

她望向窗外，别的不说，辛苦工作一天，看看流淌的珠江，总好过密集的高楼群。

十点四十五分，微信小程序"跳一跳"的界面显示二百九十九步，又创了新纪录。周漠动了动脖子，心想她都已经创了三个新纪录了，这晨会还没结束。

微信弹出对话框，三人小群里，陈乔粤发了条信息："谁能给我打个电话？"

"啊？"周漠回。

陈乔粤发了张照片过来，照片里是两个中年女人正眉飞色舞聊着天，身前的桌子上摆满茶点，其中一个周漠认出来了，是陈乔粤的妈妈。

"相亲局，我真的待不下去了，周漠你赶紧给我打个电话。"

周漠盯着那行字，笑出了声，正想拨通陈乔粤的号码，解救一下她，谁知门正好打开，一个年轻男人走了进来。

"你好，周小姐是吧？"

周漠连忙起身："你好，对的，请问怎么称呼？"

"叫我 Johnny（强尼）就行，我是智能家居展的负责人。"

二人落座，周漠把资料递过去，那男人接过，却翻也没翻。

"是这样的，周末的时候我让 Benne 把你之前发给她的资料都发给我了，我也都看过了，安兴科技确实挺厉害的，做过的项目不少。"

周漠闻言笑了笑，等着他把话往下说。

"今天找你来，我们主要谈一下报价的问题，还有……"他顿了顿，"距离开展不到三个月的时间，你们这边是否能尽快安排好外包人员过来驻场？"

"您放心，这个是完全没问题的。"周漠又问，"对了，我还不知道你们需要多少台机器人？"

"家居展没车展大，目前是需要五台。"

周漠点了点头："可以的。"

"那关于报价？"

"这个要根据你们的需求来……"她没想到事情会这么顺利，今天单枪匹马跑来，早知道应该带个项目经理。

"说实话，这个项目挺赶的，要不我们今天就把需求定下来？"

周漠忙点头。

对面的男人虽然看着比她还年轻，但办事效率奇高，比医院那些迂腐的老古董好说话太多了。周漠心想，也不知道李柏添是否从中推波助澜？

一个小时过去，周漠合上笔记本："我们会尽快做好评估，之后我让项目经理联系您……"

"周三晚之前你能把报价表发给我吗？"

周漠笑容险些挂不住，这不就只给了他们两天的时间吗？

"行，我们加班加点。"

Johnny 笑道："辛苦你了。"

周漠走出会客室，已经到午饭时间，办公室内弥漫着各种饭菜的味道，她余光瞄向众人，并不见李柏添的身影。

下班高峰期，电梯也要等，前面两趟里边站满了人，再也挤不下，只好继续等下一趟。

周漠打开手机，她习惯在聊重要事情时打开飞行模式，这次也不例外，一开机，陈乔粤的短信跟轰炸机一样快速弹出来。

她这才想起要给她打电话，虽然时间已经过去一个多小时。

"小乔。"

"我还以为你被绑架了。"陈乔粤不解地说道，"我刚一直打你电话都没通。"

"刚刚有点儿事，开飞行模式了……"周漠问，"你说那什么相亲，怎么回事啊？"

"你现在在哪儿？中午一块儿吃饭？边吃边聊吧。"

"我在琶洲。"

"这么巧，我就在保利广场。"

"行，我过去找你。"

二十分钟后，周漠到陈乔粤说的那家寿喜烧专门店，看到一桌子菜，她想这就是多年老友的默契。陈乔粤知道她胃不好，这个时间点还没吃饭肯定饿坏了，于是提前点好了菜。

"你怎么跑这边来了？"陈乔粤问道。

"正要谢谢你，今天中午这顿我请。"

"谢我什么？"

"奥美的单子如无意外能拿下。"

陈乔粤笑得一脸不怀好意："我那位靓仔师兄居然没请你吃午饭？"

"我今天没见到他。"

"你怎么看着有点儿失望？"

周漠涮了块牛肉，送进嘴里："别瞎说。"

"你慢点儿吃……"陈乔粤给她夹了几块肉。

"太饿了。"

"你这胃病就是自己作出来的，整天不按时吃饭。"

周漠笑笑："对了，什么相亲啊？你还用得着相亲？你妈是不是太急了？"

陈乔粤喝了口大麦茶，幽幽地说道："我真担心哪天在天河公园相亲角看到她。"

"就你这条件，当个单身富婆多爽。"

"我妈就知道瞎搞，算了不聊她了。"陈乔粤问，"你周末跟许宁去看房子看得怎么样了？"

周漠放下筷子，欲言又止。

"有没有合适的？"

她摇头："离市区最近那套通勤也要一个小时，说实话，我宁愿拿这一个小时睡觉，而不是去挤地铁。"

"那你怎么想的？"陈乔粤问，"其实我觉得他那个提议挺好的，你跟他一起出首付在市区买一套，反正名字写两个人的，谁也不吃亏。"

"共同买房的前提是什么？"周漠问。

"结婚啊。"

周漠点了点头，又笑着摇头。

陈乔粤突然就明白了她的意思："你没打算……跟许宁结婚？"

"说实话，不知道。"周漠搅着碗里的酱，"我总觉得还没准备好。"

"你们都谈这么久了，如果到现在还没有结婚的念头，估计也是……"凶多吉少。

"不知道是因为谈太久了，还是异地的时间太长，总觉得我跟许宁现在……怪怪的……"

"怎么个怪法？没激情了？"陈乔粤一针见血。

周漠笑了笑，说："差不多吧。"

"同一道菜吃多了确实容易腻。"她又问，"你们那方面……还和谐吗？"

周漠喝了口茶，许久，才缓缓地道："不太和谐。"

"那这问题就大了……"

周漠正想说话，突然见陈乔粤从座位上站了起来。

"嘉琦姐。"

周漠闻言，扭过头去看。

眼前的女人穿着剪裁得体的黑色连衣裙，头发盘在后脑勺，化着淡妆，从内到外透着一股知书达理的感觉，跟照片里的青葱少女相差甚远。

周漠笑着朝她点了点头，算是打过招呼。

陈乔粤邀请宋嘉琦一起用餐。

"我约了人吃饭，下次吧。"宋嘉琦笑道。

紧接着，一道熟悉的男声响起："这里。"

周漠浑身一僵，看着半人高屏风后站起的男人，正是李柏添。

宋嘉琦约的人是他。

周漠不知道他一直就坐在她们身后，努力回忆方才的对话有没有哪里说得不对，越想脸越发烫。

"李总。"她扯了扯嘴角，打了声招呼。

他低低地"嗯"了一声。

宋嘉琦看着他们，笑问："都认识的？那一块儿吃啊？"

"不用师姐，我们吃得差不多了。"陈乔粤笑道。

再重新落座，周漠全然没了聊天的欲望，只想快点儿吃完离开。

店内那么多张桌子，偏偏陈乔粤跟李柏添选了相邻的两张。结完账，走出那家店，周漠才暗暗地松了口气，她手按着胃的位置，脸色苍白。

"又胃痛了？"陈乔粤扶住她。

"刚刚饿过头了。"

她在等位区坐下，陈乔粤进店内帮她要杯热水。

喝下半杯热水，缓过那个劲，她的脸才恢复些血色。

"舒服多了。"

"你下午还要回公司？"

"回，今晚还得加班。"她苦笑，"奥美那个负责人只给了我们两天时间报价，最近公司个个都特别忙，我还得回去求人加班……"

"跟你一比，我那点儿烦心事都不算什么了。"

"你就别扎我心了。"周漠忍不住道，"这世界上百分之九十九的烦恼能用钱解决，你现在有钱有闲，还有什么好烦的？"

"我妈同时给我介绍了两个男人。"

第五章
要 挟

　　陈迎珍今年五十三岁，在家中排行最小，上边有三个哥哥，自出生起就没吃过什么苦，父母把对她的偏爱明晃晃地写在了名字里，迎珍，迎接他们的珍珠。

　　陈迎珍年轻时是唱粤剧的，长相甜美又有一副好歌喉，如果不是她母亲不肯让她去香港，兴许就是下一个陈慧娴。方圆百里所有人都知道陈家村有这么一位明日之星，求亲的媒人踏破门槛，最后她选择了跟自由恋爱的恋人结婚，也就是陈乔粤的父亲陈正国。

　　自生下陈乔粤后，陈迎珍再没工作过，这么多年衣食无忧，丈夫忠诚，女儿……还算乖巧，加上自己保养得当，站在同龄人中间，她永远是最年轻、精气神最好的一个。

　　一生要强的陈迎珍没想到会在女儿的婚事上栽跟头。几天前，餐桌上，陈迎珍对着陈乔粤滔滔不绝。

　　"你那个小学同学陈嘉欣嫁到猎德（广州第一富村）啦，男方家里之前拆迁拿了好多套房，那个男人还是独生子。"

　　"还有你那个初中同学陈可怡，去年跟一个美国人结婚，听说已经拿了绿卡。"

　　这些话听得陈乔粤耳朵起茧："然后呢？"

　　"你几时带一个回来？"

　　"哪样的才能入你的眼啊？马化腾还是马云？"

　　"这两个你高攀不上，再说他们已经结婚了。"

　　"那你也去猎德给我找几个，就找那种家里十几套房的二世祖，反正不工作光靠房租也饿不死。"

　　"你不用冷嘲热讽，人家能靠房租过一世也是本事。"

　　"这样的我们村也有很多，你看中哪个，我明天就去领证。"

　　陈迎珍"嘿嘿"一笑，话锋一转："我这里还真有两个人选。"

　　陈乔粤抬头，见她妈目光灼灼："谁介绍的？"

你真是我遇到的最大的挑战。

You are the biggest challenge.

你是例外。
You are an exception.

ZHIGANG　#　MEET YOU

周末，礼拜天。
礼拜天，属于周末。

"你那个海芯姐姐，记得吗？在英国读法律那个。"

"她回来了？"

"嗯。"

"她在英国读法律，回来能找什么工作啊？"

"人家现在在外企当法律顾问呢。"陈迎珍又道，"扯远了，讲回正事，这两个条件我都看了，都很好。"

"无兴趣。"

"陈乔粤，你今年都二十八岁了，你看你那几个好朋友，哪个不是一直恋爱没停过，你这么多年找过一个吗？"

"找过，担心你势利眼没看上，就没跟你说。"

"你就气死我吧。"陈迎珍拿过手机，分享了两个账号给她，"你记好了，第一个是五中的数学老师……"

"什么？"陈乔粤打断她妈的话，"多大年纪啊？数学老师？头发还在吗？"

"今年三十岁，我看照片了，头发还有好多。"

"行，你继续。"

"这个呢，不是本地的，不过他一表人才，身高也够，最重要的是他智商高，北大毕业的，能改善我们家的基因。"

陈乔粤撇嘴笑了笑："北大毕业就当个高中老师啊？"

"高中老师有什么不好？工作稳定，还有寒暑假。"

"太浪费了……这种应该没什么进取心吧？"

"我听说现在深圳那边的小学都招清北的研究生了，你以为公办学校的老师那么容易考？"

陈乔粤闭上嘴。

陈迎珍继续，指着第二个微信头像："这个呢，二十六岁，比你小两岁。"她顿了顿，"芭洲的，家里也刚拆迁没多久，家底很厚。"

"多厚啊？"

"好像说一家三口，一人四套。"

陈乔粤感叹道："那么多？"

"不过我听介绍人说，这个性格比较闷，是个程序员。"

"他都这么有钱了，还工作？"

"你以为个个同你一样，一听到家里拆迁即刻辞职。"

"我说过好多次了，我本身就打算换工作。"

"得啦，先别说工作了，你加一下他们，目前最紧要就是快点儿拣一个，把自己嫁出去。"

"你担心我在家里吃了你的米？"

"这些米还不迟早都是你的，我是担心你变成老姑娘就无主动权了。"

"妈。"陈乔粤坐直了身子，正色道，"我觉得我现在好幸福，什么都不缺，有朋友有家人，钱也不用愁，时间大把，不用再每天挤地铁上班……"

陈迎珍静静地听她往下说。

"如果你不再催婚，我的生活真的就完美了。"

话刚说完，果然见她母亲脸色一变："你那个海芯姐姐，说什么不婚主义者，现在都三十五岁了，再过两年生不出来了你看她后不后悔……"

"我看她日子过得很好啊，一到假期到处玩。"

"结了婚就不能玩？"陈迎珍站起身，"我不同你讲了，你自己想吧……"

她赶着出门开台。

陈迎珍走后，陈乔粤看着对话框里那两张名片。

第一个叫"高秋林"，她猜这应该是真名，毕竟是教师，没办法起花里胡哨的名字。他的头像是只狗，看着不像网图，估计是他自己养的。她点开头像，朋友圈跟视频号都是一片空白，应该是设置了陌生人不可见。

第二个叫"X"，头像是用乐高拼起的机器人，估计真就是个资深技术宅，陈乔粤连点开他头像的兴致都没有。

这件事很快被她抛之脑后，自然也没去加这两位候选人。

谁知今天早上她睡得迷迷糊糊，被她妈叫醒："喂，去饮早茶咯。"

她到茶楼的时候才发现是个相亲局，那位名叫谢伟杰的程序员见到她时，脸上表情同她一样，都是一脸茫然。

陈乔粤不明白，一向自诩时髦的陈迎珍居然会做出这么老土的事，当下就想走，可她的手被紧紧地攥住，陈迎珍在她耳边咬牙切齿："你别以为我不知道你装修了房子想搬出去住，你要是敢现在走，一点儿面子都不给我，我让你老爹不再给你一分钱。"

在旧屋拆迁之前，陈乔粤一直跟父母住在现在这套"老破小"，顾名思义，那房子又小又破，只有七十多平方米，还是楼梯房，这房买得晚，价格已经不算便宜。原本父母并没有买商品房的打算，就想着在村屋住一辈子，但陈乔粤不喜欢村里的环境，"握手楼"，光线差，垃圾遍地，一到傍晚，家家户户开窗炒菜，那气味能把她呛出眼泪来，于是嚷嚷着要父母买房搬出去。

陈乔粤的父亲在航道局上班，常年出海，一年只能回家两趟，时间还不长，因此家里大小事都是陈迎珍做主。

"现在村里的房子都租出去了，谁还住这里啊？"正值高一的陈乔粤迎来迟到的叛逆期，"你们现在再不买房，以后肯定更买不起了。"

陈迎珍其实也不喜欢这里的环境，但自建房有个好处，够大，还有个小院子，要她搬到小区，住那些鸽子笼，她宁愿住这儿。

"那你们可不可以考虑一下我？我不想让我同学知道我住村屋。"

"得，得，得，我同你老爹商量下。"

于是，在陈乔粤高一下学期，陈正国用了半辈子的积蓄，买下了现在这套房。

陈乔粤的房间很小，只能放下一个嵌入式衣柜，一张一米三五的床，还有一张写字桌，原本有个小飘窗，但早就被她堆满了杂物，她在那个小房间住了十几年。

很多人以为本地人很有钱，之前某短视频平台上有个段子，穿着朴素的包租公、包租婆一抽就是一大串钥匙，但其实这样的人是极少数。她家那栋村屋虽然面积不小，但由于离地铁站远，一个月收的房租也就万把块钱。这点儿钱对于她来说，远远不能够"躺平"。

如果不是拆迁，陈乔粤还要继续待在那个小房间里，干着朝九晚六的工作，跟广大上班族一起挤地铁，别说奢侈品，去白天鹅喝顿早茶都肉疼茶位费太贵。

感谢政策，她终于从一个没得选择的"社畜"，变成一个可以任性点儿的"社畜"。如今，她正装修其中一套回迁房打算搬出去住，奈何囊中羞涩，只能靠父亲接济，没想到陈迎珍以此要挟她。

陈乔粤懂得审时度势，听完母亲的话，当下便扬起嘴角，坐了下来。结果这顿早茶，她除了跟候选人一块儿打了盘游戏，再无其他交流。

"你对他有想法吗？"周漠听完来龙去脉，好奇地问道。

"完全没有。"陈乔粤皱眉，"感觉就是个闷葫芦，技术宅，不过游戏打得不错，我让他带我上分。"

这个走向周漠万万没想到，她笑问："那另一个呢？"

"你说那个北大毕业的数学老师？"

"嗯。"

"还没见过，估计也快了。"陈乔粤又问，"如果是你，你会选哪个？"

周漠毫不犹豫："北大那个。"

"为什么？"

"他公积金高。"周漠话音刚落，余光瞥见李柏添跟宋嘉琦走了出来。

不得不说，眼前的男女确实是一对璧人，站在一块儿十分亮眼。

陈乔粤也低声感慨："你说他们有没有谈过？"

周漠强迫自己忽视心中异样，没作声。

"我赶着走，有时间再约饭啦。"宋嘉琦对陈乔粤笑道，说完便匆匆离开。

"我也走了，回公司。"周漠站起身。

"你胃不舒服，我打辆车送你回公司。"陈乔粤关心道。

周漠点了点头，见李柏添看向自己，只好强打起精神说："那我先走了，李总。"

陈乔粤手机不巧地响起，她接起电话，那头的人不知道说了什么，她的脸色忽地一变。

"行，我现在过去，你冷静点儿。"

"晴晴发高烧，我现在要送她去医院。"陈乔粤挂了电话，对周漠道。

"你赶紧回去吧。"

"你打车回公司，别坐地铁了。"走之前，她不忘交代。

宋嘉琦跟陈乔粤都离开了，这会儿就剩下他们，周漠见那男人还站着没走，她也不好离开。

半响，周漠听到他沉声道："走吧，我送你回去。"

再一次上他的车，周漠发现他的车子已经上了牌，车内装饰物也多了些，车后座一连放着三个样式、颜色各异的靠枕，车载香薰上的蝴蝶结上也多了两对……女式耳钉？她纳闷，为什么会有人把耳钉夹在这种地方？

"家居展那个事谈得怎么样？"他的声音响起，周漠把注意力重新放回他身上。

"李总，您的下属真的很拼。"周漠笑笑，"就给了我们两天时间报价……今天只过了一下简单的需求，之后我会让项目经理再联系Johnny。"

"两天时间……你们赶得及吗？"

"就算全天无休也要保证完成任务。"

李柏添看了她一眼，从上车后，她的手一直按着小腹右下方："那倒不至于，还有三个月的时间，只不过我们都习惯把时间缩短一半办事，就怕出意外。"

"理解的，您放心。"

"接下来省博有个主题展，我打算要几台机器人……"

周漠闻言，脸色大变，正要表达感激之情，又听他道："不过，我打算……租，你们考虑过这方面的业务线吗？"

李柏添不是第一个提及租赁这块的要求，以往周漠觉得不太可行，一台导向机器人成本不低，靠租赁要回本实在太难，且这种东西目前应用的场景还是相对较少，就怕到时候租不出去放公司里吃灰。

"您大概要几台？"

"还没定。"他侧过头看她，见她脸上仍旧毫无血色，抬手将车内冷气调高了两度，"如果能租的话，你出个方案给我。"

"能的。"周漠一咬牙，先答应了下来，"我尽快做好给您。"

"嗯。"

车子突然停下，她不解，扭头看窗外，是一家连锁药店。

"等我一下。"他说完便下了车。

周漠不明所以，他走后，她盯着那蝴蝶结上的耳钉陷入沉思。

很快，车门被打开，李柏添见她盯着那耳钉一眨不眨，随口问道："你喜欢？"

"什么？"

"这耳钉。"

"挺特别的。"周漠说完，见他手里拿了一盒药跟一瓶矿泉水。

那药她不陌生，前不久她才买了一盒。

"店员说这是最好的胃药。"他递给她。

周漠这一刻有些不知所措，以至于她没有第一时间伸手去接。

"怎么了？"他盯着她的脸，笑问，"你不是胃痛？"

她连忙垂眸，头微微低下，就怕这时候出现一些不合时宜的表情："谢谢。"她接过。

李柏添见她吃下药，才再次启动车子。

"这药多少钱？我转给您。"她拿出手机。

"不用。"

"李总果然是优质甲方，很期待接下来跟奥美的合作。"

李柏添听到她打官腔，笑了笑，没接话。

车子在天河大厦停下，周漠再次道谢，车门还没被她打开，又听到他说："等等。"

她收回手，看向他。

"这两对耳钉，你挑一对吧。"

周漠猜，她此时的表情肯定很精彩，估计是三分惶恐三分疑惑再加四分漫不经心。她强装镇定地问："送我？"

他点头。

两对耳钉都像是玉做的，一对淡绿一对墨绿，她选了墨绿那对。回公司这一路，那对耳钉就握在她手心，明明是冰凉的质地，却仿佛有火在烧，令她躁动又不安。

然而接下来的忙碌让她很快忽略这个小插曲。安建听闻她拿到第一个单子，露出"我果然没看错人"的神情，接着便是一番慷慨激昂的画饼，这是套路，工作这么多年，周漠已经见怪不怪，等他吹完牛，她才说出"机器人租赁"一事。

"你怎么看？"安建问。

"不仅仅是奥美李总，上回我去市一医院，那边的负责人也问过我这个问题。目前我们还只是开拓市场第一步，拿我自己来说，如果我打算买一套很贵的护肤品，一般情况下我会先买个试用装，看看适不适合自己。所以我觉得租赁是可行的。"

安建琢磨了一下，租赁虽然赚不了硬件的钱，但软件才是大头。

"可以。"

这个结果是意料之中，周漠起身："那我出去忙了。"

"等等。"

周漠站定，听他把话往下讲。

"我听周文琪说你面试了很多个销售都不满意？"

"现阶段我觉得还不需要那么大的销售团队，我跟文琪说了，帮我物色个助理就行。"

"也好，奥美这条大鱼，你要好好抓住，在商务方面大方些。"

"我明白的。"周漠点头，忽地想到什么，"对了，安总，家居展项目还挺赶的，急需派人驻场，你打算找哪个项目经理来负责这个项目？"

"肖谦。"

"行，那我找他去了。"

周漠拉了张椅子，在肖谦身旁坐下，笑道："肖总。"

"什么事呀？"肖谦眼睛从电脑屏幕移开，看了她一眼，"笑成这样，肯定没好事啦。"

"老安说你负责机器人项目。"

"这么快就有智力障碍者上钩？"在机器人一事上，肖谦是"唱衰派"，他一点儿也不看好这个项目的前景，当然，他看好的项目并不多，屈指可数。

"还是条大鱼。"周漠打开今早写下的简易需求文档，"奥美广告需要五台机器人，周三就要报价单。"

"我去！"肖谦摇头，"我现在真的好多事情要做，手头上四五个项目，现在还要多插一个……"

"帮帮手啦……"周漠跟这些项目经理打了多年交道，已经有一套心得，这些人也就嘴上发发牢骚，实际上都是实干派。

肖谦叹了口气："今晚肯定又要加班，我一个月都没准时下班啦。"

"我陪你加班，你几点下我几点下。"

"你倒也不用这么拼……"他看了眼需求文档，"话说回来，你的需求做得挺好的，要不转售前啦……"

"算啦，我就不跟你争饭碗啦。"周漠把 Johnny 的微信号发给他，"详细的需求你找他聊。"

"得啦。"

跟肖谦交接好，周漠给赵品高打了个电话，对方听到她一下要那么多台机器人，比上回在机器人展示厅时热情不少。

一整个下午，周漠忙得水也来不及喝一口，一直到下班时间，她答应李柏添的"机器人租赁方案"才做了一半。每次做 PPT，周漠就恨不得原地辞职，退休的念头也空前强烈。如果哪天她决定转行，那一定是被 PPT 逼的，不过话说回来，干哪行不用做 PPT？

晚上七点，公司的人已经走得七七八八，周漠下楼拿了两份外卖，一份是自己的，一份给肖谦。

"又是都城快餐？"

"你想吃什么？我去给你买。"她爽快地说道。

"不用啦，吃来吃去都是那些东西。"他打开快餐盒，"都城挺好，还送汤，挺有营养的，好过妈妈做的菜。"这也算是苦中作乐了。

周漠吃饭前又吃了颗胃药，看着手上的白色药丸，脑子里全是那个男人的脸。他为什么会给她买药？他关心她？还有那对耳钉，为什么无缘无故送她礼物？

周漠无声笑了笑，拿出手机，打开相机，拍下那盒药，编辑了条朋友圈："按时吃饭，按时吃药。"屏蔽了家人后，发送出去。

九点，办公室只剩下她跟肖谦。肖谦是从化人，住从化，每天通勤来回需要四个小时，周漠难以想象这是怎样的毅力才能坚持下来，日复一日。

她从冰箱拿了瓶冰可乐，递给他："做得怎么样了？"

"这个 Johnny 不是中国人嘎？成日讲英文，我还要一个个翻译，真是辛苦。"

"外企嘛。"

肖谦喝了口冰镇可乐："你还不走？真的陪我加班？"他笑着开玩笑，"我已经结婚了哦。"

对于这种突如其来的"职场性骚扰"她已经能做到面不改色："说好你下班我才下。"

"看来你真的很紧张这个项目。"

周漠回到座位上，PPT 已经差不多完工，剩下报价这一块，要等肖谦提供。她打开手机，点开朋友圈，显示有二十条新消息，大部分是点赞。

她把点赞的头像又看了一遍，没有李柏添。周漠有些淡淡的失落，转而又觉得好笑，这种小心思发生在十年前还说得过去，现在都快奔三的人了，怎么还玩这一套？

下一秒，多了条评论，是许宁。

"又没按时吃饭？"他问。

周漠觉得许宁似乎有透视眼，他总能在关键时刻出现。她想了想，还是没有回复。

她拉开抽屉，将那对墨绿色耳钉拿出放在手掌心，仔细看，那玉上面的纹路有裂痕，只是颜色深，轻易看不到。

半夜十一点，肖谦终于把租赁价格发给她，周漠将数据一一填上后，这才把 PPT 发给李柏添。她以为他不会回复，没想到很快就收到他的短信。

"还没下班？"

周漠心跳骤然漏一拍："现在下。"

"其实不用这么赶。"他又回。

"您也还没下班？"

"刚下。"

周漠看着这两个字，心里有说不清道不明的情绪在蔓延。她选择不再回复他，就让这两个字作为这晚聊天的结尾。

许宁的电话进来的时候，周漠正跟货扒拉的师傅扯皮。

这天是把机器人从飞狮运到奥美的日子，原本飞狮那边有专人负责配送，但当周漠今早到那儿时，被告知车子刚好送货去了，一时半会儿回不来。赵品高建议她叫个货扒拉，周漠有气不能发，心里对飞狮的印象大打折扣。没想到货扒拉这边也不顺利，原本谈好的一价全包，谁知到了奥美楼下，周漠让他们把机器人搬上去时，这二人硬是要临时加价。

"我们就负责送到楼下，这几台机器人也不轻，送上楼肯定就不是这个价格了。"

"我在下单的时候说得清清楚楚，你睁大眼睛看看……"她的话还没说完，手机响了。

接起听到许宁的声音时，周漠语气有些冲："你一会儿再打给我，我现在有点儿事。"

"周漠。"许宁在她挂电话前，连忙道，"那你记得看微信。"

周漠挂了电话，指着那几台机器人："你们现在真是越来越离谱，反正我今天把话撂这儿了，你们要是不搬上去，我肯定投诉。"

"你投诉我们也没办法啊。"年长的男人笑道，"这个价格就是搬不了。"

"你们这什么态度？"她打开软件界面，准备打投诉电话，余光瞄到李柏添正朝他们这边走来。

他离得很近，周漠心想，方才那些对话估计他都听进去了。

"李总。"她毕恭毕敬叫了声。

李柏添的目光从她脸上扫过，落在车旁那三台机器人身上："加多少钱？"

半小时后，那三台机器人终于放进奥美办公室，周漠抢在李柏添之前扫码给钱。待那两个师傅走了，她才低声道："不是钱的问题，他们根本就没有契约精神。"

"下面那么晒，你再吵下去，不怕晒黑？"他笑笑。

她转念一想，确实，这两百块钱辛苦费还没一瓶防晒霜贵。

这三台机器人将用于一个月后的省博主题展，由于时间赶，肖谦不得不带了个前端过来驻场。

这个项目对奥美而言算半公益性质，在软件定制上，需求并不复杂，甚至可以说十分简单。办公室内,李柏添的助理Benne说出需求后,肖谦的脸色一下变得不太好看。

周漠懂他的意思,需求简单,意味着钱少,要他抽出时间来应付一个事多钱少的项目,他心里肯定不爽。

会议结束,周漠走到他身边:"请你喝东西,想喝什么?"

"其实这么简单的项目,叫徐志豪在这里就行了,你知道我有很多事情要做,大佬。"

"我明白的。"周漠好声好气道,"你就来两天,让对方看到我们的诚意,之后你就不用来了。"

"是不是真的?"

"信我。"周漠笑笑,"好啦,咖啡可以吗?"

下午,肖谦做完需求分析,把任务分配下去后,立马提包走人。

他走后,周漠敲响李柏添办公室的门。

"进来。"

"李总。"周漠在他办公桌前站定。

"坐。"

"是这样的……"她迟疑地开口,"之前我们说好会有一个项目经理驻场,但是今天沟通过需求之后,我们发现需求还挺简单的,所以现在打算就派一个技术人员驻场,这样能帮奥美省一个外包人工费,我接下来也会经常在这边,就相当于买一送一了,您看行吗?"

"可以不驻场,但是之后的沟通要及时回应。"他道。

周漠暗自松了口气:"您放心,这个是一定的。"

他点头,笑了笑:"我这边没问题。"

"谢谢李总。"

他抬手看表,问道:"吃饭了吗?"

周漠摇头。

"走吧,请你吃饭。"

走出写字楼,周漠才发现天已经黑了,她打开手机屏幕一看,居然已经七点了。

"你经常忘记时间吃饭?"他问。

"下午喝了杯果茶,所以其实还不太饿。"也就不知道原来已经到这个时间点了。

李柏添选了一家港式茶餐厅,写字楼周边的餐厅晚市比起午市客人少许多,两个人找了个四人桌坐下。

周漠看了一圈菜单,最后要了个白切鸡饭。这边的消费比体育西还夸张,随便一份简餐五十元起步,近些年类似这样的"冰室"越来越多,营销搞得飞起,实际上味道一般般。比肩香港的价格,比大排档还不如的出品,这是周漠对这类"冰室"的印象。

"您吃完饭还得回去加班吗？"她好奇问道。

"今晚不用。"

"之前几次见您，您都加到很晚……"她笑笑，"还有时间健身吗？"

"去过几次，倒是都没见到你。"

"我现在每天下班就只想回家躺着。"她话音刚落，手机响起。

周漠见到署名，脸色一下变得不太自在。

"喂？"

"你看我微信了吗？"许宁在那头问。

"今天下午一直在忙。"

许宁叹了口气："之前我加了个中介，今天他告诉我和樾府有内购价，优惠不少，但是剩下的户型不多，我想让你帮我去看看。"

"和樾府？在哪儿？"周漠压低声音问。

"番禺，就在番禺天河城那一块。"

"行。"

"明天中午，你能抽个时间过去吗？"

"可以。"

"那我把中介的联系方式推给你。"

"好。"

"你身边有人？"

"嗯，跟个同事吃饭。"

"好，我这边还在加班，挂了。"

周漠挂了电话，听到对面的男人问："要看房？"

"嗯。"她突然想起上回跟陈乔粤聊天他就在隔壁，也不知道听进去多少，"上回看了黄埔区不太满意……买房不仅费钱，还费时费力。"

"都要经历这个阶段。"

"不过如果真的能在这座城市拥有一套属于自己的房子，累点儿也无所谓。"

"你很快就有了。"

她闻言，摇了摇头："我以前觉得广州的房价在四个一线城市里算是比较友好的，努努力就能'上车'，但自从看到黄埔区也要五万多，之前的自信根本就是错觉……"

周漠确实多多少少被打击到了，如今她真切地意识到，她攒钱的速度永远跟不上楼市上涨的速度。上回看房回来后，她无数次在想，如果当初毕业那会儿，让父母砸锅卖铁让她在黄埔区"上车"，现在资产都翻倍了。可事实就是，大部分人都跟她一样，庸碌的平凡人，并没有未卜先知的能力。

"要在广州买房并不难，增城、从化也都属于广州。"

周漠苦笑地说："有段时间我还真的有想过到这些地方置业，就去年，增城、从化一直传出要限购，连清远都在疯涨……"顿了顿，她又道，"幸亏那时候我还没疯。"

"既然你没打算结婚，为什么要跟他去看房？"他突然问道。

他直白得让她诧异，周漠心想，那天的对话他果然都听到了。

"如果你觉得我冒犯了你，当我没问。"他笑笑。

"我也……不知道。"她直言道，"这段感情就像一杯白开水……"食之无味，弃之可惜。

"人不能什么都得到，肯定是有得有失。"他似乎意有所指。

优柔寡断不是周漠的性格，之所以在许宁这事上没有果断解决，她想原因有二，一是确实还有点儿感情；二是她不知道自己是否还能找到更好的。

如果给许宁做一个六边形分析图，许宁会是个优秀的"经济适用男"。理智告诉周漠，拿出积蓄跟许宁一起付首付，之后结婚，以两个人的薪资在广州能过上很不错的生活，只要彼此不出大差错，能一辈子安稳无忧。

但理智的背面……她蠢蠢欲动，是她的心总有一块地方是许宁填补不上的。她心里下意识地也给李柏添做了个六边形分析图，人大概都是不满足的，平坦的路走多了嫌没劲，就想去征服高山。

"我脸上有东西吗？"他的声音将她一把拉回现实。

周漠这才发现自己一直盯着他看，她连忙垂眸，看着碟子里的白切鸡："您的建议……对我很有用。"

"我给了你什么建议？"

"有得必有失。"

"看来你心里有决定了。"

她对他笑笑："嗯。"

第六章
"背刺"

中午，周漠跟中介约好，打车到和樾府售楼中心。

番禺近些年发展一直不太行，虽然离市区很近，但不知为何，房价上涨速度十分缓慢。投资者宁愿买黄埔区，买佛山千灯湖，也不愿意把钱扔进番禺。

自从天河城落地，形成新的区中心，附近房价才跟着猛涨一波。

接待她的中介是个叫连欢的年轻女人，她直接把周漠带到样板房："现在就只剩下九十九平方米的四房，其他都已经卖完了。"

周漠不喜欢期房，不确定因素太多，但放眼整个广州市，各区的新房基本上都是期房。

"这居然是九十九平方米？实用面积有八十平方米吗？"

"有的，得房率大概是百分之八十。"

周漠一边参观样板房，心里一边忍不住吐槽，八十平方米的套内非得装成四房，每个房间都小得可怜，就连主卧也完全看不出主卧的样子。

"这个房型也很抢手，很快就没了，许先生之前一直让我留意有没有内购价，最近有所以我第一时间通知他了，这个价格真的算非常非常低了，如果你们觉得合适的话，最好尽快付定金，现在的好房子都是靠抢的。"

"内购价……多少钱一平方米啊？"

"五万六千元。"

"行，我大概了解了。"

回去路上，周漠在出租车上把心里的想法告诉许宁，同样的价格，在番禺跟黄埔二选一，她肯定是想选番禺。

"周围环境挺好的，有天河城、万达，好像还有个很大的公园，除了贵没其他毛病。"她把短信发送过去，一直到奥美楼下，周漠才收到他的回复："好的。"

一整个下午，周漠把自己的资产盘算了一遍。她的钱大部分存了定期，小部分在基金跟股票，如果全部取出来，大概有六十万元，这笔钱看似很多，实际上要想买房根本是痴人说梦。就说中午那套样板房，首付加上税费、其他七七八八的费用，最低也得一百多万元，按照她目前的存钱速度，想买下那套房，还得过个七八年。

李柏添从她身前经过，见她手里拿着一张售房传单，看得入神。这就是她的决定？他眼神暗了暗，一言不发地离开。

周五晚，铁三角聚餐，还是在上回那家酒吧。周漠提议到二楼的玻璃房，却被告知已经全部被人订了，她有点儿失望，但也不好强求，于是三人又回到江边的沙发上喂蚊子。

"许宁这周回来吗？"陈乔粤问。

"不回吧。"周漠喝了口啤酒，淡淡地说道。

丁瑶最近的直播做得风生水起，刚跟"榜一大哥"语音结束，回来时对周漠道："我刚刚好像看到你那个金主了。"

"我金主那么多个，你指哪个？"周漠问。

"就小乔那个师兄，健身房猛男。"

周漠被她逗笑，一想到他也在这间酒吧里，心不自觉一紧。

"你拿下他没有？"丁瑶又问。

"那要看是哪种拿下了。"陈乔粤笑得不怀好意。

"单子是签了，不过都是小单。"周漠坦言说道。

李柏添身上的价值，还没被深挖出来，任重而道远啊。

"我那张健身卡有帮上忙吗？"

"那必须有。"周漠跟丁瑶碰杯，心想就是那次健身房偶遇，他邀她喝酒，那天晚上在车上，她恰如其分的失意，才有了之后合作的可能。

她抬头往上望，此时的他是不是就在楼上？身旁有人吗？是男是女？在他心里，她算是比较特别的一个吗？还是只是见她可怜，举手之劳施舍一点儿恩惠？

周漠正胡思乱想，肩膀突然被轻轻地拍了一下。

"周小姐？"来人对她笑了笑。

"连欢？"和樾府的中介。

"这么巧在这里看到你。"她笑容洋溢，这会儿的她热情得有些过分，跟那天售楼处的她判若两人。

"跟朋友聚聚。"周漠道。

"是应该庆祝一下。"

"庆祝什么？"周漠一头雾水。

"许先生没跟你说吗？"她作恍然大悟状，"应该是想给你个惊喜。"

"什么意思，什么惊喜？"

"他买了那套房子啦，你先生真的是个谈判高手，我们还送了不少家电。"

周漠脸上的笑容有些挂不住："是吗？"

连欢见她表情不对，心知自己可能说错话了，连忙道："我朋友叫我了，我先过去了啊。"

连欢离开后，陈乔粤跟丁瑶同时皱起眉毛。

"许宁买房了？他没告诉你？"陈乔粤问。

"他什么意思啊，之前不还说商量着你们一起买吗？"丁瑶也愤然道。

"我问问他。"

周漠放下啤酒，拿起手机，离开卡座。酒吧门口，周漠找了处人少的地方，拨通许宁的电话。等了很久那头才接起："周漠？"

"你买房了？"她强行忍住不该有的情绪，声音尽量做到平稳。

"对。"他爽快承认，又道，"正打算找个时间告诉你。"

"你还想挑个黄道吉日再说？"

"没，就是最近太忙了。"

"这得多忙啊？忙到这种事连跟我吱一声的时间都没有？"

"你在意吗？"许宁的声音突然冷了几度。

"你什么意思？"

"你口口声声要买属于你自己的房子，不愿意跟我合伙买，也不同意结婚，凭什么我现在买房了，你却跑过来质问我？"

"许宁你什么意思？如果你真的想跟我结婚，买房这么大的事，你一个人就决定了？"

"我曾经是想跟你结婚，但是现在……不想了。"

周漠一口气在喉咙上不去下不来，她咳了两声，才道："你把话说清楚。"

"分手吧，周漠。"

这五个字，曾经在周漠脑子里演习过无数次，但在她这儿的版本是"分手吧，许宁""许宁，分手吧""还是分了吧""我们不合适"……可唯独没有一句是"分手吧，周漠"。

周漠气得胸口起伏："这句话应该我对你说。"

"不重要了。"

"其实我不太明白……"她是真的困惑，明明不久前他才求婚，半个月前两人才一同去看房，人能在短时间内做出这么大的改变？她甚至想问，你是不是得绝症了怕连累我？但转念一想，得绝症的人不可能斥巨资买房子。

"我也不太明白。"许宁道。

他说完，周漠听到那头有女声传来，声音不大不小，她刚好听到："你讲好没有？饭已经做好啦。"

"如果你哪怕来深圳找我一次，你就会发现，我在这边有家了。"许宁说完这句话，手机传来机械的忙音，周漠耳膜嗡嗡响，她不知道此时该做出什么反应，一直维持着接听电话的姿势。

人在气到极致的时候，真的想做出某些过激反应，比如把手机当场砸了，可就在她手举起，突然有道男声插进来："如果我是你，我肯定不会选择砸手机。"

周漠循声望去，便看到拐角处叼着烟的李柏添。她眼眶泛红，见到他那一刻，眼泪瞬间掉下。

李柏添走近她，给她递了根烟，打开打火机帮她点燃。周漠夹烟的手一直在抖，深深地抽了口香烟，情绪才逐渐冷静下来。

二人站在安静的过道里抽烟，烟雾缭绕，她的声音响起："垃圾。"

"有这么伤心吗？"他问。

周漠沉默不语。

二人默默地抽烟，一根烟抽完，周漠抹了一下脸，转身离开。李柏添犹豫了一下，还是跟在她身后。

她没回方才那家店，而是进了斜对面的酒吧。这家很吵，很热闹，背景音震耳欲聋，这很好，周漠此时就想待在这种地方。她坐在吧台前，要了杯烈酒，身旁有人坐下，她对酒保道："再来一杯。"

他默默地陪她喝酒，一杯又一杯。

大概三四杯烈酒下肚，周漠的手才没再抖，她撑着头看他，灯光时有时无，男人的脸也忽明忽暗。

"别喝了。"他沉声说道。

离得很近，她把他的话都听进去了。

"你说得对，我不是一个好销售。"她喃喃自语，说完这句话，她整个人往前一倾，手直接搂住他的脖子，一把堵住他的唇。

许宁有两个家，一个在深圳，一个在广州。

如果你问他，他更爱谁，周漠？还是唐晓娱？他会告诉你，都差不多。

如果周漠答应他的求婚，答应他一同购房的请求，那么他会果断跟唐晓娱分手，回到周漠身边。可是周漠犹豫了，她说她会考虑，以许宁对她的了解，她考虑的时间那么久，说明她根本没那个心思。

周漠工作能力强，积蓄也不少，如果两个人一同购房一同还贷，他的压力会小很多，但很遗憾，周漠拒绝了。

唐晓娱只是一名男装品牌销售，虽然都是销售，但她的薪资比周漠少很多，且工作相对来说极不稳定。然而唐晓娱有个最大的优点，是许宁在周漠身上看不到的，她顺从他，一切以他的喜好为主，她可以每天下班后赶回家为他做饭，家务永远打理得井井有条。虽然她工作不体面，薪资也低，但不得不说，自从跟她在一起后，许宁享受到了被照顾的快活。

那天，当他打电话给周漠，让她去和樾府看房时，他还是存有最后一丝希望，他在期待周漠回心转意。然而他畅想的未来的场景并没发生，电话那头的她冷漠得仿佛局外人。

他知道，周漠是不可能同他一起买房了，反正房子迟早都要买，那套房他确实也喜欢，于是当即付了定金。

在许宁的计划里，他没打算那么快让周漠知道唐晓娱的存在，毕竟每个项目经理都有 planB（计划2），他绝不会把自己逼到绝境。

以往他说要聊公事时，唐晓娱是不可能进书房打扰他的，可这晚，正当他跟周漠说着话时，她突然出现，之后的事情便朝着不可控的方向发展，这两个女人同时知道了他的不忠。

"我是小三？"唐晓娱含着泪问他。

许宁沉默。

"我从来没想过我会做小三。"她一步步逼近他，"你们都……谈婚论嫁了，你还……跟她求婚了是吗？那我算什么？"

"对不起。"他真诚地道歉。

"许宁，我们在一起半年，你这半年……很少回广州，你真的很会装，可是我跟那个女孩做错了什么要被你这么两头骗？"

"我跟她……分手了。"

"所以呢？"唐晓娱不可思议地摇头，"你觉得我还会接受你？"

许宁表情有些呆滞，说实话，在这一刻之前，他确实是这样认为的。他有信心，在唐晓娱接触的男性里，他绝对算是最优秀的一个，他工资高，前途好，还刚买了房，只要他愿意，他会马上跟唐晓娱求婚，而他也理所当然地认为她会答应。

"我们……可以结婚。"他哑声说道。

"你看我傻吗？"一向轻声细语的女人声音一下变得尖利，她的脸逐渐变得狰狞，"你真让我觉得恶心。"

唐晓娱走了，她离开时摔了门，声音大得估计整层楼都听得到，一向温顺的她用这种方式告知他，她出离愤怒。

许宁呆坐在沙发上，过了好一会儿，才拿出手机，重新拨通周漠的电话，持续的机械忙音传来，她没接，他便继续打。

然而这会儿的周漠正在跟李柏添接吻。酒精是个好东西，它能让一切不合理的东西变得合理。刚刚分开的二人还喘着粗气，她的唇上还有他的唾沫，而他唇上，也有她口红的印子。

周漠盯着他，眨了眨眼，发现有泪落下。

"为什么哭？"李柏添搂着她的腰，哑声问道。

她其实也不知道，跟许宁分手这事愤怒大于伤心，但她就是忍不住掉眼泪。她整个人侧过身去，手胡乱抹了把脸。李柏添放在她腰上的手收紧，掐住她的腰，将她整个人转过来。这回是他主动，周漠下巴被他捏住，她被迫松开牙关，跟他纠缠。

嘈杂的背景音并没有影响这两人发挥，反而像是一块遮羞布，羞耻感被音乐声挡住，而后快速冲散。周漠抬起手，搂住他的脖子，二人吻得难舍难分，体温逐渐攀升。情欲就像一头牢笼里的困兽，只要打开一个小口子，便能大力挣脱，哪怕会被撕扯得浑身带血也在所不惜。

"要在这里吗？"她离开他的唇，轻声笑问。

李柏添盯着她的脸，喉结滚动，牵起她的手，带她离开。

依旧是那个叫小李的代驾，从琶醍去他家并不远，短短十分钟车程，这一路上，周漠一直看向窗外，她不想说话，身侧的男人同样沉默。

这是她第一次到他的家，然而还没好好观赏，就直奔主卧。

当周漠躺在他的床上时，她脑子里突然响起一个问题。

"今晚她究竟醉了没有？"

这是个无解的问题。她可以说她醉了，所以才会这般失控。跟甲方扯上这种私密关系，是周漠一向最不齿的，可为什么偏偏是她先主动去撩拨他？

她也可以说她没醉，大方地承认她对李柏添就是有好感，很难吗？然而这种实话是不好说出口的，一是她不想让这段关系复杂化，二是在一个小时前，她还有男朋友。

思来想去，她决定今晚的她——醉了。

李柏添见身下的女人微微出神，他有些不满，手抬起她的腰，愈发猛烈地进攻，唇不忘亲吻她的耳垂："在想什么？"

她没回答，而是哼哼唧唧地叫。耳垂传来痛感，是他咬了一口，周漠再次伸出手搂住他，堵住他的唇……

爽的时候是真爽，但爽完之后，就只剩下尴尬了。周漠从床上起身，捏着薄被盖在胸前："我去洗个澡。"

"浴室在那边。"他指了一下主卧里的浴室。

"好。"周漠赤脚下地，拿过被扔在地上的衣物，合上门后，她才松了口气。

洗澡时，脑子里只剩下尴尬。他家的花洒很大，水流迅猛，周漠垂着双手，站在底下，接受热水的无情冲洗。一会儿觉得自己离死不远了，李柏添是她的客户啊，这种事都干得出来，一会儿又想趁年轻疯狂一下有何不可？循规蹈矩地活了二十几年也活腻了。

两种极端情绪在脑子里碰撞，撞得她头疼。半小时后，她打开浴室的门，那男人刚好站在门口，挡住她的去路，他手里拿着她的手机："你的手机一直在响。"

周漠拿过一看，大部分是许宁打来的，小部分是陈乔粤跟丁瑶。

"我出去回个电话。"她低声对他道。

周漠走出他的主卧，来到客厅沙发，拨通陈乔粤的电话："小乔。"

"你跑哪里去了？不就是失恋吗？你怎么还玩失踪啊？你吓死我们

了知不知道？就差报警了。"陈乔粤的声音不断上扬，说到后面几乎破音。

"我……"她听到有水流声传来，心想应该是李柏添在洗澡，周漠定了定心神，才继续道，"我遇到了个朋友，跟他喝了点儿酒，手机一直在包里，没看到你们的电话，对不起啊小乔。"

"那你现在还在琶醍吗？"

"不在了。"

"什么朋友啊？男的女的？"丁瑶的声音插进来。

"女的。"周漠咽了咽口水，"我正跟她聊业务呢，别担心啊，许宁那个人渣不值得我伤心。"

"行，那你注意安全，我们也回家了。"陈乔粤怒道，"差点儿就去报警了。"

"我的错我的错，下次请你们吃饭赔罪。"

电话刚挂断，手机又响了。周漠看到那熟悉的两个字，心里一阵犯恶心，心想他怎么还有脸打过来？

许宁拨了她电话一晚上，一直没人接，这会儿突然被接起，他反倒不知道说什么了。

"有话快说。"她冷声说道。

"周漠，我跟你道歉。"

"没必要。"

许宁在那头急促地笑了声："其实你早就不爱我了吧？"

"开始给我泼脏水了是吗？你出轨是因为我不爱你，没给够你温暖，所以你得在深圳安个家，找个人给你暖被褥？"

"我跟她……分手了。"

"所以呢？你觉得你这么脏的男人我还会接盘？"

"我们能不能心平气和地谈一谈？"

"我跟你没什么好说的。"

"你永远都是这样，盛气凌人。"

"嗯，我就这样。"她回呛，"在一起第一天你就知道我是这样的人了，你还像狗一样巴巴地蹭上来不是吗？"

她能想象得到，一向傲气的许宁在听到这句话后肯定炸了。

果然，他开始口不择言："你又是什么好东西？你当销售这些年，你敢发誓你没走过捷径？"

为什么会走到这个地步？周漠不明白，记忆中那个笑容宠溺，每天帮她撑伞的男人在这句话后瞬间成为灰烬，他在她脑子里最后一丁点儿美好的印象终究再也不复存在。

周漠默默地挂了电话，其实如果她想骂人的话，她能骂得许宁七窍生烟，可又觉得没必要，这个男人不仅身子脏，脑子也脏，跟他多说一句话，她都怕脏了自己的嘴。

五分钟的通话，仿佛抽去了她最后一点儿精力，周漠瞬间觉得疲惫不堪。不知道过了多久，身旁沙发下陷，周漠睁开眼，便见到刚洗完澡，清清爽爽的李柏添。

"我回去了。"她清了清嗓子，说道。

"我送你回去。"

"不用，你喝了酒。"

"那我给你叫辆车。"

"行啦。"她故作轻松地笑笑，"都是成年人了，这么简单的事我自己会做。"

"到家报个平安。"

"嗯。"

方才还极致缠绵的二人，此时像极了互不相识的陌生人。

她站在玄关处穿鞋，这天她穿了双绑带尖头细高跟，要穿上得花好长时间。她穿鞋这会儿工夫，二人都没说话，房间里静得让人窒息。

"走啦。"鞋子终于穿好，她站起身，对他打了声招呼，没等他回应，周漠拉开门走了出去。

周漠站在路边等车，因为是周末，又靠近琶醍，哪怕现在已经是半夜十一点半了，网约车软件地图上还是一片红，那车明明离自己只有几百米，硬是走了十分钟还没到。

她这天身上穿的是泡吧装备，抹胸短上衣加超短裙，有男人走过，目光频频往她这边瞄。周漠尽量不跟他有眼神接触，再次拨通那司机的电话："你什么时候能到？"话音刚落，便看到一辆白色比亚迪缓缓地靠近。

周漠挂下电话，上车前，她回过头，看了眼身后灯火通明的小区，眼睛略过他那一栋，在他那层定住，半晌，她收回目光，打开车门。

"不好意思啊靓女，前边红绿灯大堵车。"司机带着歉意道。

"无事。"她低声回道。

这一晚上发生太多事，周漠没有聊天的欲望，她头靠着椅背，呆呆地望着窗外，干涸的双眼泛酸，眼泪又不受控地往下掉。

车载电台正播着缠绵悱恻的情歌："越吻越伤心，仍然糊涂是我过分，明明知道彼此不再情深，何必追问远近……"

司机看了她一眼，笑道："郑中基唱歌是真的好听喔。"

周漠抹了一下眼泪："这个是苏永康。"

"是吗？他不是唱那个你亲我亲好多亲那个？"

周漠想了一下，回道："你说的那个应该是陈柏宇的《你瞒我瞒》吧？"

司机笑道："是吗？啊我想起来了。"

周漠也笑了。

"会笑就好啦。"司机大哥道，"你长得这么好看，大把男人啦，没必要为些无谓的人哭。"

没想到这司机还是个自来熟，周漠再次被他逗笑："你好像很懂。"

"我见过很多像你这样的女孩，一边哭一边呕，一边大声喊着我好想你啊……不过你还好，只是哭……"

"跟男人无关。"她抹了把脸。

李柏添看了眼手机，已经十二点，他还没收到周漠的短信。

从他家回她那儿半个小时绰绰有余，她这是还没到家？还是到了却故意不告知他？对于这晚发生的一切，是李柏添意料之外的，他对周漠虽然有好感，但也没想过会用这种方式开始。

激情的时候肾上腺素飙升，脑子不受控，可激情过后，要如何处理这段关系，成为当下最头疼的问题。他想留她过夜，但很显然，她抽身比他预想的还要快，于是那句话在喉咙滚了几圈，终究还是没说出口，就怕一说出来，徒增她的烦恼。

犹豫再三，他还是给她发了条短信："到家了吗？"

等了好一会儿，手机毫无动静，她没回。

闷热的夜晚，阳台上，男人的烟一根接着一根。烟灰缸里散落着四五个烟蒂，她还是没回短信。

李柏添进了屋，主卧浴室内，洗漱完，他余光瞄到收纳架最上方的发圈，他手一伸，那黑色发圈进了他手掌心，仔细看，上面还缠着她几根脱落的头发。

十二点半，李柏添重新躺回床上，一只手枕着头，一只手捏着那发圈瞧，她今晚扎头发了吗？他努力回想，并没有，因为在酒吧接吻时，她的长发缠上他的手表，她还轻声喊了句疼。

一想到那句暧昧嘶哑的"疼"，他的身体适时做出反应，呼吸也变得急促。

周漠是个"成熟的"女人，在少女感当道的今天，她的魅力是独特的。初见她时，她穿着清凉，站在台上发酒疯，明明是最简单的打扮，甚至可以说十分潦草，他至今仍记得，灰绿色的小吊带加一条浅色短牛仔裤，头发……用他现在手里这种简单得不能再简单的发圈挽了起来，松松垮垮，却别具风情。

她在台上唱歌，声音幽怨，眼神勾人，她的粤语并不算十分标准，懒音太多，"爱"的发音尤其明显。

"情爱就好像一串梦，梦醒了一切亦空……"她的幽怨，她的渴求，都是赤裸的。

她释放的信息太明显，那眼神的钩子直接钩在他心上。他对她有兴趣，然而那点儿兴趣在看到她男朋友时，瞬间殆尽。他再"上头"，也不会对一个非单身的女人下手，这是原则。

当时只觉得遗憾，但见色起意这种东西，本就来得快去得也快。

再后来，他们竟然有了业务上的纠缠。车上，她对他诉苦，机器人项目一旦启动不了，离她买房的梦想又远了一步。说实话，李柏添很喜欢她发出那种幽怨的神情，只要她用可怜兮兮的眼神看向他，他当即缴械投降。

手机振动，他的思绪一下被拉回，他将屏幕解锁，原来已经一点了。

她终于回复，李柏添盯着那几个字，忽地就笑出了声。

"到了，谢谢李总关心。"

上午九点半，周漠准时踏进奥美办公室，星期一的早晨，准时到公司的人不多，但她作为外包人员，迟到不太好，所以即便不用打卡，她还是掐着时间来了。

接近十点，人才陆陆续续到齐，她到外面接了个电话，回来时，电梯门正好打开，她看到李柏添从里面走了出来。

四目相对，周漠对他一笑："李总，早。"

他回了句"早"，脸上神情没什么变化。

周漠心想，大家都是成年人，他收到那条短信后，应该知道她的立场，就这样当没事发生，挺好的。

二人并肩往里边走，他问："吃早餐了吗？"

"吃了。"

"嗯。"

若无其事地拉着家常，她庆幸自己修行够深，可以在发生那种事之后站在他身旁依旧面不改色。

"周漠，我有事儿找你。"Benne 碰巧出现，跟李柏添打了声招呼后，叫住周漠。

"那我去忙了。"她对他说完，快步离开。

Benne 把一大沓 A4 纸递给她："这是关于省博主题展我们整理出来的问题跟答案，一共三百二十条。"

周漠翻了几页："发电子版不就行了，打印出来多不环保啊。"

"习惯了。"Benne 笑笑，"电子版我也发给你了。"

"行。"周漠说完，目光落在她桌面上铺开的物品上，"这些是？"

"省博的活动奖品。"

"这些耳钉……也是吗？"她问。

Benne 拿起那几对样式一样颜色不一的耳钉："这些是样品，李总后来挑了这对，我正要跟供应商谈……"她指的那对墨绿色耳钉，正是那天车上，李柏添送给她的那对。

"行，你忙吧。"

周漠回到座位上，心情有些复杂。她居然能决定他的决定？如果当时她挑的是那对浅绿色的，那他是不是也会选择浅绿色作为活动奖品？

这也是个无解的问题。

奥美晨会结束，人群从会议室涌出，Benne 朝周漠的工位走来。

"李总找你。"

"找我？"周漠从电脑屏幕抬起头。

"对。"

周漠叩响他办公室的门时，还有些忐忑，心里暗暗告诉自己一会儿千万不要露怯。

"进来。"

她推门进去，李柏添朝她点了点头："坐。"

她在他对面的椅子坐下。

他递给她一本宣传册："你看看这个。"

周漠接过，封面写着"画扇古镇第一届文创展"。

"这个文创展需要四台机器人。"

她闻言，翻页的手一顿，周漠抬头，见他也在看自己。

"有困难吗？"见她不说话，李柏添问。

她连忙摇头："当然没有。"她合上册子，"只是……比较惊讶。"

"惊讶什么？"

她知道李柏添是条大鱼，却没想到是头巨鲨。这才不到一个月时间，他已经给自己带来三个单子。周漠欣喜之余，又忍不住想，这算是那晚的奖励吗？

"谢谢李总。"千言万语，还是化为这句话。

李柏添脸色一变："每次都只是口头上道谢，你不如给些实质性的东西？"

"比如？"她声音有些发紧。

他拿出那个黑色发圈："那晚你落下的。"

几乎是一秒破功，周漠顿时像泄了气的气泡水，她咬唇："那天晚上……"

李柏添静静等她把话往下说。

"我猪油蒙了心。"她淡淡地说道，"您能不能当没发生过？"

"可以。"他的爽快让她惊讶，她正要开口，又听他说，"不过，我很好奇，你是因为跟前男友分手，所以才……"

他这是给她出了个难题。如果她说是，意味着她对许宁念念不忘，可实际上并没有。如果她说不是，说明她就是对他图谋不轨，没其他原因，可这多难堪啊……

权衡之下，周漠选择了点头："对不起。"

李柏添的表情一下变得十分耐人寻味，周漠发现，他虽然在笑，眼底却毫无笑意，他看得她浑身发冷。

又是一个加班的夜晚。

省博主题展迫在眉睫，画扇古镇的文创展也即将在下个月举行，公司近期项目太多，各有各忙，周文琪最近招人招到声音沙哑。

想当初周漠跟李柏添夸下海口，安兴科技啃得下奥美这块肉骨头，她总不能食言。于是，她一个销售开始干起了前端的活，幸亏事情不算太复杂，只需要帮忙录入问题。三百二十条问答，看似不多，但涉及的关键词直接翻几倍，毕竟智能机器人再智能它也只是个科技产品，并非真的人，并不会举一反三。

又一个问题录入完成，周漠动了动手指跟脖子，一看时间，已经晚上九点了。

办公室只剩下她跟程序员徐志豪，奥美其他人都不在，然而他们不是已经下班，而是全去开会了。在这边驻场已有一个星期，这群人的工作强度让周漠害怕，以前她以为"996""007"是互联网特色，原来是她狭隘了，广告行业有过之而无不及。

她喝了口冰水，打算出去抽根烟再回来继续，会议室的门突然打开，那一个个年轻人像打了鸡血般精神饱满，双目发光。

周漠很好奇，那一个多小时的会议李柏添都说了些什么？能让这群人永不疲倦，永远精力无限。

他也会画饼吗？他画饼时是怎样的？慷慨激昂？还是不苟言笑？她忽地就想到在床上，他嗓音低沉地问她："你在床上不爱说话？"他会用这种语气跟下属说话吗？

自上次从他办公室离开，二人又恢复了之前的关系，单纯的甲、乙方，他们默契地将那一晚抹去，日常相处再无任何半点儿逾越之处。

"周漠，我们叫消夜，你们吃什么啊？"Benne拿着手机跑过来问她。

周漠笑笑："我们也有啊？"

"肯定啦。"Benne道，"辛苦你们陪我们加班。"

"我还不饿，要杯咖啡吧。"她道。

"都这个点儿了，还喝咖啡？"Benne又问，"再给你加个菠萝包？"

"也行。"

周漠跑到抽烟室，点燃一根香烟，她最近几个晚上睡得都不怎么好，白天完全就是靠咖啡跟香烟提神。

烟抽了半根，电话响，是母亲。

"小漠。"

"妈。"

"我今天去你外婆那儿了，让她去求王阿婆算个好日子，王阿婆说十月十八日宜嫁娶，虽然只剩下两个月时间，但也赶得及……"

"赶得及什么？"

"你跟许宁的婚事啊。"

"我说要结婚了吗？"周漠声音不自觉地提高。

"你们都谈这么久了，之前你也说许宁跟你求婚了，他这不是想定下来吗？你怎么一点儿也不上心？"

"我们分手了。"她淡淡道。

"什么？"母亲又重复了一遍，"你说什么？"

"你明明都听到了。"

"怎么回事？为什么分手？"

"他在深圳谈了个女朋友。"虽然难堪，但这种事周漠肯定不会帮忙藏着掖着，她是受害者，她不想被母亲恶意揣测是她的问题。

电话那头，母亲气得破口大骂。

周漠静静地抽着烟，等她骂完，才道："所以，不可能结婚，我们已经分手了，别再提这事了。"

"我当初让你去深圳看着他，你非不肯，你说你……"

周漠无奈地摇头，她太了解母亲的性格，反正到头来这"锅"还是回到她身上："你别逗我笑了，他出轨，你怪我没看住男人？"

"你这性格什么时候能改改？"

又是性格……许宁说她盛气凌人，要她改，就连亲妈也要她改。

"我是你生的，你既然不喜欢我这性格，怎么不直接掐死我呢？"

"周漠，你是不是又想气死我？"

"我还要加班，不跟你说了。"

周漠挂了电话，觉得气还是没顺。她实在不明白，这事明明是许宁的错，为什么母亲要把屎盆子往她身上扣？又一根香烟被她点燃，吸烟室的门突然被打开。

李柏添手上拿着个餐饮购物袋："你的消夜。"

"您怎么知道我在这里？"周漠讪讪地问道。

"你讲话的声音有点儿大。"他淡淡地说道。

她这下更无地自容了，外面都是奥美的人，也不知道都被谁听去了。

"他们在会议室吃消夜。"他说完，把袋子递给她，"你的。"

她有点儿惊讶："还劳烦您给我送过来呢。"

"怪不得你要吃胃药。"他突然道。

她接过那购物袋："嗯？"

"这个点儿还喝咖啡？"

"天气热，没胃口。"

她要热咖啡，可 Benne 订了冰的，怪不得他会说那样的话。

袋子里有两杯，一杯是她的冰美式，还有一杯……热的拿铁。

"喝我的吧。"他说道。

周漠笑了："您不也这个点儿喝咖啡？"

她喝他的热拿铁，他喝她的冰美式，二人站在窗前，静静地喝着咖啡，谁也没开口。对面的写字楼依旧灯火辉煌，楼下一排排外卖人员正在送餐，一片黄色制服中穿插着几个蓝色的。

"饿了吗果然不行了。"她随便找了个话题。

李柏添不明所以地看着她。

"你看楼下那些外卖人员，基本上都是千团外卖。"

"嗯。"他看上去兴致寥寥，对这个话题不感兴趣。

"我还记得我大一那会儿，外卖平台明明是饿了吗最先开始的。"她抿了口咖啡，"最开始的时候不用配送费，还有各种满减，后来千团才加入，两家开始打价格战，经常吃饭都不用钱。我印象最深刻的就是校门口那家炸鸡店，满减下来五毛钱一个汉堡，特别好吃，比什么 shake shack（奶昔小屋）都好吃。"

"你什么时候上的大学？"他问。

"2012 年。"

"在广州念的大学？"

"嗯。"

"哪个学校？"

她迟疑了一下："广州大学。"一个存在感极弱的大学。

他点了点头："大学城校区？"

"对。"她突然想起来他是中大的，"您也是？"

"嗯。"

"这么巧。"她笑："不过您大我好几届。"

"2012 年我已经毕业了。"

她想到他那几张中学照片，不知道大学的他又是怎样的？

"我很喜欢大学城，读书那会儿总想着，要是以后上班了，就在附近租个房子住，平时就去 gogo 新天地吃饭，还有很多自学室图书馆，我能在里面待上一整天……"她道。

"走吧。"

"去哪儿？"她一脸困惑地问。

"大学城。"

"现在？"

"嗯。"

"我还得……加班。"

"工作永远做不完。"他拿起咖啡，朝她打了个手势。

上了他的车，周漠的心还怦怦直跳。

从奥美到大学城，一路通畅，只花了十五分钟即到。车子停在 gogo 新天地外的露天停车场，夜晚的商业广场人声鼎沸，很多大学生外出觅食。周漠很喜欢这种氛围，置身当中，人仿佛年轻了几岁。

经过一家隆江猪脚饭时，她脚步微顿："这家店居然搬到路边了，之前就在巷子里，特别小的铺面。"

"好吃？"他问。

她点头："他家的猪脚是我吃过的最好吃的！"

"试试。"他率先走了进去。

周漠一把拉住他："谁大晚上吃猪脚饭啊？"

很多人说广州是虾饺、肠粉堆起来的城市，周漠却觉得这是座猪脚之城，满大街的猪脚饭，便宜量大味道还不差，是很多上班族的首选。最初她不爱吃肥肉，在尝过肥瘦相间的隆江猪脚饭后，瞬间爱上，大三还跟丁瑶回了趟潮汕，专门跑隆江当地去吃。这些年她吃过的猪脚饭不少，念念不忘的唯有这家。

"我还没吃晚饭。"他看着她握住他手臂的手，说道。

周漠收回手："啊？"

"你帮我点。"他去找位。

周漠点完单，付完款，忍不住跟老板套近乎："你家猪脚饭是真的好吃，我当时读书的时候就经常吃，现在看到你们搬到这么大的店铺，真的很开心。"

老板娘闻言，操着口音极重的潮普笑道："谢谢你哦，喜欢就经常来吃吼。"

猪脚都是用特制卤水一早卤好的，只需切块装盘，很快便上桌。

"不知道您的口味，我让老板娘挑瘦的部分，您快试试……他家的酸菜尤其好吃。"

李柏添拿了双筷子："我不吃酸菜。"

周漠摸了下鼻子："可惜了。"

李柏添确实饿坏了，没再多说话，埋头吃了起来。

"您知道吗？自从我到奥美驻场，我真觉得过去六年时间都白费了，要是我有你们这股拼劲，别说在市中心买房，二沙岛我也敢想想。"她仿佛打开了话匣子。

李柏添笑了："二沙岛有市无价，普通人买不了。"

"您这样不按时吃饭，也很容易得胃病。"她低声道。

李柏添抬头看了她一眼："关心我？"

周漠点头："我还得靠您生存，自然要关心您。"

他笑容一窒："你确实不是一个合格的销售。"

周漠低头笑了笑："今晚您敞开了吃，我结账。"

"这算贿赂吗？"

"您觉得呢？说出去不笑死人吗？谁会贿赂一盘猪脚饭？"

李柏添没再搭理她，自顾自地吃起饭。

这样的他，周漠没见过。以往的他，是漠然疏远的，即便在床上，两人最亲密的时刻，她也觉得他很陌生很遥远，但此刻的他，有点儿走下神坛那味儿了。

他吃完饭，周漠问他："继续下一家？"

"你想吃什么？"

"阿婆牛杂。"她道。

"好，走吧！都这么熟了，你还是别一口一个您了，工作外不用这么拘谨。"李柏添笑着说道。

周漠愣了下，随后也立马笑着回道："好的，李总！"

大学城的阿婆牛杂不是那家鼎鼎有名的网红店，而是藏在北岗街内一个旮旯角，阿婆是本地人，推着个简易牛杂车，身后的房子是她的，给了大儿子做民宿，阿婆有钱，但闲不住，每天就一锅牛杂，卖完收档。

周漠以为这个点儿阿婆肯定不在了，没想到运气好，还剩最后一点。

"都要了吧。"周漠盯着那半块牛肚、半块牛蒡、几根牛肠，豪爽地说道。

"萝卜、面筋剩下这几块，都送给你了靓女。"

"谢谢。"周漠笑道。

"面要不要？"

"不用啦。"

阿婆虽然年纪接近八十，但手脚依旧利索，很快便把牛杂捞起剪成小块："辣椒在这边，自己加。"

周漠不确定李柏添能不能吃辣，于是没加辣椒油。

"试试看？"她把一大碗牛杂放在他跟前，说完才意识到一个严重的问题。为什么不装成两碗呢？二人要一同分食这碗牛杂？

她正想转身找阿婆多要个塑料碗，谁知他已经拿过竹签，扎起一小块牛肚。

"我去多拿个碗。"她道。

"不用。"李柏添笑笑，"我其实已经饱了，你吃吧。"

"你再尝一块面筋。"她坚持。

他看着她没说话，周漠被他看得不太好意思："不好吃你打我。"

他无奈地摇头，还是吃了一块。

"你早说你不吃，我就不买这么多了。"

她话都说到这个份儿上了，李柏添开玩笑道："你有股份？"

"是啊，我是大股东，李总快点考虑一下收购我们啦。"

二人坐在矮凳上吃牛杂，有情侣手牵着手过来开房，周漠看着他们，突然道："真好。"

"什么真好？"

"年轻真好，年轻的肉体更好。"

说完，她扭头看他："你那时候来过这种地方吗？"

李柏添脸色一下变得不太自然。

她了然地挑眉："中大有没有门禁时间？"

他清了清嗓子："没有。"又道，"那时候也不会到这种巷子里……"

"你都把人带回家？"说出口那一刻，周漠就后悔了。

没等他回答，她转移话题："今晚吃太多，又要跑健身房了。"

李柏添站起身："都不是什么高热量的东西。"

周漠也跟着他起身，手放在肚子上："最近越来越觉得身体代谢慢，上大学那会儿吃再多东西，操场跑两圈都能消化完，现在……运动量至少得翻倍。"

李柏添看了她一眼，笑了笑，说："多加两天班，多熬几个大夜，比跑步还管用。"

他可能是吃饱喝足，脸上终于有点儿倦意，周漠忍不住问："你还要回去加班？"

"不用。"他摇头，"我也不是铁打的。"

二人穿过小巷子，到外面大马路，人流似乎越来越大，这一块不只学生在消费，不少人会大老远跑过来，毕竟大学城的消费是真低，且因为竞争大，通常不会太难吃。

夜色越深，小摊小贩也多了起来。

"美女，吃荔枝吗？"经过荔枝摊时，周漠眼神不过多停留了两秒，那阿姨已经扯了个红色塑料袋递给她："是桂味，很好吃的，剩下最后这一批啦，很快就过季节了，过了这段时间想吃都没有啦。"

周漠喜欢吃荔枝，但她在广州这么多年，还是分不清桂味、妃子笑、糯米糍等品种到底有何不同。

"来点儿吧。"她对那阿姨道。

"得，要几多？五斤好吗？"

"别，我就一个人吃，你给我称二斤吧。"

"都得。"

阿姨抓起一大把放进塑料盆，锋利的剪刀除去枝叶，剩下一颗颗荔枝，再装袋上秤。

"二十五元。"

周漠扫码付了款，提着那袋荔枝，问身后的男人："吃吗？"

"你刚刚还说吃太多……"他无情地拆穿。

"大不了这周多加几天班。"她笑。

"不吃，太甜。"

周漠正想回话，然而下一秒，她看到大概一百米处，陈乔粤正坏笑地看着她。二人隔空对望，周漠的嘴动了动，她猜自己现在的表情一定很滑稽，正打算走上前去辩解两句，却见她身旁多了个瘦高的男人。

周漠脚步顿住，同样以暧昧的坏笑看着她。多年老友，瞬间交换了一个彼此都懂的眼神，默契地选择不互相上前打扰。

"看什么？"身后的男人问。

周漠收回目光，笑着摇头："走吧，回去了。"

回去这一路，周漠满脑子都是——该怎么跟陈乔粤解释她跟李柏添的关系？以及，陈乔粤什么时候恋爱了，居然瞒得死死的？！

李柏添见她神情恍恍的，目光呆滞地望着窗外。

"困了？"他问。

问第一遍的时候，她没反应，于是他又问了一遍。

周漠缓缓地转过头，看向他："有点儿。"

"要你陪我吃消夜，辛苦你了。"

这话一出，她混沌的脑子一下变得清醒："辛苦什么，还不知道谁陪谁……"后面三个字她说得极小声。

李柏添闻言，脸色好了些："省博下周就开展了，你们那工作赶得及吗？"

"明天能把问题录完……"她心想，原本今晚她是打算加班把工作做完的，没想到他打乱了她的计划，"之后就剩测试了，你放心，肯定能准时上线。"

"嗯。"

车子在她小区门口停下，这是他第二次送她回家，上回许宁在，她匆匆下了车，没想到才过没多久，他们之间的关系已经有了天翻地覆的变化。

这种变化让周漠感到惶恐，眼下的她正处于想沉溺又强迫自己清醒之间，明知道跟李柏添纠缠不清，假如有朝一日撕破脸，她绝对是受伤最重那位。可她实在享受这种边界模糊的暧昧，他们可以同食一碗牛杂，可以开些不伤大雅的玩笑，还有偶尔的肢体接触……种种都令她仿佛回到学生时期，那种纯粹的怦然心动，太让人着迷。

"我走了。"她看着他，低声道。

"嗯。"

周漠拉开车门，下了车，见他车子汇入车流，才转身往回走。

她还没到家，电话便响了。

"什么时候开始的啊？"陈乔粤的声音带着促狭的笑意。

"我还想问你什么时候开始的。"周漠把问题抛了回去。

"你没否认！"陈乔粤发现了，"所以你真的跟他……"

"没有。"周漠叹了口气，"真没有，我最近在奥美驻场，今晚加班，就一块吃了个消夜。"

"奥美在琶洲，你们跑大学城吃消夜？"陈乔粤笑道，"这是在约会吧？"

周漠拿出钥匙开门，手机夹在耳朵跟肩膀之间："我跟他……不可能会有你想的那种关系。"

"也对，你这么理智的人，我猜你也不会跟甲方扯上那种关系。"

周漠打开灯，脱了鞋："说说你吧，那男的谁啊？没听你提过。"

"就那个相亲对象。"

"北大哥？还是拆二代？"

"北大哥。"

周漠走进浴室，放下手机，打开免提："发展到哪一步了？"

"还在接触阶段……"

"看来这位候选人有机会。"

"人还可以，挺幽默的，我以为数学老师都死板……"

"他好高啊。"陈乔粤一米六八，站在他身旁都有小鸟依人的感觉。

"还行，一米八五。"

"听得出来，你对他挺满意的。"

"目前接触下来觉得还可以。"她坦言说道。

得益于父母感情和睦，陈乔粤这人对爱情是抱有美好憧憬的，自她懂事起，父母感情一直很好，就没见过他们吵架。父亲常年在外，一年只有两个月时间在家，这短暂的团圆让他跟妻子形影不离、如胶似漆。父亲除了工作是她不满意的，其他方面都是她择偶的参考方向。

高秋林智商高，从学历就能看出来。情商也不低，无论男女，幽默总是加分项，陈乔粤跟他待在一块儿；大部分时间是愉悦的。

到目前为止，他在陈乔粤心里得分还算高。

"还得再考察考察？"周漠笑问。

"我还是不喜欢相亲这种认识途径。"

"英雄不问出处，难得遇到一个你满意的。"周漠说道。

"还是太快了。"她幽幽地说道，"你知道我现在这样，得更慎重了。"

"确实。"周漠笑道，"就怕他是看中你的钱来了。"

"他不是本地人。"这是她最大的顾忌。高秋林出生于山东一个名字她都没听过的小镇，虽然在他初中时，全家已经搬到佛山生活，但这么多年愣是没买下一套房。二十年前的佛山房价那么低，他是家底得多薄，或者说父母眼光得多低，以至于打拼这么多年都拼不出一套房产。

"不急，先慢慢相处看看。"

"我也是这么想的。"

周漠挂了电话，将头发绾起，踏进淋浴间，犹豫片刻，还是解开橡皮筋，痛痛快快地洗了个头。

洗完澡，吹干头发，时间已经逼近十二点，洗衣服时，她看着阳台上的盆栽，心想许宁的这些东西得赶紧找个时间全扔了。

还有一个问题是她眼下迫切需要解决的，这套房子是两房，如今她一个人住，一个月接近五千块钱的房租她绝对承担不起，要么找人合租，要么就只能搬出去。她这人接受不了跟别人合租，所以就只剩下搬家这条路了。

周漠一想到又要搬家，好心情瞬间消失。

她买房的念头再一次窜起，打开手机备忘录，上回做过资产整合，把所有理财产品全卖了，一共能凑出六十万元，以三成首付算，她没办法买总价超过一百八十万的房子。

在广州，总价一百八十万的房，要么郊区，要么就只能在市区买套"老破小"，至于多小，估计四十平方米都买不到。

周漠扔下手机，揉了两下脸，其实还有另一条路，问父母拿钱。但父母已经快退休，退休工资并不多，这些年的积蓄拿出来给她买房，他们肯吗？或者说，她能心安理得地伸手要吗？

再说了，她才跟母亲吵架完，这一刻提这个话题，绝对不合适。距离交租日只剩下一个星期，无论如何，这个月搬家肯定是来不及了，希望在下个交租日到来之前，她能想到办法。

隔天，周漠趁午休时间浏览了一下房产中介网站，越看心越凉，而当她看到朋友圈里许宁晒出购房合同时，心直达冰点。

他不是个爱晒朋友圈的人，如今发这么一条，意思很明显，就是想让她看。周漠甚至怀疑，他设置了仅她一人可见。

"周漠，你不去吃午饭啊？" Benne 经过她座位时，随口问道。

周漠连忙将浏览器最小化："一会儿再去，现在人太多了。"

手机振动，三人群里，陈乔粤发了张照片，是她新家。回迁房交房时硬装已经装好，只需要添置家具。照片里，家具都已经到位，好看得像是样板房。

"我什么时候才能拥有一套这样的房子？"丁瑶回道。

周漠引用她的话打上"+1"。

"这周六入宅，你们一定要过来啊。"陈乔粤道。

"一定到。"

周漠心想，有些人出生在罗马，而她此刻连张到罗马的机票都舍不得买。

晚上七点，最后一个问题录入完毕，接下来就看徐志豪了，周漠一整天心情烦闷，关了电脑，打算到健身房发泄一番。她换好装备，站上跑步机，速度由慢到快，心里想着事，一直跑也不觉得累。

跑到一半，身旁来了两个女人，也不知道她们是来运动的还是聊天的，话题就没停过。

"思思最近好点儿了吗？"紫衣问。

"还是每天闷在家里不肯出去，说实话，她没疯我都要疯了。"粉衣回复。

"那你们怎么打算的？搬回去？"

"我花那么多钱，费老大力才从郊区搬到市区，现在又让我搬回去……"粉衣叹道。

"可是不搬回去，我担心思思迟早得抑郁症。"

"我约了这周六的精神科，打算带她看看。"

"当时我让你再考虑考虑，你就是不听，突然从一百五十多平方米的大房子换到五十几平方米，孩子不接受也很正常。"

"我不都是为了让她上省重点吗？"

"她在这边房子小，又没朋友，省重点再厉害有什么用啊？她现在都躲家里不愿意出去了。"

"我也后悔呢，但是现在换回去，成本太高了……"

…………

周漠原本没打算听她们聊天，没想到越听越入神。

听她们的对话，大致意思是粉衣女子将郊区大屋置换了市区"老破小"学区房，原本是为了孩子能上更好的学校，谁知孩子根本不适应现在的环境，落差太大，导致心理出现问题。

以前总说香港人住鸽子笼，她们又何尝不是这样？在四个一线城市里，广州已经算最宽容的一个，房价还在"可控范围"，放眼其他三个城市，哪个不是比肩香港的房价？糟糕的是，工资还远不如对岸的高。

陈乔粤的新家很大，三房两厅的格局，跟现代人追求极简的风格相反，她把家装成一直向往的田园美式风，这种风格一不小心就容易装成农村自建房，好在设计师眼光在线，且一直以来严格把关，整体装出了她想要的效果。

她带周漠跟丁瑶参观新家，到次卧时，对二人笑着说道："你们的房间。"

"天啊。"丁瑶看到那两张并在一块儿的单人床时，忍不住说，"我跟周漠也有份啊？"

周漠也是感动不已，不仅有房间给她们留着，陈乔粤知道她不喜欢跟人睡，还贴心地准备了两张床。

"你们想来，随时都可以。"陈乔粤道，"钥匙我也配了三把，你们一人一把，我爸妈都没这待遇。"

"有个富婆朋友是真的爽。"丁瑶笑嘻嘻地道。

参观了一圈，回到阳台，这是这套房子的点睛之笔，目测不超过二十平方米的阳台，像是一个小型花园。周漠跟丁瑶羡慕得想哭，坐在藤条摇椅上，不禁感慨道："这就是我理想中的生活。"

陈乔粤在她们身后煮花茶："我也没想到能超过预期。"

"这儿还能看到广州塔。"丁瑶问，"小乔，一平方米多少钱啊？"

"商品房是六万五好像，回迁房我看有的不到四万就卖了。"

"回迁房有小红本吗？"周漠问。

"有是有，不过我们现在还没拿到证，而且之后交易要交百分之二十的税。"

"这么多？"

"对，所以目前只是村民内部交易。"

"这小区都有哪些户型啊？"周漠好奇地问。

"我记得之前有篇公众号推文写了，我给你找找。"

很快，陈乔粤找到发给她，周漠打开一看，一共就四个户型，四十平方米的一房，八十平方米的两房，一百一十平方米的三房，一百四十平方米的四房。

"这看上去正常多了。"周漠忍不住说道，"现在市面上恨不得九十九平方米做出四房来。"

"我这套就是一百一十平方米，因为封了阳台，所以看上去大，而且公摊面积小，如果自住的话还是很划算的。"

"你说得我都有点儿心动了。"丁瑶笑道。

"不过买回迁房也有很多问题，这边学位一般，而且整个小区住的大部分都是村民，或者租客。"

周漠看着那推文若有所思："你们的小红本什么时候能下来啊？"

"这个就有排扯（扯皮）了。"陈乔粤叹道，"当初说好的交房时候就有房产证的，现在又说要等。"

要你把宅基地证交上去的时候，好处说得天花乱坠，把你当大爷哄。证一旦交上去，人家就成了大爷，你是孙子，能保证如期完工已经是祖先庇佑，要是拆着拆着突然停工，或者回迁房烂尾，那真是没地方哭，这种情况也不是没发生过。

所以，回迁房正式完工那天，村民们自行带头放了炮仗庆祝，足足放了一个小时，直到消防的人跑过来制止才结束。

陈乔粤电话响了，她接起："行，你现在送过来吧，A6-2002，对，二十楼，到了给我电话。"挂了电话，她道："我买了十斤小龙虾，冰箱里还有刺身、水果，再点两个全家桶，够不够？"

"来点儿啤酒。"丁瑶道，"今晚我们就不走了！"

"你不减肥了？"周漠调侃。

"大喜的日子减什么肥？"

三只酒杯碰到一块："祝富婆越来越富，先富带后富，共奔富裕路。"陈乔粤笑得合不拢嘴。

三人盘着腿靠着沙发吃小龙虾，周漠拿着高脚杯喝了口啤酒，问丁瑶："你拍完照没？"

"修着呢。"

"那高脚杯可以撤了？"

"撤吧。"

"喝啤酒用什么高脚杯……"

"格调你懂不懂？"说完，丁瑶伸手从沙发上拿过她的包，从里面拿出一个包装精美的盒子，递给陈乔粤，"我费尽心思挑的礼物。"

"还挺沉的，什么东西啊？"陈乔粤接过，问道。

"你拆开就知道了。"

周漠见状，也把礼物献上。

丁瑶送的是一瓶烈酒，周漠送了一盒泡澡球。

"谢谢你们，我很喜欢。"陈乔粤由衷地感谢，又道，"这酒要不今天开了喝吧？"

"行啊。"

陈乔粤起身去拿冰块。

"小龙虾、炸鸡配白兰地……"丁瑶拍了几张照片，"论会吃还得是我们……"

周漠笑了："白瞎这瓶酒了。"

"这就是广告思维你不懂了吧？谁说白兰地只能配鹅肝、牛排，小龙虾好失礼咩？多么别出心裁的搭配……"

周漠配合地点头："确实，都是刻板印象啊，凭什么小龙虾就只能配二锅头呢？"说完，她忽地顿住。

陈乔粤拿来几个柱状玻璃杯，还有一桶冰块："反正明天周末不用上班，今晚不醉不归啊。"

三人再次碰杯。

"跟你们说个事。"丁瑶喝了口烈酒，而后道，"我不打算考研了。"

"为什么啊？"陈乔粤问。

"你们知道我那个专业今年招多少人吗？"

"多少？"

丁瑶长叹："去年还有十一个名额，今年只剩下五个，真的'卷死'。我现在觉得人的机遇都是注定的，去年我刚好排在十二位，可能就是上天告诉我这条路不适合我走，它又心疼我，给我指了另外一条路。"

周漠对这话颇有感触，当初医疗项目没了又被塞进一个烫手山芋时，她也以为天塌了，然而不被看好的机器人项目如今开始有了些崛起的苗头，她跟丁瑶都算是幸运的，如果真有玄学，那上天给丁瑶开的窗是小粉书变现，给她的……是李柏添？

"我也跟你们说个事。"陈乔粤的话让她回过神来。

周漠以为她是想说跟高秋林那事，正准备着起哄，谁知她道："我要创业啦！"

"哦？"周漠跟丁瑶同时看向她。

陈乔粤道："这次拆迁之后，村民手里都拿了不少房子，一套套去装修特别麻烦，找租客他们也嫌麻烦，之前我不是跟你说过短租公寓吗……"

"你想做短租公寓？"

陈乔粤点头又摇头："短租长租都做，主要还是长租，简单来说，我打算把村民的回迁房收拢在手里，打造一个租房品牌，做二手房东。"

"你在房源这块有优势，确实可以做。"周漠点了点头，又道，"不过，每一家都要你去装修吧？"

"对的。"陈乔粤点头，"不过出租屋的装修肯定不能像我现在这套这样，肯定是怎么简单舒适怎么来。"

"那前期的投入很大啊。"

"我妈还有一些积蓄，我打算找她借钱，或者拉她入股。"陈乔粤笑道。

"你打算找多少套房？"

"我计算了一下，我现在手上已经有五套，再找二十五套，凑够三十套的话，大概两到三年能回本。"

"那你跟房东签约打算签多久？"

"市面上这种二手房东签约一般是十年。"

"村民肯一下签十年？"

"这个就要去谈了。"陈乔粤喝了口酒，继续说道，"我前两天去了趟番禺，大石那边很多村子就是这样操作的，不过他们是村屋，你们知道有多夸张吗？那些村屋原本很旧，二手房东拿到很低的价格，一转手自己找人装修，就能翻几倍租出去，前几年租房市场最火爆的时候有些房子一年就能回本，剩下九年都是净赚的。"

"你这个想法很好。"丁瑶突然说道，"我现在住那里就是二手房东，每年都涨租，涨得离谱，你赶紧把你那品牌成立起来，我给你打广告。"

陈乔粤一把搂过她，在她脸上"吧唧"一口："说实话，我也不知道可不可行，毕竟这种风险还是很大的，到时候村民要是毁约，我血亏。"

"做什么事都有风险。"周漠跟她碰杯。

"你呢？"陈乔粤问。

"什么？"周漠问。

"你那个新项目，进行得怎么样了？"

"还算……顺利。"

"我猜也是。"陈乔粤拨了一下头发，笑得暖昧，"要是不顺利，也不会那么晚还一起去吃消夜。"

"什么吃消夜？"丁瑶不停地喝酒，此时已经有些上头，但还是没错过半点儿八卦。

"周漠跟李柏添一起去吃消夜。"

周漠挠了她一下："我都看到'北大哥'抓住你的手了。"

"什么'北大哥'？"丁瑶又问。

陈乔粤耸了耸肩："就那个相亲对象……"

丁瑶想起来了："拆二代呢？"

"没戏。"

"啊？"丁瑶表示遗憾，"你跟他加一块儿，子孙后代都可以'躺平'了……"

"没感觉。"

"'北大哥'长什么样啊？帅不帅啊，周漠？"

"那天离得远，看不大清，只知道很高。"周漠坦言道。

"没有健身房猛男帅。"陈乔粤调侃。

周漠捂脸："救命……你们能不能给他换个外号？"

"周漠你的脸怎么红了？"丁瑶大笑。

"喝酒喝多了吧，热的。"

突然门铃声起，三人同时静了下来。

陈乔粤从地上爬起身去开门，门后，是陈海芯跟宋嘉琦。

"海芯姐姐，嘉琦姐。"她打完招呼，将人引进屋子，"我和朋友们在吃饭，一起吃吧。"

"我们吃过啦，今天刚好过来找海芯，她说你就住这一栋，所以过来祝贺一下你，我一会儿还有事……"宋嘉琦送上礼物，"恭喜你啊。"

周漠见到宋嘉琦，也起了身，朝她点了点头，算打过招呼。眼前的女人跟那天穿着职业装的她又有不同，今天她穿了件无袖短上衣，加一件及地阔腿裤，长发披在肩上，妆容精致。她很神奇，无论穿什么衣服，化什么妆容，身上那股知性温柔的味道永远都在。

宋嘉琦接了个电话，回过头对陈海芯说："李柏添到楼下啦，我走先啦。"

她声音不高不低，周漠正好听到。

"我送你。"陈海芯道，"好久没见他，下楼去打声招呼才行……"

她们往外走，声音越来越小，周漠见门关上，才回过神来。

酒局继续，只是周漠有些意兴阑珊，她不再勉强自己去喝高浓度烈酒，而是重新开了瓶冰啤："吃小龙虾，还是配啤酒舒服。"

省博主题展是机器人首秀，周漠很重视，为确保万无一失，她把肖谦也带到现场。

徐志豪最后测试了一遍，对她点了点头："没问题。"

"行。"周漠喝了口矿泉水，"这几天辛苦你了，等结束了请你吃饭。"

肖谦慢悠悠地从外面走进来，闻言笑了笑："淡定啦，不用这么紧张。"

所幸一切如常运作，小狮用酷炫的形象，软萌的声音征服了一众参展游客，无论走到哪里，身旁都围了不少游客，很多小孩子站在它身旁玩耍、合影，周漠的手机也没停过，相册里全是机器人。

下午，她吃完饭回来，见省博门口停了两辆SUV，宋嘉琦正从其中一辆下来，她后面跟着个摄影师，还有个粗壮的男人抬着打光设备。

周漠快步走进展厅，见他们在展厅门口站定，宋嘉琦一只手拿着个挂着省台标志的麦克风，一只手拿着稿件。她身旁站着李柏添，偶尔低声交流，估计是在对稿。

原来她是记者？周漠心想。

这个主题展由奥美主办，又是半公益性质，是个绝佳的企宣机会，李柏添自然不会放过。跟宋嘉琦过了最后一遍稿件，他抬头，看到周漠正朝他这边看，他对她笑了笑，她回以一笑。

宋嘉琦整理好服装，脸对着镜头，开始讲话。

周漠一直看着她，眼睛真的很难从她身上移开，她觉得眼前的女人简直连发梢都在发光。

身旁多了个人，李柏添声音低沉："小狮很受欢迎。"

"李总满意就好。"她笑应。

"一会儿小狮也会出镜，你也露个脸？"

周漠心里一惊，摸不准他是认真的还是开玩笑："可是我……什么都没准备。"

"不用准备，简单介绍一下功能就行。"他道。

周漠忍不住去看他的脸，他居然帮她争取到了一个免费的宣传机会？

"导向机器人算是这个展会的亮点之一。"李柏添看着她，笑得云淡风轻。

"那……我去换套衣服。"她今天穿了件简单的白T加九分牛仔裤，脚踩一双板鞋，怎么看都不像是个职业女性。

"不用。"他顿了顿，又道，"头发扎起来。"

这是周漠第一次站在聚光灯下，温柔的宋嘉琦给了她一个安抚的眼神，很神奇，她立即忘了紧张。

"我们看到今天展馆内有三台非常可爱的机器人，吸引了不少参展的游客上前互动、合影，接下来我们采访一下安兴科技的负责人，这几台机器人是你们的产品吗？"

周漠看着她，点头笑道："是的。"

"你能简单介绍一下机器人的功能吗？"

"这款机器人可以迎宾、解说、答疑。"

"通常能用到哪些地方？"

"运用地方很广泛，像今天的展馆、医院、机场、地铁站、图书馆等地方都可以。"

"这机器人有什么优势呢？"

这个问题倒是把周漠问倒了，她沉吟片刻，眼睛瞄到摄像机后的李柏添，她看着他，眨了眨眼，才缓缓地说道："可以降低人工成本，还有……提升用户体验。"

"好，射谢你周小姐。"

采访结束，宋嘉琦的任务完成，她坐在一旁喝水，李柏添站在她跟前："辛苦你啦，得闲饮茶。"

"要喝你那杯茶真是不容易。"宋嘉琦笑容玩味，"临时加个采访，你真是在考验我的专业度。"

"我知道你行的。"他笑道。

宋嘉琦看向周漠，了然问道："想追她？"

"你会不会想多了？"他顿了顿，又笑道，"顺水推舟，送个人情罢了。"

宋嘉琦点了点头，转移话题："那我就回去等你那顿早茶啦。"

省博门口，李柏添送走宋嘉琦，正要往回走，便看到一脸忐忑的周漠。

"找我？"他问。

"嗯。"

"走吧。"

她再次跟他走，这回去哪里她也没问。

车上，周漠真诚地道谢，又道："我会回公司申请一笔宣传经费……"

他转过头看她："不用。"

"这是你应得的。"

"你觉得我是为了钱？"

这倒把她问住了："我知道你不是，但是这么大的礼，我'白嫖'了心也不安啊。"

"下个展给打个折吧。"他开玩笑。

"又有展？什么时候？"

"时间还没定。"他道，"你先把画扇古镇跟车展的项目做好。"

周漠忙不迭地点头："你放心，目前进度一切正常……"

"今天你那段采访播出后，对你们的宣传应该能起到点作用，之后如果单子多起来，我希望你还是能优先奥美……"

"这肯定。"她就差跪下发誓了，"奥美永远第一位，跟李总合作真愉快。"

李柏添笑笑："嗯。"

车子在黄沙海鲜市场停下，周漠一直听闻这个地方，却是第一次来。

"这隔壁是不是沙面公园？"下了车，她问。

"嗯。"

"我只在新闻上看过这个地方。"她目光四顾，感慨道，"原来这就是华南地区最大的水产交易市场……"

李柏添估计有多次帮衬的店，他轻车熟路，在一家名叫"黄记水产"的店站定。

"李先生，今天买什么啊？"老板一见到他，立即上前招呼。

"你在这里等我一下。"李柏添对她道。

整个海鲜市场腥味浓郁，周漠看他从十几个泡沫箱中间的小道走进店内。

"靓女，海胆吃不吃啊？很新鲜的。"隔壁的阿姨大声问她。

周漠连忙摇头。

广东人吃海鲜讲究原汁原味，为了追求极致的鲜甜，有时候煮鱼虾连姜都不放，说实话，周漠吃不惯那个味道，总觉得太腥。

很快，李柏添拿着一大袋海产品出来："走吧。"

"拿回去自己煮吗？"她好奇，那么一大袋，得吃到什么时候？

李柏添正要回话，电话响了，他接起："我现在在黄沙，半个钟头后你下楼拿海鲜……"

挂断电话，他才道："今晚家里聚餐。"

半个小时后，车子在他小区门口停下，周漠看着窗外，心跳有点儿快，心想，他家里聚餐，为什么把她带来？她正胡思乱想，看到一个中年女人往他车的方向走来，李柏添下了车，打开后备厢。

中年女人应该是他母亲，李柏添跟她有五分相像。周漠的心就快跳到嗓子眼，她努力深呼吸，脑内小剧场已经发展到一会儿跟他母亲碰面，她要怎么说话？如果她问他们是什么关系，她要回答吗？还是把问题丢给他去回答？

周漠越想越多，越想呼吸越困难。然而，就在她快窒息时，她看到中年女人转身走了。驾驶座的门被拉开，李柏添坐上来，对她解释道："怕海鲜放太久不新鲜所以先送过来……"

周漠闻言，不自然地笑了一下："其实……我自己打车回去就行，你快回家吃饭吧。"

"来得及。"

把周漠送回家，李柏添再回父母家时，家里已经坐满人，都是母亲这边的亲戚，他们是真的喜欢聚餐，一个月至少两次。

"帅气叔叔回来啦。"读三年级的侄女看到他，立马大叫，所有人都看了过来。

"说过多少次了，不要这样叫我。"李柏添拍了一下侄女的头，无奈地笑道。

每回聚餐的主题无非就两个，一催婚，二催育，这就是李柏添不爱聚餐的原因，尤其是丁克的表姐移居上海后，全家火力现在都对准他一个人。

"你表哥的女儿都读三年级了，你还不快点带一个女朋友回来。"说这话的是二妗（二舅妈），在座的人就她有孙子抱，平日里最爱做的事就是向各位小辈开婚姻炮，什么事都八卦，什么事都关她事。

"你介绍一个给我吧。"李柏添对她笑道。

"你还需要我介绍？"二妗嗓门大，说话时，李柏添发现桌上的蛏子汤都在震。

"表哥的前女友身材都那么好，你那些雀友家里的落选佳丽他肯定看不上。"二妗的小女儿张京京灭自己老妈威风。

李柏添对她投去感激的目光，问道："实习得怎么样？"

"好累啊。"张京京吐苦水，"人为什么要工作呢？"

"那就要怪你爸爸妈妈不够努力。"李柏添笑道。

"京京现在在哪里上班？"李母问。

"一家外贸电商，就是客村果的那个创意园。"

"电商公司是不是有好多靓女嘎？"最小的表弟问。

"好多嘎，成日见到好多 model（模特儿）。"

"快点帮你表哥介绍几个啦。"李母笑道。

"好啊。"张京京问，"你想要哪个国家嘎？最靓的是乌克兰，其次俄罗斯……"

"噢。"李母打断，"没有中国女孩咩？"

"有的。"

"捞妹有什么好？"二妗插话："连粤语都不知道讲。"

"你真的是好没素质。"张京京见不惯自家母亲，"我好多朋友都是外地的啦，你成日说外地人捞，我看你自己最捞。"

李柏添是真的喜欢这个暴脾气表妹，他声音不高不低地说了句："讲得好。"

二妗原本要顶回去，见他出声，气焰小了很多，但又忍不住嘲讽："既然你喜欢捞妹，你就去找咯。"

气氛有些剑拔弩张，李母转移话题："对了，刚刚我看到你车里有个女孩，是谁啊？"

李柏添剥虾的手一顿："朋友。"

"是朋友还是女朋友啊，叔叔？"三年级的小侄女调侃道。

李柏添笑了一下："暂时是朋友。"

有了省台背书，安建又让人写了几篇关于机器人的文章投放到各大科技论坛及公众号上，反响比预期还要好，周漠近期忙得像陀螺，她的通讯录里现在各个行业的人都有，都是看了采访慕名而来，虽然大部分都是凑热闹的心态，但她也不敢怠慢。最近几乎每天都加班到深夜，奥美那边已有多日没去，好在周文琪帮她招的助理明天上班，能帮忙分担一些琐碎事。

周漠走进一家老西关装修风格的粥店，要了碗艇仔粥和一份马蹄糕，这个时间吃甜品真是罪恶，但她此时就想用高糖高热量来"报复"一下加班的疲惫。

周漠边吃粥边刷朋友圈，刷到李柏添那条时，拇指一顿。

他分享的是画扇古镇文创展的宣传推文，周漠这才想起文创展就在本周六，原本还打算这周末能好好休息一下，睡到自然醒，这下好了，周末也要加班。

画扇古镇在广西阳朔，阳朔很多人知道，但说到画扇古镇估计都是头一回听，这座不知名的古镇网上资料甚少，只知道是以"画扇"闻名，家家户户以画扇、制扇为生。

周六一大早，周漠打车到广州南站，坐上开往阳朔的动车。阳朔是广深人民的后花园，周漠不是第一次去，之前好几个小长假她都是在那边度过的，她对喀斯特地貌情有独钟。

周漠下了高铁，跟徐志豪打了辆车过去，半个小时后，网约车到达小镇门口。下车后，她看着眼前布满青苔的台阶，叹了口气，她不应该提箱子的，背个包多舒服。

徐志豪见状，主动帮她提过箱子："这地方也太破了。"

"原生态嘛，没多少商业化。"

现代人真是难伺候，游客多嫌弃商业化，原生态又嫌破。

穿过狭窄的小巷，脚踩在石板路上，周漠看着每家每户门口挂着的纸扇，心想这里的一切古朴得像是古代画卷上才会出现的场景，她跟徐志豪就像两个闯入异世界的陌生人。

"我们住哪里？"徐志豪问。

"这里有一家民宿。"周漠拿出手机看导航，"不过我看网上评价就一般般，不要抱太大期望。"

五分钟后，到达民宿，说"一般般"都是高估了，简直就是个比较干净的村舍，周漠看了眼环境，对徐志豪道："要不……咱们住阳朔县城？"

徐志豪却摇头："我觉得这里就挺好的，有种小时候爷爷奶奶家的感觉。"

周漠只好点头："也行。"

办理好入住后，她跟徐志豪赶到文创展，机器人已经提前一天运过来，四个入口各放了一台，有了上回省博成功的第一炮，周漠这回全程把心放到肚子里。

上午十一点，文创展正式开幕，周漠站在机器人前方拍照，这些照片都是珍贵的宣传材料。会场随时可见奥美的人，周漠看了一圈，却没见李柏添，心想这种小展他估计不会来。

中午，主办方提供了午餐，广西也是出了名的爱吃辣，虽然是简单的盒饭，但很合周漠的胃口，她找了一级干净的台阶，嘴里咀嚼着酸笋，还没咽下肚，就看到身前不远处的男人。

李柏添关上车门，一眼也看到她。

周漠口中的酸笋咽下也不是，吐出来也不是，连忙放下饭盒，猛灌了几口矿泉水，才跟他打招呼。

李柏添还没走过来，被奥美的人叫住了，见他转身离开，周漠才重新拿起饭盒吃，只是拨开了那一条条酸笋。

整个下午，周漠都没看到他，接近四点，见照片也拍得差不多了，她打算离开，回民宿躺一会儿。经过停车场时，她脚步微顿，李柏添正站在车旁讲电话，周漠心想当没看见算了，于是加快了脚步，谁知他声音不高不低地叫住了她："周漠。"

"嗯？"她转过头。

"你下午走？"

"走去哪儿？"她不解。

"回广州？"

周漠摇头："没有，我住一晚，明天再回去。"

"这边有酒店？"

"就一个民宿。"

他沉吟片刻："有没有兴趣到阳朔走走？"

她喉咙一紧，半晌才点头："可以啊。"

周漠上了车，问道："你自己开车来的？"

"有一批物料他们拿漏了，我今天送过来。"

"大老远开车送过来？"她笑笑。

他看了她一眼，没说话。

从画扇古镇到阳朔并不远，只是路不好走，十八分钟的车程走了半个小时才到。车子驶进十里画廊，他把窗户都摇下，又将全景天窗打开，风灌入车内，空气带着独特的青草香，甜甜的，有点儿像甘蔗。

李柏添把车停在路旁，下去买了两瓶冰镇甘蔗汁。

"好像不是在出差，反倒是像度假。"周漠喝了口甘蔗汁，笑道。

"这里看落日正好。"他道。

二人此时站在一座无名桥上，桥底下是漓江，阳朔的美在于山水相得益彰，随手一拍就是一幅水墨画。

"阳朔看落日最美的地方是老寨山。"她说。

"老寨山？"

"对，不过老寨山太陡，爬上去很危险，也很累。"

"你对这边很熟？"

"来过几次。"周漠眼睛亮了一下，"看日落还有另外一个地方。"

"哪里？"

"相公山。"

李柏添查了一下导航："三十二公里，将近一个小时。"

她有些遗憾："等我们到了可能太阳都已经下山了。"

他却不甚在意："试试吧。"

这有点儿疯狂，尤其他刚开完长途车，又马不停蹄地带着她赶下一个景点。

"我来开吧？"她提议道。

李柏添没犹豫，把钥匙交给她。

阳朔山多，一到傍晚，气温骤然下降，少了白天的闷热，这会儿的温度正舒适。窗外，太阳挂在半空中，十万大山突现金顶，漓江倒影中天地间、山水间，已浑然成为一体。

车子飞速往前开，李柏添时不时地提醒她："又超速了。"

她心情很好，嘴角翘起的弧度一直在："放心，这一路没摄像头。"

一个小时的车程被她缩减了三分之一，到相公山脚下时，太阳已经缓缓地往漓江下降，于是二人又加快上山的脚步。

幸亏，赶得及，到相公山顶时，正好捕捉到落日最美时分。

不是第一次在这里看日落，但今天的景色似乎空前壮丽，周漠形容不出这样的美，相机拍出来也逊色，她想，没有一个国画大师能画出眼前美景。

山顶聚集了不少游客，有个女生不停地喊"哇"，她身旁的男朋友小声笑道："你只会哇吗？"

李柏添也被眼前的景象震住，他笑笑："这趟没白来。"

"阳朔每次都能给我惊喜。"她道。

李柏添侧过头去看她，他发现了，原来她不仅幽怨时候的模样撩人，她开心时，同样也是迷人的。

"干吗这样看着我？"周漠盯着他的眼睛，轻声问道。

他不自然地将头移开，没搭话。

她却继续低笑问道："我比落日还好看？"

她再一次打破了两人之间艰难维持的安全距离。

李柏添盯着她，眼神暗了暗，喉结上下滚动，如果不是此时人多，他决计会做点儿什么，好在他理智还在。

周漠被他看得差点儿破功："逗你的。"

"你很会这样逗男人？"他哑声问道。

"那要看对象是谁……要看他经不经逗。"

李柏添一把扯住她的手下山。

周漠跌跌撞撞地上了车，车门被他大力地甩上，很快他从另一边上来，她还没回过神，后脑勺被他狠狠地捧住，下一秒，他的唇压了过来。压抑了好些日子的情欲在这半明半暗的天地间又开始重新燃烧，她的头发被他抓得生疼，嘴唇也疼，他绝对用了蛮力啃咬。

"你这么不经逗？"她还要用言语去刺激他。

李柏添的手已经从她后背往上，两人气喘吁吁地对望，她惊讶地发现，这个男人绝对已经被逼狠了，他脸上的肌肉都已经微微变形。

车子被启动，他用了最快的速度往回走，甚至来不及回县城，车子在遇龙河边一家客栈停下。周漠被他带下车，她不紧不慢地被他拉着走，她喜欢看他失控的样子，这让她觉得，在某些特殊领域，她还是能够占上风的。

进入房间，房门合上那一刻，她已经被按压在墙上，他的手在她身上探索，抚摸过每一寸肌肤，他将她抱起，每走一步，问一句："谁不经逗？"

周漠将头埋在他颈窝，带着哭腔回复："我，是我……"

结束时，周漠已经困到眼睛一闭上就能睡着，但又强迫自己不能睡，她脸贴着枕头，目光呆滞地望着落地窗外的小院，外面已经漆黑一片。

李柏添见她一直趴着不动，她脸上的表情也很耐人寻味，像是有点儿茫然，有点儿……悲怆？

"洗澡吗？我帮你放浴缸水？"他问。

周漠这才看向他，随后又将脸埋进枕头，低低地"嗯"了一声。

洗完澡出来，周漠精神了很多，同时也感觉到饥肠辘辘。他开车带她到西街觅食，阳朔县城内，满大街都是 X 大姐啤酒鱼，千篇一律的招牌和菜式让人食欲全无，李柏添问她："有没有推荐的店？"

"椿记烧鹅。"

椿记烧鹅是粤菜，李柏添看到菜单时，有些疑惑："跑到广西吃粤菜？"

周漠边拿茶水洗碗边道："阳朔虽然景美，但是好吃的真不多，经常踩雷，就这家出品还算稳定。"

现在虽然不是旅游旺季，但是西街的游客还是不少，二人吃完饭跑这边闲逛。周漠正盯着不远处的特产店瞧，手突然一重，李柏添牵住了她。他的动作自然流畅，周漠为了不落下风，也装作若无其事。

二人牵着手进了一家古色古香的酒吧，喝了几杯兑水的鸡尾酒。

这晚，周漠睡过去前，心里不无悲伤地想，李柏添就是个欲望集合体，他身上拥有她所想要的一切，遗憾的是，他并不属于她。

一夜未归，当周漠踏入画扇古镇那家破旧的民宿时，徐志豪正好打开房门。

"你昨晚是不是没回来啊？"他随口问道。

周漠闻言，神情有些不太自然："我去阳朔住了。"

他的眼睛落在她身上，暧昧地笑了一下："还以为你今天也不回来了，我正打算退房……你还坐动车回去吗？"

周漠心里警铃大作，昨天她跟李柏添离开时，他看到了？

周漠回到房间，坐在床上，心乱如麻。从徐志豪的话几乎可以推断，他应该是看到她上了李柏添的车，再加上她整夜未归，今天又穿着昨天的衣服回来，思维但凡发散一点，就知道昨晚发生了什么。

她跟李柏添的关系可以很简单，也可以很复杂。单身成年男女寻欢作乐不算错，更没犯法。

但复杂的是，她拿了李柏添那么多机器人的单子，他们的亲密关系一旦传出去，事情就完全变质了。外人会怎么想他们？流言蜚语其实还不算最可怕的，可怕的是……如果她跟李柏添的关系曝光，她以后还能拿到奥美的单子吗？他会不会为了避嫌，断了她的财路？

就在这短短二十分钟里，周漠脑子不断运转，分析一通利弊后，她快速做出决定。

电话碰巧响起，那头李柏添问："还没收拾好行李？"

她回来就是为了拿行李箱以及退房，确实如徐志豪所言，她答应了坐李柏添的车回去，但这会儿，她想法已经改变。

周漠安静了好一会儿，做好心理建设后，才道："我还是不跟你回去了，我买动车票了。"

他那头沉默半晌。

周漠害怕他继续问下去，幸好，他没有，只说了句"我知道了"便挂了电话。听着机械的忙音，周漠苦笑，那男人绝不拖泥带水，也不知道算优点，还是缺点？

回广州这一路，周漠很困，却睡不着，她头靠着座椅，窗外是一片片农田，这让她想起生活了十几年的家乡，没搬到镇上之前，她在乡下的家门口就是这样的农田。现在的人喜欢从城市逃回农村，装修个小院子，种点花草，美其名曰向往田园生活。

周漠理解不了这种复古的喜好，在她看来，乡下的日子是很无聊的，没有娱乐场所，没有图书馆，没有零食铺，村里唯一一家小卖部连矿泉水都没有。

镇上孩子的夏天是雪糕、旅行、漂亮的凉鞋，她的夏天是不停歇的蝉鸣、烈日下的插秧，以及周末才能见上一面的父母。那时候的她不理解，明明已经到暑假，她都不用上课，为什么父母还是不把她接到身边？

后来才知道，父母一直在备孕，由于都是公务员，按照当时的计划生育政策，他们是没办法生二胎的，可对儿子的执念令他们铤而走险。然而不知道是谁的原因，备孕了几年都没要上，后来，在周漠三年级时，夫妻二人终于放弃，坦然接受"命中无子"这个事实，这才把唯一的女儿接到身边。

在得知这个"真相"之前，周漠觉得自己是被父母的爱意包围的，多年来她刻意淡化十岁之前的记忆，然而高考填报志愿时，当她执意要离开家乡到省外上学，母亲威逼利诱都没用，才道出多年的想法："女孩子胳膊就是往外拐，要是生个儿子多好。"

这个世界上的独生女有两种，一种是陈乔粤那样的，集万千宠爱于一身，她的存在就是父母最大的欢喜，无须去讨好谁。还有另外一种，就是她这样的，她的存在只是将就，父母对她的爱是明码标价的，他们把养育她的每一分钱都记录在册，就等着她某天一一奉还。

为什么她要买自己的房子，是因为周漠知道，这世界上不管哪种感情，都是有条件的，生她养她的父母尚且做不到无私奉献，更何况其他毫无血缘关系的人。

谁都靠不住，只有靠自己最实在。

她喜欢李柏添，也幻想过有一个这样优质的男朋友，但当下不是恋爱脑的时候，机器人项目还未稳定下来，跟那男人保持友好的甲方乙方关系才是最优解。

如何在冷淡和热情之间拿捏好一个度，这才是最让周漠头疼的。

动车缓缓地进站，她打开手机，点开他的微信头像，想了想，还是发了条信息过去："我到广州了。"

李柏添看到信息时，他的车子刚下高速，在收费站缴费时，手机振动，一拿起来便看到这五个字，他扔下手机，重新启动车子。

他没回家，而是直接开到琶醍，王浩哲正指挥着保洁阿姨把地上再拖一遍，话音刚落便看到一脸颓丧的好友。

"你怎么回事？昨晚出去做贼了？"

"弄点东西吃。"李柏添找了个沙发卡座坐下，说完点了根烟。

"现在都什么时候了？还没吃饭？"

李柏添默默地抽烟，没搭话。

王浩哲交代完厨师，再回来时，见他一根烟已经抽完，又点了一根。

"失恋了吗你？怎么这副鬼样？"说着开了瓶冰啤酒给他。

李柏添接过喝了口，整个人躺在沙发椅背，揉了两下眉头："刚刚开完长途，很累。"

"今日星期日喔，去哪里玩了啊？"

"出差。"

"看你这个'衰样'，还以为你被女人甩。"

刚好有人进店，朝他们这桌走来，来人是个年轻的女孩，背着吉他："你好，我是过来面试驻唱的。"

王浩哲对她点了点头："经理还没上班，你先坐一下。"

"好。"

女孩离开，李柏添淡淡地问道："之前那个驻唱挺好的，为什么要换人？"

"星海音乐学院的，肯定好啦，不过人家要去实习了，来这里就是赚点零用钱。"他说完，又暧昧地笑道，"你有兴趣？"

李柏添哼笑，摇了摇头。

"你好久没谈恋爱了，怎么回事？"

被戳中痛脚，李柏添狠狠掐了烟："女人好麻烦。"

王浩哲一副了然的模样，"啧"了两声："你今日肯定是为情所困啦。"

为情所困的李柏添心中烦闷，啤酒一瓶接一瓶，就没停过。

天空转暗，夜幕降临，餐厅客人越来越多，王浩哲招呼完客人，见他还在喝，坐在他对面看热闹："到底是哪个女人？我帮你打电话约出来啦。"

李柏添盯着桌上的手机，一想到下午那条短信他还没回。他拿起手机，按下几个字，发送出去后，看着舞台上唱歌的女孩，对好友笑道："这个女孩子挺不错的。"

她就是下午那个面试的女孩，经理觉得不错，当场录取，这晚是她首秀，空灵的女声正唱着："因为太有所谓我才显得无谓，越想要的关系你越不敢给，没什么可爱就没什么可悲……"

"技巧可以，感情不足。"王浩哲笑笑，"还太年轻。"

"这首歌很熟悉。"李柏添皱眉说道。

"《暗涌》啊，国语版。"

"要唱就唱粤语版。"

"那女孩好像不会讲粤语。"

"哦？"李柏添挑眉，"你叫她过来，我教她唱。"

王浩哲还真让人把那女孩叫下来。

当周漠踏进餐厅时，便看到李柏添跟身旁的女孩有说有笑，举止可谓亲密。

她走近，听到他说："仍静候着你说，我别错用神，什么我都有预感……'什么'这两个字一定要用假音，'预感'要由强转弱，感情一定要充沛。"

他教得很认真，身旁的女孩一脸崇拜。

周漠觉得这场景很刺眼。

李柏添说完，一转眼，便看到卡座前站定的女人。

周漠正笑眯眯地看着他："李总，我是不是来得不是时候，打扰到你们了？"

他眼神暗了暗，声音沙哑："你等我一下。"

"好。"她笑容加深，"我在外面等你，你什么时候想回家了，随时叫我。"

半个小时前，周漠收到他的短信："我现在需要一个代驾。"

她行李都没收拾完便跑来了，没想到见到的就是这一幕。餐厅门口，周漠找到他的车，她在他车旁站定，点燃一根烟，边抽边等他。

很快，李柏添走了出来，经过她时，把钥匙放到她手上，一言未发。

回他家这一路，车厢内静得吓人，谁也没开口，像是都憋足了劲。

车子在小区门口停下，他终于开口："开回停车场。"

她犹豫片刻，心想他喝了酒，确实没办法自己开回去，于是又重新启动车子。

到了停车场，停好车，熄了火，周漠正想说她要回去了，嘴刚张开，已经被他吻住。密闭空间内，唇舌交缠发出的声响甚是撩人，什么理智、策略、利弊在这一刻全部被抛之脑后。

停车场的电梯直通他的家，周漠没想到，才几个小时没见，他们又回到了这张熟悉的床上。事后，她躺在他怀里，眯着眼，懒懒地问道："原来你还是音乐大师啊？还教人家专业歌手唱歌？"

李柏添听出她的嘲讽，手钩着她的发丝，哑声笑道："我只是在教她粤语。"

"怎么不见你教教我？"她撑起头，盯着他的笑脸，缓缓地问道。

"你想学什么？"

她的手指划过他的下巴，眼神暗了暗，忽地就想起初见他那一晚，她叹了口气，用家乡话念了句："《侬本多情》。"

"什么意思？"

"情爱就好像一个梦……"她轻轻地哼唱，"还记得吗？"

他怎么会忘？

"爱。"他用粤语低声道，纠正她的发音。

她跟着他念。

情爱就好像一个梦，梦醒了一切亦空。

周漠望着他的眉眼，心想什么后果都等梦醒了再说吧，此时的她，就想不顾一切地做做梦。

这是周漠第一次在他家留宿，运动消耗了太多体力，结束时她已经沉沉睡了过去。一觉到天亮，清晨睁开眼看到他放大的脸时，头开始疼。她轻手轻脚地掀开被子起身，突然听到沙哑的男声从身后传来："早。"

她一下泄气，扭过头看他，一副欲言又止的模样，久久才回了他一句："早。"

洗漱完，李柏添刚换好衣服，从主卧走出来，看着她问道："你是回公司还是？"

"我约了中介看房。"她讷讷地说道，"你去上班，不用管我。"

"约在哪个地方？我送你过去？"他又问。

"不用。"周漠看着身上皱巴巴的裙子，心想她还得回家换套衣服。

二人同时下楼，他到地下停车场拿车回公司，她打了辆车回家。

周漠没骗他，她今天是真的请了假约中介看房子。她的目标很明确，两百万以内的城市中心区一居室，或者偏远区两居室。

第一套是越秀区的"老破小"，有多破呢？楼龄比她年纪还要大，如果不是家家户户阳台晾着衣服，她差点儿就以为这是一栋危楼。

"我看图片没这么旧啊。"周漠看着脏兮兮的楼道，心里阵阵反胃，"而且这是独栋吧？根本不算小区。"

"在越秀这个价格就只能买到这种了。"那中介一边拿钥匙开门，一边对她说道。

门一打开，一股年久失修的腐臭味扑面而来。

"这也太夸张了。"她看着屋内，墙面都快脱落了，这之前的主人竟然也不知道装修一下，这能住人？

"这房子之前租出去了，租客不太爱惜房子，房东又急着置换，所以才低价挂出去。"

"这环境，五万多一平方米，还算低价？"

"虽然环境一般，但是里面装修好了一样能住得很舒服的，而且学位不错，小学是市重点，对口的初中也是市重点中学。"

"学位我暂时不考虑。"

中介笑了一下："周小姐，可能我说话不好听，您这个年纪了可能过一两年就生孩子，学位其实还挺重要的。"

周漠闻言皱眉："你说话确实不太好听。"她说着便出了门，顺着楼梯往下走。

中介见她脸色不对，立马跟上，在她身后笑道："因为很多客户其实没明白自己想要的究竟是什么，毕竟您预算不高，这套房子性价比算很高了，因为房龄大，公摊面积很小，还送了一个小阳台，套内面积满打满算有四十平方米了。"

他话音刚落，草丛边一只体型硕大的老鼠窜过，周漠吓得差点儿尖叫，她烦躁地说道："这里有老鼠，不行，你再带我看下一套吧。"

"这附近符合您预算的就这一套。"

"之前我不是找了几套吗？都是两百万左右的。"

中介开始支支吾吾："已经……卖出去了。"

"这么快？"她冷笑，"我前两天还看到在网站上面挂着。"

"您也知道最近房市又开始热起来了，如果是 2020 年初刚开始那会儿，房价低迷，倒是能捡捡漏。"

早就知道看房不会太顺利，但也没想到开局就这么糟心，但转念一想，假都已经请了，还是继续看下去吧。

"那除了这附近，还有别的符合我的预算的吗？"

"番禺那边倒是有，市桥两百万三房的都有，就怕您看不上。说真的，现在在广州总价两百万的房子……真没必要买。"

话说到这里，周漠整个人已经夺了，没想到看个房子还能被中介PUA（精神控制），她咬牙切齿，记下他的工牌打算回去就投诉。

然而在回家的地铁上，冷静下来之后，琢磨起他这句话，又觉得没错，两百万的房子势必楼龄大环境差，以后要找接盘的非常难，基本上一入手就砸手里了。虽然她是想买来自住，但难保哪天她突然暴富想置换，这样看来，这种房子根本已经没有购买意义。

回到家，她拨通母亲的电话，就好像上回那架没吵过，她柔声问候了父母两句，才慢慢进入正题。

"妈，我一直想在广州买房，今天看了套房子挺好的，但是首付差点儿，你跟爸……能支持多少啊？"

"你跟许宁都分了，还买什么房？"母亲不可思议地问道。

周漠压下愤懑的情绪，继续说道："你一直都知道我想买套房作为婚前财产。"

母亲在那头叹了口气，半晌才缓缓地说道："那就回老家来买吧，老家的房子便宜，一万多一平方米就能买到不错的了，如果你回来买，我跟你爸爸能赞助一些。"

周漠差点儿就脱口而出，她根本就没考虑过回去，她早已下定决心在广州定居。

"老家的房子没有投资价值，广州的至少能跑得过通货膨胀。"

"我看新闻了，最近广州房价确实又涨了。周漠，我们家就是普通家庭，你为什么非得在那边买房呢？再说了你一个女孩子，以后找个有房的老公不就行了。"

周漠有点儿绝望，她静静地听着，没吭声。

母亲说教完，又到了每次的保留环节："妈妈就怕你在外面待久了，不愿意回来，我们辛辛苦苦养大你，到老了女儿不在身边。"

"不会的，你们老了我肯定会照顾你们。"她机械地说出承诺。

周漠挂了电话，像一条脱水的鱼，干巴巴地躺在沙发上，一动不动。

此时的陈乔粤却跟她正相反，她刚答应了高秋林的求爱，心里像是有海浪拍过，爱情的泡泡将她包裹。哪怕炎炎夏日的中午，二人沿着操场来回走照样心潮澎湃。

高秋林一只手撑着她的伞，一只手拉她的手："午休快结束了，今晚我再去找你。"

陈乔粤点了点头："好。"

"那我先回去了？"他笑着说道。

"嗯。"

陈乔粤看着他的背影，笑容不断地扩大。

在某些方面来说，高秋林确实是她的理想型，无论是外形还是内在，除了对他的家境有些许不满。但人无完人，再说了，一向眼高于顶的陈迎珍也觉得这人能处。

在她以往的感情中，没有一段开始得这么草率，认识不过两个月就已经确定关系，但现在的陈乔粤似乎心态有了巨大的变化，人生在世，不拍多几次拖（不多谈几次恋爱），简直就是浪费生命。

她想，这应该是金钱给她的底气。钱能让她无所畏惧地勇往直前，撞南墙了又如何，不过付出一点儿时间成本，这个不合适，还有下一个，她有的是时间。

陈乔粤掏出钥匙打开家门，见陈迎珍还在，有些惊讶："你今天没去开台吗？"

陈迎珍转过身来，对她比了个"嘘"的动作，原来她在讲电话。

陈乔粤点了点头，开了瓶可乐，坐在她对面的沙发上玩手机。

"我都说了，上次喝茶的时候海芯不过来，可能那时候就已经有了。"

"虽说现在是孩子大了有自己的想法，但她现在是有了宝宝哦，未婚先孕，还不肯说孩子爸爸是谁……"

陈乔粤原本正打开游戏的界面，闻言连忙关了，竖起耳朵听。

"海芯自小就乖，都不知道为什么会变成这样，之前说不婚主义，现在又想当单亲妈妈，唉，真是不知道现在的年轻人脑子里在想什么。"陈迎珍说完还特意瞪了陈乔粤一眼。

待陈迎珍挂了电话，陈乔粤按捺不住好奇心，凑上前去："你们刚刚在说海芯姐姐，她有了宝宝？"

陈迎珍叹道："嗯，唉，你伯母前两天去她家搞卫生，才知道这件事。"

　　"我前阵子才见到她，身材没什么变化啊。"

　　"好像已经四个月了。"

　　陈乔粤瞳孔地震："没听她说过有男朋友啊。"

　　"你伯母已经发癫了，但无论怎么发癫，海芯都不肯说宝宝的爸爸是谁，只是说宝宝不需要爸爸……"

　　"不愧是留过学的法律高才生。"陈乔粤由衷地夸道，"其实老妈你知不知道，现在真的很多女孩子都不想结婚，只想要个自己的后代，尤其是像海芯这样的高知女性。"

　　陈迎珍闻言，立马变了脸色："陈乔粤你千万不要想一出是一出，你这人真是没谱，这些是可以学的吗？"

　　知道跟母亲说不通，陈乔粤摊了摊手。

　　"你跟高秋林怎么样了？"陈迎珍问道。

　　"这是我的事，你别管。"

　　"你的终身大事就是我的事。"

　　"正谈着。"陈乔粤淡淡地说道。

　　陈迎珍双眼一亮，还没说话，又听到女儿说："千万别说什么快点结婚，你知道我逆反心理很严重的。"

　　"你就快三十岁了，女儿。"

　　"三十岁又怎样呢？中国人平均寿命七十五岁，我又不是三十五岁就死。"

　　"我真的说不过你。"陈迎珍怒不可遏，说完又转移话题道："你伯母真的命苦，儿子跟儿媳跑去非洲，现在不想回来，留下晴晴在这边由她带，现在女儿又有了……"

　　"人家的家事不关你事，你千万不要去指手画脚。"她提前给老妈打预防针，就怕她到时候跑去陈海芯面前说三道四。

　　"我没那么无聊！"陈迎珍怒道。

　　一个星期后，陈乔粤在小区门口遇到肚子已经微微隆起的陈海芯，她化着精致的妆容，穿着一套修身的黑色连衣裙，整个人明艳大方。

　　陈乔粤主动跟她打了声招呼："过来监工？"陈海芯的房子就在她隔壁那栋，正在装修。

　　"嗯。"陈海芯对她笑道，"听说你最近在创业，怎么样？顺利吗？"

　　从很小的时候，陈海芯就是"别人家的孩子"，她方方面面都出色得不像是这个家族的人，虽然她比陈乔粤大好几岁，但小辈里就这两个女孩，总是少不了放一起比较。

　　陈乔粤眼睛放在她肚子上，她其实很想当场夸张地赞扬一番陈海芯的勇气与前卫的思想，但是多年来被压迫的憋屈让她只淡淡地问了句：

"听说你怀孕了？"

"对啊，刚刚产检结束回来。"陈海芯笑着说道。

陈乔粤欲言又止。

"我先走啦。"陈海芯道。

陈乔粤点了点头。

半晌，陈乔粤回过身去看越走越远的堂姐，从背面看，根本看不出她已经怀孕，她永远优雅大方，从容不迫。

此时的陈乔粤心想，她跟陈海芯的差距永远不只是外貌、成绩那么简单。

周漠刚接完电话，见到安建朝她挥了挥手，她只好朝他办公室走去。

落座后，她听到安建问："怎么样？机器人项目最近有什么进展？市场开拓得还顺利吗？"

"有两家医院想租一段时间看看使用效果。"她扬了扬手里的手机，"刚刚就在谈这个事。"

安建笑了笑，叹道："总算是踏出第一步了。"

周漠不太明白他的意思，但还是说道："奥美接下来的展会还有很多，跟他们已经合作了两次，都还挺愉快的。"

"奥美自然不用多说……"说完，他暧昧地看着周漠，笑容耐人寻味，"你把李柏添抓住，相当于死死地掐住了奥美这条线……"

周漠闻言一愣，她皱起眉头，缓缓地问道："您这话是什么意思？"

安建话说得模棱两可："必要时候必要手段。"

周漠几乎被气笑，她想大声斥责，然而一想到跟李柏添的暧昧关系，一下底气不足。

"我是靠实力签单子的，如果您觉得我走了捷径，那……"她尽量把语气放平稳，但起伏的胸口还是暴露了她的愤怒。

"我不是这个意思。"安建连忙打断她的话，安抚道，"说实话，当初把机器人项目交给你，我还是有些担心的，毕竟你对这个领域一无所知，但我确实没想到，就短短两个月时间，你能接触到奥美高层……"

周漠静静地听他往下说。

"外面确实有些风言风语，但是不碍事，英雄不问出处，黑猫白猫能抓到老鼠就是好猫。"安建缓缓地说道。

周漠发现，她对怒火的掌控力似乎越来越强了，前一刻明明还义愤填膺想为自己辩驳，这一刻她又把自己给快速说服了，即便她有一百张嘴，也抵不过踏风传开的流言，解释再多也是徒劳，倒不如把这点儿力气留下来多谈两个单子，毕竟每个月还房贷的是白花花的银子，而不是一个清白的好名声。

从安建办公室离开，周漠回座位拿包，原本她跟常去的一家盲人按摩店约了五点二十分按一个钟，现在都已经五点十分了，如果不是安建突然的谈话，她已经快到那家店了。

五点半之前是八十八元，之后贵二十元，现在只能祈祷路况通顺，希望她能在五点半之前到达，省下这二十元。

颈椎劳损又是一个都市病，你到写字楼门口抓人问，十个里面至少九个有这种病，周漠几乎每周要跑一次按摩店。到店里的时候刚好三十二分，前台是个白白胖胖的本地师奶，见她气喘吁吁，连忙倒了杯温热的菊花茶："不用这么急，老顾客了，还是给你一个优惠价。"

"谢谢，谢谢。"周漠笑着道谢。

这家盲人按摩店离她家不远，环境比不上美容院，但好在师傅的手法非常好，周漠在这家店按了四年，眼看着它从六十八元涨到一百零八元。这些年什么东西都噌噌往上涨，唯独工资不涨还降，最近周文琪帮她招了个小助理，试用期工资是三千八百元，周漠被这个数字惊到了，七年前她刚毕业那会儿已经是这个价，七年过去还是这个价。

她忍不住跟陈乔粤、丁瑶吐槽："现在最惨的就是刚毕业的大学生，高校不断扩招，经济又差，以后的大学生就跟奥特莱斯里面的品牌卖场一样，看着光鲜，其实就跟白菜一样。"

"所以你看今年考研的人数又比去年多了几百万，考公的更夸张。"丁瑶附和。

"三千八百元的工资去掉房租，还能剩多少？"陈乔粤也感慨道。

曾经周漠羡慕"80后"，他们吃了最后一波房地产红利，拼一拼还能"上车"，"90后"最惨，不上不下，只能拼父辈，因此贫富差距是肉眼可见的大。

现在想想，"95后"会不会也羡慕他们，毕竟他们毕业那会儿正赶上互联网兴起，还能吃一波互联网红利……

十三号按摩师傅技术了得，周漠每次点钟都叫他，但这人最大的缺点是爱说话。这天的话题是他老婆刚生完三胎，在沙园那边租了个铁皮房子住。

"你前面两个是女儿吗？"周漠直截了当问道。

"一个儿子一个女儿。"师傅叹道，"第三个是意外有的，又不舍得打掉，所以就生下来了。"

他又道，家里就他一个人工作，既要养老婆跟三个孩子，还要养老家的父母。

"我干的是辛苦活，不像你们白领啊，坐办公室，轻轻松松就把钱赚了。"

周漠闻言一笑，没出声。

按摩师傅的烦恼是孩子每个月奶粉太耗钱，而她的烦恼是凑不够首付在广州买房。

她理解不了他的烦恼——既然觉得养家压力大，为什么还要生三胎？他同样理解不了她的烦恼——既然觉得供房压力大，为什么非得在广州买房？

她闭上嘴，不再搭腔，久而久之，那师傅自讨没趣，也不再说话。

周漠按完摩，结完账，正想着走路回家，手机振动，看着屏幕上三个大字，她心想，这人会有什么烦恼呢？

"下班没？"那头，男人沉声问道。

"快到家了。"周漠笑道。

"一起吃饭？"他问。

"为什么？"周漠在一个水果档停下，一边聊天一边对着店内的售货员比画着身前的榴梿。

"你有约了？"

"那倒没有。"她手指了一个看上去还算成熟的，边道，"这要看你是想谈公事还是谈私事……"

"吃顿饭也要搞这么复杂？"他笑笑。

"谈公事可以，私事的话，我在家楼下随便吃点儿就行了。"

"那就谈公事。"

周漠无声地笑了笑："可是现在是下班时间，你不是不在下班时间谈公事吗？"

那头静了半晌，久久才回道："你例外。"

周漠扫码付了款，才道："吃哪家？"

"就上次琶醍那家？"

"好。"她又笑道，"我给你带了个礼物。"

半小时后，她姗姗来迟。

她一进门，李柏添立即闻到了那个可怕的味道。

"这就是你给我带的礼物？"他看着眼前一大盒榴梿肉，问道。

"嗯。"周漠咧开嘴角，"现在刚好是榴梿的季节……你不喜欢？"

他摇了摇头："太甜。"

上回对着荔枝他也是这样说，原来这男人不爱吃甜食？

"榴梿是这个世界上最好吃的水果。"她说完，拿了一块放进他的盘子里。

"上次吃荔枝的时候你也是这么说的。"

周漠想了一下，笑出了声："是吗？"

"榴梿又甜，热量又高，我以为你不会喜欢吃……"他看着盘子里的果肉，还是没动叉。

周漠吃了一口，摇头："你错了，我就喜欢吃高热量的东西……"说完又看他一眼，"你这个年纪就开始养生，是不是太早了？"

李柏添喝了口冰镇柠檬水："跟养生无关，我就是接受不了这个味道。"

周漠耸了耸肩，把他那块榴莲肉拿了回来："那太可惜了。"说完便开始吃。

"你今天不太开心？"

男人的声音不大不小，正好穿过耳膜，打进她心里。

周漠咽下最后一口果肉，低头喝了口冰水："很明显吗？"

"今天的你……挺反常的。"以前的她在他面前是克制而矜持的，这夜的她，似乎露出了本色。

"确实。"她脱了一次性手套："今晚原本是出来谈公事的，你看我，居然给甲方带了不爱吃的榴莲。"

"发生什么事了？"他问。

周漠看着他，低低地叹了口气："我们……能不能……当那件事没发生过？"

"哪件？"他目光沉沉。

"还有哪件……"她突兀地笑了一下，"就那事儿呗。"

"对你造成了困扰？"

"确实有点儿。"她点头，"我……不太想把事情复杂化……"

"你现在说这话，是不是太晚了？"他点了根烟，神色莫测。

周漠怔怔地看着他，摸不清他此时是什么态度。

"如果，我是说如果……"她咬住下唇，过了一会儿，才道，"我们的关系一旦暴露，对你跟我……影响都会……很大。"

李柏添手夹着烟，搁在烟灰缸上，看着烟灰一点点掉落，他淡淡地道："我知道你在担心什么……不过，你就不怕你刚刚那些话得罪我，我照样可以让你担心的事成真？"

"你会这样……公私不分吗？"周漠紧张地咽下唾沫，一眨不眨地盯着他的脸。

他忽地抬头，对她笑了笑。

周漠不懂这笑容代表什么，下一秒，他从座位上起身，快速将她拉起，她还没反应过来，唇已经被他堵住。她的手原本还在他胸前象征性地挣扎两下，到最后已经情难自禁地搂住他的脖子回吻。

敲门声突响，热吻的二人用残留的最后一丁点理智分开，四目相对，彼此眼睛里有火苗在窜。

服务员也许捕捉到了他们之间不寻常的气场流动，上完菜立马离开。周漠转过身去喝水，望着窗外的珠江，想笑又想哭。

明明前一秒才要撇清关系，下一秒就激情四射、难舍难分，刚刚她说的话就跟放屁一样，现在想想，真是矫情得不行。之后二人默默地吃着菜，谁也没出声。

吃完饭，李柏添开车，终点站自然是他家。

这段见不得光的感情就在她的默许中开始了，完事后的周漠坐在床头，点了根事后烟，她心想，终于知道为什么会有那么多犯罪分子了，人在某些时候哪怕知道会引火烧身，但就是控制不住自己的欲望。

如果她眼下这段经历是从电影中呈现，她作为观影人，肯定会忍不住痛骂这个拎不清的女人控制不住自己的欲望。但她不是旁观者，她是当事人，她真真切切感受到沉沦的刺激，这让她实在是欲罢不能。

国庆节将至，周漠非但没有因为小长假即将到来而开心，反而每天情绪都在崩溃边缘。原因有二，一是她并没有找到合适的房子，意味着下个月又要承担一笔巨额房租。二是这恼人的调休制度，连续上六天班不可怕，可怕的是上周日也加了班，加上调休满打满算要连上七天，不仅如此，她生理期还来了，痛经加上胃痛再加上调休，她委实多了几分厌世情绪。

也许有人要问，既然这么辛苦，为什么不请个假在家休息？那还不是因为广交会十月中旬就开始了，留给他们的时间并不多。奥美那边每天几张催命符，催得她必须无坚不摧，别说请假，她就算躺进棺材里了，也得回光返照立刻爬起来工作。

车展的机器人已经到位，软件程序也已经写好，但问题就出在肖谦派了个刚毕业的大学生过来负责前端开发，他本意是想节省预算，但那学生毕竟刚毕业，经验尚浅，哪怕有徐志豪带着，写出来的 bug（漏洞）比程序员掉的头发还多，简直惨不忍睹。

昨晚测试员李晓霏加班到凌晨，越测越上火，连夜上报给上司，测试部主管又找到肖谦……

这天早晨，周漠知道这件事后，立马赶到奥美，这事不能声张，如果被奥美这边的人知道他们这般糊弄，怕是会闹得不太好看。好在肖谦也意识到事情的严重性，下午连忙带着两名下属赶过来救场。

"你是不是想搞死我？"吸烟室内，周漠气到对着肖谦破口大骂。

"不要这么生气，冷静点，才多大件事……"肖谦抽了口烟，拍了拍她的肩，说完又叹道，"今天假期肯定又要加班了，倒霉……"

"我真的想不明白，你为什么要拿一个毕业生糊弄我？"

"我都好难做噶。"肖谦苦笑，"我那个组有四个人派去了广州地铁，现在手头上有许多项目都没人做。"

"徐朗的项目是项目，我的就不是？"

"不是一个量级。"肖谦缓缓吐了个烟圈后，掐灭香烟，对她道，"得啦，我出去继续做事啦。"

周漠坐在吸烟室的小沙发上，越想越觉得憋屈，现在公司内部的资源确实都向徐朗倾斜，加上肖谦原本就不看好机器人项目，能应付就应付，同她根本不是一条心，她在前方打仗，他在后边烧粮仓。然而现阶段她说话根本没办法硬气起来，毕竟机器人目前的单子都是小打小闹。

空气中的烟味熏得她想吐，周漠望着对面灯牌一一亮起，心想又是一个加班的夜晚，这种生活什么时候才能结束？

周漠回到座位，李晓霏对她努了努嘴："给你拿了一盒饭，在奥美加班居然还包饭。"

周漠按着胃坐下，打开饭盒的盖子，在看到那几块油腻的烧鸭时，厌世情绪值瞬间拉满。

李柏添从办公室出来，朝她那边瞥了一眼，正好没错过她脸上的表情，走到电梯口，他才给她打了个电话。

周漠手机响起，见是他，下意识往他办公室看，见他人不在，这才走到一旁接电话。

"下来。"他那头道。

"加班。"她低声道。

"加班也要吃饱饭再加。"顿了顿，他又道，"五分钟，过时不候。"

他话还没说完，周漠已经往电梯的方向走。到写字楼门口的时候，时间已经超过五分钟，他的车子还在，周漠无声地笑了笑，拉开车门上车。

"是先去买饭还是先买药？"刚坐稳，便听到他问。

周漠有些惊讶："你怎么知道我经期来了？"

他一愣，启动车子："我以为你胃痛。"

简单几个字，周漠心里一暖，她盯着他的侧脸半晌，才哑声道："其实我也不知道是痛经还是胃痛，或者两种都有。"

"喝粥？"他扭过头，问她。

"不想喝粥。"

"那想吃什么？"他又问。

"想喝豆浆。"她脱口而出，"那种最纯朴的老豆浆，不要加其他料。"

"我记得五中附近有家点心铺，豆浆还可以，不知道这个时间还有没有开。"

"不用跑那么远。"周漠连忙道，"来回得一个小时，我今天还有事没做完。"

"你看看你现在的样子。"他将后视镜转了个方向，对准她的脸。

周漠一看，吓了一跳，脸上像刷了白灰一样苍白。

"资本家看了都心疼……"他哼笑，"回去再加两个小时班能换两个月年终奖？"

周漠摸了一下右边的脸颊，淡笑道："那倒没有，我们老板特别抠门。"

"拼命也要讲究基本法。"

"你知道二分之一理论吗？"

"没听过。"他摇头。

"这个理论是说，人这辈子最好是分成两半来过，前面一半用来拼命，后面一半用来享受。"她幽幽地道，"所以我给自己定了个目标，最迟四十五岁退休，在四十五岁之前要赚够下半辈子享受的钱。"

"为什么是四十五岁？你觉得你能活到九十岁？"

周漠笑了笑："原本我定的是四十岁，但是我算过了，以我目前的薪资和涨幅，在这短短十二年内是赚不够后半生花的钱的，所以推迟了五年。"

"这个理论是谁提的？"

"我啊。"她说得理所当然。

李柏添被她逗笑，随即又道："我国目前的退休年龄是六十岁，你确定你四十五岁就能退休？"

"现在有一种人群叫 Fire 党（存钱党），指的就是财务自由，提早退休的人。Fire 人群奉行的就是先存钱，后享受，只要存够钱，随时都能退休……"

"财务自由……"李柏添道，"这是个很难定义的范围，多少钱才算得上真正的自由？"

"前不久不是刚有专家说了吗，在广州要实现财务自由需要一千万现金。"

"所以你打算存够一千万？"他看向她，挑眉道。

"那肯定不是。"周漠摇头，"如果能够降低物欲，过极简生活，三百万是足够的。"

"这个数字又是怎么得出的？"他好奇。

"有人总结出了一道公式，每年所需的生活费乘以二十五，只要攒够这笔钱就能退休。"

"这人又是你？"

"那倒不是。"周漠笑出了声，"是我们群里一位大佬。"

"你们还有群？"

"嗯，微信群。"周漠道，"里面已经有不少人开始实行这种生活，最年轻的一个跟我差不多年纪，不到三十岁，不过他是咖啡师Fire……"

这天的聊天内容显然有些超出他的认知："咖啡师 Fire 又是什么？"

"就是虽然退休了，但还是会做一些自己感兴趣的兼职，但不是为了赚钱，仅仅是因为兴趣。那个人在大厂工作了几年，赶上好时候，公司上市后分了一些干股，现在即便不用工作，每年也有不少收入。"

周漠很羡慕他，昨天才看到他在群里发动态，他目前刚到达泰国清迈，即便现在清迈天气酷热，仍挡不住他到处游玩的脚步。一想到十几年后的自己也能这样自由自在、毫无负担地满世界跑，她便能坚持加班到最后一口气。

"听上去……有点儿像成人童话。"他一针见血。

"就是成人童话。"周漠也承认，"我一直都觉得成年人比小孩更需要童话，Fire 很明显是逆时代潮流的，就跟'躺平'一个意思，大把人高呼'躺平'，实际上真正'躺平'的能有几个？但我们就是需要一个这样的美好幻想，来逃避忙碌的现实带来的心理失衡。"

"你的计划进行到哪一步了？"

说到这个，她胃一阵抽搐："第一步还没踏出去……我目前的积蓄连房子都买不起。其实不买房也能 Fire，不过我一直觉得，只有房子才能带给我安全感。"

这些话，周漠没对其他人说过，就连最好的朋友，她也没提过，这晚却忍不住一股脑儿都对他说了出来。

"买房……不妨再等等。"他突然道。

"你有内幕消息？"

"现在市场环境这样，虽然楼市近期有一小波反弹，但是长期下去，我还是不太看好。经济不好，今年全国有一百多万套房子断供……如果你不急的话，就再等等，可能就这一两年，房子会有一波回调。"

这男人真的有魔力，短短几句话莫名让她安心，大大地降低了她的焦虑感。二人聊着天，很快就到目的地，李柏添将车停在巷子口："那家店在里面，除了豆浆还要什么？"

"不用了，我什么都吃不下。"

他走后，周漠按下车窗，车外不断有穿着校服的学生路过，这让她想起她从网上扒到的他的两张照片，少年时期的李柏添放学后也会这么晚才回家吗？是不是也会抱着个篮球跟朋友说说笑笑？还是像今晚一样，让女孩在巷口等他，他跑进去买她爱吃的甜点？

他很快回来，手里提着两个塑料袋，周漠一看，除了豆浆，还有两杯温热的豆腐花。跨越半个区买到的豆浆，喝着确实甜，她对他笑笑："这豆浆比药还有用。"

"还回去加班吗？"他笑问。

"资本家都说心疼我了，那肯定是不回了。"她拿他方才的话回他。

"送你回家？"

"好。"

到她那小区门口，临下车前，周漠听到他问："国庆有什么安排？"

"没安排，大概就睡觉，这段时间被你剥削得太狠了，我得补补觉。"她笑得不怀好意，话也说得暧昧不清。

李柏添很受用，他无奈地笑出了声。

周漠扬了扬手上的豆腐花："谢谢你的晚饭和消夜，走了。"

电梯内，她手机振动，拿起一看，是他的短信："既然都是睡觉，到我家睡？"

周漠盯着那几个字，死死地咬住下唇，就怕发出什么不合适的声响，被身旁的邻居看笑话。

她没有马上回，打算先吊一下他的胃口。电梯在她那一层停下，她走了出去，满脑子都想着该怎么回他，一抬头，见房东太太站在她家门口。

"周小姐，我等了你好久啦。"

"什么事啊？房租我今晚会打给你。"

"跟房租无关，我有事想跟你说。"

"进来讲啦。"周漠开门让她进屋。

房东太太直截了当说明来意，原来是她女儿近期准备结婚，打算让周漠搬出去，腾出这套房子当婚房。

"我知道这件事很突然，我们的合同也没到期，所以我想问一下你，你介不介意搬到隔壁去住，虽然隔壁小很多，但是都有独立的厨房、厕所，你跟你男朋友两个人是够住的。"

她说的隔壁屋就是被分隔出去的主卧，之前一直是房东女儿住着。周漠没想到还有这种好事，她正为房租发愁，想睡觉刚好有人递枕头，于是点头道："我无问题，不过想问下房租是多少呢？"

"一个月二千五百元，免你半年物业费好吗？"

"好的。"

"那你这两天把东西搬过去吧。"

周漠点头，皆大欢喜。

假期第一天，周漠哪里也没去，房东太太只给了她两天时间搬家，屋子说大不大，但好歹住了几年，东西还是不少。

趁着搬家，周漠把属于许宁的东西全部收拾了出来，本想都扔了，想想还是给他发了条短信："这些你还要吗？不要我就扔了。"

许宁的电话很快打了过来，周漠不太想接，开始后悔给他发短信。

他没死心，一次不接，又打了一次，周漠不想把时间浪费在这种无意义的事情上，于是接起。

"周漠。"他说，"你终于肯联系我了。"

"你别误会。"她冷声道，"我还是全给你扔了吧。"

"别……我现在在广州，我过去拿。"

"你给我个地址，我直接寄给你。"顿了顿，她补了一句，"到付。"

"不用那么麻烦。"许宁连忙道，"我记得家里还有一台笔记本，包装也挺麻烦的，我现在打个车过去，很快就到。"

周漠挂了电话。

她跟许宁在一起没多久便同居了，起初真真切切地过了一段蜜里调油的日子，她做饭难吃，不喜欢做家务，许宁毫无怨言地承担起这一切，她最多就晾个衣服。二人工作都忙，有时候加班到很晚，早回家那个无论多晚都会等对方到家再一起相拥入眠。

一到假期，二人天南地北地玩，他们很多喜好都一致，热爱自然景观，热爱徒步，不喜欢泡酒店，不喜欢网红景点，去年国庆他们还一起去了雨崩村徒步，她想看日照金山，他陪着她熬了一整夜，当清晨第一缕阳光打在梅里雪山山顶那一刻，他们静静地拥吻，与他共度一生的决心空前强烈。

国庆之后，他被外派到深圳，去之前许宁问过她的想法，当时周漠觉得机会难得，且出差补贴可观，她自然是支持。他离开那天还对她万般不舍，承诺很快就会回来。

有些男人有时候是天生的演员，或者说是变色龙，总能最快地适应环境，且见人说人话，见鬼说鬼话。

如果不是那天那通电话，周漠大概永远发现不了他早已经出轨。

门铃声响起，周漠起身去开门，二人许久没见面，加上上回电话里不欢而散，气氛一下有些微妙。

"进来吧。"她让了个位子，让他进门。

"你要搬家？"许宁看着一地的行李袋，问道。

"嗯。"她指了其中一个纸箱，"你的东西全在里面。"

许宁伸手拉住她的手臂，周漠像被什么脏东西碰到一样，立马甩开："你干什么？"她厉声问道。

"周漠……"他双手垂下，神情颓丧，"对不起。"

"没必要。"她扯了扯嘴角，一脸不屑。

"上次，我不应该说那样的话。"他真诚地道歉。

"你人脏心更脏，自然觉得别人也是脏的。"

许宁闻言，脸色大变，但还是忍了下来："我回广州工作了。"

"你不用告诉我这些。"

他突兀地笑了一下："刚好一年整，去年这个时候我们还一起去了云南。"

周漠没说话。

"说真的，我特别特别后悔。"他看着她说，"我也不知道为什么会那样做，真的，周漠你信我，再让我选一次，我绝对不会出轨。"

"拿着你的东西赶紧走。"她依旧不为所动。

许宁也要脸，她的话都说到这份上了，再纠缠下去就真的是把他的尊严扔地上踩。

"边上还有两袋，都是你的。"她说完，手机响起，一看是李柏添，她走到房间接电话。

"我还以为你找不到手机充电器了。"那头，他沉声笑道。

"嗯？"周漠没反应过来。

"如果不是没电，怎么不给我回信息？"

周漠这才想起他那条短信，昨晚到现在她一直在收拾行李，竟把这事儿给忘了，这胃口一吊便吊了他一天一夜。

"我还没想好怎么回……"她故意说道。

"如果没想好，你可以直接拒绝。"

她无声地笑了笑，正想开口，身后门突然被推开，许宁对她道："周漠，透明胶放哪儿了？"

他声音不小，电话那头的男人肯定都听到了。

许久，李柏添问道："家里有人？"

周漠"嗯"了声。

"那你忙吧。"说完，他便挂了电话。

她没想到他速度这么快，怔愣半晌，瞪住许宁："要透明胶干什么？！"

送走许宁，又联系了房东太太，把行李一一搬到隔壁屋，搞完卫生一看表，已经晚上六点，她猛地灌下一整杯冰水，拿了换洗的衣物进浴室，痛痛快快地洗了个澡。

李柏添正打算回房拿车钥匙，碰巧门铃响起，他只好先走去开门。

门外，周漠对着他笑，扬了扬手上的外卖盒："没有打扰到你吧？"

进了屋，她打了个冷战："今天外面估计有四十度。"

李柏添以为她冷，拿过遥控器将温度调高了些。

"还没吃饭吧？"她问。

"刚准备要出去吃。"他答。

她把外卖盒打开，拿出两大盒小龙虾："夏天就应该吃小龙虾。"说完还拿了一盒削好皮的青芒："你家里应该有啤酒吧？"

李柏添看着她："你经期不舒服，还吃辣、喝酒？"

"没女人告诉过你吗？"她对他笑笑，"就算痛经，也只是前面两天痛。"

周漠打开他的冰箱，里面的酒不少，排列整齐，她从中拿了两瓶冰啤，跟芭醒那家酒吧是同一款。

"你能吃辣吗？"到这时，她才想到这个问题。

"能吃，但不怎么吃。"他道。

"甜也不吃，辣也不吃……"她叉了块杧果送进嘴里，边咀嚼边问道，"你的人生还有什么意思？"

李柏添喝了口冰啤，盯着她被小龙虾汤汁裹满的红唇："这东西真有那么好吃吗？"

"你没吃过小龙虾？"她有点儿意外。

他点了点头。

周漠剥了个虾肉送到他嘴边，咧开嘴一笑："试试吧？"

一股浓烈的辣味冲进鼻腔，李柏添还是摇头："你吃吧。"

她站起身，双腿分开，直接坐到他大腿上去，虾肉抵住他的唇，她也凑近："吃……"

她的声音带着迷惑性："你吃了，我给你奖励。"

"什么奖励？"他盯着她的红唇，声音开始沙哑。

周漠趁机将那虾肉放进他嘴里，问道："怎么样？"

他咽下："还行。"

她笑了笑，正想离开，腰被他掐住："奖励呢？"

"我正要给你去拿……"他掐住她不放，她只好反手去拿身后茶儿上的青芒，叉了一块："这就是你的奖励。"

李柏添知道自己被她耍了："不吃，酸。"

嘿，瞧她这暴脾气，人生四味酸甜苦辣他不吃的就占了三味。

周漠继续哄道："吃了，吃了绝对给你奖励。"

她的唇离他只有不到一厘米，见那男人眼神暗了暗，差点儿就要亲上来，她连忙躲过，手里竹签上摇摇欲坠的杧果像是在看笑话。

李柏添有一百种办法可以亲到她，但凡他另一只手狠狠制住她的头，他就能不费丝毫力气将她按在沙发上亲，但是不得不说，他也享受这种欲拒还迎的小把戏。

周漠见他吃下那一小块杧果，正想再说两句话调戏一下，后背突然多了一只手，她整个人毫无预兆地往前一扑，男人放大的脸进入眼帘，她适时地闭上眼，红唇微张。

小龙虾的辛辣、杧果的香甜在二人嘴里流窜，紧密接触的两具身体温度攀升，然而关键时刻，李柏添还是不得不停下。

周漠靠着他，鼻尖蹭着他脖子上的线条，哑声笑道："是不是后悔让我过来了？"

他没说话，手在她身上到处点火。

"你别揉了，我受不了。"她凑近他耳畔，暧昧地低喘。

李柏添忽地推开了她，进了房间，很快，浴室的水流声传来，周漠喝了口冰啤，笑得很大声。

他洗完澡出来，坐到她身边，拿过她的啤酒喝了口，才问道："刚刚在你家的男人是谁？"

"前男友。"她不甚在意道。

"为什么他会在你家？"

"那也是他家。"周漠说完，见他脸色一变，才缓缓地解释，"我让他过来把他的东西拿走。"

他点了点头，转移话题："你这么能吃辣，不是广东人？"

都这种关系了，他竟然连她是哪里人都不知道。

"嗯，我湖南的。"周漠道。

"湖南哪里？"

"怀化。"她又问，"听过吗？"

他点头："在凤凰古城附近？"

"对。"

"湘西是个好地方。"他笑笑。

"你不怕我对你下蛊？"周漠看向他，笑问。

以前读大学的时候，班上大部分同学都是广东人，一听到她从湘西来，不少人问她是不是会下蛊。

类似于这种刻板印象有很多，比如陈乔粤身高一米六八、皮肤白、长相甜美，哪怕她说着一口流利的粤语，还是有不少人问她是不是东北人或者江浙一带人士。

再比如丁瑶是潮汕人，不少潮汕男人默认她肯定只找潮汕男，就因为老一辈观念里潮汕女不外嫁，这可真把他们给得意的，俨然把丁瑶当成私有物品，哪怕长得歪瓜裂枣，只要是个潮汕的就敢上前搭讪。

"你会下什么蛊？"他一本正经问道。

"情蛊啊。"她一本正经回答，说着抬起食指，一下又一下点着他心脏的位置，"所以你才能被我迷得神魂颠倒。"

李柏添抓住她的手："说话就说话，你的手能不能别乱动？"

她挣了两下，他握得更加紧。

周漠发现，她特别喜欢跟他肢体接触，哪怕仅仅是手握着手，她的心跳都控制不住地加速。

她有些悲观地想，每一段感情都始于悸动，终于平淡。爱情根本就没有保鲜剂，想要时刻尝到这种怦然心动的滋味，最好的办法是……换人，不停地换人。

此时的李柏添不知道她在想什么，只是觉得一脸迷茫的她看上去多了几分易碎感，他抚摸着她光裸的肩："想什么想得这么入神？"

"你上一段感情，是什么时候？"她看着他，好奇地问道。

　　李柏添显然没料到她会问这种问题，闻言一愣，半晌才答："应该是……三年前。"

　　"应该？"她挑眉笑道："这种事也会记不清吗？"

　　"是三年前。"他喝了口冰啤道。

　　"为什么分手？"

　　"她想结婚。"

　　"你不想？"她一下抓住要点。

　　他低低地"嗯"了声。

　　"很符合你的精英人设。"她淡笑道。

　　李柏添笑得无奈："那个时候，婚姻对我来说还太遥远。"

　　"那她后来找到对的人了吗？"她问。

　　他点头："孩子都两个了。"

　　"挺好的。"是个幸福的大结局。

　　李柏添微微出神，语气不明："她太强调到哪个年龄就该干哪件事。"

　　"社会对男女的评判标准并不一样，她到了一定年纪想走入婚姻，并没有错。"

　　他点了点头，表示赞同，又看向她："那你呢？"

　　"我什么？"周漠咽下口中的啤酒，反问道。

　　"你对婚姻……有憧憬吗？"

　　她手摸了摸鼻尖，笑了笑："说实话，没有。"

　　"为什么？因为那个前男友？"

　　"一部分原因吧。"她顿了顿，"有一个道理，我是在今天才悟透的。"

　　"什么道理？"

　　"你觉得婚姻最重要的是什么？责任？还是爱情？"

　　"责任。"他选了前者。

　　"所以你发现没有，婚姻就像一口井，把两个人捆绑在里面……赌人性。"她笑笑，"就算是因爱结合，但是爱情根本没有保鲜剂，可能你某天醒来，突然就发现身边睡着的人根本就不是你爱的人，但还要为了所谓的责任……勉强地把日子过下去，不觉得很可怕吗？"

李柏添看着她若有所思，见她看过来，他举起酒杯跟她碰了一下："看来你非但没有憧憬，还有些排斥。"

周漠点头："但是我父母不这么觉得，他们总说……一个完整的女人是嫁人生子，生一个还不够，最好儿女双全。"她语气充满嘲讽。

"你可以学我，左耳进右耳出。"他笑笑。

周漠却摇头："这就涉及另外一个性别偏见了，男人无论什么年纪成婚都不算晚，尤其像你这种，但女人不一样……"她顿了顿，才继续道，"社会给女性太多枷锁，比如什么好女不过百，比如二十六岁以后还没结婚就会被叫剩女。"

他认可地点头："现代人的年龄焦虑越来越严重。"

"你知道什么叫停水效应吗？"

他摇头。

"当你知道接下来会停水时，你害怕影响生活，于是囤了比平日里所需的更多的水，结果当水来的时候，多囤的水就会浪费，水费上涨。"

她缓缓地又说道："其实女性根本不觉得自己二十六岁没结婚就是剩女，但社会氛围就是要给女人一种紧迫感……你看过几个女人自嘲剩女？大部分都是男人在说。一旦你慌了乱了，就中了圈套了。"

"停水效应……"他饶有兴趣，"我是第一次听说。"

"因为我是第一次讲。"周漠对他眨了眨眼。

李柏添的表情一下变得很精彩，许久，他问："你是文科生？"

"嗯。"她点头，又问，"你呢？"

"本科是理，软件工程。"

她有些惊讶："那后来为什么会到广告公司？"

"本科刚毕业的时候进了本地一家大型房企，干了一年，因为内部一些斗争，觉得没意思就走了。"

"本地的大型房企。"周漠想了一下，"最近经常上新闻那家？"因为负债太高而宣布破产。

他点头："嗯，辞职之后有点儿迷茫，感觉那份工作也不是我想干的，所以就想着继续读书，换个专业。"

"说实话，我很羡慕你。换个专业，换个活法，说换就能换。"

"你想留学？"他的重点居然放在这儿。

周漠一愣："你让我想起一部剧，里面的女主角是一个销售，结局居然是拿着那一丁点积蓄去留学，这种桥段只会出现在电视剧里。"

"其实我觉得，要是你想干某件事，你一定能干成。"他的话耐人寻味。

周漠将身子贴近他，轻笑道："我怎么感觉你是在暗示什么……"

李柏添按住她的后脑勺，堵住她的唇。好一会儿，他抵住她的额头，哑声道："我是真的后悔今天让你过来了。"

"那我走了。"她故意道。

他手一伸，直接搂住她的腰："别。"

"我今晚本来就没打算留宿。"

"都这个点儿了，你还想回家？"

她余光瞄了一眼他的表，笑出了声："十点半，以往这个时候我们还在加班。"

他将她搂得更紧："今晚……别走了吧？"

"我'姨妈'还没走。"她直截了当。

李柏添在她唇上咬了一口，才松开她："我不是禽兽，满脑子只有那种事。"

"那我们今晚做什么？"她好奇，"盖着被子下飞行棋吗？"

他笑笑，捏了一下她的耳垂，仔细看才发现她打了两个耳洞，一个戴了个简易耳环，另一个则是个很小巧的珍珠耳钉："为什么打两个耳洞？"他问。

"一个是很小的时候打的，另一个是在大学。"她下意识地摸了一下，"没什么特别原因，就觉得很酷。"

那时候她刚学会化妆，蜕变之后的日子是她生命中第一段高光时刻，陈乔粤有两个耳洞，便怂恿她也去多打一个，周漠稀里糊涂地进了店里，见那人拿起'枪'，她后知后觉地问："不是用针穿吗？我们那儿都是用针穿的。"结果便是被狠狠地嘲笑了一番。

打了两个耳洞后，周漠心里发生了某些微妙的变化，她觉得自己总算是走在潮流前线了，跟她心目中的女神——钟楚红，又靠近了一步。

"你大学的时候，是什么样的？"他发现自己竟想象不出稚嫩的周漠是什么模样。

"很朴素……"她绞尽脑汁，想到了这个词。

"那时候有很多男孩子追吗？"

"那还是挺多的。"她大言不惭。

李柏添的手从她的耳垂往下，指腹摩挲着她的锁骨，哑声笑道："你这人有时候挺狂的……"

"你见哪个销售不狂的？"她瑟缩了一下，下一刻，肩膀被他按住，他的手依旧抚摸着她的肌肤，指尖越来越往下。

"你也就对我狂。"

"你别……"她低喘出声，头低下，看着他的手在她身上游走。

时间不知道过了多久，周漠一身黏腻，她一把将他推开，颤颤巍巍地往浴室跑。这一夜，她躺在他的床上，睡得毫无形象，也是第一次，二人什么都没干，就真的只是盖着被子睡觉。

隔天，周漠在他醒来之前洗漱完毕，化了淡妆，他从主卧走出时，微波炉运作正好结束，她从里面拿出一杯热牛奶："早，给你热一杯？"

"这天气喝什么热牛奶。"他摇头，想了一下，又看向她，"肚子不舒服？"

周漠觉得这男人是有几分细心在身上的："嗯，可能昨晚太没节制了。"

他快速洗漱完，回房拿车钥匙："走吧，出去吃饭。"

往年的国庆长假广州必上旅游榜 Top3（前三名），今年行情却非常惨淡，商场里逛街的大部分人都穿着朴素脚踩人字拖，意味着这些都是本地人，并非游客。二人走进一家客家菜馆，周漠看着菜单："这不是客家菜吗？怎么很多菜都是辣的？"

"那我们换一家？"他问。

"我都可以，不过你不吃辣……"

"也不是不吃，微辣能吃。"

她点头："那就这家吧。隔壁就有凉茶铺，你要是怕上火，一会儿吃完买凉茶喝。"

李柏添笑笑，正要说话，碰巧电话响起，周漠听他交代的都是工作上的事，于是抿紧唇，连呼吸都小声了起来，服务员跟她说话，她摆了摆手，走到走廊另一头，才停下。

见他挂了电话，她才回来。"他们还在加班？"她问。

他"嗯"了声："菜点好了？"

"你看看再加点儿什么？"她把菜单递给他。

李柏添看了一眼，摇头："就这些吧。"

最先上的居然是剁椒鱼头，在客家菜馆吃湘菜有点儿奇怪，但周漠就是想吃。她习惯性地帮他布菜，舀了一小勺鱼肉到他碗里，才问："你吃吗？"

他拿起筷子，尝了口，见她目光灼灼像是等评价，于是道："挺好吃的。"

此时的李柏添还没发现，自己正一点儿一点儿地为她破戒，但周漠发现了，她因为这点暗戳戳的小细节而窃喜，尽管她不知道她在开心什么。

吃完饭，二人并肩闲逛，逛着逛着就走进了一家钻石品牌店。少女时期的周漠对钻石有着不切实际的幻想，尝遍赚钱的苦的周漠现在只青睐黄金，黄金虽土，但保值。

李柏添让店员拿了对钻石耳钉，又挑了对镶着几颗碎钻的耳环。

他问她："喜欢吗？"

周漠没有故作惊讶，她笑问："送我？"

"嗯。"

她点头："还挺好看的。"

李柏添对那店员道："就要这两对。"

全程不超过五分钟，她收到了两份还算贵重的礼物。

"为什么又是耳钉？"她好奇，上回那对墨绿色玉石耳钉还躺在她的首饰盒里。

"你戴耳钉好看。"他的理由很简单。

"你对你的……朋友……一直这么大方吗？"朋友二字，她咬得很重。

他不置可否："你喜欢就好。"

既没否认"朋友"二字，也没提出"非朋友"的另一种身份。他的态度已经很明显。

周漠拎着那首饰袋，笑笑："谢谢。"

假期第三天，气温骤降，周漠醒来时，感到裸露在被外的手臂阵阵凉意，身上的薄被根本挡不住突如其来的寒流，简单来说，她是被冻醒的。身旁的男人已经不在床上，她掀开被子起身，洗漱完，李柏添正好进屋。

"我得回家一趟。"周漠带着鼻音对他道。

"着凉了？"他问。

"没事，就是突然降温，我没衣服穿。"

他却摇头："穿我的。"

"嗯？"她不解。

李柏添抱紧她："这几天，你留在这里，陪我吧。"

周漠闻言，转过身，搂住他。

"蹭吃蹭喝啊？"她笑道。

"嗯。"李柏添蹭了蹭她的鼻子，"包吃包住，还有我暖床。"

周漠被他说动，决定还是留下来。

吃完早餐，她要收拾碗筷，被他拦下。

周漠很坚持："你都给我做早餐了，分工要明确，我来洗碗。"

"不用。"他还是道。

"这几天要白吃白喝你的，我总要做点儿事抵房租。"她开玩笑道。

他瞥了她一眼："有洗碗机。"

她一噎："那我……拖地？"

"有扫地机器人。"

"那我去洗衣服，晾衣服？"

"有烘干机，不需要晾。"

"那还真是没什么我能做的。"她抿唇笑。

李柏添点头："一边待着吧。"

周漠站在阳台上往下望，此时楼下只有寥寥几个人。

晒了一会儿太阳，她进了屋，见李柏添打开电脑，估计正在处理工作，她犹豫片刻，还是走近他，眼睛瞥到"无人商店"四个大字。

"新项目？"她试探地问了一句。

"嗯。"他一直盯着电脑屏幕。

见他没攀谈下去的意思，她见好就收。周漠拿起杯子喝了口咖啡，根据这几天的观察，他家储备最多的东西有三样，啤酒、茶，还有咖啡。

两人窝在沙发上看了一下午《甄嬛传》，见太阳已经下山，周漠起身。

"晚饭我来做吧。"她道。

李柏添无异议。周漠拿了一盒新鲜的仔排，打开懒人做菜 App，找到"椒盐排骨"的做法，之前她跟着这个 App 做过几次菜，不算太好吃，但也没失败过。

周漠做菜的技能在十岁那年就封印起来了，从村里回到镇上父母身边时，她已经从一个没人爱的伪孤儿变成掌上明珠独生女，当父母认命这辈子只有她一个女儿后，他们像是要把之前十年丢失的父爱母爱一一弥补回来。

他们给她最多的疼爱、力所能及最大的资源，当然也有时时刻刻存在的洗脑，比如母亲无时无刻地教导她："等我们老了，你可要好好对我们啊，我们就你一个女儿，都是把你当儿子养的。"

以前周漠挑不出这句话的毛病，上大学后才明白过来，这就是所谓的 PUA。在父母心里，她现在得到的一切都是从那个莫须有的"弟弟"身上夺来的，她理应负担起那个"弟弟"的责任。一直以来，周漠想不明白一个问题，为什么男人总是很轻易且心安理得地得到一切，而女孩但凡拥有多一点儿，就要被父母套上道德枷锁？

当她意识到这个问题之后，她的处世观开始发生巨大改变，她开始"摆烂"，当母亲再道德绑架她必须回他们身边工作时，她懂得了反抗。当然，她最想问的还是："如果我是个男的，你们是不是二话不说就掏出老本帮我在广州买房了？"

可她还是怂，不敢问，担心那头母亲言语激烈，道出她接受不了的真相来。

椒盐排骨上桌，李柏添寻味而来。

"虽然卖相差了点儿，但肯定是好吃的。"她信心满满。

李柏添尝了一口，夸道："确实不错。"

她还用椒丝炒了个通心菜，一个芹菜丸子汤，一肉一菜一汤都得到他的好评。周漠觉得这男人很奇怪，你说他不挑食吧，他又酸甜辣都不爱吃，你说他挑食吧，她做的菜他居然都说好吃。

吃完饭，周漠依稀闻到自己身上的油烟味，打算先去洗个澡。浴室内，当她看到干干净净的护垫时，心思开始往别的地方飘。

李柏添刚回复完一封邮件，见她走了出来，这一看眼睛就有些移不开。

此时的周漠正穿着他的睡衣，一头湿发披在肩上，发端还在滴水，真丝面料贴在她身上，极好地描出她身体的轮廓来。

她身上还带着热气，但他眼神的温度明显更高，周漠被他盯得有些难为情，她微微侧过身子，绕过他，走进主卧浴室，打算用吹风机把头发吹干。

李柏添从沙发起身，跟着她进屋，一路到浴室，他手速极快地锁上门。

"干什么？"周漠吹着头发，假装不懂。

"啪嗒"一声，墙上的开关被关上，吹风机嘈杂的声音一下消失。

周漠的腰被他一把拦住，他低哑的声音在她耳边响起："你的暗示我收到了。"

"你别胡说……"她依旧在笑，"我暗示你什么了？"

他将她一把抱起，放在洗漱台上，站在她面前："有没有胡说，我看看就知道了。"

…………

晚上，李柏添下楼去买东西，周漠正在跟陈乔粤、丁瑶聊天。

丁瑶回了趟潮汕，结果被父母扣住相亲，短时间回不来了，陈乔粤跟母亲去了云南旅游，两人都不在广州。

"我给你们看我这边的星星，超震撼。"陈乔粤在群里发出个视频邀请。

周漠连忙关掉摄像头，只开了麦克风："我刚准备要洗澡，都脱光了。"她随便扯了个借口。

李柏添开门进来时，见她背对着他趴在沙发上，他放下手里的购物袋，对她道："计生用品暂时只有这个牌子。"

几乎是同一时刻，正在聊天的三个女人同时静了下来。

周漠险些尖叫出声，她扭过头看他，眼睛瞪得老大。

李柏添不明所以："怎么了？"

她心想，我可求你别再说话了。

周漠拿起手机，一阵风似的跑到阳台。

阳台门合上，她才道："别装了，我知道你们都听到了。"

那头，两个女人开始用最丰富的语言问候她。

"说说吧，是谁呀？居然都用到计生用品了。"丁瑶先冷静了下来，笑问。

"听声音有点儿熟悉。"陈乔粤苦思冥想。

周漠静静地等她想起来。

"李柏添？是不是他？！"果然，很快陈乔粤尖声问道。

"健身房猛男？"丁瑶问。

"嗯，是他。"周漠见瞒不住了，只好承认，她还开始破罐子破摔，"我跟他都等一起好几天了。"

"什么时候开始的啊？"丁瑶好奇。

"上回在大学城见到你们……该不会那次就已经？"陈乔粤插话。

"那倒没有。"周漠笑笑，"别说出去啊，我们现在这关系……还挺复杂的。"

"什么关系啊？不是男女朋友关系吗？"丁瑶问。

周漠咬唇，含糊道："不算吧。"

"你出息了周漠，你是给自己找了个情人是吗？"丁瑶语出惊人。

"哎……"周漠无言以对。

"计生用品哪个牌子啊？"陈乔粤调笑道。

陈乔粤说完和丁瑶一起笑了起来，周漠真想一把将手机扔下楼。

长假结束后，周漠回到了自己的住处，刚从电梯出来，见走廊上摆满了装修物料，听声音才发现是她家的方向。

房东太太刚好出门扔垃圾，见她回来，连忙道："不好意思啊周小姐，这阵子在装修，搞得乱七八糟，不过你放心，就快结束了。"

周漠见家门口几乎无处下脚，那电钻的声音还大得吓人，她笑得勉强："是不是就白天装修？晚上不会也这么吵吧？"

房东太太摇头保证："晚上物管不让装修的，你放心。"说完，她又笑问，"这几天你好像都不在家？"

周漠"嗯"了声："在朋友家住了几天。"

"好，那我不打扰你了，我下楼丢垃圾。"

周漠合上门，望着一别七天的房间，不知道是不是心理作用，总感觉空气中满是灰尘，她用手摸了一下右手边的储物柜，上边的的确确铺了一层灰。

她换上一套舒适的家居服，开始打扫卫生。

隔壁的电钻声时有时无，吵得她头疼，搞完卫生，整个人瘫在床上，望着这个不足三十平方米的房间，心里什么滋味都有。

说是有厨房，其实就是在浴室外面隔出一小块地方，那灶台小得可怜，勉强只能放下一个电磁炉。她觉得很讽刺，之前住在隔壁有个正经厨房，她却没下过几次厨，最近几天在李柏添家练就了一身厨艺，想大展身手却没机会了。

周漠从床上爬了起来，在三人群里发了条信息："我'放监'了，出来吃饭。"

洗完澡出来，一看手机，那两个女人已经商量好去哪里吃。

周漠坐地铁到珠江新城站下，步行到 K11，堂食刚刚开放，加上是工作日下午，商场人不多。她们挑的餐厅在八楼，据说是一家能看到绝美落日的意大利餐厅。她对西餐无感，不算太喜欢，也不厌恶，但被关在李柏添家里那么多天，再好吃的中餐都吃腻了。今天她难得化了个全妆，穿了件极显身材的针织裙，头发也认真打理过，挑选首饰时，选了他送的耳钉。

她到的时候陈乔粤跟丁瑶已经开始拍上了，见到她，两人都露出惊艳的神色，互相一通商业互吹后，三人落座。

"说说吧。"丁瑶已经按捺不住八卦的心。

"说什么？"周漠笑问。

"你跟那位哥哥……"

陈乔粤爆笑。

周漠闻言，嘴里的水下不去上不来，憋得难受，勉强咽下去，呛得满脸通红："你们能不能别这么……"

"孤男寡女在一起这么多天，这很难不让我们多想。"丁瑶调侃。

"我是真的没想到，你也太能瞒了。"陈乔粤问，"赶紧说，什么时候开始的？"

周漠咬住舌尖，半晌才缓缓地道："跟许宁分手那晚。"

"所以那晚你说遇到个什么客户提前走了……"陈乔粤想起自己还给她打了通电话，她眼睛瞬间发光，"那个客户就是李柏添？！"

周漠低头喝水，含糊不清道："是的。"

"上次你说不算情侣，那现在是什么关系啊？"

"我那师兄看上去也不像是 playboy（花花公子）啊。"

"你是不是被许宁伤到了？所以才不想谈恋爱？其实我觉得没必要，他是个人渣，不代表每个男人都是渣。"

她们一人一句，说得周漠头又开始疼。

"我觉得现在这样挺好的，不用负责，没有负担，而且我跟他是甲乙方的关系，如果被爆出去估计会很麻烦……"周漠笑道，"就先这样吧，活在当下！"

"那你喜欢他吗？"丁瑶好奇，"还是只是为了追求刺激？"

周漠认真考虑了一下这个问题："喜欢肯定是有的，追求刺激当然也有……"

周漠不想再继续这个话题，连忙转移："先点菜吧。"

餐厅人少，她们占了最好的景观位，身后就是广州最贵四件套，十月的广州气温很舒适，落日惊人的美，三人边吃边聊边拍照。

陈乔粤谈起近况，创业之路不算平坦，收楼过程频频碰壁，房东们起初听到她的想法都还挺有兴趣的，但得知要签十年，一个个又都退缩了。

"广州的房价不要说一年一个价，简直就是一个月一个价，一天一个价，你要我一下子签十年，很亏本的哦。"

这话听得陈乔粤想翻白眼，今时今日居然还有这么乐观的人？她只好摆出数据，但村民们哪里会看这些数据……结果自然是彼此都说服不了对方。

"真的每件事要试一下才知道有多难，我之前的想法是很好，但真正实施起来发现各种阻力……"陈乔粤嚼着口中的意面叹道。

广交会如期举行，每年到这个时候，琶洲就像一个缩小的地球村，在这里能看到各个国家的商人，各色人种。

这是周漠第一次以工作人员的身份进入会场，她已经做好人潮汹涌的心理准备，但还是被眼前密集的人群吓到了。

周漠远远地便看到李柏添，他身旁站着的几个人都是此次项目的负责人，其中就有跟她对接过的Johnny，Johnny看到她，招手让她过去。

周漠担心是机器人出现了问题，神色紧张，小跑过去。

"周漠，你那边安排两个人这几天全程待命，人流比想象中大，我担心机器人出故障。"Johnny对她道。

"好的，没问题。"她点头。

李柏添抬头，看了她一眼。

周漠对上他的眼神："李总。"她老老实实地打了个招呼。

"辛苦了。"他淡淡地说道。

周漠听着这话，心里闪过一丝异样。

明明昨夜还在抵死缠绵的两个人，天一亮，又换了一种身份、一副脸孔，那些痴缠低语明明还在耳畔挥之不去，转眼间他又能这样公事公办地对她说声辛苦了。

明知道不应该发散思维，可她就像是强迫症似的，脑子里不断重映那些画面。私下任她为所欲为的李柏添，以及眼前漠然疏离的李总。无人时，叫她"周漠你别闹了"的李柏添，以及眼前连一个眼神都不多给她的李总。

她越是强迫自己不去想，那些画面便越清晰，甚至过于沉浸，导致Benne叫了她两声，她都没回过神来。

"我去买咖啡，周漠你要什么？"

周漠想了一下，刚要开口，正好捕捉到那男人递过来的眼神。

早上出门时太急，两人都没吃早餐，空腹喝咖啡，她的胃肯定又要疼。

"我还没吃早餐，麻烦你帮我带杯豆浆吧。"周漠道。

"行，要冷的还是热的？"Benne问。

"热的，谢谢。"

Benne离开后，他身边就只剩下她。

"你不是说了今天不过来？"她语气不自觉地放柔许多。

"临时有点儿事。"他道。

周漠看向那几台被团团围住的机器人，向他邀功："当初选我没选错吧？再赶的工期都能给你搞出来。"

他侧头瞥了她一眼，笑笑："其实时间也不算特别紧，大把外包公司都能做出来。"

周漠脸色一下不太好看："质量质量，光有量有什么用？这个价格能有这个完成度，我敢保证你找遍整个广州市也找不出第二家。"

"价格确实没什么好说的。"他道。

"那接下来……我们继续合作？"她略微试探了一下。

"你为什么不等今晚再跟我谈这个事？"他声音骤然压低，低到只有她能听到。

周漠闻言，浑身一阵酥麻，但她还是强装镇定："工作上的事肯定是工作时间谈。"

李柏添却笑笑："再说吧。"说完便离开了。

周漠盯着他的背影，气得咬牙。

下午，周漠跑了一趟珠江医院，机器人的租赁市场近期算是在医院打开了，试用阶段，她要给出百分之两百的热情。今天是小狮第一天入驻，她一整个下午都待在医院里，当了一回志愿者，教每一个试用者如何正确使用。

一直到下午六点，电话响起，那头李柏添问："跑哪儿去了？整个会场不见你。"

"我在珠江医院。"

"不舒服？"

"不是。"她言简意赅，"工作上的事。"

"我过去找你。"

"好。"

周漠在门诊部门口等他，天色渐暗，没了太阳，温度骤降，她这天穿了件薄风衣，风一吹，不断地打冷战。

门口实在冷，周漠又往门诊部里面走。

大概半个小时后，李柏添终于给她打来电话："我在住院楼门口。"

"好，我现在过去。"

除了急诊部还亮着灯，其他地方一片漆黑，夜晚的医院实在瘆人，加上又累又饿，周漠每走一步路都仿佛用光最后一丝力气。

住院楼门口，她远远便看到他的车，于是加快脚步。

车门突然打开，他从车上下来，周漠正想抬手对他打声招呼，却没想到他直直朝一个孕妇走去。那孕妇虽然只有一张侧脸，周漠却一眼看出她就是陈乔粤的那个堂姐，入宅聚餐那天见过她一面。

周漠的第一反应是，她得离开，不能让他看到自己。脑子比脚快一步，她立即停下脚步，没再上前。

他们在攀谈，过度专注，以至于他没看到不远处的自己。

周漠走进附近的便利店，买了瓶牛奶充饥，边喝边从玻璃门看着他们。牛奶进了胃里，思考的能力逐渐回来了，她突然对自己方才的行为感到迷惑，实际上没人知道她跟李柏添的关系，就算真有人见到她跟他站一起，她有那么多的理由可以说……

为什么总要这样做贼心虚似的草木皆兵？

陈乔粤的堂姐离开后，周漠看到他拿起手机，很快，她这边手机响了。

"还没出来？"他那头问道。

"来了。"

周漠上了车，听到他问："刚刚为什么不走过来，进便利店做什么？"

她抚摸着手臂，闻言一愣，原来他看到了。

"我见你在忙，所以没去打扰你们。"

"一个老同学。"

这算解释吗？姑且算是，但他其实不用解释啊。

"嗯。"

"其实有一个问题我特别好奇。"他缓缓地说道。

"什么？"

"我以为女人都会急着想要确认身份，为什么你从来都没跟我谈过……这方面的要求？"

她脑子突然有些转不过来，这些话从他口中说出，令她感到诧异。

"我觉得现在这样挺好的。"这句话她说过不止一次，也不知道是不是想通过多说几次来进行自我说服？

"你是担心跟我在一起，我要避嫌……你害怕没了奥美这块肥肉？"

他明明什么都知道，周漠听他这样直白说出，觉得有些难为情。

"不是。"她果断摇头，拒绝承认。

"那是为什么？"他这下更好奇了。

"你也知道我刚跟前男友分手，这么快就无缝衔接下一段感情，我还没做好心理准备。"

李柏添侧过头看她一眼，一对上她幽怨的眼神，他笑笑，说："我明白了。"

"不说私事了，谈谈公事吧。"他淡淡地道，"下半年还有几个展，就按照今天车展那个交付标准，每个展要几台机器人，具体细节 Johnny 会跟你谈。"

周漠感觉到他明显不悦，却不明白他因何不悦，她收回那些小心思，笑着奉承他："谢谢李总。"

这一夜，周漠正在梦里数钞票，突然间身体一重，她不爽地睁开眼，见那男人已经跨坐在她身上，手上动作已经深入到底，房内一片漆黑，只有窗帘缝隙透进来的一丁点儿昏暗的光，她看不清男人脸上的神情，只知道他动作越来越粗暴。

"轻点儿。"她低声求饶。

李柏添见她醒来，头埋进她颈窝，牙齿撕咬着她脖子上的嫩肉。

周漠吃痛，手在他腰上拧了一把。

李柏添抓住她两只手，按在头顶，哑声道："叫我。"

"李柏添。"她声音柔情似水，带着些微刚刚睡醒的慵懒和沙哑。

"不对。"

她于是用粤语又叫了一遍。

"不对。"他越发大力地啃咬她的脖颈。

周漠被他咬得来了感觉，突然听到他道："叫李总。"

她怔愣片刻，还是叫道："李总……"

"说，谢谢李总。"他继续下令。

她一下清醒过来。

李柏添不满她不听指令，空着的手揉着她："说。"

她不明白这男人突如其来的怪癖，但隐约感受到他的怒气，于是顺从地叫道："谢谢李总。"

话音刚落，她突然被他翻了个身，李柏添掐住她的脖子，再次下令道："继续说。"

"说什么嘛？"

他不满地道："你知道我想听什么。"

"你今晚怎么了？"她实在不解。

"说。"

"谢谢……李总。"

这是个诡异又痴缠的夜晚，周漠被他逼着喊"谢谢李总"，她无奈地顺从，直到声音嘶哑，他才终于放过她。

　　酒吧内，有人在办生日宴，十几个男女围了好几张桌子，旁若无人地欢呼庆贺，礼炮的声响能盖过江上的船鸣。

　　李柏添喝了口酒，点燃一根烟，眉头微皱地看向他们。

　　王浩哲也头疼，他们人多，消费力强，但是再这样吵下去估计会把其他客人赶跑，他再三犹豫，还是打算上前叮嘱两句，为了不让场面太僵，他还特意拿了一打酒送过去。

　　搞定那帮人，他慢悠悠地往李柏添这边走来。

　　"你怎么回事？又被女人甩？"他喝了口酒，看着老友笑道。

　　李柏添没搭腔，默默地抽烟。

　　"前几天林志云说看到你跟一个女人在天河城逛街……"王浩哲坏笑，"什么时候开始的？进行到哪一步了？"

　　"你们好无聊。"李柏添弹了两下烟灰，闷声说道。

　　"看来是真的有情况。"他问，"几时带出来见下？"

　　"未到时候。"他说完，又补充一句，"还不算是女朋友。"

　　"很久没见你谈恋爱，还以为这次一定有情况。"

　　"老实讲，我也不知道她在想什么。"

　　"究竟什么事？说出来我帮你分析一下。"

　　李柏添嗤之以鼻。

　　"感情的事情其实很简单，喜欢就在一起，不喜欢了就分开咯。"

　　"不喜欢算不上，喜欢吧又未必是。"他想起跟周漠相处的种种，在这件事情上，她从未明确表态过。李柏添摸不透她是怎么想的，同时也苦恼，眼下二人这种暧昧关系，是继续走下去？还是果断结束？

　　如果走下去……她是出于什么目的？喜欢他？不见得。他更偏向于，她是为了他身上的资源，这是他这夜闷闷不乐的主要原因。

　　"呐，你不说我就大胆猜测了。"

　　李柏添瞥了他一眼。

"她有男朋友，你是第三者？"

李柏添被这"沙雕"逗笑，低头喝酒没搭理他。

"既然不是这个，那就是你们除了感情上有纠葛，是不是工作上也有些牵扯？"

他拿着酒瓶的手一顿。

一见他脸色变化，王浩哲立马拍了一下大腿："真的被我猜中了。"

李柏添掐了烟，抓了两下头发，整个人看上去有些颓丧："如果是你，你会怎么做？"

"你很少公私不分的哦。"

李柏添揉了一下眉心："这件事真的要快点解决才行。"

"你先确认一下对方是怎么想的。"

"其实我大概已经猜到……"他眼神暗了暗。

"她借你过桥（她利用你）？"

借他过桥，话虽然难听，但的确是这个道理。李柏添再次点燃一根香烟，烟雾罩住他整张脸，凌厉的双眼眯起，一个计划正悄然形成。

周漠最近很忙，忙到今天晚上在喘口气的间隙才想起她跟李柏添已经一个多星期没见面了。她突然想到什么，拿出手机，翻出跟他的聊天记录，最后一条是上周三，她跟陈乔粤、丁瑶去了趟光孝寺，拍了两张还挺有意境的照片，发给了他，他收到之后仅回复了一个"拍得不错"，之后她开始忙得团团转，很快便把这件事抛之脑后。

上个周末她两天都往外地跑，原本周末他们基本上都会一起度过，但那两天她没去，他居然一条短信也没有。

周漠心里觉得古怪，她打开对话框，输入了几个字，想想还是删掉，重复几次，话术换了几回，最终还是发了句："下班了吗？"

一直到这晚入睡前，他都没回，她开始觉得心慌，尝试回忆自己是不是说错了什么话，或是做错了什么惹他不满？但任凭她绞尽脑汁，也想不出来哪一个环节出错了。

隔天，周漠跑了趟奥美，现在她跟Johnny对接工作都通过手机进行，其实没有见面的必要，但她就是想找个借口，过来看看那男人。

跟Johnny开完会，走出会议室，她眼睛瞄向他办公室，透过玻璃窗，能看到他人在里面，只是她还没想好找个什么借口进去。

周漠定了定心神，朝Benne的工位走去。

"李总在忙啊？"她问。

Benne见到她有些惊喜："好久没见你了。"说完又道，"最近巨忙，广交会之后我没有一天是正常下班的，整整一个月了！"

"看来又有大项目。"周漠笑道。

Benne古怪地看了她一眼："李总没通知你吗？"

"通知什么？"周漠不解，神色一下紧张起来。

"无人商店项目需要用到大量导向机器人，目前正在公开招标……这次的体量肯定比展会还要大很多。"

周漠浑身的血液瞬间往脑子里冲，她发现自己手脚发麻，强迫自己冷静下来后，她勉强笑道："李总今天有时间吗？我找他说点儿事。"

Benne 点头："他今天下午没会了。"

"谢谢，我进去找他。"

周漠叩响他办公室的门，手抖得厉害，脸上肌肉也开始紧绷，明知道越是这种时候越要镇定，但她修行尚浅，突如其来的暴击还是令她方寸大乱。

"进来。"熟悉的男声传来，她推门进去。

李柏添抬头，看了她一眼："坐。"

周漠坐下，声音尽量平稳："我听 Benne 说，无人商店的机器人正在公开招标……"

"嗯。"他点头。

"你为什么不告诉我？"她皱眉问道，"虽然现在市面上开始有公司在争这块，但是我们合作过这么多次，你也知道在这个领域我们算是龙头……既然公开招标，为什么不通知我一声？"

她因为太过激动，用的是质问的语气。

"安兴的资质不行，这次的项目体量太大，你们啃不下这块肥肉。"他淡淡地解释。

"是资质不行？还是你觉得我不行？"她冷声问道。

李柏添闻言，脸色一冷，提醒道："这里是公司。"

周漠舔了舔干涸的唇，掌心的指甲已经陷进肉里，痛感让她找回片刻的理智："李总，是不是……我哪里得罪你了？"

他突兀地笑了笑，看向她的眼睛里犹如寒星："周漠，我不过是在商言商，而且这种体量的项目也不是我一个人能拍板的。"

"那至少……给我们一张入场券？"她艰难地问道。

"我刚刚说了，安兴科技资质不够。"

周漠一口气憋在心口上不去下不来，她不断地深呼吸，告诉自己千万冷静。她用最快的时间换了副面孔，柔声问道："你今晚有没有空？我去找你。"

话音刚落，李柏添脸色越发冷。

周漠假装看不懂他的情绪变化，继续道："我今晚……去找你。"

门合上，她的身影消失，李柏添扔了手中的笔，神色复杂。

不过一个小小的测试，她便已经原形毕露。

十一月的广州，温度远达不到入秋标准，周漠沐浴在阳光下，还是觉得浑身冰凉。她走到写字楼门口的吸烟区，颤抖着手点燃了一根烟，抽了几口，才勉强冷静下来。

一看表，离六点还差十五分钟，她打算先到附近的餐厅吃晚饭，吃完才有力气，今晚势必有一场硬仗要打。

然而她高估了自己的胃口，盯着往日最爱的白切鸡，此时像是味觉失调，机械地咽下几口饭，再也吃不下。她坐在空荡荡的茶餐厅里，脑子里全是跟他这些天相处的细节，他们私底下一向和谐，工作上……他承诺给她接下来几个展会的单子，合约已经签好，事情推进也很顺利。

那么问题出现在哪里呢？他为什么突然这样对她？忽地就想起那个诡异的夜晚，他逼迫她一次次地说出那四个字。那晚的他脾气来得莫名其妙，她之前以为那只是一个怪癖，现在想想，"谢谢李总"四个字惹怒他了？周漠苦思冥想。

那天在车上，他问她为什么不想确认身份？每次一谈论到这个问题，她第一时间要么糊弄过去，要么快速跟他撇清关系。周漠苦笑，他是气她心里还有许宁？还是气她……身份？

她突然想到什么，猛地坐直了身子。一直以来，她都以为，急需被承认的人只会是她，难道他也需要……她的认可？

周漠像是发现了什么不得了的事，他之所以发怒，是因为她不肯给他个名分？之前每每当他提及这个话题时，她总能说出那扫兴的几个字，让彼此回到安全区，他因此不满？

可下一刻，她又觉得是自作多情。像他那样的男人，会想要跟她谈恋爱？同居那几天，他已经明确表示过，不想踏入婚姻。周漠把这种暗示理解为另一层意思——他根本不愿意对感情负责。

走出餐厅时，天色已暗，她发出去的短信没回音，周漠走进大堂，打算在这里守株待兔。

时间一分一秒过，一直到晚上七点，都不见他人影，正想着上去找他，便看到他从电梯里面出来。周漠做好心理建设，她打算先走怀柔策略，把他先哄回家，很多话不方便在公司里说，很多事不方便在公司里做，等回家就好了，关于安兴科技的资质，她知道那只是他的托词……

脑子里飞速运转，策略都想了好几个，然而等周漠一抬眼，却见他身边突然多了个人，是宋嘉琦。

那两人从她身前走过，快速离开。

周漠面对着珠江，紧了紧身上的外套，风扑面而来，吹乱她的长发，她不厌其烦，一次次将发丝拨开，夹到耳后。这条沿江路很长，一头是他的公司，另一头是他家，从奥美出来，她整个人六神无主，走着走着便到了江边。

口袋里的手机依旧没有动静，即便如此，每隔一分钟，她还是拿出来看一眼，就怕手机临时故障没有提醒新消息。此时的她只想知道，方才大堂里，李柏添看到她没有？如果他明明看到了，却假装没看到，还是跟宋嘉琦离开，那么说明什么？

他已经厌倦了这段关系，想结束？

周漠收回目光，背靠着栏杆，面无表情地打开他的对话框，手指距离"语音通话"四个字只有半厘米，还在犹豫着按不按下去，手突然吃痛，她下意识地松开，手机落地。

骑着滑板车的孩子见状，连忙松开她的手，一脸歉意地看着她，奶声奶气道："对不起阿姨。"

周漠蹲下身子捡起手机，对他摇了摇头："你没受伤吧？"

"我没有。"那孩子对她笑笑，"还好扶住了你，谢谢阿姨。"

周漠对他笑了笑。

那孩子一阵风似的溜远，周漠这才检查起手机，钢化膜上两道巨大的裂痕，幸亏没伤到机身。她将手机扔回大衣口袋，顺着珠江往他家的方向走。

一条沿江路，四五个正在直播的主播，以前这里也有不少卖唱的歌者，身前摆着个吉他盒，有时候一晚上能收获一堆现金。现在时代变了，吉他盒变成了打光器，打赏的人也从散步的过路人变成打发时间的网友。

周漠看着表，心想他估计没那么快回来，于是找了条长板凳坐下。

身旁就有一个年轻女孩在直播，跟其他搞怪风格不一样，她是真的很认真地唱歌。

"人人生来没伴侣，非一对，沿途遇上同类，都只不过借段岁月同睡……"

这歌词莫名戳心窝，周漠看着她，静静地听她唱下去。

"情人合约延续下去，难道你能终身占据，温馨的一刻先泼冷水，在一起欢喜几秒就好，蜜月一结束，还是要一个归去……"

女孩感情饱满，声线略带嘶哑，周漠越听心里越觉得难受。这每一个字都像是在说她跟李柏添的故事。

因性结合的露水情缘，加上还有一层利益纠纷，他们的关系就像指尖上盖出百层高楼，不用风吹，只需要他轻轻一抬手，高筑的空中楼阁便能瞬间沦为泡影。

她在期待什么呢？她不过是他无聊生活中一点儿小情趣。情侣间尚且有彼此厌烦的那天，所以他是对她腻了烦了想冷处理这段关系？

周漠苦笑，真相有点儿残忍，但是得面对。只是，她从没想过，这天会这么快来。在一起欢喜几秒就好？她也想这么洒脱，但似乎真做不到。

一曲结束，女孩在感谢"榜一大哥"，周漠拿起手机扫她的二维码，打了一笔钱。

女孩看向她，有些惊讶："你送的吗？"

周漠点头，缓缓地吐出烟圈，问道："能再唱一遍吗？"

女孩犹豫片刻，可能是见她孤零零一个人吹着冷风抽着烟，模样太可怜，她点头："行。"

一向抠门的周漠在这个夜晚对着陌生人打赏了八百元，女孩重复唱了这首名叫《悲观生物学》的歌八次，最后一次结束，她问周漠："你能入镜吗？'榜一大哥'特别好奇，想看看你的样子。"

　　周漠掐了烟，摇头："不了。"说完，她起身离开。

　　女孩望着她的背影，没忍住拿起手机拍了张照片，她看上去连背影也是哀伤的。

　　二十分钟后，周漠在他的小区门口停下，抬头望着他家的方向，灯还没开，意味着他还没回来。

　　这一个晚上，她在冷风里吹了快两个小时，此时身心俱疲，甚至有些想吐。她扯了扯嘴角，突然想起他们的第一次，那晚她离开时也是这样回头看了一眼，那个时候已是深夜，她穿着性感，一个人在路边等车，周漠不知道别的男女第一次约会是怎么处理这种事的，但那晚，他没追上来送她回家，其实她是为此感到失落的。当然，那天之后他给予的一切让这失落即刻消失得无影无踪。

　　或许从那天晚上开始，她就应该认清一个道理，他们这种脆弱的关系是随时可能结束的，不需要任何理由。

　　她长长地叹了口气，这口气仿佛大彻大悟后的感慨，里面有不甘，也有逞强。她转过身打算离开，突然一阵强光射过来，她双眼反射性地眯起，待她适应了强光后，看到那辆黑色奥迪。

　　周漠迟疑是否要上前去，很快，车窗摇下，里面的男人对她说："上来。"

　　周漠低下头，再抬起时，脸上是热情洋溢的笑容。她上了车，边系安全带边开玩笑道："我还以为要在这里等到天亮。"

　　李柏添瞥她一眼，没出声。她自讨没趣，收敛了笑容，望向窗外，微微冷下脸。

　　"不知道的还以为你四川的。"他突然开口。

　　她一脸不解地看过去。

　　"哪里学的变脸？"

　　"从你这里学的。"她意有所指。

　　他听出她的话外之音，沉着脸没搭腔。

　　再次到他家，这回心情大有变化，周漠不再主动打开鞋柜，拿出专属于自己的女式家居鞋，她整个人看上去很局促，默默地站在一旁看他换鞋。

　　李柏添换好鞋，见她一动不动，拿出她那双米白色拖鞋，放到她脚边："需不需要我帮你换？"

　　周漠动了动脚："不敢劳烦您。"

　　李柏添将车钥匙放在玄关的储物柜上，进了厨房，从冰箱拿出一瓶气泡水，又问她："喝什么？"

　　周漠越发觉得自己看不懂这个男人，难道说今天下午的他跟今晚的他不是同一个人？

"不用，谢谢。"

她看着他欲言又止。

李柏添一口气喝了半瓶气泡水，而后脱去外套，见她还站在玄关处，他微微皱眉："傻站在那里干什么？"

周漠感觉自己浑身骨头都在疼，不知道是因为紧张，还是气的。她走近他，在他身前大概一米的地方站定："今天下午……"顿了顿，她才继续道，"你说那些话，是什么意思？"

"我表达得不够清楚吗？"他反问。

"我不明白……"她死死地盯住他的脸，"我是真的不明白，是我们的团队哪里做得不够好？可是广交会车展那个项目我们按时完成了啊，一切都听你们指令办事，到底哪里出了问题？"

"没问题。"他淡淡地道，"所以我给了你下半年的展会单子。"

"你我都知道……"她叹了口气，犹豫片刻，还是说出心中想法，"那些单子就是小打小闹，我要的是……无人商店这个项目。"

他闻言，脸色犹如下午那般冷，周漠听到他一字一句问道："如果我不给呢？"

"你根本就是公私不分。"她整个人在抓狂边缘，其实她想说的是公报私仇，但是私仇……他们有什么仇她到这一刻都没搞清楚。

"从跟你发生关系那天起，我已经开始公私不分。"他坦然承认，又问道，"那你呢？你分清了吗？"

他脸上的神情刺伤了她。

"你什么意思？"她脸色骤然冷下来，"你是在说……我拿身体换业绩？"

他沉默。

一直以来，周漠以为自己是只骄傲的孔雀，却没想到在他眼里，她不过是一只为达目的不择手段的山鸡。他的沉默彻底惹怒了她，怒火让她口不择言："如果说我拿身体换业绩，那你算什么？职场潜规则？现在你玩腻了，就想收手？"

李柏添瞳孔收缩，没想到她会说出这样的话，下一秒，他冷言问："所以呢？你打算怎么做？威胁我？还是想去告发我？"

周漠眼眶忽地就红了。她想起跟许宁分手的时候，他说她作为一个销售，能干净到哪里去。

一直到这一刻，周漠都觉得自己是干净的。她会跟他发生关系，是因为她对他有好感，只是这个有好感的对象刚好能给她带来巨大的利益，既然男色和钱能兼得，何乐而不为？她一直拿这点说服自己，但说服自己容易，要说服他人太难。

二人好的时候，这些问题都能忽视，一旦把这层关系撕开来看，她的动机……显然是十分不纯的。周漠算是明白为什么这些天他突然对她冷淡，是因为他认定她是因为签单才接近他、讨好他。

此刻的她没办法为自己辩解，因为前一刻她还在为拿不到无人商店的项目而对他出言不逊，正好坐实了他的想法。

如今任何说辞都显得苍白无力。

"我没想……威胁你。"她后退一步，"其实搞到现在这样，还挺难看的……真没必要到这一步。"

她这话说得卑微，但到了李柏添耳朵里，却生出另一层意思来——她放下身段是为了不继续惹怒他，从而希望在他这里得到更多的利益。

说实话，他很失望，他更想看到的是她硬气地跟他撕破脸皮，而不是这样卑微求和。她越卑微，越不敢得罪他，越说明他在她心目中仅仅就只是个得罪不起的甲方。

李柏添活了三十几年，从没一刻像现在这样挫败过，他甚至开始自我怀疑，他这个人很差劲吗？这么多天的相处，她竟然只看到他身上的利益，而看不到他自身的魅力？

"我走了。"周漠再次打破沉默，这场架吵到这里，二人的关系她再不想结束，肯定也要结束了。

走之前，她对他淡淡道："希望今晚这件事不会影响到我们之间接下来的合作。"

门在身后缓缓地合上，李柏添抓起手边的气泡水，猛地朝地上摔去。

又回到一个人的生活，周漠适应得很好。某天半夜躺在床上，回想起那段日子，她在心里复盘了一下，突然发现跟李柏添发生的一切都不像是自己所为。一直以来她都是个谨慎的人，不管在职场上还是生活里，都尽可能地做到"安守本分"，他算是她人生中第一次脱轨。

她想，应该感谢他及时喊停，要不然等哪天事情发展到失控的地步再结束，她怕会给自己带来毁灭性的伤害。

月底，周漠看着工资单上多了一笔钱，问了周文琪才知道，原来是画展古镇机器人的提成到账了。

这是她收到的第一笔机器人项目的提成，周漠有些惊讶，安建一向不是个大方的人，最初给奥美的两单基本上是不赚钱的，没想到他居然给她发了提成。

临下班，周漠打算提前走，包都收拾好了，安建办公室的门突然打开，他看向她，叫道："周漠，进来一下。"

周漠一进门，便听到他笑问："奖金拿到了吧？"

她点头，也扬起笑脸："收到了，谢谢安总。"

安建点了点头："我听说奥美的无人商店项目正在招标，这事你知道吗？"

周漠一愣，诚实地点头："知道，不过我听李总说了，说是咱们的资质不够，现在竞标的都是一些大公司。"

安建盯着她的脸，若有所思，半晌才缓缓地说道："资质……我们也算是市示范民企，怎么就资质不够了？无非就是规模不够大，但是都合作这么多次了，做生不如做熟。"

周漠心想，这话你得对李柏添说去啊，跟我说有个屁用？但表面上她还是恭恭敬敬："我也找过他，不过，在这个项目上，他咬得很死……"

"还是得再努力一下。"他斟酌道，"这个项目一到手，基本上机器人这块的业务就活了。"

周漠点头，沉默。

"李柏添那边……你抓紧点儿。"他语气不明，"最近我见你天天跑医院，医院这条线当然也不能落下，但现阶段最重要的，还是无人商店这个项目。"

安建手里转着笔，愁容满面，他盯着周漠的眼神让她觉得十分不适，她淡淡地说道："我会再跟奥美那边继续联系……"

他点了点头，从桌上拿出个信封递给她："飞狮举办的机器人讨论会，就在这周五，辛苦你出趟差，出席一下。"

周漠接过，打开一看，举办地点在北京，心里叹道，好好一个周末又这么没了。

十二月的北京已经是零度以下的气温，周漠走出首都机场，冷得直打了三个喷嚏，身上的羽绒服宛如装饰品，起不到一丁点儿作用，奈何这已经是她衣柜里最保暖的一件外套了。

一到冬天，南北网友 battle（对决）哪边更冷的盛况年年可见，即便很多人说南方的湿冷比北方下雪天还要冷，周漠还是觉得北方冷太多了，且这种干巴巴的冷让她感觉浑身肌肤都在疼。

她从包里拿出围巾，圈住脖子，又将布料往上拉了点儿，挡住半张脸，这才走去拦车。

飞狮的机器人讨论会在四季酒店举行，酒店在东三环边，离机场不算远，她查了一下地图软件，开车差不多三十分钟，这路程连一觉都不够睡。每回出差前一晚，她总是睡眠不佳，原因很好笑，她认床还认枕头，出差经费里边住宿这一项预算只有三百五十元，可以想象三百五十元在北京只能住快捷酒店，这让周漠本就不爽的心情更加烦躁。

讨论会下午两点半开始，周漠下车后，看了一眼手表，正好两点，时间掐得刚刚好。

她参加过不少这样的会，无非就是一群所谓的业界精英互捧互舞，真正能促成交易的少之又少，不过多张名片就是多个人脉，也许某天就能派上用场了呢？安建时常说的一句话便是：目光得放长远点儿。

安建的目标是把安兴科技办成百年企业，起初听到这个目光远大的志向时，周漠忍不住背着他翻白眼，居然会有人想着把科技公司办成百年企业，这行更新换代那么快，恐怕大厂总裁都没有这么狂的口气。

周漠签完到，进入会场，宴会厅暖气开得足，脱下羽绒服跟围巾，放进储物格内，上好锁，一转身，就看到不远处的李柏添。

她微微一愣，没想到会在这里碰到他，算算日子，二人已有差不多一个月没见面。

李柏添正在跟人攀谈，余光瞥到她，也是有些意外。

周漠抓紧挎包的带子，心想装没看到算了，于是转了个身，往门口的方向走。

女厕里，周漠在补妆，口红涂抹在嘴唇上，她出了会儿神，手一抖，膏体涂出唇线外，只好拿出棉签一点儿一点儿地抹去，再用随身携带的粉饼拍一遍。她看着镜子里的自己，口红的颜色似乎太暗了，于是又抿了抿唇。待妆容完美，她对镜一笑，又拿出香水喷了两下手腕处，手在脖子后蹭了蹭。

做完这一切，她才慢悠悠地往会场走。

她的座位在中间排，落座后，前后左右的人开始交换名片，周漠也从包里拿出名片夹，一张张递出去，再一张张地收回来。

会场灯光一暗，表示讨论会正式开始。周漠原本就困，加上这昏暗的灯光一催眠，如果座椅再舒服些，她可能真就睡过去了。

左边的男人攀谈欲望很强烈，一直在找话题跟她聊，周漠疲于应付，又不得不应付。

"我加你微信了，你通过一下。"男人盯着她的手机。

周漠脸上的笑容终于挂不住："手机快没电了。"

"通过一下好友申请而已，耗不了多少电。"

周漠看着他满脸的痘坑，还有一甩一甩的肥肉："你加的是我的工作号，一会儿我回去再通过。"

"那你私人号码可以给我一个吗？"他问。

"抱歉，不能。"

现场掌声响起，周漠机械地跟着鼓掌，见前面不断有人站起来，她才后知后觉地发现，原来台上讲话已经结束了，开始进入下一个环节，也就是最让她头疼的"互捧互舞"环节。

今天来的嘉宾其实有几个大咖，李柏添算一个，还有两个都是本市巨头企业里的领军人物，周漠远远地望着他们，想靠近又有些犹豫。

她看着李柏添正跟那两个男人攀谈，心想，如果她没有跟他撕破脸就好了，这个时候还能过去蹭一蹭，可惜了……

周漠神情黯然，走向茶歇台，拿了杯咖啡，一口气喝了半杯，她盯着纸杯上的口红印微微出神，这世界上到底有没有不会留印的口红？

正胡思乱想，身旁多了个男人，他看着她，笑问："你好，我刚刚听说你是安兴科技的？"

周漠点头："对，你是？"

"我之前在网上看过你们关于机器人的文章。"他递出名片，"我们也是做机器人的。"

周漠瞥了一眼，一家她从未听过的公司。

"我们现在也开始做导向机器人，如果你有兴趣的话，我们可以深入聊聊。"

"好啊。"

这一个下午，周漠喝了四杯咖啡，才勉强压下睡意，强打起精神应付眼前一个又一个的潜在合作伙伴。

时间逼近晚上六点，讨论会正式结束，将最后一个带着口红印的纸杯扔进垃圾桶，她终于跑到厕所释放自己，再憋下去估计要肾结石。

周漠走出女厕，看到站在不远处，正盯着她的李柏添，她脚步一顿。这回再装作看不到也太说不过去了，她走上前去，笑容恰到好处地打了声招呼："李总，好巧。"

一个月没见，李柏添发现眼前的女人更加美艳，看来离开他，不仅对她一点儿影响都没有，反而过得更好。

李柏添盯着她的红唇，目光沉沉："你今天收获不菲。"

周漠闻言笑了笑："还行，像您这样大的客户没有，小虾小鱼倒是不少，这一趟没白来。"

她的话说得底气越足，李柏添的脸色就越难看。

"还有事吗？没事我先走了。"说完，也不等他回应，周漠抬腿就想离开。

手腕突然被他一把抓住，她不解地看向他。这是下意识的动作，做完李柏添也觉得不妥，他松开她："一起吃饭？"

周漠的笑意还在嘴角，她挑了挑眉，娇笑着问："李总缺我这顿饭吗？"

他还没说话，周漠又继续道："是不是我今天又给了你错误的信息？还是……李总出差在外，寂寞难耐，想找人暖床？"

这话杀敌八百，自伤一千，但周漠觉得自己说完，实实在在是出了口恶气。见他面色不豫，她笑容扩大："你找别人吧。"

周漠走没两步，腰上多了只大掌，她浑身一僵，想挣开，却被他掐得死死的。

"你干什么？"她压低了声音，去掰开他的手。

李柏添强势搂着她进了电梯，里面有人，周漠不敢再挣扎，她整个人被迫靠在他怀里。

电梯往上走，很快在十五楼停下。进房那一刻，她终于忍不住，手抬起，大力将他推开："李柏添你什么意思？"

"不叫李总了？"李柏添嘲讽道。

"你发什么疯？"她怒道，"上次把话说开后我没想过再招惹你，你现在这样是什么意思？"

"就是你想的那个意思。"他猛地上前一步，死死地掐住她的下巴，强迫她红唇微张，他头往下，一口咬在她的唇上。

她的血进了两人口中，铁锈味充斥口腔，周漠又疼又气，然而男女力量太悬殊，她跟小鸡一样被他拎起，按在墙上。

这个吻不同以往，不像是吻，像是啃，他在恶狠狠地发泄怒火。

至于他为什么生气？周漠不懂，也不想懂。

"不要这样……"趁他换气，她低声求饶。

李柏添抵着她的额，喘着粗气："再来一次，无人商店的项目我给你。"

周漠闻言，手抬起，一巴掌扇在他的脸上。

她这一巴掌打得顺手，且力道不小，他脸上很快浮现出一个淡粉色的巴掌印。周漠打完就后悔了，她觉得这件事的处理方法有很多种，她偏偏选了最偏激的一种。但方才真是怒火攻心，什么理智都抛之脑后。

如果他计较起来，把展会的单子都给撤了，她该怎么办？可转念一想，她的人格都受到极大侮辱了，这种时候居然还在想工作的事？是不是她一直以来太卑微，才让他这样得寸进尺？

周漠觉得自己可悲可叹，生活已经把她压迫到面对这种明晃晃的侮辱也要自我反省了吗？越想，脸上越是火辣辣的疼，那一巴掌虽然落在他的脸上，实际上更像是甩在她的脸上。

悲从中来，眼眶发热，她紧紧地咬住牙关才把眼泪忍回去。

"放开我。"她的声音在抖。

李柏添非但没放开，还变本加厉，抓得她肩膀生疼。

"你不是一直都想要无人商店的项目？"他死死地盯着她，一字一句地，"陪我一次，项目给你，这很划算，不是吗？"

李柏添看着她眼眶一点儿一点儿地变红，他知道自己这样说很残忍，但有些时候不逼一把，他们的关系永远在尴尬的位置不上不下。他都把话说成这样了，巴掌也受了，他就想听她说几句真心话。

然而周漠此时不知道他心里的弯弯绕绕，她觉得自己正在遭受史无前例的屈辱，这屈辱还是来自一个她曾经抱有美好幻想的男人。怒火攻心，烧得她面容狰狞，她不断点头："是，很划算。"边说边去脱他的外套，"来……"

她脸上的神情近乎疯狂，手上力气忽然变得巨大无比，李柏添一个没留神，外套已经被她脱了下来。紧接着，她开始解自己身上大衣的扣子，周漠直直盯着他，一眨不眨，几乎是咬牙切齿："你一定要说话算数……"

没有听到想说的话，李柏添失望透顶。

此时彼此的外套已经落地，周漠开始解他的皮带。

他抓住她的手不让她乱动，沉声道："你走吧……"

"走？"她突兀地笑了一下，又皱眉问，"你要反悔了吗？"

他盯着她没说话。

"别啊……这个买卖多划算啊。"她另一只手去扯他身上的毛衣，"真的，我现在也想通了，清高个什么劲啊，陪你一次就能拿下那么大一个单子，我不干我傻。"

李柏添隔开她的手，他眼睛暗了暗："你知道自己在说什么吗？"

"知道啊。"她点头，还对他粲然一笑，身子向他贴近，再无缝隙，"我一直都知道自己在做什么……"

李柏添低头看她，见她手上举着的，正是他的皮带。二人四目相对，无声对峙。下一秒，他将她一把抱起，走向身后的大床。

这一夜，周漠发现，原来爱情不是只会令人愉悦，还会令人悲伤。她的泪腺像决堤的大坝，像是有流不完的泪。她不想让他看到脆弱的自己，于是把脸闷进枕头。

结束后，周漠一把将他推开，跌跌撞撞地跑进浴室。淋浴花洒下，她跌坐在地，失声痛哭。五星级酒店的热水供应充足，水流迅猛，哗啦啦的水声刚好挡住她的哭声。

李柏添穿上浴袍，站在窗前，脸上神情比窗外的天还冷。她一离开，他便发现那个仿佛在水里浸泡过的枕头。她哭什么？都得偿所愿了，还哭什么？

周漠吹干头发，拉开浴室的门，望着他的背影片刻，弯腰捡起地上的衣物鞋袜。

"你今晚还要走？"他缓缓地转过身来，看着她，冷声问道。

周漠穿衣服的手一顿："你刚刚说的是一次……还是一晚上？"

房间内忽地静了下来，静得只剩下彼此的呼吸声。

不知道过了多久，她才听到他开口："一晚上。"

她于是把已经套了一半的毛衣脱下："行。"

同床异梦大抵如此，这晚，周漠全程背对着他，她强迫自己睡觉，但下午那四杯咖啡起了作用，愣是怎么调整呼吸，怎么自我暗示都睡不着，要命的是，她晚饭还没吃，胃阵阵抽搐。她竖起耳朵仔细听，身后男人静得连呼吸声都听不到。一直忍到半夜，周漠实在胃疼得厉害，掀开被子起身。

门合上，李柏添双眼猛地睁开，这个时间，她去哪里？

周漠下楼买了一盒往日里最嫌弃的杯面，因为太饿，她吃得急切，三四口下肚，胃开始反抗，面饼有一股馊了的味道，汤底又太油腻。

周漠把吃了几口的杯面扔了，问前台要了杯热水。

水喝完，正好是凌晨四点。凌晨四点的北京你见过吗？她以前没见过，现在想见见。

周漠打开网约车软件，叫了辆车，打算到天安门看升国旗。来过北京很多次，没有看过一次升旗仪式。天安门人不多，跟她看到的攻略写着的人头攒动不一样。当然，在这种零下好几度的天气看升旗仪式，要么是格外爱国的，要么是没地方可去的，比如她。

凌晨的北京冷得像冰窖，她很怕自己走着走着就香消玉殒，将帽子戴上，猛搓了好几下手，搓到手热了才放进口袋里，然而很快又冷得跟冰棍似的，于是又重复那一套动作。

越走到升旗台人越多，让她意外的是，大部分是年轻人，三三两两穿着时尚的大衣，正在换角度自拍。

周漠找了个人稍微少点的位置，拿出手机对着天安门拍了张照，此时显示时间是四点四十分。一直到五点，都还未见穿制服的人出现。

周漠隔壁站着两个东北大哥，她没忍住问了一下："大哥，不是说四点四十五分就开始升旗吗？怎么还没开始啊？"

大哥看着她："谁说的啊？"

"网上啊。"周漠答。

"这升旗时间不固定的，到七点都有可能。"

周漠一脸掩饰不住的失望。

"来都来了，再等等吧。"大哥道。

五点十五分，整个场子突然安静下来，周漠踮起脚尖，终于看到身姿挺拔的旗手出现。国歌奏响的那一刻，周漠再次热泪盈眶。

李柏添的电话打来时，升旗仪式刚好结束，周漠顺着人流往外走，她犹豫了很久才接起。

"去哪儿了？"他在那头冷声问道。

周漠吸了吸鼻子："有事吗？"

听到她声音带鼻音，李柏添声音不自觉地放柔："你昨天半夜就走了？"

周漠以为他是在质问自己，声音也冷了下来："难道我还得守着你一晚上？"

李柏添被她一噎，心里叹了口气："你现在在哪里？"

"我随便逛逛。"

"你的包都还在我这里。"意思是迟早得回去找他，无谓的别扭就别闹了。

"刚从天安门回来，现在准备去吃早餐。"她淡淡地说道。

"我给你发个地址，你到这里来。"说完他便挂了电话。

周漠打车去他说的"护国寺小吃店"。

她下车的时候，刚好隔壁也停了辆出租车，李柏添从那上面下来，二人走进店内。店里面积不算大，一共有两层，周漠在二楼找了个座位坐下，身边很多老大爷在用餐，一开口就知道是老北京人了。

李柏添买了很多，各式小吃摆满整张桌子，周漠望着鼎鼎大名的豆汁儿，皱起了眉，她至今还是不敢尝试。很难想象昨晚还在拿命撕扯的两个人今天能平心静气地坐在一起吃早餐，和谐得她精神恍惚。

周漠尝了口羊杂汤，还是吃不惯那个膻味，羊杂汤放一旁，夹了块驴打滚送进口中。驴打滚有点儿像豪华版糖不甩，都是用糯米做的，口感差不多，只是前者有馅后者没有。

李柏添把她那碗只吃了一口的羊杂汤端到自己跟前，吃了起来。周漠不自然地撇过头，机械地咀嚼着嘴里的甜食。他明明不吃甜，却还点了这么多甜点。

"眼睛为什么肿了？"他明知故问。

"喜极而泣。"她笑笑。

"有什么开心事？"

"我们什么时候签约？"她提醒他。

他一愣。

周漠故意摆出紧张兮兮的神色："你又想反悔？"

他冷哼一声："你急什么？"

"我这身都献了，你说我急不急？"她云淡风轻中带着嘲讽。

"回广州再说。"

"你是不是觉得一晚上不够啊？"她凑近他，压低了声音，"要不我们也签个合同吧？免得你出尔反尔。"

李柏添捏着汤勺的手指发白，意味着他的怒气值已经到达顶峰。

周漠却不怕死，硬是要继续惹怒他："李总贵人事忙，我担心你到时候忘了，那我多亏啊。"

"你亏什么？"李柏添低头喝汤，调整好自己，再淡淡问，"你睡了我，我不亏？"

周漠闻言，口中的糖耳朵也忘了嚼，生生地吞了下去，噎得她咳了好几下，急着想拿点儿东西喝。

李柏添适时把豆汁儿递给她，周漠看也没看，直接喝了一口，还没咽下去，全部吐进了碗里。

他看着她的狼狈相微微一笑，憋屈了许久的心情终于好了点儿。

周漠把豆汁儿吐了出来，觉得胃还在翻滚，她干呕了几声，李柏添见状不对，身旁又没有袋子，连忙脱下了外套放在她嘴边。

在这么个美好的清晨，周漠在一众老大爷的注目下，吐了个底朝天，污秽物全进了他外套里。

从北京回来，周漠发现自己多了个技能，那就是——惹怒李柏添。

简简单单一句话，或一个眼神，她就能让他脸色大变。二人的关系变了，又似乎没变，她还是会跟他回家，只是每次在聊事时，她总喜欢逞点儿口舌之快。

比如现在，她收到他的短信："今晚过来？"

周漠在对话框里打下："一晚又一晚，合约到底什么时候签？"

每一次只要把性爱跟利益扯上关系，李柏添便能瞬间暴跳如雷，她很喜欢看他发火的样子。周漠知道自己的行为很不自爱，但她就是忍不住。她觉得自己病了，患了虐症，虐的不是身体，而是心理。

自暴自弃的感觉很爽，她终于不用再去揣摩他的心思，不用再小心翼翼害怕哪句话得罪他。周漠抬手按了一下门铃，等他开门的间隙，她拿出手机，回了一下丁瑶的短信。

丁瑶前阵子遇到创作瓶颈，一周前的聚会上，当她看到顶着两个硕大的黑眼圈，穿着邋里邋遢且气质颓丧的周漠时，突然心生一计，"改造周漠"的计划瞬间在她脑子里生成。

周漠看着两眼发光、喋喋不休的好友，第一反应是拒绝："不干。"

"我给你出场费。"她拿钱诱惑她。

"再多钱也不干。"

"我就录三期，一期五千。"丁瑶果断道。

"成交。"

陈乔粤在一旁看得直摇头："我还以为你会再讲一下价。"

周漠皱眉："我怎么没想到？"

"五千可以了啊，财迷。"丁瑶大喊，在屏幕上划拉了几下，递给周漠看，"你想要哪个风格？我觉得暗黑富江还挺适合你的，要不第一期就按这个方向来？"

周漠瞥了一眼照片，确实是自己从未尝试过的风格："可以。"

今天是录视频的日子，她中午吃过午饭到丁瑶家，化妆加上做造型花了整整三个小时，为了完美还原富江的形象，周漠还"被迫"换了发型，从栗色大卷变成公主切黑长直。

丁瑶看着她的新形象，直呼惊艳。周漠看着镜子中的自己，一瞬间恍惚。

"你这是给我换了个头吧？"她对丁瑶笑了笑。

"别笑。"丁瑶"嘘"了她一下，"你现在是暗黑少女，一笑就跟傻大姐似的。"

周漠"啧"了一下，对着镜子端详起自己，她从未化过这么浓的妆，为了呈现反差感，丁瑶给她涂了暗红偏紫的口红，这颜色莫名适合她，可惜不太日常。

化完妆，丁瑶拉着她拍照，周漠照着她给的参照图摆拍，摆造型摆到差点儿骨折。

"还真是钱难赚，屎难吃。"周漠幽幽吐槽，"以前觉得你这行暴利，现在觉得还真不是谁都能干的。"

丁瑶给她开了瓶气泡水："都是辛苦钱啊，我一会儿做完后期把照片跟视频传给你，保证亮瞎你。"

从丁瑶家离开，周漠便收到李柏添的短信，虽然她的话说得难听，但还是拦车往他家跑。见门迟迟未被打开，周漠心里冷哼了声，正想离开，开锁的声音突然传来，门缓缓地打开。

最近一段时间她一看到李柏添，整个人便一秒进入斗鸡状态，这次也不例外。脸刚冷下来，正准备冷嘲热讽几句，谁知道门后不是他，而是一个中年妇人。

"你找谁？"中年妇女盯着她，脸上明显一愣，迟疑地问道。

周漠抬头去看门牌号，没错啊："我……我找李总……"

"你是他同事？"

周漠点头。

中年妇人看着她的脸，又从头到脚来来回回打量了她好一会儿，才转身喊道："儿子，你同事找你。"

周漠没想到眼前这个瘦瘦矮矮的女人居然是李柏添的母亲，她这下更想逃了。

李柏添从书房出来，越过母亲，看向门口，这一看，脸色微变。他从来没见过这样的周漠，化着浓妆、穿着水手服的周漠。

对的，这就是周漠想逃的主要原因，此时她身上穿着的是经丁瑶精心改造过的所谓的学院风水手服。十二月的广州说冷不冷，说热当然也热不到哪里去，她出门时在这套短得露腰露大腿的奇装异服外套了件风衣，感谢这件风衣，让场面不至于过分尴尬。

李柏添故意没去搭理母亲就要抽筋的右眼，他对门外的女人低声说道："我以为你不过来。"

"对不起，李总。"她声音清脆，"我今天刚好跟朋友在漫展，收到您的信息就来了，文件……在包里。"

话音刚落，周漠咬住舌根，低下了头，此时她身上背着的是个巴掌大的小挎包，不过是个拍照道具罢了，小得连手机都放不下。

得多小的文件才能装得进这个包？

"嗯……文件在 U 盘里。"她快速补了一句。

李柏添看着她的眼睛里像是有两团火苗在窜，眉头也拧成一股麻绳。

周漠没搭理他，她更关心的是他母亲的反应。

李母回客厅拿了包，又走了回来，她先是看了儿子一眼，再看向周漠，随即对周漠笑了笑，用别扭的普通话道："你们谈公细（公事）吧，我不打咬（打扰）你们了。"

李母一离开，李柏添抓过她的手，将她一把扯进屋。

"漫展？"他站定，对她冷哼道，"我怎么不知道今天有漫展？"

周漠翘起嘴角，手插进风衣口袋，不答反问："你妈会不会以为……你有什么特殊癖好啊？"

他再次打量她，从发丝到脚指头，最后眼睛停留在她左眼下方的黑痣上。

周漠大大方方地让他看，半晌才问道："看完了吗？我收费很贵的。"

李柏添收回目光，淡淡道："你现在非得这样跟我说话？"

周漠见他情绪稳定，自讨没趣，一屁股坐在玄关的换鞋长凳上："既然约了我，还让你妈妈过来？"

见她语气正常，李柏添解释道："我以为你不来，她刚刚是过来送点儿东西。"

"你跟她解释清楚吧。"

"解释什么？"

她却不再往下说了。

"换套衣服，出去吃饭。"他道。

"这套衣服有什么问题？"

他想了很久，才憋出一句："你不冷吗？"

周漠没搭理他，开始脱鞋，这天她穿的是及膝的高筒靴，鞋子脱下，脚上还穿了一对黑色 JK 长筒袜。大学毕业后，再没试过这么嫩的穿搭，这一次算是满足了她某种恶趣味。

"我今天特别累，叫外卖吧。"她说完，自顾自地走向沙发。

李柏添很享受她偶尔的真情流露，脸上线条不自觉地放柔："吃什么？"

"都行。"说完，她又道，"现在的学生都爱吃什么？"

"不知道。"他直言。

"辣条？"

"辣条能当主食吗？"

"那就酸辣粉，而且要……肥肠酸辣粉。"

李柏添不吃一切内脏，周漠却是内脏的死忠粉。他给她点了一份肥肠酸辣粉，又给自己点了份干炒牛河。

吃饭的时候，他就知道她没安好心。

"你试一口。"周漠夹着一块肥肠，非要他吃。

他盯着她油光潋滟的红唇，冷着脸摇头说："你知道我不喜欢吃这些……"

"你妥协过吗？"她突然正色问道，"你为女人妥协过吗？哪怕一次。"

"一码归一码。"

"你的人生应该没遇到过什么挫折吧……"她说。

李柏添不明白，为什么她会扯到这里。

"所以你可以这么挑食。"她又道。

他这下更加费解，这两句话之间，存在逻辑吗？

周漠没再搭理他，自己吃了起来。吃完饭，她进了房间，再出来时，身上换了一身运动装备。

晚上九点，健身房还灯火通明，周末关门时间是十一点半，里面的人还不少。

周漠站上跑步机，想起第一次在这家健身房见到他，当时的心情比中了彩票还开心，那晚跟着他跑，几乎要了她半条命，可也是那晚，风度翩翩的他站在车前，约她喝酒，听她诉苦，给她希望。

周漠想，眼下她自虐自苦，大概是因为——在经过他的羞辱后，她依然对他抱有幻想。

李柏添在举铁，眼睛却不断往跑步机的方向瞄，跟她搭讪的男人一拨又一拨，今晚整个健身房的所有男人都被她吸引住，无一例外，哪怕那些戴着婚戒的。

有人忧愁有人喜。

周漠顶着浓妆跑步，原本是件很奇怪的事，却没想到能引来这么多狂蜂浪蝶。她寻思着，得把今天的妆容半永久。丁瑶还真有两下子，不愧是半年就十万粉的美妆博主。

今夜送上门的联系方式她一概照单全收，能来这家健身房消费的估计都是金领，要是能挖掘几个客户，那也算是锦上添花。

周漠洗完澡出来，见李柏添在更衣室门外等她，他沉着脸，看上去心情不佳。

他的坏心情一直到床上，将她按在身下，听她娇声求饶时，才好转。这一夜，一个怒火冲冲，一个柔情似水，水火相遇，碰撞出史上最佳体验。

周漠想，撇开其他不谈，李柏添绝对是个合格的情人，但情人就仅仅是情人，永远成为不了爱人。

冬至这天是周一，一直到下午四点半，行政部主管才在群里发通知，今天将提前一小时下班。周漠原想提前溜，但见安建稳坐办公室，她只好假装很忙地玩起手机。

"墨鱼丸要吗？"三人群里，丁瑶发来信息。

今晚三人约好到陈乔粤家打边炉（吃火锅），那两位不用上班的此时已经在超市里选购食材。

"要。"周漠回。

"蟹柳要吗？"

"是真的蟹柳吗？真的就要，蟹味棒就不要。"

"我还没吃过真正的蟹柳。"丁瑶发了个"你很难搞"的表情，"要不直接买螃蟹吧？"

"螃蟹太难剥，虾买了吗？"

"买了九节虾，还有生蚝。"

周漠打开陈乔粤发来的照片，比巴掌还大的九节虾，看着很是诱人，她回："那差不多了吧。"

一直到五点十分，周漠余光瞥到安建从办公室离开，往电梯的方向。

大老板一离开，在座所有人都蠢蠢欲动，大概过了十分钟，确保安建已经开车离开，周漠抓起包走人。

周漠到陈乔粤的单元楼时，碰巧遇到迎面走来的老友，三人进了电梯。

"外面人超多，堵了好久的车，你饿不饿？要是饿了先吃点鸡蛋仔。"陈乔粤扬了扬手上的纸袋。

周漠接过，看着熟悉的包装，掩饰不住脸上的笑意，她打开纸袋，撕了两块放进嘴里，虽然冷了没那么脆，但还是很好吃，不愧是她最爱的芳叔鸡蛋仔。

回到家，三人分工合作，丁瑶处理海鲜，陈乔粤洗菜，周漠炒锅底。这三个人里面，丁瑶厨艺最佳，其次陈乔粤，周漠排最尾，但是她今天自告奋勇，还拿出一包据说无敌好吃的牛油香辣火锅底料。

今年的冬至很冷，傍晚开始下起小雨，这个时候三两好友围在一块儿吃顿热腾腾的火锅，最幸福的事莫过于此。

老规矩，先干一杯。

"祝我永远青春，永远吃不胖。"丁瑶说完，"到你们了。"

"我也想永远青春，永远吃不胖。"周漠笑道。

"还有呢？"丁瑶坏笑。

"还有什么？"

"你跟你家哥哥怎么样了？"

周漠咀嚼着嘴里的肥牛："就那样。"

"其实我也特别好奇，你们就一直这样吗？"陈乔粤问，"谁也没点破？"

"可千万别点破。"周漠小声嘟囔。

"他耗得起，你耗得起吗？"陈乔粤看着她，若有所思。

"我有什么耗不起的？"周漠不解，"本来就没奔着结婚去。"

陈乔粤低叹："我要是心态能像你这么稳就好了。"

"你干什么？恨嫁啊？"丁瑶问。

陈乔粤摇头："就是很渴望有一段很稳定的亲密关系。"

"'北大哥'不达标吗？"

"我总觉得跟他之间好像隔着一层什么，就是没办法对他掏心掏肺。"陈乔粤放下筷子，喝了口可乐，"总感觉他好像瞒了我一些事，你们说他能瞒我什么呢？"陈乔粤双眼放空。

"事业？债务？家庭？"周漠一一列举。

"事业这个没什么好骗的，我都去他学校找过好多回了，债务……不好说，暂时还没聊到这一块。"

"那就剩下家庭了。"周漠剥了颗虾，送进嘴里，鲜掉眉毛的九节虾是她最喜欢的海鲜，没有之一，只需蘸点小米辣和酱油，好吃到上天。

陈乔粤闻言，脸色微变，其实她旁敲侧击过很多次，但是他都对他的家庭守口如瓶，他越是遮遮掩掩，她就越想一探究竟。

"家庭能有什么问题？能培养出一个北大学生，父母应该都差不到哪里去吧。"丁瑶道。

陈乔粤心事重重，不知道该如何作答。

"如果不行，就换人呗。"周漠边剥虾边对好友道，"真的，只要他让你不爽了，换人就行了。"

"周漠你变了。"丁瑶看向她，"你是不是受什么刺激了？"

周漠闻言，笑了笑："没受刺激，我只是想开了，两性关系里面，最重要的就是舒适感，只要对方让你觉得不适，说明他不值得再交往下去。"

话说完，周漠喝了口啤酒，她觉得这些大道理从她嘴里说出很奇怪。舒适感？李柏添让她舒适了吗？某些方面是舒适的，但整体上……他不行，真的不行。

丁瑶看着同时神游的两位好友，长叹："我也想有你们这样的烦恼。"

"你的真命天子出现了吗？"周漠回过神来，问道。

"嗯……怎么说呢？"她娇羞一笑，"算是……出现了吧。"

"你能不能好好说话？"周漠给她夹了一只虾，放进她碗里，"什么叫算是？"

"还在评估阶段，等确定下来了再告诉你们。"丁瑶目光闪烁。

三人各有各的烦恼。火锅吃到一半，陈乔粤手机响起，她看着屏幕，对她们说道："是高秋林。"

她接起，那头高秋林问她："吃完饭了吗？"

"正在吃。"

"我给你送了点儿汤圆，现在在你家楼下，方便下来拿吗？"

"要不……你上来吧？"

"你不是正跟朋友吃饭？"

"没关系的，你来吧。"

挂断电话，陈乔粤对上那四只好奇的眼睛："他……送汤圆来了。"

"现在外面正下雨呢，有心了。"周漠调侃道。

很快，门铃响起，陈乔粤起身去开门。

这是周漠和丁瑶第一次见他，作为闺密，她们对高秋林表现出适度的热情："吃了吗？一起啊。"

高秋林高高瘦瘦，一开口就知道是北方人："没打扰到你们吧？"

"没有没有。"

他送来的汤圆居然是煮好了的，还用了保温壶装着。

陈乔粤进厨房拿碗，他进去帮忙："第一次见你朋友，我是不是得准备点儿礼物啊？"

"不用啊。"陈乔粤对他笑笑，"没这规矩。"

他一只手圈住她的腰，另一只手伸长，帮她从消毒柜里拿出几只汤勺。

"你吃吗？"她问。

"我吃过了。"

"干吗还冒雨送过来？我今天也买了汤圆。"

"主要是想见见你。"他压低了声音，在她耳畔道。

陈乔粤觉得腰上的手似乎开始发烫，她轻轻地将他隔开，清了清嗓子："出去吧。"

汤圆上桌，周漠跟丁瑶吃人嘴软，一连夸了高秋林几句。

"一点儿也看不出来你是高中老师啊。"丁瑶笑问，"你在你们学校是不是最年轻啊？"

"确实是。"他笑笑。

"小乔也是五中的，你们还挺有缘分的。"周漠咽下口中甜腻的芝麻馅汤圆，笑道。

吃了几个汤圆，周漠跟丁瑶起身告辞。

高秋林见状，连忙也站起身："别啊，你们继续吃，我本来就打算走了。"

"不，不，不。"丁瑶连道，"我跟周漠……都有约了，所以先走啦。"

陈乔粤倒没出声挽留，相处了这么多年，彼此间一些默契还是有的："我给你们拿把伞。"

雨还在淅淅沥沥地下，丁瑶今天只穿了件厚毛衣，外套也没穿，冷得直往周漠怀里靠。

周漠一把搂住她："好像是冷空气又要来了。"

二人走到小区门口等车，丁瑶脸蹭着她的外套："你是不是要去找你的小哥哥？"

"我回家。"周漠嗤笑道，又问，"你呢？"

"我是真的有约。"

"真命天子？"

"直觉告诉我他是，不过……种种迹象又表明，他不是。"

"别的不说，姐姐给你两个忠告。"周漠一本正经道，"一别被骗财，二别被骗色。"

"我又不傻。"丁瑶嘟囔。

丁瑶的车先到，她离开后，周漠拿出手机，见有一条未读信息，两分钟前发来的。

"今晚过来？"

一看这四个字，不用看署名也知道是谁。

"不了。"她回。

很快，他的电话进来。

"你在家？"他问。

"刚跟朋友吃完饭。"

"过来。"

周漠微微抬头，望着伞外的路灯，她眨了眨眼，声音低哑："我很累。"

"你在哪儿？我去接你。"

"我已经打到车了。"

"那就取消。"

他话音刚落，周漠听到他那边有孩子稚嫩的声音响起："靓仔叔叔、靓仔叔叔，过去食汤圆啦。"

"你去吃汤圆吧。"周漠道。

"把地址发我。"他说完，顿了顿，又道，"我现在去找你。"

挂了电话后，大概犹豫了三分钟，周漠才发了个定位给他。

"十分钟后到。"他回复。

周漠找了个便利店避雨，店内正在播放陈奕迅的歌："差不多冬至，一早一晚还是有雨。"

歌词很应景。

"靓女，关东煮搞特价，十元四串，要不要试下？"店内只有她一个顾客，店员对她道。

周漠连忙摆手："不要啦。"

"一千种恋爱一些需要情泪灌溉，枯萎的温柔在最后会长回来，错的爱乃必经的配菜……"

周漠静静地听歌，雨有越下越大的趋势，她不知道，这种团圆时刻，他跑出来找她干什么？

没到十分钟，她手机再次响起。周漠没接，直接挂断，撑着伞走到路边，一眼看到那辆黑色奥迪。

上了车，李柏添看了她一眼："今晚吃了什么？"

"火锅。"

"吃汤圆了吗？"

"吃了。"顿了顿，她又道，"没有。"

他闻言笑了笑："到底是吃了还是没有？"

"吃了芝麻馅的，但是在我这里，芝麻馅儿的汤圆不算汤圆。"

"那你喜欢什么馅的？"

"鲜肉。"

他一愣："有鲜肉馅的汤圆？"

周漠笑笑："没有，我喜欢花生馅。"

到他小区时，李柏添没立即将车子开进地下停车场，而是停在路边一家超市旁，他跟她说："你等我一会儿。"

再回来时，他手上多了个购物袋，里面是两包花生馅的汤圆。

周漠盯着他煮汤圆的背影，总觉得这一刻温馨得不真实。

"你不是不爱吃这些甜腻腻的东西？"她走近他，见水已经煮开，他正往锅里下汤圆。

"买给你吃的。"李柏添侧过头看她，对她笑了笑。

"其实我已经吃饱了。"她淡淡地说道。

"那就煮少点儿，你饿了再吃。"他说得自然，可周漠一听，心忽地往下坠。

她第一次发现，这个男人在迁就她。

"喝了酒？"李柏添闻到她身上有淡淡的酒味。

"一点儿。"她离他远了些，又问，"你刚刚是跟家人聚餐？"

"嗯。"

"就这样跑出来没事吗？"

"饭已经吃完了。"他说完，顿了顿，看着她问道，"不想见到我？"

"不想见也已经见了。"她耸了耸肩，语气颇无奈。

说完想离开，却被他一把搂住。他力气很大，周漠被他圈在怀里，闻着独属于他的气息，疲倦加酒精让她反应迟缓了些。

李柏添盯着她的眼睛，一字一句地说道："可是我想见你。"

"明天我要去奥美，明天也能见到……"

"今天是冬至。"他说完，又问，"你们那边过冬至有什么习俗？"

"会吃八宝糯米饭。"她说，"不过现在很多习俗都简化了，也就吃点儿汤圆。"

她说完想挣开他，他却搂得更紧："汤里要不要加点白糖？"

"不加。"她语气有点冲。

"今天过节，我们能不能休战一天？"他突然问道。

休战？周漠抬头看他："我跟你战什么了？"

"从北京回来，你对我的态度就没好过。"他坦言，看着她的眼神里带着深究。

"你对我说那些话，还指望我给你什么好态度？"

"既然你生气，为什么还要跟我维持这种关系？"他不解。

周漠正想开口，他又问道："因为合约还没签？"

"既然你知道，还问什么问……"她垂眸。

"说实话，你那天扇我一巴掌，我还挺开心的。"说完，他自己笑了笑。

周漠盯着他的笑脸，满脸不可思议。

"我以为那一巴掌之后，有些话能说开……"他摇了摇头，"可结果还是……"

"为什么又提起那天？"

"无人商店的项目……"他刻意停顿。

有一只隐形的手忽地攥住她的心脏，她脸色微变："又出什么状况了？"

李柏添盯着她好一会儿，突然松开她，端起那一锅汤圆，走出厨房。

"你刚刚想说什么？"周漠焦急地跟在他身后，"你别把话说一半留一半啊。"

"这不是你的强项吗？"他反问。

"无人商店又出什么事了？你明明答应得好好的……"她皱眉。

李柏添没搭理她，拿起汤勺，打开锅盖，舀了几颗汤圆放进碗里，递给她："吃汤圆。"

周漠受不了他这种忽冷忽热的态度，冷声问道："你又想玩什么花招？"

他闻言，放下碗，瓷碗碰在木桌上，发出突兀的声响。

周漠见他脸色一沉，她知道，新一轮的战争在所难免。

"你发现没有，你每次只会拿这些威胁我。"周漠狠狠地拍了一下大腿，强迫自己声音别发抖。

"如果你不是目的不纯，怕什么威胁？"

"你每天这样给一个巴掌再给一颗糖，把我耍得团团转，好玩是吗？"

"我刚刚说什么了？"他沉声问道，"我一句话都没说，你倒开始夺了。"

"那你说下去，无人商店项目怎么了？"

"如果我说这个项目没了，你现在是不是会立刻走？"他冷冷地问道。

周漠有些绝望，她觉得此时的自己就像是深埋海底即将溺死之人，而他就是一艘豪华的游轮，她想上岸，就必须支付高昂的费用，这费用不是钱，而是被无限消耗的精力和受他拉扯的情绪。

"我今天很累，不想吵架。"她稳住呼吸，率先投降。

每次一涉及这个问题，这颗他以为会引爆的炮仗瞬间就成为哑炮。

"但我想跟你吵。"他满脸嘲讽。

"我以为……今晚就是过来吃汤圆的，既然你想吵架，那我先走了。"

他自然不会让她走，握住她的手腕，将她大力一扯。她被迫正视他。

"这个问题我最后再问一遍，你正面回答我。"他盯着她，一字一句问道，"如果我说这个项目没了，你现在是不是会立刻走？"

果然，在他们之间，温馨的时刻是按秒计费的，这笔巨额费用必须用无尽的折磨来支付。

"你是想我走，还是不走？"她轻声回道。

李柏添还没说话，她又继续道："你这样多次试探我，是想要一个什么答案？"她皱眉，脑子里乱得很，完全理不清一团糟的思路，"你是觉得，我是因为项目才跟你纠缠的，是吗？"

这话一开口，周漠身子一阵激灵，隐隐约约有些什么东西正在破土而出，然而她抓不住。

"你是吗？"他问。

"你觉得我是，对吗？"她说完，又快速道，"你不用回答，这个问题在北京的时候你已经给我答案了。"

李柏添真是受够了这些车轱辘话，眼看绕来绕去又要绕回原点，他握住她的手一紧："你只需要回答我的问题。"

"我是。"她笑笑，"当然，你是第一个，如果我每一单都是睡出来的，我现在也不至于混成这样。"待在一个三十平方米的出租房里，干着一份低不成高不就的工作。

她满脸挑衅，看得李柏添一把火噌噌噌往上冒，但他还是克制住自己："赌气的话不用多说。"

"真不是赌气。"周漠拍了拍他的肩，"你在我心里，依旧是最特别的一个，你让我知道了，原来睡睡甲方就能签下那么大的单子，你给我提供了另一条思路，真的很好，特别谢谢你……"

眼看他再次被自己激怒，周漠抚摸着他下巴上的胡茬："不过，也不知道以后的甲方会不会跟你一样，长得帅还会煮汤圆。"

他拍开她的手，看着那锅冒着热烟的汤圆，淡淡地问道："你觉得我做这些是为了什么？"顿了顿，才继续道，"为了睡你？说句不好听的，比你好看，比你身材好的外面有大把，为什么非得是你？"

这几句话说得周漠一愣一愣的。

"门在那边，自己走。"李柏添往后退了两步，他说完，转身回房。

好半晌，周漠才消化掉这段话，反应过来后，她跟着他进了主卧。

"那是为什么？"她上前两步，站在他身前，声音不自觉地抖。

"你说我图什么？"李柏添看着她，冷哼道，"图你心思敏感、脾气古怪，还是图你每天给我甩脸色让我整天不得安生？"

周漠决定忽视他的阴阳怪气："李柏添，你也正面回答我的问题。"

"不叫李总了？"他嘲讽道。

"我真是被你搞糊涂了。"她低叹。

"你不糊涂，你只是爱装傻。"说完，他又补了一句，"当然，也可能是真傻。"

周漠原本一肚子气，被他这么一说，肚子上像被扎了个小孔，那些气被全部放了出来。

她笑了笑，贴近他，哑声问道："所以说……你到底为什么睡我？"

"你说为什么？"

"你今天怎么这么爱反问？！"

"学你罢了。"

这样无营养的"小学鸡"式对话居然会发生在他们身上。

今夜真是太多第一次，这样闹别扭的李柏添她还是第一次见，她觉得比他冷着张脸好多了。周漠踮起脚尖，整个人挨紧他，在他耳边轻声问道："喜欢我？"

李柏添看着她，见她盯着他的双眸里像是会拉丝，勾得他一眨不眨。

他不自然地移开眼睛，冷声道："我以为你要到八十岁弥留之际回想起当年，才意识到这个答案。"

毫不夸张地说，他在说完这句话时，周漠整张脸"唰"地一下红了。

她不知道，原来人还能这样告白。

幸亏屋内灯光昏暗，他没看出她的异样。

"你不说，我怎么会知道？"她目光闪烁，笑容扩大。

"你不像这么迟钝的人。"

确实，在感情上，周漠的第六感很准，之前每一任，精确到他们是在哪一个时刻爱上她的，她都能感觉出来。但在李柏添身上，这项技能仿佛失灵了。

她猜测，之所以失灵，是因为二人身份敏感且差距太大，今夜之前的李柏添在她心里依旧是个高高在上的霸总，她怎么也想不到他会喜欢她。

在面对许宁时，她是骄傲的孔雀，可一旦对着李柏添，她却怎么也傲不起来，哪怕在近段时间她对着他胡作非为，但也是把握好一个度的。

周漠不愿意承认在面对着他时，她是自卑的，但不得不承认。

"那你呢？现在你打算怎么处理我们之间的关系？"他的话将她一把拉回现实。

他居然把决定权放到她手里？周漠打量着他的脸，这个在最初犹如天神降临的男人，居然也会为爱卑微？

"我……想想。"她故意道。

原以为他会继续发火，没想到他点了点头："行。"

"为什么啊？"她没头没尾问了一句。

他却知道她在问什么："不知道，感觉对了。"

"架吵完了，汤圆还吃吗？"他问。

她瞥了他一眼，拉开椅子坐下："你煮都煮了，肯定要吃。"

李柏添也坐下，看着她吃。

"你别这样看着我。"她微微侧过脸去。

身份转变，周漠开始别扭起来。

他笑笑，拿起水杯喝了口热水："你要考虑多久？"

她放下碗，认真思考起这个问题。

都到这个时候了，她脑子里首先浮现的还是"利弊"二字，跟他在一起是利大于弊？还是弊大于利？

周漠有点儿痛恨自己的过分清醒，随之自我怀疑，她是真的爱眼前这个男人吗？如果是真的爱，为什么没有奋不顾身的冲动？但要说不爱吧，也不算，毕竟他各方面条件都很优秀，是她的理想型。

"要是我们在一起了……会影响奥美跟安兴的合作吗？"她问得很小声，心虚得很。

"我说过了，无人商店项目不是我一个人能拍板的，最终能不能拿下要大松那边决定，所以我也只能给你提供一个竞标的机会。"他道。

周漠见他神色无异，点了点头："我知道了。"她捏着汤勺的手指紧了紧，又问道，"那我们能不能……先别公开？"

他还没开口，她连忙补充道："我们一直是合作关系，我跟你签了那么多单，就怕被人说三道四，毕竟要避嫌的。"

他看着她，没说话。

周漠被他盯得心里发毛，她发现了，这个男人实在是不怒自威，虽然她有些时候咄咄逼人看上去好像很拽，其实她只是外强中干的纸老虎罢了。在他这只真老虎面前，她就是只 HelloKitty（凯蒂猫）。

这样的男人当上司会很可怕，不知道当男朋友会如何？

"可以。"许久，李柏添回答，"你不介意就行。"

她暗自松了口气，但不敢表现出来。

"你能不能笑一下？"她吃了个汤圆，说得含糊不清，"说实话，有些时候我真的特别怕你。"

"有什么好怕的？"他不解。

"你一旦面无表情，我就会怀疑自己是不是哪句话又得罪你了。"说完，她对他笑了一下，"抱歉啊，你突然从甲方变成男朋友，我还没适应过来。"

李柏添听到从她口中说出那三个字，终于给了她一个笑脸。

"那你……对我有什么要求吗？"她又问。

他沉吟道："还真有。"

"什么？"

"以后公事在公司说，回家只谈私事。"

这很合理，周漠点头："可以。"

"那就先这样吧。"

"怎么感觉我们像是在开会？"她笑道，"好像刚制定完新一年的目标。"

"嗯，新一年的目标就是跟你……"谈恋爱，后面这三个字他省略了。

"跟我干什么？"她笑得暧昧。

"你说干什么？"李柏添盯着她的碗，原本白花花、圆滚滚的汤圆被她一再按压，花生馅都流了出来，看上去一点儿食欲也没有，"汤圆还吃不吃？"

周漠低头一看，恶心得直摇头："不吃了。"

他去洗碗，她在客厅踱步，这个点儿还吃甜食实在罪恶。这一晚上大悲大喜，情绪跟上来了，胃的消化能力没跟上，周漠在紧张的时候吃东西就容易胃疼。

李柏添洗完碗出来，见她手按着胃："胃又疼了？"

"嗯。"她看向他，"今晚又吃冷又吃热，加上刚刚跟你谈话……"

他去翻药箱，从里面找出一盒未开封的胃药。周漠接过他递过来的药跟水，吞下去后，看了眼手表。

"你今晚还打算走？"他问。

她没回答。

"留下吧。"他轻声道。

反正明天也要去奥美，还能坐他的顺风车，她没多犹豫，点了点头。

晚上，二人躺在床上，很难得的什么都没做，她枕着他的手臂，突然问："你今天说，外面比我好看，身材比我好的有大把……"

李柏添闻言，眼皮跳了一下。

"你认真的吗？"她幽幽地问道。

"话赶话……"

她翻了个身，手撑着头，看着他："我突然发现，我对你的一切一无所知，什么都没了解居然就稀里糊涂在一起了。"

"你想知道什么？"

周漠想了一下，她最好奇的当然是他跟宋嘉琦的关系，一想到那天晚上他们一起离开，她在江边吹了几个小时冷风，她就难受。

"我不问了。"她笑笑，"还是等你自己告诉我吧。"

李柏添搂过她，柔声道："刚刚我以为你不会答应……"

周漠闻着他身上的味道，觉得莫名安心。

"我表现得还不够明显吗？"她打了个哈欠，"你还真以为我是那种人？"

"你有什么表现？"他嗤笑道。

"我跟你不一样，我只跟喜欢的人纠缠。"

"这话听起来怎么像是在骂我？"

"你三年空窗期，难道没有过……"

李柏添哑然失声。

周漠等了一会儿没回应，她从他怀里挣着起身，一眨不眨地盯着他看。

"嗯？"她嘴角勾起，"你在想什么？"

"有过。"他坦言。

周漠不想刨根问底，她觉得还不是时候，于是点头道："你还挺诚实。"

"不过不是你想的那样。"他道。

"你知道我在想什么？"说完，她又快速道，"我觉得没什么问题。"

"那你呢？"

"我什么？"

"你去和樾府看房，想过跟他结婚？"

周漠想，恋情无缝衔接就是这点不好，她口口声声说喜欢他，那么是什么时候喜欢的呢？第一次在酒吧接吻的时候？那不是证明了她就是个见异思迁、朝秦暮楚的人？

"如果不是知道他出轨，其实他是个很适合结婚的对象。"她道。

"你不久前才说了对婚姻没有向往，只有排斥。"

他话音刚落，周漠神情有了些微的变化。

"你在怕什么？"她笑得古怪，"你害怕我会逼婚？"

他摇头："我不是这个意思。"

"放心吧。"她突然有些意兴阑珊，"我暂时不会考虑婚姻。"

见她脸沉了下来，李柏添放在她腰上的手开始往上，一下下抚摸着她的背："你看，你又误解我了。"

"是你的表述有问题，很容易让人误解。"她闷声说道，"现在谁还会奔着结婚去谈恋爱啊？你会吗？"

这是挖了个坑给他跳，李柏添缓缓地说道："也不是不可能。"

"得了吧。"周漠挑眉，"不要把简单的事情复杂化。"

他低低"嗯"了声："你胃还疼吗？"

"药效起了，没那么疼了。"

"睡吧。"

周漠疲惫不堪，在他一下下轻柔的抚摸下，很快睡了过去。

隔天，她坐他的车到奥美，从进停车场的电梯开始，周漠自觉跟他保持一米距离。

李柏添觉得她警惕的模样十分好笑："你是不是谍战片看多了？"

她拨了一下刘海："我们现在这情况也没比谍战片好多少。"

"不用太紧张。"他笑笑。

"我还是第一次尝试地下情，肯定没你经验丰富。"她低声道。

李柏添想为自己辩驳两句，电梯刚好到一楼，门刚打开，一大群人涌了进来，其中不乏奥美的人，一个一个跟李柏添打招呼。

周漠被挤到角落，她低头按手机，将自己的存在感降到最低。

周漠今天来，是跟 Johnny 谈苏州婚纱展的项目，之前说了只要四台机器人，现在要增加到八台，只剩下不到两个月，时间非常赶。她发现奥美的人都有一个臭毛病，自己"卷"就算了，以为全世界人都跟他们一样热爱工作、全年无休。

周漠敢怒不敢言，心里在骂爹，但表面上还是恭恭敬敬。

会议快结束时，Johnny 接了个电话，那头的女人可能正在生气，声音大得周漠也听得一清二楚。

"我正在开会，一会儿再找你。"Johnny 压低声音说道。

"你现在敢挂我们立刻分手！"

Johnny 抱歉地对她笑笑，出去接电话。

一直以来，周漠都觉得这个比她还年轻的男孩很敬业，工作效率很高，没想到他居然会做出开会开到一半离开去哄女朋友这种事，这个反差感还挺有意思的。

大概五分钟后，Johnny 才回来，他对周漠笑笑："抱歉啊，处理了一下私事。"

"没事。"周漠也笑，"哄好了吗？"

"没。"Johnny 无奈道，"还在生气，下班再哄吧。"

"你不怕等下班了，她都跑了哄不回来了？"

"我们经常这样吵吵闹闹，都吵了八年了……"

周漠点了点头，她突然有点儿羡慕。

八年啊，居然还能维持这样的热情？对她来说，一段感情的保质期最多也就两年，忽地就想到李柏添，他们会在一起多久？

周漠发现，他们刚在一起第一天，她已经开始患得患失。总的来说，这段感情她是处于下风的，而在之前历任男友中，她都是占上风的那个。

这种感觉似乎不怎么好，她在心里叹道，有得必有失。开完会刚好是吃饭的时间，从会议室出来，经过他办公室时，碰巧他开门出来。

周漠对他笑笑，叫了声："李总。"

李柏添看向她，眼里满是促狭，但嘴上只是低低地"嗯"了声。二人一同乘坐电梯下楼，一直到大堂门口，他才说："一起去吃饭。"

"不太好吧？"

"有什么问题？"

"这附近都是你公司的人。"

李柏添看着她，欲言又止："那就到别的地方吃。"

"中午就那么点时间休息，多麻烦。"

"你下午有事？"

"有。"她说，"要去飞狮，你们突然要多加四台机器人。"

"你怎么去？"

"打车吧。"

"开我的车去吧。"他道。

"啊？"

"有什么问题？"他拿出车钥匙给她。

"这……不合适吧？"

"放心，别人认不出这是我的车。"

"我倒不是这个意思。"

"开车慢点儿，这边满大街都是摄像头，别超速。"

她想起在阳朔时，去相公山的路上，他是亲眼见识过她飙车的。

周漠见他坚持，于是接过他的车钥匙："好吧。"

他去吃饭，她去地下车库取车。

周漠坐在驾驶座上，做贼心虚似的左看右望，见周边都没人，才启动车子离开。

在一个红灯路口停下，她盯着那绑着两个蝴蝶结的车载香薰，想起他昨晚的话。空窗那三年，他跟别的女人有过亲密却非恋人的关系。

她的思维不由自主地扩散，会不会其实她只是他没摆上台面的关系中的其中一段？抑或是，他有没有可能同时跟好几个女人保持着这样的关系？

跟李柏添在一起后，周漠在他家留宿的时间比起之前要少许多，她不知道自己在坚持什么，只是觉得身份转变，那就应该按照正常情侣的节奏来。

那男人对此无异议，当然也有可能心里不满，但他没表现出来，周漠就当他欣然接受了。

二人平日里都很忙，加上她周末还出了趟差，仔细算算日子，确定关系后这十天里，二人只见了一次面。

马上就是元旦小长假，陈乔粤跟丁瑶都已经有安排。

陈乔粤打算跟高秋林到从化泡温泉。丁瑶跟"真命天子"也有约了，订了去西双版纳的机票，她搞得神神秘秘，周漠跟陈乔粤逼问了几次，她都不肯暴露真命天子是哪位。

"你呢？你有什么安排？"群里，丁瑶问。

"在家睡觉。"周漠回，"我已经好多天没试过自然醒了。"

信息刚发出去，她就接到李柏添的电话。

"下班没？"他在那头问。

"这个时间全城交通估计都瘫痪了，正打算到附近吃完饭再回去。"

"元旦有安排吗？"

她心里嘀咕，这不是在等你安排吗？

"没有。"她道。

"想不想出去玩？"

"就三天时间，能去哪里？"

"三天也不少了。"

"近的到处都是人，远的又玩不尽兴，还不如在家睡觉。"

他那头静默了好一会儿："我们好多天没见了。"

周漠无声地笑了笑，"嗯"了声。

"我现在过去接你？"

"也行。"

从琶洲到体育西，平日里只需要半个小时车程，但今天特殊，周五晚下班高峰期加上小长假，此时的广州交通是每位"社畜"生命中不可承受之轻，周漠可以想象此时地铁外面限流的队伍绝对跟贪吃蛇一样，还有马路上路怒症突发患者惹出的频频车祸。

果然，李柏添到时已经是一个半小时后。

他们默契地选择不去凑这个热闹，而是回家叫外卖。

到小区门口时，半路叫的外卖刚好到，周漠下车去拿外卖，他去停车。她提着一大盒外卖在他家门口傻站着，大概十分钟后，他才回来。

进了家门，李柏添突然给了她一串钥匙："家里的备用钥匙。"

周漠不解："给我？"

"嗯，你拿着。"

"不用吧。"

"以后你可以直接开门，不用每次都等我。"他打开她的包，把钥匙放了进去，"吃饭。"

"你刚刚怎么那么久才回来啊？"她把外卖盒放到餐桌上，边解开边问。

"遇到个熟人。"

"我记得你父母也住在这个小区？"

"嗯。"他洗完手回来，"他们在一期，我这里是四期。"

"那你妈妈……会不会经常过来？"她迟疑地问。

李柏添看向她，笑了一下："那倒不会。"

她点了点头，没吱声。

周漠点了比萨和炸鸡，高热量快乐餐，每个月一次的欺骗套餐。

李柏添默默地看着她吃，时不时地给她挤点儿酱，他觉得这个女人挺矛盾的，吃的时候是真享受，吃完也是真暴躁，果然，四五块炸鸡加半个比萨下肚，周漠吃爽了，又开始后悔。

"今晚吃这些我得跑多久的步才能瘦回来啊。"她垮着个脸，边喝可乐边道。

以他这段时间对她的了解，这个时候只需要说一句，"你一点儿都不胖，多吃点儿"就可以了。

"不吃了。"她放下可乐，起身去洗手。

周漠在浴室里洗完手，漱过口，看到镜子里被炸鸡辣得鲜红的唇，加上浴室灯光很柔和，照在脸上还怪好看的，忍不住掏出手机拍了两张照片，拍完照，手机响了。

"小漠。"母亲在那头问，"你元旦真不回来吗？"

"不回了。"

"我还做了你爱吃的炸鱼，既然你不回来，我寄过去给你吧。"

"好。"

"上次寄的腊肉吃完了吗？我又做了些，也寄给你？"

周漠笑道："行，谢谢妈。"

"你跟许宁还有联系吗？"母亲话音一转。

"没有。"

"你什么时候再找一个啊？过了元旦你都三十岁了。"

"什么三十岁？我还没到二十九岁。"周漠不满地说。

"在我们这儿，你就是三十岁了。"

"行，三十就三十吧。"

"我跟你爸都担心你呢，你跟许宁谈了这么久，说分就分了。"

"你能不能别提他了？"周漠语气开始变差，"是担心我被背叛？还是担心我嫁不出去啊？"

"你怎么每次一说到这个就夯啊？"母亲开始念叨，"书读得越多，脑子越不好使。"

这马上过节了，周漠不想跟她吵架："我给你卡里转了三千块钱，过节费。"

"我跟你爸爸不缺钱花。"母亲虽然这样说，但还是很明显开心了许多，只是她不忘今天的目的，"你还记得叶阿姨吗？"

"哪个叶阿姨？"

"原先住在我们家隔壁，后来调去长沙了，她儿子刚好在广州，我想让你们见见……"

"你千万别搞这一套。"

"就见一面怎么了？"母亲焦急道，"我都答应人家了，你就当帮妈妈个忙。"

周漠还没出声，母亲又道："妈妈见过她那个儿子的照片，长得不错的，我知道你就看脸，那许宁长得就跟个小白脸一样……小漠，我从来没给你相过亲，这还是第一次。"

"去哪里见？"周漠知道，她要是不答应，母亲的电话就会跟轰炸机一样，为了保证接下来三天假能安静度过，她最终还是松口，这种应付式的相亲局她就当去个客户了。

"就明晚怎么样？你们一块儿吃顿饭，看场电影，再跨个年？"

要不要再开个房间当场就把关系定了？周漠腹诽，但她没敢说出口，母亲很保守，她要是听了这话，估计得疯。

"明晚不行。"

"怎么不行？"

"我跟朋友约好了一起跨年。"

"那就一号？"

"行，一号中午吧。"

"好，我去跟叶阿姨说。"

周漠挂下电话，再次洗了次手，打开门，见他站在门外。

他也不知道什么时候来的，隔音这么差，估计该听的不该听的全听进去了。

她对他笑笑："我妈……"

"明晚你跟朋友一起跨年？"他问。

她摇头："那肯定是跟你啊。"

"我是你朋友？"他又问。

"说好了先别公开的。"她笑道。

李柏添点了点头，看着她的眼睛里满是探究。

这晚，多日没有较量的两人像是小别胜新婚，结束时，周漠有些生气，抬腿踢了他一脚："你怎么没个轻重啊？我脖子都疼死了……"

身边没镜子，但她可以想象此时她脖颈皮肤肯定是惨不忍睹，全是他留下的亲吻的痕迹。

小长假第一天，周漠如愿以偿地睡到自然醒，睁眼时，便看到愁容满面的李柏添。

"早。"

李柏添见她醒来，叹道："你怎么这么能睡？"

"几点了？"

"下午一点。"

"这么晚了……"周漠打了个哈欠。

昨夜睡眠质量很高，人一旦睡眠充足，精神就很容易愉悦，洗漱完，她提议去喝下午茶，再找个公园走走。

李柏添开车到番禺天河城，为什么要到番禺呢？这是周漠提议的："跑远点儿，熟人少。"

翠华茶餐厅内，周漠啃着刚出炉的菠萝包，不禁感慨："这是全世界最好吃的菠萝包。"

李柏添喝了口咖啡，把他那个移到她跟前："再来一个。"

"你为什么不吃？"她皱眉，"我不允许你不吃这么好吃的菠萝包。"

他无话可说，但还是道："太甜。"

"你这是有什么毛病？"她小声嘀咕，用他听不到的音量，随即对他笑笑，"试试嘛。"

他突然想起她曾经说过的话，有没有为女人妥协过？

不过是一个菠萝包，他挑了挑眉，还是拿起来尝了一口。

周漠觉得跟这个男人在一起还有个乐趣，那就是打破他的规则。她心里暗道，下回绝对要让他吃一下肥肠酸辣粉。

吃完下午茶，周漠提议到超市买一些今晚跨年餐的食材。刚进超市，没想到会见到料想不到的人。

许宁也看到了他们，在周漠脸上停留两秒，他又去看她身侧的李柏添。

周漠想绕过他离开，没想到被他叫住："好久不见啊，周漠。"

"认识的？"李柏添的声音不大不小。

"何止认识。"许宁笑道，看着周漠的眼里恶意满满，"没想到你速度这么快……"

周漠不想搭理他，握紧李柏添的手快速朝前走。

许宁盯着他们的背影，皱起了眉，思绪突然被打断，女友拍了他一下："你看什么呢？"

他回过神来："走吧，去结账。"

这点小插曲没有影响到周漠，她很认真地在购物："你家里有孜然粉吗？"

"没有。"

"那要一包吧……孜然粉好还是孜然粒好？"

"刚刚那人是谁？"他问。

"前男友。"她淡淡地回道。

她想了好久，最终还是要了包孜然粒。

一抬头，见李柏添看着她，她笑道："是不是还挺惊讶的？广州这么大，居然会碰到他。"

"是挺惊讶的。"他也笑。

他惊讶的不是碰到他，而是在碰到他时，一向喜欢跟他保持距离的她居然主动握紧了他的手。

周漠觉得，这世间最贵的三个字便是"仪式感"，这贵不仅贵在金钱上，还有去揣摩对方心思所花的精力和时间。读书的时候她可喜欢追求仪式感，对男友的要求是不能落下任何一个节假日、纪念日，哪怕六一儿童节。

随着年龄越来越大，仪式感在她心里便成了累赘和麻烦，她宁愿一切程序简化，最好连生日都不要过。她想，可能是读书那会儿实在太闲，逮着一丁点儿机会就要庆祝。现在生活的重担压在身上，早已经没了那些浪漫的心思。

所以，当李柏添把"新年礼物"递给她时，她愣住了，好一会儿才接过："这元旦也有礼物啊？"

"新的一年来了。"他道。

精致的礼盒袋捏在手里仿佛烫手，她说得窘迫："可我没给你准备。"

"不用，我送你就行。"他道，"看看喜不喜欢。"

袋子里是一个首饰盒，她把它拿了出来，打开一看，是一对耳环。

这耳环跟他上回送的是同一个品牌，只是这对华丽许多，日常戴上会夸张了些。

"你好像很喜欢送我耳环。"她笑道。

李柏添手指摩挲着她的耳垂，闻言眼神暗了暗："我喜欢你戴耳环。"

周漠笑笑，伸手将此时耳垂上的耳钉摘下，又把他送的那对递给他："你帮我戴上？"

李柏添当仁不让。

身边没有镜子，周漠打开手机前置摄像机，看着屏幕里的自己，嘴角勾起："好看。"

她从包里拿出口红补妆，又将头发扎起，对他道："过来，我们拍一张。"

她在他怀里换了好几个姿势跟角度，拍了好几张，李柏添见她嘟嘴，他很少见到这样的周漠，觉得有趣："为什么女生拍照喜欢嘟嘴？"

他真心求解。

"因为这样显脸小。"

拍完照，他说："照片发我。"

周漠却摇头："等等，我先修一下。"

她在修图，他起身拿酒，再回来时，见她依旧全神贯注地盯着手机，李柏添背靠着沙发，喝了口酒，笑道："原图就很好看了。"

"你没发现我法令纹有点儿严重吗？"

"没看出来。"

他半杯红酒喝完，周漠终于把图修好，发了三张给他。

"嘟嘴那张呢？"他翻看照片，问道。

"不好看。"她拿过高脚杯，抿了口酒。

"我要那张。"他坚持，"原图。"

"发给你可以，但你不能发出去。"她道。

他点头。

周漠挑了一张看上去状态最好的发给他："这好像是我们第一次合照。"

"嗯。"他来来回回将那四张合照看了好几遍，周漠也凑过去看，"你没发现吗？修过跟没修的差别很大，老了老了……"

她右手食指在他手机屏幕上划，划得用力些，连续翻过去两张，见到屏幕里突然出现的陌生照片，看着像是公司文件，她下意识地道歉，微微侧过头去。

李柏添对她的反应感到惊讶，许久，才缓缓地说道："我们现在是情侣。"

她看向他，满脸不解。

李柏添把手机塞进她手里："就算你想翻我手机，也是合理的。"

周漠目光闪烁："又不是十七八岁，谈个恋爱还翻手机。"

"你是不是还没适应……我们现在的关系？"

"我适应得挺好啊。"

"你说别公开，我尊重你的决定，但是为什么私底下……"他顿了顿，"也这么别扭？"

"什么别扭？"她皱眉，"哪里别扭？"

"难道你不觉得？"他低叹，"你在我身边，应该是完全放松的吗？"

周漠点头："是啊。"

"为什么我觉得你总是绷着？我是你男朋友，不是甲方，你不用因为看了我的照片就道歉。"

"我那不是因为担心看到什么机密文件嘛。"

"首先，机密文件我不会存到私人手机里。"他道，"其次，就算看到了，你反应也不用这么大，虽然我们现在还有一层利益关系在，但我没你想的那么公私不分。"

周漠见他脸色沉了下来，伸手搂住他的脖子，柔声撒娇："好啦，好啦，我刚刚反应是大了点儿，不也是怕你介意嘛……"

"你怕这怕那的，累不累？"

周漠笑容微微僵住，随之将头靠在他怀里："累啊，怎么不累，我现在每天脑子里最担心的就是哪天有人戳爆我们的关系，不怕你笑话，我还做过这样的噩梦……"

那个梦里，他们的地下情被揭穿，她被指责以色换业绩，李柏添面临事业、爱情二选一，他果断选择了事业，抛弃了她。醒来时，周漠久久不能回神，日有所思夜有所梦，她觉得这是一种预示，永远不要高估一个男人对爱情的决心。

"噩梦？"他皱眉，"我们在一起会让你做噩梦？"

说多错多，周漠不想再解释下去，她选择用唇堵住他的嘴。

李柏添还想再说什么，但见她热情似火，最终还是欲望战胜了一切，他反客为主，将她按在身下的地毯上。

零点钟声响起时，周漠低喘着对他说了句："新年快乐。"

李柏添吻着她额角的汗珠，眼神飘忽，他知道，今晚的问题一日不解决，他们之间就没办法做一对寻常情侣。

虽然他急，但也不能急于这一时，只能寄望于来日方长吧。

隔天，李柏添是被闹钟吵醒的，他在节假日不会设置闹钟，那就只会是身旁的女人，他闭着眼，拍了一下她的手臂："你的闹钟。"

周漠烦不胜烦，翻了个身，整个人缩进他怀里，继续睡。

李柏添无奈地笑笑，伸长手从她枕头底下拿过手机，删除了闹铃，正准备继续睡，她手机又响了。

"你的电话。"他哑声道。

周漠依旧闭紧双眼，一点反应也不给。

他看着陌生的号码，只好接起。

"周漠，你好，我是原诚，你妈妈说今天中午咱们吃顿饭，那就十二点在丽影广场的卡朋西餐厅可以吗？"

李柏添听他说完，脸一下黑了下来。

周漠睡得迷迷糊糊，突然手里被塞进一个手机，她不明所以地看着他，他的眼神让她不由得一慌。

如果李柏添此时眼睛里有飞刀，她估计死几百次了。

"喂？周漠？你在吗？"那头的男声适时响起。

周漠看了眼电话号码，连忙清了清嗓子："我在，我在。"

"你妈妈说你住客村，那我们今天中午十二点在卡朋西餐厅见？"

"好，行。"她应了下来。

挂断电话，她尝试解释："我妈妈介绍的相亲对象……就见见……"他"嗯"了声，掀开被子起身，脸色如常，"需要我送你过去吗？"

"也行。"周漠道，"那就麻烦你了。"

周漠盯着那男人的背影，无声地笑了起来。

周漠洗漱完，简单化了个妆，一看时间已经是十一点半。

开车这一路，李柏添沉着脸没说话，周漠假装看不懂他的怒火："你不用等我，也不知道吃到什么时候。"

他没搭腔。

周漠在丽影广场下车，她车门刚合上，黑色奥迪快速离开。

她到指定的餐厅时，原诚已经坐在那儿了，周漠一看这位母亲口中长相绝佳的男子，心里叹了口气。确实，长得还不错，但是他矮啊，目测估计也就一米七。她一米六三，加上今天穿了双中跟短靴，二人都快一个高度了。

这顿饭本来就是应付母亲而来的，周漠没多大上心，对方可能也看出她的敷衍，连忙道："其实我也不喜欢这种形式，大家就当交个朋友，你看好吗？"

"好啊。"周漠笑笑，"原先生是做什么的？"

"我是程序员。"

"哪家公司？"

"敏捷科技。"

周漠挑眉："你们的直播 App 最近很火啊。"

"还可以。"原诚说完，又问道，"听说你也是在软件公司工作？"

"对。"周漠拿出名片递给他，"我是做售前的。"

"那也算半个同行。"

这个相亲局没想象中难熬，二人同在一个圈子，能聊的话题不少，结束时，周漠已经拿到对方一个核心组项目经理的联系方式，打算看看之后有没有合作的可能。

"我送你回去吧？"原诚道，"听说你就住附近？"

"对。"周漠点头，"不过我跟朋友有约了。"

"那好，我不打扰你了。"原诚笑笑，"有机会再见。"

他离开，周漠拿出手机一看，没想到快两点了。

手机安静得很，李柏添没找过她。

她打了辆车回他家。电梯在他那一层下，快到他家门口时，手机振动，他发来信息："我今晚有个饭局。"

周漠盯着这几个字，身前的门突然打开，她看着他："现在就出去？"

"嗯。"李柏添盯着她的脸，"你午饭吃到现在？"

她点头："既然你要出去，那我先走了。"

"来都来了。"他说，"又不是没钥匙。"

他不在家，她在这里待着有什么劲？

"今晚我会喝酒，你要是有时间，到时候来接我一下？"他问。

她没说话。

"我今天都送你去相亲了，礼尚往来……"他虽然在笑，眼里却没笑意。

"行。"他那么大方，她确实没有拒绝的理由。

一直到晚上十一点半，周漠才接到他的电话。她关了投影仪，从地上爬起身，拿着他的车钥匙出门。

一月初的广州冷得她骨头疼，这个时间还出门去接他，这不是真爱是什么？周漠坐进车内，连忙打开暖气，待手恢复知觉，才启动车子。

他发来的地址显示在炳胜海印总店，半个小时后，她到达目的地，给他打了个电话，他那边没接，周漠只好挂断。

车载电台正在播放古巨基的演唱会，周漠将音量调大了些，打算边听歌边等他出来。

"犹如无人敢碰，秘密现在被揭晓，明日想起，我们其实承受不了……"

周漠也跟着哼，陈乔粤在大学时疯狂迷恋古巨基，宿舍里每天都在播放他的歌，在那之前周漠对古巨基的印象是何书桓跟爱新觉罗·书桓，没想到他居然是个很厉害的歌手。有一年陈乔粤买到了他在红馆的演唱会门票，拉着周漠一起去看。

那是周漠第一次在红馆看演唱会，现场的气氛好得她忘不了，当晚全场合唱的曲目中就有这首。

"欢乐今宵，虚无缥缈，再没余地继续缠绕……"

一曲终毕，他还没出来。

周漠再次拿起手机，他的号码还没拨出去，就见他从门口走了出来。她开车一向会戴隐形眼镜，因此一眼便看到他，以及他身边的……宋嘉琦。

他们正在旁若无人地攀谈，哪怕他的车子距离他们只有几米远，他也没察觉。

　　李柏添想知道，周漠能在车里待多久？她会不会下车，走到他身旁，问他一句："喝了多少？为什么这么晚还不回家？"

　　然而时间一分一秒过，她的耐性比他预料的还要好。她既不下车，也没走。

　　连宋嘉琦也看出他的异样："你的车到很久了，怎么还不走？"

　　他意兴阑珊地收回目光："送你回去？"

　　"不用。"她拍拍他的肩，"我有人接。"

　　他点头，身体还是没动。

　　"喂。"宋嘉琦问道，"什么事啊？跟女朋友吵架？"

　　他苦笑，不知道该摇头还是点头。

　　"她在这里等了你半个小时了哦。"宋嘉琦余光瞥向他的车，虽然看不清里面人的模样，但能看出是个女孩，绝不是代驾。

　　"我想知道她能等多久。"

　　"那你挺过分的。"

　　李柏添低低地叹了口气："我走啦。"

　　"快走啦你，十二点多了，回去哄一下人家啦，这么冷的天，如果是我肯定不出来接你。"

　　李柏添心想，他倒是想看到那女人一脸凶神恶煞地拒绝他。

　　古巨基的演唱会播完了，接档的是一个深夜情感节目，声音充满磁性的男主持说广州最冷的天即将到来，这么冷的天做什么事都提不起精神，唯独跟爱人躺在被窝里，看看电影，听听音乐，喝点儿小酒，最惬意。

　　女主持却道，她的男朋友在被窝里可不会陪她聊天、喝酒、看电影，只会一人一部手机各玩各的。

　　"那可能我的状态就是热恋状态啦，你的就应该是老夫老妻模式了，我还挺期待这一天的……"

　　周漠想，她刚跟李柏添在一起，理应是热恋状态，但就如同他说的，两个人却十分别扭……可为什么会这么别扭呢？

车门被拉开，他坐进副驾驶座，周漠闻到他身上酒味甚浓，这得是喝了多少？但看他精神状态都还挺正常的。

她没出声，启动车子离开。

车厢内只有电台发出的声音："今晚的主题是，是不是每个人心里都有一个白月光，接下来我们读一下匿名来信。"

"我同我老公结婚三年啦，前几日撞见初恋，我们又开始联系，当年那种好激烈的心动又回来了，可能婚姻生活太平淡，我现在真的很想出轨……"

周漠听得聚精会神，她很想知道主持人会怎么评论这位嘉宾，没想到身旁的男人手一伸，把电台关了。

"吵得我头疼。"他哑声说道。

"那你睡会儿吧。"她淡淡地说道。

"刚刚等了很久？"他问。

"也没多久，不到一个小时。"

"跟朋友聊点儿事，没注意到你。"

"是吗？"她笑笑，"你们还挺多话聊的。"

"工作上的事。"他解释。

"嗯。"

李柏添看着她："这么晚还要你出来接我……下次不会了。"

"没关系，我之前说了，只要你需要免费代驾，随时可以找我。"

他静默半晌："你什么时候能……"能对他撒泼，发火，而不是永远这种逆来顺受的模样。

"我怎么了？"刚好红灯停，周漠一脸不解地看着他。

"没什么。"他叹了口气，直视前方，不想再多说一句。

车子在他的车位停好，李柏添下了车，走了两步，见她没跟上来，他回过头去："怎么不走？"

"我想回家。"

他皱眉："回哪个家？"

"我自己家。"她小声道。

周漠不是赌气，只是觉得这一刻心里很烦躁，一看到他就烦，为了避免吵架，她这晚不想跟他待在一个空间里。

"现在太晚了。"他看了一下手表，语调不自觉提高。

"你回去吧，我打车走。"她道。

李柏添心里那把火噌的就上来了，长腿一跨，两三步走到她跟前，握住她的手腕，将她扯着走。

深夜的电梯里，一个人也没有，周漠的手被他捏得生疼，见他脸上正酝酿着一场暴风雨，她咬唇不语。

回到家，周漠终于忍不住问道："你发什么脾气？"

李柏添这夜多喝了几杯，但逻辑思维还在，他深呼吸了几下，看向她："你不知道我为什么生气？"

"气我去相亲？"她淡淡地问道。

"你有男朋友，记得吗？"

"我说过了，我妈妈安排的，我就见一面应付一下。"

"应付了两个小时？"

周漠心想，不就两个小时？总好过你跟人聊到三更半夜不舍得回家。

"因为是同行，谈了点儿工作上的事。"她淡淡道。

"你心里除了工作，是不是就没别的了？"其实他想问的是，是不是每次都只会拿工作当借口？

"确实是。"周漠笑笑，"不像你，工作跟感情都风生水起，别说一个女朋友，给你多来两三个你都能应付。但我不行，就真的精力有限。"

他听出她的话外之意，心里窃喜："你什么意思？"

"没什么意思。"她这话是一语双关，周漠摊了摊手，低叹道，"你刚刚说得很对，现阶段我的精力只能应付一件事，要不……我们还是分开吧？"

李柏添被她猝不及防的回马枪一刺，顿觉喉咙腥甜，那把火已经里里外外把他烧透了，他脸色一沉："你再说一遍。"

"刚刚在车里我想了很久。"她脸色如常，缓缓地说道，"我们现在这样相处，挺累的，如果一段感情负能量比正能量多，那就说明不合适。"

周漠心里叹了口气，说实话，这段不对等的感情本就不应该开始。她还是喜欢在一段感情里占上风，做一只高傲的孔雀，而不是像现在这样……太累了，真的太累了。

"你想清楚了吗？"他盯着她，沉声问道。

"嗯。"她点头，"想清楚了。"

李柏添脸上也满是倦意，她说她累，他其实也累。她就像高中时期班里的差生，脑袋里就一根筋，带不动就是带不动。

"好，那就这样吧。"太阳穴突突地疼，他揉了两下，哑声道。

周漠转身离开，鞋跟敲在地板上发出清脆的声响，他这才发现，进屋到现在，她连鞋子都没脱。

手拉上门把，还没走出去，周漠听到他在身后说："现在太晚了，外面又冷，明天再走吧。"

她正想说话，他又重复一遍，不容拒绝的语气，"明天再走。"

这晚，周漠躺在客房里，眼睛干涩，明明困得很，却怎么也睡不着。她跟他绝对是她所有恋情中最波折、最儿戏的一段，稀里糊涂就在一起了，稀里糊涂又分开了。

她翻了个身，头枕着手，眼泪突然夺眶而出，顺着泪沟往下掉在手臂上。

她想起这晚，他跟宋嘉琦站在炳胜门口，他们那么闲适地聊着天，二人站得很近，偶有肢体接触，任谁路过看一眼，都会觉得那是一对璧人。她有点儿羡慕宋嘉琦，在他面前，她永远能做到不卑不亢。

周漠知道，不卑不亢的前提是身份对等，她是他的事业伙伴，能给他带来无限的帮助。而她呢，就像一只水蛭，只会吸他的血。

那一刻周漠心想，只有到了某天，她能成为像宋嘉琦一样的人，她大概才能心无旁骛地跟他在一起。

此时另一个房间内的李柏添情绪没比她好多少，他将杯中红酒一饮而尽，尽管头疼得厉害，他还是给自己又倒了一杯。

分开？这段时间，她对这段感情投入多少，他心里一清二楚。原以为这次小长假是个升温的好时机，却没想到落此下场。

每一回都是他主动，他推一下，她便前进一步，从来没见过她主动表明爱意。事到如今，李柏添甚至怀疑，她真的爱他吗？她跟他在一起是不是被迫的？

又一杯酒下肚，李柏添放下酒杯，拧开主卧的房门，一口气走到次卧门口，他没装模作样地敲门，而是直接将房门打开。屋内熄了灯，待眼睛适应了黑暗，才看到躺在床中央，背对着他的女人。

他进了屋，在她身旁躺下。门开的那一刻，周漠就已经察觉到了，她还没反应过来，背上已经贴上一具滚烫的身躯。

李柏添掰过她的脸："别装睡了……"他哑声说道，说完，捏着她的下巴，一把吻了上去。

口腔内满是红酒的香甜，周漠挣了两下，唇被他咬得生疼："别咬……疼……"

他的手从她睡衣下摆探入，腿压在她身上，制住乱动的她，他恶狠狠地问道："你到底什么时候能开窍？"

周漠被他揉得气喘吁吁，他太懂她的敏感点，身子早已经化成水，但还残留一丁点儿理智："我们已经分手了……"

他冷笑一声："我没同意。"

"你明明说了好……嗯……"她侧过头，想躲过他的唇，下一秒又被他含住。他手上的力气越发大，带着怒火，点燃她全身。

最终，周漠还是屈服，她低叹："你能不能别每次都用这招？"

"学你的。"

"我们再怎么逃避，问题还是在。"

"既然有问题，那就去解决。"他闷哼一声。

"要是解决不了呢？"

"没有什么问题是解决不了的。"说着，在她脖子上咬了几下，牙尖带着软肉撕扯。

她眼眶微红，突然在他腰上掐了一把："不要。"

他停下看她。

"不想。"她带着鼻音道，"我不想。"

李柏添从她身上下来，盯着她红肿的双眼，心里叹了口气，搂住了她："不做就不做……你哭什么？"

"我刚刚满脑子都是你跟她……"她低声道。

"谁？"

她却不继续往下说，撑着身子坐了起来。

"你是不是想说我跟宋嘉琦？"他缓缓问道。

她没搭腔。

李柏添笑了笑，也坐了起来，手抚摸着她的背，一下又一下："我跟嘉琦，在一起过。"

周漠终于抬眼看他。

"我们高中是同班同学，不过就在一起一个星期。"

她没想到会是这样："为什么分开？"

"她很优秀，很吸引人，但是我跟她太像了，在一起不久后我们都发现了这个问题，所以最后决定还是做回朋友。"

"那你们的友情还挺感人的。"周漠发誓这话是发自内心的，她就没办法跟前任做朋友。

他没否认："做朋友比做恋人自在多了。"

"那我们也做回朋友不好吗？"

他低头看她："你跟她不一样。"

"你别拿我跟别人比。"她小声嘀咕。

李柏添凑近她，在她唇上亲了一下，又一把将她搂紧，无奈地笑道："说实话，我真的很久没遇到过这么大的挑战……"

又是一个埋头做 PPT 的夜晚。

无人商店项目将在二月初举办一个竞标会，届时入围的公司要在会上做一个简短的演讲。周漠以往没参加过这么正式的竞标会，之前都是早就内定好，只需找个陪标的走个流程即可。

这个项目不仅她紧张，安建也盯得死死的，要她务必在本周把 PPT 做出来。周漠能做的其实并不多，她只能提供一个框架，之后让肖谦往里面填内容。

咖啡杯已经见底，周漠将纸杯扔进垃圾桶，起身倒水。回座位时，见桌上的手机振动。

"还没下班？"那头，李柏添问。

"今晚我不过去了。"周漠喝了口水，"还在公司。"

"有什么事不能回家做？"

"做 PPT 呢……"周漠笑着说，"我是想回家，就怕你忍不住透露些什么内幕消息，破坏了业内规则。"

李柏添也笑："我保证守口如瓶。"

"说真的，我这个价格有优势吗？"她报了个价。

"你想作弊？"他缓缓地笑问。

"这也不算作弊吧，我不信其他公司这么快把报价单交上去了。"

"还有一个月的时间，急什么。"

周漠听到他那边隐约传来的音乐声："你没在公司？"

"今晚有饭局。"

"喝酒了？"

"嗯。"

"怪不得给我打电话。"又想起她这个免费代驾了。

"你来吗？"这三个字他说得又轻又缓，却强而有力地打进周漠的心里。

很快，她笑道："等我。"

周漠挂了电话，关了电脑，他在上回那家炳胜，离她公司不远，打车十分钟即到。

广州拿得出手的宴客酒楼很多，但炳胜依旧是很多人的首选，周漠觉得这里的菜品中规中矩，没有到惊艳的地步，不过作为粤菜代表，还是绰绰有余的。

她进门后，不知道李柏添在哪个包厢，正想着给他打个电话，便看到电梯门打开，他从里面走了出来。

他不是一个人，身边还跟了个年轻的高个男人，二人正笑着攀谈。周漠盯着那男人，觉得有些面熟，努力回想，却怎么也想不起来。

李柏添也看到了她，二人交换了一个眼神，周漠快速侧过身子。

男人离开，李柏添回过头看她，对她招了招手。

"客户还是朋友？"她走近他，笑问。

李柏添对她笑笑："大松的项目经理，无人商店这个项目就是他负责的。"

周漠闻言，脸色微变。

李柏添捏了一下她的下巴，问道："想认识他？"

她猛点头，又问："可以吗？"

他若有所思地看着她，好半晌，才道："有什么奖励？"

她嘴巴张开，对他无声说了四个字。

李柏添笑得眼角的细纹都一清二楚："他去洗手间了。"

"一会儿我就当偶遇了你，你再不经意地把我介绍给他，这样你看行吗？"

她话音刚落，瞥见那男人正朝他们走来，她不动声色地离李柏添远些，换上一副谄媚的笑脸，声音不高不低道："李总，这么巧，在这儿见到您……"

李柏添静静地看她表演，微微一笑："是挺巧的。"

眼看男人就快走到跟前，周漠激动不已，还想再说点儿什么，就听到那男人说道："李总遇到朋友了？"

李柏添转头看他，对他点了点头，介绍道："安兴科技的销售，周漠。"说完又看向周漠："这位就是大松的项目经理，陈深。"

周漠伸出手："陈经理。"

陈深对她笑了笑，伸出手与她相握："你好，周小姐。"

"陈经理，安兴科技也会参加无人商店的竞标会，到时候多担待呀。"周漠笑容甜美，说着俏皮话。

"我看过你们公司机器人的报道。"陈深客气道，"挺好的。"

周漠适时拿出手机，目光灼灼地看着他："不知道陈经理方不方便留个联系方式？"

陈深看了李柏添一眼，又看向周漠，点了点头。

加了财神爷联系方式的周漠正沉浸在巨大的喜悦里，没发现身侧的男人笑容已经变了味儿。

李柏添在门口找了位代驾，目送陈深离开后，他才转过身去看周漠："走吧。"

车上，周漠转着方向盘，红唇就快咧到耳后："要是知道你是跟他吃饭，我应该早点儿过来的。"她也不管这话有没有分寸，想到什么便脱口而出。

李柏添手撑着窗，正看向窗外，闻言笑了笑："你今晚犯了一个错误。"

"什么？"她不解地看向他。

"我刚把你介绍给他，你就在我面前跟他说那些话，还要了联系方式……在陈深看来，这就像一场拙劣的戏。"

"他看出来我跟你……关系不寻常？"

李柏添摇头："那倒不至于，但他会怀疑，今晚这个见面，是不是特意为之。"

"会……影响我跟他的合作吗？"

他继续摇头："不清楚。"

周漠脸色刷地一白："没你想得那么严重吧？"

他点头："嗯。"又继续道，"他肯让你加微信，估计也没多大影响。"

周漠的心被他搞得忽上忽下："我刚刚快被你吓死了，你说话能不能别大喘气？"

"你终于像个销售了。"他意味不明地突然说了这么一句。

周漠没去探究更深层次的含义，她笑道："那还得谢谢你。"

"是该好好谢谢。"他一点儿也不客气。

这一晚，被工作抽干的周漠原想敷衍了事，但自己夸下的海口只能自己填。睡得迷迷糊糊的她再一次被弄醒，她睁开眼，身上的男人正皱着眉不满道："说好的为所欲为呢？"

"我求你放过我吧，明天还要上班……"她试图用撒娇蒙混过关。

"说到就要做到。"他冷哼，"打起精神来。"

隔天，周漠顶着两个大黑眼圈醒来，一到冬天，被窝就是全世界最舒服的地方。她赖了许久的床，李柏添都穿衣完毕了，见她还不起身，他好心提醒："九点十五分了。"

"我不想起，不想上班。"她哀号，"你知道吗，每到这个时候，我就在想，我还得经历几个冬天才能退休？这个破班我是真的一天也不想上了。"

难得看到这样孩子气的她，李柏添觉得有趣："等你退休，估计天天七八点起床跟小年轻抢地铁、抢茶位。"

周漠伸出手，将蓬松的鹅绒被拍下，睁大两个眼珠子看他，这是她第一次看到穿正装的李柏添，他骨架大，人又高，身姿挺拔，是穿正装的好苗子，她看得舍不得眨眼："你今天怎么穿得这么正式？"

"要跟几个领导吃饭。"他在她身旁坐下，摩挲着她的手腕，"赶紧起床。"

周漠手抬起，放在他的领带上，以前看 TVB 的剧，女主总喜欢帮男主这样调节领带，说实话，那领带根本就没歪，这行为完全就是装个模样罢了。可这会儿看到他，她下意识地便做起了这个动作。

她觉得这个动作很亲密，很美好。她将领带拨正，拍了拍他衬衣的领子，手又去摸他的下巴，有些扎手。

这温馨的一刻谁也舍不得结束，眼看他眼神暗了暗，头往下，即将碰到她的唇，周漠微微侧过脸："别，我还没刷牙。"

她快速下床走进浴室，留下李柏添在身后无奈地笑，她真是破坏气氛的一把好手。

出门前，他给了她一把车钥匙："你今晚要是下班早，来接我？"

"你还真把我当阿四了？"她吐槽道，"工资也不开，果然是资本家。"

"我把我自己都送给你了，还不够有诚意？"

周漠笑出了声："你别说这样的话，我不适应。"

李柏添掐住她的腰，做了方才想做的事，将她的唇吻住，狠狠地碾。

周漠被他吻得气喘吁吁，结束时，捶了一下他："我口红……又要补妆。"

李柏添伸手摸了一下嘴唇，一看手指，红色的。

二人重新整理好自己，出门时已经快十点，既然已经迟到了，周漠也不再火急火燎，反而琢磨着一会儿先去吃个早餐再回公司，销售就这点好，时间自由。

周漠是一个在夏天想冬天，在冬天想夏天的人，广州的冬天其实很短，只有十二月到一月底这短短两个月，过年前这段时间是最冷的，这种冷是湿冷，穿多少条裤子都没用，皮肉骨头都会被寒风凿开穿透。

她走进一家常去的平价茶楼，找了个二人座，很快有服务员过来问："小姐，喝什么？普通茶还是功夫茶？"

"普洱，普通茶。"周漠解下围巾，搓了几下手。

茶壶上桌，她快速洗好餐具，倒了杯热茶，没两下便喝进肚子里，胃暖了，身体才开始暖起来。

纵观这一整个茶楼，只有她一个年轻人，其余都是退休了的老头老太。其中有一桌很热闹，一个老头拉着二胡，身旁的老太太正在唱粤剧。

老太太唱的是《帝女花》，这是周漠唯一听过的粤剧，也是脍炙人口的粤剧之一。

"落花满天蔽月光，借一杯附荐凤台上。帝女花带泪上香，愿丧生回谢爹娘，偷偷看，偷偷望，佢带泪带泪暗悲伤。"

老太太像是练家子，唱腔令人动容。别说周边的吃客都听得入了神，周漠也沉迷于曲调忘了动筷。

这个茶楼是周漠的避世城堡，也是能量补给站。每回看着这群惬意的老人家，她便能幻想出自己退休后的生活，为了早点儿过上这样的好日子，她又有了拼命的动力。吃了这个叉烧包，走出这个茶楼，她又是那个杀不死的周漠。

周漠私下里约了陈深几次，都被他推托了过去。眼看竞标会的日子逐渐逼近，她急得生飞滋（口腔溃疡），并多次向李柏添确认："你们私底下没有内定了其他公司吧？"

见她终日精神紧绷，疑神疑鬼，这晚，他准点下班，打算把她抓到健身房操练一番。

"我最近老睡不好，你不怕我练着练着死在健身房？"车上，她揉着太阳穴，语气幽怨。

"那就游泳，游完保证能睡个好觉。"

"大冬天的游什么泳？"

"恒温泳池。"

"没带泳衣。"

"到那儿买。"

她无话可说。

李柏添把她带到一个私人会所，会所在一个高档小区内，装修得富丽堂皇，一看就是她消费不起的地方。因为是会员制，这里的服务人员比顾客还多，私密性极强。

登记完毕，他带她去挑泳衣。周漠对自己的身材不算很自信，她虽然瘦，但是腰长腿短，胸脯也不够饱满，挑来挑去都没有特别合心意的，最终在两套之间摇摆不定。

第一套是黑色连体衣，上身是长袖，足够保暖，但样式十分保守。第二套是卡其色的比基尼，泳裤是高腰设计，能从视觉上提高她的腰线，极大地扬长避短，但不好的地方就在于太过暴露。

她征求他的意见："哪套好？"

李柏添指了指第二套。

她咬唇斟酌半响，还是选了第二套。

换完泳衣出来，周漠见他眼睛亮了一下，她窃喜，这泳衣贵得有价值，不仅把她衬得皮肤极白，且聚拢的钢圈正好将胸脯高高托起，刚刚在更衣室里，她都没忍住自拍了几张。

下水后，他问她："会游吗？"

周漠笑道："小时候家门前就有池塘，大概六七岁就学会了。"

她一头扎进水里，为了炫技，还特意选择了仰泳，李柏添见她游得畅快，低低地笑出了声，在她身后跟着她游了起来。

大冬天游泳，对周漠来说是个很特别的体验，但不得不说，这项运动是真的有忘忧功能。她游了两个来回，四肢伸长浮在水面上，眼睛直直地往上看，放空自己。

李柏添速度比她快不少，四个来回也不带喘的，见她停下，他站到她身旁，抹了把脸，笑问："不行了？"

"有点儿累。"她眨了眨眼，"这个比褪黑素好用多了。"

"上去还是？"

"我再泡一会儿。"

碰巧他的运动手环振动，显示手机有电话进来："我去接个电话。"

"好。"

他上岸后，周漠又泡了一会儿，裸露在外的肌肤越来越冷，她打了个寒战，决定再游多两圈。

她没戴泳镜，在水下完全是闭着眼睛瞎游，所以当她的脚猛不丁撞上一个肉柱时，连忙停了下来，待站稳后，抹去脸上的水珠，见到眼前的男人，她愣了一下，随后笑着打了声招呼："陈经理？"

陈深也没想到会在这种地方碰到她，有些惊讶："周漠？"

周漠道："好巧。"又问，"您刚来？"

"对。"

"抱歉啊，刚刚我好像踢到您了？"

"没事儿。"陈深笑笑，"力气不大。"

泳池始终不是聊天的好地方，周漠划拉了两下，往后退，腾出点儿空间："那我不打扰您了。"

陈深却摇头，挑起话题："我之前没在这里碰到过你。"

"对，我今天第一次来。"说完，她忽地想到什么，又急忙补充道，"您放心，不是特意在这儿蹲您，就是个巧合。"

陈深闻言，笑得很爽朗："我不是这意思，你别紧张。"

"要约您吃顿饭可真不容易呀，没想到会在这儿碰到，也算是有缘分，晚饭估计您也吃了，不知道陈经理能否赏脸一块儿吃个消夜？"她不抱希望一问。

陈深盯着她的脸，好一会儿，点头道："可以，那你得等我一会儿。"

她顿时笑逐颜开："行。"

周漠靠在岸边，盯着陈深的身影暗暗出神，心里祈祷李柏添千万不要在这个时候出现，他要是来了，估计他们的关系就真瞒不住了。炳胜那次可以说是巧合，在这边再说巧合，那也巧得有些过分了。

大概十分钟过去，李柏添还没回来，倒是陈深停了下来。周漠见他上岸，她也跟着上，一旁的服务人员适时地递上一条干爽绵软的浴巾，她披在身上，跟上陈深："陈经理，那我在会所大堂等您？"

陈深点了点头，又道："下班时间，叫我名字就行。"

二人边走边聊，聊得过于入神，周漠没看到一旁正在休息室讲电话的男人。

李柏添透过玻璃门往外看，从他的角度，那二人站得十分近，陈深比她高不少，眼睛只要往下一点儿，就能将她曼妙的身材一览无遗。她脸上的笑他再熟悉不过，最初她有求于他时，就是这样笑，讨好和疏离之间的分寸感被她拿捏得恰到好处。

同样是男人，他怎么会忽视陈深此时眼底的光。

电话那头 Benne 喊了他三声，李柏添回过神来，语气不佳："这件事如果 Johnny 都处理不了的话叫他明天立刻给我一封辞职信。"说完便挂了电话。

周漠迅速洗了个澡，头发都没认真洗，只用热水简单冲了一遍，吹头发的时候她给李柏添发了一条短信："遇到个客户，我跟他谈点儿事，你先回家。"

久久没等到他回信，周漠以为他返回去泳池，想着一会儿再给他打个电话。

从更衣间出来，正好陈深也出来，周漠一时便把打电话这事抛之脑后。

他开车，周漠坐在副驾驶座："您应该不是广东人？"

"我天津的。"陈深道。

"天津人很少会跑到广州工作。"她有些惊讶。

"确实。"陈深笑笑，"不过是正常的工作调动，我对岭南文化挺感兴趣的。"

"这个时间喝茶我怕您睡不着，这附近有一家店专门喝汤的，不知道您喜不喜欢喝汤？"

他点头："可以，不喝酒就行。"

品汤居是一家不起眼的粤菜馆，门面一般，装修也一般，但他家的汤很不一般。老广对汤的执念是刻在血液里的，有人说给广州人身上划一刀，可以看到汤里带点血，这话有些夸张，但也不完全是夸大其词，老火汤是家家户户每餐每顿的桌上必备，粤语歌里，喝汤也成了某种意象——

"明月光为何又照地堂，宁愿在公园躲藏不想喝汤……情人在分手边缘只敢喝汤，若沉默似金还谈什么恋爱……"（注：陈奕迅《Shall We Talk》歌词。）

周漠点好菜，才想起还没给李柏添打电话，她拿起手机，匆匆看了一眼，方才那条短信她发出去后，他还没回复。一心没办法二用，周漠还是决定把心思先放在眼前的男人身上。

汤很快上桌，陈深看着那散发着异香的汤盅，对她笑道："我头一回应酬是喝汤。"

"您尝尝看喜不喜欢。"周漠连忙笑道。

陈深尝了口："确实很好喝，这是什么汤？"

"您这个是虫草花炖瘦肉。"

"很少吃到这么鲜甜的猪肉。"他给予了肯定。

"第一次喝到粤式汤的时候我跟您是一样的感慨。"她喝了口汤，笑道，周漠叫的是土茯苓祛湿汤，土茯苓清热解毒，刚好可以食疗她的口腔溃疡。

"你不是广东人？"

"我是湖南的。"

这一晚，二人没聊公事，倒像是朋友聚餐，两个异乡人边喝汤边聊着广州趣闻。

他说他到了广州才知道新鲜的荔枝是什么味，以往在北京吃的都是冻过的，再新鲜也有限。她说广州最吸引她的就是随意的生活氛围，不用费尽心思去装扮自己，平日里穿着凉鞋、背个帆布包就能出门。

一盅汤喝完，陈深还有些意犹未尽："你跟我想象的有些不一样。"

周漠手撑着头，她整个人比刚进来时放松不少："有什么不一样？"

他却没继续说下去，而是喊人结账。

周漠起身要去付款，却被他拦住："我来。"

"说好我请您吃消夜的。"

"不是商业聚餐。"他按下她的手，"哪有让女士付款的道理。"

周漠心想，确实也没多少钱，让他去结账反倒能拉近彼此关系，于是没再坚持。

离开餐厅，他问："你住哪儿？我送你回去。"

"不用，不用。"周漠连忙摇头。

"还有下半场？"他笑问。

她点头，笑道："对。"

"行。"

见他车子开远，周漠才打车回去。

车上，她发现李柏添依旧没回她的短信，想了想，还是拨了个电话给他，然而电话也没人接。激烈运动后又应酬了一晚上，周漠此时身心俱疲，但还是强打起精神。

她拿出钥匙，拧开他的家门，以为他不在家，没想到客厅灯开着，他坐在沙发上，正在看篮球赛。她暗暗松了口气，换了鞋，挂好包，整个人窝进他怀里，娇声说道："好累哦……"

李柏添眼睛还是盯着电视屏幕："今晚有什么收获？"

她仰头看他："嗯？"

"你不是谈公事去了？"他问，"有什么收获？"

"我在泳池里碰到陈深了，你说巧不巧……"她的脸贴着他的胸膛，"也没什么实质性收获，就吃了顿饭。"

"你身上有烟味。"他淡淡地提醒。

"我没抽烟啊。"周漠捏着大衣领口闻了一下，确实烟味挺浓的，品汤居不是无烟餐厅，"那我先去洗澡……"

"嗯。"

她在他脸上啄了一下，边脱去外套边问："我给你打了两通电话，你怎么没接啊？"

"手机在充电。"

周漠不疑有他，起身进了浴室。

她离开，李柏添终于把眼睛从电视屏幕移开，眉头皱起，他搓了两下脸，平静无波的脸上终于有了一道裂痕。

过年前最后一次聚餐，在一家粤川融合的新式餐馆，周漠最晚到，坐下的时候还在讲电话："他们选这个时间点也真是怪有意思的，年后就年后吧，这种事也急不来。"

讲完电话，见陈乔粤跟丁瑶都看着她，周漠将手机扔在桌上，喝了口热茶："好烫……"

"你是不是胖了？"丁瑶最近醉心于跟摄影师男友厮混，近期都不在广州，算起来已经有一个多月没见周漠。

周漠放下茶杯："啊？很明显吗？"

"好像是丰满了点儿。"陈乔粤也附和。

"最近工作忙，暴饮暴食了几天。"周漠将衬衣的袖子卷起，今年估计是个暖年，广州的天气很怪异，一周经历四季那是常有的事，最近几天仿佛入了夏，此时餐馆里开着冷气，她这天只单穿了件薄衬衣还觉得热。

"你上回说那个什么竞标会，有结果了吗？"陈乔粤关心道。

周漠翻着菜单："会开过了，结果要年后才出，就是不想让我们过个安心年。"

竞标会在上周一已经开过了，最终入选的只有三家公司，其余两家算是本市外包龙头，其中就有奥美一直合作的科讯。周漠跟肖谦代表安兴科技出席，肖谦是主要演讲人，毕竟作为项目经理，他对技术的熟知程度要比周漠好许多。

这个竞标会没有周漠想的严肃，李柏添跟陈深都没出席，轻松的氛围搞得她心里直打鼓，就怕真如她所言，只是走个流程，其实内里早已经定好合作公司。

她一直想从李柏添那儿探点儿口风，但一直没找到机会，下班后不谈公事，这是他们一早就约定好的。

临近过年，商场里很多店都在打折，吃完饭，陈乔粤提议去附近商场的奢侈品店逛逛，其他二人都无异议。

周漠没什么想买的，她的消费观不允许她在这里购物，毕竟这里任意一家女装店的价格都是以千为计量单位的。

陈乔粤要给高秋林挑礼物，于是三人往男装区走。

周漠走着走着就走不动了，她一眨不眨地盯着眼前华丽橱窗内挂着的卡其色男士长风衣。

上回在北京她吐了他一身，令他报废了一件外套，一直想给他买一件新外套当赔礼，然而近段时间工作实在太忙，便忽略了这件事。这会儿看到这件风衣，总觉得特别适合他。

"你们先过去，我去趟厕所。"她对好友道。

待她们走远，她才走进那家男装店。

周漠摸了一下料子，随即去找吊牌，看到上面的价格，即便她做好了心理准备，还是倒吸了一口凉气。

"小姐，你好，今日我们全场有折扣，这件是六八折。"导购笑容可掬。

周漠在心里换算，打完折后其实价格也勉强能接受。

"那就要这件吧。"

"好的，请问是要什么码？"

她突然发现，她根本不知道李柏添穿什么码数，只好道："他大概一米八五，有一点瘦，但又不算非常瘦。"

导购帮她挑了一件："你可以拿回家让你先生试一下，如果不合适的话，可以回来换的。"

周漠点头："好，谢谢你。"

这件风衣花了她将近一个月的工资，她对自己都没这么舍得，输密码的时候牙关都是咬紧的。

结完账，周漠在另一家男装店找到她们，陈乔粤正在试围巾，看到她手上的购物袋，笑得不怀好意："你居然买男装？送给谁？"

"客户。"周漠笑笑。

"什么客户值得你这么大手笔？"

"公司报销的。"

"你跟你的小哥哥还保持那种关系吗？"丁瑶刚好走过来，听到她们的对话，一把揽住周漠的肩，笑问。

周漠顺势靠在她身上："算是吧。"

"我记得不只半年了……"丁瑶道，"你们还挺长情的。"

"是不是这样会更刺激？"陈乔粤笑问。

周漠也笑，没搭腔。

"其实我觉得你们这样很危险。"陈乔粤话音一转，"一旦你们的关系暴露，对他来说没什么损失，可你就不一样了。"她是真的为好友担心。

周漠心想，道理其实都明白，但这种事就是会上瘾，她倒是想戒，但是戒不掉啊。

这些日子，她跟李柏添的关系急速升温，私下里俨然是一对热恋期情侣。大多数时候他比她还忙，很多个夜晚，她开着他的车到他公司楼下，接他下班，她那间出租屋就像摆设，大部分时间她都是留宿在他家里，二人过着蜜里调油的同居生活。

一切都正在往好的方向走，前提是，不涉及工作上的事。周漠一直很清醒，这个困局其实能破，破局的关键就在于，他们不再是甲乙方的关系，可谁来让步呢？

这晚，李柏添回家时，她拿出一个盒子，说有礼物送给他，他打开一看，里面是一件风衣。

"试试看合不合身。"她帮他穿上，"今天买衣服的时候我才发现不知道你穿什么码数，我这个女朋友是不是当得不够称职？"

李柏添有些受宠若惊："你能想到给我买衣服，已经很称职了。"

周漠打量着他，尺码刚刚好："我第一眼看到这件风衣就觉得很适合你，果然我眼光不会错，真帅。"

他很是享受她夸他："这么大手笔。"

"发年终奖了嘛。"周漠笑道，"过去半年，还要谢谢你这个金主……"说完又拿出两杯酒，"来，我敬你……"

他脱下风衣，搭在沙发上，接过其中一只高脚杯，"这么正式？"

"一年到头了。"她跟他碰了一下杯，"我先干为敬了啊。"

她将杯口的红酒一饮而尽，还想再倒，李柏添拦住她的手："你今晚怎么了？"

周漠不解："没怎么啊。"

"我以为又哪里惹到你了。"他拉着她坐到沙发上，不像她那样一口闷，而是一小口一小口品着酒，忙碌了一整天，他很享受这样的温情时刻。

自上回泳池那件事之后，她跟陈深私下再没接触，于是他将心中那根刺很好地埋了起来，再没提及。她近段时间的表现他都看在眼里，虽然二人的关系依旧没有摆到台面上，但至少她已经进入状态，这反倒让他开始自我反省，是不是对她不够信任？

周漠这晚敞开了喝，意料之中地喝醉了。

"你喜欢我什么啊？

"你有多喜欢我啊？"

她执着地问他这两个问题，李柏添笑着将她的醉态一一录了下来。

"你别把手机对着我，回答我的问题。"她伸手去夺手机，结果手机没拿到，整个人倒在他怀里。

"我也不知道喜欢你什么。"他低叹，却忍不住勾起嘴角，"喜欢你喝醉酒爱发酒疯吧。"

"你是不是特别鄙视我这个酒量？"她口齿不清地道，"你见过那么多销售，我的酒量算不算最差的？"

"不是每个销售都要喝酒。"他道。

"我不想当销售了……"到最后，她嘴里一直念叨着这句话。

年三十，周漠坐上回家的动车，在家待了七天，初六中午，她从家出发，五个小时后，她回到那间三十平方米的出租屋。

广漂了这么多年，这年回广之迫切简直是前所未有，出发前，母亲问她："是不是我们让你结婚惹你不高兴了？这么急着走？"

她敷衍地点头："结什么婚？现在的女人谁结婚，搞事业要紧。"

"你这么多年在广州搞出什么事业了？一大把年纪了，到头来什么都没有。"

当周漠看到此时快速朝她走来的男人时，她心想，其实她并非一无所有，至少她还有这个优质男人当男朋友。

"明天正式开工，大松那边透露过什么消息没有？无人商店项目到底给了哪家？"吃饭时，她迫切地问道。

"你能不能别扫兴？"李柏添瞥她一眼，"假还没放完就想着工作的事。"

"你当然不急。"她咬着吸管，小声嘀咕。

吃完饭，回到他家，小别胜新婚，门刚掩上，她已经被他抱在怀里。

"想我没有？"他咬着她的唇，哑声问道。

听到他因情欲而变形的声音，周漠无可抵抗，七天说长不长，但对于热恋期的情侣来说，那就是一个世纪。从天亮到天黑，不知疲倦的男女要将最后一丝体力发泄到对方身上。

正月十五，元宵节这天，周漠终于等来了好消息，大松的无人商店项目选定了安兴科技。安建激动不已，拉着她谈了接近两个小时的宏图伟业。

周漠到最后简直如坐针毡，方才进来的时候没带手机，也不知道有没有人找她。从安建办公室出来时，已是晚上六点，其他所有人已经提前下班过元宵节，周漠连忙解锁手机。

李柏添发了两条信息，一条是问她："下班没？"另一条则是，"今晚有没有安排？"

她退出他的对话框，往下拉，发现陈深也给她发了短信，恭喜她成为合作伙伴。

"谢谢您，有时间再一起喝汤。"她回复道。

陈深那边很快回："那就今晚？"

这一幕似曾相识，周漠权衡之后，在对话框下两个字："好啊。"

每年三月，有一种"极端天气"比台风还可怕，那就是回南天。地板、墙壁到处都在流水，走在路上，即便是最好的防滑鞋，也有随时随地扑街（跌倒）的危险。晾好的衣服隔天手一拧能拧出水来，这时候上电商平台一看，广东地区的一次性内裤准能卖爆单。朋友圈每天都有人在求冷空气、求太阳。虽然广东人苦回南天久矣，但也没办法，只能熬。

无人商店项目就在这种讨人厌的天气中开始了，安建让肖谦组织了一支八人团队，全部前往奥美驻场。

周漠走出电梯，见电梯门口放了个黄色警告牌"小心地滑"，她撑着墙慢慢走，每走一步要等鞋跟在地板上适应一会儿，确定不会往前滑，她才敢走下一步，要不然在这种地方摔倒那也太丢脸了。

Benne 出来上厕所，见到她小心翼翼的模样，笑道："这么热的天，你是不是穿得有点儿多了？"

周漠低头看自己，今天确实判断失误，早上起来的时候感觉风有些凉丝丝的，于是穿了件薄毛衣，下半身搭九分牛仔裤，挑鞋子的时候在凉鞋跟短靴之间考虑了许久，还是选择了短靴。谁知到了中午，一秒入夏，哪怕写字楼开了冷气，她也热得直冒汗。

"别提了，这天气变化太快。"周漠无奈地笑道。

"不过你这条裤子好显瘦啊，回头你把链接发给我啊……"

二人正聊着天，身后电梯门打开，周漠看过去，见陈深跟李柏添走了出来，她朝二人打了声招呼。

李柏添对她点了点头，指着地板对 Benne 道："让阿姨把这一块再拖一下，又开始积水了，太危险。"

"好的，李总。"Benne说完便离开。

自从上回元宵夜过后，周漠再没见过陈深，看他朋友圈，近段时间好像不在广州。

"好久不见。"陈深对她笑笑，"没想到在这里碰到你。"

周漠也笑："我时不时会过来……"她余光瞥向李柏添，"看看进度。"

陈深点了点头："那正好，今天下班后一块儿去喝汤？还是上次那家。"

他指的是元宵夜周漠带他去的那家番禺老字号，那晚几乎每个商圈都人满为患，根本找不到停车位，于是她建议去番禺，最后在市桥地铁站附近找到一家也是专门做汤的，只是门面比起品汤居还要破许多。店里没别的菜，真的只有汤，周漠给他要了一份整只椰子炖竹丝鸡，味道比想象中还惊艳，导致陈深至今念念不忘。

"好啊。"周漠扬唇笑道。

"喝什么汤？"李柏添的声音突然插了进来，看向她的眼神带着探究。

"李总是本地人，应该也喜欢喝汤。"陈深对他道，"上个月元宵节的时候，周漠带我去了一家老字号粤菜馆，他家的汤很不错。"

李柏添听到那两个字时，脸色微变，他犹记得元宵夜他问她晚上有什么安排，她回复："加班。"

原来加班就是陪陈深喝汤？他再次看向她，只见她一脸坦然，还带着笑意。

"这种天气喝汤容易上火。"李柏添淡淡地道。

陈深笑笑："广东人对这些真的特别讲究。"他问周漠，"像现在天气这么潮湿，是不是应该喝点儿祛湿汤？"

周漠点头，笑道："陈经理都像半个广东人了。"

"那就这么说定了。"陈深说完，对李柏添道，"李总也一起？"

李柏添缓缓地摇头，笑道："不了，我今晚还有别的事。"

"那可惜了。"

那二人走远，紧迫感消失，周漠松了口气。周漠发现了，那紧迫感完完全全来自李柏添，二人在一起这么久了，她大概能从他方才的神情判断出他生气了。

只是他气什么呢？气她应酬客户？

晚上八点半，周漠打开他家的门，厨房灯开着，她看过去，李柏添正从冰箱里拿出一瓶冰镇啤酒，见她出现，淡淡地问道："汤喝完了？"

周漠对他笑笑，扬了扬手上的打包盒："给你打包了一份。"

他朝她走来，眼睛停留在她的笑脸上："嘌呤太多，喝不惯。"

"哪有老广不爱喝汤的？"她把打包盒放在餐桌上，拿过他的冰啤酒喝了口，'外面真的太热了，我今天脑抽了才穿毛衣……"

她把啤酒还给他："我先去洗澡了。"

周漠洗完澡，感觉浑身舒爽，这种时时刻刻浸泡在水里的日子实在太难受了。

再回到客厅时，他正坐在沙发上讲电话，周漠轻手轻脚地走过去，坐到他身侧，整个人贴在他怀里。

他聊的是公事，她听着听着开始犯困，竟然不知不觉便睡着了。

不知道过了多久，她被拍醒："进房去睡。"

"你要出去？"她抬头看他，下意识问道。

"睡迷糊了？"他捏了一下她的脸。

"我以为你有事要出去，要不然你干吗叫醒我？"她皱眉道，脸蹭着他的胸膛。

"我煮碗面吃。"

"我也吃。"

"你喝汤没喝饱？"

"喝汤哪里喝得饱？"她嘟囔。

"我以为你很喜欢喝汤……"他淡淡地说道。

"是喜欢啊……"说完，她觉得有什么不太对劲，手撑着沙发从他怀里起身，她直截了当道，"你今天怪怪的……"

"哪里怪？"

"你干吗老把话题往喝汤上面扯？"她不解地问。

李柏添没回答，而是站起身，走进厨房。周漠盯着他的背影，睡意全无。

李柏添在煮面，水刚烧开，见她倚在门上，睡眼惺忪地看着他。

"你吃多少？"他问。

"不用太多。"周漠道。

他下了两块面饼。

"你今晚没吃晚饭？"她记得他没有吃消夜的习惯，除非加班到很晚。

"嗯。"

她走近他，从背后搂住他的腰，柔声笑问："我不在，你吃不下饭啊？"

他没搭腔，伸手去拿鸡蛋。

"我闻不惯蛋腥味。"她道。

"那你就别吃。"说着一连下了两个蛋。

"你气什么呢？"周漠拿脸蹭他的背，"我感觉你生气了……"

"你先出去。"李柏添拍了两下缠在他腰间的手。

周漠隔着家居服捏他肚子上的肌肉，轻笑道："好硬啊，都捏不动……"

他猛地转过身来，见她仰头对着他笑。

李柏添眼神暗了暗："你在这里我怎么煮面？出去，别捣乱。"

"我在这儿，你怎么就煮不了了？"她笑容扩大，手一路往下，"你先告诉我，你气什么？要不然我脑子里都是这个问题，吃饭也吃不好，睡觉也睡不熟。"

他冷哼一声："你都打鼾了，这还叫睡不熟？"

"我打鼾了吗？"她花容失色。

"出去。"他拍下她在他身上乱动的手。

短短几分钟，他说了好几个"出去"，周漠意识到这不是调情，他是真的想赶她走。她退后两步，瞪了他一下，走了出去。

很快，他端着面出来，周漠打开包装盒："这汤都凉了，我给你热热？"

"不用。"

她闻言，扔下那透明盖："不喝算了，我倒了。"

她以为他会拦一下，没想到他专注吃面，理都不理她一下。周漠手里捧着那已经凉了的鸡汤，咬着牙走进厨房，全部倒进垃圾桶。

半夜，周漠躺在床上，不知道是不是因为方才在沙发上睡了一会儿，此时的她毫无睡意。

"你睡了吗？"她轻声问。

没得到回复，她手伸长，从背后搂住他，唇蹭着他的脖颈："我睡不着。"

"睡不着下去跑两圈。"他终于有反应，回过身来，看着她说道。

周漠顺势躺进他怀里："你今天是不是跟我闹别扭了？"

"非得大晚上的讨论这个问题？"

"元宵夜我没陪你吃饭，是因为那个时候陈深约了我。"她想了想，还是解释道，"你知道这种关键时候，客户肯定是第一位的。"

"当你客户比当你男朋友好多了。"

周漠听出他言外之意，掐了他一下："那你是不是想继续当我客户？"

他沉默。

"今天也是一样，他都开口了，换作你，会拒绝吗？"她目光灼灼地盯着他看。

"睡吧。"李柏添拍拍她的手。

"我现在很精神。"她指尖划着他的下巴，笑得暧昧，意思已经很明显。

可他就是不接招："明天还要早起……"

周漠闻言，心里警铃大作，男人的爱情消失似乎都是从"我好累""下次吧"开始的。

她怔怔地看着他，一动不动。

"怎么了？"他皱眉，盯着她刷白的脸，不解问道。

"我突然想起家里的窗没关，这种天气不关窗，你也知道后果很严重……"她猛地掀开被子起身，嘴里说道。

"我送你回去。"

"不用。"周漠摇头，"今晚我就在那边睡了，你好好休息。"

李柏添怎么会没发现她闹情绪了，闻言也起身，一把拉住她："太晚了，明天再回去。"

"不行。"她脱下家居服，换上一件长T恤，对他笑笑，"明天再回去家里能游泳了。"

"没这么夸张。"

"你快躺回去吧，明天还早起呢。"她抬手看表，"还不到一点，很容易打到车的。"

"周漠。"他沉声叫她的名字，"你又闹什么别扭？"

"我没闹别扭啊。"她背对着他弯腰换裤子，"我哪句话说错了？你也知道回南天有多恐怖，我还有衣服挂在外面，明天肯定都臭了。"

"那就扔了，重新买。"他不满道。

"你别逗我了……"她拨了两下头发，"你赶紧睡吧，放心，我一会儿会帮你锁好门。"

周漠边说边往外走，手刚摸到主卧的门把，整个人被他一把抱起，她还没反应过来，已经被他扔在身后的大床。她刚刚穿上的衣服又被他一件件脱去，怒火化作欲火，将二人焚烧殆尽。

"明天不是要早起？你这样吃得消吗？"她在他身下嘲讽他。

"我倒是怕你吃不消……"他冷哼一声，将她转了个身，手掐着她的腰，狠狠贯穿，"又想喝汤，又想吃面？不怕撑死？"

"你什么意思？"她挣扎着想起身，又被他按了回去。

"你明知道我是什么意思……周漠，你装傻的技能与日俱增啊。"

周漠觉得，她跟李柏添像是陷入某个怪圈，他们总是会在情意最浓的时候爆发一通争吵，争吵过后每一回都是以性爱结束，到头来问题根本没解决。那些问题就像灰尘，堆积久了就成了污垢，再难清洗干净。

事后，她想起他方才的话——又想喝汤，又想吃面，你不怕撑死？

这话越琢磨越觉得不对劲。

"你刚刚那句话是什么意思？"

李柏添洗完澡回来，见她坐在床上，眼睛一眨不眨地盯着他问。

"哪句话？"

"你今晚为什么生气？"她说完，自己给出了答案，"你是不是觉得我既吊着你，又吊着陈深？想脚踩两只船？还是……你认为我想攀陈深的高枝，接着甩了你？"

见他脸色微变，眉头皱起，周漠心想，她还真说中了他内心的想法。

明明前一刻二人还做着最亲密的事，这一秒又剑拔弩张、势不两立。李柏添掀开被子上床，闭口不聊这个话题："明天再谈。"

"你的答案对我来说很重要。"周漠难得的不依不饶，"你就把你心里想的说出来。"

他脸色变了又变，最终还是道："睡觉。"

周漠"呵"了一声："我真看不懂了，你这是对自己没信心？还是对我没信心啊？"

说完她又忽地顿住，"信心"这两个字根本就不存在于他们这段感情里。

"你一向特别自信，那就是不信任我了。"周漠眼神暗了暗，"我跟陈深是正常的商务应酬，没你想的那么脏。"

"我想什么了？"他忽地转过头来，直直地看着她，语气不佳，"既然你问心无愧，元宵夜我问你有什么安排的时候，你为什么不直接告诉我你要陪陈深去喝汤？"

周漠险些被他气笑："我回了你加班，因为在我看来那就是加班，陈深是我的客户，我应酬他……难道这不是加班？"

她的语速越来越快："那是不是以后只要我应酬的对象是男的，我就得一五一十地跟你报备行踪？"

没等他说话，周漠又道："我是个销售，这样的情况几乎每天都会发生，你要是这么不信任我，那我们……"

"你是不是又想提分手？"他声音冷了下来。

周漠叹了口气："其实你要那样想也正常……毕竟我在你这里走了捷径，你肯定觉得……"喉咙一哽，她有些说不下去了。

"不是我想提分手，而是……我实在不知道该怎么跟你相处下去。"她低声说道，"不只我觉得累，你肯定也累，对吧？"

李柏添太阳穴突突地疼，她说得对，他也很累。这些天他心里确实有一根刺，且那根刺时不时地冒出头来，他总是强迫自己把它摁下去，却没想过把它拔出来。

周漠有些失望地对他摇了摇头。

李柏添觉得她这个表情特别刺眼："我给的还不够多？你要包容、信任，你做的哪一点值得我信任？这几个月里，你对这段感情投入过吗？你说我不信任你，那你呢？你随时准备着抽身，这是爱我、尊重我？"

"我随时准备抽身……"周漠被他一激，开始语无伦次，眼眶一红，"我随时准备抽身有什么错？难道你还是个痴情种？一往情深？感情变数那么多……"

"既然你没做好准备跟我在一起，为什么又要答应？"

"嗯，所以我也后悔了。"她吸了吸鼻子，淡淡地说道，"既然大家都对这段感情没信心，那还是散了吧。"

"第二次了，这是你第二次跟我提分手。"他顿了顿，盯着她的脸说道，"现在我跟你都不够冷静，这个问题等明天你清醒了我们再谈。"

"明天我要出差去深圳。"

"那就等你回来再谈。"不容拒绝的语气，"你今晚在这里睡，我去客房，现在三点多了，别动不动就想着离家出走。"

他离开后，周漠枕着他的枕头，鼻子一酸，眼泪不停地往下掉。为什么他会那样想她？只会靠身体换业绩？她跟陈深清清白白，到他那里倒成了奸夫淫妇。周漠越想越绝望，一段感情连信任都没有，靠什么继续走下去？

隔天，周漠起来时，他已经不在家，她醒得够早了，他居然比她还早，也不知道几点就出了门。两天后，她从深圳回来，给他打了一通电话，问他是否已经考虑清楚，对于二人的感情走向到底要怎么处置？

"我在杭州，等回来再谈。"李柏添说完便挂了电话。

这一等就是一个月，周漠从 Benne 那儿打听过，李柏添这一个月跑遍了苏浙沪，行程安排得非常满。

"那你知道他什么时候回来吗？"她问 Benne。

"按道理应该是这周回来，不过接下来北京那边有公司邀请他过去做案例分享……"Benne 道，"以前李总很不喜欢这种活动，不知道这次他参不参加。"

几天后，周漠再次给他打电话，那男人直接挂了，等了好久，才发了条短信过来："在开会。"

她问："你回广州了吗？"

"还在北京。"他回。

周漠看着那短信哭笑不得，她算是明白了，他这是故意躲着她，为的就是不谈那件事。可这有什么意义呢？二人的关系早已经名存实亡。

五月中旬，周漠终于接到他的电话。

他电话打进来时，她正跟丁瑶赶往陈乔粤家，陈乔粤失恋了，情绪不佳，二人买了小龙虾跟啤酒，打算陪她不醉不归。

"你先上去，我接个电话。"周漠见到来电显示，对丁瑶道。

待丁瑶走远，她才接起电话："喂？"

"我回来了。"他那头嘈杂，应该是在酒吧，"你今晚方便吗？"

"不太……方便。"周漠想了很久，才道。

"你之前不断给我打电话，我还以为你急着要解决……"他这个麻烦。

"我们再约时间吧？"她说。

他"嗯"了声便挂了电话。

周漠听着那"嘟嘟"声苦笑，算算日子，二人快两个月没见了，真的有情侣会跟他们一样吗？

她到陈乔粤家时，那两个女人已经喝上了，周漠心情不佳，开了瓶啤酒，杯都不拿，直接往嘴里灌。

"你们为什么分手啊？"她问好友。

陈乔粤边剥小龙虾，边道："他父母……"

"你们都见父母了？"丁瑶问。

"他父母怎么了？"周漠关心道。

陈乔粤把虾送进嘴里："没见过，无意中发现他包里的化验单，原来他爸爸有尿毒症，一直在做透析，而且……没有医保，这么多年也没找到合适的肾源。"

陈乔粤对她们笑着说："怪不得我说他们一家在佛山那么多年，都没买房子，原来家里有个病患，比供楼还麻烦。"

"你们……就因为这个分手？"周漠问。

陈乔粤点头，叹道："其实我考虑了很久，权衡过各种利弊，按高秋林的工资跟发展前景，要供他爸其实也不会很难……但是，我的人生好不容易刚轻松了一点儿，为什么要给自己揽这么大个包袱呢？"她说得冷静绝情，眼眶却红了，"我是不是很没同情心？"

周漠跟丁瑶同时摇头。

"你又不是菩萨，你没错。"

"其实挺可惜的。"陈乔粤道，"高秋林真的是个很不错的结婚对象，不过还好，发现得早，我也……"她抹了一下眼泪，不幸中的万幸，她还没陷进去太深，这时候抽身对彼此都好。

"快刀斩乱麻。"周漠跟她碰杯，叹道。这话看似是对陈乔粤说，更像是对自己说。

这天，临下班前，周漠给李柏添发了条短信："今晚你可以吗？"

"加班。"他回。

"我去你公司找你。"

"车子送去保养了，麻烦你顺便帮我去把车开过来。"

周漠盯着这条信息，眉头皱起，但还是说道："可以。"

"你大概九点半过来。"

"好。"

李柏添盯着这个"好"字，眼底晦涩不明，躲了两个月，终于到了做决定的时候。她那么急着要见他，估计不会是他想要的那个结果。

周漠下班后，打车去了李柏添说的那家4S店，黑色奥迪被洗得锃亮，犹如她第一次见到它，那时候的它刚落地，还没上牌，结果她吐了它一身。

原来已经快一年过去了，这一年过得比往年都快。她的生活像发生了翻天覆地的变化，又像没变化。一切兜兜转转，似乎又回到原点，甚至更糟糕，没错，她指的就是感情方面。

周漠把车停在木棉树后，很多人不知道，广州的市花是木棉花，最佳观赏季节是三月中旬，那时候满城都是鲜艳的红，花城一称当之无愧。木棉花的花期很短，只有十五天，因此它有个花语是：珍惜眼前。

周漠摇下车窗，点燃一根烟，两个月没见那男人，她其实很想他，然而理智与感性权衡之下，她还是选择这段时间占上风的那个决定。

风带着湿气，她想也许又要刮台风了，周漠不无文艺地想，她跟他的感情就像这天气，又湿又闷，实际上，他们也许更适合当情人，不用刻意去讨好对方，也不用拿条条框框去要求对方，彼此只需沉迷于色相的欢愉即可。

他来了，周漠掐了烟，等着他走近。

副驾驶座的门合上，他独有的气息扑面而来，周漠极力忍耐，让自己别太失态。

"两个月没见，你把半个中国跑遍了吧？"她淡淡地问道。

他听出她的嘲讽，笑了笑："最近确实很忙，你怎么样？"

"我也挺忙的。"

"你急着想见我，说一下你的决定吧。"他道。

周漠原本心里想了很多的话想对他说，可到这会儿，她发现一句也说不出口。最终，她淡淡地说道："我们……到此为止吧。"

他的反应比她想象中冷静："事不过三，我相信你已经考虑清楚了。你别后悔就行。"

这段见不得光的关系维持了将近一年，结束跟开始一样仓促。陈乔粤分手有理由大声哭，她如今想哭，都得找个地方偷偷一个人哭。

KTV包厢内，酒精浓度爆表，桌子上十来个酒瓶已经空了一半，站在沙发上的陈乔粤正声嘶力竭地唱着伤感情歌。

这是一个失恋局，陈乔粤作为主角，这晚那麦克风就没从她手里离开过，一首《你不是真正的快乐》花光了她所有的力气，等下一首的间隙她拿起酒瓶，举着对周漠跟丁瑶道："快点你们的歌啊，怎么就我一个人唱？"

丁瑶忧心忡忡，盯着待唱列表里一首比一首更决绝的苦情歌，叹道："乔，你少喝点儿，别一会儿又过敏。"

周漠整晚都是一副心不在焉的状态，坐在角落里默默地喝酒，哪怕陈乔粤破音震到她耳膜痛，她依旧面无表情。

下一首歌很快开始，陈乔粤把注意力放到屏幕上，紧接着像女歌手开演唱会一般对着空气道："接下来这首歌我要送给我自己，也想送给在座的各位——《心之科学》。"

"分一次手，你大伤元气，病两世纪，已经细得越见卑微……"

陈乔粤属于高音上不去，低音下不来，但好在感情还算充沛，带着哭腔歇斯底里的唱法可以让人忽略技巧上的瑕疵。

"情人不爱你还不爱你，凭什么否定你，月光有人捞起，有人瞧不起……"

周漠听到这里开始哭，眼泪跟不要钱一样，流出来的泪水比她今晚摄入的液体还多。她其实很想做到洒脱，但是这比想象中难很多很多。

一曲终毕，丁瑶惊讶地发现呆坐在角落里满脸是泪的周漠："她分手，你哭个什么劲啊？"

陈乔粤闻言也看过去，连忙扔了麦克风跑到她身边："周漠，你怎么了？"

周漠想说她没事，但是一张嘴就哽住，待情绪稳定下来，她才对陈乔粤调侃道："你唱得太好，我听得太投入了……"

陈乔粤闻言，笑出了声，压抑了一晚上的情绪顿时好转："不知道的还以为你失恋……"

周漠抹了把脸："我没事，你继续唱。"

"不唱了……"陈乔粤在她身旁坐下，"没意思。"

"你再……再唱一下刚刚那首歌……"周漠对她道，"真的……特别好听。"

"《心之科学》？"她问。

周漠点头："对，就这首。"

陈乔粤按了重唱，又拿了另外一只麦克风给她："一起啊。"

"我今晚第一次听。"周漠摆手。

"多听几次就会了。"陈乔粤把麦克风塞进她手里，"不会唱你就吼，吼出来就舒服多了……"

周漠不知道，分手对于李柏添来说算不算得上一件事，男人在这方面总是比女人绝情，且抽身更快。她在震耳欲聋的歌声中，脑子里冒出一个个问题——他会伤心吗？他会跟她一样哭吗？他会不会也需要找个地方狠狠发泄？

随即她给出了否定的答案，他不会，感情在他生活里只能算打发时间的玩意儿。再说了，他也承认了跟她在一起很累，现在二人分开，他应该感到轻松高兴才对。

越是这样清醒，周漠就越难受。这晚，周漠醉得不省人事，陈乔粤跟丁瑶把她搀上车，再送到陈乔粤家。

"我很久没见她喝成这样了……"客房内，丁瑶看着沉睡的好友，对陈乔粤叹道。

陈乔粤手上拿着一次性洗脸巾，一遍遍地帮周漠卸妆，再擦拭干净："发生什么事了？"

"没跟我说。"丁瑶嘟囔。

"等她醒了再问吧。"

周漠睡到半夜被尿憋醒，她拿出手机想看一下几点，这才发现手机已经没电了。她躺在床上，盯着天花板发了好一会儿呆，才反应过来这是在陈乔粤家的客房，她缓缓地扭过头，隔壁床的丁瑶正面对着她，睡得正熟。

她掀被起身，上完厕所，经过客厅时，看到沙发旁有充电线，于是蹲下坐在地毯上，将数据线插入充电孔。周漠开了机，屏幕突然弹出一条信息，打开一看，竟然是李柏添，这是二人分手一周后，他首次主动找她。

"有事？"

周漠盯着上面的时间，半夜十一点半发的。

"？"她回。

他那头很快回复："你半夜十一点多给我打了电话。"

周漠盯着这几个字，连忙去翻"最近通话"列表，确实，在十一点半的时候她拨通了他的电话，然而她对此毫无印象。

她仔细回忆，十一点半的时候估计她已经喝迷糊了，手可能胡乱按着屏幕，一不小心就按到他的号码。

"按错了。"她回。

周漠屏住呼吸，想看他还会不会回信息，十分钟过去，手机再无反应，她靠着沙发，在黑暗中长长地叹了口气。

这分手虽然是她提的，但怎么感觉，他比她更快放下了呢？

陈乔粤浅眠，听到客厅有声音，拿着床头准备好的钢棍走了出来，当她见到一脸幽怨的周漠时，连忙走近，压低声音道："吓死我了，还以为有贼……"

周漠听到声响，抬眼看她："你怎么也没睡？"

陈乔粤打开落地灯，在她身边坐下："你眼睛肿了。"

"是吗？"周漠打开相机前置，看着屏幕里的脸，强颜欢笑，"好丑，怎么肿成这样了……"

"我给你拿块眼膜敷一下。"陈乔粤说完便起身，进房拿了两块眼膜出来。

周漠接过，冰冰凉凉的，应该是刚从冰箱拿出来，她撕了包装袋，贴到红肿的双眼上："真的有用吗？"

"冷敷没用的话我再给你煮两个鸡蛋……"

周漠没办法睁开眼，摸黑搂住她："小乔，你真好。"

"说说吧……"陈乔粤任由她搂着，抚摸着她的手臂，"你怎么回事？"

周漠沉默。

"都这么多年朋友了，还有什么不能说的？"陈乔粤笑道，"哪怕你真干了什么伤天害理的事，我也不会怪你。"

周漠闻言笑笑，过了一会儿，才道："确实发生了一些不太愉快的事。"

"感情上的事？"

"嗯。"

"是不是跟李柏添有关？"

周漠一愣，想睁眼看看好友此时的神情，又担心精华液进入眼睛里。

"我说对了吧？"陈乔粤帮她抚平眼角的膜纸。

"嗯。"

"发生什么事了？"

"我们……分手了。"周漠很艰难才说出这五个字。

"这个我倒没想到。"陈乔粤语气淡定，"你们什么时候在一起的？我是问，就你们那种奇怪的关系是什么时候结束的？"

"去年。"

她话音刚落，陈乔粤夸了："你居然瞒了这么久？！"

周漠苦笑："我们约定好了的，不让第三个人知道。"

"他提出来的？"

"不是。"她顿了顿，"是我。"

陈乔粤搂住她，低叹："我之前就说过，你们要是结束，受伤最重的那个肯定是你……"

"其实我也没吃亏。"周漠淡笑着说道。

"那你今晚哭什么呢？"

这涉及那个难以启齿的话题，周漠选择沉默。哪怕亲近如陈乔粤，周漠也不想让她知道，这段感情破裂的真正原因是——李柏添的误解和中伤。

"我也不知道我在哭什么……"周漠觉得脑袋发胀，鼻子也堵得厉害。

"下一个会更好。"陈乔粤这话像是安抚她，又像是在给自己打气。

"短时间内我还真不想碰感情了。"

"那可不行。"陈乔粤笑道，"你要百花齐放，还要以最好的状态出现在他面前，让他知道，失去你是他的损失……"

周漠嗤笑："最好的前任是互不打扰。"

"你们还有工作上的往来呢，迟早要碰面，怎么互不打扰？"

这真是戳中了周漠的痛点。

所以说为什么不要搞办公室恋情呢，糟糕就糟糕在一旦分手，想躲着对方都不行，要是分开后你光鲜亮丽那还好，要是颓丧低迷，那真是让对方看了笑话。

正如此时，周漠在奥美茶水间碰到他，他精神饱满、身姿挺拔，而她因为宿醉加感冒导致脸肿、眼肿，苍白的脸连化妆品也盖不住，周漠下意识地想逃。但这是他的地盘，他依旧是她的大客户，身边还有奥美的员工在，因此她不得不扬起笑脸，说声："李总早。"

李柏添听到她带着鼻音的声音，眼睛从她的脸往下，盯着她手中的杯子，矮胖的瓷杯中冒着热气，一闻就知道是感冒冲剂。

待那下属离开，他淡淡地问道："感冒了？"

"嗯。"周漠点头，"昨晚着凉了。"

昨夜收到她电话时，李柏添刚洗完澡，见到屏幕亮起，他拿过手机一看，居然是她打来的。

他刚要接通，那头却挂了。

他想了一会儿，还是给她发了短信，然而从半夜十一点半一直等，等到三点多，才收到她的回信。

她说按错了，李柏添盯着那三个字，不知道该做何反应。

他等了一晚上，就等来这轻飘飘的三个字。

"这天气也能着凉？"他问。

将近六月，气温最高的时候已经达到三十五摄氏度，这个理由有些站不住脚。

"室内室外温差大。"

他点了点头，转移话题："我那里的东西，你什么时候有空来拿？"

周漠搅着小勺的手一顿，许久，她才道："我都可以，按你的时间来。"

"那就这周末？"他问。

"好。"

周漠想起，半年前，许宁也是这样登她家的门，把属于他的东西全部拿走。那个时候她对他感到厌恶且不耐烦，一看到跟他有关的东西便心生厌烦。

不知道此时李柏添心里想的，是不是跟那时候的她是一样的？

周漠在他家门口站定，打开包，拿出化妆镜，再检查了一遍妆容，才伸手按门铃。

她等了好一会儿门才打开，门后的男人穿着家居服，头发微乱，眼睛半睁，看着像是刚睡醒。她看了一下表，已经快下午两点，她特意选了这个时间来，她淡淡地笑问：“我是不是打扰到你睡觉了？”

李柏添将门大张，摇了摇头，哑声道：“你自己收拾，我先刷牙。”

周漠跟着他到主卧，他进浴室洗漱，她看着凌乱的大床，觉得浑身不自在，以前睡在上面的时候觉得没什么，现在分开了，心里又忍不住想，这床之前肯定也睡过别的人，当然，之后也会有新的女主人。

李柏添洗漱完出来，见她站着没动，他静静地盯着她的背影好一会儿，直到她打了个喷嚏，他才挪动身子，将空调温度调高两度。

“给你倒杯热水？”他问。

周漠看向他，摇头：“不用。”

同居就这点不好，明明不是夫妻，却做尽了夫妻之事，每天同起同睡，分享一个被窝，最糟糕的样子都被对方看了去，这一旦分开了，难免觉得尴尬。

她上前打开衣橱，将她的衣物一一拿出，放在身后的床上。她的东西不少，春夏秋冬四个季节的衣服都有，两件呢子大衣收纳起来有些困难，根本放不进她的行李箱。

她正苦恼，突然听到他说：“既然拿不走，就先放回去吧。”

“我怕占了你的空间。”她一边叠衣服，一边淡淡道。

他闻言笑了笑：“短期内这衣柜也就我自己用，放你两件外套绰绰有余。”

“还是不了吧。”她摇头，“今天全部清理干净，免得下次还得上门。”

这回李柏添没再搭腔，留下一句“我去煮面”便离开了。

周漠收拾好行李出来，见他坐在餐桌上吃面。

“来一碗？”他问。

她觉得这情景很怪异，二人心平气和得有些过分。

“不用。”她吸了吸鼻子，“我吃过午饭了。”

“看来你不喜欢吃面。”他笑笑。

周漠盯着他的笑脸，没忍住道：“你说话能不能别阴阳怪气？”

见她变了脸色，李柏添舒爽了，放下筷子，指了指一旁的椅子：“坐。”

这语气、动作、形态都像极了对待下属，周漠不想受他摆布，但一想到眼下二人的关系又回到了单纯的甲乙方，得罪他对自己没什么好处，于是她将行李箱靠着墙角，拉开他身侧的椅子，坐下。

"有事吗？"她问。

"分个手而已，以后还得共事……"他笑笑，"你不用一见到我就跟榴梿一样，浑身都是刺……"

周漠腹诽，这是在骂她又臭又扎手？

"我没有。"她淡淡地说道。

"感冒了还喝酒？"他突然问道。

她不解地看向他。

"昨天在茶水间，闻到你身上好大的酒味。"

昨天早上，周漠醒来后才里里外外洗了个澡，牙刷了两次还是挡不住酒气，只好借陈乔粤的香水一通喷，没想到他还能闻出酒味。

"应酬。"她道。

"其实你可以不用那么累。"他似乎意有所指。

周漠却理解成另外一层意思，脸瞬间冷了下来："走捷径这种事哪有可能次次都那么好运，我倒是想，就是不知道还能不能碰到像你这样的水鱼。"

说完她立即起身，提起行李箱，拉开门走了出去。

门"砰"的一声合上，李柏添望着手边已经凉了的面，笑得万分无奈。

六一儿童节这天，无人商店机器人第一期交付，会议室里坐满了人，李柏添难得参加，作为项目负责人的陈深也来了。周漠不是主讲人，但她很紧张，今天的交付会关系到接下来的合作是否顺利，手机在响，她也没心思接，直接挂断。

"两个端口，一个对顾客，一个对工作人员，顾客端可以直接下单，查价格、库存、生产日期……"肖谦作为工龄快十年的项目经理，显然淡定许多，且适时地现出一些粤式幽默，引得在座的人哄堂大笑。

这次的小狮是升级过后的plus版本，身高一米五，外形也重新设计过，ET的面容长了两个兔耳朵，奥美这边有人提议到时候给它穿上兔女郎的衣服，也算是一个宣传噱头。周漠对此感到反感，但她没立场表达。

交付会开了快三个小时没停过，她发现奥美跟大松那边的人都已经面有菜色，估计个个都快憋出肾结石。安兴科技这边的人倒是个个精力充沛，毕竟今天他们才是主角。

在李柏添一句"今天的会议就到这儿吧"中，众人纷纷松了口气。

陈深上完厕所出来，见周漠站在不远处，目光灼灼地盯着他，他走近她，笑问："在等我？"

"陈总觉得我们的机器人怎么样？"她笑问。

"刚刚在会议上我都已经提过想法跟意见了。"二人并肩往里面走，"整体上我个人是满意的，接下来如果都能按照这个交付标准，那就没问题了。"

周漠笑容扩大："能得到您的认可真的很开心。"

他摆了摆手："既然这么开心，是不是应该庆祝一下？"

"您选地方，我一定奉陪。"她话音刚落，碰巧李柏添路过。

周漠心想，这话被他听到，估计他的思维又要开始发散了。但转念一想，分都分了，她管他怎么想。

陈深这回不想喝汤，他对粤式甜品很感兴趣，问周漠有没有推荐的甜品店。

"倒是有一家，但是环境不怎么样。"她道。

"最重要的是好吃，环境不重要。"

于是周漠把他带到芬芳甜品店。

这家店第一次来时还是大一的时候，陈乔粤带她跟丁瑶来，周漠很喜欢这里的杧果布丁，每次能吃两个。

陈深看着密密麻麻的菜单感到头疼："你来点……"

"您喜欢吃甜的，还是不要太甜？"

"我都行。"

周漠点头，要了份杧果布丁、红豆双皮奶、杨枝甘露、香草绿豆沙，考虑到是晚餐时间，又要了两份主食，一碗干炒牛河，一碗餐蛋公仔面。

二人在二楼找了位置坐下，周围都是小朋友，叽叽喳喳地聊着天。

"今天是儿童节。"周漠对他笑道，"您要是觉得吵，我们打包走，再换个地方吃？"

陈深倒不介意，他随意道："不用，就在这儿，挺好的。"

等了好久，菜还没上桌，周漠起身，打算下楼看看。

"你坐着，我下去。"陈深拦住她。

周漠摇头："还是我去吧。"

"你就别跟我争了，刚刚那楼梯挺陡的。"他说完便走了。

很快，周漠见他端着个巨大的餐盘上来，上面除了他们的餐食，还有两份是隔壁桌的。

"楼下太忙，让我顺带捎上来。"他笑道，说完，给隔壁桌的小孩儿送点心去了。

周漠觉得陈深身上有股莫名的亲和力，这在她接待过的甲方里，很少见。

陈深吃了口红豆双皮奶，夸道："你没介绍错。"

周漠笑笑："您要是喜欢，一会儿再要一份打包走。"

他连忙摆手："这个热量太高，我今晚得下楼游两圈。"他说完又问，"怎么没见你去游泳了？"

周漠笑容僵在嘴角："我不住那边，离我家不算近，最近工作也忙，所以没去……"

陈深点了点头，突然问道："有没有考虑过换工作？"

这个话题转得太突然，还没嚼碎的杧果卡在喉咙，咳得她满脸通红。

陈深连忙把白开水递给她："喝点儿水……"

周漠喝了几口水，将喉咙瘙痒压了下去，清了清嗓子道："抱歉啊……"

陈深摇头，继续方才的话题："无人商店很快要在全国落地，我这边缺一个市场推广，不知道你有没有兴趣？"

周漠有些惊讶："这跟我现在的工作，差别还挺大的。"

他继续摇头："也还行，都是跟人打交道，最大的差别估计是，你现在是在乙方公司，如果来大松，你就成了甲方……"

他笑笑："你可以考虑一下，也不是非得现在就做决定。"

"我是觉得……我会不会胜任不了？"大松近几年发展迅猛，绝对算是一众大厂中的佼佼者，对社招的要求严格到变态，她之前也不是没想过投简历，但她资质一般，估计连一面都进不了。

"可以试试……机器人项目就是你的亮点。"他鼓励她，"如果你有想法的话，尽快给我一份简历。"

周漠顿时有种天降大饼的恍惚感，她连忙点头："好的，谢谢您。"

吃完饭，刚要离开，周漠手机振动，打开一看，三人群里陈乔粤发了一张新生儿的照片，并写道："新鲜出炉的小外甥女。"

周漠想起在珠江医院门口大腹便便的陈海芯，她回道："恭喜堂姐。"

新生儿带给家庭的往往是希望和欢乐，但此时襁褓中的小女孩却不知道，她的诞生仅仅只有母亲和一个堂姨见证了。

陈乔粤抱着怀中的孩子，对床上虚弱的堂姐笑道："希希真的好像你，眼睛超级大，好可爱啊。"

陈海芯笑着"嗯"了一声，又道："今天真的多谢你了。"

陈乔粤点头："是要多谢的，等你出院再看你的诚意……"

今天早上，陈乔粤在睡梦中被铃声吵醒，她一看来电显示是陈海芯，憋着一肚子起床气接起，却没想到那头一向冷静超脱的堂姐用因为惊恐而变形的声音对她道："你现在能不能陪我去医院？我就快生了……"

陈乔粤被吓个半死，牙也没刷脸也没洗就往她家赶。十个小时后，陈海芯在珠江医院顺产生下一个女婴，就是她此时怀里的小外甥女，陈希。

陈海芯自从未婚先孕，就跟家里人都断了联系，陈乔粤没想过，这个从小高傲到大的堂姐也有这么无助的时候，而她仿佛是从天而降的神，拯救了陈海芯。

半夜，乖巧的陈希突然哭个不停，喂进去的奶也全部吐了出来。陈乔粤被哭声惊醒，连忙去按铃，很快进来一个护工，看了眼小陈希，皱眉道："赶紧让医生过来测一下黄疸吧。"

陈乔粤没生育过，不知道黄疸是什么意思，见护工的神情，以为是天塌了的大事，抱起小陈希就往值班室冲。

碰巧值班室的门被打开，她连忙刹住脚步，看着来人道："医生，我家宝宝一直吐奶，还不停地哭，你赶紧救救她吧……"

钟昇见眼前的女人急得眼泪汪汪，他站定，连忙将孩子接过："先别急，进来吧。"

第十六章
见异思迁

"孩子黄疸太高，都到 15mg/dl 了，必须得住院。"

陈乔粤听到这话，脑子一片空白，她脸上瞬间没了血色："住院？她是不是很严重啊？"

钟昇抱起啼哭的婴儿轻声哄着，看向眼前眼睛瞪得老大的女人："新生儿多多少少都会有黄疸，只是爆发的时间不一样，不是什么大问题，大概照两三天蓝光就能退。"

"既然不是什么大问题，为什么要住院？"陈乔粤依旧一脸茫然。

钟昇耐心地解释："因为怕引起高胆红素脑病，安全起见，我们当然是建议住院观察……"

她听不懂那些专业词语，出于对医生的信任，陈乔粤六神无主地点头："那我现在应该做什么？"

"去办入院手续。"钟昇道，"还有，一会儿护士会给你一张清单，上面是宝宝这几天需要用到的东西，你准备好，这几天宝宝会进新生儿科，那边不让探视。"

陈乔粤闻言，打断他："不让探视？所以这几天我们都见不到宝宝？"

钟昇点头："对的。"

他戴着口罩，陈乔粤看不到他脸上的表情，只能见到他那双眼睛。也许是他见多了像她一样慌张的新生儿家长，早已经练就了用眼睛去安抚人的本领。

陈乔粤紧张的情绪也确确实实被他安抚住了："谢谢你。"她眯起眼，看向他胸前的工作证，只有名字，没有照片，"钟医生。"

"不用太担心。"钟昇把孩子竖抱起。

"还有，她老是吐奶怎么办？喝进去的几乎全部吐出来了。"陈乔粤又问。

"宝宝现在是水平胃，喂完奶后要竖抱着拍嗝，把嗝拍出来就不会吐了。"说着，他还示范了一遍。

陈乔粤对他笑笑，说："好，我知道了，我没生过孩子，所以什么都不懂。"

"嗯，这个也不难。"

隔着口罩，陈乔粤知道他在笑，因为他眼角出现了几道细纹。

"那我先去缴费了。"

"行。"

待那女人离开，钟昇望着怀里打哈欠的宝宝，这才反应过来，她居然把孩子留在他这里，自己走了？

隔天，陈海芯得知女儿入院的消息，表现得无比淡然："那我在这儿陪她。"

"希希进了新生儿科，不让探视，这边我会盯住，你不用担心，还是如期去月子中心吧……"陈希出生隔天，陈乔粤已经告诉了陈迎珍，以陈迎珍的个性，肯定会把这件事告诉陈海芯父母，但直到今天，他们一个电话也没打来，更别说探望。

陈乔粤没生过孩子，但也知道坐月子不能太操心，医院环境一般，护工只照顾孩子，根本不搭理产妇，昨夜为了让陈海芯睡个好觉，陈乔粤带着陈希到隔壁屋睡。

她看着疲惫不堪的堂姐内心不忍，哪怕她在，她也觉得陈海芯是在孤军奋战。

"真辛苦你啦。"陈海芯对她笑笑，"以前我总觉得你还未成年，这几天才发现你变化真的很大……"

"我就快三十岁啦，姐姐。"陈乔粤笑道。

下午四点半，陈乔粤接到陈迎珍的电话。

"我在住院部门口，你下来。"陈迎珍说。

她到时，见她母亲手上拿着保温壶。

"是什么东西？"她问。

"瘦肉水啊，给海芯补下身体。"

"不是说刚刚生完不要喝老火汤吗？"

"你生过咩？"

陈乔粤抿唇不语，接过那保温壶，还挺沉。

"你什么时候生一个给我带？"果然话题还是扯到这一处。

"我今晚立刻出去找个男人，不对，我找两个，生对双胞胎让你享受一下……"陈乔粤话音刚落，见到身边有人经过，她定睛一看，不就是昨夜那个值班室钟医生？

钟昇也看到她，眼睛匆匆在她脸上停留，很快略过，径直往前走。

"刚刚走过去那个医生不错哦，人够高，长得又帅……"待人走远，陈迎珍对她笑道。

"他戴着个口罩，你怎知道他长得帅？"陈乔粤嗤笑。

"他的身形都已经能加好多分了，更何况还是医生，医生很吃香的，不过不知道他结婚没有……"

见陈迎珍越说越离谱，陈乔粤连忙道："我先回去了。"

"去啦。"陈迎珍对她摆手，又道，"你千万不要学你姐姐，老公都没带回来过，孩子倒先出生了……"

陈乔粤余光瞄到方才离开的钟医生又折返回来，想让母亲别再说下去，但他越走越近，母亲的声音也越来越激动。

"快走啦你。"她对陈迎珍说完，拎着保温壶往电梯的方向走。

医院哪里都要排队，陈乔粤盯着身前那男人的后脑勺，想了想，还是跟他打了个招呼："钟医生。"

钟昇回过头，对她点了点头："家人来送汤？"

"对……是瘦肉水，我听说刚生完是不是不能喝老火汤？"

"不母乳喂养的话适量喝点可以，但是不能太油腻。"他说道，"如果母乳喂养，喝老火汤容易堵奶。"

"我看医院到处都在倡导母乳喂养……"这是此次医院行令陈乔粤最震惊的地方，无论走到哪里都贴有母乳喂养宣传海报，将母乳喂养写得神乎其神。但是不是母乳喂养，不都是看个人选择吗？怎么还搞上道德绑架了？

"倡导是一回事，还是要根据个人的情况来。"他道。

陈乔粤不知道方才陈迎珍的话被他听进去没有，他们那一层楼几乎住满了产妇，其他人要么有丈夫陪伴在旁，要么有亲妈，或者丈夫、亲妈皆有，唯独陈海芯的病房内只有她一个年轻女人在，这很容易让人浮想联翩，今天早上陈乔粤缴完费回病房，就听到两个护工在唠嗑，话里话外都是在埋汰陈海芯。

陈乔粤知道，这些恶意只是第一步，这个社会对未婚生子尤其还是生父不明的情况下，恶意跟流言会伴随陈海芯跟陈希一生。她不知道一向自立自强、脑子清醒的堂姐为什么会做出这种选择？且她真的已经做好准备面对接下来的暴风雨了吗？

电梯到了，排在后面的人生怕上不了，急匆匆地往前挤，陈乔粤不知道被谁一推，一阵踉跄，直直往前扑，前胸贴后背，男人的体温透过白大褂传来，她连忙站稳，小声对他解释道："后面有人推我。"

钟昇把里面的位置让给她："小心点儿。"

一直到他们所在的楼层，二人前后脚走出电梯，陈乔粤问他："希希现在是什么情况？"

"我一会儿会过去看她。"

"能不能……加一下您的联系方式？"她问，"如果可以的话，我想看看她。"

钟昇闻言脚步微顿，半响，才从白大褂的口袋中掏出手机。

陈乔粤没想到这么顺利，连忙扫下他的二维码。

隔天，陈海芯被月子中心的人接走，临走时又对她道了一次谢，并道："如果有什么事，第一时间通知我。"

"放心啦。"陈乔粤让她放宽心。

陈海芯离开后，陈乔粤也下楼，出租车上，她打开手机，看着新加的男人的头像，点了进去。她私心是想找找有没有他的照片，当她看到"朋友仅展示最近三天的朋友圈"时，不得不说，她的好奇心已经完全被吊了起来。

"我在医院见到一个很帅的医生。"她打开三人群，忍不住跟好友分享。

"有没有照片？我看看？"闲人丁瑶对这种事总能第一时间附和。

"没有，我其实不知道他长什么样子。"

"那你怎么知道他很帅？"周漠问。

"浓眉大眼，一般差不到哪里去吧，我就没见过哪个男人眼睛像他那样大，而且是超级双的双眼皮。"

"现在所谓的口罩帅哥太多了，摘了口罩后就不知道是真帅还是假帅啦！"丁瑶回。

"赌不赌？"陈乔粤问丁瑶，"我赌他帅，你赌他不帅。"

"行，赌什么？"

"你要是输了，你就吃一碗螺蛳粉。"螺蛳粉是丁瑶坚决不碰的东西。

"可以，那要是你输了，你就吃一盆香菜。"香菜同样是陈乔粤最讨厌的东西。

"帅的标准很难判定，每个人的审美也不一样。"周漠看不惯她们互相伤害。

"你当裁判吧，周漠，你来判断他帅不帅。"丁瑶道。

"我觉得可以。"陈乔粤也道。

周漠发了个嗑瓜子的表情："好啊。"

"小乔你找个时间偷拍一张。"

"下次去医院我看看有没有机会。"

因为这个小学鸡式打赌，陈乔粤发现去医院不再是一件糟心的事。

晚上，她洗完澡，打开手机，给他发了条短信："钟医生，你下次见希希的时候，能不能拍一张她的照片给我啊？我想看看她现在怎么样了。"

发完陈乔粤也没盼着他回复，等她吹干头发做完晚间护肤，躺在床上的时候，发现在她那条信息后三分钟他就已经回了："可以。"

"谢谢钟医生。"她回复。

"不客气。"

陈乔粤对儿科医生一直有滤镜，这要从她小时候说起，自懂事以来，她父亲一直是缺席的，陈正国在航道局上班，常年在海外搞基建，一年只有两个月的时间在家。

她小时候身体不好，三天两头生病，半夜挂急诊是常有的事，陈迎珍经常一边打电话给丈夫大哭，一边抱着她看医生。每当这个时候，她就会想，以后一定要找一个儿科医生当老公，这样等她女儿生病了，她就不用跟她妈妈一样辛苦，要一趟趟往医院跑。

说来好笑，陈乔粤从高中开始早恋，除了高秋林，以往她喜欢上的交往的都是一些"坏男孩"，别说当医生，他们有些连本科院校的门槛都摸不着。

都说转移失恋痛苦的最佳途径是进入下一段恋情。这晚，陈乔粤睡过去前，脑子里还在想一个问题，她这样见异思迁，算渣女吗？

周四这天，周漠到深圳出差，发了个带有定位的朋友圈后，高中好友蒋少瑜突然打电话给她："有没有时间一起喝下午茶？"

大学毕业后，两人不常碰面。蒋少瑜毕业于华南理工大学，一毕业就进了深圳某大厂，她不止一次怂恿周漠到深圳去，然而周漠明确表示她适应不了深圳的节奏，还是留在广州更舒适稳妥。

二人约在一家港式茶餐厅，周漠到时，好友已经在位子上等候，寒暄过后，二人落座。

"你最近怎么样？"周漠看着好友略带疲惫的脸，笑问。

蒋少瑜耸了耸肩："刚被优化。"

周漠遗憾道："我看新闻了，听说你们公司裁了将近一半的人，有些项目组直接一锅端。"

蒋少瑜苦笑："我们那个组就是全没了。"说完，她又看着周漠，"那时候老让你来深圳，觉得这里遍地是黄金，幸亏你没来，现在这边的人都在说，来了深圳就是惠州人，真正能留下的太少了。"

"你已经在这边买房，比很多人都好了。"周漠宽慰她。

蒋少瑜却摇头："以前觉得房子是安全感，现在倒成为最大的负担。"

蒋少瑜在深圳房价几乎最顶点的时候入手了福田区一套五十五平方米的小房子，总价四百四十万，她把这些年的积蓄一百五十万全部掏出付了首付，如今每个月还贷将近一万七千元，工作顺利的时候她根本没把这点儿钱放在眼里，毕竟每个月公积金就有将近七千元，她只需要再支付一万元即可。

然而人算不如天算，她这个所谓"天菜"行业，所谓前途无量的岗位，在糟糕的大环境下，全部成了炮灰。

"我现在一想到房贷就头疼。"蒋少瑜忍不住诉苦，"也投过几份简历，但是现在的公司都是一个萝卜一个坑，市面上萝卜又比坑多太多了，加上我大龄未婚未育，找了快两个月都没找到合适的……"

周漠听到她的房贷金额已经窒息，她感同身受地点头："我听说你们公司给足了赔偿金，应该能再撑一段时间，你也别太焦虑……"

"赔偿金确实不少，但是只要没有收入，我就很慌。"她喝了口茶，清了清嗓子，继续道，"以前买房的时候觉得底气很足，也曾经觉得自己特别厉害，一个小县城做题家居然能在一线城市安家，但现在发现这一切都是假的，贷款没还完，房本被银行抵押，那房子根本不属于我。现在我周边断供的人越来越多，不知道哪天就轮到我。我最近老做噩梦，就怕一醒买房贷断供，我的房子被贱卖，到时候首付款没了，我还倒欠银行钱。"

明明是六月天，周漠听着她的话，看着她无望的神情，无端生出了一身冷汗。

"以前的我肯定也会怂恿你买房，但现在我想跟你说，房子是负担，不是安全感。"蒋少瑜笑了笑，"有那些钱还不如吃好喝好活在当下，总比现在一睁眼就给银行送钱强。我们辛辛苦苦工作一辈子，买一套房的利息都快赶上房子的总价了，相当于买一套再送给银行一套……"

蒋少瑜见周漠怔怔出神，继续道："今天跟你说这些，是因为我知道你一直都想在广州买房，我经历过，所以不忍心你再经历一遍。当然，也不是每个人都像我这么惨，但是眼下这种环境，还是把钱握在手里更安全。说实话，我现在反倒羡慕你，不用每天为房贷忧心。"

"我之前一直拿你鼓励我自己，"周漠有些戚戚然，"没想到你倒羡慕起我来了……"

"风水轮流转，十年河东十年河西，谁能知道下个十年谁会混得更好呢？"蒋少瑜说得坦然，"我之前还笑你没志气，趁年轻不出来闯一闯，你看我现在闯出什么名堂？闯出了一身病……"

"那你接下来有什么打算？"

"继续找工作，要实在找不到合适的，那就只能卖房，回老家。"

周漠搅着咖啡杯的小勺，高中时候的蒋少瑜一直是班上的前三名，高三的时候就没掉出过第一，她是所有老师的得意门生，也是所有同学仰望的学霸，因此她自有一份傲气在。

蒋少瑜总是对她耳提面命："我们得考出去，走出这个小县城，北上广深，那才是咱们的归宿。你想想看以后哈根达斯咱买两个，吃一个扔一个……"

"哈根达斯未必就比和路雪好吃。"周漠一向是务实派。

"好不好吃不要紧，最重要的是它贵啊。"

周漠不知道此时蒋少瑜还记不记得高中时候的戏言，她把深圳当成归宿，这旦却把她往外赶。更让周漠难受的是，这个傲气的女人居然有一天会坦荡地说出她要回乡。

"你要是有什么困难，可以跟我说。"周漠对她道。

蒋少瑜闻言抬头，有些惊讶："你这个抠门的小妞居然也会说出这句话。"

周漠笑着摇头："要实在不行来广州呗，不至于回老家。"

"回老家是最悲观的打算，放心吧，我没那么容易被打倒。"

"这才像是我认识的蒋大愚。"周漠笑笑。

听到昔日绰号，蒋少瑜笑出了声，又问道："你呢？最近怎么样？"

周漠犹豫片刻，还是把目前面临的选择简单说了一下。

"你在目前的公司算是把机器人的项目带起来了，前途很可观，但始终不算太稳定……大松近几年发展跟吃了火箭一样，现在对你抛出橄榄枝，我觉得你可以选择去大松。"蒋少瑜帮她分析道。

"我就是怕我胜任不了，毕竟岗位都不一样。"

"市场推广，做市场跟你做销售其实差别不大，不用太担心，实在不行就边做边学呗。"蒋少瑜又问，"薪酬怎么样？"

"没说。"

"啊？"

"只是口头上提了一下这件事，具体的情况还没详细聊。"

"大松的薪资架构在业内属于金字塔顶端，比别的大厂都高出一大截，如果薪酬还可以的话，那肯定选大松了。"

"可我有点儿不甘心。"周漠道，"刚把机器人的项目做起来就要拱手让人。"

"除非你把机器人拎出来单干，否则就一个小公司的小销售，天花板很低的。"

周漠琢磨着她这句话，想了想觉得很有道理，她豁然开朗："我知道该怎么选了。"

临走前，蒋少瑜再次告诫她现金为王，千万别当史上最惨接盘侠。

在回去的高铁上，周漠在脑子里把今天的对话又重映了一遍，她将自己代入蒋少瑜身上，如果遇到这种情况，她能怎么办？

一万七千元的房贷，这几乎是她一个月的薪资了。人真的有必要为了一套房子，搭上半生吗？一直以来坚定的买房念头，在这一刻已经开始动摇。

周漠回到广州的出租屋时已经是晚上七点，匆匆煮了碗小云吞，吃完后便开始更新简历。既然已经做出决定，那这事就不能再拖。

深夜十二点，周漠终于把简历做好，她重重地松了口气，揉了把脸，看到手上白色的粉时才意识到自己还没卸妆。

周漠卸完妆，洗完脸，端详着镜子里的自己，仔细看眼角已经有细纹，忙碌的工作让她根本没心思护肤。市面上每一款抗衰老产品都在放大年龄焦虑，二十五岁开始抗衰，三十岁开始打提拉针，三十五岁最好的状态是白幼瘦，这个社会对女人的要求严苛到离谱。

周漠一向拒绝这些消费陷阱洗脑，但此时盯着眼角的细纹，她多多少少还是有些慌了。

"宝贝儿，推几款祛纹的眼霜给我。"她连忙给丁瑶发信息。

"预算多少？"丁瑶很快回复。

"只要能祛纹就行。"

"自己用还是送人？"

"自己用。"周漠发完信息，对着镜子自拍了一张，见戴着隐形眼镜不太好看，于是摘下再拍一张，之后把自拍的照片发给丁瑶，"你说我是不是老了啊？"

周漠发出去后，看也没看便进淋浴间洗澡，待她做好全套护肤，拿起手机，看到李柏添居然给她发了条信息——"看不出。"

周漠盯着框里的对话，头皮发麻。原来是方才她发信息的时候点错人了，直接把自拍照发给了他。

"我发错人了。"她立即回复。

"原本打算发给谁？"他那头也回得很快。

周漠这下不知道该怎么回……输入框里写了删删了写，最后还是决定不回复。

"还没睡？"他的信息又进来。

"快了。"她回。

"今天去深圳出差？"

"嗯。"

"早点儿休息。"

"你也是。"

周漠盯着这几条没营养的对话，心里叹了口气。倦意袭来，她还是决定先睡觉。

隔天醒来，她第一时间把昨夜做好的简历发给陈深。

化完妆，已经快十点半，见他回复："我正好在陶陶居喝早茶，你现在过来一趟吧。"

周漠立马换好衣服出门，她到的时候，没想到李柏添也在。

"李总早，陈总早。"她扬起笑脸，打了声招呼。

"你稍等我一下。"陈深对她道，"先坐下吃点儿东西。"

李柏添抬起头看了她一眼，又对陈深道："我们的事今天也差不多谈完了，我就不打扰你们了。"

陈深笑着点头："辛苦李总了。"

周漠随即也道："李总慢走。"

李柏添"嗯"了一声，看了她一眼，从她身侧走过。

李柏添离开后，陈深招手叫服务员重新拿副碗筷，又对周漠道："希望你别介意，我下午还有会，所以今天早上就把事情一并解决了。"说完又道，"你看看还加点儿什么……"

周漠连忙摆手："不用，不用。"

"那可不行，这些我们都吃过的。"陈深把那几个点心放到一旁叠了起来，坚决让她点菜。

周漠只好在菜单上勾了三个茶点，递给一旁等候的服务员。

"考虑好了？"他喝了口茶，笑问。

"谢谢陈总给我这个机会。"周漠真诚道。

"不用这么严肃。"陈深放下茶杯，"你连薪酬都不问，不怕我给你挖坑？"

周漠闻言笑道："大松那么大的公司，肯定干不出来这种事。"

他报了个数。

每回应聘新工作，最紧张的就是谈薪资环节，这次前面的流程全部略过，直接到这一步。周漠还没做好心理准备，听他一说，整个人微微愣住。

"怎么了？"陈深见她一眨不眨，"没达到预期？"

周漠回过神来，强忍住激动的心情，淡淡地说道："不是，远超预期了。"

"那就好。"陈深看着她，"好好干。"

"我会的！"她像一个热血少女，就差拳头握紧给自己摆出个加油的姿势以表诚意。

"你那边什么时候能离职？一个月够吗？"

"够的。"

"那好，还有什么问题吗？"

"之后我负责市场推广，是不是继续跟奥美对接？"

陈深点头："对，无人商店项目的宣传工作外包给了奥美，你之后还是继续跟他们对接。"

周漠心事重重地点头。所以之后，她还是会每天见到李柏添，只是身份对换，她反倒成为他的甲方。

周漠觉得，人生就像玩开心消消乐，开局简单，越走越难，但当你通不了关时，系统又会塞给你一些通关道具，只要随便往下走一步，死局突然变活，在一系列炸炸炸中，你都还没反应过来发生了什么，系统提示你已经通关了。

周漠在收到大松的 offer（聘用意向书）当天便向安建提出了离职，安建听完她的话，满脸不可置信，那张饱经沧桑的脸上仿佛写着"你没事儿吧？"五个大字。

她知道事情不会太顺利，已经做好跟他耗下去的心理准备。接下来他无非就是慷慨激昂地画饼，她微笑地听完全程，点头如蒜："安总您说得对，非常感谢您的赏识，就算离开安兴，我也不会忘记您的教导。"

"是不是已经找好下家了？"安建笑意微收，脸冷了下来。

周漠心想也没什么好瞒的，于是道："确实有别的公司联系过我。"

"人往高处走，这很正常。"安建顿了顿，"不过，无人商店这个项目既然是你负责的，就应该负责到底，中途换人，我这边跟奥美也不好交代啊。"

"第一期的交付会已经开过了，交付标准也都定下了，整个流程肖谦都已经很熟悉了，说实话，接下来我能做的事情也不多……"周漠不卑不亢地道，心想法律规定提前一个月提交离职申请即可，她照足了法律法规办事，一个月后他不让她走她也得走。只是以后难免还有可能要合作，不到万不得已，她不会跟安建撕破脸皮。

安建看着她，见她去意已决，重重地叹了口气："很遗憾啊，周漠，你算是我一手带起来的，看到你有今天的成绩我也很开心。"他说完，在她的离职申请表上签下名，"那我就只能祝你前途似锦，一帆风顺。"

"谢谢安总。"周漠真诚地道谢。

安建把离职申请表递给她："不过我还是那句话，你应该跟奥美那边的人提前打声招呼，尤其是李柏添，毕竟这个项目是他给的。"

周漠点头："我知道的。"

安建给了她一个月的时间交接，接手机器人项目的正是当初接手她医疗系统那位研究生方正轩，这位简直就是捡漏大王，利润最高的项目都被他捡了去，也不知道他跟安建是什么关系。

周漠把那张离职申请表折叠起来，放进包内的暗格，又拿出手机，找到与李柏添的对话框："今晚你有空吗？"

发完信息，她将手机放在一旁，打开电脑打包文件，每回离职最重要的就是电脑上这些文件，备份也是一个大工程。

一直到下班时间，他都没回复，周漠心想，这人一忙起来真是没谱儿，但再忙应该也会看手机吧？这都四个小时快过去了，居然理都不理她。

这一天的地铁三号线人依旧很多，但她心情雀跃，哪怕被推挤，被前面老大哥的腋下异味熏得头疼，她也不再暴躁，反而岁月静好地翘起嘴角，甚至想哼两句歌。

从地铁走回家，她也不再选择抄近路，放弃了那条肮脏狭窄的村道，从另一个地铁口出来，钻进小吃街内。

新鲜出炉的菠萝包，香得让她走不动路："菠萝包怎么卖啊？"

"五块钱六个。"

周漠以为听错了："五块钱六个？"

"对，要吗？"

"来五块钱的吧。"

付了款，接过透明袋，那菠萝包看着个头很大，闻着很香，到手一掂量，有些轻飘飘的，她正打算拿一个吃，手机刚好震动。

李柏添终于回信息了："有事？"

"想请你吃饭。"她快速回道。

周漠刚发出去，他的电话就进来了，只好把透明袋再次系好，接起。

"你在哪儿？"他问。

"客村地铁站。"

"为什么突然想到请我吃饭？"

"你不想吃啊？那算了。"她故意说道。

那头静默半晌："我去接你。"

"不用，你找个地方，我直接打车过去。"

"也好。"

依旧是上回琶醍那家餐吧，周漠进门的时候，店里没几个人，服务员正拿着鲜花装饰桌面，台上的驻唱歌手低头调试吉他。

她从一旁的楼梯上去，打算到二楼等他。

"二楼今晚的包厢都已经订满了。"王浩哲见到有人上楼，连忙笑道。

"李先生订了位。"

"李先生？李柏添？"王浩哲问。

"嗯。"

王浩哲看向她的眼神一下变得很不一样："我之前是不是见过你？"

"我在这里消费过几次。"周漠觉得他的眼神过于赤裸裸，让她有些不适。

王浩哲也意识到自己失态了，抱歉地笑笑："我是这里的老板，李柏添是我朋友，他的包厢在最里面那间，你先坐一会儿，我给你上些小吃。"

"谢谢。"周漠说完便往前走。

李柏添是八点才到的，这时周漠已经把一盘毛豆吃完，菠萝包也啃完了一个，还真别说，五块钱六个的菠萝包跟五块钱一个的味道并无差别，她默默地记下那家店，想着下次再去买。

当她耐心几乎被耗尽，包间的门终于打开，李柏添走了进来。

"我以为你不来了。"她语气略带不满。

"临下班有点儿事要处理。"他在她对面坐下，见她眉眼间稍有愠色，于是解释道。

自分手后，二人还是第一次单独约出来吃饭。

"吃什么？"她翻阅着菜单，头也不抬地问。

"我记得你喜欢吃小龙虾，要一份小龙虾？"

"等你来的时候我都快吃饱了。"

他目光停留在桌面的菠萝包上。

周漠连忙把袋子一扎，塞进包内，催促他："点菜。"

"你来点吧，我都行。"

"还是别了吧，你这么挑食，我也不知道你爱吃什么。"

这是实话，二人在一起半年，周漠压根儿不知道眼前这男人在食物上有什么喜好，若要说他不爱吃的，她倒能列出一张清单来。

"那就点你爱吃的。"

周漠漫不经心地点头，拿出手机扫了桌面上的点餐二维码，点完后，对他笑笑："好了。"

"说吧，什么事？"李柏添看着她，问道。无事不登三宝殿，她能主动找他，肯定不是想吃顿饭这么简单。

周漠主动给他倒酒，黄色液体流入加满冰块的玻璃杯中，她看着那上面浮起的小泡泡，淡淡地说道："我辞职了……之后机器人项目会有新的负责人。"

李柏添闻言眉毛拧起："辞职？"

"嗯。"周漠坐回位置上，看着他道，"不过你放心，新负责人也会尽心尽力把事情做好。"

"我没有担心这个。"他语气不佳，"为什么突然辞职？"

见她没回答，他继续问："因为我？"

周漠摇头："当然不是。"

"你打算离开广州？"他又问。

"没有，还是会留在广州。"

闻言，李柏添心里松了口气，脸上神情也不再那么紧绷："那就是有更好的选择？"

"接下来我会去……大松。"周漠直直地看着他，她不想错过他接下来的表情。

这可能有些幼稚，但是在收到大松 offer 那一刻起，她就暗暗在期待这一刻。她甚至在心里暗戳戳地想了许多刁难他的话，她甚至幻想着自己有朝一日能高高在上地俯视他，对着他冷哼一声："没想到吧，李柏添，老娘现在是你的甲方！之后就不是我讨好你，而是你讨好我了！"

当然，这些仅限于幻想，她不是爽文女主，她只是个战战兢兢的草根打工人。

"大松？"果然，他眉头又皱起。

"嗯，陈深找了我。"她根本抑制不住笑意。

"所以你接下来，会跟着陈深？"

周漠点头："对，我也会负责无人商店的项目。"

李柏添有些惊讶，但他还是很好地控制住了情绪："恭喜。"

"谢谢。"顿了顿，她道，"今天请你吃饭，就是想说虽然我之后不在安兴科技了，但是机器人项目的交付标准不会变，只会越来越好，不会越来越差。"

碰巧门被敲响，服务员进来传菜。

酸菜肥肠、毛血旺、凉拌鸭肾、白灼鹅肠、酸辣鸡杂……全都是内脏。

周漠笑得有些尴尬，她为自己方才幼稚的行为感到羞耻，连忙为自己找补："你看，这些我爱吃的你都不爱吃，你还是自己点吧。"

李柏添却摇了摇头，夹了一筷子鹅肠送进口中。他喝了口啤酒，问道："那天在陶陶居……你们就是谈这事？"

周漠"嗯"了一声。

"新岗位是什么？"

"市场推广……"

"陈深让一个销售去做市场推广……"

也许他不是故意，但他语气里的不屑和质疑直接终结了周漠这日的好心情。

"你什么意思？"她冷声问道。

他却不再继续往下说："吃饭。"

"你是不是又想说，我跟陈深关系不一般，所以他才要了我过去？"周漠不依不饶地问。

李柏添放下筷子，看向她："我从来没说过这一点。"

"你心里就是这样想的不是吗？"

"你住在我心里吗？我想什么你都一清二楚？"他也有些微怒，声音不自觉地上扬。

"反正你自己龌龊，你就觉得别人都龌龊呗。"周漠开始破罐子破摔，口不择言。

李柏添盯着她黑着的脸，叹了口气："我们能不能别每次一见面就吵架？"

"李柏添。"她直呼他大名，"是不是因为我身上有了个泥点子，你就总是毫不犹豫地朝我泼脏水啊？"

李柏添见她越说越过分，无奈地摇头："周漠，我从来不觉得我们之前的关系是你身上的泥点子，你这样说……我很失望。"

周漠从村里搬到父母身边时才开始学英语，那时候班上的同学基本上都是从一年级就开始学，唯独她不合群，连二十六个英文字母都说得磕磕绊绊。还记得第一次英语考试时她拿了五十八分，英语老师把她父亲叫到学校，让他最好找个课外辅导班帮她恶补。

父亲当着老师的面笑容可掬地应了下来，回家路上却对着她训斥道："小学英语你连及格线都达不到，你真是让我太失望了。"

周漠想说，她从来就没接触过英语，能拿五十八分已经是很努力的结果了。但她没说，因为她害怕话说出口会引来父亲更大的怒火。

一直以来，父母对她的方方面面要求都很严格，尤其是在学业上。小升初目标是重点初中，中考逼迫她报了个难度极大的重点高中，后来当然是落选。高考时他们对她的要求是湖南大学，结果她连重本线都没达到。

父母总是眉头紧皱地对她说："周漠你让我太失望了。""周漠你别让我失望……"

周漠生平最听不得"失望"二字，为什么他们总要一厢情愿地把希望寄托在她身上呢？哪怕她已经很努力，做得够好了，然而只要够不上他们的标准就要被扣帽子。

正如此时，她觉得她的话并无错处，她的前男友却对她说："你这样说……我很失望。"

周漠对此感到不耐，她耸了耸肩："你也不是第一次对我失望了。"

"你永远都拿最大的恶意揣测我。"李柏添眼神幽幽，听语气仿佛还有些委屈。

"你对我的恶意不大吗？"她笑了一下，随即摇头，"陈深赏识我给我机会，我很感激他，到你这里，好像我们是权色交易……"

"你是不是太过敏感了？"李柏添叹了口气，"我只是觉得这个决定不像他的风格。当然我也想提醒你，不要脑子一热就做决定……"

"你怎么知道我是脑子一热？而不是经过深思熟虑？"

他说一句她回呛一句，李柏添被她说得哑口无言，伸手去摸烟盒，可一想到这是密封空间，还是作罢。

"不说这个了。"他顿了顿，"什么时候入职？"

"下个月。"周漠喝了口冰啤酒，稳住情绪后道。

"之后我们还是合作关系……"他问，"所以我们能不能……别每回一见面就吵架？"

"是你出言不逊在先。"

李柏添仔细回忆了一下自己方才的话，他实在不解哪句话算是"不逊"？

"行，如果是我刚刚冒犯了你，我道歉。"

他卑微的语气让周漠震惊，她抬眼看他，心想这莫非就是甲方的待遇？

李柏添一眼看穿她心中所想，他有很多话想说，又觉得时机不对，于是话音一转："能好好吃饭了吗？"

"这些东西你又不吃……"周漠适可而止，他给台阶她便顺着下，"你还是点些别的吧。"

"不用。"李柏添夹了一块血旺，"这是鸭血还是猪血？"

"鸭血。"

他放进碗中，尝了一块，脸上神情无异。

"你看，你只是不愿意尝试，尝过之后就会发现，其实还是能接受的。"

"你这话像是有别的意思。"他的筷子又伸进酸辣鸡杂的盘子里。

"就表面意思。"周漠道，"你累不累啊？以为谁说话都跟你一样面上一层里子一层。不过说实话，我还得向你学习怎么阴阳怪气，你是这方面的佼佼者。"

李柏添被她气笑了，调侃道："换了公司果然不一样了，说话都硬气不少。"

"你看，你又开始阴阳怪气了。"她挑了挑眉。

他觉得她这个挑眉的动作很生动，狡黠、蔫儿坏，别有风情。他很喜欢这样的周漠，李柏添放下筷子，眼神微变："你去大松，其实算是一件好事。"当然，前提是陈深别有异心。

周漠对上他的眼神，猛地移开，那眼睛里的内容她太熟悉了，以往两人在床上时，他就是这样看她的。周漠心里直打鼓，表面上还是努力维持冷静："对你来说算好事吗？"她嘟囔道。

"算。"李柏添喝了口啤酒，望向窗外，这样他们就没有所谓的利益纠纷，她不用再害怕哪天关系曝光会影响彼此，换句话说，他们可以光明正大地在一起了。

不过还是那句话，来日方长，这个时候逼迫她做决定不是上上策。

包间内气氛开始黏糊，他想到的周漠自然也想到了，如果没有那层利益关系，二人关系是否能重启？但这个想法只是一瞬间，在经历跟他的种种后，她现在对他，依旧信心不足。

"我去个厕所。"她打破这迅速蔓延的暧昧，起身离开。

周漠没去厕所，而是站在厕所外的空地上抽烟，突然雨水敲窗，六月的雨说下就下。她倚着栏杆往下看，坐在江边露天卡座的人此时都狼狈起身，往餐吧内逃，缠绵悱恻的情歌也被迫终止。

浪漫的氛围被一场突如其来的暴雨打断，江边的卡座上只剩下被灭了的蜡烛，被雨水砸断的鲜花，还有一碟碟残羹。

周漠看了好一会儿，才掐了烟往回走。

包间的门半掩，她走近，听到里面有男声传来："刚刚那个女的就是借你过桥那个？"

周漠脚步一顿，没再往前，她下意识地侧过身子，靠在墙后。那声音很熟悉，正是方才接待她的餐吧老板，她垂眸，盯着脚指头，雨声太大，她没听清李柏添回话没有。

那餐吧老板声音不小，他继续道："我想起来了，她不就是去年生日喝醉酒上台唱歌那个？妈呀，原来是她！我那时就说你绝对是对她有兴趣……

"人家借你过桥你还烦什么？这种女人只适合玩玩……"

王浩哲话音刚落，没想到包间的门被打开，李柏添也看过去，只见周漠面无表情地站在那里。

李柏添脸色微变。

"我回来拿我的包。"周漠走进屋内，一直低着头，回到座位拿起她的包，招呼也没打，径直往外走。

她刚走出包间门，李柏添终于反应过来，连忙起身跟着出去。他几乎是小跑着追上她，一把握住她的手腕。周漠的力气出奇的大，狠狠一甩，竟然把他的手甩开。

走廊上有别的顾客跟服务员，李柏添不想在这种地方拉扯、解释，让别人看场免费的戏，于是重新搂住她，带着她下楼。男女力气悬殊，周漠被迫靠在他的怀里，怎么也挣不开，一路被他挟持着走，直到餐吧门口。

"你可以放开我了吗？"她冷声问道。

李柏添望着眼前的暴雨，异常烦闷，但他还是强迫自己冷静下来："你听我解释。"

"解释什么？"她一脸淡漠，看向他的眼神像是在看陌生人。

李柏添的车停在不远处，他的目光在一旁的置伞架短暂停留，他走过去拿了把印有餐吧 logo 的伞，再折回，握住她的手，恳求道："回车上说。"

双人的大伞在这种倾盆大雨下作用微乎其微，上车时，二人身上还是湿了一半。周漠抹了一下额头的雨水，驾驶座被打开，他同样带着一身水珠上来。李柏添抽了两张纸递给她，见她不接，于是动手帮她擦拭脸上的雨水。

"我自己来。"她接过纸巾，压抑地说道。

"他刚刚的话……你都听到了。"这是肯定句。

"嗯，听到了。"

李柏添在心里叹了口气，缓缓地解释："之前我们还没在一起的时候，我不确定……所以可能说了些不该说的话，让他误解了我的意思。"

周漠淡然地摇头："他没误解，你的确是那个意思。"

"周漠……"李柏添眼神暗了暗，探手想去碰她，又迟迟不敢伸出去。

"其实你会那样想……无可厚非。"她看向他，"只是我不明白，这种事有必要昭告天下吗？"

这是让周漠最伤心的地方，他跟他的朋友说她动机不纯，说她借他过桥，所以他根本没想过有一天他们会在一起，没想过有一天他会把她介绍给他的朋友们，但凡能想到这点，他绝不会在他们面前说这些话。这是想置她于何地？这不是把她的后路都堵死了吗？

这是这晚第二次羞耻感袭来，亏她方才还在想两人有没有重新开始的可能，她果然还是太蠢了。

"我……道歉。"李柏添深知此时没有什么话能解释得清，看她的表情，两人岌岌可危的关系估计再一次走向冰点。

"你又没做错。"周漠觉得自己越来越强大了，虽然她眼下气得心脏疼，却还能云淡风轻地对他说道，"你放心，以后不会再借你过桥，也希望李总能理解理解，我还要在广州混，有些话，还是斟酌过后再说吧！毕竟这种事，对我的名声还是有很大影响的。"

　　李柏添听她说完，脸色大变，他突然觉得口干得厉害。一向能言善辩的他在周漠面前，总是丧失了这项技能："之前的事，我们翻篇，可以吗？"

　　"翻得了吗？"周漠看着他，笑了笑，说，"你别自欺欺人了，在你心里，我一直是个利用美色走捷径的人，其实你想的也没错，我能去大松，是因为机器人项目成功，这个项目可以说是你一手提携的，没有你就没有今天的我，我特别感激你，真的……"

　　周漠说到最后，还是不争气地掉眼泪了，她甚至不知道自己在哭什么。

　　李柏添再次抽了两张纸，无声地帮她擦泪。

　　最后，他再次说道："对不起，周漠。"

第十七章
醉 酒

　　跳槽加生日算是双喜临门，陈乔粤跟丁瑶问周漠打算怎么庆祝，周漠想了好久，这是奔三前最后一年，以前老觉得"90 后"还稚嫩，没想到一眨眼就三十岁了。

　　都说三十岁是一个坎，是成家立业的 deadline（最后的日期）。如今生命已经过了三分之一，三十岁前该完成的事她一件都没做到，还有什么脸庆祝？

　　"很多人活着就是凑数的，想那么多干吗？该吃吃该喝喝。"陈乔粤最终拍板，"那就到我家过吧。"

　　周漠从安兴科技离职后，有一周的空闲时间，近些日子她除了认真做新岗位的功课，剩余时间就在思考生命的意义。

　　她把为数不多的资产清点了一遍，在按压下买房的念头后，她发现自己竟然拥有一笔"巨款"，虽然这钱只能在广州市中心买一间厨房，但如果不再把买房当成一个人生目标，她其实能过得轻松不少，至少离 Fire 又更近了一步。

　　她惊讶地发现，以前总觉得有了房子后，房贷能敦促她进步，现在想法截然相反，那些钱握在手里，看着银行余额一个月一个月地往上叠加，反而更有安全感和成就感。

　　于是她决定，为了让存款增速加大，她要过更加极简的生活，首先就是克制自己的消费欲望。五块钱六个的菠萝包既然也好吃，为什么非得吃十五块钱一个的？除了包装更精致些，她看不出两者有什么区别。

　　她还找了一天时间把家里大扫除了一遍，一些用不到的东西全部挂到二手物品交易网站上卖了或送人。如非必要不庆祝也是其中一点，当代人为什么老存不下钱，不正是因为屁大点儿事都要庆祝？

　　但老友们的盛情难却，生日这天，她还是盛装出席。

　　夏天打边炉跟冬天又不大一样，坐在空调房里，一边是火辣辣的涮肉，一边是冰镇西瓜。丁瑶从小粉书找到了一个据说特好吃的油碟配方，果然没令人失望，三人无所顾忌地敞开了吃。

"螃蟹吃吗？"丁瑶拿漏勺舀了个巨大的蟹壳，里边都是橙红色的膏，看着十分诱人。

周漠专注地吃着碗里的牛百叶，头也不抬："不吃，太难剥。"

"勺子一刮就下来了。"丁瑶"啧"了一声，"螃蟹这么好吃……你今年的生日愿望就许一个能给你剥蟹肉的男人吧……"

"别了吧，不恋爱了，姐要专心搞事业。"周漠咀嚼着嘴里的牛百叶，面无表情地说道。

"你跟他……"陈乔粤斟酌地问道，"真散了？"

"谁？"丁瑶一脸不解地看向她们。

周漠喝了口西瓜汁，"嗯"了一声，又对丁瑶道："就那个谁……李柏添……"

"为什么？"丁瑶问完，看向陈乔粤，"你知道？"

"这事你不知道吗？"陈乔粤纳闷。

"我不知道啊。"丁瑶直摇头。

"我跟他分手了。"周漠边涮生蚝边道，"你最近老不在广州，所以也没机会跟你说。"

"分手？为什么分手？"

"性格不合。"周漠吃着生蚝，含糊不清地道，这个理由简直就是万能的。

"最近是不是水逆啊？怎么一个个感情都不顺……"丁瑶道。

"你跟钟医生怎么样了？"周漠问陈乔粤。

"一说到钟医生我就想起那碗螺蛳粉……"丁瑶愤愤地说道。

那天，陈乔粤把偷拍到的照片放群里，背景是在食堂，穿着白大褂的男人摘下口罩，露出整张脸来，极粗糙的像素表明这张照片是被人远距离拍下的。

说来好笑，陈乔粤思来想去，他只有在吃饭或睡觉的时候摘下口罩，睡觉的样子她肯定看不到了，那就只剩下吃饭。那天她偷偷跟着他到医院食堂，一路上鬼鬼祟祟，终于在他摘下口罩时拍下那张照片。

整个过程猥琐又刺激，如果被旁观者看到，可能会直接上新闻。

"帅的。"周漠短短两个字让丁瑶吃上了生平最厌恶的螺蛳粉。

"我听说……"陈乔粤也长长地叹了口气，"他结婚了。"

"那确实可惜了。"周漠劝道，"四条腿的蛤蟆不好找，两条腿的男人到处都是。"

"你说错了吧？"丁瑶纠正她，"是三条腿的蛤蟆不好找……蛤蟆本来就是四条腿。"

周漠点头："对，对，对。"

"好男人都英年早婚。"他已婚的消息是陈乔粤从一个老护工嘴里得知的。小陈希在医院照了一个星期的蓝光，照完后又观察了两天才出院，期间一直是由陈乔粤照顾。

"我记得就是去年，他还派了请帖，护士站的姑娘都去喝了喜酒……"

说不失望是假的，钟昇无论是职业还是身高、长相，都符合她的择偶标准，那段时间相处下来，她发现他的性格也很好，人很温和，对新生儿耐心十足。陈乔粤觉得自己情路颇坎坷，每回难得有一个中意的，却总是阴差阳错。

三人各怀心事，举杯相碰，西瓜汁喝出了酒的气势。

"没有酒总觉得缺了点儿什么……"丁瑶第一个不满，"小乔，拿酒来！"

陈乔粤笑着起身去拿酒。

"等等，喝酒之前咱们先把流程走完。"丁瑶从冰箱拿出蛋糕。

周漠看到那蛋糕，笑得脸皱成一团："为什么这么多只小猪啊？好可爱呀！"

"最近这个 LULU 猪很火，觉得你会喜欢。"丁瑶插上一根蜡烛，点燃后，笑道，"许愿吧！"

周漠闭上眼睛，去年今日，她希望新的一年能买一套属于自己的房子，机器人项目能成功，她跟许宁能和和睦睦走下去……如今看来，只有第二个愿望勉强达标，第三个简直晦气。

新的一年，周漠同样许下了三个心愿。蜡烛灭后，她们敷衍地唱了两句生日歌，便开始饮酒。酒后的世界跟清醒时是完全不一样的，混沌的感官里，脑子变得迟钝，嘴却比什么都快。

陈乔粤说："他为什么要结婚？连个机会也不给我……"

周漠说："李柏添你就是个傻瓜，我那么喜欢你，你为什么一次次伤害我？你就是对我有偏见！我最看不惯你高高在上的样子！我在你心里……就只是个心机女的形象？那你为什么要跟我在一起？！"

周漠越说越激动，说到最后直接站在沙发上，幻想着满屋子都是李柏添的人头，她对着空气一通指："总有一天我要听你认错，我要你乖乖讨好我……"

这一幕看得陈乔粤跟丁瑶目瞪口呆。

"赶紧录下来。"丁瑶催促陈乔粤。

陈乔粤憋着笑，录完了全程。这晚，桌上的残羹无人收拾，地上的空酒瓶七倒八歪，沙发上三个女人躺得毫无形象。

过了许久，手机铃声突兀地响起。

"谁的手机响？"陈乔粤嘟囔了一声。

丁瑶摸到自己的手机，见没动静，拍了拍闭目养神的周漠："是你的手机响。"

周漠不情不愿地睁眼，见是陌生号码，她接起："喂？哪位？"

"是周小姐吗？"

"我是。"

"我是跑腿的，有人给您送了鲜花和礼物，麻烦你下楼拿一下。"

"我不在家。"周漠清了清嗓子，问，"谁送的？"

"上面没写姓名。"

"那要是给我送个炸弹或者死老鼠怎么办？"

"不会的周小姐，只有一束鲜花还有一个很小的……应该是首饰盒。"

"我真不在家，你送到这边来吧。"她报了陈乔粤小区的地址。

"这个……"对方支支吾吾。

周漠秒懂："我会再支付一笔跑腿费，麻烦你了。"

"那好。"

周漠挂了电话，又倒了下去："谁会给我送礼物啊？还用跑腿送。"

"会不会是李柏添？"陈乔粤问。

周漠闻言，脑子顿时清醒了不少，鲜花和首饰？

半小时后，陈乔粤跟丁瑶陪着她下楼，只因她这晚实在喝得有点儿多，她们都有些不放心，虽然这会不到十点，小区楼下正是人最多的时候。

"周漠，你现在能走直线吗？"丁瑶逗她。

"怎么不能？"周漠走给她看。

三人说说笑笑到小区门口，外送员已经在那儿等着了。周漠接过那束巨大无比的红玫瑰，还有一个精致的购物袋。

"看看有没有署名？"陈乔粤跟丁瑶好奇道。

周漠心思不在此，她抬眼，刚好就看到停在路边的黑色奥迪。她有些想笑，这不是偶像剧的桥段吗？既然他来了，为什么不下车？

周漠抱着那束夸张的鲜花，快速朝那辆黑色奥迪走去。陈乔粤跟丁瑶见状，吓了一跳，赶紧跟上。

"下来！把你的东西收回去！"周漠不顾形象，猛拍车窗。

路边的人知道有热闹看，纷纷停了下来。陈乔粤跟丁瑶一人一边拉住她，担心她一个站不稳摔倒。

"下来！我不要你的破花！"周漠还在叫嚷。

很快，驾驶座的门突然打开，从里面走出个肥壮的男人，满脸不可思议地看着她："不是，谁送你花了？"

…………

周漠打开首饰盒，盒子里躺着的是一对四叶草形状的钻石耳钉，围观群众见状，同时"哇"了出声。

"宝格丽的耳钉。"丁瑶惊呼道，"谁这么大手笔？有人想追你？"

周漠盯着那钻石耳钉，神色复杂："这个……贵吗？"

.231.

"这款还行。"丁瑶顿了顿，"两万多……这个系列还有另一款镶了很多碎钻的得七万多。"

周漠顿时酒醒了一半，试图从跑腿订单里找出点儿蛛丝马迹，然而她就快把那行陌生地址盯出个窟窿来，也还是全无印象。

这么执迷于送她耳钉的，她只想到那个男人。

"你知道是谁送的吗？"陈乔粤好奇道。

"我得问问。"

周漠拿出手机，犹豫着是给他发短信，还是直接打电话。自从上次在车上分开，他发过几次短信来，她一次也没回复。对话框里，最后一条信息是五天前，他知道她离职了，问她是否有时间见个面？

陈乔粤跟丁瑶见她脸上神情变了又变，默契地回房，把客厅留给她。周漠起身接了杯冰水，几口下肚，待脑子清醒了些，才拨通他的电话。

李柏添这天到中山参加一个大学好友的婚宴，当年玩得好的那群人陆陆续续都已经结婚，有些二胎任务都已经完成了。李柏添作为唯一一个单身男士，理所当然地成为幸运的伴郎人选。

"高皙峰，你叫阿添做伴郎，不怕他抢你风头？"不止一个人这样打趣过。

"怕个鬼，他这么多年不拍拖都不知道是不是身体有隐疾……"

李柏添对于这样的打趣往往不屑理会，算起这次，他已经是第三次当伴郎了，一次次见证身边好友走进围城，说毫无感触那是假的。

每每见到台上八尺高的老友哭成个泪人，他对婚姻的向往会多出几分。但这种向往仅限于那一刻，当婚礼结束，回到平常生活，少了那种氛围渲染，他又恢复了一贯的态度——对于婚姻，他不期待，也不排斥。

婚姻对他来说不是必需品，也不是调剂品。他觉得最好的亲密关系是维持热恋，所以当每一任女友有想要进入婚姻的苗头时，他会立刻表明态度，并且把选择权交给女方。当然，每一任都受不了他对婚姻的态度，于是干脆分手。

周漠的出现，让他有了久违的怦然心动，都说最有魅力的女人是她套个麻袋站在那里，给你一个眼神，你便疯狂想扒开麻袋去探索她身体的秘密。

周漠起初对他是有致命的性吸引力的，她在台上用勾人的眼神唱着哀怨的情歌，腮边的碎发被风吹起，优美的直角肩，性感的锁骨，白皙的肌肤，恰到好处的丰满，就连额角的汗珠也是诱人的……那晚的她让他想起《纵横四海》里的钟楚红。

见多了木棉花的李柏添，那一刻被红玫瑰深深吸引。

所以这晚，在让好友准备花束时，他选了红玫瑰，好友笑他俗气，但他觉得红玫瑰莫名适合她。

"刚刚我六婶跟七姑婆跑过来问我你有没有女朋友……"当晚全场

最忙的新郎哥高智峰找到他，连忙拉住他，笑得见牙不见眼，"呐，这些是今晚的卡片。"

他将几张写了电话号码的卡片塞进李柏添的西服口袋："回去一个个加一下，看看有没有心动嘉宾。"

"痴线。"李柏添笑骂。

"不知道是不是因为我结了婚，我现在真的不忍心看你孤家寡人……"

"你现在是肾上腺素飙升，过几日就会恢复正常。"

"反正我今晚就想把你推销出去……"

话说着，有个女孩停在他们身旁。

"六婶的女儿，我堂妹高诗雅。"高智峰介绍起二人，"我老友，李柏添。接下来你们就自己发挥啦！"说完，他便被亲戚拉去敬酒了。

"你好。"女孩打招呼道。

李柏添只好笑着回应："你好。"

"你是广州人？"

"嗯。"

"我听他们讲你在广告公司就职？"

"是。"

"我刚刚毕业，也想进广告公司……"女孩笑容甜美，"不如我们过去那边坐下聊会儿天？"

李柏添抬手看表，正要说话，口袋里的手机响，他连忙掏了出来，又对女孩抱歉地笑笑："不好意思，我接个电话。"

"好，你先忙。"

李柏添走出宴会厅，找到一个安静的角落，才把电话接起："周漠？"

他嗓音不自觉地收紧，这些日子他发出去的信息就像石沉大海，毫无回音。那天晚上，她固执地不让他送她回家，一个人在雨中等车，那决绝的模样几乎就是告诉他，他们彻底完了。

事后王浩哲找到他，问他还有没有补救的办法？他万死不辞。

李柏添没吭声，几杯酒下肚，才开口："没用的。"

"看来你这次真的动心了……"王浩哲深深地懊悔，"我真的该死……"

"其实她说得对。"李柏添再次将黄色液体送入口中，"迟早都会有这一天。"

"要不我出面请她出来吃顿饭，解释一下？"

"不用。"

他知道，周漠正在气头上，那种时候把她逼得太紧只会起反效果。

这头，周漠听到他的声音，喉间一紧，忽然想到，这通电话是否不妥？如果礼物不是他送的，她这样贸贸然地问他，是不是太奇怪了？

没听到回音，李柏添又问："你还在吗？"

"我打错了。"她快速说道。

"先别挂。"他像是已经预判到她的下一步，语速也快了许多。

周漠握着手机没出声，半晌，那头的声音不疾不徐地传来："生日快乐。"

"礼物是你送的？"她脱口而出。

"嗯。"李柏添说，"我现在不在广州，没办法亲自拿给你，耳钉喜欢吗？"

"太贵了，我不会要的。"她说，"你什么时候回来？我还给你。"

"这是生日礼物。"他说，"也算是我的……道歉礼物。"

周漠摇头，摇完才想起他根本就看不到，于是又道："那我也不能要。"

"我这边还有点儿事没处理完，如果你真想把耳钉还给我，那等我明天回广州，我们见个面？"

"你什么时候回来？"

"大概明天中午十二点。"

"可以。"

"好，那先这样。"李柏添挂了电话后，收起手机，往宴会厅走，脚步不自觉得轻盈了许多。

隔天中午，周漠醒来时已经快十二点，陈乔粤跟丁瑶在客厅拆快递，见她顶着乱发出来，陈乔粤指了一下餐桌上的外卖盒："给你点了剁椒鱼头，赶紧刷牙吃饭。"

"我不吃了，有约。"周漠进浴室洗漱，出来时见那两个女人正在试用新买的眼影。

"周漠你过来，你皮肤最白，我看看效果……"

周漠不情不愿地走过去："我要迟到了，要不今晚再试吧？"

"反正你也得化妆，一会儿你把眼睛那块留出来，我帮你上眼影。"

李柏添在餐厅里等了她一个小时，才见她姗姗来迟。

"抱歉啊，路上堵车。"周漠在他对面坐下，淡淡地说道。

"没事，我也刚到。"他把菜单推到她面前："看看吃点什么……"

周漠从包里拿出那个精致的首饰盒："还给你。"

"不着急。"他缓缓地说道，"先吃饭。"

看她吃饭其实也是一种享受，她不挑食，什么都吃，只要吃到哪个特别好吃的，便能听到她感慨一通："这绝对是世界上最好吃的食物，没有之一。"

宿醉过后，周漠食欲不佳，只要了份南瓜粥。看图片还挺有食欲的，一见到实物，她瞬间又不想吃了。

"你脸色怎么这么难看？"他关心道。

周漠一只手按胃，一只手扒拉着滚烫的南瓜粥："没事。"

"要是不想吃，就点别的。"他见她扒拉来扒拉去，一口也没进嘴里。

她抬眼，见他满脸写着担忧："这么关心我？"

李柏添见她开始阴阳怪气，心里好受不少："我还等着在无人商店项目上跟你切磋。"

"你放心，死不了……我也很期待接下来跟李总的合作。"她心想，就算死，也要狠狠地先把他折磨一遍再死。

"看来你信心满满。"

"下班后不谈公事。"她撇了撇嘴，拿他当初的话刺他。

"后天你就入职大松了。"他笑道，"这顿饭就当是提前给你庆祝了。"

二人同时盯向那碗被搅得稀烂的南瓜粥，心想这庆祝是不是太寒碜了？

"这对耳钉，就当是你的入职礼物。"他把那首饰盒又推回她手边。

周漠笑出了声："又是生日礼物，又是道歉礼物，又是入职礼物，这对耳钉还真是物尽其用，李总果然是精明的商人……"

"只要你能收下就行。"李柏添没搭理她的挖苦，面对她一切坏情绪，他照单全收。

"这算不算贿赂？"她挑眉。

"你一个小小的市场推广有什么贿赂的必要？"他无情地拆穿。

"那你是什么意思？"她凉凉地问道，"我们都分手了，你还送我这么贵的礼物，什么意思？"

"我们之前分手的理由，其实现在看来……挺站不住脚的。"

周漠捏住汤勺的手紧了紧。

"周漠，既然我们现在没有利益关系了，能不能……"

"怎么没有？"周漠猛地抬手，阻止他往下说，"你记性怎么这么差？我们接下来还要合作无人商店的项目呢……"

"总不会有人以为我要靠跟你在一起，来维持奥美跟大松的关系？"

"你发现没有？"周漠像听到了一直以来想听的话，她激动得接下来的话都说得语无伦次，"你这人就是傲慢，当我是乙方的时候，你下意识就觉得我要靠跟你睡拿业绩，当你是乙方的时候，你却不怕别人这么想了。当初我们不够了解对方就在一起了，认识的时机不对，最初相处的方式也不对……嗯，太多不对了，不过好在我们分开很正确。"

他故意忽略了她最后那句话，继续说道："既然不对，那就去纠错，根本不是什么不可原谅的罪过，为什么不能再给我一个机会？"

"你看，你说这句话的时机又不对。"周漠微微一笑。

李柏添盯着她的笑脸，别过头去，半晌，才重新看向她："是因为那天晚上？"

周漠没点头也没摇头，只是道："所以你说，还怎么重新在一起？好事不出门，坏事传千里，你能保证你的朋友不会告诉别人？往后只要

.235.

我们站在一起，就会有人恶意揣测我。"

李柏添脸上出现懊恼的神色，但他还是试图挽救："我可以保证的是……他不会说出去。"

周漠摇了摇头："你还没发现我们的问题在哪里吗？虽然我不想承认那段日子不光彩，但实际上在谁看来，我接近你都是有私心的。哪怕我自己，我也不能保证百分之百是出于爱意。"

周漠对他笑笑："以前觉得这些话很难启齿，现在发现说出来也没那么难。"其实二人都心照不宣，只是由她率先点破罢了。

"所以我说了。"李柏添正色道，"我们可以重新开始。"

他把"重新"二字咬得极重。

"我想要的是一个尊重我的另一半。"周漠一字一句地说道，"如果我现在还是个销售，你会提出重新开始吗？你恐怕还会继续发散思维……"后面的话她没往下说。

"你这个如果并不成立。"李柏添险些被她的诡辩绕进去，"如果你还在安兴科技，我们继续有利益纠纷，你肯定不会同意我重新开始，但是现在你的身份变了……"

"可是我现在还会经常想起你中伤我的那些话。"周漠眼神一下变得凌厉，"哪怕到现在，你心里想的依旧是我能跳槽到大松，是因为我跟陈深关系不简单吧？"

李柏添眼神暗了暗，半晌，他为自己开脱："我没这么想。"

"可是我会觉得你就是这么想。"她耸了耸肩，"所以你看，有些刻板印象不是一朝一夕就能改变的，不仅是你对我，还有我对你……"

"我从来没打算逼你今天就做决定。"李柏添松了口气，"我只是对你表明我的态度，我肯定是想……重新跟你在一起的。"

他顿了顿，又道："当然，既然你现在对我还没有信心，我可以慢慢等。"

周漠发现，他们很少像这一刻这样心平气和地聊天，往往总是说不到两句就吵起来，结果话没说开，问题也没解决，两个人总是车轱辘话绕来绕去，猜来猜去。

当局者迷，她此刻跳出那个怪圈，成为一名还算清醒的旁观者，所以她能一眼看到问题所在。两个人介意的，其实都是那段不光彩的日子。

他介意她是因为签单才跟他在一起，而她介意他居然这样想她。就这样，居然还能各怀鬼胎地相处了快一年，不得不说，这当中要是说没半点儿爱也说不过去。

如果要重新开始，那估计得等到某天，彼此都放下对对方的偏见。

"交给时间吧。"周漠淡淡地说道。

听她松口，李柏添暗暗松了口气："既然把话说开了，你胃口好点儿了吗？叫点儿东西吃吧，你的粥……"

周漠低头，看了眼被搅得稀烂的南瓜粥，猪都不吃。

"没胃口不是因为你。"她撇嘴，"昨晚喝太多了……"在被那位肥壮的奥迪车主一吓之后，她当场扶着一旁的树干吐了起来，这会儿喉咙还有点儿疼。

一想到昨晚的大乌龙，她脸上有些不自在，奥迪车标那四个圈很好认，但是她没戴眼镜所以看不清车牌，酒精驱使下干出那种蠢事。事后她在想，其实她心里对他还是有气的，也不止一次幻想过他能主动上门来解释或道歉，所以才会下意识地以为那是他……

"昨天去参加了一个大学同学的婚礼，所以没能赶上给你过生日。"他道，"礼物你还是收下吧。"

"非亲非故的，我不可能收这么贵重的礼物。"

"那就当提前收下行不行？"

周漠琢磨他这句话，喝了口热茶，缓缓地说道："你这么有信心？"

"这点儿信心还是有的。"

"李总追女人的方式就是送奢侈品？"

他一噎："我以为你会喜欢。"

"耳朵就两个。"她意有所指。

他若有所思地点头。

周一，周漠正式入职大松，成为无人商店项目其中一员。

大松的办公室在珠江新城，建在地铁站上，不用出站，乘坐电梯就能直达。周漠心想，这可太好了，往后暴雨天她的衣服不会再被雨水打湿。

她所在的团队比她想象中还要大，这一层所有人都是，目测有百来人。听说以前还有专门的营销团队，后来发现外包给广告公司效果更好、性价比更高，于是整个营销团队被砍。

大松采用的是项目制，每个项目组都在不同的写字楼，彼此互不干涉，做得出色的组升职加薪，业绩差的则全线被砍，把弱肉强食那一套玩得明明白白。

周漠刚到第一天，已经被身边每一位同事的高效震住，夸张到他们说话都仿佛放了二倍速。她心想，以后应该是没机会"摸鱼"了，果然资本家都不是菩萨，给你多少钱，就要从你身上榨出多少价值。

陈深下午才回公司，进门后一眼看到她，他走到她办公桌旁，手轻轻地敲了两下她的桌面："跟我进来。"

周漠连忙点头，把电脑上的资料文档关掉，跟他进了他的办公室。

"感觉怎么样？还适应吗？"陈深拿起桌上准备好的咖啡，喝了一口，笑问道。

"我才来了半天……"周漠坦言，"不过感觉挺好的。"

"这边的氛围就是这样的，上班期间把八个小时当十个小时干，争取不加班。"

她想，那么大的工作量，怎么可能不加班？

"我刚刚见你在看文档？"陈深问。

"对。"周漠点头："Tracy（特雷西）把无人商店的文档发给我了，让我先熟悉一下。"

陈深"嗯"了一声："看多少了？"

她讷讷地道："一个PPT还没看完。"实际上那PPT几百页，她边看边理解，很多专业词汇都是第一次见。

"你不用紧张。"陈深宽慰她，"刚来是这样的，慢慢适应就好了。"

周漠忙点头。

"我叫你来是想跟你说，明天要出差。"陈深放下咖啡，从一旁的文件中抽出一张，"过两天杭州会举办一个中国零售业博览会，你跟我去一趟。"

"好的。"周漠又问，"大概去几天？"

"三天。"

"行。"

之前她了解过做市场推广就要天南地北地跑，好在出差对于她来说就像吃白饭那么简单。

当晚，周漠在家收拾好行李，正打算洗澡，手机振动，她拿起一看。

"第一天上班还适应吗？"是李柏添。

她想了一下，回复道："挺好的。"

"我现在在你家楼下，你方便下来吗？"

周漠顿时傻眼。大热天的妆早就已经花了，加上收拾行李出了一身汗，这会儿怎么下楼见他？

"你怎么来了？"她问。

"不方便？"他顾左右而言他。

"那你得等我一会儿。"

"可以。"

她迅速卸妆洗了个澡，换好衣服后，头发随意吹了几下，见时间已经过了二十分钟。

"你还在吗？"她不确定地问了一句。

"还在。"

周漠下楼，见他的车就停在小区门口，有了上次的经验教训，她非常谨慎地先绕到前面去看车牌。

李柏添坐在车上，见她被车灯打亮的脸，她眯着眼不知道在看什么，于是他推门下车："周漠。"

周漠看着他，走近："什么事啊？"

"刚洗完澡？"他问。

"嗯。"

"上车聊吧。"这天气太闷热，一离开空调房，人就容易半死不活。

上了车，李柏添从车后座拿出一个纸箱。

周漠定睛一看，居然是一箱桂味荔枝。

"这是？"她不解。

"刚摘的荔枝。"他一本正经地道，"你嫌耳钉贵，这箱荔枝你总得收下吧？"

周漠哭笑不得，但不得不说："挺好的，谢谢你。"

"你这是喜欢还是不喜欢？"他笑问。

"喜欢啊。"她说完，又问，"所以你叫我下来，就为了给我一箱荔枝？"

"想看看你。"他哑声说道，"接下来一个星期我要去杭州……"

"这么巧。"她脱口而出。

"嗯？"

她踌躇片刻，还是道："我也要去杭州出差。"

他想了一下："中国零售业博览会？"

"你也是？"该不会真这么巧？

"那倒不是。"他摇头，"有一个新项目。"他没多说。

"嗯。"

"你跟陈深一起去？"他又问。

周漠点头，看着他："你又想说什么？"

"每次一提到陈深你就多。"他笑得无奈。

"我怕你又发病。"她低声嘟囔道。

"我有你想的那么小气吗？"

小气……这个词一出口，二人都微微愣住。

周漠率先转移话题："还有事吗？"

"没了。"他低叹，"就想看看你。"

"下回不用跑过来了，浪费油钱。"她说着便推开车门。

"等等。"

李柏添也下了车，打开车尾箱，从里面拿出一个购物袋。

"这个也是送你的。"

提着一箱荔枝的周漠站在原地，不解地看着他。

"新入职的礼物。"他说，"这回肯定不是耳钉了。"

那么大的盒子，那么显眼的 logo，估计不是鞋就是包。周漠依旧摇头，扬了扬手上的荔枝："你的心意我领了，我还是更喜欢荔枝。"

他却抓过她的手，把购物袋的拎绳放到她手掌心："收下吧。"

夏季的风夹杂着桂花香，他身后是一棵巨大的桂花树，垂落的枝叶顺着门口的保安亭往下爬，周漠看到他那车顶落下不少残花，风一吹，

.239.

他头发上也有一两朵。

浓郁的花香加上闷热的风让她脑子片刻缺氧，手掌心那绳子割得她有些疼，痛感让她回过神来，正想开口，突然听到一把粗犷的男声响起："不要在这里停车停太久啊，挡住后面的车了！"

李柏添笑出了声："回去吧，我也走了。"

周漠回到家，放下那箱荔枝，在纠结了许久后，终于好奇心占了上风，她没忍住打开那个购物袋。一层层包装揭开后，里面是一双裸粉色粗跟单鞋，跟高目测不超过六厘米，是日常都能穿的款式。

周漠的鞋柜里最多的是板鞋，其次是人字拖，三双某品牌的帆布鞋陪伴她走过一年四季，高跟鞋也有，大部分是靴子。她的脚后跟凸起一小块，穿包跟的鞋子非常容易磨脚，只有穿上厚厚的袜子才能避免，因此要找到适合她的高跟鞋很难。

她将鞋子套在脚上，在房间内来回走了两圈，意外地发现脚后跟并不疼。果然是一分钱一分货。

周漠脱下鞋子，坐在地板上，陷入沉思。

他为什么送她鞋子？是想告诉她，她其实能找到不磨脚的鞋子？前提是要支付一笔高昂的费用？还是说，他的意思是，越贵的东西越好，比如他？或者是……要找到一双合脚的鞋子很难，但实际上她已经找到了？

第十八章

好 哄

在被贴上"福报之城""网红天堂"这些标签之前，杭州是周漠继广州之后第二喜欢的城市，很多人觉得杭州是一座被高估的旅游城市，她却觉得是低估了，也许是因为她每次到访时天气都刚刚好，那些被认为"盛名难符"的景点在她看来都美得像一幅画，比如西湖。

上一次到杭州是三年前的夏天，那时候她的年假即将清零，刚好手头上的工作也告一段落，于是请了三天假加一个周末，在杭州待了五天。

夏天的西湖很浪漫，她至今犹记得傍晚时分在西泠桥边踩单车，碧绿的梧桐树，蔚蓝的湖水，习习的晚风带着花香。许多穿着汉服的人在湖边拍照，撑一把小纸伞，调个滤镜瞬间梦回江南。

这次再来，心境却大有转变，在越来越多的人涌入这座城市，如今的杭州已经摇身一变成为新一线，处处与国际大都市接轨，高压工作下，她很难再看到闲散漫步的人，那些疲惫的脸跟她在广州所见的并无不同。

透过车窗往外看，有几个网红在街拍，潮人恐惧症的周漠只有隔着窗，才敢这样盯着她们看。

"杭州的网红经济已经很成熟了。"陈深也看过去，说道。

这一路开过去，已经见过几拨风格各异的网红，周漠不禁感慨道："竞争也挺大的。"

"哪里利润高，人就往哪儿扎堆，这很正常。"

周漠想到丁瑶，在丁瑶成为网红之前，她根本不知道原来小粉书你随便看到的笔记都可能是广告，那些所谓"种草""拔草"，都是商家安排的，只要给钱就能吹得天花乱坠。

都说要做一个品牌不容易，但周漠觉得，比起以前，现在反而更容易。首先你只需要到一些人流量极大的网站上找几千个博主发内容，持续一年半载不断地输出，之后再找几个头部网红做"种草"和"背书"，品牌瞬间就立起来了。

李柏添此行到杭州的目的之一就是这个，无人商店的推广策划里，需要一支优秀的直播队伍。

周漠对零售业一无所知，这回跟着陈深参加这个博览会，完全是抱着学习的心态，因此全程不敢懈怠，但凡遇到个新鲜词汇都要拿手机拍下以便回酒店后做功课加强巩固，一天的会开下来，手机相册多了几百张照片。

"今晚有个饭局。"刚走出杭州国际博览中心大门，陈深接了个电话后对她说道。

周漠没想到这个饭局是李柏添主导的，在座的除了他，还有一位面容姣好的女人。周漠觉得她面熟，却想不起来在哪里见过，在听到她做自我介绍后才想起，这是近期某短视频平台很火的一位美食探店博主。

杭州有着得天独厚的条件，华南地区以外的第一家无人商店就开在这里，月底开业，奥美打算先直播预热，再由这名美食博主拍一段探店vlog（视频）。

周漠听着他们相谈甚欢，下意识地起身帮忙倒酒，她刚拿起醒酒瓶，所有人的目光忽地全落到她身上，包括一旁站着的服务员。

周漠这才反应过来，职业病还真是一时半会儿改不了。她面不改色，继续手上的动作，先是走到那博主身旁，帮她添好酒后，再到李柏添，周漠盯着酒红色的液体落入高脚杯，他的手指在桌上轻敲，随后听到他道："谢谢。"

她对他笑了笑，走向陈深。

"不用，我喝不了多少。"陈深挡住了她的手，笑着说，"别忙了，交给服务员吧。"

一旁的服务员闻言，连忙从她手上接过醒酒瓶："我来吧。"

女博主很健谈，也很有想法，这一晚上周漠都在观察她，攀谈间得知她跟李柏添是旧相识。短短两个小时相处下来，周漠心想有些人能在千万个小喽啰中厮杀出来，绝对是有其过人之处的。

比起妆容精致、斗志满满的她，一脸倦意的周漠显得灰扑扑的。

这顿饭吃了将近两小时，到最后，周漠满脑子都是酒店的浴缸，今天一刻没停过，她就想着一会儿回去一定要将浴缸放满水，再敷个面膜，好好放空自己，然后再睡个好觉。

饭局终于结束，四人往外走，陈深跟女博主还在聊一些细节，周漠跟在他们身后慢慢地走，很快距离就拉开了。李柏添结完账回来，见她落单，于是走近她。

"困了？"他的声音在耳边响起，周漠一个激灵，强打起精神。

"有点儿。"她低声道，余光往前面二人身上瞄，见他们没看过来，心才稍稍定下。

"你们明天回广州？"他问。

"嗯。"

"你住哪个酒店？"

她报了个酒店名。

"今晚我看你没怎么吃。"他又道。

"我吃不惯苏杭菜。"她直言。

杭州就是个毫无异议的美食盆地。

"你菜没吃两口，酒倒是喝了不少，不怕一会儿又胃痛？"

周漠闻言，抬眼看他："没那么脆弱。"

话音刚落，见女博主朝他们走来，二人同时闭上嘴。

见来人欲言又止，周漠识相地说道："李总，那我就先走了。"她说完朝二人点了点头，快步离开。

半个小时后，周漠如愿以偿地回到酒店，陈深说了句好好休息便回了房。

幻想中的敷面膜泡澡很美好，可这会儿她一想到还要清洗浴缸，还要放水，泡完澡还要淋浴，瞬间什么想法都没了。最终她选择直接冲向淋浴间，快速洗了个澡，之后舒舒服服地躺在床上。

洗完澡肚子开始响，这晚真如李柏添所言，那些甜腻腻的菜根本入不了她的口。胃隐隐作痛，又被他说中了。

周漠拿出手机，打算叫个外卖，翻了几页，不是烧烤就是炸鸡，要么就是各式各样的面馆，可这会儿她不想吃面，她想吃粥，最好是潮汕砂锅粥。

电话响起，见到来电人，她愣了一下，犹豫许久，才按下通话键。

"喂？"她轻声道。

"去吃消夜吗？"李柏添在那头问道。

周漠按着胃的手一紧，疼得她"嗯"了声。

"我在你酒店楼下。"

"你现在怎么动不动就闪现？"她低叹道，"你们都是铁打的吗？"

一个一个都精神抖擞，就她跟朵蔫了吧唧的喇叭花似的。

"我开了半个小时的车过来的。"他笑道，"去吗？"

"这边有潮汕砂锅粥吗？"她问。

他许久没回复，周漠"喂"了两声。

"附近两公里有一家。"他回道，"但是不知道正不正宗。"

五分钟后，周漠下楼，在酒店门口见到一辆白色丰田。

李柏添摇下车窗，叫了她一声："这里。"

周漠上了车，问道："车子是租的？"

"嗯，租车办事方便。"

"你怎么不租辆宝马、奔驰？"

"车子就是个代步工具。"

"那你为什么买奥迪？"

"你不觉得我那辆车外形很酷吗？"他笑着反问。

周漠对车子没研究，想了好一会儿，撇了撇嘴，说："没什么特别。"

这话足以惹怒每一个发烧友，李柏添果然皱眉："在同价位的车里，我那辆外形跟内饰都是最佳的。"

"你说是就是吧。"她故意说道。

李柏添终于侧过头看她，见她头发披在肩上，面色发白，他这才发现她的不对劲："你怎么了？"

"被你的乌鸦嘴说中了，胃疼。"

"那是先吃粥还是先吃药？"他无奈地摇头。

"先吃药吧。"周漠叹道，砂锅粥从下单到上桌怎么着也得一个小时。

很快，车子在一家药房门口停下，他下去买药，这回轻车熟路地找到她要的那一款，又跟前台要了杯热水。

周漠服下药，整个人恹恹的："谢谢啊。"

"你这病多久了？"他问。

"职业病，工作没多久就得了。"周漠望着窗外的路灯，眨了眨眼，"不是什么大事，胃病就跟鼻炎一样，很多人都有，好的时候没什么事，一发作要人半条命。"

她的饮食习惯也是很大的原因，李柏添心想，明知自己有胃病，还嗜辣。

他说的那家砂锅粥看门面装修得挺气派的，周漠一见，嘟囔道："估计好吃不到哪里去。"

"先试试吧，我看评价还可以。"

李柏添要了一煲两人份蟹粥，还有一份湿炒牛河。

湿炒牛河先上，周漠饿得胃抽搐，但她不敢吃，太油腻了，她拿起茶杯，刚碰到嘴，被他拦住："胃疼喝水，别喝茶。"

他让服务员拿了个新的茶杯，帮她倒了杯热水。

"好吃吗？"周漠见他吞下牛河，问道。

"还可以。"

"你这么挑食，还可以应该就是不错。"她道。

李柏添笑笑："我也没有很挑食吧。"

粥比想象中快，一上桌，看到煮得稀烂的米，周漠脸顿时就垮了："怎么像是粤式粥？"

李柏添拿着汤勺搅了几下，安抚她："先试试。"

周漠忍着不满尝了一口，果然味道很淡，几乎没有海鲜味，像是先把粥提前煮好，再倒入海鲜快火滚熟。

"不吃了。"她放下勺子，脸都黑了。

胃病发作的周漠就像一只受伤的狮子，逮谁咬谁。

"你刚吃了药，得吃点儿东西垫垫肚子。"他的声音不自觉地放柔。

周漠何曾听到他用这样的语气说话，温柔得像是在哄孩子。

她有一瞬间恍惚，眼前的人根本就不是李柏添，或者说肉体是他，灵魂被调包了。

"真吃不下。"

李柏添招手叫来服务员："给我一碗香菜。"

周漠见他将虾一只只剥好放在粥里，加上一小簇香菜，轻微搅拌后放到她跟前："你就当是在吃香菜粥。"

周漠咋舌："我是爱吃香菜，但这是不是太多了？"

"试试。"

她在他的眼神中败下阵来，舀了一口送进嘴里，一口香菜一口虾肉，确实还不错。

李柏添见她一整碗吃完，又帮她添了一碗，再将剥好的虾肉、蟹肉倒进去。周漠突然想起生日那天，丁瑶打趣她新的一年找一个愿意帮她剥蟹肉的人。她望着他盘子里的蟹壳，久久未动。

"饱了？"李柏添的声音将她拉了回来。

"你这是在干什么？"她将头发夹到耳后，低头哑声说道。

"还看不出来吗？"他笑笑。

"我都快不认识你了。"她坦言道。

"那就重新认识吧。"

"其实你没……没必要做这些。"

"剥个蟹就把你感动坏了？"他开玩笑道，"你这么好哄？"

周漠盯着他玩味的笑脸，咬唇道："那倒也不是。"

"赶紧吃吧。"他轻轻地敲了敲桌子。

李柏添把车停在酒店门口一侧，他扭过头看她，副驾驶座的女人已经熟睡，头偏在一旁，长发挡住半张脸，仅露出红润的唇。密闭空间内，空气中全是她身上沐浴露散发出的淡淡青草香。

李柏添知道她今天很累，整个饭局她除了假笑还是假笑，以他对她的了解，如果是发自内心的笑，她的卧蚕会向外拉扯，苹果肌上扬，但一整晚，他只看到她嘴角勉强勾起两个弧度。

一想到明天她回广州，他却还要继续待在这边，冲动之下开了半个小时的车来找她，想着在她临走前再见一面，发出消夜的邀请其实他没抱多大希望，没想到她会答应。

李柏添觉得这个女人很矛盾，有时候觉得她脾气挺大的，有时候又觉得她不过是只色厉内荏的绵羊。

他身子贴近她，将座椅往后调，让她睡得舒服些。

车内温度正合适，车载电台播着催眠的情歌。

"但分别中的人，夜深是否一人，你会否沉闷里恋上别人？"

他盯着她的睡颜，神色复杂。换作以往，他会用吻唤醒她，再回酒店缠绵一晚，然而这会儿，就真的只能怔怔地看着。他鬼使神差地抬起手，然而指腹就快触摸到她的唇时，大掌还是在半空中突兀地停了下来。

意中人就在眼前，又像远在天边。分开这段时间，李柏添想起跟她在一起那段日子，总觉得快得不真实。开始仓促，发展仓促，结束也仓促。

甚至二人都还没想明白这当中有什么非分开不可的理由，但就是被一只无形的手推着走。跟他在一起，她真的一丁点儿快乐时光都没有？以至于三次提出要分开。

出于男人的直觉，他看得出陈深对她绝对是特别的，但有没有那个心思更进一步，他看不透，至于她对陈深有没有爱慕之意……

李柏添在考试、求职方面总是信心满满，唯独在感情上一再受挫，毕竟感情这种东西没定律也没公式，不同的对象要用不同的解法。他心里低叹，究竟他要怎么做，才能让她再次接纳他？

周漠缓缓转醒，看到男人近在咫尺的手，吓了一跳。

"醒了？"李柏添收回手，哑声问道。

"我怎么睡着了……"她清了清嗓子。

"太困了吧。"

周漠抬手看表："都这么晚了。"表盘时针已经指向深夜十一点。

"回去吧。"他道。

周漠用指腹摸了一下唇，见嘴唇干涸，她伸出舌头舔了舔，"嗯"了一声。

她推开车门下车，没走两步，被他叫住。

他朝她走来，手上拿着那盒刚开的胃药："你的药。"

周漠笑了一下，伸手接过："谢谢。"又道，"你回去小心点儿，别疲劳驾驶，要是太累就找个代驾。"

"好。"他笑道。

"走了。"

兴许是在他车上睡了好一会儿，这一夜的周漠哪怕身心俱疲，却入睡困难。周漠回忆起这晚相处的点滴，再加上这段日子他有意无意地示好，当然知道他是什么意思。但现阶段，她不会去考虑这方面的问题，尤其是跟他。

冲动的事干一次就好了，都快三十岁的人了，总不能在同一个人身上栽两次。

隔天，周漠起得早，洗漱完收拾好行李，见还有时间下楼吃早餐，刚出房门就见到陈深，她道了声"早"。

陈深对她点了点头："昨晚睡得好吗？"

"还行。"

二人边聊边下楼。

自助早餐看着样式挺多，但实际上能吃得很少，周漠拿了两个花卷，一碗白粥。陈深捧着碗牛肉面在她身前坐下，瞥了她的盘子一眼："吃这么少？"

"我早上一般吃不多。"

"杭州这边确实也没什么好吃的。"他笑笑，"去过苏州吗？"

周漠点头："去玩过。"

"苏州的早茶也很不错。"

"有机会去试试。"

"昨晚李柏添说，让我把你留下。"他突然说道。

"啊？"周漠不解。

"他来杭州是想组建一支直播队伍，面试了两天都没遇到特别满意的，所以想让你也帮着看看。"陈深吃了口面，"昨晚十二点多给我发的信息，奥美的人拼起来真是不要命。"

周漠咽下口中的白粥，心里五味杂陈："那您的意思是？"

"你就留下吧。"陈深对她说道，"之后你也要接触这一块，当提前学习了。"

周漠只好点头。

新酒店是在西湖边上一家老牌五星级酒店，这几晚住的都是五星级，大松在差旅费这一块比起安兴科技要大方许多。

周漠办理好入住后，接到李柏添的电话："过来了吗？"

她一副公事公办的语气："我在黄龙饭店了，现在去找您吗，李总？"

李柏添闻言笑了笑："气我让你回不了广州？"

"没有。"周漠语气平平，"一切听您的吩咐。"

"打个车到这里来。"他报了个地址。

"行。"

周漠放好行李，打车到他所说的巨维传媒，她看着眼前六层高的独栋小别墅，心想在这里上班可比高层写字楼舒服多了。

"到三楼来。"手机突然进了一条信息。

周漠抬头看，果然落地窗后，李柏添正站在那儿看着她。

一进会议室，里边已经坐着十来号人，除了李柏添，其余皆是女性，她猜这些人就是来参加面试的KOL（红人大号）。

周漠在他身旁站定，毕恭毕敬地叫了声"李总"。

"坐。"他指了指他身旁的位子。

她坐下后，听到他说道："开始吧。"

面试是一个冗长又无聊的过程，周漠初来乍到，什么都不了解，主导者依旧是李柏添。她看着他在每一份简历上写写画画，听他发出每一个犀利的问题，感受他控场的能力。以往在奥美，周漠的立场跟这天不一样，她看到的只有李柏添作为甲方的傲慢。如今身为他的队友，她从另一个角度看他，对他的印象大有转变。

怪不得这天早上陈深离开前会对她说："你要想做好市场推广，跟李柏添学一段时间绝对受益匪浅。"

原本一肚子火的周漠渐渐平静下来，用学习的心态参加完接下来的面试。面试完还有下一场，就"你会如何将无人商店最好地推向大众"这个问题进行头脑风暴。会议室内突然嘈杂得像菜市场，每个人都在发表想法，周漠不得不高度集中起精神去记录她们的发言。再去看李柏添，他一直静静地听着，听到有趣的点嘴角会不自觉地勾起。

直到天色将暗，李柏添一声令下："大家辛苦了，今天就先到这里吧。"

周漠松了口气，看了眼早就空了的饮水杯，低头整理起资料。待整理好资料，正想起身，有人拍了拍她的肩："你是李总助理？"

周漠愣了一下，摇头："不是。"

"你跟他总是认识的吧？"

这下周漠点头："算是。"

"那你有他的联系方式吧？"女人笑道，"给我一个呗。"

周漠不解地问道："他人就在这儿，你怎么不直接跟他要？"

"你看他……"她努努嘴，让周漠看过去，"我现在根本近不了他的身。"

周漠瞥了一眼，确实，他正被五六个KOL围住谈事，脱不开身。

"这个……我也不太方便给。"周漠抱歉地笑笑。

周漠在一楼大堂沙发上等李柏添，她特意看了眼时间，就想看看他多久才下来。

大概五分钟不到，一局开心消消乐还没结束，见电梯门打开，他从里面走了出来。

"走吧。"他在她身前站定。

周漠收起手机，站起身，跟他并肩往外走。

"吃什么？"车上，他问。

"随便。"她想了一下，"回酒店点外卖吧。"

"也行。"看来他这天也累得够呛。

回到黄龙饭店，二人碰巧住在同一层，先到她的房间，她停下，他同样停下，站在她身后没动。

"这是我的房间。"她侧过头看他，满脸困惑。

"你一会儿到我房里来一下。"他道。

"嗯？"周漠皱眉。

"你别多想。"李柏添笑着说，"复盘一下今天的会。"

她只好点头："好。"

"这家酒店的菜还可以，我直接让人送到我房间？"

她低低"嗯"了一声。

他离开后，周漠进了屋，鞋子也没脱，整个人瘫倒在床，眼睛盯着天花板，眼珠子转了好几圈，转到泪花直冒才停下。

复盘……她在心里哀号，以往出差夜晚就是最佳的放松时刻，果然她还是适应不了他的节奏。

周漠卸了妆，洗了把脸，对着镜子拍了自己两巴掌，人一下精神了不少，这才出门去找他。

门打开，周漠抬眼看他，提腿走了进去，房间内灯光昏暗，看着不像是复盘的地方。

李柏添突然探出手，她吓了一跳，整个人往后缩。

"你干什么？"他声音带着笑意，接着"啪"的两声，房内瞬间亮堂起来。

原来灯的开关在她身后，他那手是开灯去了。

"要不……换个地方吧？"她道。

"你怕什么？"李柏添凑近她，笑问。

"孤男寡女共处一室，不太合适。"她面不改色，淡淡地说道。

"又不是第一次了。"李柏添远离她两步，往房内走。

"还是……到楼下餐厅？或者找个别的什么地方。"

"在这里就挺好的。"他转过头看她，"放心，只要你不同意，我不会碰你。"

碰巧门敲响，周漠连忙拧开把手，门外是送餐的工作人员："您好，李先生的餐。"

周漠将门大敞："进来吧。"

菜式很丰富，清蒸桂花鱼、小炒黄牛肉、红烧狮子头、上汤豆苗，还有两份红豆沙，两碗米饭。

"先吃饭。"他对她道。

周漠确实饿坏了，二人无声共餐。

吃饱饭，他拿出今天的简历，问道："今天一共面试了十五个人，你印象最深的是哪个？"

这肚子里的东西还没开始消化，就要开始工作了，此情此景让周漠梦回高三，李柏添仿佛是她那个不苟言笑的班主任。

"家里开超市那个。"她答，"她的号跟我们的品牌调性很像。"

李柏添抽出她的简历："她确实是最佳人选，不过……"

"不过什么？"周漠不解地问。

"开价太高。"他把她的简历放到一旁："远超预算了。"

"你这是在暗示我什么吗？"她犹豫地问，"奥美想加预算？"

"突然忘了你是大松的人。"他笑了笑，说了句莫名其妙的话。

周漠拿起那份简历，看到报价那一栏，瞳孔放大："现在的网红真好挣啊，按照这个报价，早就财务自由了吧。"

"差不多吧。"他说道。

"我真是入错行了。"她语气有点儿酸。

"你现在转行也来得及。"他笑笑。

"这些人都有专业的团队吧，而且爆火也是讲究天时地利人和，缺一不可。"

"你怎么知道你就不行？"

周漠看向他，见他一本正经，她也正色道："你什么意思？"

"陈深跟我透露过……如果实在找不到合适的人选，就让你上。"

"我上？"周漠一头雾水，"我上是什么意思？"

"给你组一个团队，把你培养成一个 KOL 的意思。"

昨晚陈深在电话里提出这个想法时，李柏添第一反应是惊讶，随后一琢磨，就琢磨明白了。无人商店概念之前不是没有公司搞过，但最终以失败告终，大松想另辟蹊径，把线上线下相结合，简单三步，KOL 带货 - 顾客下单 - 无人商店取货，野心勃勃地想取代社区团购。

之前他一直不解为什么陈深让周漠一个销售去做她从未接触过的市场推广，原来后手在这里。

周漠没想到自己的职业会突然往一条以前从未想过的道路上狂奔，在陈深拍板之后，团队对她的定位瞬间从市场推广变成待开发的 KOL。

之前周漠不是没接触过这一块，在丁瑶去年的"改造闺密"三期视频中，她充当了一把女主角，意料之外地取得了很不错的效果，流量大到破了丁瑶的瓶颈期。

后续丁瑶也曾怂恿她开个账号，到小粉书拼一拼，但周漠还是拒绝了，无论是化妆、拍摄还是文案，周漠觉得自己没有一处拿得出手，再说了，她也不是美得万里挑一，在如今竞争激烈的网红圈子里，她根本毫无胜算。

但现在不一样，公司为她组建一个专业的团队，他们提供脚本、化妆师、灯光师、摄影师、文案策划等，而她也不是纯粹地奔着走红接广告去，而是为了后续能为无人商店带货。

回到广州后，陈深已经组织好团队，并设下在周漠看来根本完不成的 KPI（业绩），那就是用半年的时间让她从一个素人变成百万粉丝的KOL。

又是一个研讨会，今天的主题是敲定人设。对的，无论是追星还是追网红，其实大家追的都是一个"人设"。人设塑造得好，账号成功一半，这是在杭州听课时，那老师多次强调的。

"我们讨论了一下，最终选了这两个方向，一个是独居广漂女孩的做饭日常，另一个是情侣档投喂日常。"策划打开 PPT，推了一下眼镜，"第一个容易火，但是目前类似的账号已经非常多，要做出特色其实还是有点儿难度。第二个目前头部账号就那两三个，有的是男生基本不出镜，有的是双方都出镜但是颜值不高，所以我觉得可以再找一个颜值高的素人跟周漠搭档，做高颜值情侣档投喂日常。"

"周漠你觉得呢？"陈深看向她，问道。

"我都行。"说完，她又觉得不妥，连忙再发表一番看法，"第一种我确实看过很多类似的视频，印象不算很深刻，因为大家做得都千篇一律。第二种会比较考验双方的配合度，所以感觉难度更高。"

"对的，第二种不可控因素也大些。"策划道，"但是现在的人最喜欢的就是磕 CP（恋爱关系），要是能把账号做成大型连续剧，那还是挺有看头的。"

"你们怎么看？"陈深问其他人。

大家纷纷发表看法，结论还是那一个，第二种会更有意思。

"那就第二种吧。"陈深拿笔轻轻地敲了敲桌面，"Penny（佩妮），这方面你熟，找人的事就交给你了。"

"好的，陈总。"

"带上周漠去面试，毕竟是她的搭档，要周漠看对眼才行。"

Penny 执行力超强，不到一周，层层筛选后，选出了三位"候选佳丽"让周漠面试。

面试约在周六，公司里没人加班，于是把人约在珠江新城一家茶室。

陈乔粤打电话来时，周漠刚面试完第一位"男友"，一个身高一米八的应届毕业体育生，长相阳光帅气，但言行举止周漠觉得太油了，油到能炒三盆麻辣香锅，她虽然也喜欢年轻人的朝气，但更爱聊得来的灵魂。

送走体育生后，电话响起。

"今晚出来吃个饭吧？"陈乔粤在那头道。

"几点？太早不行，我在加班。"

"周六还加班？那你几点能走？"

周漠抬手看表，这都四点了，才面试完第一个："至少也得七点过后了。"

"行，等你。"

挂完电话，面试继续。

第二位长相平平，但幽默风趣，这一个小时里，百分之八十的时间是他在说，周漠只要"嗯嗯"两声他就能继续把天聊下去，不得不说跟他相处还是十分愉快的，奈何长相实在不是她喜欢的类型，她在简历上面打了个八十六分，抬头对他笑道："请你回去等通知吧。"

第二位"佳丽"离开，周漠吐了口浊气，她烟瘾犯了，想找个地方抽根烟，但一想到今晚还有饭局，只能极力忍耐住，猛喝了几口茶，打算速战速决。

正想起身去喊下一位，包厢的门突然被推开，她见到来人，愣了一下。

"你也是来面试的？"她看着李柏添，调侃道。

他的目光停在她手上的简历上，扯了扯嘴角："有合适的吗？"

周漠遗憾地摇头："现在就面试了两个，没有。"

李柏添绕过她，坐到她身旁的椅子上："叫下一位。"

周漠挑了挑眉："你要坐在这里？"

"有什么问题？"

"是我挑'男朋友'，又不是你。"

"我给你把把关。"

她笑了笑："用不着吧。"

"你那是从个人的角度，总是凭借你的喜好来，肯定不完全对。"

"要跟他待在一起的是我，又不是你，选合作伙伴还想挑合得来的呢，更何况'男朋友'。"

"你是不是入戏太深了？"李柏添问。

"我还真是当伴侣在挑选的，你难道不知道日久容易生情吗？"

"公是公，私是私，你怎么还公私不分了？"

周漠不想再跟他贫下去，见他稳坐那儿，没有要走的意思，于是点了点头："我倒想看看你从非私人角度，有什么更专业的见解……"

她拿出手机喊人。

第三位从简历上的照片看没什么特别，但他进来那一瞬间，周漠的眼睛亮了一下。

很干净的男人，他皮肤白，头发不长不短恰到好处，身上穿着米色亚麻上衣搭卡其色九分裤，身上没有呛人的香水味，也没有熏人的汗味，而是清爽的沐浴露香。身高目测有一米八，长相虽然没有第一个好看，但眉眼清隽，总体来说，仅从第一感觉判断，这三位里面，周漠最喜欢眼前这位。

"你之前的职业是英语教师？"周漠问。

"对的，之前在英语培训机构工作。"他点了点头，笑道。

周漠发现他笑起来右脸有个酒窝，她顿时好感加倍："你留过学？"

"嗯，在美国待过三年。"

"你为什么来应聘这份工作？"

"我感觉这会是个很特别的体验。"他说，"我本来也想尝试一下做自媒体。"

周漠点了点头，又问："你最喜欢哪个菜系？"

作为美食号，这是个必须问的问题。

"湘菜。"他说，"我妈妈是湖南人。"

"你挑食吗？"她又问。

周漠余光瞥到旁边的男人看了她一眼。

"不挑。"赵亚奇觉得这个问题挺有意思，笑容加深，"中餐西餐都吃，没有特别不喜欢的，只要做得好吃都会吃，但是有两个不能接受。"

"什么？"

"老鼠还有兔子。"他答。

周漠一阵恶寒："我最怕老鼠……"

李柏添静静地听着他们谈话，见这天越聊越不对劲，他咳了两声，提醒周漠专业点。

"你是单身吧？"周漠道，"这点是不能隐瞒的。"

"对。"赵亚奇笑道，"绝对是单身，单身两年了。"

"如果我之后是你的搭档，你有什么问题想问我吗？"

"你是单身吗？"赵亚奇快速问道。

周漠愣了一下，回道："对，我肯定也是。"

"没其他问题了。"

"好，那今天就先到这里，如果你被录取的话，接下来会有人联系你。"

赵亚奇看了李柏添一眼，眼里满是疑惑，那男人不是面试官？如果不是，他为什么全程坐在那里？如果是，他为什么一言不发？

周漠把人送走，再回来时，见李柏添目光灼灼地盯着她看。

"李总对这个满意吗？"她问。

"你觉得呢？"

"今天这三个里面，他给我的感觉最好。"周漠笑吟吟地说道，"如无意外，就他了。"

"你喜欢就行。"他语气不明。

"还以为你要发表多专业的高见。"

"我今天找你，是有另外的事。"

周漠拿起包，闻言手一顿，看向他："什么事？"

"你今晚有空吗？"

"有约了。"

"那就车上聊。"

周漠一肚子疑惑，见他不肯提前透露，只好跟在他身后去拿车。

到了停车场，上了车，她又问道："什么事啊？神神秘秘的。"

李柏添不急着启动车子，而是看向道："你现在岗位转变，陈深肯定会跟你重新签合约。"

她点头，这个她料到了："所以呢？"

"一般情况下公司的合同是签三年。"他顿住。

"对。"

"因为你岗位特殊，到时候会牵扯到一些利益，比如要是你的账号做起来了，有什么奖励制度？后续卖货卖多了，提成要怎么谈？这些你想过吗……"

周漠脑子里大概略过这些问题，但还没深入去思考过："你的意思是？"

"不要签三年，尽量一年一年地签，你要是签太久，之后想违约，赔偿金是个大数目。"

"违约？其实大松挺好的，我没想过……"

他突然打断她的话："你现在是'热恋期'，被陈深哄得晕头转向。我给你说一个场景，你想想看，假如你这一年内火了，跟你同等级的 KOL 一年就能实现财务自由，买房买车，你却还要拿着死工资，想单干又不敢，因为涉及大额的赔偿金，凡事要给自己留条后路。"

当然，李柏添也有私心，现在她要做的是情侣号，限制她谈恋爱这一条绝对会被写进合同里，这要是签个三五年，他黄花菜都凉了。

周漠被他说得一愣一愣的，待消化完他的话，她才低声道："我知道了。"

他低低地松了口气，幸亏她在大事上拎得清，没跟他继续抬杠。

"可是陈深会答应跟我签一年？你说的问题他们自然也会想到，他们也会怕辛辛苦苦培养出来的人转瞬就跑了。"

"那就要看你怎么谈判了。"

周漠一路心事重重，到陈乔粤指定的餐厅时，还因为认错人搞出了个大乌龙。肩膀被拍了一下，她回过身，陈乔粤就在眼前："我叫了你几声，你怎么没反应？"

"我刚刚以为那女的是你。"周漠抓了一下头发，叹道。

周末每家美食店的人都不少，周漠跟着陈乔粤上二楼，进了包厢，才道："外面好吵，吵得我头疼。"

"年纪大了，还记得我们大学那会儿最喜欢往人多的地方钻。"丁瑶早已经在里面坐着，闻言笑道。

"你们知道我今天面试的地点在哪里吗？"周漠说，"在茶室，就那种高山流水，静得只有水流声的茶室，我居然觉得那里比这里更舒服。"

"你怎么又出去面试了？"陈乔粤问。

"是我面试别人。"周漠坐下，夹了颗桂花圣女果送进嘴里，一咬，圣女果在嘴里爆开汁水，甜甜的带着桂花香，"这个好吃。"

"你这么快要带团队了？"丁瑶问。

"不是，我在给我自己面试个'男朋友'。"

"啊？"

周漠言简意赅地把她接下来要做的事说了一下，又道："你们到时候可千万别揭穿我啊。"

"合约情侣啊……"丁瑶坏笑，"怎么样？有没有特别帅的？"

周漠想起赵亚奇的脸，假装羞涩地笑了一下："还可以。"

"有没有照片？"

"暂时没有，人选还没定下来。"

"这一行做好了真是暴利。"丁瑶举起酒杯跟她碰了一下，"提前祝贺你了，苟富贵，勿相忘。"

"我这是公司的账号，做得再好也是公司的。"周漠喝了口酒，淡淡地说道。

"那倒也是。"丁瑶说，"你可以先利用公司的资源做起来，之后再单干。"

这是今晚第二个人跟她提及"单干"。

"都还不知道做不做得起来呢。"周漠将杯中的酒一口闷。

"你有专业的团队，怕什么？"

"富婆，看好你哦。"陈乔粤也调侃道。

"富婆"二字深得她心，虽然前路茫茫，但总有个盼头在，周漠跟陈乔粤碰杯，随即摸了一下她的脸："小乔，你怎么瘦了？"

"希希最近肺炎，又住院了。"陈乔粤幽幽地道，"我一直在医院陪她。"

陈海芯从月子中心离开，回家后请了个月嫂专门带孩子，本以为高薪的金牌月嫂无所不能，结果那月嫂一点儿专业素养也没有，在陈希吐奶的时候处理不当，直接把孩子搞成肺炎。

陈海芯由于是单身生育，不仅生育险报不了，生育津贴拿不到，产假也只有短短九十八天。期间她父母倒是来看望过她跟陈希，由陈乔粤做和事佬，一开始双方态度都已经软和，但无论父母如何逼问陈海芯，她还是不肯透露陈希的生父是谁，于是关系再次闹僵。

陈希入院后，陈乔粤不忍心，帮着跑上跑下，有一回陈希入睡后，陈乔粤还是没忍住问陈海芯："希希爸爸是谁？"

"他现在不在国内。"陈海芯首次透露。

陈乔粤按捺住激动的心情，继续问道："那他知不知道希希的存在？"

"知道。"

"你们是……分手了？"

陈海芯闻言，对她笑了笑："我们没在一起过。"

短暂的一夜沉沦，只是没想到，会有希希。

"如果哪天他想认回希希呢？"

"不会。"

她不知道为什么陈海芯回答得这么坚定，也不知道她经历了什么，居然能做出这么荒唐的决定，也不知道看到躺在病床上的女儿，她有没有后悔过这个决定。

陈乔粤盯着堂姐温柔的侧脸，心情复杂。

"我很快就要继续上班，可不可以拜托你再帮忙看着希希，之后我会托人再找个更好的月嫂。"

　　"我无问题，但是……"

　　她话还没说完，病房门被推开，陈迎珍走了进来："找什么月嫂，我帮你啦……"

　　陈乔粤被突然出现的母亲吓了一跳，也不知道她在门外听到了多少，跟陈海芯交换了个眼神后，二人同时沉默。

　　"谢谢你们。"陈海芯看向陈迎珍，由衷地道谢。

　　陈海芯白天上班，陈迎珍跟陈乔粤便在医院陪着小陈希，陈迎珍虽然多年没带过孩子，但还是做得有模有样。

　　"一看到希希就想起你小时候。"陈迎珍抱着陈希，对陈乔粤道，"不过你小时候没希希这么可爱，眼睛没这么大，头发没这么多。"

　　"看来希希更像是你女儿。"陈乔粤靠在病床上，边吃葡萄边吐槽。

　　"如果希希是我的外孙女就好咯。"陈迎珍笑得见牙不见眼，"你到底什么时候生一个给我带？"

　　陈乔粤正想说话，病房门被推开，见到来人，她连忙从床上下来。

　　"孩子今天精神怎么样？"钟昇问道。

　　"吃得比昨天多。"陈乔粤回答。

　　"还吐奶吗？"

　　"吐，每次喝完几乎都吐一半。"

　　钟昇从陈迎珍怀里接过孩子，看向陈乔粤："每次喝完奶有竖抱拍嗝吗？"

　　陈乔粤点头："有，但还是吐，而且不知道为什么，她脸上长了很多小疙瘩。"

　　"脸上是湿疹，她喝的是哪一款奶粉？"

　　陈迎珍找了一会儿没找到，陈乔粤提醒她："应该是在护工的休息室，刚刚被她拿过去冲奶了。"

　　"医生，我过去拿给你看。"陈迎珍说完便匆匆离开。

　　钟昇抱着孩子，小陈希看着他，居然在笑。隔着口罩，陈乔粤知道钟昇也在对孩子笑。自从得知他已婚，陈乔粤就把心里刚发起的苗狠狠掐死，这个世界上遗憾的事有很多很多，虽然她为此感到失落，但不得不面对。

　　她的眼睛落在他拿着听诊器的五指，右手没有婚戒，也没有戒痕……左手，同样也没有。也许是他不喜欢戴婚戒？或者说……

　　"钟医生，医生是不是不能戴首饰啊？"她突然问道。

　　钟昇回过头来，不解地看着她，又道："可以。"

　　"我看你没戴婚戒，以为医院不让戴首饰。"她笑道。

　　钟昇愣了一会儿，笑笑没说话。

　　陈迎珍拿着奶粉罐回来："就是这款。"

"我建议给孩子测一下是不是过敏，她吐得有点儿厉害，而且脸上有湿疹，如果过敏的话，要换特殊奶粉。"钟昇道。

"好，辛苦你了，医生。"陈迎珍忙说道。

陈乔粤把他送出病房，犹豫许久，还是说道："钟医生，我刚刚好像冒犯你了。"

钟昇看向她："没事。"

她嘴张了又合，最后抿唇不语。

"那我先去忙了。"钟昇道。

"好。"

她盯着他的背影，低低地叹了口气。

"我觉得钟医生不错。"见女儿像失了魂一样走进来，陈迎珍道。

"我也觉得不错。"陈乔粤难得附和。

陈迎珍眼睛亮了一下："好男人不多了，女儿，看中哪个就要先下手为强。"

陈乔粤淡淡地说道："你讲得对。"

陈迎珍还想说什么，听到女儿继续说道："他已经被人下手了。"

"那真是好可惜。"陈迎珍满脸失望。

下午，陈希去查了过敏原，拿到结果后，陈乔粤第一时间把检查报告拿给钟昇看："是过敏吗？"

钟昇点头："牛奶蛋白过敏，换特殊奶粉吧。"

"什么是特殊奶粉？"

"安全起见，最好是换氨基酸奶粉。"他拿出一张宣传海报递给她，"这上面有详细解说，现在各大电商平台或者母婴店都能买到。"

陈乔粤接过："谢谢。"

"不是什么大问题，工业化社会，现在很多孩子一出生就是'敏宝'，先吃一段时间看看效果。"

"钟医生，你孩子多大了？"她点头，又问。

钟昇在病历上写字的手忽顿，他抬界看她，许久才说道："我没有孩子。"

"我好像又冒犯到你了。"陈乔粤笑道。

他把病历单递给她："去缴费吧。"

陈乔粤接过，想了想，还是说出心中的疑惑："他们都说你结婚了……"

钟昇眉头微皱："你到底想问什么？"

"你到底结婚没有？"她打直球。

半晌，陈乔粤听到他说："你这次是真的冒犯到我了。"

"所以你瘦了不是因为照顾希希，而是为情所困。"周漠听陈乔粤

.257.

说完，一针见血地下结论。

陈乔粤靠着周漠，将杯中的酒一饮而尽，惆怅地说道："你们说我是不是太……直接了？"

"这很符合你的性格，我觉得挺好的，问清楚总好过自己猜，要是他真的已经结婚了，你也就不用再在他身上浪费时间。"周漠道。

"可是……"陈乔粤起了个头，却没往下说。

丁瑶嚼着口中的青瓜，帮她把话说下去："可是他要是对你没意思的话，你贸贸然这样问，怕他会反感。"

陈乔粤点头："是啊，我真的有点儿后悔了。"

"问都已经问了。"丁瑶耸了耸肩，"不过我好奇的是，他到底有没有结婚？按理说这么优秀的男人，换我是他老婆的话，肯定会在他身上留下点已婚的痕迹，告知所有人这人已经有主了……尤其啊，还是在医院那种地方。"

"医院怎么了？"陈乔粤不解。

丁瑶对医院确实存在一些刻板印象。

"你才认识他多久啊，也没正式相处过，你怎么知道他是怎样的人？"丁瑶十分好奇。

"那种感觉不知道怎么形容……每次他非常耐心地给希希做检查的时候，我总觉得那画面特别美好……以前我遇到的儿科医生要么很冷漠，要么很凶，就没见过一个像他那么温柔的。"

"这是堕入情网了。"周漠夹了个圣女果送入陈乔粤口中，"我猜你现在的心情就像这颗小番茄一样，又冰又甜。"

陈乔粤机械地咀嚼："一天不知道他结没结婚，这心一天都甜不起来……"

"反正他现在已经知道你的心思了，你就死缠烂打继续问下去呗。"丁瑶怂恿她。

"那要是他没结婚呢？我这么死缠烂打，他肯定觉得我有病……之后要想再发展点儿什么，难上加难了。"

"我倒觉得丁瑶说得对，你心思已经很明显了，他也不是傻的，直截了当地问清楚了，免得你整天为这事烦。"周漠道。

陈乔粤怅然若失地点头。

机会来得比想象中快，这天傍晚，陈乔粤刚走出住院大楼，突然下起暴雨，夏季的雨总是毫无章法，她没带伞，只能被迫往回跑。

下班高峰期加上暴雨，网约车不好打，看着打车软件已经排到三十多位，陈乔粤心想还是等雨停了再走，正转过身打算乘电梯回病房，突然就看到刚下班的钟昇。

他穿着便服，步履缓慢，不像上班的时候，总是急匆匆的。

钟昇正好抬头，也看到了她。

待他走近，陈乔粤对他笑了笑："钟医生下班了？"

他点头："对。"

"你带伞了吗？"

"带了。"

陈乔粤心思一动："你能送我一程吗？"她补充道，"就把我送到外面，我打车。"

他倒是答应得爽快："可以。"

他的伞是单人伞，伞下空间不大，两人不得不挨得很近，即便如此，也挡不住凶猛的雨势。

"这么大的雨，估计很难打到车。"

他声音低沉，险些被雨声盖住，陈乔粤仰头，盯着他流畅的下颚线条。

钟昇等不到她的回应，低下头去，见她怔怔地看着自己，他不自在地移开目光："你去哪里？我送你过去吧。"

陈乔粤仿佛听到自己的心跳声，她面不改色地说道："好，谢谢。"

他撑着伞把她送上副驾驶座，再回到另一侧的车门，上车时，陈乔粤发现他的头发在滴水。

"这雨太大了。"他抽了两张纸巾，擦拭脸上的水珠，擦完见她还是盯着自己看，钟昇不由问道："我脸上有花吗？"

陈乔粤意识到自己的失态，连忙道："没，我就是觉得不好意思，你的伞分我一半，所以才淋湿了。"

他启动车子，不甚在意道："是因为刚刚上车收伞收快了。"顿了顿，又问道，"你去哪里？"

陈乔粤报了个小区名，又问："顺路吗？"

钟昇点头："我也住那附近。"

她那附近小区不多，于是试探地问道："你住海伦花园？"

他点头："对。"

雨水敲着挡风玻璃，来势汹汹，像是要把这坚硬的玻璃敲碎。路况意料之中的差，走两步停一步，走了五分钟还没出医院门口这段路。

"你今晚不用值夜班？"陈乔粤挑起话题。

他低低"嗯"了一声："昨晚值过了。"

陈乔粤这几晚都不在医院，心想怪不得他下巴有胡楂冒出。

"上次……"她因为紧张，下意识地舔了一下嘴唇。

"怎么了？"钟昇不解地看着她。

"上次那个问题，你能不能正面回答一下我？"

"哪个问题？"他直视前方，随意问道。

"你结婚没有？"

一阵急刹，陈乔粤捏紧安全带，看向窗外，原来是外卖车想加塞。

如果方才不是他手疾眼快，那辆电动车估计此刻已经躺在路中间。

陈乔粤惊魂未定，突然听到他问："你……为什么对这个问题这么执着？"

"你还看不出来吗？"她看向他，微微惊讶道。

钟昇嘴角勾起，笑了笑："我只是没遇到过像你这么直白的。"

"生命太短暂，我们不应该把时间浪费在无谓的事情上，比如猜测……最近这件事搞得我特别烦，都没心情做其他事。"陈乔粤说道，"所以今天无论如何，我都要知道答案。"

她说完，悄悄地观察他的脸色，见他并无异样，这心才稍稍放下。

红灯路口，车子停下，钟昇盯着远处的倒计时，半晌，才看向她："结过。"

这个答案倒是出乎她意料，陈乔粤假装淡定地问道："所以现在是……离婚了？"

"也不算离婚。"他说，"我们没领证。"

"没领证？"

也许是这场雨下得太大，将车内与车外隔成两个世界，又或许是这段车程太长，无论怎么走都像在原地绕圈。钟昇竟然对着一个没见过几次面的病患家属谈起他已经许久没提及过的情史。

"我们摆了酒，但是没领证。"他淡淡道。

"那这……怎么算是结婚？法律承认的是那张证。"

"至少在我们看来，还有参加婚礼的宾客看来，我们是已经结了婚的。"

"那……为什么会分开？"

"你是不是很喜欢这样冒犯人？"他看着她，话是这样说，语气里倒没多少不满。

"我就是……好奇。"

"她有了更让她心动的人。"许久，他道。

所以，是他妻子出轨？不对，是他女朋友出轨？

"这就是你们不领证的原因吗？"陈乔粤实在困惑，"不受法律束缚，但是又有婚姻的美名，外人看来你们是夫妻，你们也觉得自己是夫妻，但是只要一方对另一方不满，就能及时抽身，还不用承受二婚的影响……"

钟昇惊讶于她的条理清晰："差不多是这个意思。"

"我是不是太老土了，其实我理解不了……"

"那你怎么理解一张证把两个人绑在一起这件事？"

"你用了'绑'这个字。"陈乔粤有些不太认可地摇头，"领证的前提是双方自愿共同走入婚姻，那张证明明是承诺……"

"婚姻有千百种形式，并不一定要靠那张证。"

"没有法律束缚的婚姻就不叫婚姻……"陈乔粤低声说道，"所以你跟你前妻不能算是离婚，只能算分手……"

"在我看来，领没领证，并无不同。"他笑着说，"我们办了婚礼，也有了夫妻之实。"

前有陈海芯的未婚先孕，这会儿又来了个钟昇不领证只摆酒，陈乔粤感觉自己的世界观、婚姻观正在慢慢崩塌，这种窒息的感觉让她暂时无法保持清醒去跟他辩论。

"那不领证是你还是她提出来的？"她问。

钟昇犹豫片刻，说："是我。"

"那你前妻……做出这种选择，你后悔吗？"

"她这样做，恰恰证明我们的做法是对的。"他说，"她遇到了更好的人，选择了他，又不用背负一些莫名其妙的奚落和指责。"

"你倒是挺大方的。"陈乔粤心知自己不是嘲讽，但不知道为何，一开口就有那感觉了。

"我工作很忙，没办法像正常伴侣一样陪着她……"钟昇想解释些什么，又觉得没必要，遂突兀地停下。

"那如果，是你先遇到更心动的人，你也会……做出跟你前妻一样的选择？"陈乔粤言语犀利。

他许久未答，久到陈乔粤以为他会略过这个问题。

"我不会。"他还是答了。

"那你前妻……跟她那位更心动的人，也选择了你们这种'婚姻制度'吗？"

"没有。"钟昇喉结滚动，"她结婚了……领证了。"

"那是不是说明，其实她还是更想受法律保护？"

"大概吧。听完我说的这些，你现在对我的印象是不是变化很大？"他笑问。

"确实有点儿超出我的认知范围了。"陈乔粤坦言。

"不用在我身上浪费时间了。"他道。

陈乔粤手撑着窗，雨已经越来越小，路上的电动车也多了起来，它们灵活地窜进每一条小道，不放过任意一个能通过的地方，看上去十分危险。

"其实你也没有错，观念不一样罢了。"她幽幽地开口，像是在说服自己。

钟昇盯着她的侧颜，他发现眼前的女人侧颜堪称惊艳，比起正脸更加令人印象深刻。

雨一小，车子开得快，十分钟后，车子在她家小区门口停下。

"伞你拿去吧。"他说，"我回家也是走停车场的电梯，不会淋到雨。"

陈乔粤点头，接过那把湿漉漉的伞，在打开车门前，她突然问："那你会排斥再次走入婚姻吗？"

钟昇盯着她，许久，缓缓地开口："快回去吧，雨好像又开始大了。"

即便已经提前做好心理准备，新岗位还是比周漠想象中要难许多。

项目组在番禺一个网红小区里租了一套两房公寓，这里就是她跟赵亚奇的"家"，每天的拍摄在这里进行。公寓内饰被精心搭配过，大到每一件家具，小到她跟赵亚奇随处可见的合照。

处处透露着温馨的小两口之家，其实就是个冰冷的摄影棚。

周漠本就不是什么美食专家，平日里做菜次数屈指可数，此刻要流畅地把一整套做菜过程拍下来，对她的手上功夫真是一个巨大的挑战。以前看别人的短视频，觉得不过是简简单单几个镜头，可现在她才知道，短短一两分钟的视频，拍摄可能需要大半天时间。

"周漠，你切菜切快点儿。"

"画面好像有点儿偏了，你把砧板往左边抬一下……"

"鸡蛋壳进碗里了，再给她拿个新的碗和鸡蛋……"

…………

类似这样的剧情每天都在上演。

这天的拍摄任务结束，已经是下午六点半，工作人员陆续离场，赵亚奇坐在沙发上接电话，周漠正盯着一桌子的菜发呆，这些菜最多也就被吃了两三口，味道只能说过得去，远远不算美味，可她跟赵亚奇要对着镜头装出津津有味的模样。

"还不走？"赵亚奇走了过来，拍了一下她的肩，"发什么呆呢？"

"你先走吧。"周漠抬头看他，"我再研究一下菜式。"

"都下班了。"赵亚奇知道她今天被打击到了，柔声宽慰道，"又不是一镜到底，都是分镜头，你做得很好了。"

周漠对他笑笑："行啦，你走吧。"

"要不是今天有约，我就留下来陪你了。"赵亚奇又拍了拍她，"那我先走啦，你也别加班加太晚。"

门合上，周漠把头发扎起，系好围裙，打开双门冰箱，里面什么都有，饮料、蔬果、肉类、海鲜，全部罗列得整整齐齐。明天拍摄要用到的食材不少，她把所需的东西一一拿了出来，摆在料理台上。

品用美食本身是一件让人愉悦的事，怎么能敷衍应付了事？虽说一时半会儿肯定成不了大厨，但至少要把基本功练出来，要不然一个片段要拍好几次，根本就是浪费大家的时间。

正洗着菜，门铃响起，周漠只好停下手上的活儿去开门。

看到来人，她一愣："你怎么来了？"

李柏添盯着她身上的围裙："我看他们都走了，没见你下楼。"

她将门敞开："进来吧。"

拍摄后的屋子有点儿乱，他看了一圈，最后眼睛停留在墙上挂着的她跟赵亚奇的合照。

周漠惦记着水槽里的菜，说了句"你自便"便进了厨房。

李柏添收回目光，跟在她身后，见她还在洗菜："你这是在准备晚饭？"

"这是明天的菜式，我提前熟悉一下。"她语气平平，可李柏添就是敏感地捕捉到她今天情绪不佳。

"拍摄不太顺利？"他问。

"嗯。"

"你是新手，遇到困难很正常，慢慢来。"他宽慰道。

周漠将洗好的菜装盆，扭头看了他一眼："你来找我，有什么事吗？"

"我顺路……过来看看。"

"你家在海珠，这里是番禺，顺什么路？"她打开冰箱，问他，"喝什么？"

他还没回答，她拿了瓶苏打水给他："就喝这个吧。"

李柏添接过，拉开拉环，递给她。

"我不喝。"周漠摇头，继续手上的活，明天的菜式是豪华版海鲜冒菜，生蚝、花甲、扇贝这些还算好处理，主要是处理鲜鱿有些难度，又要去骨、去内脏、去皮，还要改花刀……

李柏添在一旁静静看着，见她逐渐暴躁，适时开口："其实没那么难。"他接过她手上的刀，放到一旁，从道具收纳架拿出另外一把，"你刚刚那把刀切肉好用，鱿鱼肉质软，不如试一下这把小点儿的。"说完还给她演示一遍。

周漠见他动作熟练，不由得叹道："你怎么什么都会？"

"从小吃到大。"他把刀换了个方向，刀柄对着她，"再试试。"

这刀没方才那把锋利，终于没再把鱿鱼切断，周漠喜出望外，把剩余的都处理好后，松了口气："我怎么没想到呢……"

"你之前做菜都还照着菜谱来，现在能做到这样，很不错了。"他看了餐桌上的菜一眼。

"你明明还夸过我做的菜好吃。"她嘟囔道。

周漠指的是二人同居那段日子，她吃不惯他做的菜，那段时间都是她下厨，她的厨艺也是在那时候练起来的。

"要不你再做一次，我看看有没有进步。"他哑声笑道。

"那得等很久，你等得了吗？"

"多久都等。"

她闻言，笑了笑："行，那你出去坐着吧，别在这儿看，不然我压力大。"

"好。"

他刚转身要走，她又叫住他："等等。"

李柏添转身看她。

"海鲜冒菜……辣的，你能吃吗？"

"你做的我都吃。"

周漠对他摆了摆手："行了，你出去吧。"

李柏添离开厨房，在餐桌旁停留，动手将上面的残羹冷饭一并倒进一旁的垃圾桶，收拾好碗筷，再将饭桌擦拭干净。

周漠从厨房门往外看，见他正背着她在打扫地上的杂物。

"你别忙了，钟点工明天会在拍摄前打扫好。"她扬声说道。

周漠见他没搭理她，锅里的水开始冒泡，她专注眼前，将洗净的生蚝一个一个地放进去，生蚝是最快熟的，不带壳的煮三五分钟即可。

二人各自忙碌，大概半个小时后，空气中都是火辣辣的椒香味，她捧着做好的一大盆冒菜走了出来："可以吃了。"

正好是晚饭时分，从阳台往外看，家家户户都在吃饭，李柏添转身看她，走进屋内，许久没吃过家常菜的他觉得这一刻很美好。

"糟了。"她突然道。

"怎么了？"他走近她，拉开椅子，问道。

"我忘了煮饭。"周漠拍了一下额头。

"这么大一盆，没饭也能吃饱了。"

周漠心想也是，洗了两个杯子，放入冰块，又将冰镇的可乐倒入，递给他一杯。

屋内已经被他打扫干净，每一样物品都放在该放的地方，这是这么多天来，周漠第一次觉得这套公寓有"家"的样子。

"味道怎么样？"她急着想要得到他的评价。

李柏添被辣椒油呛得咳了几声，连忙喝了几口冰可乐才压下："挺好的。"

"是不是太辣了？"她问。

"还可以。"他又夹了块鱿鱼："确实进步不少。"

周漠放下筷子，幽幽地说道："我怀疑你味觉失调。"

虽然有了半成品料理包加持，但是在火候的掌控上，她还是做得不够好，鱿鱼韧得快咬不动。

李柏添见她面色沮丧，也放下筷子，正色道："你现在不是去当厨师，不是要开店，不用给自己太大压力。"

"如果我做得不好，就得重新拍，每次因为我的失误导致大家浪费时间，我就特别内疚。"

"时间成本他们肯定也计算在内，周漠，凡事都有个过程，你是不是太急了？"

"可能是因为突然转岗吧……"她把这些天的忐忑脱口而出，"我就想证明我是能胜任这份工作的……"

"其实今天的菜……"他顿了顿，见她目光灼灼看向他，他继续道，"除了鱿鱼韧了点儿，汤咸了点儿，其他都很好了，生蚝的火候你就掌握得刚刚好……你看那些美食视频，别看他们吃得特别香，实际上味道如何，你也尝不到，可能还没你这个好……"

周漠心想也是，她跟赵亚奇在镜头下不也是在演吗？

"我没有让你放弃进步的意思……还是那句话，凡事有个适应的过程。"他说道。

周漠将头发夹到耳后，喝了口可乐，对他笑道："我知道了。"

"你下次要是想找人试菜，就找我吧。"他笑着说，"免费给你当试菜员。"

"我做什么你都说还可以，还行，挺好的，一点儿也不专业。"她嗤笑。

"我确实觉得还可以……"

"那你还吃吗？"她盯着那盆冒菜。

"吃啊。"

他吃一口菜喝一口可乐的样子很滑稽，但此情此景不知道触到周漠哪根神经，她居然有些感动。

"没有摄像头盯着，吃东西都香了不少。"为了掩饰失态，她垂眸说道。

"也有可能是因为陪你吃饭的人变了。"他大言不惭。

她难得没有反驳。

差生不可能永远都是差生，只要肯努力。周漠的进步肉眼可见，拍摄时不会再出现低级错误，厨艺也日益见长，然而没人知道，这是李柏添付出五斤肉换来的。

每天下班后，他跨区试菜，以前不吃的酸甜辣，现在都能吃了；以前避之不及的内脏，也能接受了，还有那些甜腻腻的奶油蛋糕……

"就吃一口，行吗？"周漠这天做的是巧克力毛巾卷，这是她第三天做甜品了，前两天他都还能赏脸吃几口，今天说什么都不愿意吃。

"为什么最近几天都是甜品？"李柏添皱眉问道。

"现在流行……"她笑着说，"要不是我在控制体重，我就自己吃了。"

说完，她打量着他的脸："不过，你好像胖了是不是？"

"每天重油重辣重糖能不胖吗？"

"有情绪了是吧？"她凉凉地问道。

李柏添见她笑得贱兮兮的，他也无奈地笑出声："你差不多得了啊。"

"还说免费试菜员。"她话锋一转，"今天的毛巾卷绝对是我这几天做得最好吃的一次，原本还期待给你尝尝……"

她话都说到这份上了，李柏添不吃他就不是人。

.265.

"行，我尝尝。"他接过她手上的瓷碟，吃了一口，夸道，"确实又进步了。"

"你怎么这么不走心？"

他闻言失笑："我还得写篇八百字的作文夸你？"

"算了，走吧。"

"走去哪儿？"

她起身去拿包，折返时，眼睛瞄向他肚子："去健身房。"

车上，李柏添忍不住问："你刚刚那眼神是什么意思？"

"哪个眼神？"周漠问。

"你为什么盯着我的……"

她作恍然大悟状："我是在想，这些天你付出的代价也挺大的。"会不会腹肌都给吃没了？

"确实挺大的。"他又问："有什么奖励吗？"

"我免费做饭给你吃，还想要奖励？"顿了顿，又补充一句，"现在还免费陪你健身。"

听她倒打一耙，李柏添也只是笑："行，是你陪我。"

第十九章
火 花

电梯内，陈乔粤盯着手里的捧花，以前她以为捧花都是假花，毕竟要被大力抛起，假花坚固不易散，没想到竟然是鲜花。

方才，当她要离开时，好友把她叫到一旁，将这束花塞进她手里："小乔，真心希望下次请喝喜酒那个是你！"

"为什么有两束捧花？刚刚不是被人抢了？"陈乔粤惊讶道。

"这个是专门留给你的。"好友笑道，"等你好消息啊。"

对于好友的"作弊"行为陈乔粤觉得好笑，转瞬又有些感动，她能在最幸福的时刻惦记着自己。

这半年多以来，陈乔粤陆陆续续参加了不下五场婚礼、满月酒、百日宴，当年扬言不婚不育的好友们一个个走入婚姻，回过头一看，反而是对婚姻充满期待的她一直找不到那个共度余生的人。

这种焦虑感时轻时重，当她看到那些一地鸡毛的婚后生活的新闻时，她会庆幸自己单身。但是当看到同龄人家庭美满，她又十分渴望身边也有一个人陪伴。

电梯门打开之前，陈乔粤心里暗想，或许她应该尽快投入下一段感情。

电梯门打开之后，她看到了钟昇。

钟昇也没想到会在这里碰到她，朝她点了点头。

"这么巧。"陈乔粤对他笑笑，上下打量着他，以前每次见他都是穿着白大褂，便服的时候都很少，第一次见他穿西服，头发也被特意打理过，"你也来参加婚礼？"她问。

"嗯。"钟昇盯着她手里的捧花，"你也是？"

"对，我朋友结婚，在三楼。"

"我在五楼。"

"这么热的天，参加婚礼要穿西服？"她好奇。

"我刚刚……上台致辞了。"

她点了点头，二人并肩往停车场走。

陈乔粤见他招手想叫代驾，于是问道："你喝酒了？"

"嗯。"他回过头看她。

"我送你回去吧。"她淡淡地说道，说完又补充了一句，"就当是谢谢你上次送我回家。"

他沉吟片刻，把车钥匙递给了她。

车上，她随意挑起一个问题："你看着年纪也不大，什么人结婚需要你上台致辞啊？"

"我前妻。"半晌，他答。

陈乔粤转着方向盘的手一滑，车子走回直线后，她扭过头看他，见他一脸淡然，她挑了挑眉道："你前妻结婚，你上台致辞？"

钟昇手撑着窗，见她满脸困惑，他笑了笑："嗯。"

"不尴尬吗？"

"我也觉得这样不妥，但是她坚持要这么做。"一个月前，他收到简瑜的喜帖，随后她又发信息问他是否有空参加婚礼，当时钟昇刚下手术台，整个人疲惫不堪，懒得打字，于是发了条语音过去："可以。"

她的电话很快打了过来："刚做完手术？"这大概就是相处多年的默契，仅凭他短短两个字，她就能推测出他刚下手术台。

"嗯。"

"婚礼在周六，你到时候有安排吗？"

"我得先看看排班。"

"既然还没确定，那你刚刚为什么答应我可以？"

他一窒，随后淡淡地说道："确定了，那天没排班。"

"你到时候穿正式点儿。"她道，"给你留了个上台发言的位子。"

他闻言，眉头一皱："你别在那么重要的时候给自己找不痛快。"

"你说反了，钟昇。"那头笑道，"我一直期待的就是那一刻，带着你的祝福开始我的新生活。"

"你的新生活早已经开始了不是吗？"

"那不一样，你知道我这个人最注重仪式感。"

"一定要我上台发言？"

"就当圆了我的心愿。"

他沉默许久，才道："好。"

"那就先这样吧，你继续忙。"说完她便挂了电话。

钟昇不知道他这晚在台上讲话的时候，简瑜心里在想什么，她新任丈夫又在想什么，她台下父母又是怎么想的……发完言后，他饭也没怎么吃便走了。

密闭的车厢内，肠胃蠕动发出的"咕噜"声打破了沉默，陈乔粤笑道："看来婚礼的饭菜都很难吃，没有例外。"

钟昇揉了把脸："我今晚还没怎么吃饭。"

"那我们……找个地方吃点儿东西？"

当这二人走进近期十分火爆的粥底火锅店时，不仅在座食客，店员也纷纷侧目。一个穿着西服，一个穿着礼服，跟这大排档的环境格格不入。

"之前来一直要排大长队，今天总算有位子了。"陈乔粤拉开长条凳坐下。

钟昇环顾四周，见到许多好奇的目光，他脱了身上的西服外套，又解开衬衣袖口，将袖子往上挽几节。

这家粥底火锅走的是平价自助的形式，所有菜品任拿，素菜五元，荤菜十元，价格这么低，怪不得每天都排大长龙。

"你们医生是不是经常饱一顿饿一顿？"她边涮千层肚，边问道。

钟昇点头："赶上手术的时候确实是这样。"

"你……为什么会选择当儿科医生啊？我听说现在很多学医的都不愿意选儿科。"

"没人愿意做，自然就有人要去做。"他淡淡地说道。

闻言，陈乔粤抬头看他，笑了笑："你还挺伟大的。"

钟昇摇了摇头："我也有拿工资的。"

"我姐姐……就是希希妈妈，一直想请你吃顿饭，感谢你照顾希希。"

"不用。"他果断拒绝。

"是不是医院不让医生跟家属私下吃饭？"她问。

"没明文规定，但的确是这个意思。"

"那我们现在……算不算违反了你们的规定？"

他一愣："这是私人聚餐。"

陈乔粤内心窃喜，却没表现出来："你还吃什么？我去拿。"

"我去吧。"他说着便起身。

再回来时，陈乔粤见他拿了两盘千层肚，放在她跟前。

"你知道我爱吃这个啊……"她笑道。

"我看你已经吃了两盘了。"

"看不出来你观察还挺仔细的。"她顿了顿，又道，"不过这应该算是医生的通用技能？"

"这也不算什么技能吧。"他对她笑笑，"你总共也没吃多少东西。"

"你今晚为什么没怎么吃饭就走了？"她问。

"难不成我还坐那儿等着她给我敬酒？"

"你是不是……还没放下啊？"她轻声问道。

钟昇涮肉的手一顿，许久，他才道："算不上，只是觉得她的行为很幼稚。"

大家都是三十好几的人了，还这样赌气胡闹。

"既然你觉得幼稚，为什么还去配合她？"她其实更想说，这不是上赶着去让人羞辱吗？

他这回没搭腔，话题一转："你想喝什么？我去拿。"

陈乔粤意识到她又越界了，见他给了台阶，她顺着下："豆奶，谢谢。"

吃完火锅已经是晚上十点半，食客依旧络绎不绝，陈乔粤要去结账，谁知被他抢先一步，她只好道："下一顿我请。"

车子在海伦花园小区门口停下，钟昇问她："你怎么回去？"

"我打车。"她道，"走路也行，不远。"

"我送你回去吧。"他沉吟道。

"你送我回去，我再送你回来，送来送去天都亮了。"话虽如此，陈乔粤心里还是开心得直冒泡，"你今晚喝了酒，还是早点儿休息吧。"

二人同时下了车，陈乔粤没走几步，被他叫住："等等。"

"嗯？"她回头看他。

"你的捧花。"他打开车后座，把那束白玫瑰拿了出来。

陈乔粤怔愣片刻，往回走："你不说我都忘了。"

他还想说什么，她手机铃声响起："你等等，我接个电话。"

电话是陈海芯打过来的："你现在有空吗？阿姨今天请假了，我现在有急事要处理，你可不可以过来帮忙看一下希希？"陈海芯的语气有些急。

"我刚好在你小区楼下。"陈乔粤道。

"你……"陈海芯欲言又止，"你不要叫上你妈妈。"

"发生咩事？"

"希希……那个男人现在在广州，他找我了……这件事没处理完之前，我不想太多人知道。"

"好。"陈乔粤皱眉问道，"他现在在你家？"

"不是，我们出去聊……今晚麻烦你了。"

陈乔粤愁眉苦脸地挂了电话，让她一个未婚未育的女性单独照顾一个小婴儿，这绝对是个大挑战。

她接过钟昇手里的捧花，叹道："我不走了。"

陈海芯把备用钥匙留给她，又叮嘱了一遍注意事项，比如希希三小时要喝一次奶，冲奶粉要先水后粉，如果拉粑粑了要用湿纸巾处理一遍再拿水龙头洗屁屁……陈乔粤硬着头皮答应下来。

陈海芯离开前，陈乔粤还是有些不放心："你一个人去见他，会不会有危险？"

"不危险，但可能会有点麻烦。"她叹道，"我现在都不知道他为什么要回来，还突然之间说要见女儿。"

钟昇接到陈乔粤的电话时刚洗完澡，拿起手机一看，才发现她已经打过三通电话。

"喂？"他接起。

那头婴儿的啼哭声很是响亮，几乎盖过她的声音。

五分钟后，他给她发短信："我在门口。"

门很快打开，门后是一脸绝望的陈乔粤："如果不是走投无路，我也不会找你。"

她怀里的小陈希使出吃奶的劲儿在哭，哭得满脸通红。

他进了门，从她怀里抱过孩子："我来吧。"

"她为什么哭得这么厉害啊？是我抱得不好吗？还是哪里不舒服？"她焦急地问道。

钟昇检查了一下孩子，看向她："你给她换纸尿裤没有？"

"不是三小时换一次吗？"陈乔粤皱眉，"她妈妈离开前刚换的。"

"应该是尿太多了，纸尿裤在哪里？"

"我去拿。"

陈乔粤站在一旁看他动作娴熟地换纸尿裤，脱口而出："你真的没孩子吗？"

钟昇抬头看她，解释道："在医院天天见护工给孩子换。"

换完纸尿裤，陈希果然不哭了，两只眼睛瞪得老大，一直好奇地盯着钟昇看。

"还记得我吗？"钟昇柔声逗她，"快十二点了，睡觉了好不好？"

"对，要哄睡了……"陈乔粤拿出手机，上面是她方才记的笔记，"哄睡要一直抱着萝卜蹲，发出嘘嘘的声音……"

"没那么复杂。"钟昇笑道，"她睡哪个房间？"

陈乔粤连忙带他去，走进次卧，指着大床边的婴儿床："睡那儿。"

"六个月前的孩子要侧着睡，最好拿被子包裹着她，这样她有安全感，就会很容易睡着。"他道。

陈乔粤连忙拿了一床被子递给他。

被包裹住的希看了眼陈乔粤，又看了眼钟昇，最后做沉思状。

"她这是什么意思？睡不睡啊？"陈乔粤轻声问。

钟昇一边拍着孩子，一边对她"嘘"了声，压低声音说道："她应该是在酝酿睡意了。"

五分钟后，安静的房间突然爆出巨大的哭声。

"她怎么又哭了？"陈乔粤绝望道。

钟昇叹了口气，把孩子抱了起来："理论终归是理论。"

"是不是因为跟我们不熟啊？认人了？"

"按道理说三个多月的孩子还不会认人。"他顿了顿，"这样，你找一件她妈妈的衣服换上，宝宝对气味敏感，可能会有用。"

陈乔粤点了点头，回陈海芯的主卧，换上她的短T。

"真的有用。"陈乔粤盯着怀里安静下来的小婴儿，喜出望外。

他低低地"嗯"了一声。

陈乔粤抱着这么个奶乎乎的娃娃，突然母爱爆发，叹道："刚刚她哭的时候觉得好烦，现在又觉得她好可爱。"

他笑笑："小月龄的宝宝没安全感，只能拿哭吸引家长的注意，所以她困了哭，饿了哭，尿了也哭……"

"以后你的宝宝肯定很幸福。"她突然道。

钟昇不解。

"我小时候身体不好，经常跑医院，你也知道医院是什么地方，很多医生一天看上百个患者，再好的脾气都磨没了，我就经常碰到又暴躁又没耐心的医生，所以我就想，以后我一定要找个儿科医生做老公，这样我的孩子生病的时候就不用整天跑医院受罪……"

"小小年纪就想这么多。"他哑然失笑。

"刚刚你给希希换纸尿裤的时候……"她盯着他，顿了顿，继续道，"我好像看到了……"

话还没说完，怀里的陈希突然又开始抽抽地哭。

"这又是怎么了？"陈乔粤头疼。

"我来吧……"

这晚注定是个不眠夜。

陈海芯在 3305 房门口站定，低头看了眼手机，陈乔粤五分钟前发来信息，告知她陈希一切都好，让她放心，还贴心地附加了一张陈希熟睡的照片。

陈海芯打开照片，看着粉嫩团子一样的女儿，嘴角勾起，过了一会儿，她收起手机，抬手按下门铃。

不知道过了多久，门才被打开，陈海芯回过神来，看着眼前的男人。四目相对，谁都没说话，然而彼此眼睛里的内容过于复杂，像是无声中已经做出了激烈的交流。

"进来吧。"陆凌率先打破沉默，让出道。

进了屋，陈海芯发现自己的手微微在抖，她强忍住阵阵不适，笑问道："怎么突然回广州了？"

陆凌没搭腔，指了一旁的沙发，对她道："坐。"

"Kevin（凯文），你知道我今天不是来找你叙旧的。"她声音不由自主地提高了些。

陆凌转身看她，见她神情肃穆，那张美艳的脸像结了冰，这和他记忆中的陈海芯一模一样，本以为生了孩子的她会变得更加柔和。

"你出来，女儿谁看着？"他淡淡地问道。

"请了个阿姨。"陈海芯定了定神，不慌不忙回道。

"你工作忙，有时间照顾孩子吗？"

"阿姨是二十四小时的。"

"你放心孩子让一个陌生人带着？"

"陆凌。"陈海芯情急之下喊出他的中文名，"你能不能当……不认识我，也不认识希希？"

陆凌走向她，抬起手，拍了拍她的肩："你不用紧张。"他叹道，"我就是好奇，我的女儿长什么样。"

陈海芯手握成拳，强迫自己镇定："你是不是记性不好？我那时候就说了，女儿是我一个人的，跟你无关。"

"但是无论如何，我是她生理意义上的父亲。"按在她肩上的手紧了紧。

"我想见我的女儿。"他再次道。

陆凌定的是套房，从落地窗往外看，正好可以看到整个广州塔，以往这个时间广州塔已经熄灯，这晚却不知道为什么，快深夜十一点半了还亮着。陈海芯怔怔地望向窗外，一动不动。

当那塔身的灯光变了三种颜色，他还没等到她答复时，陆凌开始急了："我不会打扰你们的生活，我就想见见她。"

"可以。"最后，她还是松了口，转过身看他，"不过我希望你这次说到做到。"

这夜的广州塔迟迟未熄灯是为了庆祝洛溪大桥重新通桥，这座桥梁是连接海珠区与番禺区重要的交通枢纽，在长达两年多的建设后，终于在今晚重新通桥，由原本的四车道变为十车道，解决了一直以来"过番禺难"的大问题。

周漠将车窗摇下，望着焕然一新的洛溪大桥，江风吹乱她的头发，却吹不走她心里的烦闷。

今天，她的账号第一次发视频，流量比预想的差了许多，整个团队开了长达三小时的线上会议，总结经验、复盘、调整方向……虽然周漠深知成败的原因不会归咎她一个人，但面对这种情况，巨大的挫败感还是将她险些吞没。

李柏添找到她时，烤箱里的蛋糕刚烤好，她打开门，对门后的他笑笑："你有口福了。"

"打你电话没接。"他道。

"刚刚在忙，手机在充电。"

他站在一旁，看她从冰箱拿出一盒新鲜的提拉米苏。

"时间刚刚好，来一块？"她抬头看他，笑问。

虽然是问他，但他的回答不重要，周漠拿出刀，切了两块装盘。

白天，这套小公寓是她跟赵亚奇的"家"，是摄影棚，可收工后，这里就是她跟李柏添的秘密餐厅。他每次都等工作人员全部离开才上楼来，神神秘秘、鬼鬼祟祟的样子像是在干什么不道德的事。

周漠觉得眼下二人的关系虽然依旧别扭，但相处起来比之前要舒服许多。

　　"我看你又瘦回去了，吃吧，没事的。"她说完，自己吃了一大口。

　　李柏添没动，见她没两下就把一整块提拉米苏吃完："不开心？"

　　她也没藏着掖着："有点儿。"

　　"因为数据不理想？"

　　"你看了？"

　　"嗯。"

　　周漠拿过他那块，自顾自地吃起来，没搭腔。

　　"数据的事让运营去解决。"他试图宽慰道，"跟你关系不大。"

　　"不说这个了。"她咽下口中最后一口蛋糕，"喝酒吗？"

　　"我开了车来。"

　　"那我喝吧。"

　　冰箱里只有菠萝啤，周漠这晚想大醉一场，菠萝啤酒精含量极低，就算喝足一箱也没用，于是转场。

　　下了洛溪大桥，车子往广州大道南的方向开，在广州塔下，找到那个"日落酒吧"，黑色奥迪停在一旁，李柏添下去买酒。

　　"日落酒吧"就是个移动小摊，所有饮品陈列在白色轿车后座，老板是个"90后"男生，穿着潮牌，手上五指有四个戴了戒指，大晚上的还戴着墨镜，一看就是特别有个性的人。因为在某知名短视频平台做过推广，慕名而来的顾客不少。

　　周漠窝在车上喝酒，吹着江风，听着节奏欢快的摇滚乐，如果身旁的男人肯跟她喝两杯，那今晚的气氛条就真的拉满了。

　　"你真的不喝吗？"她开了一瓶，递给他。

　　李柏添依旧摇头："我要开车。"

　　她也不再强迫他，仰头几下一饮而尽。

　　空瓶子一个个倒下，周漠喝多了，因为她开始手舞足蹈，跟着窗外的音乐号叫——

　　"Monday left me broken, Tuesday I was through with hoping, Wednesday my empty arms were open, Thursday waiting for love, waiting for love.Thank the stars it's Friday, I'm burning like a fire gone wild on Saturday……（星期一我被无情地击败，星期二我就在希望中复活，星期三我张开双臂，星期四等待爱，等待爱的到来，感谢星期五的群星璀璨，星期六我像疯狂燃烧的野火……）"

　　她的声音很大，惹得不少人驻足观看。

　　李柏添掩面，极力压抑自己还是笑出了声，醉了的周漠比清醒时候的她可爱不少，但也闹心不少。

　　她唱高兴了，还想站起来舞，李柏添手疾眼快，怕撞上她的头，连忙将她一把扯下。

"你这车为什么不是敞篷车？"她气喘吁吁地问。

"下一辆换，下一辆换……"他柔声哄住她。

"你为什么不吃我做的蛋糕？是不好吃吗？"

"好吃。"

"你觉得我今天有什么不一样？"她的问题一个比一个深奥。

"发型变了？"好像头发是短了些。

"不对。"她摇头。

"口红换了？"之前的她喜欢偏暗的，今天的颜色鲜嫩了许多。

"你为什么盯着我的唇看？"

"是你让我找不同。"

她一边摇头，猛地突然凑近他，按住他的头往下，对他眨了眨眼："我种睫毛了……"

二人离得很近，近到李柏添能闻到她口中的麦子香。

周漠还一心一意沉浸在给他展示她新种的睫毛，眼睛扑闪扑闪个没停："好看吗？"

"好看。"他哑声道。

下一刻，她还想说话，唇却被他一把堵住。

当周漠情难自禁地将手圈住他的脖子时，残存的最后一丁点儿理智告诉她，完了。然而那微不足道的理智在酒精的作用下，很快湮灭在他的气息里。她双眼紧闭，沉浸其中。

此时李柏添想的是，他们有多久没接过吻了？从争吵到分开再到现在，大概差不多已有半年的时间。看着从前同床共枕的女人此时就在怀里，且她又适时给出了回应，这让他怎么能不激动？

人一激动，力道难以自控地就大了些，一场热吻，在她的低吟中结束。周漠将他一把推开，抚着吃痛的唇，脸上神情变幻莫测，许久，才哑声道："回家吧。"

李柏添的眼睛就不曾从她脸上移开过，见她转过头望向窗外，只留给他一个后脑勺，他眼神暗了暗，启动车子离开。

这一带酒吧多，一到深夜便有交警在红绿灯路口设卡查酒驾，周漠看着缓慢前进的车流，拿起一旁的矿泉水，拧开瓶盖，递给他："你喝口水吧。"

他不解地看向她。

"刚刚不是……怕你嘴里有酒味。"

李柏添闻言笑了笑，接过她手中的矿泉水喝了口，才道："那点儿量不算什么。"

她抿唇，讷讷道："有点儿累，我睡会儿，到了叫我。"

酒精助眠，忙了一天的周漠很快睡了过去。

李柏添看着身旁熟睡的女人，这一刻温馨美好得过分，他突然不想那么快把她送回家。车子在前面的路口拐了个弯，与她家的方向背道而驰。

白天炎热，人们昼伏夜出，夜晚的大街上多的是过夜生活的人，李柏添在闹市区兜了几圈，见她还没有醒的意思，他沉吟片刻，车子直接往白云山的方向开。

晚上八点过后，车子可以直通白云山山顶，到达摩星岭，沿路停满了车，有些直接拿出帐篷，估计是打算露营看日出。

李柏添找了处安静的地方停车，从窗外望去，正好可以俯瞰整座城市，广州塔已经熄了灯，被称为最强内透的珠江新城 CBD 依旧可以看到点点星光。

他将她的座椅往后调，让她睡得舒服些，又从车后座拿了件外套披在她身上。到了这会儿，李柏添才有机会欣赏她那对新种的假睫毛，果然是有些不一样，挺翘不少。

周漠醒来时，天已经微微亮，她垂眸望着身上的男士外套，怔愣片刻，这一晚上，她在车上度过的？

身侧的男人眼睛闭着，看着应该是睡了。周漠揉着胀痛的太阳穴，车内淡淡的酒味让她感到不适，她将外套拿开，轻手轻脚地下了车。

广州的山不少，她爬过的不多，此时她也不知道自己这是在哪里，山顶的空气清新，耳畔还有虫鸣鸟叫，从树丛中往外望，见东方既白，蒙眬的雾逐渐散开，沉睡中的广州忽然被打上一束橘黄色的光。

身后车门被打开的声音传来，周漠转过身去，见李柏添正朝她走来。

二人并肩看了场日出。

"是日出快还是日落快？"她问他。

"时间是差不多的，严谨一点儿地说，应该是日落更快。"他答。

"总觉得日出没日落震撼。"她低叹，"可能是因为太阳一升起，忙碌的一天又开始了，反而太阳落下才能好好歇一会儿。"

他看着她，斟酌道："你可以换一种心态，日出代表的是重新开始，是新生，是希望。"

周漠闻言也看向他，笑了笑："你搁这儿写作文呢？"

见他依旧一眨不眨地盯着自己看，她微微侧目道："你别这样盯着我，一晚上没卸妆，现在肯定巨丑。"

"周漠。"他突然叫她的名字。

不知为何，每回听他叫她的名字，周漠总觉得浑身怪怪的，血液流得都不通畅了。

"什么？"

"我们重新开始吧？"

周漠怔怔地望着他没说话。

此情此景，周漠突然想起不久前跟陈乔粤的对话。

二人对于婚恋有着截然不同的态度，周漠是顺其自然派，她更相信缘分，相信老天自有安排。陈乔粤却相反，她觉得人与人的缘是靠自己创造的，所以她必须得去争取，强扭的瓜一开始不甜，多加点儿糖不就好了。

对于激进的老友，周漠表示不认同，忧心忡忡地道："你何必这么急着赶下一段感情呢？每次都是这样，还没想明白自己要什么，为了恋爱而恋爱。"

陈乔粤被戳中心事，反击道："你不急，你不急是因为你知道李柏添一直在等你，再怎么说你还有个优质备胎……"

"这关李柏添什么事？"周漠嚷嚷。

"别说你心里不是这么想的，如果你是真的想跟他划清界限，会三番两次地让他去找你？你一边享受这种暧昧关系，一边又高喊单身主义……"

"我跟他怎么就暧昧了？"喝多了的二人红着脖子对喊。

"这还不算暧昧？每回他下班后跑到番禺去给你试菜，你们还一起逛超市买食材，你一句胃不舒服，他大老远跑去给你买药……"

"哪有大老远？那药房也就隔几条街。"她越说越心虚。

"如果现在李柏添爱上别人了，不在你面前晃了，你敢说你不慌？"

"我慌什么……我肯定不慌。"

"那是因为你知道他现在心里都是你，所以不慌……"

…………

李柏添等不到回答，又喊了她一声。

周漠回过神来，看着他缓缓地摇头："我觉得我们现在这样就挺好的，我目前……也不想谈恋爱。"

"你还没原谅我？"他沉声问道。

周漠没点头也没摇头，因为她知道，此时她心里那根刺还在，如果要开始新的恋情，那必须做到毫无顾忌全身心地投入，可眼下，她不得不承认，她做不到。

李柏添见她又开始沉默，多少明白她的意思："我知道了。"

"你也不用再在我身上浪费时间，如果你之前陪我试菜，是在……"她话还没说完，被他打断。

"我可能太急了。"他笑笑，"不说这个了。"

"你听我说完。"周漠道，"如果你有更好的选择……"

"没有。"他再次打断她的话，笑意微敛，"我知道，之前那些事你肯定没办法这么快放下，今天是我太急了……"

"昨天晚上，我可能让你误会了。"她指的是那个吻，"你也知道我这人喝多了就容易干蠢事。"

他闻言，脸上再无半点儿笑意。

下山的路比上山好走许多，二人一路无言，一直到她小区门口，周漠说了句'谢谢'，手刚碰到门把手，被他叫住。

"回去好好休息。"李柏添愁绪百转，最后只说了这一句。

"嗯。"她点头，"你也是。"

宿醉的周漠回到家，卸妆、洗澡后躺在床上，脑子里一团乱麻，越想睡越清醒，在床上翻来覆去，直到睡意消失，她猛地起身，抓起手机给陈乔粤打了个电话。

"出来饮茶。"她说完，那头是陈乔粤杀猪般的叫声。

"你不看一下现在几点，我顶你个肺（表示惊讶与不满），我刚刚睡着。"

"你昨晚干什么去了？天亮才睡？"周漠笑问。

"说来话长。"

"那就见面说。"周漠顿了顿，"我睡不着。"

"睡不着找李柏添，他肯定愿意给你当知心哥哥。"

"我刚跟他分开。"

"什么？"陈乔粤的声音听上去清醒不少，"昨晚你跟他在一起？"

"说来话长。"

"不行，你让我先睡会儿。"

"那就十一点陶陶居见？"

"十二点吧。"

"行，等你。"

十二点饮早茶也算是广州当代年轻人的一种生活方式，周漠点了几样爱吃的先下了单，周末人多，很多时候等起来没谱。

陈乔粤顶着两个黑眼圈走来，见到好友的同款黑眼圈，她调侃道："这一看昨晚就很激烈。"

周漠把菜单递给她："你看看加点什么。"

陈乔粤空腹喝了几口普洱茶："不用了，没胃口。"

"你怎么也一晚上没睡？"周漠问。

陈乔粤简单说了一下昨晚的情况，陈海芯一直到天刚亮才回家，她跟钟昇守了陈希一宿。

"所以尔跟钟昇孤男寡女待了一晚。"周漠吃了口流沙包，笑道。

"还有希希在呢。"

"他也算是热心肠，你一喊他就去了……"

"你是不是也觉得，他对我确实是有点儿不一样啊？"陈乔粤语气迫切地问。

周漠重重地点头："很明显了吧。"

"其实我也挺意外的……"陈乔粤低头喝茶。

"既然他对你也有好感，那就冲呗。"

"可我心里总觉得……"陈乔粤欲言又止。

"觉得什么？"

"他跟他前妻……"

"不是没领证吗？那就是前女友。"

"但是在钟昇心里，那就是他前妻。"她小声说道，"你知道多离谱吗？昨天他前妻结婚，他上台致辞了。"

周漠咽下口中的包子，叹道："呃……既然你介意，那就算了吧，再找找，肯定有更好的。"

陈乔粤没搭腔，见她又拿起一个流沙包往嘴里送："你很饿吗？"三个流沙包，她已经吃了两个。

周漠摸了一下肚子："也不是很饿，但是最近就老想吃点儿甜的，生活太苦了……"

"你跟李柏添怎么回事？又在一起了？"

"没有。"周漠顿了顿，"他倒是想，但是我……不敢。"

"为什么不敢？"

"最近这段时间的相处，总感觉又像回到最初我认识他的时候，我怕我们在一起后又会闹得很难看……"

"你这是还没放下之前那些事吧。"

周漠也没避讳："对，我一想到他跟他朋友说我借他过桥……反正每次一想到这个，我就什么想法都没了。"

"那你也应该彻底放下他这个人了，试着跟他保持距离，总是这样纠缠下去，会影响你的正桃花。"

周漠低头啃包子，没吱声。

人啊，总是当局者迷旁观者清，对着别人大道理说得一套一套的，一到自己身上，就容易犯迷糊。

　　屋内很暗，只有投影仪投射出来的光，周漠上半身躺在床上，双腿并拢抬起直直地靠着墙，这个动作是丁瑶教给她的，既能瘦腿又能瘦肚子。对面的墙上正在播放一部老电影，周漠忘了这是第几次看，台词基本上已经倒背如流，她意不在看电影，只是拿它充当运动的背景音。

　　闹铃声响起，她艰难地将双腿放下，一边揉捏着发胀发硬的肌肉，一边看着墙上的男女。

　　第一次看《爱在黎明破晓前》时周漠刚上大一，当时被其中的浪漫情调迷得死去活来，寒假回家还特地选了最慢的绿皮车，就希望能跟电影里面一样来一场浪漫邂逅，结果露水情缘没遇到，只遇到了睡觉打鼾的大叔以及嗑了一路瓜子的大姐。

　　这些年她把这部电影反反复复地看了无数遍，导演实在太懂抓住少女的心，给无数向往爱情的女性，比如她，织了一个美轮美奂的梦。

　　初见过于美好，余生都要为这一夜的轰烈殉葬。这是周漠第一次看完电影时写下的感言，现在再看，真是矫情得不行。

　　"爱在三部曲"中，周漠只喜欢第一部，第二部匆匆看完一遍便关了，观影结束后还心有余悸，电影中男女主九年后再重逢，中年男主已经结婚生子却还在悼念那一夜。周漠曾大声痛斥这根本就不是什么浪漫爱情片，而是活脱脱的成人童话。

　　当然，第三部更别说了，她连打开的兴致都没有，看着年迈的二人为了生活的鸡毛蒜皮吵架，失去胶原蛋白跟荷尔蒙的男女哪里还有当初火车上相遇的模样，看一眼剧照都恨不得戳瞎自己的双眼。

　　在跟李柏添的每一次争吵中，周漠都无比怀念最初跟他相遇的那段日子，那种感觉是无论过去多久回想起来仍能心跳加速，可是在一起后的他们每一天都在内耗。她庆幸，这段感情结束时，彼此还留有些许余地，没到相看两相厌的地步。

　　白云山顶他的表白确实让人心动，可周漠知道，这一次如果又贸贸然地走到一起，等待他们的绝对又是新一轮的争吵，在二人的关系还没完全对等之前，她绝对不会再重蹈覆辙。

这是李柏添第三次吃闭门羹，在确定不会有人来开门后，他掏出手机，拨通她的号码。

电话被接起，那头很嘈杂，她还未开口，他隐约听到赵亚奇的声音："周漠，你要美式还是拿铁？"

"给我留一杯冰美式吧。"她说完，才把注意力放在这通电话上，"我今天在从化，怎么了？有事吗？"

"你要忙到什么时候？我等你。"李柏添沉声说道。

"还不确定，今天在从区过夜……也有可能。"

"那我去找你。"

"你别……又不是周末，你还要上班。"

"周漠。"李柏添低叹，"你在躲我？"

"没有，就是最近真的有点儿忙。"话音刚落，那头有人在喊她，她匆匆留下一句"我去忙了"便挂了电话。

陈乔粤看着对面的男人，他一句话里面至少说了三句"我丢"，这大概是广州男人的通病，喜欢用粗口拉近距离，但她实在不太喜欢。

"你平时喜欢干什么？"她搅着杯子里的果茶，勉强维持礼貌的笑脸。

"玩下游戏，刷下短视频咯。"他说完，又问，"你呢？"

"差不多。"

"你玩什么游戏啊？打不打 xx 游戏呀？"

陈乔粤点头，暗暗松了口气，心想终于找到个共同话题。

"你几级啊？"

"钻石。"

对方笑得见眼不见牙："这么低级？不过话说回来，我不是很喜欢跟女孩子玩，超级坑……"

"我突然想起家里的水龙头没关啊，今天先这样吧。"陈乔粤说完，招手叫服务员，"麻烦你，这里结账。"

把男人送走，陈乔粤站在餐厅门口迟迟未动，因为她急着把介绍人先骂一顿。

介绍人就是之前婚礼那新娘，方才那男人是男方的兄弟，据说婚礼那晚见过之后对她念念不忘。在好友的恳求以及天花乱坠的吹嘘下，陈乔粤答应见面，谁知道是这种货色。

"我麻烦你下次要介绍就介绍点好的，这个男人好恶心啊，还看不起女人，叫他跟他老爸一起过啦……"讲到激动处，陈乔粤声音不自觉地提高了些，话音刚落，一转身，整个人吓在原地。

钟昇送走女伴，回头看她，二人眼神无声交流，同时走进另一台电梯。

"你刚刚……相亲啊？"电梯内，陈乔粤率先打破沉默。

他"嗯"了一声。

"我在餐厅里面……怎么没看到你？"

"我就坐在你隔壁桌，可能被绿植挡住了。"

陈乔粤脑袋瞬间嗡嗡响。

"你也需要相亲？"许久，她才找回自己的声音。

"我妈的同事介绍的，不好推。"

二人走出电梯，往停车场的方向走。

钟昇见她一直跟在自己身后："你的车也停这边？"

她脚步微顿："我今天没开车来，那个，你送我一程吧？"

他挑了挑眉："上车。"

车上，她问："所以你今晚……觉得合适吗？"

他目视前方，闻言摇了摇头："这样的相亲每个月都有……"

"看来你妈妈还挺紧张你的事。"

"老太太退休了，没别的消遣。"

"我妈也是。"陈乔粤笑笑。

钟昇侧过头看她："你也是被逼的？"

"嗯。"她点头。

他笑笑："你看着很年轻。"

"快奔三了。"她问："你呢？"

"比你大半轮。"

"三十六？"

"嗯。"

"怪不得你妈妈急。"

"这种事急不来。"他淡淡地说道。

"你每个月这样应付你妈去相亲，累不累啊？"

"累。"他直言道，"比上班还累。"

"你看我应付得也很累，要不然……我们……"她话还没说完，他的电话响起。

电话不用看也知道是母亲打来的，一上来便问看对眼没有，钟昇余光瞄了身侧的女人一眼，说道："这个月的任务完成了，你再有别的人选就安排到下个月吧。"

"我在开车，先不说了。"说完他便挂了电话，又看向陈乔粤，问道："你刚刚想说什么？"

陈乔粤清了清嗓子，心里七上八下："我是想说，要不然我们凑一对吧？"她看向他，"就当是应付你妈……跟我妈。"

"这种事情怎么能应付？"他脸上神情莫测。

"这不是一劳永逸的好办法吗？难道你想每个月都去应付不同的人？还不如……就应付我一个。"

"那要是你突然有……喜欢的人呢？"他竟然认真地把她的建议考虑进去了。

"我喜欢的人不就是你吗……"她笑笑，"当然，我知道你现在不喜欢我，等以后哪天你要是有喜欢的人，我也不会缠着你。"

他震惊于她的坦诚。

窒息的沉默久到陈乔粤想跳车，在她跳车前，终于听到他说："可以试试。"

陈乔粤脑子再一次嗡嗡响，稳住心绪后，她说道："那行，你一会儿就跟你妈坦白，你有女朋友了。"

钟昇闻言，笑出了声："不急。"

"那我……能把你公开吗？还是我们得藏着掖着？我尊重你的意见，配合你。"

"我都可以。"

陈希躺在婴儿床上睡得正熟，陈海芯望着男人像入定了的背影，提醒他："你该走了。"

陆凌缓缓地转过身，看向她，他像是有话要说，但久久未张开口。

门合上，陈海芯回过神来，筋疲力尽的她陷进沙发内，她不知道自己这一步是对还是错，心软的后果她是否承担得起。

方才陆凌对着陈希，眼神里全是她从未见过的柔情，她似乎低估了一个男人对血缘的执念。如果他下定决心要跟她抢孩子，她有胜算吗？

陈海芯发现自己的手又抖得厉害，大龄生育后遗症不少，手抖是其中之一，连医生也说不出个所以然来，只让她多补钙。

钙片含在口中，苦得厉害，她拿出手机，打开他的对话框："孩子你已经见过了，我希望你能尽快离开广州。"

信息犹如石沉大海，这一夜过去，他都没回。

天刚亮不久，门铃响起，一夜未睡的陈海芯拖着疲惫的身躯去开门，门后是同样一脸倦意的陆凌。

她将门打开，望着他身旁的行李箱，脸色苍白："你想干什么？"

"我想住进来。"

此时，远在一百多千米外的李柏添拉开窗帘，感受新一天的晨光。

酒店三楼用餐区域，周漠坐在角落里边打瞌睡边喝咖啡，对面有男人坐下，她猛地惊醒，抬头一看，竟是他。

"你怎么会在这里？"她皱眉问道。

"昨晚到的。"他喝了口咖啡，淡淡地说道。

"你也住这里？"

"嗯。"

近期户外野餐很火，周漠的团队想蹭这拨热度，于是公费旅游了一次，这家温泉酒店刚开业不久，也当是帮忙做一次宣传。

李柏添坐在一旁的躺椅上看他们拍摄，身旁不断有人向他投来好奇的目光。拍摄完已是中午，周漠见他眼神像黏在她身上，无论她走到哪里，那道灼热的视线就跟到哪里。

工作人员陆续离开，他走近她，明知故问道："结束了？"

"你这是在干吗？"她实在不解。

"你一直躲我，我只能跑过来找你。"

"都说了我没躲你。"

"因为那个吻？"

"你能不能小点儿声？"

"我会去跟陈深谈……"

"谈什么？！"周漠大惊失色。

"不做情侣号。"

"你又想干涉我的工作？"周漠情绪略有些激动，"那我换工作的意义在哪里？我当销售的时候，只要我跟男客户走得近一点儿，你就怀疑我跟对方有事。现在我换工作了，我跟同事正常相处，你又要进来插一脚，我是个人，我有自己的生活，不是你的私有物品，你不能总是这样……"

见旧事重提，李柏添脸色也不太好看："那些事都过去了，我以为已经翻篇了。"

"在你那里过去了，在我这里过不去。"她直直地盯着他说道，"你先学会怎么尊重我，我们再谈下一步吧。"

"我从来没有不尊重你。"他沉声说道，"你要追求你的事业我可以理解，但我们的事……"

"你知道我为什么铁了心要跟你分手吗？"周漠打断他的话，"除了你多疑，不尊重我，还有最重要的一点。"

她刻意停顿，李柏添等得心焦："什么？"

"假如……假如你的女朋友是宋嘉琦，你会总是干涉她的工作吗？"没等他回答，她继续说道，"你不会，因为你们旗鼓相当，你知道你掌控不了她……"

"我们的事，为什么扯上宋嘉琦？"他万分不解地问。

"可是我不一样，在你心里，我永远是低你一等的，之前在安兴科技，你觉得我要通过你才能拿到机器人的单子，现在我都到大松了，你还是觉得你可以操纵我，你一句话就能让陈深改变对我的岗位定位，"她看着他，一字一句地道，"所以你现在知道我为什么一定要分手吗？我不想在一段感情里永远都低你一等。"

"还有，李柏添，你发现没有，你无论做什么事，都是从你的角度出发，你从来没站在我的立场考虑过问题……"

说完这句话，她头也不回地离开，留下李柏添在原地，消化她那些话。

周漠不知道她的话他能听进去多少，分开这么久了，他到这刻都没发现问题所在，说实话，她很失望，但转念一想，要这样一个天之骄子承认自己有错，根本就是难上加难。只希望今天过后，他能正视问题，别总把个人意愿强加在她身上，至于接下来跟他的路要怎么走？周漠感到迷茫。

收拾完行李，退完房，车子已经在酒店大堂门口等着，周漠还没靠近那辆商务车，被来人截停。

"坐我的车吧，我们聊聊。"李柏添看着她轻声说道。

"我想说的话刚刚已经说完了。"

"我知道。"他说，"但你没给我机会发言，我也有些话想跟你说。"

"那就在这里说吧。"

"你想让你那些同事一直等着？"

周漠犹豫片刻，还是跟同事打了声招呼。

"你有什么话就说吧。"车上，她直视前方，淡淡地说道。

"我先为我今天的话道歉。"他缓缓地说道，"你说我干涉你的事业，不尊重你，仔细想想，确实是我考虑不周……"

周漠没吭声。

"我承认，我是急了，因为你这两天一直躲着不见我。我们的关系这么难得才缓和了一点儿，我怕因为那天晚上……又一下回到刚分手那会儿。"

"我没有刻意躲着你，说了是工作忙。"

"那你就当我是患得患失吧。"他苦笑道，"你今天的话我都听进去了，我也重新审视了一下我们的关系。确实，一直以来，我都下意识地觉得你需要依靠我，我也承认，我喜欢这种被你需要的感觉……"

"机器人项目你帮了我很多，这点我心里都清楚，我也很感激你。"

"今天我才知道，其实你已经不再需要这种'帮助'……"他叹道，"周漠，不管你信不信，我从来没觉得我们的关系里你低我一等，也许是我表达上，或者某些做法，让你感到不适……"

她沉默。

他继续说道："以后，我不会再干涉你做任何事，更不会操控你的事业，我会尊重你的每个选择，但是我也想讲清楚一点，那就是……我的确想跟你复合……"

"那如果我不想呢？你也尊重我的选择吗？"她低声问道。

"这就是今天我想讲的第二件事。"

周漠侧过头看他。

"多久我都能等，但是我希望你能给我个机会。"李柏添也看着她，淡笑着说道，"你不觉得我们之前无论在一起，或者分开，都太儿戏了吗？有点儿遗憾……"

"人生哪能不留点儿遗憾呢？"

"当然，如果你现在告诉我，你已经对我完全没感觉了，或者你喜欢上别人了，我肯定不会再继续纠缠。"

他能说出这句话是有依据的，那个吻她回应了，如果真没感觉，那天晚上在车里，她肯定一把将他推开，而不是激烈回应。李柏添这点信心还是有的。

周漠撇过头望窗外，她想起一年前，安建把她叫到办公室，问她能不能接下机器人的项目，能做就留下，不能做就滚蛋，那时候她没有别的更好的选择，回去想了一晚上，隔天就斗志昂扬地去跟他谈判，一年为期，做得成她自己会留下，做不成她自己滚。

在过去一年，她的确做到了自己当初定下的目标，还超常发挥，跳到了更大的平台。

她常常感谢自己当初的决定，并认定这就是生活给她的考验和惊喜。这会儿她想，也许李柏添是生活给她的第二个考验？至于是惊喜还是惊吓……

"一年吧。"她突然道。

"什么一年？"他迫切问道。

"一年的观察期，如果你这一年表现良好，一年后还对我有好感，我也还喜欢你的话，我们就在一起。"当然，这一年也是她新事业的关键期，她也想成为更好的自己，到那时两人的差距减小，很多问题也能迎刃而解。

他沉吟片刻，才道："可以。"

周漠在心里长舒一口气："陈深那边……"

"你放心，我说了不会再干涉你的任何决定。"

然而，一周后，周漠突然得知赵亚奇离职的消息。

"他是因为什么辞职？"她一头雾水地找到陈深。

"老东家把他挖回去了，现在他们正在搞一个什么新项目，正需要双语主播，估计条件比我们开的好很多……"

"他走了，那我们这个账号还怎么做下去？"

"怎么不能做？他只是个配角，你才是主角，现在再找人也来不及了，策划已经改了方案，方向调整为广州独居女孩的日常……"

周漠觉得这种决策过于儿戏，方案说改就改。

对于赵亚奇突然的离职，她自然而然就想到那个男人。

奥美会议室内，李柏添手机振动，他看了一眼屏幕，拿起手机，走到外面才接起："周漠？"

"你今晚有空吗？"

"还在开会。"

"那我去找你吧。"

"什么事？"

"见面再说。"

晚上八点半，周漠才见他从电梯出来，她从大堂的沙发起身，走向他："找个地方吃饭吧。"

港式茶餐厅内，点完餐，李柏添看着一脸凝重的她："发生什么事了？"

"赵亚奇离职了，是不是你搞的鬼？"

他一愣，随后笑道："我的手还伸不到那么长，你是不是把我想得太一手遮天了？"

她狐疑地瞪着他。

李柏添笑得无奈："从从化回来后，我跟陈深一面都没见过，电话也没打过一次，不信你可以查我手机。"

白切鸡饭上桌，周漠舀了口饭送进口中，依旧一副闷闷不乐的样子。

"是不是还有别的事？"他问。

她抬眸看他，犹豫着要不要说。

"说出来也许我可以帮你分析一下。"

"我总觉得……陈深并没有很看重我现在正在做的事。"话说出口，她心里轻松不少。

"为什么这么觉得？"

"之前定下的整套方案现在全部推翻重来，好像特别儿戏，而且我看得出来，赵亚奇离职他一点儿也不介意，说明他根本不在意我们这个号做不做得起来……"

"现在就是摸索阶段，之前数据不行，改方案完全没问题，试错试错，不试一下怎么知道是对还是错……"他顿了顿，"还有，别说方案，就是你这个项目，也是在试错，他们之前没有过相关经验，现在就是抱着博一搏的心态，要真的能把你捧出来了，小小成本就能换巨大的收益，要是捧不出来，损失也不大……"

"如果哪天，你这个项目完全被砍，那也是意料之中的决策。"李柏添见她脸色越来越沉，顿了顿，说，"我不是故意想打击你，只是想让你放平心态。"

周漠搅着盘子里的米饭，苦笑道："之前还以为是个大项目，你这么一分析，到头来我也就是个可有可无的螺丝钉。"

"话也不能这么说，像这种项目虽然一开始不会抱太大希望，但往往能给人惊喜……"他似乎意有所指，"我相信你。"

周漠喝了口冰水，勉强笑了笑，冰水下肚，理智回笼，她意识到这晚在他面前又失态了。

"我不是来找你兴师问罪的，就是……想问清楚。"她解释。

"我明白。"李柏添不甚在意，"我现在在你心里分数肯定很低，我想大胆问一下，及格没有？"

"那倒也没那么低。"她放下水杯，"你这个人除了大男子主义了些，其他的都还可以，比如你今晚的话给了我很大的启发。"

"你怎么给我扣这么大的帽子？"他不满，又问道，"什么启发？"

"虽然我这个项目陈深现在不算太重视，但是我想把它做好，不让他失望……"

"为了别人的认可而去做某件事……"他不太认同。

"当然不是。"她打断他的话，"是为了我自己。"

"我相信你可以的。"他再次肯定道。

"谢谢。"

看她神情恢复，如常进食，他内心一动，笑道，"现在不做情侣号了，之后需要试菜，可以继续找我……"

"说了一年就是一年，这才过了一个星期，你心里又打什么主意？"

"我想走一下捷径都不行？"

"不行。"她无情地拒绝。

"你真的让他等你一年？"陈乔粤听完她的话，微微惊讶道。

周漠合上冰箱门，递了瓶矿泉水给她，点了点头。

"他居然真的答应了？"

"看来你还真是遇到个痴情种了。"丁瑶从厨房走出，手上拿着一碟刚煎好的烙烙粿，"潮汕特色小吃，快来尝尝看！周漠，你这新家的厨具也太高级了，我刚刚差点儿没找到排烟的按钮……"

视频号定位改变之后，周漠搬进了这套公寓，从今天开始，这里既是她的工作室，也是她的新家。这天陈乔粤跟丁瑶一大早帮她搬家，忙活了大半天，到这会儿才把东西归置好。

周漠尝了口金灿灿的烙烙粿，夸道："好吃，怎么做的？"

"糯米粉加糖加水搅拌开，冷锅下油煎一下就行了。"丁瑶道。

"这么简单？"

"说回你那件事，"陈乔粤把话题往回扯，"我看得出你还喜欢他，他也喜欢你，这一年搞什么鬼？你何必白白浪费时间呢？"换作她，这一年时间能谈两三段了，现代人谁还搞痴情这一套？那谈恋爱就跟吃白菜一样简单。

"我是这样想的……"周漠咽下口中的甜点，缓缓地说道，"这一年的时间既是考察他，也是考察我自己，如果一年后我现在这份工作能做出成绩来，到那时跟他的差距会小很多。"

"你是觉得自己现在配不上他？"丁瑶一针见血地指出。

周漠努力组织语言："反正，现在差距太大了……"

"他都不介意，你介意什么？"陈乔粤不解。

"周漠，我觉得你有点儿矫情了。"丁瑶也说道，"这一年时间变数会很多的，趁他现在被你迷得神魂颠倒，就应该一举拿下，要是等哪天他突然清醒过来了，遇到比你更好的，你哭都没地哭我告诉你……"

"如果他要喜欢别人，我也没办法。"周漠低头喝了口冰水。

"我之前就说过了，你根本就是恃宠而骄，因为你知道李柏添认定你了，铁了心要做好备胎，所以你才能这样不慌不忙……"陈乔粤啧啧摇头，"要是钟昇能跟李柏添一样，那该多好啊！说实话，你是不是对他下蛊了？"

周漠闻言，没忍住翻了个白眼："你们怎么说得好像我很差劲？"

"你不差，你要是差，他也不会喜欢你。"丁瑶拍了拍她的肩，"所以姐妹，其实你根本不用去考虑你们之间的差距，冲昏头脑、不顾一切地爱才是真爱。"

"你恋爱经验比我还少，大道理一套一套的。"周漠拍开她的手。

"忘了跟你们说。"丁瑶顿了顿，"我换男朋友了。"

"啊？"

"谁啊？"

丁瑶笑笑："就是我说过的，那个榜一大哥……"她搂过周漠："你要是实在对他没感觉呢，不如就把他放下，找下一个，找各方面都跟你合拍的，要是你还对他有感觉呢，我真的劝你把握住。"

周漠闻言，眉头微微拧起，扫了丁瑶一眼，目光又落在陈乔粤忧心忡忡的脸上。

"你们不觉得我现在跟他的差距，有珠江那么大吗？"过了好一会儿，她叹了口气，低声问道。

"广州二十年前有句老话，宁要河北一张床，不要河南一间房。以前东山、越秀那些老城区的居民都看不起海珠区的，但是你看现在，风向完全改变了……李柏添条件是好，但你们的差距绝对没有你想的那么大，你根本不用为此自卑……如果你说你是打算在一年后功成名就时找个比李柏添更好的，那还说得过去。"陈乔粤苦口婆心地劝道。

"其实还有一件事……"周漠咬唇，欲言又止。

周漠见好友都盯着她看，等着她把话说下去，叹了口气："我觉得我有个心病。"

她的心病就是李柏添身边的"宋嘉琦"们。她的执念一直没变过，那就是成为"宋嘉琦"，她想只有到那个时候，才能挺直腰板，跟他平起平坐。

"那你有没有想过一种可能……"陈乔粤道，"他跟宋嘉琦在一起还没超过一个星期，说明他想要的伴侣根本就不是宋嘉琦那样的。你觉得自己差劲配不上他，兴许他就是觉得你身上有巨大的魅力、巨大的闪光点，所谓情人眼里出西施……"

周漠咽下口中的冰水，眼神变得茫然："所以说了是心病。"

"其实不用想那么多，你只要想象一下，你能不能接受在这一年里李柏添突然变心。如果接受得了，那你就坚持自己，继续耗下去。"丁瑶说道。

周漠陷入沉思。

"你这是身在福中不知福……"陈乔粤摇头叹道。

"你跟钟医生最近怎么样了？"周漠看向她，转移话题。

"我见过他父母了。"

"速度这么快？"丁瑶惊呼。

"因为他妈妈不相信他真的在拍拖，还继续给他介绍相亲对象，所以就见了。"

说起那天，陈乔粤至今还心有余悸。

钟昇父母都是大学教授，陈乔粤生平最怕两种人，一种是超级勤奋的人，一种是超级严肃的人，这两种人通常都很难相处。

在他父母面前，陈乔粤瞬间找到了当初旷课被老师在课堂上当场点名的窘迫感，毫不夸张地说，在他们的注视下，她大气都不敢出。

在她家，陈迎珍是老大，因为她掌管着经济大权，但陈迎珍是只纸老虎，实际上主心骨是陈乔粤。所以可以说，陈乔粤才是一家之主，平日里她跟父母说话都是大大咧咧，没大没小，哪怕她早恋，老师把她母亲叫到学校去，陈乔粤也能强词夺理地把这事从黑说成白，说到陈迎珍心服口服让她谈恋爱。

饭局结束后，陈乔粤坐上钟昇的车，夸张地深呼吸了好几下。

"你这是在干什么？"钟昇看着她怪异的模样，笑问。

"他们平日里都这么严肃吗？"她皱眉问道。

钟昇点头，淡淡地说道："习惯了，我父母当了一辈子教师，没办法，职业病。"他顿了顿，"所以一毕业我就搬出去自己住了。"

"一般这种父母控制欲都很强，他们居然肯让你搬出去住？"

"那你就说反了，他们不但肯，还很支持。"钟昇笑着说，"他们总觉得人就应该多吃点儿苦，在他们看来，独居就是在吃苦……"

"人如果有得选的话，为什么非要吃苦啊？"她恹恹地说道，"我其实很不认可这个观点。"

他转过头看了她一眼，到这会儿，钟昇突然发现，认识这么久，其实他对她的一切一无所知。

"你认同这个观点吗？人活着就应该多吃点儿苦……"她又问道。

"那要看吃哪方面的苦，我学医这么多年，如果不是我父母这句话，可能很难坚持下来……"

"我们的很多观念还真是都不一样。"陈乔粤笑着说，"我现在就不想吃苦，只想'躺平'。"

"能够'躺平'也是一种能力。"

"我曾经也想干一番大事业……"她把那个被扼杀在摇篮里的短租房计划跟他简单地说了一遍，"因为他们不愿意一下签十年，所以我就放弃了，我妈总是说我一事无成，可是我不明白，我现在拥有的一切，只要我安分守己，躺着也能舒舒服服地过一辈子，我为什么要辛辛苦苦去奋斗呢？就为了留给下一代吗？"

他轻轻地摇了摇头："有些人就想在短暂的生命里创造一些价值，当然，你的处世观也没错，这种事本来就不分对错，选择自己活得舒服的方式就可以了。"

"那你对你现阶段的一切，还算满意吗？"陈乔粤问道。

"不功不过吧。"他顿了顿，"不过，我父母不太满意。"

"因为还没结婚？"

"除了这个，他们对我的工作也不太满意。"他道，"他们希望我能尽快升上副高。"

"其实你已经很厉害了……"她不禁感慨。

他笑笑："你今晚应该没吃饱？找个地方吃点儿东西吧？"

陈乔粤内心一动，脱口而出："不如去我家？"

他没吱声，她又加了一句："我一个人住。"说完觉得不妥，又连忙解释，"所以不会不方便……"

钟昇第一次看她惊慌失措，觉得好玩，笑着说："你不用紧张，我没说不去。"

"那你们发生点儿什么没有？"丁瑶瞪着铜铃般的眼睛，"孤男寡女，很容易让人浮想联翩啊……"

陈乔粤双手掩面："确实是发生了……"

回到她家，陈乔粤煮了两碗出前一丁的海鲜味面，钟昇很给面子地快速吃完，并夸道："比医院饭堂的菜好吃很多。"

"你每天就吃饭堂吗？"

"晚饭叫外卖。"

"不自己煮饭？"

"没时间。"他笑着说，"一下班就想躺着。"

"你要是下次想吃家常菜，可以提前跟我说。"

她这话一说，气氛就有些变了。

钟昇看了她好一会儿，缓缓地说道："不用。"

"你家离我这里也不远。"陈乔粤把碗筷收起，走进厨房，说道，"我也会经常去海伦花园看希希，如果你觉得过来不方便，我给你带饭也行。"

钟昇没搭腔。

她隔着厨房门看了他一眼，又道："我妈妈厨艺不行，为了打麻将，每天不是肉饼就是蒸排骨，超级敷衍，所以我很早之前就自己做饭吃，反正我晚饭一般都在家吃，给你带一份是顺便的事。"

"然后呢？"丁瑶没忍住出声催促。

"你别打断，让她继续说下去。"周漠不满地说。

"然后最近这段时间他晚上就到我家吃饭。"陈乔粤缓缓地说道，"昨天晚上，喝了点儿酒，就……"

"那你们算是确定关系了？都走到这一步了。"周漠嘟囔道。

"坏就坏在我多嘴说了一句。"

"什么？"

"事后我给他发了条短信，"她顿了顿，"让他别有心理负担，就当是互相解决生理需求。"

钟昇刚从手术室出来，经过护士站时被人叫住："钟医生，有人找您。"

他脚步微顿，这会儿都快到下班时间了，理应不会再有病人找上门来。

"她说她是您的家属，所以我让她在外面等您。"护士又道，"我让她现在进来？"

家属？钟昇突然想到什么，对那护士笑了笑："不用了，我自己去吧。"

等候室里，陈乔粤打开手机看时间，她已经在这里等了快十五分钟，问那护士他什么时候手术结束，对方也说不出个所以然来，再这样等下去根本就是在浪费时间，她从蓝色的塑胶凳上起身，正准备走，门突然被打开，一抬眼，就看到穿着白大褂的钟昇走了进来。

他朝她走近："如果你不赶时间的话，再等我几分钟，我回去交代点儿事情就能下班。"

陈乔粤看着他，总想从这张脸上找出点儿昨夜的痕迹来，但很可惜，这会儿的钟昇跟昨天晚上的他判若两人，她点头："好，我在住院楼大堂门口等你。"

这次她没等多久，很快就见他从电梯里走出来。陈乔粤这天是来找他要个说法的，所以一上车便开门见山："你收到我的短信了吗？"

"收到了。"

"为什么不回复？"

是的，从昨晚到现在，她发出那条短信后，再没等到他回复，陈乔粤坐立不安了一天，最后还是决定到医院找他。

"饿不饿？先吃点儿东西。"

"你是不是后悔了？"

"后悔什么？"

她摇了摇头，又道："我知道你现在根本就不想谈恋爱，所以我都给你台阶下了，没想到你还不领情……"

"没回短信，是因为我觉得有些话还是当面说更好。"

"我现在在你面前了，你有什么话可以直说。"

他却笑了笑，摇了摇头："先吃饭，吃完饭再谈这个事。"

"还是先把事情说清楚吧。"

"我今天连续做了快六个小时的手术，午饭还没吃……"

她一听，皱眉道："你怎么不早说？"

在附近找了一家面馆，陈乔粤坐在他对面，看他没几下把一碗热腾腾的牛肉面解决，不忍道："我再给你叫一碗吧？"

"不用。"他抽了张纸巾，按了按嘴角，"饿太久了不能一下吃太饱。"

"你是早餐后就一直没再吃东西？"

他点头。

"这样下去你身体迟早出问题。"

他笑了笑："有时候突发情况，我的胃能等，病人等不了。"

嘈杂的拉面馆显然不是聊天的好地方，陈乔粤拿过他的车钥匙："走吧，回家再说。"

回的是她的家，钟昇走进屋内，看向客厅里的沙发，沙发上的靠枕被脱了枕套，地上的毛毯也不见踪影……二人的眼睛一对上，不约而同想到昨晚在这上面的激烈缠绵，钟昇先移开了目光。

陈乔粤心想做都做了，这会儿装什么呢？

"你说，就当是解决生理需求……"他突然开口。

陈乔粤闻言，心脏骤缩，呼吸也不自觉地急促起来："嗯……"

"其实……"钟昇顿了顿，"我的想法是，如果你不介意的话，我们不如在一起，试试看。"

"我们不是一直在一起吗？"

他笑了笑，说："之前是为了应付我父母，我刚刚的意思是，认真交往……"

陈乔粤猛地抬头看他，不确定地问道："你是因为……想负责？"

"倒也不是这个原因。"他在她跟前站定，"我是觉得，跟你在一起，很舒服。"

陈乔粤琢磨着"舒服"这两个字，半晌，听到他问："你不愿意？"

她回过神来："我当然愿意。"

他伸手，握住她，放在手里捏了捏："那就好。"

没有轰轰烈烈的告白，气氛也没她想象的浓情蜜意，可能是经历的感情多了，这一刻，陈乔粤反而觉得这种细水长流更能触动她。

就这样，她跟钟昇确定了关系，开始过上了半同居的生活，他下班后会直接到她家，她准备晚饭，他洗碗，热恋期的人总是恨不得时刻黏在一起，更何况大家都是成年人了，留宿成为常有的事。不过一个月的时间，她家里随处可见他的物品。

国庆过后，广州正式入秋，陷入热恋的陈乔粤跟丁瑶在聚餐时总会忍不住就把话题聊到自家男友身上，孤家寡人的周漠在一旁敲桌子："你们差不多得了，能不能照顾一下我这个'单身狗'？"

"你跟李柏添怎么样了？"陈乔粤喝了口红枣水，笑问。

钟昇已经初步到了养生的年纪，陈乔粤受他影响，最近也开始喝热水，有时候泡点儿枸杞、红枣，还真别说，面色红润了不少。

"他出差了。"周漠闷闷不乐地道。

自从周漠搬到番禺后，他还是雷打不动地每天跨区试菜，如今她已经熟悉了整套拍摄流程，所有的画面都是自己拍摄，家里不会再出现乱七八糟的工作人员，于是通常情况下，都是二人世界。说来好笑，二人干尽了一切情侣才会干的事，但还要违心地说一句是朋友关系。

陪伴若成了一种习惯，就容易让人上瘾，如今李柏添出差已有半个月，这半个月周漠干什么都不得劲，又无处可说，要是对眼前这两个女人倾诉，保不齐会被狠狠吐槽一顿。

"我看你最近的数据很猛啊。"丁瑶盯着手机屏幕，"有团队的就是不一样。"

"我看看，"陈乔粤拿过手机，"你这才拍没多久，已经开始接广告了？"

周漠意兴阑珊地点头："高薪挖了个运营，现在是全平台都在推我的号。"

"可以啊，周漠，你这粉丝量都快赶上我的了。"丁瑶拍了一下她，"到时候看看能不能合作一下。"

"买了不少粉。"周漠吃了颗车厘子，怏怏地说道。

"播放量呢？也是买的？"陈乔粤问。

"嗯。"周漠点头，"钱砸出来的。"

"早期都是这么干的，慢慢地自然流量就起来了。"丁瑶边划拉她的视频，边道，"我看你露脸的视频比不露脸的流量好，公司开始给你安排直播没？"

"明天晚上第一场。"

直播前，周漠上了几堂课，无非就是怎么留住顾客，怎么让顾客果断下单……说来说去，她虽然换了公司换了岗位，但其实本质还是个销售，只是这回是线上销售。

那些话术她已经倒背如流，但是面对着镜头时，起初还是有些露怯，幸亏有个经验丰富的助手在一旁协助。

晚上十一点，长达四个小时的直播终于结束，周漠喉咙已经冒烟，猛灌了一大瓶矿泉水，整个人陷入沙发里一动不动。

助理小吴离开后，门铃声响起，周漠拖着疲惫的身躯去开门，多日没见的男人终于出现。她靠在门后，见他动手帮她收拾满屋狼藉的背影，心里酸胀得厉害。

"别忙了，你刚下飞机，也累。"她走过去，拿过他手上的拖把，"坐会儿吧。"

两个人躺在沙发上，有一搭没一搭地聊天。

"路上我看了一下，你是第一天直播，这个数据已经算超常发挥了……"

周漠静静地听他说话，半晌，才发现他没声了，扭过头一看，他居然在沙发上睡着了。她轻手轻脚地起身，在他身旁蹲下，盯着他胡子拉碴的脸，轻声说道："你都累成这样了，下了飞机不回家，还往我这里赶？"随后她又低低地叹了口气。

李柏添在这个双人沙发上睡了一夜，醒来第一眼，见到披散着头发、穿着家居服的周漠正在厨房做早餐。

"你今天还上班吗？"她听到声响，走了出来，盯着他的脸，问道。

"今天休息。"他哑声道。

"你等等，早餐快好了。"

在这个寻常的清晨，这边一片岁月静好，陈乔粤家却是鸡飞狗跳。

陈迎珍难得母爱爆发，一大早来找女儿喝早茶，谁知道开门的是衣衫不整的钟昇，当下吓得眼珠子都要掉下来。

钟昇同样没想到第一次见家长会是这种情形，揉了把脸，哑声叫了句："阿姨。"

钟昇就像凶手逃离案发现场一样急切，他走后，睡眼惺忪的陈乔粤对上她母亲那张快要喷火的脸："你为什么突然过来？"

"女儿啊女儿，你找什么样的不好，你居然做第三者？你居然喜欢上有妇之夫，家门不幸啊！"陈迎珍捶胸顿足。

陈乔粤试图解释："其实……他也不算结过婚。"

"就算未结婚，人家有女朋友，你这样搞就是不行！"

"他们已经分手了。"

"那更该死，是你搞到人家分手？"

陈乔粤扶额，忍不住翻了几个白眼："哎呀，我是什么人你不知道吗？"

"妈妈不想你走错路……"

陈乔粤再次忍不住爆粗："他们分手不关我的事！"

她把钟昇跟前任的事意简言赅说了一下，陈迎珍越听眉毛皱得越紧，最后，她幽幽地说道："如果他不想结婚，你跟他在一起不会有结果的。"

被戳中心事，陈乔粤烦得不行："行啦，你先回去吧。"

陈迎珍知道她的性格，说肯定是说不动的，临走前再三叮嘱："记得做好安全措施啊你！"

广州今年的寒流来得比往年早，冬至这天，气温骤降，陈乔粤从钟昇的怀里醒来，以往她早上都睡到自然醒，难得一次她醒来时他还没去上班。

"今天冬至。"陈乔粤倚在厕所的门上，盯着正在洗漱的他，问道，"你今天怎么过？"

"今晚不用值班。"他回过头看她，"我们一起过？"

她略微迟疑，还是点了点头。

去年冬至，周漠在陈乔粤家吃火锅，今年……一个两个都已经有安排了，陈乔粤一早就说了要跟钟昇吃饭，而丁瑶老早就跑到杭州陪男朋友去了。

让周漠难过的是，冬至这晚她还要直播。

依旧是深夜十一点下播，摄像机一关，周漠立即恢复面无表情，打开手机，看了眼银行卡余额，这心情才有所缓解，挣扎着起身给自己煮了包汤圆。

花生馅的汤圆刚起锅，门铃响起，她有所预感，在见到李柏添那一刻，心还是忍不住一抽。

"刚聚完餐，给你带了点儿汤圆。"他对她笑道，"找遍整个超市，终于找到两包鲜肉馅的。"

"我已经煮好了……"她低声说道。

二人默不作声地吃汤圆，时间不知不觉已到十二点，李柏添见她兴致不高，拿过外套起身："我先回去了……"

周漠送他到门口，四目相对，他哑声道："走了。"

李柏添刚要转身，突然听到她说："要不今晚就别走了吧？"

周漠说完，见他猛一转身，捧着她的脸，狠狠地吻了下去。

在这样一个寒冷的夜晚，任面前气温再低，多么的庆幸，长夜无须一个人。

周漠觉得自己堪比劳模，在直播四小时后，竟然还有精力跟他缠绵，且这男人就像斋戒多日的猫，遇到她这条小鱼干，露出凶猛的獠牙，恶狠狠的模样像是要把她生吞入腹。

他甚至等不及回房，二人躺倒在沙发上，唇舌交缠，吻得难舍难分。

李柏添舔咬着她的脖颈，不管不顾地冲撞。

"轻点儿，"她闷哼，手抚上抓住她头发的大掌，"疼……"

"哪里疼？"他动作没停，哑声问道。

"你的手表……缠住我的头发了。"

李柏添只好分出手来，摘下手表，扔到一旁。大掌重新落在她的脸上，指腹摩挲着她的脸颊，头一低，再次堵住她的唇……

事后，周漠躺在沙发上，身上穿着宽松的毛衣裙，双腿伸起架在靠背上，白皙的膝盖上淤了好大一块，看着触目惊心。都说了浴室地滑，他非要抱着她去清洗，摔下去那一下她真是杀了他的心都有。

门被打开，李柏添走了进来，手里拿着印有药房 logo 的白色塑料袋，他从里面拿出一个冰袋、一盒药膏、一团纱布。

"还疼吗？"他居高临下地看着她。

周漠刚想开口，打了个喷嚏，带着鼻音道："你说呢？"

他在沙发另一侧坐下，将冰袋按在那团淤青上，又用纱布缠住，胶袋贴紧，做完这一切，他伸手想去搂她。

周漠拍开他的手："你别又动手动脚。"

他闻言笑出了声："你放心，我真没精力了。"

她盯着他眼睛底下两团乌青，回想起昨晚到现在，她好歹还睡了几个小时，他呢？该不会兴奋到整夜没睡？

"你先躺会儿，我去做饭，中午想吃什么？"他柔声问道。

"别忙了。"周漠摆手，"没胃口，我现在只想睡觉。"

"进房睡。"

"不想动。"她合上眼，想着就在沙发上将就睡一下。

李柏添拿过一旁的毛毯，盖在她身上，盯着她被阳光照射的脸，晶莹剔透，连绒毛都清晰可见，他看了好一会儿，起身帮她把窗帘拉上。

周漠醒来发现头重脚轻，鼻子也堵得厉害，这才后知后觉她应该是感冒了。李柏添正在处理公务，听到她的喷嚏声，连忙走过去，见她整个人恹恹的，手抚上她的额头，有点儿烫："好像发烧了。"

"托您的福。"

他自知理亏："家里有感冒药吗？"

周漠摇头。

"我出去买药，你继续睡。"

周漠从天亮睡到天黑，又从天黑睡到天亮，期间李柏添没离开过，帮她物理降温，喂她吃药，两天一夜过去，她终于退烧，鼻子也不堵了，只剩下喉咙还有点儿痛。

"你不用上班吗？"傍晚，周漠醒来，掀开被子起身，走出卧室，在厨房里找到他，她倚在墙上，淡淡地问道。

李柏添闻言，转过身，见她脸上恢复往常的红润："休假。"

"我没事了。"她带着鼻音道，顿了顿又说，"这两天辛苦你了。"

听到她说客气话，他的笑容僵在嘴角。周漠没发现他的异常，闻到食物的香味食欲大动，边走近他边问道："在煮什么？"

"鸡丝粥。"

餐桌上，周漠低头吃粥，没看到身旁的男人神色复杂。

一碗吃完，她才发现他不对劲。见李柏添目光灼灼地盯着她看，她不解地问："怎么了？"

"我们……"

她起身又去盛了一碗，回来时，问道："什么？"

"我们这算是……和好了？"

她一愣："没和好的话，我怎么可能跟你……"她顿了顿，"你是不是觉得我说话跟放屁一样？"

前不久才说要考察一年，这才过去多久，她没忍住又撩拨了他，怪不得他会胡思乱想。

"你的心思确实很难猜。"他坦言。

要说欲擒故纵这一招，他就没见过比她玩得更好的，然而他偏偏就吃定了她这一套。

周漠笑了笑："其实我也看不懂我自己……"

"为什么突然又……"

"你就当我是深夜寂寞，急需找个人陪。"她故意逗他。

他也没恼，只道："那下回你有需求，再找我……"

"一定。"她嘴角勾起，缓缓地说道。

四目相对，二人忽地同时笑出了声。周漠推开手边的粥，凉凉地说道："我有时候怀疑你跟我在一起，其实就只是想解决生理需求……"她直言道，"我性格这么别扭，也不知道你喜欢我什么。"

"你也知道你性格别扭。"

"你怎么还顺着杆子往上爬了？"

"周漠。"李柏添握住她的手，"感情这种事其实很难说，除了你一直强调的条件要匹配，其实还有很多东西你忽略了……"

"比如呢？"

"比如……人跟人之间是有契合度的，当然你说的身体需求也是其中一种，还有就是感觉，你不用去做别人，不一定要成为多优秀的人，我喜欢的恰恰就是别扭的你。"

他顿了顿："虽然你有时候又作又矫情，但这个就是你可爱的地方。我要找的是感觉对了的女朋友，而不是模范企业家。"

"你知道吗，李柏添，这还是你第一次跟我告白。"周漠叹道。

他皱眉："第一次吗？"

"第一次。"她垂眸，半晌，又抬眼看他，"你说，我们这段感情会长久吗？"

他也盯着她，缓缓地摇头："说实话我不知道，也没办法保证什么，跟着感觉走吧。"

"你都一把年纪了，还信感觉。"她嗤笑，随后，她又继续道，"不过也是，拍拖而已，又不是要结婚，还得讲究门当户对……"

聪明如李柏添，敏锐地捕捉到她这话里释放出的重要信息："你向往婚姻吗，周漠？"

"怎么突然提到这个？"

"你之前没下定决心跟我在一起，是觉得……我们没有未来？"

被戳中心事，周漠沉默了好一会儿，许久才道："确实有过这方面的考虑。"

她直直地看着他，想知道他接下来会做出什么回应。

李柏添握住她的手紧了紧，再次低叹道："我现在没办法给你承诺，我相信你需要的也不是这种缥缈的承诺。"

周漠点头："确实……"

"我不排斥婚姻，但婚姻对我来说，需要一种冲劲推我一把。"他这话说得真是掏心掏肺了。

"你别紧张，我没有在逼你什么……"周漠笑笑，"先享受当下吧，以后的事，很难说。"

冬至连着圣诞，对于热恋中的情侣，自然不想放过任何一个腻歪的节日，早上钟昇出门前，陈乔粤躺在床上，身体瑟缩在被子里，只露出半个头，哑声叮嘱道："今晚早点儿回来。"

钟昇朝她走近，俯下身在她唇上啄了一下："好。"

街上过节氛围很浓，商场里还特意布置过，正中央放着一棵巨型圣诞树，泡沫做成的雪花从半空中飘落，不少孩子围着圣诞树拍照，陈乔粤脚步欢快，直奔超市，她准备买些食材，晚上做顿大餐。

三人群里，丁瑶发了个视频，视频里她穿着性感的比基尼，身后是热气腾腾的温泉池，随即镜头对着天空，背景音是她的惊呼声："杭州居然下雪了！"

感冒初愈的周漠看完视频，打下几个字："你穿得那么少，不冷吗？"

丁瑶很快回复："温泉泡着呢，我总不能穿个羽绒服泡温泉。"随后又问，"周漠，你圣诞节怎么过？"

陈乔粤把一盒玉米粒放进购物车，划拉了几下屏幕，把她们的聊天记录看完，随即发了条语音："我也正想问，你今晚有安排吗？"

阳台上晒着太阳的周漠眯着眼看完信息，回道："亏你们还记得我。"

"你要是实在一个人寂寞，我给你找个人？"丁瑶回。

周漠笑出了声，回道："不用，我有约了。"

"男的女的？"陈乔粤问。

"真谢谢你们为我操心。"周漠又回，"男的，你们都认识。"

"谁？"丁瑶问。

"还能有谁，我猜是李柏添。"陈乔粤又一条语音进来，"我猜对没有？"

周漠发了个似是而非的表情包。

"和好了？"丁瑶又问。

"算是吧。"她回。

“怎么这么突然？”陈乔粤问。

周漠正想打字，突然一条语音邀请进来。

李柏添的声音传来：“我现在在中大这边，大概四点半能走，餐厅已经订好了，你过来找我？还是我去接你？”

周漠躺倒在摇摇椅上，声音还带着鼻音：“你怎么跑中大去了？”

“有点儿事。”他听她声音还沙哑，又问，“没吃药？”

周漠打了个哈欠：“早上起来吃了。”

“就吃了一次？”

“好得差不多了。”周漠道，“我想先睡会儿觉，睡醒去找你。”

“好。”

醒来时已经四点，跟他约定的时间只剩下半小时，周漠反应迟钝地起身，洗漱完，看着镜子中容光焕发的自己，又看了一眼表，要化妆肯定是来不及了，心想干脆就涂个口红算了，然而换衣服的时候发现没化妆穿什么衣服都缺了点儿感觉，于是又开始坐下化妆。

中大码头，李柏添望着再次离开的过江游轮，时间已经逼近五点半，还是没等到周漠。又过了十分钟，忽然肩头一沉，他转过身去，便看到心心念念的女人。

“我迟到了。”她抱歉地笑笑，“睡过头了。”

她穿着紧身的直筒牛仔裤搭黑色长筒靴，上身是一件宽松的米色牛角扣大衣，脖子上围了条格子围巾，江风把她的头发吹起，露出耳垂上那一对四叶草钻石耳钉。

“走吧。”她挽上他的手，笑道。

李柏添不知道她今天的妆容有什么讲究之处，只知道今日的她很不一样，整张脸像是会发光，眼睛里更像含着一汪水，连唇上都像是沾满水汽，亮晶晶的。此时的她像极了一颗水蜜桃，粉嫩又多汁。

“你的车呢？”她问。

“我们坐船过对岸。”他指了一下身侧的码头。

刚好又有一辆游轮到站，周漠被他牵着上船。

“不用买票吗？”她好奇问道。

“刷羊城通就行。”

这一趟过江轮渡只花了两元，跟公交车一样的价格，周漠到广州这么久，第一次知道居然还有这种交通方式。

“这个也能夜游珠江吗？”二人站在窗边，看着波光粼粼的江面，她好奇地问道。

“不能。”他握紧她的手，“我们这一班是末班船。”

“居然两块钱就能游珠江……”她感慨道。

“我高中那时候只要五毛钱。”

“你都是坐船上学？”她问。

"那倒不是。"他笑笑，"偶尔过对岸玩会选择坐船，高中的时候广州地铁还没现在这么发达。"

"你读高中的时候……我还在念小学。"她脱口而出。

"我们差这么大吗？"他的声音不自觉地上扬。

"我跟小乔同龄，你比她大五届，所以……"她挑了挑眉。

聊着天，船很快靠岸，天字码头，周漠盯着那四个字："这边是越秀还是荔湾？"

"越秀。"

从码头下来，沿着沿江中路走，周漠越走越觉得熟悉："北京路是不是在附近？"

"嗯。"

他订的餐厅就在江边，像这种节日不提前预订的话当天来肯定是找不到位置的，哪怕现在六点刚过，餐厅已经坐了一半的人，基本上都是成双成对的情侣。

周漠已经快一年没跟异性约过会，不得不说她对这晚有些期待。刚落座，服务员把一瓶红酒递上，为二人斟满。周漠见状，心想难不成他是熟客？他们这才刚来，一句话都还没说，这酒已经倒上了。

她兴致勃勃地想喝两杯，刚拿起酒杯，却听到他说："你感冒刚好，能喝吗？"

"你明知道我感冒，还让人上酒。"说完，她又觉得哪里不太对。

过了好一会儿，她又问道："这家餐厅……你什么时候订的？"

李柏添闻言，放下手里的酒杯，咳了两声。

"是不是在……冬至前？"她不确定地问道。

既然知道她感冒不让她喝酒，又怎么会订酒？只能说明这餐饭他是在冬至前就订下的。

他见瞒不过她，摊了摊手，"嗯"了一声，又低叹："我那时候想的是，如果冬至那天你还是不同意跟我在一起的话，那就等今天，再约你一次。"

"你准备得还挺充分。"她一愣，随即笑道。

"没办法，你实在不好追。"他无奈地笑道。

"我怎么不知道你在追我？"

"所以你觉得我是因为太闲没事干，才每天大老远跑番禺……"

"我以为是因为我做的菜太好吃……"她一直笑吟吟地盯着他。

"我说过，你这人最大的技能就是装傻。"他低叹。

周漠闻言，站起身。

"你干什么？"他脸色微变。

她走向他："你往里面坐点儿。"

李柏添照做，她在他身旁坐下。

"你看到了吗，别的情侣都是坐在一起，就我跟你面对面。"她说完回过头，正好是他放大的脸，她的唇擦过他的下巴。

李柏添的手抚摸上她的腰，喉结滚动，声音瞬间变得沙哑："要不别吃了，我们回家……"

"你能不能别满脑子都是那种事？"她说完，粉嫩的唇微微翘起，表示不满。

七点，陈乔粤盯着满桌子的菜，拿出手机，再次拨通他的号码。

正常情况下钟昇是六点下班，都过去一小时了，他还没回来，拨出去的电话也一直没被接起。陈乔粤听着那机械的嘟嘟声烦躁不已，挂了电话后，她猛地起身，回房拿了外套跟包，换好鞋出门。

车子在珠江医院门口停下，她直奔住院楼，电梯在他工作的楼层打开，陈乔粤找到值班的护士，问道："钟医生下班了吗？"

那护士认识她，闻言去翻值班表："今天钟医生没值班，应该是下班了啊。"

碰巧有另一位护士走过来，听到他们的对话，插了一嘴："钟医生还没走，我刚刚在病房里看到他了。"

陈乔粤看向她，皱眉问道："他在哪间房？"

"你是哪位？"

"钟医生的女朋友。"先前的护士小声地对同事道。

那人的脸色瞬间变得古怪起来。

陈乔粤又换了更柔和的语气问了一遍："麻烦你告诉我，他在哪间病房？我们原本约好今天吃饭，打了他好多次电话都没回。"

"我带你去吧。"

护士把她带到后，留下一句"他在里面"便匆匆离开。

陈乔粤想拉住她问一下里面是谁，但她实在跑得太快，手刚伸出去，那人已经一溜烟地消失在拐角。正当陈乔粤犹豫着要不要敲门进去看个究竟，里面突然传来怒吼声。

"我去找他！"是钟昇的声音。

"你别去，没用的……"接着是女人的痛哭声，"钟昇你别去，我会跟他离婚，你给我一点儿时间……"

陈乔粤头嗡嗡响，她强迫自己冷静下来。

"你报警没有？"里面再次传来他的声音，这样震怒的钟昇，陈乔粤从未见过。

"还没有。"

里面是长久的沉默。

身前的门突然打开，陈乔粤下意识转身，身子刚微微侧过，钟昇盯着她，惊讶地叫道："小乔？"

"你怎么在这里？"他又问。

她还没说话，里面有声音传来："钟昇，谁来了？"

陈乔粤往后退了一步，捏着手机的五指发白。

钟昇将门合上，握住她的手腕，二人无声地走到一旁，他才开口："我、我……"

"现在几点了？"她突然问道。

钟昇抬手看表，这才反应过来："对不起。"

"我给你打了至少五通电话。"她语调平稳，不悲不喜。

"手机在办公室充电……"

"里面的人是谁？"

他没搭腔。

"你前妻？"她又问。

钟昇点头，再次道歉："对不起，小乔，我们现在回家。"

车上，陈乔粤望向窗外，好几个小摊贩拿着一桶桶玫瑰花正在向过路的情侣售卖，路过的每一个女孩怀里几乎都捧着花，有的是一朵，有的是一束。

车内气氛压抑，钟昇侧过头看她，组织着语言解释道："她……被家暴，孩子没了。"

陈乔粤回过神，依旧是后脑勺对着他，淡淡地问道："是你的孩子吗？"

"你想哪里去了……"

"既然不是你的孩子，那你为什么这么生气？"她转过头看他，眼底满是嘲讽。

当瘫痪的交通重新恢复正常，后排并肩坐着的男女同时在心里松了口气。平日里半个小时的车程，这晚翻了一番，这对于迫切需要释放的他们来说，一个小时犹如一世纪长。

好不容易捱到家门口，李柏添翻遍整个口袋，居然没找到钥匙。

周漠背靠着墙，瞥了他一眼，凉凉地笑道："这算不算是对你的惩罚？"

他急得手上青筋暴起，还不忘大力地搂过她的腰，在她唇上狠狠地咬了一口："你别说风凉话……"

周漠吃痛，捶了他两下，眨着水润的大眼睛看着他："那你说现在怎么办？"

"等我。"他哑声说道，"五分钟。"

他松开她，拨通了一个电话。

十分钟后，李柏添从母亲手里接过备用钥匙。

"我都到你家楼下了，也不请你妈上去坐坐。"李母抱怨道。

"不太方便。"他握紧手里的钥匙，转身就走。

门刚合上，周漠被他按在门上，围巾、外套一一落地，然而长筒靴跟牛仔裤不太好脱，急得他爆了几句粗口……又是一夜旖旎时光。

钟昇盯着眼前这一桌子菜，再次尝试向她解释："我是刚下班的时候发现她住院，她父母都不在广州，所以……"

"那你是不是接下来几天还得去照顾她？"

他回答得很快："不是。"

"你早上出门前，我说了好几次，让你今晚早点儿回家……"陈乔粤顿了顿，"可是你居然连时间都忘了。"

她看着他笑了笑："你对她还有感情？"

钟昇闻言，叹了口气："没有……"他又道，"我把菜热一下，我们吃饭吧？"

"吃不下。"陈乔粤轻轻地摇了摇头，"有点儿累，我先回房了，你也回家吧。"

她走没两步，手被他握住："吵架不过夜，如果你有什么不满，可以对我发泄。"

陈乔粤转过身看他，淡淡地问道："你难道觉得我在无理取闹？"要不然他怎么会不知道她不满的点是什么。

他无力地摇头。

"回家吧。"她轻轻地挣开他的手，头也不抬地回了房。

陈乔粤躺在床上，内心有点麻木，说不上来是什么感觉，就是想发火又觉得没力气，总的来说那种感觉叫憋屈。她在家忙了一下午，就等着这晚两人能一同吃顿晚餐过节，结果他在医院陪前任。

那女人的遭遇她也觉得可怜，从旁观者的角度去安慰她，陈乔粤认为无可厚非，更何况他还是个医生。可为什么他会那么愤怒？如果不是带有私人情感，他绝对不会是那种情绪。

假如刚刚他打开病房的门，没看到她站在那里，他会去做什么？把那女人的丈夫打一顿，还是去报警？别人的家事，他那么热心干什么呢？

大概只有一种解释，在钟昇的心里，他那前任依旧占有一席之地。或者说，前任在他心里的位置比她重要多了。不过也是，他们才谈了多久，人家可是订过婚的。

门合上的声音传来，陈乔粤翻了个身，她发现眼睛酸胀得厉害，干脆闭上眼。圣诞夜他离开后，一连两天，他一条短信也没有，更别说电话，陈乔粤有预感，这一段感情估计又是无疾而终，不甘有一点，愤怒有一点，更多的还是憋屈。

这么多年来，这是唯一一个让她觉得憋屈的男人。

周漠到酒吧的时候，陈乔粤已经半醉，她斜躺在沙发上，抱着一瓶啤酒，掀开眼皮对好友示意："来啦。"

周漠在她身旁坐下："我还以为今天你是有什么喜事宣布，看你这样……发生什么事了？"

"我能有什么喜事……"她撑着手起身，"你喝什么？"

"我就不喝了。"周漠笑道，"我得看着你，说说吧，怎么回事啊？不喝枸杞红枣水了？怎么喝这么多酒？"

陈乔粤冷哼了两声，默默地喝酒。

周漠了然："因为钟医生？"

"你不觉得这场面有点儿似曾相识吗？"陈乔粤拿过一瓶新开的酒，"前段时间我还安慰你，今天轮到我了。"

"你跟他……"

"分了吧。"她淡淡地说道。

"因为什么？"

她把那天在病房门口看到的不带感情地转述了一遍，说完眼睛一眨不眨地盯着周漠："你说他心里是不是还有他前妻？"

周漠觉得这事有些复杂，沉吟许久："那他解释没有？"

"可以说……没解释。"陈乔粤又几下把酒送进肚子，茫然地望着天花板，"而且他已经两天没联系我了。"

她又道："一般超过二十四小时没联系，我就当是分手了。"

"要不你给他打个电话问问？可能是在忙。"

"不打。"陈乔粤正色道，"我不可能给他打电话。"

"就这样不明不白分手？有点儿可惜。"

"不觉得可惜。"陈乔粤笑笑，"本来就没想过会长久，当他是个过路人好了。"

陈乔粤对感情一向拎得清，周漠以为这次她也一样，说过去很快就能过去。把喝得烂醉的好友送回家，将她安置在床上后，周漠的手机振动，轻轻地合上陈乔粤主卧的门，她才把电话接起。

"今晚不过来？"那头，李柏添笑问，"我看你今晚没直播。"

"有点儿事。"周漠压低声音说，"我现在在小乔家，今晚得看着她……"

"她怎么了？"

"喝醉了。"

"你喝了没有？"

"那倒没有，一般这种情况肯定要有一个清醒。"

"对了。"他话锋一转，"元旦你有安排吗？"

周漠想了一下："没有。"

"是这样……"他顿了顿，"到时候……来我家吃饭？"

她没听出他的言外之意，以为是跟往常一样两个人过节，于是道：

"好啊。"

李柏添挂了电话，从阳台走进屋内，李母看着他，连忙追问道："她怎么说？是不是过来吃饭？"

自从上次送钥匙后，李母这心里就一直有个疑惑，这晚勒令李柏添必须回家，她要当面问清楚。

"你最近是不是在谈恋爱？"一见到儿子，她开门见山，"什么时候带回来让我们见下？"

"十字都未有一撇。"

"我想喝杯儿媳茶怎么这么难。"见儿子不说话，她又道，"你年纪真的不小了，可能过两年孩子都生不出了。"

一向跟李柏添站同一阵线的父亲这回也附和妻子的话："就是咯，我在你这个年纪，你都读小学了……"

李柏添埋头扒饭，闻言放下筷子，抽出纸巾抹了下嘴："我怕你们吓到人。"

李母见他终于有反应，忙问道："那女孩哪里人啊？干什么工作的？多少岁啊？"

"我们刚开始谈，你别想太多……"

"你等得了，人家女孩子可等不了！"李母没好气地道，"你再这样下去，孤独终老吧你。"

"就是咯，遇到个合适的就要把握好，真不知道现在的年轻人脑子里在想什么……"父亲也跟着拱火。

这些话不得不说触动了李柏添脑子里某根弦，于是就有了刚刚那通电话。

"元旦一起吃餐饭。"他对母亲道，"不过我提醒你，不要叫好多人，就我们四个人吃。"

"无问题。"李母笑逐颜开。

钟昇的电话打来时，陈乔粤刚好醒来，想赖会儿床再起身，手机振动，她看也没看备注便接起。

"小乔。"

听到他的声音，陈乔粤一下清醒过来："什么事？"

"中午有空吗？我想见见你。"

"没有见面的必要了吧。"她满嘴苦涩。

"前两天没联系你，是在处理一些事……"他道，"现在事已经处理好了。"

"她的事？"她问。

他低低"嗯"了一声："她父母把她接回家了……"

"其实……"她咬唇，让自己声音恢复平稳，再继续道，"有没有一种可能，你做的这些事，会让她误会，你对她旧情复燃……"

"她要怎么想是她的事，我做好我应该做的……"

陈乔粤闻言，打断他的话："那要是下次她又有别的困难呢？每次你都第一个跑上去？我今天才知道原来你是圣父……"

她语气里满是嘲讽，恶意满满："钟昇，既然还放不下，你何必为难自己开始新的感情？你继续跟她在一起呗，我们分手吧。"

说完，没等他回话，她率先挂了电话。

陈乔粤扔了手机，掀开被子起身，拉开窗帘，阳光照进屋内，她仰着头直面太阳，长长地舒了口气。

太阳照常升起，又不是没了谁就不能活。

元旦这天，周漠没安排工作，为了这晚的约会，她特意换上新买的大衣。到现在为止新工作基本上已经适应得很好，工资也比之前可观许多，带货的收入都被她硬性存到银行里，那些是她的 Fire 资金，不能动。固定薪资拿来负担每个月的开支，由于现在住的房子不用钱，伙食费也被公司承包，因此她在打扮自己方面开始下血本。

周漠犹记得大学那会儿，隔壁宿舍有位富二代，某天二人一起去逛街，那女生看中一条将近三千元的裙子，她眼睛眨也没眨就买了下来。当时的三千元是周漠两个月的生活费，她至今还记得那个场景。

新买的大衣花了她将近半个月的工资，剪裁精良、面料优质，穿在身上很服帖，差不多到小腿肚的长度，腰带打了个结，衬得她腰细腿长，周漠满意地对镜自拍。

李柏添过来接她，见到她的第一眼便夸道："很好看。"

周漠窃喜，但没太表现出来："就今天好看吗？"

他笑道："每天都好看。"

到了他小区楼下，见他没直接下停车场，而是一直往里面开，她不解："不是到了吗？这是要去哪儿？"

"今晚回我父母家吃饭。"他道。

周漠闻言，大惊失色："别……等等……"

他转过头看她，随意问道："怎么了？紧张？"

"谈恋爱而已，见什么家长。"她皱眉。

"你不想去？"他问。

"谁会想去啊……"

李柏添握住她的手："别紧张，你就当是跟朋友聚餐，我父母都是开明的人。"

"我不明白……"周漠深呼吸，"这真的太突然了，别去了吧……"

"我都答应他们带女朋友回家了。"他继续宽慰道，"你要实在不喜欢，我们露个脸就走。"

他话都说到这份上了，周漠只好点头。

然而，门打开那一刻，她就后悔了，家里乌泱泱地坐满了人。

李柏添脸一下也垮了，都提前叮嘱过了吃顿便饭，怎么把三姑六婆都叫来了？

"你好你好……"李母看着周漠，笑道，"今晚是我们家聚餐……"

周漠见好几双眼睛盯着自己，只好笑笑："阿姨您好……"

"我之前是不是见过你？"李母越看越觉得眼熟。

周漠回想了一下，确实是见过，上回见cosplay暗黑富江的时候……

"我想起来啦！上次是在李柏添家门口，你说过来送文件……"她顿了顿，打量着周漠，笑道："你的样子变化好大，差点认不出了。"

"靓仔叔叔，这个就是我阿婶咩？"小侄女突然兴奋地叫道。

李柏添拍了拍她的头："考完试未？"

"我们现在不用考试了。"

周漠在众人的注视下进屋，李柏添没提前说，因此她什么礼物都没准备，这会儿真是又尴尬又惶恐。

腰上多了只强而有力的大掌，李柏添凑近她："别紧张，我们一会儿就走。"

"来都来了……"周漠虽在笑，眼睛里却有刀子射向他，"现在走你觉得好吗？"

"添，带你女朋友过来坐啦……"有人对他们喊。

李柏添低声向她介绍道："这个是我二姈。"

周漠闭了一下眼，又睁开，不管了，这里面的长辈男的就叫叔叔，女的叫阿姨，肯定没错。

"二姈。"她喊了声。

"周小姐是哪里人啊？"一向爱凑热闹的二姈问道。

"湖南。"她答。

"你的本地话讲得真好啊。"二姈笑道。

"我大学是在广州读的。"周漠笑答。

"哪所大学啊？"

"广州大学。"

…………

离开这个热闹哄哄的大家庭，周漠才松了口气，电梯内，李柏添握紧她的手："累不累？"

"你觉得呢？"她拿指甲刮他手掌心表示不满。

"每次聚餐我都觉得特别累。"他笑笑，搂过她的腰，"不过也好，今天算露过脸了，之后不用再参加这种聚会。"

"这种聚会……你为什么要带我参加？"她万分不解。

他沉吟片刻："反正迟早都要见。"

"谈恋爱而已，你是不是想太远了。"她扭捏道。

李柏添看她脸上的神情，知道这是又矫情上了。他俯下身，突然在她唇上亲了一口。

"别，有摄像头。"她想转过脸，后脑勺突然被他按住，加深了这个吻。

直到电梯门打开，门外是下楼买雪糕的小侄女以及李柏添的表妹。

"靓仔叔叔，你们在干什么呢？"

李柏添连忙松开周漠，看了一脸惊呆的表妹跟侄女一眼："小孩子别问那么多。"说着便牵起她的手匆匆离开。

走出单元楼，寒风呼啸，周漠却觉得脸颊滚烫，手狠狠地掐住他的腰："你要死……"

李柏添吃痛，但脸上依旧带着笑意，扯下她的手，紧紧地握住："我们回家。"

由于工作性质特殊，周漠可自由支配的时间其实不多，白天要录视频，晚上要直播，因最近的带货量一天比一天好，直播次数由原来的一周三次改为一周五次，近段时间她累得只剩一口气吊着，别说谈恋爱，有时候按时吃饭都成为奢求。

李柏添也忙，无人商店逐渐在全国落地，他也是天南地北地跑。算算日子，二人已经差不多半个月没见面了。

这晚，周漠直播前，她正用手揉搓着脸，一会要连续笑四个钟头，为避免肌肉酸硬，直播前她都会先揉几下脸，或做几个夸张的鬼脸。手机振动，是一条视频邀请。

视频里李柏添半张脸被围巾挡住，黑色大衣上布满飘落的雪花，他身后正是哈尔滨鼎鼎大名的圣索菲亚大教堂。

李柏添正在哈尔滨出差，晚饭后到中央大街闲逛，碰巧遇到下雪，觉得此景甚美，就想跟她分享。

"下雪了。"他的声音传来。

周漠起身，走到一旁接电话："好美……"

"如果你在身边就好了。"他将围巾往下拉，露出被冻得通红的鼻子和嘴唇，哑声笑道。

他声音不大不小，刚好房间内的人都听得到，这话一出，所有人都看向周漠，包括陈深，周漠突然觉得脸有点儿火辣辣。

李柏添这才发现哪里不对，他又笑问："你今晚不是在家直播？"

"我在公司。"她压低声音说道。

这晚的直播是年货节第一场，所有人都指望打响第一炮，于是直播地点改到公司会议室，一会儿还会有公开处刑的业绩播报。

周漠压力大到想哭，幸亏这通电话来得及时，看到李柏添大冬天还在哈尔滨出差，她有什么资格矫情呢？

"手机快没电了，我回酒店充电，一会儿看你直播。"他道。

有人在喊周漠的名字，她应了声，含糊地对李柏添点头："好，我也过去对稿了。"

开播前，陈深意味深长地看了她一眼，嘴角带着莫名的笑意，很快周漠投入到工作中，没去细想他那抹笑是什么意思。

周漠喊到喉咙沙哑，发丝凌乱，眼睛充血，这晚的业绩总算对得起她的付出，看着节节攀升的销售额，完播后周漠还激动不已。

陈深推门进来，对众人笑了笑："创新高了。"

会议室内掌声响起，所有人脸上都带着倦意，但还是为这个成绩而兴奋。

"收拾好一会儿去吃消夜。"陈深道。

简易的庆功宴，烧烤、啤酒摆了一桌，都是年轻人，丝毫没扭捏，开场白也没有就直接喝上了。周漠还没吃晚饭，众人饮酒她啃串，为了上镜好看，她已经好久没吃过高油高盐高糖的食物。有人敬酒她也不推托，一连喝了好几杯。

也有人向陈深敬酒，但他摆了摆手："你们敞开了喝，我负责给你们收尾……"

"谢谢陈总。"众人嬉笑道。

一直吃到半夜一点，喝倒了一大片，这场庆功宴才算结束，看着同事们一个一个被家属领走，周漠坐在塑胶椅上，抬起脚尖碰了一下脚边的啤酒瓶，瓶子应声倒下。

"没人来接你？"陈深朝她走来，见她正在玩酒瓶子，笑问。

周漠抓了一下头发，望着马路上来来往往的车，突然就特别想李柏添。"嗯。"她低声道。

"走吧，我送你回去。"陈深看着她，"走得动吗？需不需要我扶你？"

她缓缓地摇头："不用，没喝多少。"

"那你在这儿坐着，我去把车开过来。"

周漠点头。

陈深把车开到大排档门口，见不到她人影，急得连忙下车找人。

周漠从店内走出，看他一脸惊慌失措，笑问："怎么了？你找什么？"

"我以为你不见了。"

周漠扬了扬手上的矿泉水："刚刚进去买水了。"

"上车。"

车上，周漠报了陈乔粤家的地址，这会儿去番禺太久了，她不好意思让陈深送这么远，碰巧陈乔粤家就在附近。

陈深闻言，扭过头看她一眼，许久才问道："你跟李柏添在谈恋爱？"

周漠听到这话，呼吸不自觉变得急促起来，她茫然地问："公司规定不能谈恋爱吗？"

陈深笑了笑："那倒没有，就是好奇。"

她点了点头，松了口气："我们确实在一起了。"

他了然地挑了挑眉："挺好的。"随后又笑道，"怪不得上次去从区，我听同事说李总也在，搞不好赵亚奇回老东家是他搞的鬼。"

周漠神色一下变得紧张："他没那么大本事吧……"

"开个玩笑。"陈深哈哈一笑，"你们的保密工作做得不错啊。"

"从化那次我们还没在一起。"她小声解释。

"你现在工作这么忙，李总没怨言吧？"

"我们各忙各的……"周漠笑笑。

"之后你的工作安排可能会越来越满。"

"您放心，我肯定事业第一……"

"我倒不是这个意思。"

"那您的意思是？"

"我担心你太忙，没时间谈恋爱，李总有怨言。"陈深又笑道，"如果是我，我会希望另一半轻松一些，两个人都忙，有时候凑一起吃顿饭都难。"

他似乎是有感而发。

聊着天，车子已经到陈乔粤小区楼下，周漠跟他道了谢，开门下车。

陈乔粤还没睡，整个人躺在沙发上，敷着面膜听着音乐，听到开门声，她扬声问道："周漠？"

"是我。"周漠换好鞋，走近她，"除了我还会有谁？"方才在车上她已经告知她这晚会留宿一晚。

陈乔粤整张脸被面膜纸覆盖住，闻言含糊不清道："没谁……"

周漠火眼金睛，一下看到她头底下枕着的男士毛衣，心里一咯噔："你最近又有新对象了？"

陈乔粤忽地撕下面膜纸，坐了起来："你怎么知道？"

周漠手指指向她身后的毛衣。

陈乔粤拍着光滑细腻的脸蛋，"嗯"了一声。

"行情可以啊……这么快又开始了。"她调侃道。

"是钟昇。"

"啊？"

元旦隔天，陈乔粤陪陈迎珍去喝早茶，到了才知道是鸿门宴。陈迎珍并不知道她跟钟昇已经分了，但她还是安排了这场相亲局。

"是猎德嘅！"她咬牙切齿地附在陈乔粤耳边："家里六套房，如果成了你这辈子不用愁。"

陈乔粤秉着多认识个二世祖（纨绔子弟）也不是什么坏事的原则，笑容可掬地应付了全程。然而，没想到对方不仅不是二世祖，还是个有头有脑的创业新秀，近期火起来的新兴果蔬饮品品牌"果大师"就是他创办的。

周家豪除了人不高，目测不超过一米七五，其他的条件都还不错，于是陈乔粤答应试着处一处。两个人都是为了应付各自的母亲，于是相处起来没什么压力，倒真成为可以约出来喝一杯的好兄弟、好姐妹。

一周前，陈乔粤到他的新店试饮品，碰巧他的店就在珠江医院对面，她没想到会遇到钟昇。二人隔空对视，久久不语，周家豪从店内走出，把手搭在她肩上，亲密地凑在她耳边道："试一下这杯，会不会比刚刚那杯好？"

陈乔粤回过神来，拿过那杯饮品喝了一口，再回头时，钟昇已经离开。

那晚，她回到家，见单元楼门口站了个人，正是他。

"回来了？"他掐了烟。

这是陈乔粤第一次看他抽烟，她点了点头："你找我？"

"嗯。"

二人上楼，彼此沉默，一直到她家门口，她打开门，对他说了句："进来吧。"

她正换鞋，听到他问："今天下午那个……是你男朋友？"

她回过头看他，没点头也没摇头，只是问："你有事吗？"

钟昇低低叹了口气："小乔……"

"跟她复合了？今天来给我送请帖？"她笑问。

说完便要走，手腕突然被握住，她被他大力一扯，整个人撞进他的怀里。

"对不起。"他哑声道歉，"这段日子我想了很多事，发现其实我根本不懂怎么处理一段感情，如果我之前伤害到你，我再次跟你道歉。"

"钟昇，我这人一向很随心的，我可以很快就喜欢上你，也可以很快就不喜欢你。感情这种事哪有那么复杂，喜欢就在一起，不喜欢就分开……"

她顿了顿："所以你要是还喜欢她，她现在又遇到这种事，你完全可以重新求一次婚。"

"我跟她绝对不可能了。"他松开她，看着她的脸，"你说喜欢就在一起，我现在喜欢的是你，那你能不能……再给我个机会？"

"所以你们又复合了？"周漠笑问。

"我学你给他搞了个考察期。"陈乔粤搂住她，笑得前仰后合。

"他都在你这儿过夜了，还考察期？"

"合则做男友，不合则就分手咯。"

周漠给她竖了个大拇指，脚边的包在振动，这个点居然还有人找她，周漠拉开拉链，拿出手机。

"这都一点多了，李柏添还查岗呢？"陈乔粤揶揄道。

"我去接个电话。"

周漠回了次卧，合上门，才把电话接起。

"你怎么还没睡？"她声音不自觉放柔。

"吃消夜吃到现在？"他问。

"嗯。"

"喝酒了？"

"你怎么知道？"她笑问，"你的手机能闻得到味道吗？"

"猜到了。"

"喝得不多，陈深把我送到小乔这里了。"

"陈深？"

"嗯。"周漠顿了顿，"是不是又要闹别扭啊，醋王？"

听到她给他新起的花名，李柏添莫名认可和享受，他笑声爽朗地说："欣赏你的男人那么多，我要一个一个吃醋不得累死？"

"陈深好像有主了……"她道，忽地就想起今晚的对话，于是她又抛出问题，"你会介意你的另一半比你还忙吗？"

他那头静默半晌："不会。"

"你为什么要想那么久？"

"刚刚在倒水，泡碗杯面。"

"李总还得吃杯面？"

"刚好肚子饿了，房间里只有杯面跟饮料。"

周漠把话题往回拉："我之后会很忙，比你还忙……"

"你进这行我就料到了。"

"所以以后可能会出现我根本没时间跟你拍拖，没时间陪你吃饭，没时间和你……"

"什么？"他笑。

"还能什么……"她"啧"了一声。

"你喜欢你现在的工作节奏吗？"他问。

"虽然很累，但是钱多，我很喜欢。"她坦言。

"那就行了。"李柏添笑笑，"你喜欢就好。"

"老李，你变了。"

这个新称呼李柏添不太喜欢："你别把我叫老了。"

"老李，你愿意做我背后的男人吗？"周漠越说越飘，"今晚居然卖了快五百万的货，我感觉我要暴富了，要是哪天暴富了，我养你啊……"

"行，我等着这一天。"他忍俊不禁。

周漠以春节也要加班为由，告知母亲就不回去过年了，那头母亲难掩失望："你这一年才回来一次，没你在我跟你爸这个年有什么好过的。"

周漠心想，大概从二十六岁那年起，每年回家必备节目除了催婚还是催婚，其实也没多少温情在。

"我最近特别忙，过年要加班也是硬性要求，等忙过这一阵一定回家看你们。"

母亲叹了口气，又笑道："我看到你直播了，听你表妹说，你现在算是个小网红，你爸爸把你的视频发到了大群里，现在所有人都知道你厉害……"

周漠笑笑："妈，我现在算是你的骄傲了吗？"

母亲可能不适应这种煽情场面，干巴巴地说了句："你一直是我们的骄傲。"她顿了顿，又踌躇着开口，"之前你那个买房的想法，我跟你爸爸想了一下……如果你非得买完房再结婚，那也可以，我们两个存了笔钱……"

周漠想也没想便打断她："算了吧，那笔钱是您跟我爸的养老金。"

"我们每个月都有退休金，再说了，我们一个月也花不了多少钱，你这房子不买就不结婚，这不是想急死我们吗？"

周漠回头看了眼坐在沙发上看球赛的男人，她无声笑了笑，缓缓地说道："房子我会自己买，至于结婚，顺其自然吧。"

"过了这个年你就三十岁了，还想怎么顺其自然？"母亲语气带着急切，"你大姨最近手里有几个条件不错的，要不……"

"别。"周漠连忙打断她，顿了顿又道，"我有男朋友了。"

"啊？"母亲声音不自觉地提高，"哪里人？多大年纪？做什么的？"

她一一回答。

"广州人好啊，他有房吗？"

周漠盯着脚下的瓷砖，"嗯"了一声。

"他既然有房，你还买什么房？"

周漠知道这个问题永远过不去，她不想再浪费时间，于是转移话题："房子的事不用你们操心。"

"那你可得跟他商量好。"母亲叹道，"在广州供房不是一笔小钱，你现在一个月能挣多少？"

"比之前多点儿。"她含糊道。

"什么时候把他带回家，给我们看看……"

"还早着呢……"

"周漠，我再强调一遍，过了这个年你就三十岁了！"

周漠挂了电话，回了屋，见他正对着电视惊呼，整个人激动得快要跳起来。她看不懂足球，但李柏添是个足球迷。

"讲完电话了？"他仰头看她，拉住她的手一把扯过，周漠整个人坐在他的怀里。

"嗯。"她拿起他的杯子喝了口水："1比0？踢这么久才进一个球？"

"这是足球，又不是篮球。"李柏添嗤笑道，又问，"你父母怎么说？"

"没怎么说，有点儿失望。"

"大过年女儿不回家，失望是情理之中。"

"来广州这么久，这还是我第一次没回家过年。"她笑笑，"不过也好，每次回去都闹得挺不愉快的。"

"闹什么？"他眼睛盯着电视机。

"无非就是给我灌输年龄焦虑，催我结婚……"

"到他们这个年纪，退休在家，要是有点儿消遣还好，如果整日没事干，心思就全放在孩子身上，能理解……"

"你爸妈也催，你们还住得这么近，为什么我感觉你在这方面一点儿烦恼也没有？"她问。

李柏添笑笑，眼睛暂时从电视上移开，放到她脸上："我又不靠他们生活，谁也做不了我的主……"

"其实我有点儿好奇……"她顿了顿，"你这么洒脱，可为什么要把房子买在离他们这么近的地方？"

"广州人都讲究一碗汤的距离，我又是独子。不过你说反了，是我先在这个小区买房，我爸妈后面才置换过来。"

"那你不会有种被监视的感觉吗？"

"他们不会干涉我的生活。"

周漠靠着他，说了句："挺好的。"

隔天就是年三十，二人被手机铃声吵醒，李柏添勉强睁开眼，见是自己的手机在响，轻轻地拍了拍身侧的女人，安抚道："是我的，你继续睡。"

他起身接电话，周漠翻了个身继续睡，可睡意被打断，怎么也接不上觉，躺了好一会儿，干脆起身。

洗漱完，听到他说道："我妈让我们今晚回家吃饭。"

周漠对上次的场面还心有余悸："不了吧。"她又补充一句，"你去就行。"

李柏添点了点头："猜到你不想去，今晚就我们两个过。"

"这样会不会不好？我不能影响你们一家团圆，你还是去吧。"

他摇头："整天见面，不差这一晚。"

她还是觉得不妥："你要是不在广州还说得过去，如今你人在广州还不回家过年，你爸妈会怎么想我……"

腰上多了只手，李柏添从背后搂住她："那你跟我一起去。"

"这不好吧，又没结婚……"

"哪有那么多讲究。"他的鼻子蹭着她的脖颈，"要么我跟你单独过，要么我们一起回家过。"

最后周漠还是选了第二个方案。

这晚，又是家族大聚餐，有了上回的经验，周漠这次淡定许多，李柏添整晚待在她身旁，给她夹菜、盛汤、倒饮料，面对亲戚们八卦的眼神，他也似是而非地打发过去。

广州人没有看春晚的习惯，饭后开始摸起麻将，小辈一桌，长辈一桌。

"嫂子坐这里。"李柏添的表妹对周漠喊，指了指她身侧的位子。

李柏添没见周漠打过麻将，站在她身后，想着能帮她出谋划策。

"哥你别出声，让我嫂子自己来。"李柏添表弟嚷嚷道。

众人都等着周漠大出血，然而结果却是周漠一家赢三家。

"是不是作弊了？这么厉害？"一个个苦着脸掏出手机转账。

周漠把二维码对着他们，笑道："运气好罢了。"又道，"吃消夜啦，看下吃点什么，我请。"

于是一行人又浩浩荡荡跑宝华路觅食，一到春节，广州就成了空城，满街商铺都没开，最后找了家还在营业的潮汕牛肉火锅店。

回到家已经是凌晨一点，周漠累得妆也不想卸，整个人躺倒在沙发上，目光呆滞地望着天花板。

李柏添洗完澡出来，见她已经睡着了，他无声地笑了笑，俯下身在她唇上吻了一下，低声说了句："新年快乐。"

大年初一晚，周漠要直播，像这种特殊日子，几乎没有商铺开门，无人商店恰好能冲一拨业绩。这晚没有助手，一切要她亲力亲为，直播地点也临时设了李柏添家，他为了给她腾出空间，早早约了朋友踢球。

深夜十一点直播结束，周漠收拾好东西，给他打了个电话："你在哪儿？"

"楼下足球场。"他明显在大喘气。

"我去找你。"

十一点半，足球场还灯火通明，周漠一眼看到李柏添，他穿了件红蓝相间的竖条足球衣，很好认。她在场地旁找了个位置站着，看他踢球。

李柏添也看到她了，她穿了件米色修身泡泡九分袖长裙，长卷发扎在头顶，站在路灯下的她白得像在发光。

周漠对足球一知半解，只知道有人进球，她还没看清是谁进球了，便听到李柏添的欢呼声响起，紧接着，她看到他朝她跑来。

周漠看着大汗淋漓的男人，问了句："刚刚是你进球吗？"

李柏添一口气差点儿没上来，他方才进球不就为了在她面前耍帅吗？合着她根本不知道是他进球了……

他无奈地笑着摇头，道："是我，你直播结束了？"

周漠抽了张纸巾给他，夸道："你们的体力也太好了。"

几个男人朝他们走来，其中一个拍了拍李柏添的肩："添哥，不介绍下？"

李柏添对他们笑笑："我女朋友。"

"阿嫂好。"那几位年轻男孩异口同声地叫道。

周漠不好意思地摆手，笑道："你们好。"

离开足球场，周漠问道："刚刚那几个看着还很年轻……"

李柏添"嗯"了一声："都是大学生，都住在这个小区里，有时候会约出来一起踢球。"

见她没说话，他看向她，语气古怪："虽然比我年轻，但体力没我好。"

周漠"扑哧"一下，笑出声："你这是不服老。"

他的手强而有力地握住她的腰："我很老吗？"他凑近她，"看来我得证明一下我的能力。"

"哦？怎么证明？"她挑眉笑道。

"回家你就知道了。"

周漠："……"

谁也没想到三人里第一个结婚的会是丁瑶，春节过后，周漠跟陈乔粤突然收到好友的"红色炸弹"，二人同时震惊得说不出话。

"你这算不算闪婚？"陈乔粤惊叹。

"确实是有点儿快。"周漠也道。

丁瑶笑笑："好男人不等人的，难得遇到一个各方面都合适，条件又这么好的，我只能先下手为强。"

她又道："虽然现在不婚不育是主流，但如果不是坚定的不婚不育主义者，趁现在还有条件挑，一定要早下手，我不是在给你们灌输年龄焦虑，就是我个人觉得人要想清楚自己要的到底是什么。"

这话说得周漠跟陈乔粤同时陷入沉思。

"那你婚后是留在杭州？"周漠问。

"还是在广州。"丁瑶笑得甜蜜，"我跟周铭商量好了，先在广州定居，要是他实在住不惯，我们再回杭州。"

一直以来，丁瑶是这三人中目的性最强的，同时也是人生规划最清晰的，也许是因为她出生于多子女家庭，资源有限，什么都得靠自己争取。她上面有两个哥哥，口口声声说不重男轻女的父母早已经为两位哥哥在市里买好商品房，对他们来说，让丁瑶接受教育，考上大学已经是"公平公正对待"。

丁瑶非常清醒，她不想自己的婚姻被父母操控，更不想自己的人生和她母亲一样，做一辈子家庭主妇，早年依附丈夫活，晚年依附儿子活，没人会在意她的喜怒哀乐，她虽然孕育了两个儿子，但是这两位传递香火的好大儿却从来不知道母亲有什么兴趣爱好，大概也没兴致去了解，他们只希望母亲能"安守本分"，帮忙带好孙子，准时给列祖列宗上香祭拜即可。

都说潮汕女不远嫁，丁瑶父母对这门亲事当然也颇有微词，虽然有舍不得的成分在，但更多的是害怕晚年两个儿子不孝顺，女儿就成为那个保底"工具人",现在"工具人"跑远了,还大有可能一年只能见一次面,这口气怎么顺得下来?

丁瑶怎么会不知道他们的心思,正因为知道,所以更下定决心远离。

"婚礼会在杭州办一场,汕头办一场。"丁瑶笑道,"杭州那边主要是男方的亲戚朋友,实在太远我就不叫你们了,汕头那场刚好是周末,你们一定要来啊。对了,记得带上家属。"

这年的回南天结束得早,四月底的广州气温刚好,温度在二十八摄氏度上下,不干也湿。周六早晨,周漠带着李柏添,陈乔粤带着钟昇,驱车赶往汕头市区。

婚礼在户外举行,是丁瑶心心念念的草坪婚礼,一切仪式从简,伴娘、伴郎、姐妹团都省了,现场都是些年轻人,没有家长参加。穿着性感香槟色礼服裙的丁瑶挽着新郎出现,在众人的欢呼声口哨声中缓缓走过,四面八方的彩带从这对新人头顶爆开,氛围热烈,周漠跟陈乔粤却同时红了眼眶。

抛捧花环节没被删减,在抛之前,丁瑶回过头看了周漠跟陈乔粤一眼,她眼底眉梢都带着笑,忽然喊道:"小乔,你站过来一点儿。"

陈乔粤突然觉得脸有点儿烫,尤其身侧的钟昇也看向她。

"公平点儿,不能作弊!"不知道谁喊了一句。

捧花在空中抛起一个半圆的弧度,最后稳稳当当地落在了陈乔粤手里。又是阵阵起哄声,看热闹不嫌大的看客见她肩上多了一只男人的手,更是大声喊着:"求婚!求婚!"

身后的周漠也靠着李柏添笑得见牙不见眼。"社死"的陈乔粤见所有人都盯着自己,她微微侧过头去看钟昇,见他也在笑,她的心怦怦直跳,只见他突然握住她的手,扬声笑道:"今天没准备好,戒指稍后补上。"

陈乔粤配合他低下头娇笑。

都说食在广州,味在潮汕,这天虽然是自助餐形式,但现场菜品并非单调的西餐,而是颇具代表性的潮汕菜式。

周漠夹了几块卤鹅跟猪脚,她对潮汕卤味情有独钟,如今作为一名美食博主,她也曾尝试在家做过几次,结果味道都差强人意。

"你尝尝这个。"她夹了块鹅腿肉放到李柏添盘子里。

李柏添如今是来者不拒,除了猪大肠是坚决不碰的,其他什么都吃。吃着饭,钟昇电话响起,他示意了一下陈乔粤,跑到外面接电话。

"怎么样?考察期过了没有?"周漠拿手碰了一下身旁好友的手臂,笑问。

陈乔粤没点头也没摇头,只道:"再看看吧。"

"你都把他带出来见我们了,肯定是过关了吧?"周漠喝了口白葡萄酒,调侃道,"什么时候轮到你?"

"我还想问你呢。"陈乔粤看向李柏添,挑了挑眉,"你什么时候跟我师兄结婚？"

李柏添听到自己被提及，扭过头看她们，笑了笑："我随时都得。"

周漠摊了摊手，转移话题："钟医生怎么接电话接这么久？"

陈乔粤抽了张纸按压嘴角："我出去看看。"

从草坪走到室内有段距离，陈乔粤远远看他站在一棵大榕树下，她缓缓地走近，便听到他冷声道："你已经打扰到我的生活了。"

她脚步顿住，盯着他的背影，屏住呼吸。

"不要再利用我的愧疚心……再说了，就算我之前欠你的，也已经还清了。我现在有新的生活了，希望你也能把身体养好，重新开始。"

钟昇挂了电话，刚转过身，见到跟前的人，他脸色微变。

"又是她？"陈乔粤淡淡地问道。

他走近她，握住她的手，"嗯"了一声："以后她不会再找我了。"

"为什么？"

"她自尊心强，今天我把话说成这样了。"

"她现在正是最脆弱的时候，可能过两天……"

"不会。"钟昇把手机屏幕打开，对准她，"她的联系方式我都删了。"

陈乔粤咬唇："你这做得是不是有点儿绝？"

"我不是她的父母，也不是心理医生。"钟昇捏了捏她的手，"我也需要经营好我自己的生活……"

太阳下山，草坪上的氛围灯被点亮，身后舞台上的乐队开始表演，晚风拂面，陈乔粤盯着眼前的男人好一阵，随后跟他十指紧握："走吧，回去吃饭。"

回到婚宴现场，陈乔粤盯着眼前正在调情的男女，她那个师兄也不知道收敛一点儿，那眼神也太赤裸了，还有周漠……她是喝醉了吗？整个人都快贴到李柏添身上去了。

"我们换个地方吃。"她扭过头对钟昇道，拉着他一把跑远，钟昇一脸迷茫地跟着她走。

丁瑶满场找陈乔粤，到最后才发现她人在舞台后面，正跟钟昇吻得难舍难分。她会心一笑，识相地离开。

热吻结束，二人气喘吁吁地分开，眼底都仿佛有星星，陈乔粤抬手擦拭了一下嘴角，哑声笑道："感觉今晚这个吻，有点儿不太一样。"

钟昇再次凑近她，想再一次捕获她的唇，谁知她头一偏。

陈乔粤一把坐在草坪上，又缓缓地躺下，对着他笑笑："你也躺下吧，特别舒服。"

二人躺在草坪上，陈乔粤枕着他的手臂："钟昇……"

"嗯？"

"我是以结婚为目的跟你谈恋爱的，如果你只是想玩玩，我可能不太合适，你明白吗？"她淡淡道。

他闻言，侧过头看她，正色说道："我明白。"

"你的只摆酒不领证那一套……其实我能理解你，但是我不太接受。"她坦言道，"如果你坚持这种想法，我希望你能早点儿告诉我，这样就不用浪费彼此的时间。"

身侧许久没声音传来，久到陈乔粤以为他睡着了。

她看向他，见他正盯着天空出神。她没打扰他，静静地等待着。

"婚姻对你来说，很重要吗？"许久，他问。

"很重要。"陈乔粤直言不讳，"我最想要的就是一段稳定的亲密关系。"

"为什么这么执着？"

"可能是因为我爸妈吧，他们在一起三十多年，直到现在我妈都还能对我爸撒娇，他们让我对婚姻充满期待。"

"你父母能这么多年一直很和谐，有没有一种可能，是因为你父亲常年不在家，所以新鲜感还在。如果我们日对夜对，总是为了些鸡毛蒜皮的事吵架，到那个时候你会不会突然发现，婚姻其实没有你想的那么好？"

"你就是因为这个不愿意结婚吗？"

"我工作很忙，又要经常值夜班……她，一开始也说不介意，但是每次当她想去哪里旅游，而我又请不了假，她就会有怨言，一两句怨言没什么，但日子久了，堆积的怨气多了，一控诉起来就会没完没了。"

陈乔粤想象了一下她跟钟昇婚后吵架的场景……

"所以，我要先把婚姻的利弊跟你说清楚，我从来都没有排斥跟你结婚，只是我害怕，婚后的日子不是你想要的。"

"不试试怎么知道合不合适呢？"陈乔粤望着天，半晌，继续说道，"再说了，要实在不合适，那不是还能离婚吗？"

钟昇看着她，此刻再一次觉得这女人像极了一张白纸，她纯粹、肆意、直接，当初吸引他的不也正是这一点吗？

跟她结婚，会是一种什么样的体验？钟昇开始思考起这个问题。

从丁瑶的婚宴回来，陈乔粤觉得钟昇是有些不太一样了，也许是因为话已经说开，他开始重新考虑起他们之间的未来，她也把他带去见陈迎珍。

陈迎珍觉得钟昇不管是家庭条件还是样貌、身高都算上乘，但眼下她更想要的是一个女婿，作为女婿，钟昇显然算不上优秀。

"周家豪不好咩？"陈迎珍不解，"钟昇比你大这么多，又订过婚。"

"你年轻的时候为什么不选你们村里那个书记，要选老爸？"陈乔粤拍了拍母亲的肩，"感觉这种东西很难讲的。"

"水泥路你不走，非要挑一条难走的山路。"陈迎珍又道，"你是这样，海芯也是这样，你们两姐妹真是神经病。"

"陈海芯？她怎么了？"

据陈迎珍说，某天陈海芯父母跑到海伦花园，想看一眼外孙女，没想到在女儿家里见到一个陌生男人，看那模样跟陈希长得有几分相似，当下立即明白过来，急忙打电话叫女儿回家。

自从那天陆凌打包行李想住进来被陈海芯狠心拒绝后，他不死心，在附近找了个五星级酒店订了间长期的套房，时不时地趁她上班的时候跑家里看陈希，育儿嫂也被他收买，后来是陈海芯通过监控才发现这件事。

陆凌一向擅长谈条件，面对震怒的陈海芯，他答应之后不会再偷偷摸摸地跑来看女儿，但是她必须答应让他一周看两次，陈海芯下意识地拒绝。

"周末你在的时候我再过来，一次不超过一小时。"陆凌再次让步，"海芯，以你的现状能给希希很好的条件，但是绝对不是顶尖的条件，我可以跟你一起抚养她。我不是要强迫你结婚，你就当我们合伙养个孩子，孩子依旧跟你姓。"

"你别急着拒绝我，先好好考虑一下。"他说完这句话，没等她回应便离开。

不得不说，陈海芯被他的条件说动了心。然而这种事一旦开了个口子，那就会朝不可控的方向发展。一开始是周末见面，在陈海芯在场的情况下；后来逐渐变成每周一、三、五她上班的时候，他过来陪孩子读绘本、玩耍；再之后，他每天按时到访，待到陈海芯下班到家才离开。没想到那天那么巧，会撞上她父母。

被父母撞破后，陈海芯不得不说出真相。

"他人都已经在这里了，为什么不结婚？你是不是傻啊你？"母亲声泪俱下地控诉。

"我不需要结婚，我有个女儿就可以了。"她淡然地说完，不顾父母的哭诉，一走了之。

陈乔粤听完始末，心情复杂。

陈迎珍还在唠叨："我真的想不明白你们现在这些年轻人到底在想什么。"

"其实我可以理解。"陈乔粤淡淡地说道，"每一个人想要的都不一样，你不要将自己的想法强行安在别人身上……"

对于陈乔粤来说，稳定的亲密关系比如婚姻，是她的追求，但对于陈海芯来说，女儿才是她最想要的。百样人百种人生，就因为跟俗世观念相悖，就要背上离经叛道的骂名？

晚饭后，陈乔粤走路到海伦花园，她不是去找钟昇，而是直奔陈海芯的家。

门打开，门后是妆容精致的陈海芯，穿着套装，头发也梳得一丝不苟。

"好久没见希希。"陈乔粤笑道。

"进来吧，我也是刚刚下班，希希被她爸爸带出去了。"

姐妹二人交换个眼神，默契地知道对方想问什么。

"你有什么想知道的就问吧。"陈海芯对她笑笑。

"你同希希爸爸现在是……"

"他在这个小区租了套房子，平时我上班他带女儿。"

"也就是说你们已经商量好……要一起把希希养大？"

她点头。

突然身后传来开锁的声音，陈乔粤望过去，看到一个高大的男人，陈希在他怀里睡得正熟。这是她第一次见到陆凌，这个陈海芯口中最优秀的男人比她想象中年轻许多。

陆凌抱着女儿犹抱珍宝，对陈乔粤点了点头算打过招呼，又对陈海芯低声道："睡着了。"

没等陈海芯回应，他抱着女儿进房。

"我好佩服你。"陈乔粤突然对堂姐道。

"佩服什么？"陈海芯笑问。

"我听我妈说，伯娘他们对这件事很生气，你顶着这么大的压力都可以做自己想做的事……"

"怀上希希那一刻，我就料到这一天了。"陈海芯对她笑笑，"但是我根本不介意，这个世界上没有东西比我女儿更重要。"

对于周漠来说，最重要的东西是眼前这份合同。

她买房了，不大，不足七十平方米的小两房，总价将近四百万元，掏空她所有存款跟公积金，勉强够付。很多人说今年不适合买房，又有很多人说今年是买房的最好时机。身处互联网发达的时代，辨别信息真假成为最要紧又是最难的事。

在拿到一笔巨额提成后，她终于迫不及待地把这件事提上日程，前后花了不到一个月的时间，多亏之前看楼盘积累下的经验，最终在海珠区捡漏了一套次新房，屋主是一对中年夫妇，前不久双双被裁员，于是忍痛割爱，打算卖了房回三线老家养老。

周漠签完约，给李柏添发了条短信："搞定了。"

最近这个男人不知道受了什么刺激，有意无意地提起结婚这事，还时不时地试探她的口风，这也是周漠下定决心买房的原因之一。

她的想法一直没变过，婚前房是必须买的，既然她可能在不久的将来会步入婚姻，那这事就应该速战速决。周漠没回家，而是来到小区，站在单元楼门口往上望，看着她不久后的家，发出阵阵傻笑。

李柏添的信息这会儿才到："今晚一起吃顿饭庆祝一下？"

"好啊。"

周漠脚步欢快，坐上出租车，还不忘拿出手机翻开相册，把之前拍下来的屋内布局看了又看，虽然她现在没钱，但还是一定要重新装修的，她不打算做电视墙，电视利用率太低了，直接一个投影仪完事；小卧室可以做成衣帽间，反正也就她一个人住；还有，浴室最好安一个浴缸，虽然浴室小，但是拥有一个浴缸一直是她的梦想，现在很流行卧室无主灯设计，她也想试试……

　　李柏添听完她兴致勃勃的构思，他眉头越皱越紧，最终无情地打断："你不打算结婚了？婚后肯定住我那套……"

　　他试探地问："要不你那套翻新一下租出去？"

　　"那怎么行！"她瞪大双眼，"我现在吧，满门心思都在想怎么赚钱还房贷，结婚的事……先缓缓吧。"

　　"婚后你照样可以赚钱还房贷。"

　　"你不觉得我太算计了吗？"她喝了口西瓜汁，笑问。

　　"算计什么？"他不解。

　　"要是结婚了，我的钱得拿去还房贷，相当于其实你也在帮我还房贷。"

　　"这有什么。"他根本没想到这点，"夫妻之间不用算得那么清楚。"

　　"谁跟你是夫妻……"她挑眉笑道。

　　"说实话，你是不是对我没信心啊？"李柏添无奈地说道。

　　周漠摇头："也不是。"顿了顿，她道，"不过在你跟房子之间，肯定是房子给我的安全感更足，感情有消失变淡的时候，房子跟钱不会。"

　　他握紧她的手："好吧，那你打算什么时候跟我结婚？"

　　"看你表现咯。"她笑嘻嘻地说道。

　　周漠忘了在哪里看过这样一句话——不要让追求之舟停泊在幻想的港湾，而应扬起奋斗的风帆，驶向现实生活的大海。

　　李柏添当然也能作为她停泊的港湾，但也许是她悲观，或者说是过度清醒，她一直都清楚明白，靠谁都是靠不住的，唯有靠自己，才是最大的安全感。

　　（正文完）

　　李柏添刚出电梯，被迎面跑来的小男孩撞个了正着，男孩额头碰上他的腿，"嘶"了一声，往后退了两步，见电梯门要关，急忙喊了句："叔叔帮我按住电梯！"

　　李柏添伸长手去扶他："你没事吧？"

　　男孩见电梯门缓缓地合上，叹了口气，手揉了一下额头，说："没事。"

　　男孩看着也就三四岁大，李柏添问："小朋友一个人不可以下楼，你家大人呢？"

　　"妈妈带着妹妹在上厕所。"

　　"那我陪你在这里等她们吧。"

　　男孩逃跑不成，对着他扯开嘴角，做了个鬼脸："叔叔你好热心啊，不过我妈妈说不可以听陌生人的话，我怎么知道你是不是好人……"

　　李柏添被这童言童语逗笑，正要开口，身边一股风吹过，眼前多了个女人。

　　"我警告过你好多次啦，叫你在厕所门口等我们，你每次都要跑，我打你啦！"女人低头教训儿子，声音温柔又坚定，李柏添觉得耳熟，待她回过头来，才发现真的是她。

　　向思甜，他的前女友。

　　二人分开快五年，期间没怎么见过面，没想到会在这里碰到。

　　"好久不见。"李柏添对她笑了笑，说道。

　　"这么巧……"她也笑道。

　　李柏添眼睛盯着那男孩，又看着站在她身侧的小女孩："你的孩子都这么大啦……"

　　"叫叔叔啦。"向思甜对孩子们道。

　　"叔叔好。"两声奶声奶气的声音响起。

　　李柏添点了点头，也笑道："你们好。"

　　"你怎么样啊？结婚没有？"向思甜问。

李柏添摇了摇头："还没。"

"肯定又是整日只顾着工作……"

李柏添没有辩驳，含笑不语。

"那我们先走了……"向思甜说完又对孩子们道，"同叔叔 Say Goodbye（说再见）啦。"

"Goodbye，叔叔！"

电梯门合上，李柏添才回过神来，转身往回走，正好看到周漠从餐厅走了出来。

今天她是特意出来拍 vlog 的，因此妆容精心设计过，身上穿了件极显身材的藕色吊带裙，衬得她蜂腰翘臀，肌肤胜雪。自从账号火了，周漠对个人形象开始注重起来，除了每日健身塑形，最近对直角肩的训练更是到了走火入魔的地步，但不得不说，成果很好。虽然她自认不是什么大美人，但美女气质还是要拿捏住。

待她走近，李柏添大掌揽上她的腰，这个动作独占性意味很强，他侧过头看她，见她蓬松的卷发挽在后脑勺，那挽发的簪子居然是一只木筷。

周漠手抚着那只筷子，笑着说："天气实在太热了，我又没带橡皮筋。"

"好看。"他夸赞道。

碰巧电梯门打开，居然是向思甜带着孩子们折返。

"叔叔，我们又见面啦！"小男孩笑着嚷嚷。

向思甜眼睛从李柏添身上移开，落在周漠身上，解释道："落下了一个水杯。"

待那一家三口离开，周漠走进电梯，问道："认识的？"

他迟疑片刻："我前女友。"

她作恍然大悟状，又笑问："那两个是她的孩子？"

"嗯。"

"哇哦。"她调侃道，"如果你们没分手，会不会你跟她的孩子也这么大了。"忽地又想起，当初他们分开正是因为他不想走入婚姻。

"看着那两个小孩，我突然在想，我的孩子会是什么样……"他的眼睛微眯，神情充满向往。

周漠怎么会听不懂他的暗示，却只道："可惜你当初要跟人家分手。"

他忽地扭过头看她，搂在她腰上的手大力地收紧："装傻你最厉害。"

周漠笑嘻嘻地说道："突然父爱爆发？"

他手指划过眉头，叹道："有点儿。"

"我倒还好。"周漠道，"对孩子没有特别喜欢，也不算讨厌。"

知道他接下来想说什么，她继续补充道："不过最近几年我肯定是不会要孩子的。"

李柏添点了点头，表示理解："我也就是突然有感而发……"

上了车，周漠打开包拿出镜子补妆："这天气在室外没待几分钟，我感觉底妆都快融了……"她拿粉扑拍了拍脸，又问道，"你明天有空吗？"

明天是周六，他没别的安排，于是点头。

"我要去趟佛山，挑一下家具。"

陈乔粤最近也在装修回迁房，因为数量多、金额大，能拿到很低的进货价，周漠正好蹭上这一拨。

"可以。"他说，"明天几点？"

"中午吃完饭再去吧。"周漠长舒了一口气，"这个周末我不想拍视频了，打算休息两天，我好久没睡到自然醒了。"

他开着车，不忘扭头看她，见她蔫了吧唧，双目无神："你现在睡一会儿，到家我叫醒你，"

"睡不着，我想卸了妆再睡……"她嘟囔道，"这假睫毛戴得我眼睛疼。"

"那你刚刚还补妆？"他不解。

"回到家前一秒我都要保证我的妆容完美。"

"你现在偶像包袱还挺大。"

周漠没搭理他，拿出手机，打开美颜相机，她靠着窗，自拍了好几张，总觉得不太满意。

"用原相机拍。"他提出意见。

"原相机拍得我好肿。"

"试试看。"

阳光不愧是最好的滤镜，因为高强度曝光，毛孔全被遮挡住，又不会过度锐化，确实比美颜相机拍出来的要正常许多，好看许多。

等红绿灯的间隙，周漠拉了一下他的手臂，头靠在他肩上："看镜头。"

拍了几张合照，她收起手机，百无聊赖地看向窗外，烈日下，居然有新婚夫妇在拍婚纱照。这边是旧城区，房子破旧，街上还摆了不少小摊，她把心里的想法脱口而出："居然在这种地方拍婚纱照……"

李柏添也看过去，见他们正跟身后的牛杂摊合影，笑了笑："这就是广式浪漫吧。"

闹市区，牛杂摊，洁白的婚纱，肃穆的西服，这画面怎么看怎么怪，但怪异中又有那么一点儿特别。

"确实，挺有意思的。"周漠也道。

"你想过你的婚纱照怎么拍吗？"他随意地问道。

"想过啊。"她笑笑，头依旧望着窗外，"你看过《纵横四海》吗？钟楚红跟张国荣、周润发主演的……"

"看过。"

"里面的造型我都很喜欢，当时第一次看的时候就在想，我要是长大的时候能跟钟楚红一样美就好了，我也想随意套件牛仔裤、夹克衫就跟她一样风情万种……"

她笑笑："所以如果可以选择，我希望在法国拍婚纱照，就穿牛仔裤跟皮夹克，再戴个超大的发箍……"

他想了一下这个造型的她，发现想不出来是什么样，因为很少看她露出额头。

"不过我的发际线不允许。"周漠自嘲道，"所以你看我的发型都是留着刘海的。像钟楚红这样的大美人，才敢使劲儿造。"

"你不比她差。"他肯定道。

"对，要自信！"周漠咧开嘴笑。

进入琶洲地界，恰逢下班高峰期，堵车严重，周漠额头抵着玻璃窗，望着窗外的珠江，太阳还未完全落山，路灯已经陆续亮起，直播的人支起小摊唱的唱跳的跳，还有人在求婚，场面颇盛大，气球装饰着一辆崭新的丰田汽车，男人举着戒指单膝跪地，不少围观群众拿起手机录视频。

周漠摇下车窗，虽然晚风闷热，但凑热闹的心令她无暇顾及。

"若情感需要这执拗，落场后只许尽力去跑，咬着唇边穿起婚纱上路，余生请你指教……"不仅新人颜值高，现场还自带BGM（背景音乐），再加上礼物贵重，氛围条直接拉满，煽情又感人。别说过路的"吃瓜"群众，周漠也觉得这一幕浪漫得不行。

"这求婚还送车啊？这么大手笔……"她一眨不眨地盯着那对情侣，感慨道。

"这应该是丰田的广告。"他突然道。

"啊？"

"这样的策划我们之前也做过。"李柏添对她笑笑。

"居然是广告？"周漠咂嘴，"我以为是真的。"

她意兴阑珊地合上窗。

"你喜欢这种求婚方式？"他问。

她摇头："看别人就觉得浪漫，要是换自己身上就是'社死'。"

他若有所思地点头。

隔天，二人一同前往佛山家具城，现在哪行的生意都不好做，老板把陈乔粤奉为座上宾，自然没有怠慢周漠。

"两位是装修婚房吗？婚房要住很多年，最好买好一些的……"老板很会看脸色。

李柏添被"婚房"二字取悦，见周漠也没否认，心情愈发好。

此行收获颇丰，基本上需要的都已经一次买齐，约定好送货的时间后，二人返程。

一个月后，家具陆续进入新家，周漠每天忙完便从番禺回到新家，见空荡荡的屋子放进一件件二人共同挑好的家具，心里空缺的那一块也被一点儿一点儿地填满。

周漠特意选在生日那天同时入宅，然而在邀请陈乔粤跟丁瑶时，都被她们无情地拒绝，理由都是没空。周漠也没恼，她知道这是好友故意把那么重要的一天让给李柏添。

生日这天是周一，李柏添要上班，她提前到新家，钟点工已经把一切打扫干净，周漠打开冰箱，将采购好的食材一一放进去，直到把整个冰箱填满。

主卧不算大，只有十五平方米，放下一张一米八的双人床后，稍显逼仄。原本周漠的想法是买张一米五的就行，但这床是李柏添指定要买的。

"我以后可能会经常在你家过夜，一米五怎么够？"

一想到他一米八几的人，确实是需要这么大的床，周漠只好由着他来。主卧里她最喜欢的是那个飘窗，飘窗这块面积是送的，打开窗可以窥见广州塔。虽然距离挺远，且肉眼看塔身就在两栋楼之间，但她也心满意足。

将衣柜填满，将梳妆台填满，还有零食柜，甚至药箱……她有属于自己的房子了，再也不用担心搬家拎着大包小包太麻烦。下午五点，她开始准备晚餐，这么重要的时刻，美食怎么能缺席？粤菜、湘菜再加上西餐，凭她这些日子磨出来的手艺，做个满汉全席也不在话下。

六点，门铃声响起，周漠离开厨房去开门。

"你怎么这么快就来了？我饭都还没做好。"她笑着抱怨道。

李柏添手里捧着一束鲜艳的红玫瑰，递给她："下午公司没什么事我就提前来了。"

"那你先坐会儿吧，我继续做饭去了。"

"不用我帮忙？"

"不用不用。"

她正切着八成熟的牛排，厨房门被拉开，她突然被他从背后抱住。

"你别捣乱……"她嬉笑怒骂。

"你为什么穿着这么性感的裙子做菜？"他声音已然沙哑。

她今天穿了件灰绿色抹胸短裙，本是贪图凉快，没想到简简单单一条裙子在他眼里就是"性感"。

周漠正想出声辩驳，唇已经被他堵住。她侧仰着头跟他接吻，待气息不稳，脖子就要扭断，终于没忍住轻轻地推开他："你干吗……"

李柏添的手在她赤裸的脖颈上摩挲，半晌才松开她："我去外面等你。"

有了这么个小插曲，周漠再拿起刀的手微微抖。

饭桌被她特意布置过，烛台鲜花高脚杯，为了衬托氛围，她只留了一盏昏黄的落地灯。李柏添的心思显然不在美食上，而是在她身上。

"生日快乐。"他举起杯酒，跟她相碰。

"谢谢。"周漠眉眼间含笑，碰了杯，唇还未碰到酒杯，下巴突然被他捏住，又是一个热吻。

"李先生，你今晚能不能克制一下你自己？"她气喘吁吁地笑问。

唇还贴着唇，他哑声道："不太能。"

"你这样……我们这顿饭还怎么吃下去？"

"我现在更想试一下新买的那张床。"他道。

惊呼声响起的同时，她被他一把抱起……

再吃上饭时，时间已经逼近九点。

吃完饭，李柏添突然拿出一个小礼盒："生日礼物。"

周漠下意识地以为又是一对耳环。

"什么呀？"她笑着打开，没想到里面是一把车钥匙，"这是？"

"有车始终方便一点儿。"他笑着解释道。

"这礼物也太贵重了。"

他又拿出另一个首饰盒缓缓地打开，里面是一枚钻戒。

"我希望，你能把这两个礼物……一起收了。"一向镇定的李柏添这一刻声音不自觉地有点儿抖。

"是不是太突然了？"

"也不算突然，这一刻我想了很久了。"他道。

周漠发现自己鼻子有点儿酸，她连忙忍住，笑道："如果我不接受，你会不会生气啊？"

"那倒不会，大不了下次再拿出来。"他顿了顿，一直盯着她，"我相信你总有一天会接受。"

"这么执着？"她轻声问。

李柏添垂眸，抬起她的左手，又将戒指拿出，缓缓地套入她的无名指。在这个过程中，他全程屏住呼吸，就怕她把手缩回去，所幸没有。

周漠盯着无名指上的钻戒："这是多大啊？"

"碎钻，不值钱。"他哑声说道，"等过几天你有空，我们再一起去挑个你喜欢的。"

周漠望向他，眨了眨眼，笑道："好啊。"

三十岁的周漠，不仅收获了梦中情屋，还得到了一个世俗眼里也算得上好的男人，她对这一刻，满意至极。

陆凌的电话打来时，陈海芯还在开会，她看了一眼便挂断，过一会儿，他的短信进来："今晚我带希希出去吃饭。"

陈海芯盯着这几个字微微出神，大拇指往上划，整个对话框里，几乎每条对话都跟女儿有关。

她输入一个"好"字发送过去，锁了屏，把心思重新放到会议上。

因为会议耽搁了点儿时间，今天下班比较晚，到家时将近八点，屋内漆黑一片，无人在家。陈海芯换好鞋，将长发扎起，换上家居服，卸妆的时候听到门口有声音传来，她抽了张一次性绵柔巾将脸擦干，走出浴室。

一岁半的陈希被陆凌抱在怀里，二人正在聊天，说是聊天其实不太准确，陈希会说的话不多，大部分是陆凌在讲，她认真听讲的模样怪可爱，时不时用叽叽喳喳咿咿呀呀的奶音打断父亲。

"去吃什么了？这么大味道。"陈海芯从他怀里接过女儿，正值冬天，但广州的冬天一向很没有诚意，今天中午温度最高到了二十八摄氏度，陈希里面穿了件薄毛衣，外面套了件毛茸茸的背心，背心很新，闻着还有一股新衣服的味道。

"外套被可乐弄脏了，所以买了件新的。"他解释道。

"可乐？你带她去吃什么了？"

"麦当劳。"

"这么小能吃麦当劳？"

"又不是毒药，什么都能吃。"他见陈海芯略有不满，又笑道，"放心，就喂她吃了点玉米土豆泥。"

陈希突然跟着叫了声"土豆泥"，因为发音不标准，说成了"土度泥"，陈海芯惊讶于她的新词汇，在她小脸颊亲了一下，柔声说道："妈妈帮你洗澡好不好？"

带孩子很累，但陆凌似乎乐在其中，照顾陈希的阿姨几个月前被辞退，他兴致勃勃地当起全职爸爸，对陈海芯的说法是不想错过女儿的成长。起初陈海芯不太认可，认为他根本不知道独自带娃有多艰辛，过不了多久就会放弃，然而没想到他真的坚持了下来。

陈希早上一般是七点半起床，陆凌会在七点准时出现，之后他将女儿从她身边抱走，给她时间睡个回笼觉，她上班后，家里就剩这父女二人，陆凌的教育方式是"细中有粗，粗中有细"，绘本要读，早教要做，出门踩水坑、滚泥潭也要体验，这点倒是跟陈海芯不谋而合。

陈希正是坐不住的年纪，洗个澡的工夫从浴盆里站起来好几回，水泼得到处都是，陈海芯被她搞得衣服、头发都在滴水，一边喊着："乖滴啦，希希。"一边轻轻打她肉肉的小屁股。

陈希嘴里上下一共长了六颗牙，正不知道找什么磨牙，见母亲打自己，抓住她的手就咬了下去。

站在浴室门口的陆凌听着里面母女对峙，笑了笑，推门进去："我来吧。"

"不用。"陈海芯将光溜溜的女儿抱起，放在尿布台上，刚躺下，熊孩子又挣扎着要起来。

看到陆凌，陈希两眼放光，"爸爸"二字叫个不停。

陈海芯听到这两个字，越发不爽，拍开陆凌伸过来的手："你出去。"

陆凌一向知道陈海芯的雷区，最初因为陈希先喊爸爸后喊妈妈，她给了他一个星期的脸色看，知道这会儿最佳做法是默默地退开，否则会是新一轮的冷暴力。

睡袋穿戴整齐，陈海芯发现自己额角竟然在冒汗，她想把女儿抱起，可一想到自己身上全湿了，只好不甘心地扬声喊了句："陆凌。"

陆凌进来把女儿抱走，见她身上的睡裙贴着肌肤，不自然地移开目光："你也洗个澡吧。"

陈海芯也有这个打算，舒舒服服地洗了个澡出来，见父女二人坐在沙发上，陈希整个人像树袋熊一样趴在爸爸身上，陆凌正给她读全英文绘本。

陈海芯边擦头发边听，没有走近去打扰这温馨的一幕。最近公司的事多，她这晚要加班，于是进了书房处理工作上的事。

当墙上的时针指向九，陆凌低头一看，女儿已经睡着了，他的指腹轻轻地摩挲她的脸颊，好一会儿才不舍地放开，抱起女儿回房。

陈海芯的房间很整洁，虽然堆积了许多女儿的东西，但她都收纳得整整齐齐，东西多却不乱，陆凌的视线忽地落在梳妆台上一个惹眼的首饰盒上，他记得清清楚楚，今天中午这个首饰盒并未出现，估计是她今天下班带回来的。

"睡着了？"身后女声响起，陆凌回过头看她，他眼神探究，看得陈海芯有些不太自在："怎么了？"

他摇了摇头，走了出去。

陈海芯以为他要离开，正想送客，却见他站在客厅里一动不动。

她出声提醒："九点多了。"

意思是女儿睡着了，也这个时间点了，他应该回他的出租房了。

"你最近……"陆凌缓缓地转身，看着她，问道，"有新对象？"

"什么？"陈海芯没太明白他的意思。

"按道理说，我不应该干涉你发展新的恋情，但是希希现在还小……"

"等等。"陈海芯打断他，不咸不淡地说了句，"这是我的事。"

陆凌盯着她的脸，许久，还是选择沉默，转身离开。

门合上，陈海芯回房，直到看到梳妆台上被她随意放置的首饰盒才回过神来，他就因为这个做出刚刚的判断？

隔天，陆凌带着女儿正在逛超市，突然收到短信："我今晚有饭局，会晚点儿回家。"

将近深夜十二点，陈海芯还没回家，陆凌坐在沙发上，脸色越来越沉，手机又振动，他打开一看，是她的信息："今晚我不回去了，麻烦你帮忙看着希希。"

从怀孕开始，陈海芯再未喝过酒，今夜宋嘉琦生日，气氛着实到位，她没忍住就喝多了，老友见她半醉，便让她在家里住下。

"我不回去，希希怎么办？"陈海芯躺在沙发上，浑身散发着酒气。

"让陆凌看着咯。"宋嘉琦拍了拍她的手臂，调侃道，"果然是做了母亲就是不一样，一个晚上都舍不得？"

"有了孩子后，真的没有自由了。"她嘟囔道。

"你有没有后悔生希希？"

"那倒没有。"陈海芯觉得灯光刺眼，干脆捂住眼睛，"有得有失。"

"其实我真的很想知道，你跟陆凌，有没有想过……在一起？"

陈海芯沉默半晌，幽幽地说道："我傻的吗？我才不想惹祸上身，请佛容易送佛难，人是很贪心的，如果真的在一起了，我担心他会跟我抢希希。"

"如果在一起，你们一家三口整整齐齐，怎么会用到抢这个字呢？"

"千万不要考验人性……"陈海芯叹了口气，"我不想结婚，是因为我觉得婚姻不是必需品，人人都说我女儿需要爸爸，其实我觉得未必，不过……陆凌对希希是真的好。"

此时的陈海芯是矛盾的，她并不会因为陆凌对女儿好便打破原则去选择婚姻，但同时，她不得不承认，她目前是享受"一家三口"这个氛围的，尤其是陆凌对女儿的用心，让她觉得在孩子成长过程中，有个陆凌这样的父亲，是孩子的幸事。

她有什么理由去剥夺女儿的这一份幸福呢？

第二天早上陈海芯拿出钥匙开门，屋内弥漫着烤面包的香味，陈希躺在爬行垫上喝奶，阳光打在她身上，她眯着眼，模样很是享受，目光往左边移，陆凌手里捧着一个瓷盘，里面是几块烤好的吐司，他看了她一眼，面色不佳。

陈海芯咳了咳："昨晚希希还乖吧？"

"你可以调监控回看。"他拉开餐椅坐下，自顾自地吃起早餐，语气冷淡。

陈海芯抬腿跨进围栏，在女儿身旁坐下："宝宝，早上好。"

陈希睁大眼睛，随手扔下才喝了一半的奶瓶，奶声奶气地叫道："妈妈……"

陈海芯抱住女儿，捡起奶瓶，送到她嘴边："昨晚有没有听爸爸话呀？"

陈希自然不会回答，咕噜咕噜地喝着奶，陈海芯的余光瞥向一旁吃早餐的男人，心想一大早的这男人耍什么脾气呢？

陆凌几块吐司吃完，陈希的奶也喝完了，他拦腰将女儿抱起。

"你们去哪里？"见他们要出门，陈海芯连忙问。

"带她出去走走。"他淡淡道。

"等我一会儿，我换件衣服，一起去。"

陈海芯换完衣服出来，父女二人已经不在客厅，她急忙出门，坐电梯下楼，幸亏他们没走远，她小跑着跟上。

二人推着女儿沿着小区走，一路无话。

"昨晚……"陈海芯打破沉默。

"如果没有我在，像昨晚那种情况，你会直接把孩子丢给阿姨？"他问。

陈海芯微微皱眉。

"很显然你还没有做好万全的准备，贸贸然要这个孩子，对你自己不负责，对她……也不负责。"

"你什么意思？"

"如果你准备谈恋爱，以后时不时地再夜不归宿，我觉得，孩子由我带着，会更好。"

陈海芯脸色一白："你这是想跟我抢抚养权？"

他沉默。

她气得手又开始抖，拍开他放在婴儿车上的手，推着车就往回走。

陆凌看着她落荒而逃的背影，心情复杂。

陈海芯雷厉风行，回到家立马联系人把大门的锁换了，任由陆凌在门口如何敲门，她都没开。

"你立刻离开广州。"她接通他的电话，第一句便是这个。

"我们见面聊。"他冷言道。

"陆凌，你是不是没摆正自己的位置啊？"她冷哼一声，"我让你见我女儿，这是最大的仁慈，你还得寸进尺。"

"那不也是我女儿？"

"当初说好了，孩子是我一个人的。"

"我反悔了。"他坦言道，顿了顿，"两个选择，要么孩子跟我，或者……我们结婚。"

这是昨晚陆凌想了一夜得出来的结果，他发现自己没办法接受陈海芯开始一段新的恋情，更没办法接受以后女儿对着她的每一任亲昵地叫叔叔。

这两个都不算最好的决策，但眼下，他想不出更好的。

如今，陈海芯终于知道引狼入室是什么后果了。

"我给你一个星期的时间考虑。"他说完这句话便挂了电话。

陈海芯靠着沙发，头疼欲裂。昨夜，她跟宋嘉琦都喝醉了，宋嘉琦问了一直都没敢问出口的问题："你为什么选了陆凌？"

她给出的答案跟当初告诉陈乔粤的一模一样："他是我见过的最优秀的男人。"

第一次见陆凌是在游艇上，陈海芯跟着朋友去聚餐，没想到聚餐地点是在游艇，留学圈子里最不缺的就是吃喝玩乐样样精通的人，十来个身材长相都还不错的男女聚在一起出海，除了朋友，其他人她并不认识。

这个局是陆凌攒的，陆凌的名号在圈子里很响，因为他原创的社交App拿到了巨额融资，转手高价卖给了本地的巨头公司，三十来岁已经实现财务自由。

这种大人物她当然也想一睹为快，然而那几个男人里，没一个跟网上介绍的照片对得上。

"陆凌呢？"她问朋友。

"开游艇那个就是。"朋友给她指了个方向。

她有些不太敢相信，陆凌在她的印象中是西装革履的精英男，跟驾驶舱里那个晒得黝黑，笑起来一口大白牙的阳光男孩有些出入。

那天，大家一个个跑到甲板上晒太阳，就她待在舱内，身旁突然多了个男人。

"为什么不出去玩？"陆凌问她。

"我不知道今天要出海，没带防晒霜。"

"你不会游泳？"他又问道。

陈海芯微微惊讶，"嗯"了一声。

"我教你游泳。"他笑笑。

"我没带泳衣。"

"你等等。"

他再回来时，真的拿了一套全新未拆封的泳衣，还有一大罐防晒霜。

"走吧，坐这里多无聊。"

她要穿救生衣，他没让："信我，不会让你有事的。"

"不了，我还是要穿。"她坚持。

他无奈一笑，又去给她找来一件还算合身的救生衣，陈海芯还没穿好，他已经一头扎进海里，抹了把脸后对她笑道："下来。"

最后，她当然没学会游泳，倒是爱上浮潜这一项运动。

他们有一个群，回去没多久，陆凌加了她，她以为会聊点儿什么，结果半年过去，两人一句话也没说过。

半年后的某天晚上，他突然发来信息："睡了吗？"

"还没。"

"有没有兴趣从半空中看一看这座城市？"

她鬼使神差地回复："好啊。"

陈海芯以为顶多开车到山顶，结果他带她去坐直升机。

"刚拿驾照没多久。"他对她笑笑，"怕不怕？"

陈海芯自然是怕："我还是回去吧。"

"你胆子怎么这么小？"他拉住她，"放心，很安全的。"

那是个陈海芯一辈子都忘不了的夜晚，她坐在他身旁，看到了满天繁星，那一刻她心里只有震撼，什么恐惧都被抛之脑后。

"如果现在坠机，你最想打电话给谁？"他突然问。

陈海芯脸色一白，她忽地意识到眼前的男人是个不安分因子："我父母吧。"她还是回道，又问，"你呢？"

他摇了摇头："没人。"

安全着陆后，陈海芯还心有余悸，二人之前不过见了一次面，虽然是同胞，但也实在危险。

陆凌似乎看穿她的想法，再次道："你胆子挺小的。"

"我一个人离开父母到英国读书，我不觉得我胆子小。"她反驳道。

他呵呵一笑："走吧，送你回去。"

那晚之后，二人熟络了些，偶尔会在手机上聊几句，说来奇怪，二人其实连朋友都算不上，但陈海芯就是觉得，他们好像认识了很久很久。

第三次见面是在巴黎，她趁假期一个人跑到巴黎散心，在从埃菲尔铁塔回酒店的地铁上，她钱包被偷，没忍住发了条朋友圈控诉，很快他私聊她："我刚好也在巴黎。"

他带着她在巴黎玩了三天，两人在蒙马特高地拍到了《珠光宝气》同款合照。他自然地把手放在她肩上，甚至在过马路时主动拉上她的手，怦然心动就是一瞬间的事。

然而隔天醒来，他却告诉她，他即将飞往阿姆斯特丹。

二人就此道别，再见面是两年前，在北京。

彼时陈海芯刚参加完一个法律沙龙，走出酒店，碰巧就遇到迎面走来的他。

这次的他比几年前白了许多，西装革履，头发梳得一丝不苟，她险些认不出他来。这几年两人差不多断了联系，她只从朋友口中得知这些年他四处飞，无以为家。

晚上，他们约在一家古色古香的中餐馆见面。

"没想到会在北京见到你。"他寒暄道，"我记得你是广州人？"

陈海芯点头："嗯，你是北京人？"

他摇头："在北京办点儿事，打算开个公司。"

这晚，他们无话不谈，二人说起这些年的生活，他过于多姿多彩，衬得她平淡无味。

后来酒喝多了，他俯身吻住她的唇，接吻不在计划范围内，但不知为何，她还是回应了他的吻，吻着吻着两人开始擦枪走火，情欲被点燃……

"你有男朋友吗？"关键时刻，他问。

陈海芯不知道这个问题是出自真心，还是想调情。

她摇头，轻哼："没有。"

"那就好。"

"你呢？"她问。

"不重要。"

隔天，他留在北京，她飞往广州，一别又是一年。

陈海芯回过神来，拿起手机，拨通了一个号码。

专业的人干专业的事，她得先提前准备好，如果真要法庭相见，她有几分胜算？

为了不让陆凌见孩子，陈海芯把陈希带到了陈迎珍家，托她帮忙照顾几日，碰巧陈乔粤在，见堂姐脸色不太对，连忙将人拉到一旁："发生什么事了？"

陈海芯无意隐瞒，便把陆凌想要争抚养权的事说了出来。

"那你接下来有什么打算？"陈乔粤急忙问道。

"我还是不想闹到法庭见，先跟他谈谈吧。"陈海芯说完，抬手看表，"快迟到了，我先回公司了，希希麻烦你帮我照顾下了。"

这一天陈海芯异常烦闷，做事时根本无法集中精力。昨天那通电话她没打出去，原本未婚先孕在大社会环境下就不是容易让大众接受的事，如今为了抚养权要跟孩子父亲闹到法庭相见，这相当于推翻她之前艰难维持起来的冷硬自强形象。

有了陈希之后，她身边的人分为两派，一派是等时间验证她的所作所为是错误的看笑话派；另一派则是敬佩她作为新时代女性能有单亲生育勇气的鼓励派。她现在可以说是这个圈子里的风云人物，而显然，如果官司一打，她可能会直接被推到风口浪尖。

陈海芯决定再找陆凌谈谈。巧的是，这天下班，刚走出写字楼门口，便看到他。陈海芯没多大惊讶，她知道他一定会找来，只是没想到这么快，她走近他："找个地方聊聊？"

二人步行到附近一家创新粤菜馆，陈海芯要了个包厢。包厢很大，又是圆桌，如果面对面坐着，距离实在太远，不利于对话，她思忖片刻，拉开他身旁的椅子，坐下。

"希希呢？"陆凌问。

陈海芯侧头看他，见他脸上有倦色，眼睛底下两团乌青，估计是昨晚没睡好，她移开双眼，盯着眼前的菜牌，转移话题道："上一次到这里吃饭，希希还在我肚子里。"

陆凌闻言喉结滚动，盯着她的侧脸，重逢后，他发现陈海芯比起一年多以前，确实有些不一样了，虽然身材依旧苗条，皮肤依旧紧致，但眼睛里的疲态是之前从未见过的。

怀孕对一个女人来说意味着什么？陆凌没多少概念，因为他没参与过那段日子。大腹便便的陈海芯是什么样的？她都遇到过哪些困难？生产时她脑子里在想什么？这些问题，在这一刻第一次涌现在他的脑子里。

"她一直都偏小，出生的时候才五斤，但是接生的医生说没见过那么好看的新生儿，胎脂很少，皮肤一点儿也不皱……"

她突然对他笑笑："其实怀她的时候我吃得挺多的，但她好像不怎么吸收，之前我最喜欢吃这家的酸甜猪扒，叫一份吧？"

陆凌一直盯着她，闻言点头，又问："她在你肚子里乖吗？"

"不算乖。"陈海芯回想起孕晚期的时候，勾起嘴角，"一到半夜两三点就开始在里面蹦迪，所以孕晚期我基本上没睡过整觉，因为肚子太重，基本上不能正躺着睡，不仅要侧着，还要左右换着侧躺，就怕一个姿势太久她有危险，半夜还要起身去两三趟厕所……"

这些话她从未曾对别人说过，那段最艰难的日子她是靠自己挨过来的，经历的时候不觉得苦，现在回头看，还是有些佩服自己的。那会儿双腿水肿得厉害，自己又按摩不到，便时不时地跑到楼下的沐足店，那些人一看她肚子那么大，也不敢接单，每回都是她额外给了一笔小费，且再三保证不用对方担责，才有人敢接。

陆凌有许多话想说，但最终只道了句："辛苦了。"

"怀孕的苦不算什么。"她淡淡地说道，"希希刚出生的时候黄疸严重，在医院住了一段时间，之后又肺炎……"

"我可以补偿你。"他道。

"你知道我要的不是补偿。"陈海芯合上菜牌，看着他，"陆凌，我能理解你对希希的爱，可你能理解她对我有多重要吗？"

"我给了你两个选择。"

"原本我有无数个选择，为什么你一出现，我就只能二选一？"

她顿了顿，说："你给的两个选择，第一个如果真闹到法庭，你未必有胜算，希希还小，两岁以内一般是判给母亲，虽然我收入、资产都不如你，但我有稳定工作，也有房产，我能给她条件很好的生活。第二个……你说结婚，我相信这并非你本意，你知道婚姻对我们来说都是枷锁，如果真的结婚，那事情就复杂多了，你会舍得自由身？不要病急乱投医……"

"第一点根本就不是什么难题，既然两周岁以内孩子会判给女方，那我大可以在希希两岁后再跟你打官司，反正也就剩下半年时间……"他说得冷酷，陈海芯的心随之一沉。

"第二点，确实是我考虑不周。"陆凌没错过她脸色的变化，淡淡地问道，"或者你有什么更好的解决办法？"

"我可以答应你，在孩子成年前，我不会有固定伴侣，也不会把异性带回家，一切会以孩子为重。"陈海芯稳了稳心神，"你无非就是担心希希在我这里得不到最好的照顾。"

他摇了摇头，没搭腔。

陈海芯不明白这个摇头是什么意思，觉得她诚意不够？

半晌，他才开口："我倒有一个新的想法。"

"什么？"她咽了咽口水，忐忑地问道。

"在希希成年之前，我跟你共同抚养她，可以不领证，但我们必须得住在一起，给她一个完整的家。"

"用不着。"她语气上扬，愠怒道，"我求你了陆凌，求你别再来打扰我们！"

陆凌倒了杯茶水，缓缓地喝下，摇头道："我做不到。"

人生总有一些预料不到的事。比如他就预料不到一向对亲情淡漠的他会在见到陈希那一刻便父爱爆发，也预料不到他能那么快便适应父亲这个新角色。从昨天到现在，已经超过二十四小时没见女儿，他睡也睡不好，吃也吃不下，满脑子都是孩子的小奶音。

陈海芯咬牙："住一起……不方便。"

"你刚刚也说了，希希成年前，你不会带别的异性回家。"陆凌笑笑，"当然，在我们同居之后，你有别的伴侣也可以，只是不能带回家，不能让孩子知道。不过我劝你最好不要，毕竟这种事要发现其实不难，为了孩子，你最好忍忍……"

"那你呢？"陈海芯问，"你对我要求这么高，对你自己也一样吗？"

"那肯定是一样。"陆凌摊了摊手，笑道，"一视同仁。"

"我有点儿看不懂你了。"陈海芯坦言，"既然你想要孩子，你完全可以再去生一个，我相信外面有大把女人愿意给你生，你既可以得到孩子，也可以得到自由，为什么非得在我这里耗着？"

陆凌拿起水杯，将杯中的茶一饮而尽，淡淡地说道："看来你对我误解还挺深的。"他又道，"有些事，这一生也就只会做一次，毕竟冲动一把也就算了，哪能次次都能不计后果呢……"

"你后悔了吗？"

"那倒没有。"他道，"最不后悔的就是在北京的那一夜。"

陈海芯没想到会是这个答案，她看了他一眼，扯了扯嘴角，还是没说一句话。

"那你就不能陪我疯一次？"他笑了笑，把玩着手里的茶杯。

在陈海芯心里，陆凌一直是个不安分因子，她不知道他如今这股冲动能维持多久，到孩子成年时？他是不是太高估自己了？对一个自由惯了的人来说，要他突然被束缚在家庭里，他会愿意？

假如到了某天，陈希已经习惯了他的陪伴，而他又忽然消失，那她应该如何去向女儿解释？陆凌似乎从她幻化莫测的眼神里读出她的意思，意有所指地说了一句：“信任是在相处中搭建起来的，我现在无论说什么你估计都不会信。”

“没有……别的更好的办法了吗？”她艰难地开口。

“我暂时没想到。”

“你给我时间想想。”

“一个小时够吗？”他说完，按下服务铃，“吃饭的时候你可以好好想想。”

陈海芯被他气笑：“陆凌，你随心所欲惯了，是不是不懂怎么尊重人？”

“如果我不尊重你，我现在就把希希直接带走，等半年后给你一张法院传票，这才叫不尊重人。”

“你不用吓唬我，我说了，真要打官司，你未必能赢。”

“你是法律工作者，自然知道其中利害关系……”他笑着说。

陈海芯脸色一白。

服务员推门进来，陆凌指着菜牌：“要一份酸甜猪扒。”又问陈海芯：“还要什么？”

陈海芯心乱如麻，丢下“随便”二字，闷头喝茶。

这顿饭他吃得欢快满足，陈海芯味同嚼蜡，在这一刻之前，那些最艰难的日子里，她都没后悔过生下孩子。

饭吃完了，陆凌抽了张纸巾，按了按嘴角：“想好了吗？”

他从容不迫的模样令陈海芯恼火。

“我同意共同抚养，但是……不同意一起住。”她道，“我们还是维持现状，你每天可以到我家里，我会给你一把新钥匙。”

“不住一起怎么算共同抚养？”他不满地说道，“等孩子大了，别的父母都是住一起，就希希特殊，孩子问起你怎么回答？”

“这个不用你操心。”陈海芯冷声说道，“反正你没出现之前，希希也照样活得很好。”

他还想再说什么，被陈海芯打断：“陆凌，见好就收，别太得寸进尺，兔子逼急了还咬人，更何况你知道我不是兔子。”

番外
陈海芯（下）

陆凌是个很害怕孤独的人，这可能跟他幼年的经历有关，小时候父母工作都忙，找了个远房表姑照顾他，表姑人胆子小，性子又沉闷，不会聊天，又不敢带他出家门，害怕出事她要担责。上初中之前，无论在什么场合，陆凌都是透明人一般的存在。

初一那年，父母离异，他跟母亲离开，远离了那个沉闷的家，彼时事业还算成功的母亲终于把目光放到他身上，她开始教他社交，教他怎么成为人群中最瞩目的那一个。

他学得很快，渐渐地，呼朋唤友成为本能。

在英国那段日子，他们有一个华人圈子，这个圈子的中心人物自然是他，起初只有几个玩得还不错的朋友，后来人越来越多，每一次聚餐陆凌都能看到许多张陌生的面孔，但他毫不在意，他享受这种被人群包围的感觉，哪怕结账时要花更多的钱。

他会格外留意每一个落单的人，他能从这些孤独的人身上看到曾经的自己，手足无措、谨小慎微想融入又怕被拒绝而小心翼翼的自己。

陈海芯也是那个落单的人，那天的游艇上，所有人都有节目，唯独她坐在船舱内，从他的角度看，只能看到她寂寥的背影，他没多犹豫，上前搭讪。

那天的她化着淡妆，穿着裁剪简单的无袖连衣裙，可看到她的第一眼，陆凌眼前一亮。陈海芯长得很"港"，像极了香港某位不温不火的女明星，五官其实不算特别出色，最让人印象深刻的应该是嘴唇，是一个饱满的"M"字形，即便她没在笑，但嘴角也是微微上扬的。

那天，他教她游泳，带她去浮潜，二人远离人群，一头扎进海里，陆凌早已经拿了潜水资格证，当她的教练绰绰有余，但她是第一次玩，即便穿了救生衣还是害怕。

"我就在你身后，怕什么？"他打趣道。

"我们今天第一次见面，你是不是太自来熟了？"她微微惊讶。

他看着她笑了笑，对着不远处甲板上点了点头："你看那边……"

陈海芯望过去，一对热吻中的男女。

"他们今天也是第一次见面。"他道。

陈海芯收回目光，眼神戒备。

陆凌被她的反应逗笑："放心，我不是那种人。"

上岸后，他听到她跟朋友讲话，说的是粤语。朋友问她："你同凯文之前见过咩？好似好熟咁。（你和Kevin以前见面吗？看上去你们很熟啊。）"

"唔系啊，第一次见。（不是啊，第一次见面。）"

"距系咪对你有意思姐？（他是不是对你有意思啊？）"

陆凌听到她笑着说了句："痴线。（神经。）"

那天过后的每一次聚会，他没再见过她，直到那天晚上。

外婆离世的消息来得突然，接到母亲电话时他刚睡醒，那头一向冷静自持的母亲头一次带着哭腔跟他说话。母亲再婚后，陆凌一直由外婆带着，老人家大概是这个世界上唯一一个无条件爱着他的人。

"你不用回来，等你从伦敦回来，你外婆都入土了。"母亲收拾好情绪，对他说道。

电话挂断后，他久久未能回神，夜幕降临，陷入黑暗中的他躺在沙发上，过了许久，才掏出手机，通讯录列表来回翻了好几次，却找不到一个想约出来说说话的人。

最后，他的手指按下陈海芯的头像，他闭上眼，发现脑子里迅速清晰地出现她的脸，距离上回见面已经过去了很久，陆凌抱着试一试的心态发了短信："睡了吗？"

陈海芯答应出来，陆凌起初有些惊讶，但转念一想，又觉得是情理之中。

"你会开游艇，又会开直升机，还会什么？"直升机舱内，她坐在他身旁，问道。

"这些都不难，你要是想学，我可以教你。"

她摇头："这些离我生活太远，学了也用不上。"

二人在半空中俯瞰整座城市，那么多盏灯，却没有一盏是为他留的。那段日子，陆凌刚刚实现财务自由，他的生活正式失去了期盼和追求，他用钞票去换享乐，但欢愉都是片刻的，转瞬即逝，内心的空虚在得知外婆离世后达到峰值。

为什么北欧人民明明是世界上福利最好、生活压力最小的，然而却也是抑郁症患者最多的？不就是因为生活过得太舒适，工作抑或不工作，奋斗抑或不奋斗，都没差别。日子过得毫无波澜，没有盼头，就是最可怕的。

彼时的陆凌正处于这个状态，他完全不知道自己接下来的人生意义何在。

"如果现在坠机，你最想打电话给谁？"他突然问。

意料之中的，她再一次被他吓住。

"我父母吧。"她迟疑地答道，又问，"你呢？"

"没人。"他摇了摇头。

父母都已经再婚各自组织家庭，他的亲人缘一向淡薄，这些年除了外婆，也无人在意他过得如何，如今老人家也离开了……

离开直升机基地，他开车送她回家，车上他问："你是香港人？"

"广州的。"她答。

她甚至没有礼貌地回问一句他是哪里人，对他的一切并不感兴趣。

下车前，陆凌对她笑笑："今晚谢谢你。"

陈海芯转过头看他，许久才道："应该是我谢谢你，又是上天又是入海，很特别的体验。"

之后没多久，陆凌离开伦敦，开始了他的寻找生命意义之旅，他的朋友圈里新认识的人越来越多，二人的联系甚少，只有从她偶尔给他点个赞里，他才会想起，这个仅见了两次面的女人。

第三次见面是在巴黎，说来奇怪，他们明明不熟，可每回重新碰面，都不需要一个过渡期，很快便熟稔起来。

有些人花三年的时间去求爱，有些人却用三天谈了一场短暂的恋爱。在巴黎那三天，对陆凌而言，就像谈了一场柏拉图恋爱，拉拉手搂搂肩，只要肢体一触碰，就是新一轮的怦然心动，纯情到他做起了自我反思。

如果最后一晚，他们能发生点儿什么，或许他就不会再离开，很可惜，什么都没有，一切发乎情，止乎礼。

那之后，他也谈过几段无疾而终的恋爱，只是在旅途中，偶尔遇到些美景趣事，还是忍不住跟她分享。芬兰的极光、苏黎世的雪景、夏威夷的海滩……在日本的时候，他拍下富士山的照片，发给她，问道："我现在在日本，你有兴趣过来玩几天吗？"

他记得她曾经在朋友圈分享过《富士山下》这首歌，还说这辈子一定要去一次富士山。

等了许久才等到她回复："刚刚在开会，工作很忙，我就不过去了，你玩得开心。"

陆凌看着这条短信，突然对眼下的生活心生厌倦。风景看了许多，人也经历了许多，但他终究是个没有落脚点的游客，飘荡这么多年，非但没找到生命的意义，这心反倒越来越空。

当晚，陆凌决定回国。

在北京遇到她完全是意料之外的事，更意外的是，会有那一夜。

她离开后，陆凌尝试过发展新的恋情，可不知道为何，每次跟女伴有进一步接触，他就会不由自主地想起陈海芯。

以往他们还会在微信上闲聊几句，那晚过后，陈海芯没再出现过。陈希出生后，她不曾给他打过一个电话，也不曾发过一条短信，她似乎刻意地想从他的世界里将自己剔除。

陆凌也想过将她忘掉，可好奇心战胜了一切，他日夜备受折磨，直到他从他们共同的朋友处得知陈海芯生了个女儿，但是生父不详。他有过一刹那的幻想，那是他的孩子吗？终究他还是没忍住从北京飞往广州，想一探究竟。

他想见孩子，但是陈海芯不同意，说孩子和他无关。最后在他的恳求下，他说只见一次，余生都不会再来打扰她们，陈海芯还是心软了。血缘是很奇妙的东西，在见到陈希的那一瞬间，他就知道，那是他的女儿。他一个亲缘薄弱的人，在襁褓中的女儿身上找回了血浓于水的亲密感。

幸好，陈海芯愿意给他一个机会，陪伴孩子成长。

"陆凌……陆凌？"陈海芯见他怔怔地出神，叫了两声。

陆凌从回忆抽身，神情还未恢复，眼神炙热："嗯？"

"希希睡着了，你把她放回床上吧。"

两岁的陈希很难搞，性格叛逆又乖张，吃饭要父亲抱着吃，睡觉要父亲抱着睡，洗澡要父亲站在一旁讲故事……种种劣行数不胜数。

这天一家三口在逛商场，陈希想吃冰激凌，每个口味都想要，陆凌自然不会逆女儿的意，陈海芯接完电话折返，便看到陆凌捧着十来个冰激凌球，陈希一个球只挖一口，那铺张浪费的德行让陈海芯差点儿当场吐血。

陈海芯教训了几句，陈希开始假哭，陆凌心疼，便开始劝，气得陈海芯口不择言："我教育我女儿，你插什么嘴？"

"什么你女儿？我是爸爸的女儿。"希希大胆反驳。

"那你跟着爸爸过吧，我不理你了。"陈海芯撂下狠话，自己离开。

二人成为"队友"关系已有半年，这半年里，陆凌对女儿的溺爱无止境，陈海芯早就心生不满，都说三岁之前要立规矩，现在的陈希根本就是恃宠而骄，无法无天。

回到家，陈海芯还在生气，陆凌带着女儿上前认错道歉，陈希瘪嘴用小奶音哭着求饶，哭到后面声音都没了，二人一看，这才发现是睡过去了。陈海芯知道错不在她，而是陆凌，见他从女儿房间出来，她堵住他的去路："聊两句。"

客厅里有些乱，地上全是陈希乱丢的玩具，陈海芯跪坐在爬行垫上，将散落的玩具一个一个地捡起放进收纳箱。

"我来吧。"陆凌拍了拍她的肩，让她起身。

陈海芯仰头看他，皱眉道："你再这样纵容下去，小心自食恶果。"

"她才两岁……"他无奈地笑道。

"两岁就不能教育了？你跟外面那些熊孩子的家长有什么不同？"

她微怒道。

"哪有人这样说自己的孩子的。"他拽住她的手，将她一把拉起，自己俯下身捡玩具。

"陆凌。"陈海芯居高临下地看着他，"我希望下次我教育希希的时候，你别插嘴。"

陆凌没搭腔，过了一会儿，他才起身，看着她说道："如果你的做法是对的，我肯定不会阻止……但你想想你今天对了吗？当着那么多人的面训斥她……我不太认同你的做法。"

陈海芯咬唇，一下不知道该如何辩驳。

"你可以带回家耐心地慢慢教，不要在大庭广众训她，明知道她现在叛逆，你当着那么多人的面让她别做某件事，她非做给你看。"

她一下泄气："也不知道像谁！？"

"我小时候没那么调皮，估计像你。"他笑道。

陈海芯盯着他的笑脸，气打一处来："好的都像你，差的都像我呗？"

"我倒不是这个意思。"他稍微敛了笑意，"她跟你长得很像……"

陈海芯反应许久，才反应过来他这是在夸她好看。

她走向厨房，打开冰箱拿了瓶气泡水，猛地喝了一口，才道："我倒希望好的都像你，以后也进藤校……"

"这点我跟你的理念又不太一样，我对她的期望不是进藤校，不是取得多大的成就，她这辈子都能舒心、健康地活着就是我最大的期盼。"

"既然理念不一样，那就按我的来。"她给了他一个白眼。

陆凌见她想走，伸出手，握住她的手臂。陈海芯两只脚打架，一绊就要倒，慌乱之下，另一只手连忙扶住他的肩。

这半年来，虽然日夜相见，但二人很少有肢体接触，今天是他第二次碰她。

"怎么了？"她看着他，不自然地开口。

他眼睛盯着她的唇，刚喝完汽水，她唇上湿润，亮晶晶的。

"对希希耐心点，我以前怎么不知道你脾气这么火爆。"他哑声道。

"我们又不熟，你对我的了解肯定少……"

"不熟，却共同拥有一个孩子。"他语气捉摸不透。

陈海芯挣开手，转移话题道："很晚了，你回家吧。"

他脸色微变，往后退了一步，低低地"嗯"了一声。

门合上，陈海芯松了口气，她摩挲着方才被他握住的地方，眼底晦涩不明。门外，陆凌站在那儿一动不动，这半年来，他每回都会在这扇房门后停留片刻，才提步离开。今夜的他，却不想走。

门被打开，听到声响的陈海芯望过去："怎么了？"

"明天，带希希去长隆吧？"他走近，犹豫片刻，才道。

"好。"她点头。

半晌，见他还未离开，陈海芯从沙发起身："还有事吗？"

陆凌一眨不眨地盯着她的脸，摇了摇头。

他的眼神过分炙热，陈海芯敏感地捕捉到他眼底的火光，她心里明了，顿时口干舌燥。孤男寡女同处一个屋檐下，又曾经有过那一夜，二人这会儿又都是单身，她并不迟钝，这几天越来越暧昧的相处就是一个信号。

只是她懂得控制自己，为了不让局面失控，她出声提醒他："你快走吧。"她微微侧过身，声音急促。

陆凌非但没走，而是向她走近。腰被搂住，他的脸压了下来，二人的唇只剩下最后半厘米，陈海芯喝住了他："陆凌……"

他双眸深邃，微微眯起，等着她把话往下说。

她轻轻地摇了摇头。

"就一次。"他几乎是咬牙说道，"海芯……就一次……"

唇落下那一刻，陈海芯闭上眼，睫毛微颤，她知道，往后的日子里，主宰这段关系的也许不再是她了。那一夜的记忆如潮水般涌来，那会儿的他还知道控制住力道，还算温柔，这夜的他像极了刚出笼的野兽。

"我后悔了，海芯，我后悔了……"

他说他后悔，可陈海芯不知道他指的是什么。

"还来得及。"掐在她腰身的大掌收紧，另一只手抚摸着她的背，他的唇摩挲着她的耳垂，哑声问道："还来得及，对吧？"

她摇头："我不知道……"

"你知道的。再给我一个机会，我们一家三口，在一起。"陆凌说道。

她没出声，他碾着她的唇，反复道："答应我……"

事后，二人躺在地板上，陈海芯身体蜷缩成一团，背对着他。谁也没说话，陆凌从身后搂住她，静静地等她的答复。

突然一声巨响，陈希的哭声从房间传来，陆凌起身穿衣，走进女儿的房间。安抚好女儿，再出来时，见她已经穿戴整齐，整个人坐在沙发上发呆，不知道在想什么。

"机会，我可以给。"陈海芯看向他，清了清嗓子，"你可以住进来，至于其他，暂时我还没想好。"

陆凌没想到自己有一天会如此卑微，但见她松口，他喜不自胜。

余生很长，不急于这一时，他自会证明，他是值得的。

这一刻起，陆凌终于有了落脚点，他已经遇到这世间最好的风景。对于现阶段的他来说，生命的意义已经找到。

婚后某天晚上，李柏添突然在某社交网站上看到一段很有意思的短视频，视频的标题是——那些让人痛彻心扉的失恋瞬间，虽然视频又暗又糊，但他还是一眼便认出，其中主角正是周漠。

视频经过剪辑，由两部分组成，一段是她坐在长条石凳上垂头默默地抽烟，一段是她逐渐隐没在夜色中的背影，视频配上煽情的文案：有些失恋不用大哭大闹，她坐在那里，站在那里，你就能感受到她的悲伤。

他看得入神，肩膀被拍了一下，李柏添抬头，见到妆容精致的妻子。

"看什么呢？叫了你几声都没反应。"周漠从他手上抽出手机，越看眼睛瞪得越大，"这不是我吗？"

"这是什么时候的事？"他笑问。

周漠皱眉回想了一下，笑了笑道："你没印象？"

"不太确定。"他答。

视频里她穿着大衣，很明显是冬天，而她跟许宁分开时候是夏天，她身上的穿搭李柏添觉得熟悉，奈何绞尽脑汁也想不起来是哪一天。

周漠在他身旁坐下，眼神飘忽，缓缓地说道："就那次你跟我说安兴科技没资格参加无人商店的竞标，我在奥美楼下等你想要个说法，结果等了好久，眼睁睁地看着你跟宋嘉琦离开……"

这么一提，他有点儿印象了。

"然后你就跑到江边吹风？"他问。

"你跟宋嘉琦走了，我想你肯定没那么快回家，所以就慢慢从你公司走到你家，等着守株待兔……"她盯着那视频，笑道，"什么失恋，鬼扯……"

"那晚我跟嘉琦谈的是公事……"他握住她的手，捏了捏。

周漠顺势靠在他怀里："那晚在大堂里，你看到我了吗？"她突然问。

李柏添努力想了一下，缓缓地摇头："没有。"

"我还以为你故意拉上宋嘉琦气我……"她嗤笑道。

如今的周漠已经凭借自己冲出一条路，实现了当初的目标——成为宋嘉琦那样优秀的人，跟他平起平坐。因此再回想起这段往事，她已经足够心平气和，甚至还能用戏谑的口吻跟他说起她因为太共情那首名为《悲观生物学》的歌，大手一挥给主播打赏了八百元。

　　"你那时候在想什么？"他手指点了一下手机屏幕，问道。

　　"我在想……我想了很多，就觉得我们不是一路人，还牵扯了那么多利益，我们的关系也不对等，再那样下去我迟早玩完，所以就想及时止损……"

　　那晚是二人矛盾激化的开始，李柏添想到这里，眼神暗了暗，幽幽地问道："所以说，是不是任何时候，当我跟事业只能二选一的时候，你都会毫不犹豫地抛下我？"

　　周漠闻言，觉得他这副幽怨的模样怪好笑，于是手穿过他的腰，紧紧地搂住："我那时候也是很舍不得的，是你逼我的……"她又笑了笑，"不过说真的，如果没有你后来的坚持，我们可能真就错过了。"

　　"你真是我遇到的最大的挑战。"他低叹，有感而发。

　　"有难度才有意思，要是一开始我就跟小狗一样巴巴地上去舔你，你可能还会嫌我烦。"

　　"所以这一切都是你欲擒故纵的小手段？"他失笑。

　　"不管是不是，反正我都得到你了。"她眯着眼，咧开嘴道，"饿了，煮个消夜吃吧？"

　　"想吃什么？"

　　"烧鹅濑粉。"她道。

　　"现在这个点儿哪里还买得到烧鹅？濑粉冰箱里倒是还有，排骨濑粉可以吗？"

　　"也行。"

　　他起身去厨房，周漠进浴室卸妆，她今天刚参加完一个活动，自从半年前在李柏添的支持下成立了个人工作室，成为老板的周漠开始慢慢转向幕后，带起新人主播。

　　自从入了这一行，她才明白过来什么叫用麻袋捡钱，越来越多的明星进驻已经能够说明问题，甚至今天在活动现场，她还接触到几个清北的毕业生，他们放弃深造，放弃科研，一门心思就想在这个网红经济时代分一杯羹。

　　周漠暗自庆幸她当初入行的时候市场还未饱和，要不然以她的资质，要混出头还是有点儿难度的。不过能够抓住机遇，本身就是一种本事。

　　洗完澡，汤粉已经上桌，她拉开餐椅坐下，眼睛落在餐桌前方墙壁上的婚纱照。

　　李柏添真的带她到法国拍了婚纱照。在巴黎，他们无意撞见了一场舞会，照片中，身穿白色礼服的她回过头，嘴角咧开，眼底灿若星辰，她正望着与她相隔几米处的男人，熙熙攘攘的人群中，只见李柏添露出半个背影。

这一幕碰巧被李柏添身后的摄影师拍了下来。

这不是一张合格的婚纱照，却是周漠最喜欢的，于是将之洗出来挂在墙上最显眼的位置。所有人看到这照片，第一反应都是："这一看你就是主角，李柏添成了陪衬。"

可当事人丝毫不在意，李柏添也觉得这张照片拍得很好："从你的眼神可以看出，你确实很爱我……"

周漠吃着排骨濑粉，想起今天在活动会场，有人私下讨论她："奥美李柏添的太太……"

自从跟他结婚后，这样的情况时有发生，即便她也算在自己的领域里小有成就，但还是有不少人戴着有色眼镜看待他们的关系，起初周漠并不喜欢这样，觉得是对自己的侮辱。

"你走你自己的路，管别人说什么。"李柏添得知她的别扭后，谆谆教导，"内心强大的人根本不介意这些风言风语。"

周漠觉得，在他身边待久了，确实有利于锻炼一颗强大的心脏。在外人看来，高不可攀的李柏添其实也有被人训到一声不吭的时候，他也会因为工作苦恼而成夜睡不着觉。她才发现，结婚以前，她一直都把他神化，而婚姻，就是把神变成人的过程。

李柏添在阳台上接电话，结束后回到屋内，见她在厨房洗碗，他走近："吃完了？"

"嗯。"她点头，"有进步。"

以前他做菜从不放味精鸡精，偏偏她重口味，在她的影响下，二人口味渐渐趋于一致。

"我来吧，你忙一天了。"他接过她手里的碗。

周漠乐得让他接手，洗了手，打开冰箱，拿了瓶沙士："接下来我应该会很忙，偶尔还得出差。"

他扭过头看她。

"陈深想搞虚拟偶像，问我有没有兴趣。"她缓缓地说道，"我还挺看好这一块的。"

陈深的嗅觉一向灵敏，周漠对他很信任，在了解了相关信息后，也十分看好这一块的发展，想想以后的主播都成为虚拟人物，不需要花费一分工资就能让这些人没日没夜地直播卖货，甚至可以往明星的方向打造，不要小看二次元市场，这根本就是一本万利的生意。

"我刚好认识洛天衣的团队，你们要是有需要，我可以帮忙。"他道。

周漠上前，从身后搂住他："暂时还不需要，如果有需要，我一定会找你的！"

"不怕被人说你靠老公了？"他调侃道。

"有老公靠也算是一种本事。"她在他胸前蹭了又蹭。

"你别蹭了……"他将她拉开了些，哑声道，"我去洗澡。"

"我等你。"她一挑眉，笑容娇媚。

李柏添速战速决，然而洗完澡出来，见她已经趴在床上呼呼大睡。他是又气又心疼，在她身旁躺下，帮她盖好被子，将她一把搂住，也沉沉睡去。

周漠出差成了家常便饭，这对于新婚夫妇来说，无疑是巨大的挑战。

"你们刚结婚没多久，总是这样聚少离多，李总没意见？"飞机降落途中，周漠睁开惺忪的睡眼，听到陈深调侃道。

"他倒没说什么。"周漠将眼罩一把扯下，从窗户往下看，这半年来，她已经见过无数次广州的夜景。

出了机场，周漠远远地便看到李柏添，朝丈夫挥了挥手，又笑着问陈深："送你回去？"

"赶紧走吧。"陈深笑了笑，"我就不当电灯泡了。"

李柏添接过她的行李箱，半搂着她往停车场走，周漠恨不得整个人挂在他身上："我好困……"

他揉着她的耳垂："回车上睡。"

其实才三天没见，然而在肢体接触那一刻，她还是无法自抑地心潮澎湃，睡意也在刹那间消失殆尽。

小别胜新婚，回家第一件事，不是别的，门刚合上，她便被他搂在怀里，唇一下被他狠狠堵住，这又是一个难忘的夜。

浴缸是在她成为女主人后做主安上的，事后两人泡澡，周漠躺在他怀里，李柏添恶狠狠地含住她的耳垂，哑声叫道："你今晚再睡过去试试……"

周漠扭头看他，在他唇上亲了一下："接下来我会休息一段时间，来日方长……"

"来日方长……"他一字一句地重复这四个字，"扑哧"一声，几乎同一时间，周漠惊叫出声，人还没站起来，被他又快速按了回去。

她说休息一段时间，只是不出差，依旧还是忙。新项目很多事陈深不好直接出面，都交由周漠代办。

这天，李柏添没想到会在炳胜见到她，她身边站着个高大英俊的男人，二人有说有笑。他回到车上，给她发了个定位。

过了好一会儿，副驾驶座的门被拉开，周漠坐了进来："你今晚也在这边应酬？"

李柏添正琢磨着要不要问方才那男人是谁。

"嗯。"

"我们找到投资方了。"她倒是大方地分享，"说出来你可能不相信，就是小乔的姐夫，咦，你好像跟堂姐认识，就是陈海芯……"

"刚刚那男人是陈海芯的老公？"他问。

"对。"周漠点头，"我还以为你们很熟。"

他没搭腔。

"小乔真是我的贵人……"周漠托腮望向窗外，当初李柏添的联系方式正是她给的，如今又帮忙引荐了陆凌，"她结婚我一定要给个超级大的红包。"

"她跟钟医生的婚期定了？"李柏添又问。

"对。"周漠笑着说，"就在六一儿童节。"

六一儿童节，陈希出生，也是陈乔粤跟钟昇初见的那天。

陈乔粤是三人里最迟结婚的，丁瑶的孩子都快会打酱油了，她跟钟昇的磨合期才结束。

"这些年见你们分分合合，磕磕绊绊，总算是圆满的结局。"化妆间内，周漠感慨道。

陈乔粤转着手上的金手镯，笑容灿烂："好事多磨。"

周漠回到婚礼现场，见李柏添蹲下身子正跟陈希说话。

"礼拜天叔叔，你的名字好有意思啊。"陈希自从上幼儿园之后，普通话说得那叫一个溜，反而粤语逐渐落下。

李柏添被她逗笑，童言童语最可爱，他并不急着去更正。

"聊什么呢？"周漠也加入。

"你是'周末'阿姨，他是'礼拜天'叔叔。"希希又笑道，像发现了什么特别有意思的事，"以后你们的宝宝是不是要叫周六啊？"

周漠跟李柏添对视了一眼，同时笑了出声。

陈海芯拉了女儿一下："希希别乱讲话。"

"他们的宝宝怎么不是姓李？"不知道谁插了一嘴。

"我也是跟妈妈姓啊。"希希道。

陆凌揉了一下女儿的小脑袋瓜子，笑得一脸宠溺。

婚宴结束，回家路上，周漠嘴里念念有词。

"说什么？"李柏添看了她一眼，问道。

"我们的名字确实很有意思……"她笑，"周末，礼拜天，礼拜天属于周末。"

他也笑："那我们什么时候生个小周六？"

"为什么不叫礼拜六？"

"都行。"他顿了顿："所以什么时候生啊？"

她咧开嘴笑："就今晚吧。"

这是汤圆小朋友过的第二个冬至。

第一个冬至她刚出生，对这个世界连模糊的印象都没有，但是在多年后，如果回看起当时的视频，她可以看到老父亲一个一米八几的男人抱着她哭得双眼通红。

李柏添中年得女，将唯一的孩子视若珍宝，汤圆的周岁宴在 W 酒店举办，除了亲戚朋友，还宴请了不少合作伙伴，场面盛大。

汤圆小朋友作为主角，被父亲抱在手里满场跑，她全程转着圆滚滚的大眼睛懵懂地看着这一切，她不怕生，看到谁都笑嘻嘻的，露出刚刚长出来的上下四颗乳牙。

"这个宝宝生得好似爸爸啊。"

周漠跟在丈夫身边，听得最多的就是这句话，都说女儿像父亲，这话在汤圆身上体现得淋漓尽致，五官简直就是迷你版李柏添，不过还好，汤圆皮肤白，头发多，这点像极了周漠。

这晚李柏添很开心，对于送上门的敬酒照单全收，然而他还是克制了，并没有喝醉，毕竟今晚他还要给女儿洗澡，哄女儿睡觉，一身酒味，他怕女儿会嫌弃。

周岁宴结束，由周漠驱车，汤圆躺在安全座椅上，眼睛闭上，长长的睫毛微颤，呼吸均匀，她累了一个晚上，终于得以歇息。

"把她叫醒吧，现在睡着，今晚不用睡了。"周漠从内后视镜看了父女二人一眼，对李柏添说道。

"让她睡吧，今晚累坏了。"李柏添不忍，手指摩挲着她像牛奶一样丝滑细腻的小脸蛋，笑着对妻子道。

车子到达地下停车场，李柏添将女儿抱起，睡得正熟的汤圆受到干扰，睁大眼睛，迷迷糊糊地叫了声："爸爸。"

李柏添没忍住，在女儿的脸上轻轻地亲了一口，汤圆顺势整张脸埋在父亲的颈窝。

回到家，周漠累倒在沙发上，李柏添抱着女儿进浴室，过了好一会儿，周漠听到熟悉的歌声传来。

"洗白白洗白白，倒开盆水咯，乖猪咪乱郁（乖猪别乱动），听话唔好曳啵（听话别淘气呀）……"

女儿出生后，周漠总能从丈夫嘴里听到各种有趣的粤语儿歌，洗澡的时候，哄睡的时候，喂饭的时候，这些儿歌还不带重复的。

她倚在门上，看父女二人玩得正欢，周漠勾起嘴角，扯过一旁的浴巾："天气冷，快点儿起来，别着凉了……"

周漠帮汤圆穿衣服，李柏添趁这时间快速洗了个澡，洗完从妻子手上接过孩子，进房哄睡。

"觉觉猪，咪吵人，觉醒个猪仔又起身，后街有鲜鱼鲜肉卖，买旧烧肉俾吖汤圆 BB 食……（歌词）"

黑暗中，他的声音低沉又温柔，仿佛带有某种魔力，别说女儿，周漠心想，他要是愿意每晚用这种声音在她耳畔唱歌，她的睡眠质量估计能直线上升。

李柏添确实也会哄她入睡，但不是通过这种方式，而是另外一种更强势，更霸道，也更深入的方式。

"今晚开始分房吗？她还那么小，半夜哭怎么办？"周漠躺在床上，盯着丈夫的背影，忧心忡忡地道。

"她哭我们听得到……"他扬了扬手上的摄像头，"分开睡对她，对我们都好。"

汤圆从半岁开始不再需要喝夜奶，总能一觉到天亮，这是李柏添培养出来的好习惯，周漠现在才恍然大悟，原来一切都是为了早日分房睡做的准备。一想到这晚她能跟丈夫独享这张大床，对汤圆的那点儿愧疚心理瞬间被抛到九霄云外。

熟睡中的汤圆不知道她再次被抱起，即将开始一个人睡的生涯。

深夜十一点半，李柏添带着热气上床，周漠正从手机 App 里看隔壁房间的动态，穿着睡袋的汤圆滚到角落里，右手搭在脸上，蜷缩起来的她小小一只，看得周漠心就快融化。

手机突然被抽走，她微微仰起头，唇被叼住，漱口水清冽的气息往嘴里窜，屋内开了暖气，他身上也热。

"轮到我哄你睡了……"他声音低哑，舔着她的耳垂，说着调情的话。

没有了女儿的阻挠，这一夜有情人能饮水饱。

与此同时，陈乔粤躺在钟昇的怀里，今晚看到汤圆穿着公主裙接受众人祝福，那一幕令陈乔粤突然对生育这件事有了渴望。

跟钟昇结婚后，她提议先过几年二人世界，钟昇对此无异议，他对繁衍后代这件事并不看重。因此虽然双方父母使出催生十八招，二人稳如泰山，不生就是不生。

陈乔粤抚摸着平坦的肚子，今夜是两人第一次没使用计生用品，她有些迫切地想，这时候那个小生命来了吗？

钟昇从她亮晶晶的眼睛里读懂她的心事，握住她的手："这种事急不来，顺其自然。"

"你喜欢男孩还是女孩？"她问丈夫。

"没有特别喜欢，都可以。"钟昇答。

"非得选一个呢？"

"那就女孩吧。"

"为什么？"

"生一个像汤圆或者希希那样的女儿，也不错。"他笑道。

陈乔粤眯着眼想象那个场景，陆凌跟李柏添都是女儿奴，钟昇也会是这样吗？

这边情意绵绵，此时的陈海芯家里，却正在酝酿一场风暴。

这些年，她跟陆凌虽行尽夫妻之实，却仍未有夫妻之名。陈海芯对眼下的生活其实很满意，但有人显然很不满，陆凌一直渴望被转正，可只要提到这件事，她总是回避。

"过几天，我要回伦敦一趟。"从汤圆的生日宴回家，陈希入睡后，他突然说道。

陈海芯闻言，擦拭头发的手一顿，半晌，才道："嗯。"

"你不问我什么时候回来吗？"他盯着她的脸，一眨不眨。

她沉默。

"如果我以后都不回来，你是不是也不介意？"他追问。

陈海芯的心沉了一下，但她还是表现得平静无波："这是你的自由。"

"这几年，焐一块石头也焐热了，可你就是焐不热。"他有些失望地摇头。

一遇到这个话题，陈海芯就头疼，她不解地看着他："我不明白你为什么老是想改变这个现状……"

"别人一家三口都是光明正大、堂堂正正，可我们呢？"他的声音冷了下来。

无论在何种场合，她从来不会主动将他介绍给众人。这些年来，他似乎从未走进过她的生活。陆凌想不通，他就这么上不了台面吗？

"你要走就走吧。"陈海芯心烦意乱，扔下这句话便回了房。

陈海芯坐在床上，望着窗外皎洁的月，其实这一天她预想过无数回，虽然他逗留的时间比她预想的久了很多，但该走还是会走。

她头疼的是，他走之后，该怎么向女儿解释？

身后有脚步声传来，陈海芯回过头，见到是他，她眼神暗了暗，余光瞄到床上的两个枕头，从他们失控那晚开始，他就已经霸占了她这张床，二人同睡同起。

"陆凌，在你跟希希之间如果只能选一个，我肯定会选希希。"她的声音不大不小，撞进他耳膜却带着极大的冲击力。

　　"为什么非得二选一？"

　　陈海芯突兀地笑了一下："你想过没有，如果我们领证结婚，婚后如果你对这段婚姻厌倦了，想离开，你能不费吹灰之力就把女儿夺走。"她看着他，一字一句地道，"陆凌，大家都是成年人，我也跟你坦白，我不能让这种情况发生……"

　　"你对我还是没信心。"

　　"你有'前科'。"她脱口而出。

　　他满脸不解，陈海芯却不往下说。

　　"你什么意思？"

　　她心动过一次，可是他抽身得太彻底，陈海芯决不允许自己再犯第二次蠢。对于她掌控不了的东西，宁愿不要。

　　"你走吧。"她又道。

　　陆凌脸上变了又变，他脑子里突然出现了许多信息，虽然杂乱无章，但他努力理出个头绪来。

　　为什么她始终不肯给他一个名分？明明二人在各方面都那么融洽，这些年他们很少有过争吵的时候，在女儿的教育上更是高度一致，他全职带孩子，她得以全身心地投入工作，如今也算步步高升。

　　她之后还能找到比他更合适的伴侣吗？陆凌非常肯定，她找不到。可为什么她对他的心总是有保留呢？

　　前科……他突然想到什么，攥紧的拳头微松，他轻轻松了口气，哑声问道："你是不是怕……像在巴黎一样，我一声不响就离开？"

　　陈海芯微微侧过身子，没回答。

　　陆凌走近她，手放在她的肩上，感觉到她浑身一僵。他脑浆在沸腾，手也微微颤抖。

　　"海芯，我不会再离开。"他一字一句地道，"我知道口头承诺很虚，我说什么都没用，毕竟当初我也保证过，不会再见你和孩子……是我没有兑现承诺，你不信任我也正常。"

　　陈海芯依旧沉默，等着他把话说下去。

　　"既然我们的信任危机还未解除，那就交给时间吧。"他握在她肩上的手紧了紧，"我不会再强迫你，我会等到你心甘情愿的那一天。"

　　"我也会让时间证明，我不会再食言，也不会再离开你跟希希。"他再次强调。

　　她肩膀动了动，见她终于有反应，陆凌屏住呼吸，等着她开口。

　　她扭过头，对他笑了笑："洗澡吧，好晚了。"

　　这一夜，陈海芯躺在陆凌怀里，身子虽累，却毫无睡意。

　　他说他要离开，是试探吗？其实彼此试探这么多年，她也累了，她又实在享受当下这种手握主动权的快感。

其实她一直很清醒，这主动权，是陆凌让给她的，至于他为什么会让自己处于劣势。

大抵是因为爱吧？

新一天的太阳升起，李柏添睁开眼，在妻子唇上亲了一下，哑声说了句："早晨（注：早晨在粤语里是早上好的意思）。"起身到隔壁房间伺候女儿起床。

此时的陈乔粤也刚醒，抚摸着丈夫的睡颜，轻声说了句"早晨"，起床准备早餐。

到后半夜才入睡的陈海芯天刚亮就醒了，一睁眼，发现女儿跟陆凌正对着她笑。

"半夜哭醒，我就把她抱过来了。"陆凌解释道。

"早晨宝宝。"陈海芯对女儿回以一笑。

许久没在父母身边醒来的陈希小朋友很是享受这一刻，一会儿钻进父亲怀里，一会儿蹭着母亲。

陆凌长手一伸，越过女儿，搂上陈海芯的腰："再睡会儿吧。"

陈海芯转着酸涩的眼，盯着眼前俊秀的男人。她突然发现，她早已经习惯了每天睁开眼就是他。

陈海芯闭上眼，调整呼吸，沉沉地睡去。

李柏添抱着女儿去洗漱，还要腾出手将妻子的长发夹至耳后，周漠从镜子中看到红肿的耳垂，不满地捶了他一下。

钟昇这天有手术，提前了半小时出门，离开前不忘吻了吻陈乔粤，他渐渐爱上这种仪式感。

早晨爱人，每一个平平无奇的清晨，因为有你，未知的日子才充满希望。

　　酒吧每个月都有变装派对，这个月是僵尸主题，王浩哲是看《我和僵尸有个约会》长大的，他长得有几分像陈启泰，于是扮起了山本一夫。他正倚在吧台跟一个 cos（扮演）马小玲的靓女调笑，一抬头便看到老友走了进来。

　　李柏添穿着简单的白 T 搭九分休闲裤，跟这晚的主题格格不入。一到主题日，酒吧必定爆满，包厢也都被占，他找了张高脚椅坐下，要了杯威士忌。

　　"今晚这么热烈？"王浩哲在他身旁坐下，拍了拍他的肩，笑道。

　　李柏添不爱喝烈酒，或者说，其实他不太爱喝酒，平日酒精只当助兴或排解，啤酒红酒尚可入喉，烈酒的口感他实在喜欢不起来。

　　"再加一块冰。"李柏添没理好友的调侃，转而对调酒师道。

　　这夜为了贴合主题，酒吧内放了不少干冰，每个人都沉浸在烟雾中，脸都看不真切。这是一个很寻常的周六夜晚，被压榨了一周的男女在酒吧内尽情挥洒憋屈的情绪，酒精催化下，一张张原本克制的脸开始变得或迷茫或伤感或狂野。

　　李柏添是伤感的那个。

　　"我今晚的主题是僵尸，不是情圣。"王浩哲给老友添酒，见他一杯接一杯没有要停的意思，他摇了摇头，让人给他上几瓶平日里喝惯了的啤酒，接着离开。

　　这夜没有嘈杂动感的 DJ（唱片骑师），吧台一侧的舞台上只有一位女歌手，正缠绵悱恻地唱着——

　　"原谅我当天不懂得珍惜，只知任性坏事情，唯愿你此刻可于虚空中将心聆听，将来若真的再有个约会会完成……"

　　这歌李柏添熟，《我和僵尸有个约会》的主题曲，每个人的童年都有一部忘不了的神剧，这部剧就是这样的存在。记得当时班上男生还分为王珍珍派、马小玲派。对于白月光和朱砂痣的对决，能吵翻天。

李柏添不在这两个派别里面，他喜欢的是瑶池圣母，因为在他眼里，瑶池圣母最好看。王浩哲是坚定的王珍珍拥护者，他完全理解不了老友的审美。

在成熟的爱情观还没塑造完成之前，李柏添对异性的欣赏首先来自外貌。在长达十几年的学生生涯中，他因为出色的外表和成绩，向来不缺追求者。短暂的恋情有很多段，他的心动来得快，去得也快。因为太过容易获得某样东西，往往都不太会珍惜。

对周漠也一样，他最先喜欢上的，是她的外表。木棉花看多了，自然会被玫瑰吸引。周漠就是那朵玫瑰。玫瑰虽美，但是俗气。

周漠也是个俗气的人，她像是钻进了钱眼里，只看钱，只讲钱。她的野心毫不掩饰地写在脸上，然而能力却远远匹配不上，于是她又卑怯了，她就是这样一个矛盾体。

当初的周漠在他眼里，就像贫瘠的土壤中突起的一株玫瑰苗，他看着它破土，拼了命地想往上长，顽强的生命力让他忍不住想伸手拉一把。于是他悉心灌溉，这株玫瑰苗终于破土而出，长出果实。他想把它采摘，然而玫瑰带刺。

直到今天，李柏添还是没想明白，他怎么就让一个女人给甩了，还是一个各方面条件都远远不如他的女人。又一口烈酒咽下，歌还没结束，他撑着头，双眼努力地睁大，环顾四周，一群妖魔鬼怪都已经喝得差不多，有的上手，有的下口，烟雾缭绕中，还真有那么点像在地府开趴。身旁有人走过，那人身上的味道让李柏添精神一振。

是周漠用惯的香水，MaisonMargiela（梅森马吉拉）的慵懒周末，当初她笑着说是因为觉得名字有趣所以盲入，没想到味道意外好闻，便一直回购。每回她用这个香水，李柏添都觉得她像是在荔枝酒里泡过，又香又甜。

李柏添起身，从人群中穿梭而过，那人走得很快，他跟着小跑起来。

穿着紧身连衣短裙的女人终于在前方站定，他气喘吁吁地停下，长手一伸，直接握住她的手腕。正想开口，那人转过身来，皱眉看向他，问道："你是谁？"

不是周漠。他连忙松手，再三道歉，快步转身离开。

周六晚的琶醍不仅酒吧内是人，酒吧外也是人。

他站在小巷口，点燃一根香烟，狠狠地抽了一口，尼古丁让他片刻清醒。他望着巷内，就是在这个地方，他目睹她跟前任分手，又在他们分手后的两小时里，他们情不自禁地纠缠在一起。

夏季闷热，热得人喘不过气来。李柏添掐了手中的烟，拿出手机，犹豫片刻，还是拨通了她的电话。过了许久，依旧是机械的忙音，就在他要挂机时，她接起了。

"喂？"冷淡和疏离被她拿捏得很到位。

李柏添甚至怀疑，也许她原本是不想接的，只是在心里做过一番利益评估后，才选择接电话。

谁也没开口，像是都在较着劲。

"打错了？"最终还是她打破沉默。

李柏添清了清嗓子，莫名其妙说了句："天气预报说明天下雨。"

夏季雨水多，又有台风要来了，下雨不是稀罕事。

"我不在广州。"她说。

"你在哪里？"他问。

"北京。"

李柏添想问她怎么跑北京去了，又觉得这种问题毫无意义。

周漠从安兴科技辞职后，距离入职大松还有一段时间，刚好丁瑶到北京出差，她也跟着来了。这晚两人刚看完一场脱口秀，坐上回酒店的出租车不久，他的电话便来了。

以前周漠觉得脱口秀跟综艺差不多，就是个放松心情的玩意儿，这晚看完一场 liveshow（现场表演）后有所改观。语言是最能煽动情绪的，比如此时，她厌男的情绪达到史上巅峰。

李柏添作为那个始作俑者又刚好送上门来。

"有事儿吗？没事儿我挂了。"她道。

听出她语气不佳，李柏添张了张嘴，最终还是没再多说，只道了句"早点儿休息"便挂了电话。

回到酒吧，那首歌还在唱，他怀疑是王浩哲嘱咐歌手单曲循环。

假如真的再有约会。

李柏添活了三十几年，头回因为失恋喝醉了酒。

刚分手那会儿，李柏添还信心满满觉得周漠会回头找他，没想到她脱身比他更快更利索，在奥美遇到，她能做到面不改色地公事公办。在她辞职后，更是一声不响就消失在他的生活中。

李柏添其实心里比什么都清楚，他的某些行为确实卑劣。当周漠控诉他不尊重、不信任她时，他有被戳中心思的片刻心虚。

他想，在这段短暂的恋情里，或许他一直以救世主自居，这种高姿态是她最终离开他的原因，可要他俯身去求和，又拉不下脸。

回到家已经是凌晨，代驾见他进门才离开，李柏添放下车钥匙，按下墙上的灯按钮，酒精让他动作迟钝，他坐在玄关的换鞋凳上，迟迟未动。在这个深夜，李柏添突然怀念她那碗汤。如果那晚他没有出言不逊，今天的局面是不是还有扭转的可能？

隔天，醒来时已经是下午一点，宿醉过后头疼欲裂，洗漱完，他开车直奔客村，凭着印象找到她的小区，车子在门口停下，他拨通她的电话。

"周漠。"赶在她开口前，他急忙说道，"我在你家楼下，我有事跟你说。"

那头是久久的沉默。

"周漠？"他又叫了一声。

"我昨晚不是说了吗？我在北京。"周漠颇无奈。

李柏添这才意识到自己干了件蠢事。他哑声笑了笑，解释道："昨晚喝多了，忘了。"

"喝酒伤身。"她客套地说道。

"你什么时候回来？"他问。

周漠沉默半晌，许久才道："下次跟你见面，估计是在大松了。"

意思便是他们没有私下见面的必要。李柏添挂了电话，雨水敲窗，突如其来的暴雨，他没急着启动车子，静静地坐在车里等雨停。

"所以说，原来失恋真的会让人思觉失调，变得很迟钝。"

周漠听完丈夫的总结陈词，笑着抿了口酒，随后说道："我还以为失恋对你来说毫无影响，毕竟你表现出来的根本不像很在意这件事。"

今晚饭后闲谈，不知怎么的就聊到当年分手后的事，周漠完全不知道这一出。

"我总不能哭着喊着让你留下来，那是小男生干的事。"他笑笑，又问，"说到底还是你更绝情。"

周漠含笑不语，许久，才道："你应该不知道，跟你分手后我哭了几天。"

李柏添一脸难以置信，他摇头："哄我的吧？"

周漠跟他说，她在 KTV 里听陈乔粤唱《心之科学》哭到上气不接下气。他搂紧她，手指摩挲她的发顶，低低地叹了口气。

"叹什么气？这事儿都过去这么久了。"说实话，周漠对于那段回忆，已经有些模糊。

"就觉得我们还是浪费了一些时间，要不然……"他顿了顿，"汤圆现在都能打酱油了。"

周漠脸贴着他的胸膛，蹭了蹭："实话告诉你吧，如果你不主动，我们肯定不可能重新在一起了，我这人从来不吃回头草的，你是例外。"

李柏添垂眸看她，见她红唇微张，一脸得意。

生育后的周漠少了些锋利的棱角，多了些柔和的母性气息，以前的他从未想过，浑身是刺的她有一天能收起所有的防御武器。

他想，如今的周漠肯定是幸福的吧。